Christine Conner
Mama Melba

TINTE & FEDER

Das Buch

1860. Als das Schicksal die junge Köchin Melba aus dem Schwarzwald nach Louisiana verschlägt, steht Amerika kurz vor dem Bürgerkrieg. Auf der Belle Bleu Plantage weihen die Köchinnen sie in die Geheimnisse der akadischen und kreolischen Küche ein. Melba ist verzaubert. Doch täglich wird sie Zeugin der Sklaverei – ihrer Unmenschlichkeit, ihrer Grausamkeit. Freundschaft erfährt sie bei den versklavten Arbeitern in den Schrotflinten-Hütten und bei den deutschen Immigranten am Mississippi. Besonders zu dem Schmied Kwasi fühlt sie sich bald hingezogen. Als der Krieg ausbricht und mit ihm die Hoffnung auf Freiheit, setzt Melba alles aufs Spiel, um denen zur Seite zu stehen, die sie liebt.

Die Autorin

Christine Conner studierte an der LMU und der Akademie der Bayerischen Presse Journalismus, absolvierte ein Volontariat in Spanien und ging danach in die USA. An der University of California, Los Angeles besuchte sie Fernsehjournalismus-Seminare. Sie verfasste Beiträge für das deutsche Fernsehen und publizierte das zweisprachige »Stadtmagazin«.

2018 erschien ihr erstes Buch, eine Biografie über den Schauspieler Maximilian Schell. In den USA hat sie zudem verschiedene Gedichte und Kurzgeschichten in Literaturjournalen veröffentlicht.

Neben dem Schreiben ist Kochen ihre große Leidenschaft. Während des Studiums in München betrieb sie eine Catering-Company und wäre fast Köchin geworden. Die gebürtige Cuxhavenerin lebt mit ihrem Mann, ihren Kindern und den zwei Hunden in Colorado.

CHRISTINE CONNER

MAMA MELBA

Heimweh schmeckt wie Sauerkirschen

ROMAN

TINTE & FEDER

Deutsche Erstveröffentlichung bei
Tinte & Feder, Amazon Media EU S.à r.l.
38, avenue John F. Kennedy, L-1855 Luxembourg
Juli 2022

Umschlaggestaltung: bürosüd⁰ München, www.buerosued.de
Umschlagmotiv: © schankz © Chuck Wagner © IrinaK
© Thomas Barrat © marcovarro © Corri Seizinger
© Paul shuang © Stephen Helstowski / Shutterstock
1. Lektorat: Karla Schmidt
2. Lektorat, Korrektorat und Satz: VLG Verlag & Agentur,
Haar bei München, www.vlg.de
Gedruckt durch:
Amazon Distribution GmbH, Amazonstraße 1, 04347 Leipzig /
Canon Deutschland Business Services GmbH,
Ferdinand-Jühlke-Str. 7, 99095 Erfurt /
CPI books GmbH, Birkstraße 10, 25917 Leck

ISBN: 978-2-49671-169-1

www.tinte-feder.de

Für Papa. Morgens um fünf
beim Lernen, da werde ich
dir immer begegnen.

»Die stärksten und süßesten Lieder müssen
noch gesungen werden.«

Walt Whitman, Grashalme

Prolog

Die Gumbo ist die Seele der Südstaaten und die Königin aller Gerichte. Sie ist die Säule, auf der alles ruht wie der Balkon über der Veranda auf der Belle Bleu Plantage.

Gumbo essen alle, die Reichen, die Armen, die Alten, die Jungen, die Schwarzen, die Weißen, die Roten, die Gelben, die Grünen, die Blauen, die, die eine rosa Hautfarbe haben wie ich und die, die lesen können und die, die nicht.

Die Gumbo ist Brücke und Kluft zugleich. Sie verbindet die Menschen und ist auch das, was die einen von den anderen trennt.

Wenn du mir sagst, was du in deine Gumbo tust, sag ich dir, woher du kommst und wer du bist.

Meine Rezepte sind meine Geschichte, und die will ich dir erzählen.

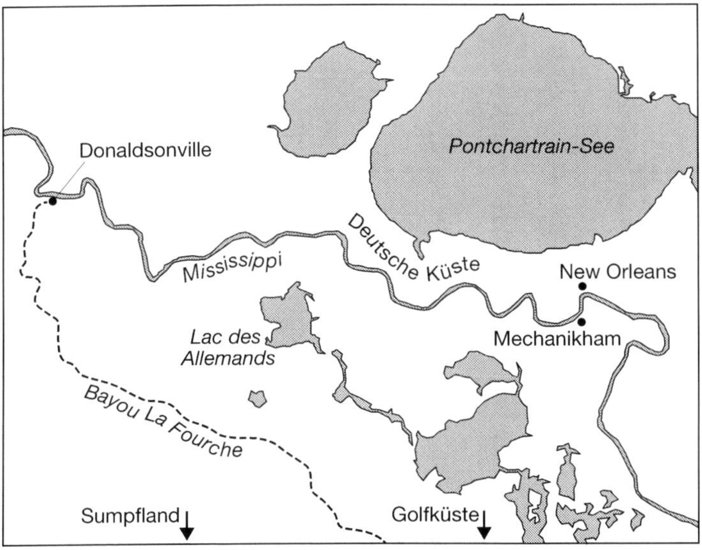

Die Deutsche Küste in Louisiana
(um 1860, vereinfachte Skizze)

AKT I

»We wished to be viewed as something entirely void of humbug – a living curiosity – not a sham. Gotten up to impose upon and deceive the people.«

Tyehimba Jess, amerikanischer Dichter

A

Mais-und-Austern-Chowder

Ein Schritt, noch ein Schritt, linker Fuß, rechter Fuß. Fall bloß nicht hin, Mel. Wer A sagt, muss auch B sagen. Hat Mutter zumindest immer gemeint. Und dann wohl auch C, D, E, F, G und so weiter und so weiter. Bis das ganze Leben vom Alphabet eingerahmt ist? Darüber habe ich mich schon immer gewundert, mich aber nie getraut, nachzufragen. Dann hätte Mutter nämlich wieder geschimpft: *Melba, Melba, Melba, frag doch nicht so viel. Du bist einfach immer ein bitzeli zu neugierig, ein bitzeli zu laut und ein bitzeli zu dick. Darum werden wir auch keinen Mann für dich finden.* Darum? Insgeheim hoffte ich aber immer, es bis zum Z zu schaffen.

Komisch, dass mir das damals wieder durch den Kopf ging. Komisch, dass ich mich noch so genau daran erinnern konnte, und komisch, dass, obwohl alles so fremd war, mir alles so vertraut vorkam, als hätte ich es schon einmal erlebt. Aber ich kann nicht mehr genau sagen, ob es die Gangway war oder ich, die so zitterte.

»Let's go. Let's go! Welcome to America!«, schrie ein Mann. Er trug einen feinen Anzug mit dicken goldenen Knöpfen und hatte eine Schiffermütze auf dem Kopf so wie der Kapitän der *Bremen*. Vielleicht war auch er ein Kapitän. Ein Kapitän in Amerika sieht wahrscheinlich ganz genauso aus wie der Kapitän von der *Bremen* und bei uns auf dem Titisee. Er winkte uns von der Gangway runter, als würde er Kühe eintreiben. Manchen von uns gab er sogar einen Schubs oder er ergriff Hände und zog die Menschen runter in den Hafen von Baltimore.

Er ging ziemlich grob mit uns um, wenn man bedenkt, dass wir gerade von einer langen Seereise kamen, bepackt waren mit Koffern, Rucksäcken und Bündeln aus Tischdecken und Bettlaken. Manche von uns waren so beladen, dass sie sich nicht mal am Geländer der Gangway festhalten konnten. Die Frau, die vor mir ging, trug ihren Buben huckepack, einen Beutel vor dem Bauch und zwei Körbe rechts und links in den Händen. Der Kleine schrie. Bestimmt vor Hunger, dachte ich. Ich zog meinen letzten Zwieback aus meiner Schürzentasche und streckte ihn ihm entgegen. Sein Gesicht erhellte sich für einen Augenblick. Meins auch. Lange hatte der Zwieback gehalten. Ich hatte ihn extra für die Reise gebacken. Aber jetzt waren wir ja in Amerika, wo die Straßen mit Gold gepflastert sind, da würde es wohl auch bald was Anständiges zu Essen geben.

Ich hatte nichts dagegen, mich zu beeilen. Ich hatte auch nichts dagegen gehabt, den Schwarzwald zu verlassen. Aus vielerlei Gründen, die mir im Lauf meiner Geschichte immer klarer wurden. So klar wie Kloßbrühe. Die natürlich trübe ist. Also eher so klar wie Kraftbrühe, nachdem ich sie mit einem Eiweiß geklärt habe. Eine Tasse davon hätte uns damals allen gut getan.

Ich bin nicht gegangen, um mehr Geld zu verdienen, wie die meisten, die seit der Revolution oder schon Jahre davor aus dem

Wald abgehauen waren, weil es fast keine Bäume mehr gab. Wir waren zwar arm wie alle, deshalb fiel mir das nicht so auf und machte mir auch nichts aus. Ich konnte ja alles: kochen, Feld bestellen, Stall ausmisten, melken, Gemüse anpflanzen, Kleider nähen, Hüte flechten … einfach alles, was man zum Überleben braucht. Ich war ein wahres Wäldermaidli. Ich hätte nicht gehen müssen. Aber ich hatte persönliche Gründe.

Vor über zwei Wochen hatte die *Bremen* im Hafen von Bremerhaven abgelegt, seitdem hatten wir nichts als Meer gesehen und Wellengang gespürt. Ich glaube, wir beide zitterten, die Gangway und ich. Sie wegen der vielen Menschen, die auf ihr rumtrampelten wies Vieh beim Almabtrieb. Und ich vor Aufregung und ein bisschen auch aus Angst. Aus Angst, wieder zurückgeschickt zu werden. Denn sie nahmen hier nicht jeden, hatte ich gehört. Ich ging einen weiteren Schritt auf den Buchstaben B zu.

Was erwartete mich hier? So weit weg von daheim. Meine weiteste Entfernung von meinem Elternhaus waren gerade mal zwei Stunden bis zum Titisee gewesen, aber auch nur einmal, als ich mit dem Fischhändler in seinem Wagen mitgefahren bin. Wir kauften direkt von den Fischern am See die Fische für Madames Verlobungsbüfett ein. Sie vertraute mir, die richtige Wahl zu treffen. Körbe voll mit Hechten, Forellen, Zandern und kleinen Fellchen, glitzernd und glitschig mit strahlenden Augen, brachten wir heim. Was Madame sich viel kosten ließ. Ein Vermögen. Sie bezahlte es schließlich nicht selbst. Das hätte sie sich auch gar nicht leisten können, denn das Erbe, das ihr Vater ihr hinterlassen hatte, war schon lange futsch. Bei ihrem extravaganten Lebensstil war das kein Wunder. Biberpelze aus Paris und Kaviar aus Russland. Das gefiel mir natürlich auch, denn Naschen war als Köchin erlaubt – auch bei Kaviar. Es war ihr Verlobter aus Amerika, Monsieur Robert Cremant oder Bob, wie er sich mir vorstellte, der ab jetzt für alles aufkam.

Nenn mich Bob und sag du zu mir, hatte er mir angeboten, wie eine Freundschaft. Das tat ich dann auch.

»Let's go, let's go!«, schrie der Kapitän wieder. Er ergriff die Hand der Frau mit dem Buben auf dem Rücken, der seinen Zwieback schon verschlungen hatte, und riss sie mit einem Ruck von der Gangway. Die Frau taumelte. Der Kleine schrie wieder. Als der Mann meine Hand packen wollte, zog ich sie sofort zurück. Ich musste der Mutter helfen. Ich fühlte mich jetzt verantwortlich für die beiden. Doch da fing sie sich wieder. Der Bub winkte mir noch zu, glaubte ich zumindest, und schwups, waren sie im Gedränge verschwunden.

Ich umklammerte den Henkel meines Koffers fester und drückte ihn dicht an meinen Oberschenkel, als wäre er angewachsen. Der Koffer war klein, wie für ein Kind gemacht. Mutter hatte ihn organisiert. *Wenn du schon nach Amerika fährst, dann kommst du dort ordentlich an, nicht mit einem Säckli wie die Landstreicher.* Viel hatte am Ende nicht reingepasst. Ich brauchte aber auch nicht viel. Hätte ihn mir damals jemand aus der Hand gerissen, wäre mir das auch egal gewesen, denn meine beiden kostbarsten Besitztümer – mein Lieblingskochlöffel, der schwer in der Hand lag und sich wie von selbst rührte, und mein Lieblingsmesser – hingen direkt an meinem viel zu eng geschnürten Gürtel über meinem langen Rock. Wobei der Rock nicht nur unpraktisch war, sondern mir am Bund ebenfalls die Luft abschnitt – trotz der gemäßigten Taille, die ich damals noch hatte, auch wenn diese nicht so schmal war, wie Mutter es sich gewünscht hätte. Deshalb hatte ich ja bisher auch keinen Mann abgekriegt. Keine Taille, kein Mann. So einfach war das für sie. *Du wirst noch als aldi Jumpfere enden.*

Das Messer hatte mir Madame zu meiner Einstellung geschenkt. Ich hatte bis dahin noch nie ein Geschenk bekommen. Arme Leute schenken nicht.

Ich ging einen weiteren wackeligen Schritt die wackelige Gangway entlang. Löffel und Messer klimperten bei jedem Schritt gegeneinander. Wenns hart auf hart kam, konnte ich mich damit auch verteidigen. Neben dem Kapitän hielt ich inne und atmete tief ein. Von seinem Geschrei platzte mir fast das Trommelfell. Amerika duftete nach Freiheit – und nach Fisch. Vielleicht bildete ich mir das auch nur ein. Vielleicht hatte ich ja nicht nur die unmöglichsten Gedanken, wie Mutter immer meinte, sondern auch die unmöglichsten Gerüche im Kopf. Wieder atmete ich tief ein, um meinen Geruchssinn, auf den ich mich eigentlich immer verlassen konnte, genau wie auf meinen Geschmackssinn auf die Probe zu stellen. Aber es roch tatsächlich nach Fisch. Es war ein angenehmer Duft, nicht der Gestank von drei Tage altem Fisch, sondern die Luft hatte dieses grüne Gurkenaroma von frisch gefangenem. Mmmh – Fellchenknusperli in Bierteig gebacken. Bei dem Gedanken lief mir das Wasser im Munde zusammen. Das Fellchenfilet darf dabei nur den Bruchteil einer Sekunde durch den Teig gezogen werden, flüchtig, wie eine zarte Berührung von einem echten Liebhaber. Nicht, dass ich schon mal einen gehabt hätte oder einen wollte, aber so stellte ich es mir vor. Wie ein Fellchen im Bierteig. Das Mehl muss dafür mindestens dreimal durchgesiebt werden, wie beim Kuchenbacken. Ich fragte mich, wann ich hier wohl an die Arbeit gehen konnte? Wie meine Küche aussehen würde? Der Ofen. Die Töpfe. Die Pfannen. Was für Fisch die hier hatten? Alles schien so voller Rätsel und zauberhaft zugleich, wie im Märchen.

»Ma'am, let's go, don't be scared, smile! Nice hat by the way, hahaha!«

Hatte der Kapitän »Mel« gesagt? Er hat wirklich meinen Namen gesagt. Ganz bestimmt. Den Rest konnte ich nicht verstehen, doch dass ich mich beeilen sollte, das hatte ich kapiert.

Ein Junge drängelte von hinten, dann machte ich meinen letzten Schritt – raus aus meinem alten Leben. Und meinen ersten – rein in mein neues Leben.

Damit hatte ich B gesagt.

Die Pflastersteine glänzten von dem leichten Nieselregen. Sie waren zwar nicht aus Gold, doch sie sahen aus, als hätte sie jemand poliert. In einer Rille erspähte ich einen Pfennig. *A Penny* – wie es hier hieß. Das hatte Madame zumindest behauptet. Ich hatte keine Chance, mich zu bücken, um ihn aufzuheben, denn der Junge hinter mir schubste immer noch, als gäbe es etwas umsonst. Madame? Wo war sie überhaupt abgeblieben? Ich drehte mich um.

Ich entdeckte ihre zarte Gestalt hinter einem Mann, der vorne und hinten mit Rucksäcken beladen war, und sah, wie sie die Gangway hinuntergetorkelt kam, als wäre sie betrunken. Sie hustete immer noch. Sie trug keinen Koffer, aber ihr langer Rock sah an den Säumen genauso zerfranst aus wie meiner, und ihre einst weiße Bluse mit den Puffärmeln unter der schwarzen Weste hing mindestens genauso müde hinunter wie meine. Nur unsere Hüte mit den dicken, runden roten Bommeln schienen die Schiffsreise unversehrt überstanden zu haben. Fast.

Jetzt, als Madame sich bückte, um ihren Rock anzuheben, konnte ich erkennen, dass ihrem Bollenhut genau in der Mitte ein Bommel fehlte, und schon wieder erspähte ich einen Penny. Er lag gleich neben ihrer zierlichen Stiefelette auf der Gangway und glänzte wie Silber. Ein kleines Mädchen mit dicken Zöpfen bückte sich danach und hob ihn auf. Sie strahlte bis über beide Ohren. Ich freute mich mit ihr. Und Madame würde ich eben einen neuen Bommel basteln. Hatten die hier überhaupt rote Wolle? Vielleicht lohnte es sich auch nicht mehr, fiel mir ein, denn in ein paar Wochen würde Madame sowieso einen Hut mit schwarzen Bollen tragen müssen, wenn sie verheiratet war. Was es hier wohl alles nicht geben würde, und was es hier wohl alles gab.

Mir schoss die Hitze in den Kopf. Ich konnte das immer genau spüren, wenn ich aufgeregt war. Ich fasste an meine Wangen. Sie waren heiß, bestimmt auch ganz rot. Das passierte mir auch, wenn ich schwindelte. Hoffentlich hörte das auf, wenn ich älter war. Verwächst sich so was? Ich meinte nicht das Schwindeln, denn das war mein Versteck. Ein sicherer Platz, den nur ich kannte. Und Freiheit – wie Amerika.

Der stetige Nieselregen, der sich durch meinen Mantel fraß, fühlte sich angenehm an. Es war das Jahr 1860 und ungefähr Anfang März. Madame wusste das bestimmt ganz genau. Als ich wieder zu ihr rüberblickte, fiel mir im Augenwinkel eine krause, rotblonde Locke in die Stirn. Wie immer bei Regen, machten sich meine Haare selbstständig, sogar unter dem Hut und meiner Kappe. Sobald wir aus diesem Gedrängel raus waren, würde ich meinen Dutt richten.

Ah – dieses frische Gurkenaroma schlich sich wieder in meine Nase. Ich konnte gar nicht genug davon bekommen. Jetzt kitzelte sogar ein Hauch von Geräuchertem meinen Geruchssinn. Würzig und warm. Auch das Gepfeife und Geschreie, von dem ich natürlich kein Wort verstehen konnte, tönte wie eine schöne Melodie. Eine Gurkenmelodie, eine Gurken-und-Fellchen-Symphonie, eine Zander-Sonata, eine Hecht-Oper. Der Kapitän mit den goldenen Knöpfen war der Dirigent, und ganz Amerika stimmte ein. *Herzlich willkommen in Amerika, Mel!* Der Kapitän hatte »Mel« gesagt. Das wusste ich. Ich wusste damals zwar nicht viel – aber das wusste ich nicht.

Der Junge drängelte immer noch von hinten. Ich stolperte und prallte gegen einen Mann mit einem Kind an der Hand, rappelte mich jedoch sofort wieder auf. Mein Blick fiel auf meine Galoschen, von denen sich die Sohle löste. Sie sahen ziemlich schäbig aus gegen das polierte Kopfsteinpflaster. Wenigstens war ich jetzt nicht mehr ganz so zittrig wie vorher, konnte wieder normal gehen. So normal und gerade wie möglich, wenn man von dem einen oder anderen Schlenker absah, den ich machen musste, um den dampfenden Pferdeäpfeln, die wie die Pennys überall rumlagen, auszuweichen und um nicht in die vielen Menschen reinzurennen, die wie Ameisen geschäftig durch die Gegend rannten. Sie führten kleine Schubkarren, beladen mit Koffern, fielen einander weinend in die Arme oder standen in kleinen Gruppen mitten im Weg herum. Sie unterhielten sich laut und lachten noch lauter – als hätten sie alle Zeit der Welt. Das Leben hier schien schneller und langsamer zugleich zu sein. Und fröhlicher.

Ein paar Schritte weiter fand ich ein freies Plätzchen, neben einem Wagen, der mit Koffern und Kisten beladen war. Ein paar sahen aus wie die von Madame. Ich stellte meinen Koffer auf das Kopfsteinpflaster, steckte die krausen Locken wieder unter die Seidenkappe und richtete meinen Dutt, so gut ich konnte, ohne meinen Bollenhut abzunehmen.

»Let's go, let's go!«, hörte ich den Mann aus der Entfernung nicht mehr ganz so laut schreien.

Er dirigierte immer noch Passagiere von der *Bremen.*

»Madame, Madame, hier drüben!« Ich winkte ihr zu. Lief ihr ein Stück entgegen und trampelte tatsächlich in einen dampfenden Pferdeschiss. Ich fühlte, wie sich die warme, weiche Masse durch die lose Sohle um meinen großen Zeh schmiegte. Das konnte nur was Gutes bedeuten. Glück.

»Melb-a, Melb-a, vien, ilf mir, ilf mir, s'il te plait!«

»Oui, Madame, komme!«

Warum sprach sie meinen Namen immer so komisch aus? Diese Pause mittendrin, als ob sie sich jedes Mal vor dem A verschlucken würde.

»So, Madame. Versuchen Sie, nicht runterzuschauen. Gehen Sie einfach. Kommen Sie.«

Ich redete ihr gut zu, wie einem Kind.

»Ein Schritt, noch ein Schritt, Madame, kommen Sie. Linker Fuß, rechter Fuß. Wer A sagt, muss auch B sagen.«

»Melb-a, ast du Monsieur schon gesehen?«

»Nein, Madame.«

Vielleicht hörte sich mein Name mit der Pause zwischendrin für Madame französischer an. Jeder glaubte sowieso, dass sie Französin sei. Auch Monsieur. Dadurch war sie besonders. Glaubte sie. Glaube ich.

Wir hatten keine Probleme, durch die Gesundheitsinspektion zu kommen, trotz Madames Husten. Sie hatte ihn in der Inspektionshalle die ganze Zeit unterdrückt. Ich war richtig stolz auf sie.

Doch kaum waren wir wieder draußen, gab sie sich einem Hustenanfall hin, bei dem sie aufs Kopfsteinpflaster kotzte, gleich neben den Pferdeschiss, in den ich reingetrampelt war. Und ich hatte recht gehabt, die Koffer und Kisten auf dem Wagen waren Madames. Ein Mann lud sie für uns ab und stapelte sie gegen eine Häuserreihe, gleich am Kai, direkt neben den Eingang von einer Gaststube. Wir setzten uns auf eine der Kisten und warteten auf Monsieur.

Hübsch waren die Häuser. Schmal, zweistöckig, meistens aus Backstein klebten sie Seite an Seite wies Vieh im Winter. Zwei, drei Stufen führten zu den Eingangstüren, die bunt gestrichen waren. Rot, blau, grün. Leider hatten die Häuser kein Dach wie unsere Waldhäuser, das überhing, dadurch waren wir dem Nieselregen, der zu einem echten Regen wurde, schutzlos ausgesetzt. Wenn sich die Tür zur Gaststube öffnete, kam mir ein Schwall von saurem Biergeruch und Gejohle entgegen. Kulanz des Hauses. Matrosen und Kapitäne gingen ein und aus. Manchmal kamen Typen, die allein hineingegangen waren, mit einer Frau im Arm wieder raus. Ich stand auf.

»Hier«, rief einer zu uns rüber. Und schmiss mir ein Geldstück entgegen.

So erbärmlich sahen wir also aus? Es war mir peinlich. Das Geldstück rollte in eine Rille zwischen zwei Pflastersteine. Ein Penny. Die Straßen in Amerika waren also nicht mit Gold, sondern mit Pennys gepflastert. Das gefiel mir wiederum. Ich zückte meinen Kochlöffel – wofür der alles gut war – und flippte das Geldstück aus der Rille. Gott hatte mir wieder einen Penny geschenkt, und diesmal konnte ich ihn entgegennehmen. Thank you, Gott. »Thank you, thank you, thank you«, wiederholte ich. Das Lispeln mit der Zunge machte einfach zu viel Spaß. Es war erlaubt – hier in Amerika. Wenn es auch gerade nicht so aussah, wusste ich, dass der Penny mir Glück bringen würde. Ich spuckte dreimal drauf und überließ den Rest Gott.

Ich hörte ein Schiffshorn. Vielleicht war es das von der *Bremen*. Wahrscheinlich aber nicht. So viele Schiffe lagen hier im Hafen. Die Sonne, die sich heute noch nicht gezeigt hatte, ging irgendwo versteckt wieder unter. Die Kirchturmuhr schlug acht, neun, zehn. Wir warteten. Und warteten. Und warteten.

»Madame, bleiben Sie hier hocken. Ich schau mich mal nach Monsieur um.«

Ich machte was? Gleich nachdem ich das gesagt hatte, wurde ich mir meiner armseligen Situation bewusst. Wo sollte ich mich umschauen? Ich kannte doch gar nichts hier. Ich hatte am Nachmittag Leute vom Schiff wiedererkannt, doch die hatten sich auseinandergerippelt wie das Laub im Herbst. Bestellt und nicht abgeholt waren wir – im wahrsten Sinne des Wortes. Ich ging am Kai entlang und setzte mich auf einen Poller. Mir war kalt, ich hatte Hunger und musste mal. Das Meer war spiegelglatt. Wie der Titisee, wenn er gefroren daliegt. Ich starrte in die Ferne und sah vor mir wie einen schlafenden Riesen den Feldberg liegen. Glaubte ich.

Nun Herr, fing ich an, wes soll ich mich trösten? Ich hoffe auf dich.

Ich wartete auf eine Antwort, wie ich es schon so oft getan hatte. Gedankenlos hob ich ein Stück Holz auf – es war wahrscheinlich von einer Kiste beim Verladen abgesplittert – und warf es ins Wasser. Es tauchte kurz unter, sogleich wieder auf und dümpelte vor sich hin. Ich blickte ihm nach. Es war jetzt Treibholz – wie ich. Es trieb auf dem Atlantischen Ozean und ich in Amerika. Besser als im Schwarzwald festzusitzen, versuchte ich mich zu überzeugen. Und überhaupt, Mel: Treibholz treibt und geht nicht unter. So wie Unkraut nicht vergeht. Sagten das die Alten nicht immer? Eins davon war ich – Unkraut oder Treibholz. Unkraut war sogar noch köstlich und gesund. Wenn ich da an Löwenzahnsalat dachte. Manche sagten auch Bettseicher, und wie man an dem Namen vernimmt, hatte das Kraut eine entwässernde Wirkung. Oder an die zarten blauen Blüten des Borretsch, an den Sauerampfer oder die Pimpernelle mit den winzigsten rosa Blüten. Oft hatte ich aus ihnen eine gesunde grüne Soße für Madame gezaubert, besonders wenn sich bei ihr eine Erkältung anbahnte. All die schönen Unkräuter kamen mir plötzlich wie alte Bekannte vor. Ich vergaß fast, dass ich hier auf dem Poller saß und ich mir irgendetwas einfallen lassen musste, um uns aus dieser prekären Situation zu retten. Ich schenkte dem Stückchen Treibholz einen letzten Blick, es schlingerte immer noch auf dem spiegelglatten Ozean vor sich hin und war ganz klein geworden.

Ich sah unser Lager schon von weitem. Madame lehnte wie ein Schluck Wasser in der Kurve an der Hauswand. Sie war eingeschlafen. Ich setzte mich wieder neben sie auf die Kiste. Ihr Atem rasselte, ihre Haut war blass und klamm, ihr dunkles Haar hing strähnig aus der Kappe. Den Hut hatte sie abgesetzt und neben sich auf die Kiste gelegt. Wenigstens hustete sie im Moment nicht. Mir wurde gerade bewusst, dass sie der einzige Mensch war, den ich hier kannte. Ich fühlte mich auf einmal für sie verantwortlich wie für meine Schwestern Edeltraud,

Hannelore, Adelheid, Erika, Christl und mein Hildli. Madame räusperte sich und bekam einen Hustenanfall.

»Er wird bestimmt bald kommen, Madame«, versuchte ich sie zu beruhigen. Ich glaubte aber selbst nicht dran. Irgendwas war komisch.

»Soll ich Ihren Biberpelzmantel aus der Kiste holen?«

»Oui, Melb-a, oui.« Ich wusste noch genau, in welche Kiste ich den Mantel gepackt hatte und legte ihn Madame um die Schultern. Irgendwie fror ich nicht mehr. Ich musste für uns beide stark sein. Als älteste Schwester kennt man das. Madame versank mehr und mehr in sich – wie ein Gugelhupf, wenn man ihn zu abrupt aus dem Ofen holt.

»Mon dieu, Melb-a. Es ist alles meine Schuld. Weißt du, warum ich einer Heirat mit Monsieur zugestimmt habe? Ich weiß genau, was du denkst: Weil ich schon alt bin und es an der Zeit ist. Oder vielleicht, weil ich bald kein Geld mehr habe. Bien sûr, das denkst du doch?«

Ehrlich gesagt (ist man eigentlich ehrlich, wenn man *ehrlich gesagt* sagt?) hatte ich genau das gedacht.

»Madame, ich …«

»Absolument pas! Das sind nicht die Gründe. Ich erzähle dir jetzt ein Geheimnis.« Sie beugte sich zu mir rüber und hustete. Ich fühlte mich wie ihre Komplizin und rückte näher an sie heran.

»Ich war schon einmal verheiratet, mit Viktor. Da hat mein Vater noch gelebt. Viktor wollte so gern Kinder. Aber Doktor Ritter hat bestätigt, was ich schon befürchtet hatte. Ich kann keine kriegen. Unsere Ehe wurde schal wie Champagner vom Vorabend. Und dann verließ Viktor mich.«

»Madame, das tut mir leid …« Sie hörte gar nicht, was ich sagte.

»Deshalb trinkt man eine Flasche Champagner immer ganz aus. Merk dir das, Melba.«

»Et voilà, Melb-a, da kam mir die Idee, mir einen Mann zu suchen, der woanders herkommt, mit dem ich weit weg gehen kann. Nach so einer langen Reise wird er mich bestimmt nicht wieder zurückschicken, wenn ich ihm keine Kinder gebären kann. Und was ist da besser geeignet als Amerika?«

Der Regen trommelte zart auf die Kisten. Die Wellen schlugen im Takt dazu gegen die Kaimauer. Sogar das Gejohle aus der Gaststube fügte sich ein wie Chorgesang. Wir starrten immer noch aufs Meer, als würde Monsieur von dort aus angeritten kommen. Der Märchenprinz, der Retter in der Not. Ich glaubte, das Stück Treibholz von vorhin zu sehen.

Da platzte es aus uns beiden heraus. Wir lachten so laut, so verzweifelt, als wären es die letzten Laute, die wir jemals von uns geben würden. Sicher konnten wir beide uns gerade tausend andere Orte vorstellen, die besser als Amerika waren. Außer meinem Elternhaus vielleicht. Wir lachten dieses »Wenn alles verloren ist«-Lachen. Madame kamen die Tränen, und ich pinkelte mir ein bitzeli in meine Brunzhose.

»Also, ich serviere Ihnen keinen Champagner mehr, Madame. Ab jetzt gibts nur noch Wein, der steht nicht so schnell ab. Oder was trinkt man hier in Amerika?« Mein Ton kam mir etwas zu übermütig vor, aber wir waren ja jetzt Komplizinnen – hier in Amerika.

»Whiskey, Melb-a. Bourbon«, sagte sie und beugte sich wieder zu mir rüber. Ich roch ihren sauren Atem.

Oh, nein! Wieder prustete es aus uns heraus. Wieder pinkelte ich ein paar Tropfen in meine Brunzhose. Erst jetzt wurde mir bewusst, dass ich wirklich mal aufs Klosett musste. Aus Madames Lachen wurde ein abgehacktes Husten. Ich klopfte ihr leicht und zackig auf den Rücken, um den Schleim zu lösen. Doch das half nichts. Ihr Husten wurde stärker und stärker. Sie hörte gar nicht mehr auf, und zum Schluss kotzte sie wieder. Alles auf ihren schönen Biberpelz. Der saure Gestank wird nie wieder rausgehen, schoss es mir in den Kopf. Und damit hörte auch ich auf zu lachen. Ich riss ein Stück von meinem Unterrock ab und klopfte die kleinen Brocken Kotze aus dem Fell. Sorgfältig, wie wenn ich die kleinen Halme Stroh aus Hildlis Haaren zupfte. Mir war zum Weinen zumute. Ich vermisste meine Schwestern. Bleib stark, Mel. Bleib stark. Du hast A und B gesagt, bist wahrscheinlich schon bei C oder D angekommen und treibst doch immer noch, tröstete ich mich. Wo das Holzstück wohl gerade dümpelte? Wo ich gerade hindümpelte?

»Madame, ich will versuchen, in der Gaststube« – die natürlich eine Spelunke war – »Wasser zu bekommen. Für Ihren Husten und Ihren Pelz«, sagte ich und stand auf.

Mir fiel auf, dass ich genauso laut redete wie die Leute von vorhin. Das flößte mir neuen Mut ein.

»Merci Melb-a, merci. Du bist immer so praktisch. Wenn ich dich nicht hätte.« Ihre Augen waren rot unterlaufen, und aus ihrer Nase tropfte Rotz. Sie tat mir wirklich leid. Eine Barriere war zwischen uns gefallen. Obwohl Madame viel älter war als ich, kam ich mir nun wie die ältere Schwester vor.

Ich musste so nötig, dass ich kaum die Stufen der Spelunke raufkam. Die ganze Stube stank nach Alkohol und Rauch, und es war so laut und voll hier, dass mich niemand beachtete. Gott sei Dank. Hätte ich nicht so nötig gemusst, hätte ich mich niemals hier reingetraut. Ich ging einfach nach hinten durch, duckte mich und stellte mir vor, dass ich einen Mantel anhatte, der mich unsichtbar machte, so wie der König vom goldenen Berg aus dem Märchen der Brüder Grimm. Es klappte. Für mich zumindest. Hinterm Haus hatten sie, wie ich es mir gedacht hatte, ein Plumpsklo.

Als ich mir wieder einen Weg durch die johlende Masse bahnen wollte, erkannte ich Monsieur. Er lehnte mit Pfeife im Mund am Tresen, seine Hand hing tief im Dekolleté einer fragwürdigen Dame. Mir wurde heiß. Auf einmal stand ich neben ihm.

»Monsieur?«, hörte ich mich sagen, in einem tadelnden Ton wie Mutter.

Wir gingen vor die Tür. Der Regen hatte sich gelegt. Von der Treppe aus zeigte ich Monsieur, wo Madame saß. Sie war wieder eingeschlafen. Monsieur pfiff. Eine Droschke kam vorgefahren. Ich deutete wortlos auf die Kisten und Koffer. Monsieur pfiff wieder, und eine weitere Droschke erschien. Die Fahrer luden unser Gepäck auf. Ich weckte Madame. Wies auf Monsieur, der in die Droschke stieg, und half ihr auf die Beine und dann in den Wagen. Ich hatte Madame neben Monsieur gesetzt, damit sie sich nicht ansehen mussten. Das wäre für beide nicht gut gewesen. In dem jämmerlichen Zustand, in dem sie sich beide befanden. Keiner sagte ein Wort. In der kleinen Kabine mischte sich der Kotzegestank mit schalem Biergeruch und kaltem Rauch. Ich kannte das. So stank manchmal unsere Küche am Morgen, wenn Vater sich dort in der Nacht noch aufgehalten hatte und die Kartoffelschnapsflasche leer und umgestoßen auf dem Tisch lag. Manchmal war sie auch vom Tisch gerollt und lag unten in Scherben, durch die das Sonnenlicht blinzelte, als wollte es sich für ihn entschuldigen. Da fiel mir ein, dass ich ganz vergessen hatte, Wasser zu bringen. Aber das war nicht mehr das Problem. Wir hatten jetzt ein ganz anderes. Was für ein Taugenichts Bob doch war, dachte ich. Alle Männer sind Taugenichtse. Nie wieder würde ich ihm in die Augen sehen können. Nie wieder würde ich Bob zu ihm sagen. Nie wieder. Mir war kalt. Meine Bluse klebte nass an meiner Haut. Dann döste ich ein.

Ich wurde von einem Rütteln an meiner Schulter geweckt. Ich schaute aus dem Fenster der Droschke und blickte an einem zitronengelben Gebäude hoch. Ein Hotel. Unser Gepäck wurde abgeladen. Madame schlief sofort auf dem Bett in dem Zimmer, das wir uns teilten, ein. Es sah aus wie das Bett eines Königs, so hoch und weich war es. Ich hatte ihr den Pelzmantel ausgezogen und ihr das Gesicht mit einem Waschlappen abgewischt. Sie hatte nicht einmal mehr ihre Suppe angerührt, die uns von Bob in einer dampfenden Terrine aufs Zimmer gebracht worden war. Es war ein Mais-und-Austern-Chowder, hatte er gesagt.

Ich wusste nicht, was das eine oder das andere Wort bedeutete. Doch es schmeckte köstlich. Es war eine cremige Suppe, fast wie eine Mehlsuppe, aber leichter. Eher wie eine cremige Kartoffelsuppe. Mir fiel ein, dass Madame mir einmal erklärt hatte, dass die Kartoffel – unsere Grumbire – aus Amerika kommt. Na, dann bin ich ja genau richtig hier. Und dass mein erstes Mahl in Amerika eine Art Kartoffelsuppe war, hatte bestimmt auch etwas Gutes zu bedeuten, trotz des miserablen Verhaltens von Monsieur. Die kleinen Kartoffelstückchen waren wunderbar mehlig, so wie es sich für eine gute Kartoffelsuppe gehörte. Es schwammen auch noch winzige goldgelbe Beeren drin herum, die zuckersüß schmeckten. Sie waren der perfekte Kontrast zu den größeren Stückchen, die hell wie Hühnerfleisch waren, aber viel zarter und cremiger schmeckten, sogar etwas salzig – wie eine frische Meeresbrise an Deck der *Bremen*. Ich verschlang meine Portion und Madames dazu. Jeder Löffel von diesem samtigen Lebenssaft zündete ein neues Fünkchen Hoffnung in mir. Amerika schmeckte köstlich. Die gelben Beeren waren wohl der Mais. Mais war mindestens genauso vielfältig wie unsere Grumbire, wie ich noch herausfinden würde. Aber für den Rest meines Lebens bleibt die Grumbire trotzdem das beste Lebensmittel überhaupt. Alles kann man mit ihr machen: reiben für Reibekuchen, zerdrücken zu Stampf, zerquetschen mit Mehl zu Knödeln oder als Bübespitzle, als Gratin mit Chäs gebacken, Kartoffelsuppe, cremig oder klar, warmer, saurer Kartoffelsalat, Speckkartoffeln und Brägele, die nicht das Gleiche sind. Speckkartoffeln brät man roh mit Speck an und kocht sie dann mit Brühe ein, dass sie sich in einer sämig-salzigen Soße pudeln. Im Wald essen wir das gern zu Hackbraten, der ja keine eigene Soße hat. Brägele oder German Fried Potatoes, wie ich sie später nennen würde, sind nichts anderes als Bratkartoffeln. Sie werden vor dem Braten gekocht, am besten schon am Vortag, damit sie sich ausruhen können. Stärke sammeln, nenne ich das. Das ist das ganze Geheimnis, das Ausruhen, damit sie schön kross werden. Brägele mit Bibeleskäs – mmh, ein Gedicht. Kartoffeln kann man zum Frühstück, Mittag und Abendbrot essen, sogar als Nachtisch oder Dessert, wie Madame sagen würde, ich denke da an Zwetschgenknödel mit brauner Butter. Man kann sogar Branntwein draus machen. Das hätte man aber lieber sein lassen sollen, dann wären nicht so viele Männer bei uns im Wald dem Suff verfallen. Mein Vater vielleicht dann auch nicht.

Diesen Chowder jedenfalls, den würde ich noch viele Male selbst kochen. Nachdem ich Madames Schale ausgeschleckt hatte, schlief ich rundum zufrieden auf dem Diwan ein, ohne auch nur einen weiteren Gedanken an die Welt zu verschwenden, die mir so willkürlich vorkam wie ein Fliegenschiss.

Wenn unsere Ankunft im Regen kein gutes Omen gewesen war – von dem köstlichen Chowder mal ganz abgesehen –, dann musste es natürlich genauso mies weitergehen.

Auf dem Weg von Baltimore zu Monsieurs Haus in St. Genevieve blieb die Luft in der Kabine der Privatdroschke eisig – unsicher wie beim ersten Frost, wenn man noch nicht so genau wusste, ob man sich auf den Winter einstellen sollte oder ob es noch mal warm würde.

Es wurde nicht mehr warm.

Der Winter brach über uns herein wie ein Schneesturm über den Feldberg. Er riss Bäume und Häuser mit sich und die

Seele von Madame. Sie hatte immer stärkere Hustenanfälle bekommen, spuckte dabei oft dezent in ihr Taschentuch, manchmal war es sogar rot. Ich fühlte, wie peinlich ihr das war. Doch nun gab es kein Zurück mehr. Jeder muss sein Alphabet durchleben, so gut oder so schlecht er kann.

Ich weiß nicht genau, bis zu welchem Buchstaben sie es bisher wohl geschafft hatte. Manchmal verwechsle ich die Buchstaben auch, besonders die da unten bei U und S. So weit war Madame eh nicht gekommen. Aber jetzt würde wenigstens ihr Geheimnis nicht ans Licht kommen. Bei mir würde es sicher sein.

Ich kann ansonsten nicht viel über St. Genevieve sagen. Nur dass hier viele Menschen rumliefen und alle eine andere Sprache sprachen. Deutsch, Französisch, Englisch und noch mehr. Die anderen kannte ich aber nicht. Das Schönste hier war der Blick auf den Fluss, auf dem unsere Flößer zwar keinen Spaß gehabt hätten, so breit und gemächlich floss er vor sich hin, doch der eine Ruhe ausstrahlte wie daheim das Tannenbühl.

Ich legte Madames Bollenhut, an dem immer noch ein Bommel fehlte, mit in ihr Grab. Platzierte ihn auf ihrem Bauch über ihren gefalteten Händen. Dann streute ich das Säckchen Erde, das wir aus der Heimat mitgenommen hatten, gleichmäßig über ihren leblosen Körper. *Au revoir, Madame.*

Monsieur und ich verließen den Friedhof nach Madames Beerdigung, als hätten wirs eilig. Wir waren die einzigen Gäste. Als wir Monsieurs Droschke erreichten, drängelte ich mich vor und stieg zuerst ein. Ich schnappte meinen kleinen Koffer, den ich heimlich unter dem Sitz versteckt hatte, und verschwand aus der anderen Tür des Wagens, so schnell wie das Kaninchen aus dem Hut des Zauberers auf dem Gutacher Jahrmarkt. Der Fahrer schnalzte, und die Droschke fuhr davon. Monsieur steckte seinen Kopf aus dem Fenster und schaute zurück. Er hielt nicht an.

Ich stand allein neben dem Friedhof. Ich setzte meinen Hut auf, drückte meinen Koffer wieder fest an meinen Oberschenkel und fing an zu laufen. Ohne Ziel.

Erst jetzt kullerten mir Tränen über die Wangen. Ich hatte keine Ahnung, was in den letzten Wochen geschehen war, zu beschäftigt war ich gewesen mit Waschen, Bettwäschewechseln, Kochen, Saubermachen und damit, Madame gut zuzureden. Mein Kochlöffel und mein Messer klapperten bei jedem Schritt. Sie befürworteten meine Entscheidung, aus der Droschke zu steigen. Es war eigentlich auch gar keine Entscheidung, sondern purer Instinkt. Wie bei den Feldmäusen, die sich nicht zu nah an den Speck trauen, wenn der Herr daheim ist, denn sie spüren, dass davon nichts Gutes kommen wird. Ich spürte auch, dass mich mit Monsieur nichts Gutes erwartet hätte. Ich glaube, ich bin damals einfach immer nur den Geräuschen nachgegangen, entlang am weißen Lattenzaun der Kirche, vorbei an kleinen Häusern mit Terrassen vor der Haustür. Bis ich wieder Fisch roch.

MAIS-UND-AUSTERN-CHOWDER

Ein Chowder ist eine Suppe, die mit Milch oder Sahne gemacht wird.

Zutaten

2 Esslöffel (EL) Butter, 2–3 Karotten, in kleine Würfel schneiden, 3–4 Stängel Sellerie, in kleine Würfel schneiden, 1 mittelgroße Zwiebel, in kleine Würfel schneiden, 1 Liter Gemüsebrühe, 3 Knoblauchzehen, fein hacken, 4–6 große Kartoffeln (mehlig kochend), in kleine Würfel schneiden, 5 Maiskolben, die Körner mit einem scharfen Messer von den Kolben runterschneiden, 2 Tassen (T) Sahne, ¼ T trockener Weißwein, ungefähr 20 Austern mit ihrem Saft, Salz, 1 Teelöffel Paprika, 1 EL gehackter Thymian, frischer Schnittlauch gehackt. Wer es etwas schärfer mag, nimmt Cayenne-Pulver zum Abschmecken.

Zubereitung

Die Butter in einem mittelgroßen Topf über mittlerer Hitze schmelzen lassen, Karotten, Sellerie, Zwiebeln hinzugeben und anschwitzen, bis die Zwiebeln glasig sind. Nicht braun werden lassen.

Mit der Brühe und dem Saft (Elixier) der Austern ablöschen, Thymian, Paprika, Knoblauch hinzugeben. Kurz aufkochen lassen. Kartoffeln und Maiskörner hinzugeben, erneut aufkochen lassen.

Wein und Sahne hinzugeben und 20–30 Minuten köcheln lassen. Ein paar Kartoffeln aus der Suppe fischen und mit der Gabel zu Brei zerdrücken, zurück in den Topf geben. Durch die Stärke in den Kartoffeln dickt die Suppe ganz natürlich an. Dann braucht man kein Mehl. Nochmals kurz aufkochen lassen.

Die Hitze reduzieren und die Austern hinzugeben. Jetzt lasse ich den Chowder nicht mehr aufkochen, sonst werden die Austern zäh, sie sollen zart und cremig sein.

Mit Salz und Cayenne-Pfeffer abschmecken und mit Schnittlauch garnieren.

B

Roux

Die Wellen raschelten über den Sandstrand wie ein Luftzug durchs Tannenbühl. Ich saß am Ufer eines Flusses und versuchte das Wort auf dem Schild neben mir zu entziffern. Ein so langes Wort mit so vielen S drin hatte ich noch nie gesehen, geschweige denn entziffert. Da konnte man mal sehen, wozu drei Wochen Dorfschule und ein holpriges Alphabet taugten. Ich wischte mir eine letzte Träne aus dem Gesicht und begann noch einmal von vorn. MI-SS… Doppel-S bedeutet scharfes S. War das nicht so? Noch mal: MI-SS-I-SS-I… Und Doppel-P? Galopp, Melba, Galopp, hatte der Lehrer gesagt. Schnell, du musst es schnell sprechen. Also: MI-SS-I… MI-SS-I-SS – IPPI. Mississ Ippi. Wie Mississ Cremant? So hätten sie Madame hier in Amerika angesprochen, wenn sie Monsieur geheiratet hätte. Das hat Madame mir auf der Überfahrt erklärt. Ich war hier eine Miss. Eine Art Abkürzung von Mississ? Miss Koch. Hört sich auch schön an – Miss Koch. Madame hat mir immer viel erklärt. Sie hat mir sogar passables Französisch beigebracht. Gott hab sie selig. Jetzt vermisste ich sie. Ich vermisste sogar das abgehackte A von Melb-a. Auch meine Mutter vermisste ich jetzt, jedoch nicht meinen Vater. Mein schlechtes Gewissen kam wieder, darüber, dass ich meine Schwestern alleingelassen hatte. Aber ich hatte doch keine andere Wahl gehabt. Wenn mein Plan aufgegangen war, würde es ihnen jetzt schon besser gehen.

Auf einmal wurde ich mir meiner ausweglosen Situation bewusst: mutterseelenallein. Wo? Mississ Ippi. Das war wohl der Name des Flusses. Bisher war wenigstens Madame bei mir gewesen, auch wenn sie keine große Hilfe gewesen war. Aber sie wusste viel. Ich schaute wieder auf das Schild. Einfach toll. Ein Fluss, der nach einer Frau benannt wurde, und dann noch so ein schöner breiter Fluss. Was trägt bei uns schon den Namen einer Frau? Kirchen? Die sind immer nach heiligen Männern benannt. Die St. Petri Kirche, der St. Stephans Dom und so weiter und so weiter. Schiffe mit nackten Galionsfiguren, die tragen daheim Frauennamen.

Der gurkig-grüne Duft von frischem Fisch riss mich aus meinen Gedanken und ließ neue Hoffnung in mir aufkeimen. Ein Mann schob ganz dicht an mir einen Karren Fisch vorbei. Ah!

Eine Mutter rief ihren Jungen: »Victor, Victor!«

Ein Hund bellte. Er streunte am Ufer entlang in meine Richtung. Ich freute mich schon drauf, ihn zu streicheln. Doch er drehte ab und machte sich auf den Weg der Kirche entgegen, am Lattenzaun entlang, wo er auf einen anderen Hund traf. Sie beschnupperten sich zur Begrüßung, schienen alte Bekannte zu sein. Vielleicht waren sie sogar ein Liebespaar. Auf dem Fluss lag ein Dampfer mit einem roten Riesenrad und rotem Schornstein. Rot wie die Mohnblumen im Sommer. Rot ist eine schöne Farbe. Eine Gruppe von jungen Matrosen polterte die Gangway hinauf auf den Dampfer. Ein paar Wochen war es erst her, dass ich eine runtergewackelt war.

Sie lachten und neckten sich. Sie gehörten hierher. Sie hatten ein Recht, hier zu sein. Die beiden Hunde auch.

Und ich? Wo gehörte ich hin? Ich hatte kein Recht, hier zu sein. Das war nicht mein Ufer, nicht mein Amerika, nicht mein Himmel, nicht meine Mississ Ippi, nicht mein Fisch, nicht meine Wellen, nicht mein Sand.

Ich sehnte mich nach dem Wald.

Lieber Gott, bitte hilf mir. Ich werde auch nie wieder schwindeln und nie wieder bestimmerisch sein. Ich versuchte den Mann da oben zu beschwören, obwohl ich mir schon damals nicht mehr so sicher war, ob ich an ihn glaubte.

»Hi«, sagte plötzlich jemand neben mir.

Ich blickte auf und wischte die Tränen aus dem Gesicht.

»Hi«, sagte ich wie selbstverständlich.

Ein junges Mädchen, ungefähr mein Alter, lächelte mich freundlich an. Sie trug einen einfachen Rock aus Leinen, eine leichte Baumwollbluse und ein Kopftuch. Sie zeigte auf meinen Hut und nickte. Ich nahm ihn vom Boden auf und hielt ihn ihr entgegen. Sie nahm ihn in die Hand und strich zärtlich über die roten Bollen, als ob sie ihn streichelte.

»Nice«, sagte sie, »very nice. I'm Mary.« Sie streckte mir ihre Hand entgegen.

»No English«, sagte ich, »Allemand? Français?«

Warum ich Französisch sagte, weiß ich nicht. Ich hatte zwar ein wenig von Madame gelernt, doch dass ich es fließend sprach, konnte ich nun wirklich nicht sagen.

»Yes, oui, Français, a bit«, sagte Mary.

»Je suis Melba«, sagte ich und klopfte auf meine Brust.

»Enchanté, Melba.«

»Enchanté, Mary«, wiederholte ich.

Ich kam mir jetzt vor wie Madame.

»Are you sad? Triste?« Sie rieb sich mit der Faust die Augen und zog ihren Mund nach unten.

»Yes, triste, sad«, wiederholte ich.

»Are you alone? Seul?«

»Oui.«

»Je travaille sur le bateau«, sie zeigte auf den Dampfer mit dem roten Rad. »Work, you know?«

»Travaille?«, sagte ich.

»Travaille, toi?«, fragte sie.

Ich zeigte auf meinen Kochlöffel und das Messer, die an meinem Gürtel baumelten.

»Ah, cuisinier, cook?«

»Oui, cuisinier.«

»Come«, sagte sie und nahm mich bei der Hand. In der anderen Hand hielt sie immer noch meinen Hut.

Ich griff mein Köfferchen und ging mit ihr.

Mary war ein hübsches Mädchen mit blonden Schillerlocken, die unter ihrem Kopftuch hervorlugten. Sie war nicht ganz so groß wie ich und viel dünner. Sie arbeitet bestimmt nicht als Köchin, dachte ich. Sie lächelte warm und hörte überhaupt nicht mehr auf zu nicken. Ich machte sie nach und tat mein Bestes, wie selbstverständlich und nicht zittrig über die Gangway zu gehen. Vielleicht würde ich mich dann so fühlen, als gehörte ich hierher wie die Matrosen und der Hund von vorhin.

Ich vertraute Mary. Ich hatte ja auch keine andere Wahl. Wir gingen vorbei an einem Speisesaal und eine schmale steile Treppe hinunter in die Küche des Dampfers. Es war hier beengter als auf der *Bremen*, doch ansonsten sah alles ganz genauso aus. Wir betraten die Küche. Mary nickte wieder und gab mir ein Zeichen, ruhig zu sein.

In einer Mischung aus Englisch und Französisch fragte sie einen großen Mann mit langer Schürze und dem Namen Sam, ob er noch eine Küchenhilfe brauchte. Das vermutete ich zumindest.

Er war schwarz. Ein Mohr. Wie aus dem Struwwelpeter. Ich hatte noch nie einen in echt gesehen. Sam musterte mich von oben bis unten mit seinen kleinen Augen, die genauso schwarz waren wie seine Haut. Er war riesig und kräftig gebaut. Wie ein Flößer. Ehrlich gesagt, wie der Holländer-Michel selbst, der war immer noch der Größte von allen – ich weiß das, ich habe ihn einmal mit eigenen Augen gesehen, und seine Tochter, das Holländer-Maidli auch, die hatten die Brüder Grimm in *Das kalte Herz* ganz vergessen zu erwähnen.

»Komm schon Sam, ihr seid doch immer unterbesetzt«, sagte Mary und gab ihm einen Schubs in die Seite, der ihm überhaupt nichts ausmachte.

Er nickte, Mary nickte, ich nickte.

»Das ist Melba.«

»Ist sie Köchin?«, fragte er.

Mary blickte mich an.

In Deutsch und Französisch antwortete ich sofort: »Gelernte – Gasthaus Traube in Freiburg. Ja, da hab ich gelernt«. Mir wurde heiß, denn das war nicht die Wahrheit.

Sam nickte wieder und blinzelte, sodass seine Augen ganz im Dunkel seines Gesichts verschwanden. Er schien mich verstanden zu haben und meine Antwort nicht in Frage zu stellen. Er zeigte auf eine Pfanne, einen Tontopf mit Mehl und ein Stück Butter, so groß wie ein Backstein.

»Roux«, raunte er mit einer tiefen Stimme, die zu ihm passte wie die Butter ins Fass.

Ah, Roux, er wollte, dass ich eine Einbrenne mache, für eine Mehlsuppe bestimmt. Siehste, Mel, sprichst ja wirklich französisch.

»Merci Madame«, flüsterte ich, bekreuzigte mich und blickte flüchtig nach oben an die Küchendecke, die dreckig war. Fettspritzer.

Ich hob meinen Koffer hoch und schaute mich nach einer Ecke um, wo ich ihn abstellen konnte. Die Küche war ziemlich eng. Ein großer Herd nahm fast den ganzen Platz ein. An der einen Wand stand ein Tisch, auf dem Grünzeug lag, an der anderen ein Schrank mit allerlei Viktualien, und dann war da noch Sam, der selbst schon so viel Platz einnahm. Er wies auf eine Nische neben dem Schrank.

Mary nahm mir den Koffer aus der Hand, stellte ihn dort hin und legte meinen Hut mit drauf. Sie nickte, lächelte warm wie schon unten am Ufer und sagte: »Bonne chance.«

»Merci«, sagte ich irgendwie quietschig, als ob ich die Luft angehalten hätte.

Sie ließ mich jetzt allein, mit einem Mann?

Aber ich hatte, wie immer, keine Wahl.

Ich zückte meinen Kochlöffel, denn das war das Geheimnis einer glatten Einbrenne: rühren – nicht nervös, aber stetig. Sam blickte zu mir rüber und nickte beeindruckt, wie ich fand. Ich zeigte ihm auch mein Messer, und er nickte wieder.

Die nicken hier alle viel, dachte ich. Ich schnitt den Balg Butter in kleinere Stücke und ließ ihn in der Pfanne zerschmelzen, ohne die Butter braun werden zu lassen, ganz langsam. Dann streute ich ungefähr die gleiche Menge Mehl in die Pfanne und fing an, das Mehl mit dem Kochlöffel kreisförmig in das Fett einzuarbeiten, bis ich beides zu einer samtigen Creme vereint hatte – wie dicke Sahne. Sam schaute herüber, signalisierte mit der Hand, dass ich weitermachen sollte, und nickte mir wieder aufmunternd zu.

Warum weiter? Jetzt brauchte ich Brühe oder Wasser.

Doch ich rührte weiter und weiter und weiter, und die Einbrenne wurde dunkler und dunkler und dunkler. Von dicker Sahne, wie ich sie gelassen hätte, verwandelte sie sich in eine Karamellsoße, zuerst hell, dann dunkel. Es fing an, nach getoastetem Brot zu riechen.

Sam gestikulierte, dass ich weiterrühren sollte. Ab jetzt musste ich aufpassen. Die winzige Pause, als ich mich umschaute, um zu sehen, was Sam machte, ließ die Soße in der Mitte und an der Innenseite der Pfanne antrocknen. Ich konnte sie noch gerade vor dem Anbrennen retten. Aber warum? Wo sollte das hinführen? Machte Sam sich einen Spaß mit mir? Ich rührte halbkreisförmig am Rand der Pfanne entlang. Durch die Mitte, wo die Hitze am stärksten war und sich daher auch die Anbrenngefahr steigerte, wand ich meinen Löffel hindurch wie eine Ringelnatter auf der Pirsch. Vor meinen Augen verwandelte sich die Einbrenne in eine Schokoladensoße. Ich hatte sie ruiniert.

Fragend blickte ich rüber zu Sam: Soll das so sein? Er stand gebückt über dem Tisch und putzte das Grünzeug. Meine Roux hatte die Farbe von Sams Haut.

Ich räusperte mich. Sam blickte zu mir rüber, dann auf die Pfanne, wieder zu mir, steckte die Nase in die Luft, schnüffelte. Es roch angebrannt.

Meine samtige Schokoladensoße hatte sich in trockene, schwarze Bröckel verwandelt, und das in nur ein paar Augenblicken.

Sam stieß mich zur Seite, riss mir die Pfanne aus der Hand, schmiss sie in eine Wanne mit Wasser, sodass es zischte, und murmelte irgendetwas vor sich hin. Dann griff er einen Topf, fing von vorne an und schubste mich ganz nebenbei aus der Küche. Nun glaubte er bestimmt nicht mehr, dass ich Köchin war.

Erst jetzt hatte ich gemerkt, dass wir abgelegt hatten. St. Genevieve war außer Sichtweite. Die Mississ Ippi schlenderte langsam und gemächlich wie eine Sonntagsspaziergängerin an dichten grünen Ufern entlang, vorbei an Bäumen, Büschen, Gräsern so saftig grün wie die Almwiesen im Sommer. Ich beugte mich über die Reling, spürte den Wind im Gesicht und sah meine Tränen auf das Deck unter uns platschen wie Spucke.

Ich hatte versagt. In dem Einzigen, was ich wirklich konnte. In dem Einzigen, was mir wirklich wichtig war. In dem Einzigen, was mich glücklich machte. Ich hatte wieder mal nicht erfüllt, was von mir erwartet wurde. Ich war nutzlos. Ein dummes Maidli. Wahrscheinlich war ich auch schuld am Tod von Madame. Warum hatte es mich nicht erwischt? Warum hatte sich Vater nicht mehr über mich hergemacht? Ich hätte viel Unheil verhindern können. Versager. Versager. Versager. Versager. Versager.

Sam pfiff aus der Küche nach mir wie nach einem Hund. Ich ging wieder rein – reuig wie ein Hund.

Er winkte mich heran und beugte sich über den Topf mit der Roux, die im Augenblick das helle Karamellsoßen-Stadium erreicht hatte. Neben ihm standen drei Schalen. Die eine mit gehackten Zwiebeln, nicht zu fein und nicht zu grob, die zweite mit gehackten grünen Paprikaschoten und die dritte mit gehacktem Sellerie. Als das getoastete Aroma wieder die Küche erfüllte, Sam wieder in der Luft schnüffelte, sodass er mit der Nase fast gegen die dreckige Decke stupste, und die Roux wieder seine Hautfarbe erreicht hatte, warf er, ohne den richtigen Augenblick auch nur eine Sekunde anzuzweifeln, das gehackte Gemüse, eine Schale nach der anderen, in die schokoladigbraune Soße. Die Zwiebeln, die grünen Paprikaschoten, der Sellerie – in Einigkeit suhlten sie sich in der Roux wie die Säue im Dreck, als hätten sie nie woanders hingehört.

Die dunkle Roux umhüllte jedes einzelne Stück von dem glasig schimmernden Gemüse. Ich konnte meine Augen nicht von ihr lassen. Langsam ließ ich den angehaltenen Atem entweichen. Die Roux mit dem gehackten Gemüse strahlte eine derartige Ruhe und Zufriedenheit auf mich aus, wie ich sie noch nie erlebt hatte. Mir wurde auf einmal bewusst, dass in diesem Moment alles genau so war, wie es sein sollte. Ich auf diesem Dampfer, der Dampfer auf der Mississ Ippi, neben Sam am Herd – ich in Amerika. Es gab keinen Zweifel, keinen

Wunsch, woanders zu sein oder etwas anderes zu tun. Nur das Hier und Jetzt zählte. Das hatte noch kein Kartoffelpüree oder Rindsgulasch bei mir geschafft. Ich glaube, ich wäre am liebsten selbst mit in den Topf gesprungen und hätte mich zwischen Paprikaschote, Zwiebel und Sellerie gesuhlt. Meine Zweifel an mir und der Welt verflüchtigten sich wie der Rauch aus dem roten Schornstein des Dampfers. So muss sich Glücklichsein anfühlen, dachte ich.

»Hier«, sagte Sam, gab mir einen Stups in die Seite, ohne mich auch nur eines Blickes zu würdigen.

Seine ganze Aufmerksamkeit galt dem Topf, in den er Halbkreise am Rand entlang und Schlangenlinien in der Mitte rührte – mit meinem Kochlöffel, der in seiner Hand wie Kinderspielzeug aussah. Dann löschte Sam alles mit einer Kelle erkalteter Brühe ab, dass es nur so zischte, noch eine, noch eine und noch eine … Er rührte im selben Rhythmus weiter wie vorher, bis sich eine dunkle Soße offenbarte – nicht zu dick und nicht zu dünn. Vielfältige Düfte erfüllten die kleine Küche: das geröstete Aroma der Roux und das würzige des sautierten Gemüses sowie das satte Aroma der Brühe.

Das Duft-Trio verflüchtigte sich durch die Schlitze in der kleinen Schwingtür, durch die von der anderen Seite Musik und lautes Geschwätz drangen.

Sam wischte sich mit seiner langen Schürze die Schweißperlen von der Stirn und ließ rosige Wurststückchen, die wie frisch aus dem Rauch rochen und in denen kleine Fettstückchen funkelten wie Edelsteine, in die Soße plumpsen. Ich wunderte mich, dass sie hier Wurst hatten. Dazu gab er Stücke von einem hellen Fleisch, das nicht ganz wie Huhn und nicht ganz wie Fisch aussah.

»Alligator«, sagte er, nickte zufrieden und blinzelte zu mir herüber. Endlich. Ich hing mit der Nase über dem Topf und fächelte mir die Duftschwaden zu. Das geräucherte Aroma der

Wurst intensivierte sich. Mir lief das Wasser im Munde zusammen. Ich schluckte mehrmals.

»Alligator?«, fragte ich. Ich wusste mal wieder nicht, was das war.

»Gumbo«, sagte er und zeigte auf den Topf.

»Gumbo«, wiederholte ich. Und wusste diesmal ganz genau, was das war. Das Nationalgericht des Südens. Die Seele Louisianas, wie ich sie nennen und noch viele, viele Male selbst kochen würde.

Er verfeinerte die Gumbo mit getrocknetem Oregano, Basilikum und vielen anderen Gewürzen und Soßen, die ich so schnell, wie er arbeitete, nicht ausmachen konnte. Doch dass er eine Dose öffnete, die Tomaten in dickem Eigensaft offenbarte und sie hinzugab, bemerkte ich. Mein erster Gedanke war Gulasch, doch die Gumbo schmeckte ganz anders, und der Kochprozess war augenscheinlich auch ein anderer.

»So«, sagte Sam, rührte die Gumbo noch einmal kräftig durch und legte, ohne sie zu probieren, den Deckel auf den Topf.

Er wusste, dass das, was er da abdeckte, Perfektion war. Ich schwor, mir das für immer und immer zu merken.

»Hier.« Sam knallte mir eine Karaffe weißen Essig und einen Krug Weißwein vor die Nase. Ich zuckte zusammen. Er verschwand und kam mit kalter Butter und einem Korb Schalotten zurück.

»Beurre blanc«, raunte er mir mit seiner dunklen Stimme zu.

Für manch anderen hätte sich das harsch angehört, doch für mich klang es wie ein Friedensangebot. Die Schalotten waren schnell gehackt, ich reduzierte sie mit Essig und dem Weißwein in der Pfanne, rührte mit dem Schneebesen und sicherer Hand kleine Stücke der kalten Butter hinein, eins nach dem anderen, hob die Pfanne immer wieder vom Feuer, damit die Butter nicht zu schnell schmolz. Eine helle, sämige Soße formte sich vor meinen Augen. Sam hielt mir einen Chinois entgegen. Ich siebte die Soße hindurch und schmeckte sie mit weißem Pfeffer und einer guten Portion Salz ab. Dann entdeckte ich eine Reihe von Tellern auf dem Tisch mit je zwei Fischfilets darauf und wusste, was ich zu tun hatte. Ich träufelte die Beurre blanc über jedes einzelne Filet. Sam arbeitete hinter mir, als hätten wir ein Leben lang nichts anderes getan, und streute gehackte Petersilie und rotes Pulver über die Soße und ein bisschen an den Rand des Tellers. Er hielt mir das Gläschen mit dem roten Pulver, was sicherlich Paprika war, unter die Nase. Ich musste niesen – vier- fünfmal mindestens. Ich streute mir ein bisschen auf die Handfläche und probierte – etwas zu viel, wie sich sofort herausstellen sollte –, ich musste wieder niesen. Das Zeug war scharf und süß zugleich. Meine Lippen brannten. Das war kein normales Paprikapulver.

»Cayenne«, sagte Sam und lachte endlich.

»Cayenne«, sagte ich.

Hände mit weißen Handschuhen schoben sich zwischen uns und zogen die Teller mit den Fischfilets und der Beurre blanc mit eleganten Handbewegungen vom Tisch und trugen sie hinaus in den Speisesaal, in dem es immer lauter wurde und den ich jetzt zum ersten Mal durch die auf- und zuklappende kleine Schwingtür sah.

Kronleuchter schaukelten über großen, runden Tischen, die mit weißen Tischdecken und Servietten dekoriert waren. Die Damen trugen passend dazu Reifrock und die Herren Schwalbenschwanz. Ich setzte die Pfanne ab und strich mir mit dem Puffärmel meiner Bluse den Schweiß aus der Stirn. Sam nickte, blinzelte und lächelte. Ich lächelte zurück. Dennoch konnte ich mir den Gedanken nicht verkneifen, ob er mich die Beurre blanc hatte machen lassen, weil ich helle Haut hatte. Und dass ich sie vielleicht nur hingekriegt hatte, weil das so war und mir darum konsequenterweise die dunkle Roux misslungen war und Sam sie perfektioniert hatte, weil er schwarz war? Die komischsten Gedanken …

Die weiß behandschuhten Männer huschten rein und raus durch die Schwingtür und wirbelten mit schmutzigen Tellern in der Küche herum. Sie platzierten tiefe Teller mit der dunklen Gumbo auf großen Tabletts. Sam hatte die Gumbo auf weißem Reis angerichtet – ein herrlicher Kontrast – und mit fein gehackten grünen Zwiebeln verziert, die er auch hier wieder bis auf den Tellerrand streute. Dieses Spektakel wiederholte sich mehrere Male, bis alle Gänge gereicht waren. Das Kommen und Gehen beruhigte sich erst nach dem Dessert.

Sam und ich waren gerade beim Abwasch, als plötzlich ein Mann mit Nickelbrille durch die Schwingtür lugte. Wir blickten ihn beide verdutzt an.

»Hello, hello, mein Kompliment an die Küche. Gestatten, Isaac Lemann, Apotheker aus New Orleans«, sagte der Mann auf Englisch und lächelte verlegen, als wollte er sich dafür entschuldigen, dass er so in die Küche hineingeplatzt war.

Es schien mir, als würde ich ihn kennen. Oder er mich. Der Ton seiner Stimme kam mir zumindest bekannt vor.

»Das Essen war ausgezeichnet, besonders die Beurre blanc zum Fisch, köstlich.« Herr Lemann küsste dabei seine Finger in der Luft.

Sam gab mir einen Schubs in Richtung des Bewunderers.

»Thank you«, sagte ich artig.

Mir kam das aber ziemlich komisch vor. Ich glaube, mich hatte noch nie jemand für mein Essen gelobt. Essen war, was man macht. So wie A und B sagen.

Der Mann sagte vermutlich so etwas wie: »Wo haben Sie denn so eine exzellente Beurre blanc gelernt, mein Fräulein?«

»Home, Schwarzwald.«

»Sie kommen aus dem Schwarzwald?«, sagte er auf Deutsch. »Na, dann sind wir ja fast Nachbarn. Meine Gattin und ich stammen ursprünglich aus dem Elsass, in der Nähe von Strasbourg. Seit zehn Jahren leben wir in New Orleans und betreiben dort unsere eigene Apotheke.«

Darum war er mir also bekannt vorgekommen. Die Melodie, wie er sprach, kam unserem Schwarzwald-Dialekt sehr nahe. Der Mann hätte mein Onkel sein können. Er fühlte sich nach Heimat an.

»Wie lange sind Sie denn schon hier, mein Fräulein?«

»Hier?« Ich wusste nicht, wie ich die Frage beantworten sollte. »Seit heute.«

»Seit heute«, wiederholte er erstaunt. »Ah, und wo geht es hin?«

»Das weiß ich auch nicht genau.« Seine Frage hielt mir meine belämmerte Lage direkt vor Augen. »Nach New Orleans erst einmal, so lange darf ich hier wohl arbeiten. Dann weiß ich noch nicht, vielleicht darf ich auch bleiben.« Wenn ich mich weiterhin nicht allzu dusselig anstelle, dachte ich.

Der Apotheker betrachtete mich einen Moment, schien nachzudenken. Dann sagte er: »Ich möchte Ihnen ein Angebot machen, mein Fräulein.«

Ich zuckte zusammen. Was für ein Angebot kann ein älterer Herr einem jungen Mädchen schon machen. Mir wurde heiß, und bestimmt schoss mir die Röte ins Gesicht. Herr Lemann bemerkte meine Verlegenheit.

»Kommen Sie«, er winkte mich heran, »ich möchte Ihnen meine Gattin Rosalie Lemann vorstellen.«

Er öffnete die Schwingtür weit, sodass ich in den Speisesaal schauen konnte. Die Kronleuchter schaukelten nicht mehr hin und her, dafür aber einige Gäste.

Eine Dame mit einem schicken Hut mit Federn dran, einem breiten Reifrock und sehr schmaler Taille lächelte mir genauso freundlich entgegen, wie Herr Lemann es vorhin getan hatte.

Sie wirkte auf mich wie ein Modell von der Titelseite eines Modejournals, wie Madame sie gelesen hatte. Ich glaube, ich hatte noch nie eine so schicke Frau gesehen. Auch nicht Madame.

Insgesamt fünf Tage dauerte die Reise nach New Orleans. Die große Schraube drehte sich unermüdlich. Aus dem Schornstein quoll Rauch. Wir ließen grüne Wälder und prachtvolle, weiße Häuser mit hohen Säulen hinter uns. In ihrer Größe kamen sie den Schlössern der Markgrafen nah, doch sie sahen ganz anders aus, eher wie die Paläste aus den Büchern mit den vielen Statuen mit den abgebrochenen Nasen und Armen, die Madame in ihrer Bibliothek gehabt hatte. Manchmal beim Abstauben hatte ich mich in den Bildern verloren. Griechische Tempel, es waren griechische Tempel und griechische Götter, jetzt erinnerte ich mich. Die hatten viele Götter dort, wir nur einen. Komisch war es aber schon. Warum hatten die hier Tempel aus Griechenland? Das Heimweh stieg wieder in mir hoch, wie Fieber. Ich hatte versucht, es aufzuhalten, in meinen Hinterkopf zu drängen, was meistens klappte, da ich immer so viel zu tun hatte. Doch jetzt gerade nicht. Ich roch Stall.

Herr Lemann hatte mir eine Stelle bei Freunden von ihm auf einer Plantage angeboten. Ihre Köchin hatte einen Unfall gehabt, und sie würden meine Küche lieben, versicherte er mir. Er hatte auf einen der griechischen Tempel am Ufer gezeigt und gesagt, dass so etwas eine Plantage sei, in so einem Haus wohnten seine Freunde. Sollte ich annehmen? Wie immer hatte ich keine große Wahl. Sam hatte Mary einen Gefallen getan, als er mich anstellte. Ich glaube, er mochte sie. Sie ihn aber auch, denn sie sprach immer vor dem Einschlafen von ihm. Er brauchte mich jedenfalls nicht wirklich und hatte die kleine Küche für die Fahrgäste der ersten Klasse gut allein unter Kontrolle.

Wir näherten uns dem Hafen von New Orleans, und die Passagiere standen an Deck und winkten mit ihren Taschentüchern, wie sie es auf der *Bremen* bei der Abfahrt und Ankunft auch getan hatten. Ich hatte noch nie so viele Schiffe und dampfende Schornsteine gesehen wie hier. Höchstens in Baltimore vielleicht. St. Genevieve war nichts dagegen.

Der Abschied von Mary und Sam fiel mir schwer. Mary war meine erste Freundin in diesem Land und Sam mein erster Lehrer. Sam hatte mich in den letzten Tagen noch einige Male eine Roux machen lassen, und jedes Mal überkam mich wieder dieses Gefühl von Glück und Zufriedenheit. Ich wurde süchtig danach. Passabel waren sie, meine Rouxs, was ich am Nicken des Küchenmeisters ablesen konnte. Irgendwann würden sie so wie Sams werden – perfekt. Man kann sich mit unvollkommenen Momenten durchs Leben wurschteln, wie man auch unvollkommene Rouxs essen kann. Ab jetzt sagte ich nie wieder Einbrenne dazu.

Ich hätte Sam gern meinen Kochlöffel geschenkt, doch das konnte ich nicht über mich bringen, ich hatte doch nur ihn und mein Messer. Und meinen Hut, den ich Mary anbot, denn er war nicht praktisch. Ich wollte mich ihr doch erkenntlich zeigen.

Sie lehnte ab. Ich war heilfroh. Dann riss ich einen Bommel vom Hut ab, einen der zwei, die ganz versteckt lagen. Den akzeptierte sie.

ROUX

Eine Roux anzurühren, das ist ein Erlebnis. Wer weniger als eine Stunde Zeit hat, sollte sie gar nicht erst angehen.

Zutaten

Man nehme gleiche Anteile Mehl und Butter (das ist kreolisch/creole) oder Öl (das ist akadisch/cajun). 1 ½ Tassen (T) Mehl und 1 ½T Öl oder Butter sind ausreichend für eine Gumbo, Grillarde oder Jambalaya für 8 Personen.

Zubereitung

Die Butter (kreolisch) zerschmelzen lassen (oder Öl – akadisch) und dabei nur leicht erwärmen. Das Mehl bei mittlerer Hitze mit einem langstieligen Kochlöffel (damit man mehr Abstand zum Topf hat, falls es spritzt) in das Fett einarbeiten, bis eine geschmeidige Masse erreicht ist (man kann auch etwas weniger Fett nehmen im Verhältnis ¾ zu 1, dann muss man beim Braunwerden der Roux nur stärker aufpassen, dass sie nicht trocken wird oder anbrennt; 1 zu 1 ist zumindest am Anfang sicherer). Zu Beginn des Kochvorgangs kann man noch ganz gelassen sein. Ich lasse die Masse sogar ein oder zwei Minütchen unbeaufsichtigt, hacke oftmals noch das Gemüse, falls ich es noch nicht ganz vorbereiten konnte, dann rühre ich wieder.

Sobald die Masse ihr mittleres Karamell-Stadium erreicht hat, wende ich mich nicht mehr vom Topf ab. Die Roux wird jetzt innerhalb von Sekunden dunkler und dunkler. Falls die Temperatur zu hoch ist, runterfahren. Eine sichere Methode ist auch, den Topf einen Augenblick von der Kochstelle zu nehmen. Besonders in der Mitte und am Rand tendiert die Roux zum Anbrennen – also dort besonders aufmerksam rühren.

Der Prozess ist sehr besinnlich, und es kann bis zu einer Stunde dauern, bis sich die Roux zu einer schokoladig-braunen Soße verwandelt hat.

Je mehr Erfahrung man hat, desto schneller ist der Prozess, doch in weniger als 40 Minuten habe ich es noch nie geschafft, und Eile wäre am Sinn vorbei.

Die Roux sollte ein tiefes, getoastetes Aroma haben, aber nicht bitter und verbrannt schmecken.

C

Biscuits

Die Lemanns waren nette Leute. Sie kamen mir beinah wie Verwandte vor, zumindest aber wie alte Bekannte. Vielleicht dachte ich das auch nur, weil ich mich so mutterseelenallein fühlte. Hätte ein Frosch Deutsch mit mir gesprochen oder seinen Arm väterlich um mich gelegt, wie Herr Lemann es tat, wäre wahrscheinlich auch er mein nächster Verwandter gewesen.

Wir wurden von einer Kutsche am Kai abgeholt. Das Gepäck wurde auf dem Dach verladen. Ich behielt meinen Koffer in der Hand. Man weiß ja nie. Drüber legte ich meinen Hut. Die Fahrt war recht holprig. Herr Lemann nutzte die Gelegenheit und fragte mich sehr viel. Ich glaube aber, das war wirklich aus Interesse oder damit er den Freunden alles über mich erzählen konnte. Er schien sehr erpicht darauf, mir diese Anstellung zu verschaffen. Nach ein paar Stunden bogen wir in eine Allee ein, die rechts und links von hohen Eichen gesäumt war und auf ein großes weißes Haus zuführte. Die Wipfel der Bäume waren wie ein Dach zusammengewachsen. Darunter verzierten Büsche mit großen dunkelgrünen Blättern und filigranen weißen Blüten die Allee. Es waren Friedenslilien, wie mir Herr Lemann erklärte. Ich ließ meinen Blick schweifen und sah, dass das gesamte Anwesen von den Friedenslilien eingerahmt war. Wie ein Zaun, den es nicht gab.

Wir hielten an, und Herr Lemann half zuerst seiner Frau, dann mir aus der Kutsche. »Herzlich willkommen auf der Belle Bleu Plantage«, sagte er.

Es war wahrhaftig ein griechischer Tempel, vor dem wir standen.

Ich glaube, nicht einmal das Schloss von Großherzogin Luise war so prachtvoll. Ich hatte es zwar noch nie gesehen, konnte mir jedoch kein eindrucksvolleres Haus vorstellen. Nur dieses.

»Achtundzwanzig Säulen«, erklärte Herr Lemann, als wir auf das Haus zuschritten. Die gleiche Anzahl wie die Eichen auf der Allee, betonte er. Warum 28, habe ich nie herausgefunden.

Laut war es hier, was eine Geschäftigkeit vortäuschte, die es nicht gab, denn ich konnte keine Menschenseele ausfindig machen. Doch es zirpte, raschelte und summte aus allen Ecken, unheimlich, wie in einem dunklen Wald. Und heiß war es schon jetzt, und es war doch noch nicht einmal Sommer.

»Mes chères, mes chères, mes chères!« Eine Frau mit dem breitesten Reifrock, den ich jemals gesehen hatte, kam so leichtfüßig aus dem Tempel gelaufen, man hätte meinen können, dass sie schwebte.

»Rosalie, Isaac, mes très, très chères«, sagte sie mit lauter, hoher Stimme.

Dass man noch übertriebener Französisch sprechen konnte als Madame, hatte ich nicht gedacht. Zudem schrie diese Madame. Vielleicht, um gegen die Geräuschkulisse anzutönen. Ich sehnte mich nach der Ruhe des Waldes.

Diese Madame trug eine mit roten Rosen bestickte Stola. Sie biss sich mit den lila und grünen Streifen ihres breiten

Rockes. Ihre dunklen, fast schwarzen Haare waren in der Mitte gescheitelt und zu einem strengen Dutt gebunden, was ihr das Aussehen einer Gouvernante gab und ihre lange Nase betonte. Sie hatte auch einen großen Mund, der sich bei jedem Buchstaben übertrieben bewegte, wie bei einer Marionette. Manchmal verkehrten in Madames Salon solche lauten Frauen, die sie als Noveau riches bezeichnete. Was das genau bedeutete, weiß ich zwar nicht, doch auf diese Madame passte es. Sie hakte die Lemanns ein und ging mit ihnen Richtung Eingangstür, die hoch wie das Tor vom Freiburger Münster über uns emporstieg. Den hatte ich auf jeden Fall schon mal gesehen. Mich beachtete sie nicht. Herr Lemann drehte sich kurz um und schenkte mir sein freundliches Lächeln. Ich sollte mir keine Sorgen machen, wollte er mir wohl damit sagen.

Die anderen traten ins Haus, und ich stand wieder da wie bestellt und nicht abgeholt und beschloss, die Gegend auszukundschaften. Langsam ging ich um das große Haus herum, als wäre ich auf der Hut. Neben jeder der 28 Säulen standen Topfpflanzen mit großen Blättern, so wie die unter den Eichen. Nur hatten diese keine weißen Blüten. Das Haus hatte auch eine überdachte Terrasse, wie ich es schon in St. Genevieve gesehen hatte, diese war nur zehnmal so groß oder noch größer. Auf ihr in Grüppchen verteilt, die höchstwahrscheinlich der Konversation dienten, waren Stühle aus Korbgeflecht, Schaukelstühle aus Holz und flache Tischchen platziert. Eine Bank, die an einer langen Kette von der Decke hing, schwang von dem leichten Luftzug vor sich hin, als wartete sie darauf, dass jemand Platz nahm. Bunte Kissen, die sich genauso mit dem Bezug der Polster bissen wie die Stola der Madame mit ihrem Rock, waren ordentlich auf ihnen drapiert. Jemand hatte den Kissen in der Mitte den Handkantenschlag-Knick verpasst, den ich bei Madames Kissen auch immer machte. Gemacht hatte. Die Kissen ließen alles nicht mehr ganz so wildfremd erscheinen. Ich fühlte eine Art Vertrautheit mit dem Menschen, der den Kissen den Handkantenschlag verpasst hatte.

Ich atmete tief ein und ließ die neue Welt auf mich wirken. Trotz des leichten Windes hing die Luft schwer, gesättigt mit einem süßen Blumenduft, den ich noch nie zuvor gerochen hatte.

Eine Bewegung im Augenwinkel ließ mich nach unten sehen. »Igitt!«, schrie ich, »Igitt!« Auf meinem rechten Fuß hatte sich ein giftgrünes Vieh breitgemacht, eine Eidechse. »Hau ab, hau ab!«

Ich versuchte, sie abzuschütteln. Ich hörte ein Kichern, und wie aus dem Nichts huschte von links nach rechts an meinen Füßen vorbei ein kleines Mädchen. Es war nicht ganz so dunkel wie Sam, trug ein helles Hemdchen und hatte lustige Zöpfe wie Knoten über den ganzen Kopf verstreut. Schwups, war es genau wie das grüne Viehzeug hinter dem Haus verschwunden. Ich ging ihnen nach.

Die Terrasse wand sich an der Seite um das Haus herum. Vor mir lagen in Reih und Glied angeordnet kleine Hütten, grau und einfach gebaut wie Schuppen, mit kleinen Schornsteinen und kleinen Treppen wie Trittleitern davor, nicht mehr als zwei, drei Sprossen führten zum Eingang. Das Dach war vorgelagert, wie bei uns im Schwarzwald. Es mussten mehr als hundert sein, mehr hätte ich auch nicht schätzen, geschweige denn zählen können. Es waren Schrotflinten-Hütten, wie ich heute weiß.

Sie standen in vier Reihen. Der mittlere Weg, ein Sandweg mit winzigen hellen Steinchen, schnurgerade und viel breiter als die anderen, führte zu einer größeren Hütte, die eigentlich nur eine Überdachung war, wie ein offener Pavillon. Aus der Ferne konnte ich darin allerlei Gerätschaften ausmachen. Der Geräteschuppen, schätzte ich.

Davor und sporadisch auf dem ganzen Gelände verteilt standen Wannen aus Kupfer – breiter, flacher und größer als Fässer. Wie Suppenschüsseln für Riesen. Man hätte bequem darin baden können. In manchen hätten sogar zwei Platz gehabt. Aber nur ein Flößer.

Hinter dem großen Schuppen erstreckten sich weite Felder mit hohen Gräsern, wie Schilf. Das waren die Zuckerrohrfelder.

Ich blickte über sie hinweg bis zum Horizont. So weit hatte ich noch nie sehen können. Nur auf dem Meer während der Überfahrt. Bei uns war immer ein Berg im Weg. Hier trafen Himmel und Erde aufeinander. Aber wenn ich jetzt zurückdenke, würde ich eher sagen: Himmel und Hölle.

Vor einer der grauen Hütten rührte eine Frau mit einer Schaufel in einem Trog eine gelbe Masse, als wollte sie damit Schweine füttern, doch drum herum lungerten keine Schweine, sondern viele kleine Kinder – alle schwarz wie Sam. Ich erkannte das kleine Mädchen von eben. Sie zappelten ungeduldig und schaufelten sich mit bloßen Händen die Masse in die Münder. Von hier also kam das Rascheln.

Die Sonne war inzwischen untergegangen, und das Gezirpe und Gesumme wurde lauter und lauter. Von den Feldern kam schwaches Licht auf mich zu, kleine Lämpchen baumelten durch die Gegend, von unsichtbarer Hand gehalten, wie Glühwürmchen. Das Gesumme wurde zu einer gedämpften Melodie. Silhouetten gleich Scherenschnitten marschierten auf mich zu, in Reih und Glied, als kämen sie von einem Feldzug zurück. Dann verschwanden die Scherenschnitte, einer nach dem anderen, in den Hütten.

»Fräulein Melba, wo sind Sie denn?«

Ich erkannte Herrn Lemanns Stimme. Im Mondschein konnte ich sehen, dass er auf mich zu gelaufen kam.

»Kind, wir haben uns Sorgen gemacht! Kommen Sie ins Haus.«

Er hakte mich unter, wie die Madame es vorhin bei ihm getan hatte.

Ich betrat die breite Marmortreppe und drehte mich noch einmal kurz nach dem blauen Mondlicht um, das auf einen modrigen Fluss gegenüber dem großen Haus schien. Er floss genauso träge vor sich hin wie die Mississ Ippi. Von dort kam das Zirpen.

»Wie hieß das Hotel in Freiburg noch, wo Sie gelernt haben?«

»Es ist kein Hotel, nur ein Gasthaus, aber ein sehr gutes. Traube, Herr Lemann, Traube«, sagte ich diesmal, ohne mit der Wimper zu zucken, und das gleich zweimal. Gilt das als zwei Lügen?

»Ist schon gut. Französisch sprichst du ja auch.«

Das war dann Lüge Nummer drei.

»Das ist der Mistress sehr wichtig. Da kann gar nichts schiefgehen. Den Posten hast du sicher.«

Diesmal hatte also Herr Lemann für mich geschwindelt. Er zog mich am Arm durch das Tor in eine Eingangshalle. Ich hörte unsere schnellen Schritte widerhallen.

»Ah, bonjour Melb-a. Je suis Mistress Marie-Clarise«, sagte die Frau von vorhin, wenn auch nicht ganz so überschwänglich wie vorhin, doch in demselben hohen Tonfall und genauso laut.

Wir waren im Salon des Hauses angekommen. Sie reichte mir nicht die Hand, sondern zog ihre bunte Stola enger über ihre Brust, wahrscheinlich, damit sie mir nicht die Hand geben musste.

»Bonjour Madame«, sagte ich und knickste mit viel Abstand vor ihr.

Irgendwas in mir hinderte mich daran, näher an sie heranzutreten. Herr Lemann blieb hinter mir stehen wie ein Patenonkel.

»Tu parle français, oui?«

»Oui, Madame«, sagte ich.

»Oh, non, non. Je suis ›Mistress‹«, sagte sie und ging an mir vorbei.

»Hélène, vien.«

Die Mistress hakte sich bei einer Frau ein, die in den Salon gehumpelt kam. Sie sahen sich ähnlich. Die Frau trug auch eine sehr bunte Stola, allerdings waren ihr Rock und ihre Bluse nicht bunt, sondern beige. Wie ich erkannte, war sie jünger als die Mistress, wirkte jedoch auf den ersten Blick älter. Vielleicht schien es so, weil sie humpelte. »Hélène, das ist Melba, sie wird dir in der Küche helfen, bis es dir wieder besser geht. Am besten machst du sie gleich mit allem vertraut«, sagte die Mistress auf Französisch zu der humpelnden Frau.

Schwups, waren wir genauso schnell wieder entlassen, wie die Echse und das kleine Mädchen vorhin verschwunden waren. Herr Lemann nickte und lächelte mir zu. Ich nickte zurück, zum Dank und zum Abschied. Erst Jahre später, nach dem Krieg, habe ich die Lemanns wiedergesehen.

Langsamer als Herr Lemann und ich zuvor, durchquerten Hélène und ich nun die Eingangshalle; der Widerhall unserer Schritte hatte einen anderen Rhythmus. Wir gingen auf den hinteren Teil des Hauses zu, vorbei an einer geschwungenen Treppe, die auf eine Balustrade führte, von der aus noch eine nicht mehr ganz so geschwungene Treppe in ein weiteres Stockwerk reichte. Erst jetzt bemerkte ich, dass Hélène nicht nur humpelte, sondern ihr rechtes Bein steif war und sie es nachzog. Wir gingen durch eine Flügeltür in einen Speisesaal mit einem polierten Holztisch in der Mitte, über dem an Seilen ein Riesenfächer hing. Unzählige Stühle standen drum herum. Wir passierten eine Tür, die mit derselben blauen Vogeltapete tapeziert war wie die Wände und der Riesenfächer. Sie führte in einen kleinen Vorraum, der uns durch einen überdachten Durchgang in ein Nebengebäude brachte. Das war das Küchenhaus.

Ich stellte meinen Koffer neben den Kamin aus Ziegelsteinen, der so hoch war, dass ich ohne Bücken darin hätte stehen können, und so breit, dass ich mich einmal lang hätte hineinlegen können. An einem Haken hing ein Kessel aus Gusseisen, drunter knisterte ein kleines Feuer und strahlte schummriges Licht aus. Ein würziger Duft lag in der Luft, wie nach einem Sonntagsbraten, wenn der Geruch noch in der Küche lungert. Es schwirrte aber noch etwas anderes herum, das ich nicht benennen konnte. Die Holzkohle unter einer unbenutzten Kochstelle war zur Glut geworden. Daneben stand ein kleiner Hocker mit einer Sitzfläche aus Korbgeflecht und, etwas weiter zur Seite gerückt, ein ebensolcher Schaukelstuhl. Um den Kamin herum und an der Wand entlang hingen Kupferpfannen – große, kleine, tiefe, flache, mit langen und mit kurzen Stielen. Vom Sims über dem Kamin hingen langstielige Kellen, Löffel und Gabeln, fast so groß wie Mistgabeln, und auf dem Sims lehnten Teller mit Rosenmotiven, ähnlich wie die, die Madame von ihrer Mutter geerbt hatte.

In der Mitte der Küche stand ein langer, heller Holztisch, um den sich einige Stühle gesellten. Am Ende des Tisches, neben zwei Kerzenständern aus Kupfer mit hellen Kerzen, erkannte ich eine Kaffeemühle. Die sieht bei uns ganz genauso aus, dachte ich froh. Alles sah so ähnlich aus wie bei uns in der Küche. Und wiederum doch ganz anders. Alles in Amerika mutete auf der einen Seite so vertraut an, und dann überraschte mich immer wieder etwas, das anders war. Wie dieser riesige Kamin oder die großen Wannen draußen. Es war dann vielleicht genau diese Großigkeit, die Amerika ausmachte? Wenn es das Wort überhaupt gibt, dachte ich. Um die Kaffeemühle herum streunten drei, vier verlorene Kaffeebohnen wie kleine Käfer. Hélène hatte wahrscheinlich gerade Kaffee gemahlen, das erklärte auch die Geruchsnote, die ich nicht gleich erkannt hatte.

»Darf ich mich offiziell vorstellen, ich bin Hélène Lebasque, die Cousine von Mistress Marie-Clarise und eine der Köchinnen des Hauses«, sagte sie in einer speziellen Mischung aus Englisch und Französisch, die sich nur etwas von dem Kauderwelsch unterschied, welches ich von Sam und Mary auf dem Boot gelernt hatte und schon ganz gut verstehen konnte.

Ihr Händedruck war fest, das machte sie mir sofort sympathisch.

»Sehr erfreut, Hélène Lebasque, ich bin Melba Koch und stehe zu Diensten.«

Meine Version des im Süden verwendeten Sprachengemischs klang noch etwas unbeholfen. Wir beide lachten.

Hélène strahlte nicht dieses Unbehagen aus wie ihre Cousine, aber sie sahen sich ziemlich ähnlich. Hélène war hübscher. Nicht ganz so blass. Trug ihr schwarzes Haar nicht ganz so streng zurück.

»Du bist Köchin?«, fragte Hélène.

»Ja, gelernte«, sagte ich und zuckte dabei nicht einmal mehr zusammen.

»Woher kommst du?«

»Aus dem Schwarzwald.«

»Wo ist das?«

»Weit weg auf einem anderen Kontinent, in Deutschland, in der Nähe der Schweiz.«

»Und wo ist die Schweiz? Mais la, das kannst du mir ein anderes Mal erzählen. Wir müssen uns sputen, das Nachtmahl herzurichten. Normalerweise gibts bei uns nur Biscuits und Tee. Aber anlässlich des Besuchs der Lemanns kombinieren wir es heute mit den Resten des Mittagessens. Wir haben viel von dem gekochten Truthahn übrig, da machen wir ein schnelles Frikassee draus. Kennst du dich mit unserer Küche aus, Melba?«, fragte sie und begann, Fleisch von einer Truthahn-Karkasse abzuzupfen.

Was meinte sie mit »unserer« Küche? Hélène, die ein ausgeprägtes Feingefühl zu haben schien, bemerkte meine Verdutztheit.

»Ich meine die akadische Küche?« Ohne meine Antwort abzuwarten und sich von ihrer Tätigkeit ablenken zu lassen, fuhr sie fort: »Wir sind Akadier, weißt du. Meine Vorfahren kamen aus Frankreich und ließen sich ganz oben im Norden des Kontinents nieder, in Neuschottland. Sie nannten es Akadien. Als die Briten kamen, mussten sie fliehen, weil sie nicht für sie gegen Frankreich in den Krieg ziehen wollten und die Briten Protestanten waren. Wir sind Katholiken, weißt du? Was bist du, Melba?«

Ich versuchte die Frage zu ignorieren.

»Melba, bist du etwa Protestantin?«

Ihr entging nichts.

»Ja.«

»Mais la, das ist schon gut. Es gibt eh nur einen Gott«, schnatterte Hélène weiter.

Sie sprach so schnell, aber was ich verstand, war interessant. Ich hörte gut zu, wie bei Madame.

»Auf jeden Fall kamen meine Urgroßeltern dann hier runter nach Louisiana und wurden Cajuns genannt. Unsere Küche ist scharf, weißt du?«

Das wusste ich, das hatte ich bei Sam mitgekriegt, obwohl der nicht französisch aussah.

»Du darfst sie aber nicht mit der kreolischen Küche vergleichen, die gab es hier schon, als wir ankamen, die kommt von den Franzosen, Spaniern, Deutschen, Afrikanern und den Indianern, die ja schon lange vor uns allen hier waren. Sie ist nicht so scharf wie unsere, weißt du? Magst du scharf, Melba?«

Die Gumbo, die Sam gekocht hatte, musste dann wohl kreolisch gewesen sein, weil er schwarz war. Doch sie war auch scharf. Irgendwie machte das mal wieder keinen Sinn.

»Melba?«

»Ich weiß nicht«, sagte ich.

Ich wusste es wirklich nicht. Ich hatte bisher nur den scharfen Paprika auf dem Schiff gerochen. Wie hieß er gleich noch? Cayenne, richtig. Das war nicht unangenehm gewesen.

»Mach du die Biscuits«, sagte Hélène.

Ich muss ziemlich dumm ausgesehen haben, denn sie bemerkte gleich, dass ich keine Ahnung hatte, was sie meinte.

»Komm, ma sha, ich zeigs dir«, sagte sie liebevoll.

Sie streute Mehl in eine große Holzschüssel, gab eine Prise Zucker hinzu, dann ein Pulver, das wie Salz aussah, aber keins sein konnte, da sie es in einem kleinen Topf aufbewahrte und »puren Zauber« nannte.

»Nun vermisch alles gut«, sagte sie und hielt mir einen Kochlöffel hin.

Ich zückte meinen.

»Darf ich?«

»Aber gern doch. Und ein Messer hast du auch. Du bist ja eine echte Köchin. Wirst unsere Küche schnell verstehen«, sagte sie und lächelte.

Ich fühlte mich geschmeichelt.

Hélène verschwand kurz und zackiger, als ich es erwartet hatte, und kehrte mit einem Topf Butter zurück. Sie stellte ihn vor mich auf den Tisch. Ich griff nach dem Topf und schrak zurück. Er war kalt.

»Nun bröckele die kalte Butter hinein«, sagte sie.

Warum war die Butter kalt? Butterweich hätte sie bei dieser Hitze sein müssen oder gar zerlaufen. Das ergab schon wieder keinen Sinn. Ich war aber viel zu bemüht, wollte bei meinen ersten Biscuits alles richtig machen, sodass ich vergaß, nachzufragen.

So gab Hélène ihre nonchalanten, präzisen, gut gemeinten Anweisungen, die ich immer in meinem Kopf und in meinem Herzen tragen werde. Sie war meine zweite Lehrerin hier in Amerika.

Sie drückte mir eine Art Wiegemesser mit Holzgriff und vier zarten Klingen, die aber nicht scharf waren, in die Hand. Ich verstand, dass ich damit die kühle Butter in das Mehl einarbeiten sollte. Das Mehl wurde streuseliger und streuseliger. Instinktiv schüttete ich es auf den Tisch und formte eine Kuhle mit meiner Faust, und ganz natürlich goss Hélène Buttermilch hinein. Das klappte wie mit Sam auf dem Schiff.

»Mais la, nun knete einen Teig. Überknete ihn aber nicht – kurz und kräftig. 14-, 15-mal hin und her«, sagte Hélène und war schon wieder mit etwas anderem beschäftigt.

Schnell schlug ich ein Ei in die Buttermilch. Ich war mir nicht sicher, ob Hélène es bemerkte, sie sagte auf jeden Fall nichts. Ich konnte mir aber einfach keinen gescheiten Teig ohne Ei vorstellen.

Ich war so glücklich, dass ich wieder mit meinen Händen arbeiten konnte. Behutsam bedeckte ich die Kuhle mit dem streuseligen Mehl, ohne die Buttermilch zu irritieren. Ich fing jeden klitzekleinen streunenden Streusel ein, als triebe ich Lämmer zurück zur Mutter. Dann lehnte ich meinen Körper nach vorne und fing zu kneten an. Ich legte meine ganze Traurigkeit über Madames Tod und darüber, dass ich meine Heimat verlassen hatte, mit hinein. Backen heißt loslassen. Backen heißt vergessen. Backen heißt neu anfangen.

Gemeinsam kneteten wir kurz und kräftig, wie Hélène es befohlen hatte, bis ich die Geschmeidigkeit des Teiges an der Innenseite meiner Unterarme spürte. Ich rollte vor und zurück. Er war fertig. Ein glänzender Ball, in dem goldene Butterstückchen leuchteten wie die Fettstückchen in der Wurst vom Schiff – hier auf dem langen Tisch – in der schummrigen Küche – in Amerika. So muss es sein, man muss die Butterstücke durchblitzen sehen, sogar im fertigen Biskuit. Ich fühlte mich zufrieden bis glücklich wie bei meiner ersten Gumbo. Alles war so, wie es sein sollte. Es blieb kein Stäubchen Mehl mehr an meinen Händen, Armen oder auf dem Tisch zurück. Ich rollte den Teig aus, ungefähr zwei

Finger dick, und stach kleine Kreise mit einem Plätzchenausstecher aus. Die Überreste knetete ich nur ganz vorsichtig zwischen meinen Fingern, rollte sie erneut aus und stach noch ein weiteres kreisrundes Plätzchen aus. Hélène lächelte zufrieden.

»Sehr schön, Melba, man kann dich wirklich in der Küche gebrauchen. Hast du auch nicht die Prise Salz vergessen?«

Ich wurde rot. Ich hatte keins reingestreut. Ich schüttelte den Kopf. Das war nicht gelogen, denn meine Traurigkeit hatte das Salzen übernommen.

»Hier, da hast du doch ein bisschen Mehl verschwendet«, Hélène stupste verspielt mit ihrem Finger an meine Nase und wischte einen Hauch Mehl weg.

Wir beide lachten. Dann nahm Hélène einen ausgestochenen Biscuit nach dem anderen vom Tisch, arrangierte sie kreisförmig in einer gusseisernen Pfanne und platzierte zum Schluss einen in der Mitte. Sie passten perfekt hinein, alle neune.

»Zwölf Minütchen, länger brauchen die nicht«, sagte sie, deckte die Pfanne ab, schürte das Feuer noch einmal und schob sie in den Ofen hinein.

Ich sah der Pfanne nach, sagte meiner Traurigkeit Lebewohl und fing an, aufzuräumen.

»Du hast doch gesagt, dass du aus Deutschland kommst. Es gibt viele Deutsche hier unten, weißt du. Die andere Seite vom Mississippi, sie nennen sie ›die Deutsche Küste‹, da halten sie sich alle auf, am Lac des Allemands, dem ›See der Deutschen‹. Monsieur Folse ist auch von dort, aus der St.-James-Gemeinde, weißt du?«

Ich schüttelte verwundert den Kopf. Das hatte ich natürlich nicht gewusst. Ich dachte wirklich, dass ich die einzige Deutsche hier war.

»Einmal im Monat kommt er auf dem Bayou La Fourche angepaddelt und bringt Wurst vorbei. Moment mal …« Hélène humpelte zu der Tür nach draußen hinaus, durch die sie vorhin die kalte Butter hereingebracht hatte. Ich blickte ihr nach. Im Halbdunkel konnte ich verschiedene Gebäude ausmachen, die um einen kleinen Platz standen. Eins ragte raus, es war rund wie ein Turm. Aus diesem kam sie kurz darauf mit einem Korb voller Würste zurück.

»Andouille heißt die, Cajun-Andouille«, erklärte sie. »Monsieur Folse räuchert sie selbst. Die kommt in unsere Gumbos und Jambalayas. Hier, riech mal.«

Die Wurst hatte das gleiche rauchige Aroma wie die, die Sam in seine Gumbo tat, und Fettstückchen glitzerten durch die Haut. Ich dachte mit einem Mal, ich stünde mitten in der Metzgerei Wegele. Mitten im Schwarzwald.

»Probier.« Hélène hielt mir ein Stück hin. Es war kalt wie die Butter.

Sie roch und schmeckte fast wie eine geräucherte grobe Bratwurst, war aber um einiges schärfer. Ich hätte die ganze Wurst verschlingen können.

Stattdessen machte ich mich über den Abwasch her. Das rauchige Aroma verweilte in der Küche. Es roch wie daheim in unserer Stube. Ich sah plötzlich Hildli, Christl, meine anderen Schwestern und meine arme Mutter sich ganz klar im dreckigen Abwaschwasser widerspiegeln. Über ihren Köpfen hingen Schinken und Würste wie die Kellen vom Sims am Kamin. Sie winkten mir zu, wie bei unserem Abschied. Das Gesicht meines Vaters blieb verschwommen in dem trüben Wasser.

»Danke für deine Hilfe, Melba. Mais la, ich mach das hier ja normalerweise auch nicht alleine. Sonst hilft mir Sarah D. Sie ist die andere Köchin. Und ihre Tochter Denise. Ich habe ihnen heute Nachmittag aber freigegeben. Ich war ja nicht auf Besuch eingestellt. Erzähl das aber nicht der Mistress.« Hélène drehte sich zur Tür, die zum Gang führte, um sicherzugehen, dass sie geschlossen war.

Natürlich würde ich nichts der Mistress erzählen.

Aber um das zu wissen, dafür kannte mich Hélène noch nicht gut genug, sonst würde sie so etwas nicht sagen. Was in der Küche passiert und geredet wird, das bleibt auch in der Küche. Immer.

»Dann sind wir zu viert in der Küche?«, fragte ich, um mich zu versichern, dass ich alles richtig verstanden hatte. Ich freute mich schon darauf, die beiden anderen kennenzulernen.

»Mais la, normalerweise. Nur – heute Morgen hat Sarah D überraschend Besuch von ihren beiden Söhnen bekommen. Sie sind durch die Nacht von der Nottoway Plantage hierher gelaufen. Die ganze Nacht. Da konnte ich Sarah D heute doch nicht arbeiten lassen. Morgen früh bei Morgengrauen müssen die Jungs wieder zurück sein. Sie haben einen Besucherschein, weißt du. Ihr Master hat es erlaubt.«

»Warum leben ihre Söhne so weit weg?«

»Der Frost kam zu früh«, erklärte Hélène. »Die Hälfte der letzten Ernte war verloren, da musste Master Witherspoon einige seiner Sklaven verkaufen. Das ist hier so, weißt du? Ihre Söhne, starke Jungs, brachten eine gute Summe ein. Gott sei Dank, sonst hätten noch mehr weggemusst. Sarah ist eine vorzügliche kreolische Köchin. Du wirst sie morgen kennenlernen und noch viel von ihr lernen.«

Sie sagte das alles so selbstverständlich. Und ich nickte genauso selbstverständlich, als würde ich verstehen.

Der Master hatte die Kinder von der anderen Köchin verkauft? Die verkaufen hier Menschen wie Vieh? Der Gedanke ängstigte mich und ich verwarf ihn sofort. Ich hatte Hélène bestimmt falsch verstanden und wischte den Tisch ab.

Hélène humpelte zum Kamin rüber und hob den Deckel von dem großen Topf, in den sie zuvor das Truthahnfleisch gegeben hatte. Ein würziger Duft erfüllte die Küche.

»Du wirst Monsieur Folse kennenlernen, wenn er das nächste Mal vorbeikommt«, fuhr Hélène fort. »Dann könnt ihr euch in eurer Sprache unterhalten. Ein fleißiger Mann. Die Deutschen sind überhaupt alle fleißig. Wenn du mich fragst, würde es New Orleans ohne die Deutschen gar nicht geben. Sie haben die Stadt, als sie damals nur eine Siedlung war, mit Essen versorgt, wie mit dieser Wurst hier und mit den besten Handwerkern. Wie die Zieglers, die jetzt Le Brick heißen. Jean-Pierre Le Brick, der hieß mal Hans-Peter Ziegler. Er ist der beste Maurer in ganz Louisiana. Ich nenne sie aber immer noch Ziegler. Jedenfalls haben die Akadier und viele Franzosen so gern in diese tüchtigen Familien eingeheiratet. Ich habe einige Cousinen und Cousins, die mit Deutschen verheiratet sind. Man sagt bei uns auch: *Wenn du eine Arbeit verrichtet haben möchtest, dann rufe einen Deutschen.* Deshalb war meine Cousine auch so begeistert, dass du Deutsche bist und sogar noch fließend Französisch sprichst.«

Ich musste schlucken. So langsam verselbstständigte sich die Lüge. Zuerst war sie meine, dann die von Herrn Lemann, und jetzt gehörte sie der Mistress, Hélène, der Küche, der Plantage. Sie gehörte Amerika. Sie war meine neue Wahrheit.

»Weißt du, was wir Akadier aber nicht machen? Wir geben keine …« Hélène unterbrach auf einmal ihren Redefluss und zuckte zusammen.

Nichts Gutes ahnend, fasste ich mich an meinen Gürtel und drehte mich um.

In der Tür zum Speisesaal stand ein Mann. Er war jung, etwas älter als ich, und sah sehr, sehr gut aus, wie ein Märchenprinz. Es fehlten nur die Krone und das Gefolge.

»Da…da…da…das muss u…u…u…unsere neue Köchin sein.« Er zeigte auf mich. »Di…di…die Mistress hat mir von Ihnen erzählt. Ich bin Wilburt Witherspoon, der Sohn des Hauses. Her…her…herzlich willkommen auf Belle Bleu.«

Sogleich kam er mir mit einem freundlichen Lächeln und ausgestrecktem Arm entgegengelaufen. Ich zögerte für einen Moment, doch löste dann meine Hand von meinem Gürtel. Sein Lächeln war entwaffnend und ich schüttelte seine Hand. Sein Händedruck war sanft. Er sah ganz anders aus als die Mistress, hatte schulterlange, glatte, hellblonde Haare und blaue Augen. Seine Haut war von der Sonne gegerbt und er trug ein Stirnband. Seine Krone. Erst jetzt sah ich, dass neben ihm ein kleiner brauner Dachshund mit kurzen Beinen heftig mit dem Schwanz wedelte. Sein Gefolge. Ich musste schmunzeln.

»Melba Koch, sehr erfreut, Herr Witherspoon«, sagte ich und zog meine Hand vielleicht etwas zu abrupt zurück.

»Ne…ne…nennen Sie mich bitte Will. I…ich bin froh, dass Sie da sind. Hélène ka…ka…kann jede Hilfe gebrauchen. U…u…und Mi…Mi…Missy hier«, er hob die Hündin hoch und küsste sie, direkt auf die Schnauze, »ein Leckerli. Sie ist auch Deutsche. Monsieur Folse hat einen ganzen Stall von diesen kleinen Engeln, nicht wahr, Missy?« Er gab der kleinen Hündin, die gar nicht aufhörte, mit ihrem steifen Schwanz zu wedeln, wieder einen Kuss. »U…u…und wenn man ihr ein Leckerli gibt, wie, wie Hélène es immer macht, dann tut sie alles für einen«, sagte Will und lächelte Hélène an.

Hélène erwiderte sein Lächeln. Sie schaute ihn sogar verträumt an, fand ich. Sie schienen einander vertraut, obwohl es zuerst nicht so ausgesehen hatte.

Sein Stottern hatte deutlich nachgelassen, was mich irgendwie erleichterte. Will, dachte ich, und schon wieder das vertraute Du und der Spitzname. Das geht so schnell bei den Amerikanern.

Will kam mir genauso amerikanisch vor wie Bob. Aber viel netter und hübscher.

Selbstverständlich schnitt Hélène ein dickes Stück von der Andouille-Wurst ab, lächelte wieder und fütterte die Hündin damit, fürsorglich wie eine Mutter. Master Wilburt, ich konnte einfach nicht Will zu ihm sagen, hielt die Kleine immer noch im Arm und wiegte sie wie einen Säugling.

»Me...Me...Melba?«

»Ja, Herr Wither ...«

»Melba, Wi...Wi...einfach Will.«

»Will, meine ich«, sagte ich gehorsam, war aber nicht überzeugt.

»Geh schon, Melba«, sagte Hélène in ihrem sanften, doch bestimmten Ton, der sich wie eine warme Küche am Morgen anfühlte und an den ich mich bis an mein Lebensende erinnern werde, wenn ich ganz allein im Morgengrauen eine Küche betrete.

»Richte dich erst einmal ein. Mais la, ich komm hier schon alleine klar. Wenn du willst, hol dir später ein Schälchen Frikassee ab. Aber den hier«, sie reichte mir in einem Tuch einen goldgelben, aufgeplusterten Biscuit entgegen, »den iss gleich. Dein erster Biscuit.«

Heiß war er, aber wunderschön. Ich jonglierte ihn mit beiden Händen und steckte ihn in meine Schürzentasche. Hélène lächelte wieder. Ich griff meinen Koffer. Master Wilburt bot mir den Vortritt in den Gang an, der ins Große Haus führte, und dann nahm er mir sogar noch den Koffer ab. Was für ein Gentleman. Was man von Madames Verlobtem ja nicht sagen konnte.

Wir gingen am Speisesaal vorbei, in dem der Tisch von einem schwarzen, fast genauso großen Mann wie Sam gedeckt wurde. Er trug weiße Handschuhe wie die Kellner auf dem Schiff. Ich lächelte ihm im Vorbeigehen zu. Er lächelte breit zurück.

»Das ist ein sehr schönes Zimmer, vielen Dank«, sagte ich.

Das war es wirklich. Master Wilburt hatte die Tür geöffnet und mir wieder den Vortritt gelassen. Das Zimmer ging gleich vom Speisesaal ab und war größer als die Kammer, die meine Schwestern und ich uns geteilt hatten. Es gab ein ordentliches Bett, bodenlange Gardinen und sogar einen Nachtschrank. Master Wilburt lächelte mich aufmunternd an und legte meinen Koffer aufs Bett.

»Es ist aber viel zu schön für mich«, sagte ich verlegen. »Wäre es möglich, auch so eine kleine Hütte wie die draußen zu beziehen? Ich habe gesehen, dass manche kleine Gärten nebendran haben. Das wäre so praktisch, dann könnte ich besondere Kräuter fürs Haus pflanzen, das würde der Mistress bestimmt gefallen.«

Master Wilburt blickte mich erstaunt an. Ich stand wie angewurzelt mitten im Zimmer und wurde mir erst jetzt der Kühnheit meiner Forderung bewusst. Mein Blick fiel auf die kleinen Bommeln am Saum der Gardine, die mir natürlich gefielen.

»B…b…bei den Sklaven?«, fragte er erstaunt, als hätte er mich nicht richtig verstanden. Er stand wieder im Türrahmen und hielt seine Missy immer noch auf dem Arm.

Wer A sagt, muss auch B sagen. »Ja«, sagte ich frei raus, genauso kühn wie vorher. Obwohl ich damals überhaupt nicht wusste, was »Sklaven« bedeutet, hatte ich das Wort jetzt aber schon ein paar Mal gehört.

»Äh, i…i…ich will sehn, was ich tun kann. Wa…wa… warte hier«, sagte er und rannte raus.

Master Wilburt schien immer nur am Anfang eines Satzes zu stottern. Wenn er sich erst einmal eingelaufen hatte, gings flüssiger. Wie ein Mühlenrad, dachte ich. Und wie er sich gleich für mich einsetzt!

Ich drehte mich einmal um mich selbst. Ich konnte mich hier nicht sehen, nicht in dem Bett, das viel zu groß für eine Person war, nicht …

»A…a…also, die Hütte neben dem Zuckerhaus, da wohnt gerade keiner drin«, sagte Master Wilburt, als er zurückkam. »Wir benutzen sie nur als Lager. I…i…ich lasse Paul A alles raustragen, und Betty soll frische Decken bringen, dann kannst du da einziehen, das hat die Mistress erlaubt. Wenn du das wirklich willst«, sagte er und zeigte ein verlegenes Lächeln.

Ich nickte ihm zu, ich wollte das von ganzem Herzen. Ich konnte mir nicht vorstellen, hier in diesem griechischen Tempel zu wohnen.

Aber Master Wilburt tat mir ein bisschen leid. Er bemühte sich so. Er war mir auch nicht mehr so unangenehm wie vorher in der Küche. Er sah nicht nur aus wie ein Prinz, sondern benahm sich auch genauso würdevoll und dazu noch so zuvorkommend. Dennoch fühlte ich mich in seiner Gegenwart unbehaglich. Aber ich fühlte mich in Gegenwart von Männern immer unbehaglich. Und Hélène schien sich ähnlich zu fühlen. Warum war sie sonst in der Küche, als er reingekommen war, so zusammengezuckt? Oder hatte ich mir das nur eingebildet? Bestimmt. Sie war ja gleich darauf viel ausgelassener gewesen, als sie gesehen hatte, wer in die Küche gekommen war.

»Ein eigenes kleines Häuschen mit Kräutergarten war schon immer mein Traum«, sagte ich und lächelte.

Kurz darauf gingen wir den langen, schnurgeraden Weg entlang an den Hütten vorbei, auf dem ich zuvor die Silhouetten gesehen hatte. Ich trug meinen Koffer wieder selbst. Es war stockdunkel. Will leuchtete uns mit einer Fackel den Weg. Der blaue Mond von vorhin hielt sich versteckt. Als wir an der Hütte angekommen waren, kam uns auf den Stufen eine Frau entgegen. Master Wilburt stieß sie zur Seite, und sie fiel die Stufen hinunter auf den Boden. Ich wollte ihr aufhelfen, da zog mich Master Wilburt an meinem Koffer in die Hütte. Die Frau rappelte sich schnell wieder auf. Er hat sie wahrscheinlich nicht gesehen, so dunkel wie es ist, dachte ich.

Will hatte sich höflich, sogar mit einer Verbeugung und erst, nachdem ich eingewilligt hatte, dass er mir einen Krug Wasser bringen durfte, verabschiedet. Immer wieder hatte er sich erkundigt, ob das Häuschen denn auch meinen Vorstellungen entsprach, hatte sogar das Feuer im Kamin angezündet. Er hatte mich regelrecht bedient. Obwohl ich doch die Haushaltshilfe war – the Help. Und am Ende war mir seine Anwesenheit gar nicht mehr so unangenehm. Ganz im Gegenteil. Vielleicht war er ja wirklich ein Prinz. Ach, wie ich die Märchen von den Brüdern Grimm liebte und vermisste! Vielleicht war ich ja in einem gelandet. *Aschenputtel*? *Dornröschen*?

Es musste nach Mitternacht gewesen sein, als ich todmüde und ohne mich auszuziehen und zu waschen auf das schmale Bett fiel. Mein Magen knurrte auf einmal. Mir fiel das schöne Frikassee ein, das ich vergessen hatte. Schade. Aber ich hatte noch meinen Biscuit, erinnerte ich mich. Ich kramte ihn in meiner Schürzentasche hervor. Er war sogar noch ein bitzeli warm und schmeckte so locker und leicht wie der erste Mai. Schnell hatte ich ihn verschlungen. Dann muss ich eingeschlafen sein.

BISCUITS

Zutaten

2 Tassen (T) Mehl, 1 Teelöffel (TL) Zucker, 1 Esslöffel (EL) Backpulver oder Natron, 1 TL Salz, 1 Ei, 8 EL Butter (eiskalt), ¾–1 T Buttermilch (am besten mit Butterflocken)

Zubereitung

Den Ofen auf 220 Grad C vorheizen.

Mehl, Backpulver, Salz und Zucker gut vermischen. Die eiskalte Butter, die man am besten zuvor in kleine Stückchen schneidet und kühl stellt, bis man sie wirklich braucht, hinzugeben und mit einem Teigschneider oder bloßen Händen ins Mehl einarbeiten. Vorsicht: Die Butter darf nicht zerschmelzen, es müssen sich kleine Streusel formen.

Die Masse auf eine glatte Fläche schütten, eine Kuhle formen und die Buttermilch mit dem darin geklöpperten Ei hineingeben. Mit dem Mehl bedecken und einen Teig formen. Vorsicht: Es muss jetzt ganz schnell gehen, die Butter darf immer noch nicht schmelzen. Kleine, goldene Stückchen müssen im Teig blitzen.

Ausrollen und zwei Finger dicke Plätzchen mit einem Glas oder Plätzchenstecher ausstechen.

Mit geschmolzener Butter bestreichen.

10–15 Minuten bei 220 Grad C backen.

D

Pralines

Das rhythmische Flappen einer notdürftigen Gardine vor dem Fenster, eher ein Lumpen, weckte mich. Die Sonne blinzelte durch die Spalte. Es war warm.

Ich konnte mich nicht aufraffen, aufzustehen, badete in dem Wechselspiel von Licht, Dunkel und rhythmischem Flapp-Flapp.

Mein Blick wanderte durchs Zimmer: zu dem Kamin – zu dem kleinen Tisch mit den zwei Stühlen. Danach fiel er auf die rotbraune Kommode mit den wuchtigen Schubladen, die unter dem Fenster stand. Viel zu fein für diese einfache Hütte, dachte ich. Master Wilburt hatte noch gestern Nacht darauf bestanden, dass wir sie aus dem Zimmer im Großen Haus, das eigentlich für mich vorgesehen war, hier hereinholten. Damit ich meine Sachen sauber verstauen konnte. Meine Sachen. Ich blickte auf meinen kleinen Koffer, der unausgepackt neben dem Bett stand. Hütte? Welche Hütte? Wo war ich? Wie spät war es? Ich sprang aus dem Bett wie ein aufgeschrecktes Huhn. Auf der viel zu feinen Kommode standen die Waschschüssel und die Kanne, mit denen mich Master Wilburt gestern noch versorgt hatte. Er war so nett. Ich goss Wasser in die Schüssel und klatschte mir zwei, drei Hände davon ins Gesicht. Ich sah in den kleinen Spiegel, der daneben stand, und konnte nicht glauben, wie zerzaust meine Haare waren. Ich stülpte meine Kappe über, stopfte meine Haare drunter, setzte meinen Hut auf, strich mir Rock und Bluse mit feuchten Händen glatt. Dabei fielen ein paar Biscuitbrösel zu Boden. In die Wangen kneifen, wie Mutter es oft tat, brauchte ich mir nicht, meine glänzten immer rosig. Dann riss ich die Tür auf und trat aus der Hütte. Leider war mein Schritt zu groß und zu abrupt, sodass ich die drei Stufen der Treppe, die ja eigentlich eine Trittleiter war, hinunterpurzelte und auf dem sandigen Boden landete. *Melba, Melba, Melba …* hörte ich meine Mutter schimpfen. Doch statt meiner Mutter stand das kleine Mädchen von gestern Abend vor mir und lachte mir ein lückenhaftes Milchzahn-Lachen entgegen. Neben ihr lächelte ein anderes Mädchen mit genau den gleichen Zahnlücken. Sie sah auch ganz genauso aus wie das andere Mädchen. Sie waren beide wunderhübsch – wie Engel.

Für einen Augenblick dachte ich, dass ich doppelt sah, dass der Sturz seine Spuren hinterlassen hatte. Oder vielleicht war ich wirklich im Himmel gelandet? Ich war in letzter Zeit so viel herumgekommen, hatte in so vielen verschiedenen Betten geschlafen, dass ich überhaupt keine Ahnung mehr hatte, was Wahrheit und was Einbildung war. Vielleicht hatte alles nur in meinem Kopf stattgefunden – die *Bremen*, Madames Tod, die Mississ Ippi, Mary, der Dampfer, Sam, die Gumbo … Gleich würde ich neben Hildli im Bett aufwachen und ihr das Heu aus dem Haar zupfen. Das einzig Gute an dem Gedanken war, dass Madame dann nicht tot sein würde.

Zwillinge, es waren Zwillinge. Die zwei schönsten Mädchen, die ich je gesehen hatte. Sie streckten mir ihre schlanken Arme entgegen, als forderten sie mich zum Tanzreigen auf. Ihre Augen waren grün wie das Moos im Tannenbühl, ihre Haut hellbraun wie eine Roux im Mittelstadium, und ihr Lachen klang hell wie die Glocken der Kälber im Mai. Ihr Händedruck, der ungewöhnlich fest für so zarte Wesen war, brachte mich ins Hier und Jetzt zurück, auf den sandigen Boden der Tatsachen. Ich war nicht im Himmel, nicht daheim, ich war auf der Belle Bleu Plantage und hatte dem Sonnenstand zufolge mächtig verschlafen. Ich klopfte mir den Sand von meinem Rock, richtete meinen Hut und lächelte ihnen verlegen zu. Die Mädchen kicherten mindestens genauso verlegen wie ich und zeigten mit bloßen Fingern immer wieder auf mich und hoch in den Himmel. Auf meinen Kopf etwa? Ah, sie zeigten auf meinen Hut. Ihnen gefiel mein Hut. Dann rannten sie auf die Hütte rechts neben meiner zu, links von ihr waren ja keine mehr, nur das Zuckerhaus, wie Master Wilburt es genannt hatte, und die Felder. Vor der Hütte rührte eine schlanke Frau mit einem langen Kochlöffel in einem tiefen Topf über einer kleinen Feuerstelle. Erst jetzt bemerkte ich den würzigen Geruch. Er erinnerte mich an die Küche von Sam.

Die Mädchen klammerten sich an den langen Rock der Frau, die augenscheinlich ihre Mutter war. Alle drei starrten mich komisch an. Die Mutter unterdrückte ein Lachen, das konnte ich an ihrem verzerrten Mund und ihren freundlichen Augen sehen. Sie wich jedoch meinem direkten Blick aus. Die Mädchen kicherten immer noch, das konnte ich hören, auch wenn sie sich jetzt ganz hinter ihrer Mutter versteckten. Sie hatten hoffentlich keine Angst vor mir oder meinem Hut. Mir kam eine Idee.

Ich ging einen Schritt auf die Hütte zu, ganz vorsichtig, als näherte ich mich einem Rehkitz im Wald. Der Duft der Gumbo – ich entschied, dass es dem Geruch nach eine Gumbo sein musste, was die Frau rührte, so tief roch kein Rindsgulasch – zog mich magisch an. Das Aroma einer echten Gumbo hat etwas von Erde und Meer. Zugleich. Egal ob Truthahn, Flusskrebse, Kaninchen oder Alligator gekocht werden.

Ich riss einen Bommel von meinem Hut, dann noch einen und hielt sie den Zwillingen entgegen. Ihre Köpfe mit den kleinen Knoten lugten interessiert links und rechts hinter dem Rock der Mutter hervor. Sie kicherten nicht mehr. Die Mutter lächelte und sagte:

»Ale tifi, di mèsi.« Sie schubste sie mit ihrer Hüfte in meine Richtung.

Ihr Ton war der ermahnende Ton einer Mutter, so wie hier, so wie im Schwarzwald, so wie wahrscheinlich überall auf der Welt. Dazu brauchte ich keine Übersetzung. Es hörte sich auch wieder sehr französisch an – allez, merci.

»Mesi«, sagten die Mädchen gleichzeitig.

Sie kamen halb hinter dem Rock der Mutter hervor, nahmen die roten Bommeln entgegen, knicksten und versteckten sich erneut hinter ihrer Mutter. Sie kicherten wieder.

»Mesi anpil«, sagte die Mutter, lächelte, nickte leicht und rührte weiter.

Ich nickte zurück und ging den langen, schnurgeraden Weg entlang Richtung Haus.

Vor der Nachbarhütte saß eine Frau, die genauso schlank war wie die Mutter der Zwillinge, etwas älter vielleicht. Sie trug die gleiche Art Kopftuch. Beide Tücher hatten dasselbe ausgeblichene Karomuster. Beide Frauen hatten es wie einen geflochtenen Haarkranz um den Kopf gebunden. Vor dieser Frau hockte ein Mädchen, ungefähr 16 Jahre alt. Oder 15 oder 17 – ich konnte so schlecht das Alter von jemandem schätzen. Jeder Mensch war anders. Die Frau mit dem Kopftuch, wohl auch die Mutter, hatte einen grob gezackten Kamm in der Hand. Sie war dabei, die Haare ihrer Tochter zu kämmen. Es sah aus, als flocht sie ihre Haare, so wie ich es bei meinen Schwestern auch tat. Die Mütter hier hatten eine viel dunklere Hautfarbe als ihre Kinder, fast wie die Farbe einer fertigen Roux.

Ich hoffte, dass sie mein kleines Malheur nicht mitbekommen hatten. Ich riss mich zusammen, wollte keine Unsicherheit zeigen oder laut loslachen, denn mir war jetzt mindestens auch zum Kichern zumute. Erhobenen Hauptes oder besser gesagt erhobenen Hutes, der ohne die drei Bommeln etwas angeschlagen ausgesehen haben musste, ging ich weiter. Ich lächelte auch ihnen freundlich zu. Ihren skeptischen Blicken nach zu urteilen, hatten sie meinen bestimmt nicht allzu anmutigen Sturz beobachtet. Sie sahen mich an, als wäre ich gerade vom Mond gefallen und nicht aus der Hütte nebenan. Ich fühlte ihre Blicke auf meinem Rücken noch einige Schritte lang verweilen.

Dann kam mir ein kleiner Junge entgegengerannt, als würde er vor etwas weglaufen. Zwei, drei Kinder liefen hinter ihm her. Sie riefen ihm irgendetwas nach – sie spielten bestimmt Verstecken. Vor einer anderen Hütte saßen zwei alte Männer auf komischen Stühlen, die gegen die Hauswand gelehnt waren. Sie rauchten. Mitten im Sandweg spielten Kinder in zerlumpten Kleidern. Sie sangen eine beschwingte Melodie, tanzten und klatschten dazu. Einige von ihnen sprangen durch große Reifen, die andere für sie hinhielten.

Run, nigger, run, de patter-roller catch you.
Run, nigger, run, it's almost day.
Run, nigger, run, de patter-roller catch you.
And run fru the Run, nigger, run, and try to
get away.
Dis nigger run, he run his best.
Stuck his head in a hornet's nest.
Jumped de fence and run fru de paster.
White man run, but nigger run faster …

White Serenader's Songbook 1851

Man hätte meinen können, dass es ein fröhliches Lied war, so ausgelassen sangen sie es. Obwohl ich damals noch nicht viel Englisch verstand, so verstand ich doch, dass die Kinder vor etwas wegrannten. Vor dem weißen Mann. Vor den Hütten entlang des Weges, bis hin zum Großen Haus, standen Menschen – alle mit dunkler Haut. Sie waren alle entweder mit irgendwas beschäftigt, saßen oder schliefen gegen einen Baum gelehnt. Von irgendwoher klang Musik, eine Gitarre vielleicht, begleitet von einem schwachen Trommelschlag. Ich musste mich zusammenreißen, dass ich sie nicht alle anstarrte, denn das gehört sich nicht.

Sonntag! Es ist Sonntag, schoss es mir durch den Kopf.

Ich blinzelte gegen die Sonne, an dem Großen Haus hinauf, das heute besonders strahlte. Fast silbrig glänzten die dicken Säulen – alle 28. Die zarten Gardinen vor den offenen Flügeltüren auf den Balkonen wehten spielerisch im Wind. Ein klitzekleiner Vogel flatterte nervös vor einer der Flügeltüren umher, als könnte er sich nicht entscheiden, wohin. Oder war es ein fliegender Käfer? Die Gardine hatte ihn ein paar Mal schon fast erwischt. Es war ein Kolibri, wie ich später erfuhr. Sie sehen immer so nervös aus, weil ihre Flügel so schnell schlagen. Sie sind nicht viel größer als ein Grashüpfer oder Grasshopper. Erstaunlich, wie ähnlich sich die beiden Sprachen waren. Ich lernte Englisch damals sehr schnell.

Aus dem Küchenhaus drang ein merkwürdiges Pfeifen. Ich konnte keine Melodie ausmachen.

Hélène stand an dem langen Holztisch mitten in der Küche und schöpfte eine klare Suppe mit einer silbernen Kelle aus einem Topf in eine kobaltblau und gold verzierte Terrine. Diese wurde sogleich von einem weiß behandschuhten Diener weggezogen. Wie auf dem Schiff, dachte ich. Er ging den kleinen Gang entlang zum Großen Haus und pfiff dabei. Daher kam das Pfeifen.

»Sorry, sorry, Hélène. Es tut mir so leid. Das passiert mir nie!«, entschuldigte ich mich.

Sie war der letzte Mensch, den ich enttäuschen wollte.

»Mais la.« Hélène drehte sich zum offenen Kamin, zog ihr rechtes Bein nach und ergriff eine tiefe Pfanne, stellte sie auf den Tisch und löffelte den goldgelben Inhalt in eine ebenso verschnörkelte Schale mit derselben Verzierung wie die Terrine.

Dafür, dass sie ein steifes Bein hat, bewegt sie sich sehr flott, dachte ich. Die brauchen mich hier gar nicht. Vielleicht haben sie das jetzt auch gemerkt, zumal ich auch noch zu spät war, schalt ich mich selbst. Ein anderer behandschuhter Mann trug auch die zweite Schale den Gang entlang ins Große Haus.

»Hier, der Löffel!«, rief ihm Hélène hinterher. Sie hielt einen silbernen Servierlöffel in die Luft. Er konnte sie nicht hören, denn auch er pfiff. Unmelodisch. Unvergnügt. Hélène blickte mich verloren an. Ich riss ihr den Löffel aus der Hand und rannte dem Mann nach.

»Mais la, dann brauchen wir uns darum wohl keine Gedanken mehr zu machen«, sagte sie, als ich wieder zurückkam. Sie warf mir einen freundlichen Blick zu. »Ist schon gut, ma sha, ist schon gut. Du musst von der Reise erschöpft gewesen sein«, sagte sie in dem beruhigenden Warme-Küche-am-Morgen-Ton.

Sie war einer von diesen Menschen, die alles so nahmen, wie es kam, und immer das Beste daraus machten. Sie hatte keine Erwartungen an andere. Man konnte für sie gar nichts falsch machen. Sie blieb ruhig, wenn ich Reis zu Reisbrei verkochte, eine Roux anbrennen ließ oder viel zu viel Cayenne ins Étouffée streute. *Mais la* war das gesamte Ausmaß ihrer Irritiertheit. Und dann korrigierte sie meine Fehler. Ich hatte so einen Menschen noch nie kennengelernt. Ich selbst hatte immer Erwartungen.

»Wenn du dich nützlich machen willst, dann könntest du mir beim Dessert helfen.«

Und ob ich das wollte.

»Hier, ma sha.« Sie reichte mir einen Topf mit weißem Zucker, einen mit braunem und einen Krug mit Sahne.

Ich zückte meinen Kochlöffel.

»Bring das zum Kochen und sieh, was passiert.«

Nonchalant wie immer waren ihre Anweisungen. Als ob man die Wahl gehabt hätte, es zu tun oder es sein zu lassen. Beides war okay. *Okay* – ein Wort, das ich gerade gelernt hatte. Es bedeutet so viel wie *alles in Ordnung*. Man hörte es hier oft. Ein beeindruckendes Wort – so kurz, mit so einer großen Bedeutung.

Ich streute, Hélènes Anweisung gemäß, gleiche Anteile von braunem und weißem Zucker in einen Topf, danach goss ich die Sahne an und rührte alles zusammen. Es hatte von Anfang an die Farbe einer Roux im Mittelstadium. Wie die Zwillinge, dachte ich. Die Süßen. Ich konnte mir mein Lachen jetzt nicht mehr verkneifen. Hélène blickte zu mir herüber und schüttelte den Kopf. Ich muss so tollpatschig ausgesehen haben, dachte ich. Und schüttelte jetzt selbst den Kopf.

Ich rührte ungefähr zehn Minuten, bis der Zucker zerschmolzen war, der Inhalt meines Topfes sich angedickt hatte und in eine dunkle Karamellsoße verwandelte. Der Duft war betörend.

Farblich war es irgendwas zwischen den Mädchen und ihren Müttern, nicht so dunkel wie eine fertige Roux und nicht wie eine am Anfang. Ich musste mich arg zusammenreißen, nicht zu naschen. Das wäre fatal gewesen. Aus schmerzlicher Erinnerung wusste ich, wie aufgelöster Zucker brennt. Tagelang konnte ich damals nichts schmecken. Ich hob den Topf ab und zu von der Feuerstelle, um die Hitze zu kontrollieren.

»Kräftiger rühren, ma sha, sonst brennts an«, sagte Hélène.

Ertappt blickte ich auf. Ich musste an mein Versagen auf dem Schiff denken, das sollte mir diesmal nicht passieren.

»Und jetzt die Pekannüsse«, sagte Hélène.

Die Kerne von Pekannüssen sehen ähnlich aus wie die von Walnüssen. Sie sind aber ovaler, dunkler, süßer im Geschmack und auch cremiger. Sie gefielen mir gleich. Ich naschte natürlich ein paar beim Hacken. Naschen war als Köchin erlaubt. Man muss doch wissen, womit man arbeitet.

Solch ein Dessert kann ich auch mal daheim mit Walnüssen probieren, dachte ich. Daheim. Ich hielt inne. Wahrscheinlich würde ich meine Heimat nie wieder sehen. Plötzlich wurde mir die Endgültigkeit meiner Entscheidung bewusst. Ich hatte mir keine Gedanken über die Konsequenzen gemacht, als Madame mich gebeten hatte, sie nach Amerika zu begleiten. Ein Schritt in meinem Leben führte immer zum nächsten. A zu B zu C zu D … Bei welchem Buchstaben ich wohl inzwischen gelandet war?

Erst jetzt bemerkte ich, dass an dem langen Tisch eine kleine, dicke schwarze Frau stand, die eine Torte mit Brombeeren verzierte. Für einen Augenblick glaubte ich, dass es Sauerkirschen waren und die Torte eine Schwarzwälder Kirschtorte. Es war Einbildung wie der Feldberg, den ich draußen auf dem Atlantik gesehen hatte.

»Das ist eine ›Charlotte russe‹ – der Lieblingsnachtisch der Mistress«, sagte Hélène, als sie meinen verdutzten Blick sah.

Die schwarze Frau hatte das Kopftuch genauso gebunden wie die beiden Mütter vor den Hütten, doch ihres war beige.

»Melba, darf ich dir vorstellen, das ist Sarah D, und da drüben am Waschbecken, das ist ihre Tochter Denise. Ich habe dir ja schon von ihnen erzählt. Ohne sie wäre ich aufgeschmissen.« Hélène zeigte auf ein ebenso dickes und ebenso kleines Mädchen von ungefähr 17 Jahren, sie hätte aber auch älter oder jünger sein können. Das Mädchen sah auf und warf mir einen desinteressierten Blick aus kugelrunden, dunklen Augen zu, die von schweren Augenlidern umrahmt waren. Vielleicht war sie auch nur verlegen. Dass sie Mutter und Tochter waren, daran bestand kein Zweifel, doch auch sie unterschieden sich in der Hautfarbe. Sarah D war wesentlich dunkler als ihre Tochter. Sarah D nickte mir freundlich zu, ohne sich von ihrer Arbeit ablenken zu lassen, dann sagten beide gleichzeitig, wie abgesprochen: »Bonjou.«

»Bonjour«, entgegnete ich instinktiv.

Sarah Ds »bonjour« hörte sich französisch an, nur fehlte die letzte Hälfte der zweiten Silbe. Auch Hélènes »ma sha«, ich denke, dass es »ma cher« – mein Liebling – bedeutete, hatte durch ihre besondere Aussprache einen sanfteren Klang. Sie redeten hier das reinste Kauderwelsch. Hélène hatte mir erklärt, dass das, was sie sprach, akadisches Französisch war, ein Gemisch aus altem Französisch und Worten, die die Akadier in ihrer neuen Heimat gelernt hatten. Sarah D und die Frauen draußen sprachen Kreolisch. Eine Mischung aus all ihren afrikanischen Sprachen, in die sie französische Worte streuten. Es klang oft gleich. Doch Kreolisch gefiel mir besser, es hörte sich melodischer an. Und Master Wilburt sprach von allem etwas und Englisch noch dazu, was sich oft auch sehr vertraut anhörte. So kam jeder hier durch. Und ich auch.

»Nun nimm den Topf vom Feuer, gib die Butter hinzu – aber weiterrühren – und schütte die gehackten Nüsse hinein. Hopp, hopp«, sagte Hélène, während sie einen Kuchen, der hier Pie heißt, auf eine Glasplatte setzte.

Ich rührte kräftig weiter. Die Nüsse pudelten sich im Karamell nicht wies Gemüse in der Roux, sondern sie rollten schwerfällig – genüsslich wie ich heute Morgen im Bett – in der zähen Masse über meinen Kochlöffel.

»Nun musst du schnell arbeiten, Melba, sonst erstarren sie dir im Topf. Lass einen Löffel nach dem anderen auf die Platte dort tröpfeln. So werden es Pralinen.«

Meine ersten Pralinen zerflossen zu einer flachen Lake. Für die nächsten benetzte ich nur die Hälfte meines Kochlöffels mit der Soße und hielt den Löffel von oben auf die Platte und drehte ihn ein wenig dabei, wie beim Bandnudeln essen. So türmte ich ein Häufchen nach dem anderen. Das war die beste Technik. Die flachen Laken naschte ich schnell weg. Naschen war ja erlaubt und Fehler machen – das passiert, auch wenns wehtut.

Die Pralinen schmeckten süßer als alles, was ich bisher in meinem Leben probiert hatte. Wäre da nicht dieser kräftige Karamellgeschmack gewesen, wären sie mir wohl zu süß gewesen.

Als ich zur Hälfte fertig war, waren die ersten Pralinen schon abgekühlt. Die Masse wurde zäher und zäher. Ich beeilte mich. Voilà! Fertig! Ich schwitzte entsetzlich – besonders unter meiner schwarzen Kappe. Meinen Hut hatte ich zuvor vorsichtig auf einen Hocker gelegt. Nun nahm ich auch die Kappe ab und legte sie daneben. Auf einmal sahen mich Hélène, Sarah D und Denise ganz verdutzt an. Verlegen fasste ich mir an den Kopf, als ob ich eine Fliege wegwedeln wollte. Hatte ich etwas im Haar?

»Du hast ja Nigger-Haare«, sagte Denise, hielt sich die Hand vor den Mund und kicherte.

Sie schaute mich dabei an, als sei ich ein Geist. Ich hatte sie zum ersten Mal wirklich sprechen gehört, abgesehen von dem kurzen *bonjou.* Ihre Stimme kam mir bekannt vor, ich wusste aber nicht, woher. Alle drei lachten mich an.

»Aber in Rot«, stimmte Hélène ein.

Ich lachte mit. Mir fiel die Ähnlichkeit zum ersten Mal auf. Ich hatte krause Haare wie all diese neuen, interessanten Menschen um mich herum.

»Na, dann bin ich ja richtig hier«, konterte ich.

Wir krümmten uns vor Lachen, und ich pinkelte mir mal wieder ein bisschen in meine Brunzhose wie damals in Baltimore mit Madame. Gott sei Dank konnte das keiner sehen.

»Ich kann sie dir flechten, so wie wir das mit unseren Haaren machen, dann schwitzt man drunter nicht so«, bot sich Sarah D an. Bei dem Gedanken verloren wir uns gänzlich und lachten so laut, dass wir nicht bemerkten, dass jemand die Küche betreten hatte.

Master Wilburt stand in der Tür und blickte stumm auf unsere Runde – ich konnte ihn in meinem Kopf einfach nicht Will nennen, außerdem gab er mir gerade ein ganz ungutes Gefühl. Verflogen war die Freundlichkeit von gestern.

»Wa...wa...was ist hier denn so lustig?« Er brauchte drei Anläufe, dann ging es fließender. »Habt ihr nicht ge...ge... genug zu tun?« Gelassen lehnte er sich gegen den Türrahmen, hielt ein Glas in der Hand und klimperte mit den Eiswürfeln darin, die in einer goldfarbenen Flüssigkeit schwammen, nebst einigen Minzeblättchen. Es war ein Mint Julep, Master Wilburts Lieblingsgetränk, wie mir bald klar wurde. Oftmals das Einzige, was er bis zum Mittagessen zu sich nahm. Als er dann wenigstens schmunzelte, erkannte ich wieder den Prinzen von gestern.

Hélène, der das Schmunzeln offenbar auch nicht entgangen war, riss sich als Erste von uns zusammen: »Man wird ja wohl noch mal lachen dürfen.« Und dann lächelte sie ihn an, wie gestern. Man könnte aber auch sagen, dass sie ihn anhimmelte. Sie ging, trotz ihres steifen Beines, was sie seitlich ausstreckte, sodass sie ihren schlanken Unterschenkel entblößte, in die Knie. Es sah fast akrobatisch aus und recht elegant. Hélène war eben eine geschickte Frau. Master Wilburts Blick erhaschte das entblößte Bein. Er klimperte mit den Eiswürfeln und erwiderte ihr Lächeln. Da war etwas, was die zwei verband. Und das war nicht nur Missy, um die sie sich beide wie Eltern kümmerten.

»Komm, Missy«, Hélène verharrte immer noch in ihrer Position, ein Bein ausgestreckt über dem Boden, »ich hab was für dich.«

Die kleine Dachshündin rannte schwanzwedelnd stracks auf Hélène zu und sprang mit einem Satz in ihren Arm.

»Hélène weiß, was uns guttut.« Master Wilburt grinste breit. Klimperte wieder mit dem Glas. Dann torkelte er den Gang entlang zurück ins Große Haus. Er pfiff nicht.

Für eine Weile war es totenstill in der Küche. Sarah D und Denise zuckten schließlich erleichtert mit den Schultern.

»Es is halt wie es is«, sagte Sarah D.

Ich nahm meine Kappe vom Stuhl und setzte sie wieder auf. Hélène hielt Missy, die ihr das Gesicht abschleckte, im Arm, lächelte immer noch und zuckte auch mit den Schultern, als wollte sie sich vor uns für Master Wilburt entschuldigen.

»Warum pfeift hier eigentlich jeder, oder fast jeder, der durch den Gang geht?«, fragte ich in die unbequeme Stille hinein. Ich hatte mich wieder an die Arbeit gemacht, drückte vorsichtig mit dem Zeigefinger auf die Pralinen. Sie waren fest.

»Er ist nicht so, wie ihr denkt. Unter der harten Schale verbirgt sich ein weicher Kern«, sagte Hélène, ohne auf meine Frage einzugehen.

Also doch, sie entschuldigte sich für sein Verhalten. Obwohl sie das gar nicht brauchte. Er war doch der Master. Sie blickte ihm nach. Wie man einem Schiff nachblickt. Wie wenn man Sehnsucht hat.

Sarah D und Denise wandten sich wortlos wieder ihrer Arbeit zu, als wäre nichts geschehen. Und ich wusste nicht, ob ich meine Frage wiederholen oder auf Hélènes Bemerkung eingehen sollte. Ich tat weder das eine noch das andere.

»Sollen die hier rein?« Ich zeigte stattdessen auf eine Bonbonniere aus hellblauem Kristallglas.

Hélène beachtete mich jedoch nicht und humpelte stattdessen, so schnell sie konnte, mit Missy im Arm Master Wilburt hinterher.

Ich hatte zwar keine meiner Fragen beantwortet bekommen, doch mir wurde eine andere Frage beantwortet, von der ich gar nicht wusste, dass ich sie hatte. Hélène war verliebt in Master Wilburt. Und auf einmal tat sie mir leid. Wie Madame. Wie meine Mutter.

Als Hélène mit Paul A und Betty zurückkam, die große Tabletts mit schmutzigem Geschirr hoch über ihren Köpfen trugen, hatten wir schon eine ganze Armee von Pies, Puddings und die Charlotte russe samt der Pekannuss-Pralinen in der hellblauen Bonbonniere auf dem langen Küchentisch angerichtet.

»Eins, zwei, drei, vier, fünf«, zählte Hélène. »Die Pralinen gehören heute auch zum Nachtisch, damit hätten wir sechs Desserts.« Sie war zufrieden.

Wer soll denn das alles essen, dachte ich.

»Sha, sha, sha, so essen die hier jeden Tag«, kommentierte Sarah D meinen erstaunten Blick, als hätte sie meine Gedanken gelesen. »Deshalb ist die Küche der beste Arbeitsplatz auf der Plantage, denn da bleibt immer etwas für uns übrig. Gott sei Dank ist Mistress Marie-Clarisse nicht so gemein wie meine alte Mistress auf der Norton Plantage, die hat immer in die halb leeren Terrinen gespuckt, bevor sie abgeräumt wurden, damit wir ja nichts naschen.« Sie zog die Brauen hoch und sah mich einen Moment lang an. »Und übrigens, warum die Hausnigger pfeifen, wenn sie den Gang zum Großen Haus entlanggehen, wolltest du wissen?«

»Ja.« Ich hatte meine Frage schon fast vergessen.

»Damit sie dem Master nicht ins Essen spucken können. Darum müssen sie pfeifen«, sagte Sarah D ganz nüchtern. »Se tout.« Damit wandte sie sich dem schmutzigen Geschirr zu.

Hélène fächelte hektisch mit der Hand über den Tisch. »Hopp, hopp, das muss hier weg. Die Damen sind schon im Zeichenraum bei Obstlikören und Ratafia und die Herren im Salon am Zigarrenrauchen.« Sie schien leicht irritiert, seit sie in die Küche zurückgekehrt war. Das passte gar nicht zu ihr.

Wir hatten so viel mit dem Abwasch und dem Saubermachen der Küche zu tun, dass ich gar nicht bemerkte, wie es dunkel wurde. Deshalb konnte Sarah D mir auch die Haare nicht mehr so flechten wie ihre. Mein Dutt hielt noch mehr oder weniger. Doch irgendetwas in mir war anders als vorher. Ich sah mich auf einmal nicht mehr mit Dutt.

Als ich gehen wollte, nachdem wir alle Feuer gelöscht hatten, alles sauber war und Hélène sich bei uns bedankt hatte, wie sie es jeden Abend tat, drückte sie mir ein Tüchlein mit Pralinen in die Hand.

»Das hast du heute sehr gut gemacht, Melba Koch.«

Ich musste fast ein bisschen weinen, so lieb war sie zu mir. »Danke, Hélène Lebasque«, antwortete ich.

Das brachte uns beide zum Lachen. Es tut so wohl, einen schweren Arbeitstag mit einem Lachen und einem Lob zu beenden.

Auf dem Weg in meine Hütte klopfte ich an die Tür der Zwillinge. Sie würden sich bestimmt über etwas Süßes freuen. Die Mutter öffnete und lächelte mich an wie eine alte Bekannte.

»Bonswa«, sagte sie.

Sie hatte ein fein geschnittenes Gesicht.

»Bon soir«, sagte ich ganz automatisch.

Die Zwillinge kamen angerannt und zeigten mir stolz ihre Bommel. Ich lächelte und hielt ihnen die Pralinen entgegen. Die Mutter nahm sie an, verbeugte sich leicht, wie schon am Nachmittag. Auch ich verbeugte mich und ging meines Weges. Still war es heute Abend. Fast wie daheim im Wald. Ach, wie ich den Wald vermisste. Kurz vor meiner Hütte hörte ich Hufe klappern. Master Wilburt. Er bemerkte mich auch, drehte sich zu mir um, nickte und trottete weiter in Richtung Zuckerhaus und Zuckerrohrfelder. Dann war es wieder still, so still, wie es im Süden eben sein kann, gesprenkelt mit Rascheln, Raunen und dem Zikaden-Chor, der hier alles zu begleiten schien. Ich fragte mich, ob man nach einiger Zeit dagegen abstumpft? Als ich vor meiner Kommode stand, ich wollte heute Abend wenigstens mein Gesicht waschen, wehte ein Windzug den Lumpen vorm Fenster zurück. Jemand ging mit einer Laterne in der Hand an meiner Hütte vorbei. Schnell löschte ich das Licht und schaute durchs Fenster. Im schwachen Schein sah ich einen wehenden Rock, eine Frau. Sie humpelte. Hélène. Sie ging direkt auf das Zuckerhaus zu.

PEKANNUSS-PRALINEN / PRALINES

Zutaten für ein Dutzend Pralinen

1 ½ Tassen (T) brauner Zucker, 1 ½ T weißer Zucker, 1 T Sahne, 3 Esslöffel ungesalzene Butter, eine Prise Salz, 2 T gehackte Pekannüsse

Zubereitung

Braunen und weißen Zucker mit der Sahne in einen Topf geben und bei mittlerer Hitze den Zucker zerschmelzen lassen. Das kann bis zu 10 Minuten dauern.

Auf keinen Fall kristallisierten Zucker vom Rand kratzen, er würde sich nicht mehr einarbeiten lassen, sondern Kristalle bilden.

Den Topf anschließend von der Kochstelle nehmen und die Nüsse und Butter hinzugeben, alles gut verrühren. Mit einem Esslöffel kleine Häufchen auf eine gebutterte Platte geben. Erkalten lassen.

E

Chicorée-Kaffee

Am nächsten Morgen wachte ich sehr früh auf. So etwas wie gestern sollte mir nicht noch einmal passieren.

Es war noch dunkel und ganz still. Die Zikaden zirpten nur leise, fast zaghaft. Oder hörte ich sie schon nicht mehr so laut?

Ab und zu drang heftiges, abgehacktes Husten durch die Stille, wie Madames Husten. Wer auch immer da hustete, ich hoffte, dass ihm oder ihr nicht das gleiche Schicksal bevorstand wie Madame. Eine kräftige Hühnerbrühe könnte vielleicht helfen.

Ich zog mich an. Band meinen Dutt wie immer tief, fast hing er im Nacken, und wollte meine schwarze Kappe aufsetzen. Doch ich zögerte. Sie schien die Hitze magisch anzuziehen. Andererseits konnte ich mich ohne Kopfbedeckung nicht in die Küche trauen. Das gehört sich nicht. Ich schaute mich in meiner Hütte um und mein Blick fiel auf das Bettuch: helle Baumwolle. Am Tag zuvor beim Bettenmachen hatte ich schon Mühe gehabt, das Tuch unter die Matratze zu stopfen, so viel Stoff war da. Unnütz, wie ich fand. Ich hatte eine Idee, aber wenn ich mich jetzt nicht sputete, würde ich schon wieder zu spät sein, und ich wollte doch heute durch Pünktlichkeit beeindrucken. Ich warf das Kopfkissen zur Seite, zog das Tuch am Kopfende unter der Matratze heraus, griff mein Messer und machte einen winzigen Einschnitt am Ende des Bettuchs. Mir wurde heiß, wie beim Schwindeln, und ich spürte Schweißperlen auf meiner Nase. Jetzt gab es kein Zurück mehr. Mit einem Ruck riss ich einen breiten Streifen davon ab. Warf ihn aufs Bett. Ich schaute zum Fenster rüber. Der Lumpen verdeckte es fast ganz. Er flappte heute nicht, hing gerade hinunter. Nur durch einen kleinen Spalt an der Seite blinzelte Dämmerlicht. Oh nein, es war schon fast hell. Schnell zog ich das Bettuch hoch, hob die Matratze an und schob das abgerissene Ende, das zum Glück gar nicht ausgefranst aussah, wieder drunter. Nie würde es jemandem auffallen. Ich legte das Kopfkissen an seinen Platz zurück, zog die Decke drüber und strich sie glatt, als wollte ich etwas verstecken. Mit dem Beweisstück in der Hand ging ich zum Spiegel. Und nun? Ich hatte keine Ahnung, wie ich das Tuch binden sollte, damit es so aussah wie bei den Frauen gestern oder bei Sarah D und Denise. Ich hatte auch keine Zeit. Immer heller schien das Morgenrot durch den Spalt. Ich spürte schon, wie es in meiner Hütte warm wurde. Ich band das Tuch unter dem Kinn zusammen. Was den Nachteil hatte, dass es meinen Hinterkopf nicht bedeckte und vorne zwei lange Stränge herunterhingen, die beim Arbeiten sehr unpraktisch sein würden. Ich riss es mir vom Kopf. Versuchte es wieder. Diesmal band ich die Enden am Hinterkopf zusammen, unter meinem Dutt. Wieder bedeckte es nicht den Hinterkopf, stand sogar noch ab. Egal. Ich hatte keine Zeit mehr und stopfte die Enden unter den Dutt. Voilà! Das musste reichen. Ich rannte los und wäre fast wieder die Stufen hinuntergepoltert. Es war noch nicht ganz so hell, wie ich befürchtet hatte, und ich zügelte meinen Schritt. Aber es war schon ganz schön warm. Ich schlich den Weg entlang, um auszumachen, woher das Husten kam. Ich hatte ja etwas Zeit zurückgewonnen. Aus der Hütte neben den Zwillingen, ich glaubte, dass es die war, vor der die Frau gestern dem einen Mädchen die Haare gemacht hatte, kam es. Ich ging näher heran. Das Husten wurde stärker. Es hörte sich nach einem Mann an, vielleicht war es der Ehemann der Frau.

Plötzlich öffnete sich die Tür der Hütte. Ich bekam einen solchen Schreck, dass ich mit einem Satz in den kleinen Gang zwischen den beiden Hütten hüpfte. Vorsichtig lugte ich um die Ecke und konnte die Silhouette eines großen, kräftigen Mannes ausmachen, der aus der Hütte trat, sich einen hohen Zylinder aufsetzte und schnurstracks auf das Große Haus zuging. Sein Schwalbenschwanz flatterte bei jedem Schritt.

Das war nicht der Aufseher Mister Tulson, den ich zwar noch nicht persönlich kennengelernt hatte, doch Hélène hatte ihn mir vom Küchenfenster aus gezeigt. Und auch nicht Master Wilburt. Nein, die beiden waren auch nicht so groß, nicht so elegant gekleidet, nicht so kräftig.

Das muss Master Witherspoon sein, schoss es mir durch den Kopf. Ich hatte ihn zwar noch nicht gesehen, nur von ihm gehört, doch das ergab Sinn. Vielleicht sah er nach dem Mann, der hustete. Ja, eine Hühnersuppe würde dem Kranken guttun, wenn der Master schon nach ihm schaut, werden sie im Großen Haus bestimmt nichts dagegen haben, wenn ich ihm eine koche.

Die Tür zum Küchenhaus war noch abgeschlossen. Ich setzte mich auf eines der Fässer neben der Tür und wartete auf Hélène. Ich war froh, dass ich heute die Erste war. Ich konnte noch immer das Husten hören. Klappern und leise Stimmen drangen aus den Hütten.

Dann dröhnte die große Glocke, die ich gestern neben der Zisterne gesehen hatte, durchs Morgengrauen, hastig und laut. Eine Tür nach der anderen schlug auf. Männer und Frauen kamen heraus und machten sich auf in Richtung Zuckerhaus. Einer nach dem anderen stimmte eine tiefe Melodie an. Alle gingen sie an einer Hütte vorbei, vor der eine alte Frau, die ich zuvor gar nicht bemerkt hatte, ein Feuer schürte, und legten kleine Päckchen hinein. Dann griffen sie, aus dem Schuppen neben dem Zuckerhaus, gleich bei meiner Hütte, Hacken und Schaufeln. Ich sah auf einmal Licht in der Küche und klopfte an die Tür.

»Mais la, da ist aber jemand aus dem Bett gefallen«, sagte Hélène. Sie trällerte fast, lächelte und rieb freundschaftlich meine Schulter beim Reingehen. Zufrieden atmete ich tief ein.

Sie war wieder die Alte, obwohl sie unausgeschlafen aussah. Sie war blass und hatte dunkle Augenringe, durch die sich zarte blaue Adern zogen. Das kam wohl nicht von ungefähr, dachte ich und kam mir sogleich furchtbar gemein vor. Aber vielleicht wurde sie ja auch krank. Dann würde ihr die Hühnersuppe ebenso guttun. Ein Schwall von malzig-schokoladigem Aroma riss mich aus meinen Gedanken. Ein ganz neuer Geruch.

»Bonjou, komen le zafaer, an diesem kühlen Julimorgen?«

Sarah D betrat die Küche und fächelte demonstrativ mit einem Palmenblatt vor ihrem Gesicht, denn von kühl konnte keine Rede sein. Es war gerade mal fünf Uhr morgens und bereits so heiß und schwül wie daheim im Hochsommer, kurz vor einem Gewitter. Ich hatte dies gleich beim Aufstehen an meinen Haaren bemerkt.

»Bonjou«, sagte Denise, die gleich hinter ihrer Mutter in die Küche getrottet kam und in ihre Abwaschecke huschte.

»Denise«, sagte Hélène. Sie kniete halb im Kamin, auf ihre akrobatische Art, und entzündete eine kleine Feuerstelle. »Auf dem Tisch ist abgekühlter Chicorée. Ich hab ihn gestern Abend noch geröstet. Den kannst du mahlen. Merci, Denise.«

Sie gab wieder ihre freundlichen Anweisungen, ohne sich von ihrer eigenen Tätigkeit ablenken zu lassen. Denise sagte nichts, machte sich aber sogleich an die Wurzeln. Chicorée, das war wohl der unbekannte Geruch, dachte ich.

»Melba, du kannst ihr dabei helfen. Dann lernst du gleich, wie man unseren Kaffee hier macht.«

Chicorée ist Kaffee? Ich war gespannt und ging zum Tisch rüber.

»Und was haben wir hier?«, fragte Sarah D in dem gleichen neckischen Ton, den sie beim Eintreten in die Küche hatte. Er erinnerte mich an eingemachte Gurken – süßsauer.

Sie stellte sich vor mich und stützte ihre Hände in die Hüften.

»Ein Kopftuch«, sagte ich gleichgültig und spielte mit einer runzeligen Wurzel zwischen den Fingern. Ich wusste aber genau, was sie meinte.

»Sha, sha, sha, lass mich das mal machen.« Sarah D schüttelte den Kopf und zog mir das Tuch vom Kopf. Wenn sie wüsste.

Sie musste sich dabei auf Zehenspitzen stellen. Dann rückte sie einen Stuhl ran und zeigte an, dass ich mich setzen sollte.

»Denise, bring mir mal das Schmalz rüber«, sagte sie.

Sie öffnete meinen Dutt, zog dicke Haarsträhnen mit dem Schmalz glatt, das Denise ihr gebracht hatte, und zwirbelte mit flinken Fingern kleine Zöpfe.

»Das ist ja viel zu viel Stoff«, lamentierte sie. »Denise!«

Sarah D gab Denise das Tuch.

Sie breitete es der Länge nach auf dem Tisch aus, betrachtete es und schnitt es schmaler. Zu lang war es anscheinend nicht. Dann legte sie mir das Tuch um den Kopf, band es hinten zusammen, zwirbelte die zwei langen Enden, wie sie es mit meinen Haaren getan hatte, wand sie um meinen Kopf, überkreuzte sie über der Stirn, führte die zwei Stränge an den Seiten wieder hinunter und ließ den Rest unter dem Knoten, da wo mein Dutt gewesen wäre, verschwinden.

»Se tout«, sagte Sarah D und stützte ihre Hände wieder in die Hüfte. Sie war offensichtlich stolz auf das Werk ihrer Tochter. Alle drei musterten mich von hinten und vorne.

»Du siehst jetzt aus wie eine schwarze Mama«, sagte Denise und schlug sogleich ihre schweren Lider nieder und ihre Hand vor den Mund. Die Morgensonne schien auf ihre Wimpern. Mir fiel zum ersten Mal auf, wie lang sie waren. So lang, dass sie sich wie Spinnweben miteinander verwoben.

»Nur in Weiß«, sagte Hélène.

»Eher Rosa«, sagte Denise, von einem weiteren, langsamen Lidschlag begleitet und scheinbar angespornt von Hélènes Kommentar. Wieder kam mir ihre Stimme so bekannt vor. Ich konnte sie aber nicht zuordnen.

»Rosa Mama Melba. Mama Melba, so nennen wir dich ab jetzt«, verkündete Sarah D resolut und süßsauer.

»Mama Melba«, wiederholten alle drei. Sie lächelten mich aufmunternd an, als erwarteten sie, dass ich es wiederholte.

Ich war so sprachlos vor Glück, dass ich kein Wort rausbringen konnte, sondern nur übers ganze Gesicht lächelte.

Dann widmeten wir uns wieder unserer Arbeit. Sarah D fing an, den Teig für die Biscuits zu bearbeiten. Sie knetete genauso kräftig, wie ich es getan hatte. Ich fragte mich, was sie wohl mit hineinlegte.

Hélène rührte derweil einen hellen Brei in dem großen Topf. Denise holte die restlichen gerösteten Chicorée-Wurzeln aus dem Ofen, und ich fing an, die ausgekühlten auf dem Tisch in der Kaffeemühle zu mahlen. Das malzig-schokoladige Aroma intensivierte sich dabei.

Mit dem Duft in der Nase und den gezwirbelten Zöpfen samt dem Tignon auf dem Kopf, was sich wirklich kühler anfühlte, drehte ich die Kurbel zufriedener als jemals zuvor. Zum ersten Mal seit meiner Ankunft in Amerika gehörte ich dazu. Wie die Matrosen zu dem Dampfer mit dem roten Schornstein, wie die Hunde zu dem Lattenzaun bei der Kirche und der Fisch in dem Karren, den der Mann am Ufer der Mississ Ippi an mir vorbeigeschoben hatte. Ich gehörte jetzt auf die

Belle Bleu Plantage, in diese Küche, zu Hélène, zu Sarah D und zu Denise.

»Mama Melba«, flüsterte ich. »Mama Melba«.

Eine kleine Freudenträne kullerte mir die Wange hinunter.

Die gemahlenen Chicorée-Wurzeln vermischten wir in einem Tontopf mit den gemahlenen Kaffeebohnen im Verhältnis von eins zu zwei. Dann brühten wir einen Kaffee auf, der genauso schmeckte, wie das Aroma es am Morgen verheißen hatte: malzig-schokoladig, fast cremig mit einer hauchzarten Bitternote. So würde ich ab jetzt meinen Kaffee nur noch trinken.

Wir hatten in der Küche auch an diesem Tag wieder so viel zu tun, dass es bereits dunkel war, als ich mit einem Kaninchen, einem großen Topf, Gemüse und ein paar Küchenutensilien bepackt das Küchenhaus verlassen wollte.

Ich hatte es den ganzen Tag nicht geschafft, die Hühnersuppe für den hustenden Mann zu kochen, wollte es aber unbedingt noch vor dem Schlafengehen erledigen. Sonst würde es am Ende vielleicht noch zu spät für ihn sein. Bei dem Gedanken schauderte es mich.

Und da wir in der Küche keine abgehangenen Hühner hatten, gab mir Hélène ein Kaninchen mit. Macht die Suppe sowieso cremiger, hatte sie gemeint. Das hörte sich interessant an. Ich vertraute ihr.

Ich wünschte Hélène eine gute Nacht, sie bedankte sich wie immer. Ich wollte gerade die Tür öffnen, als mir jemand die Klinke aus der Hand nahm. Es war Master Wilburt. Ich zuckte zusammen, vielleicht würde er mir den Topf und das Kaninchen jetzt wegnehmen, mich beschuldigen, gestohlen zu haben. Hélène hatte mir alles heimlich gegeben und mich gewarnt, auf dem Weg in meine Hütte achtzugeben. Aber ich freute mich auch, ihn wiederzusehen. Er war mindestens genauso verstört wie ich und blieb im Türrahmen stehen.

»Ma...Ma...Ma...Mademoiselle Me...Me...Melba bi...bitte nach Ihnen.« Wie gestern Abend nickte er mir zu und bot mir mit einer galanten Handbewegung den Vortritt aus der Küche.

Ich blieb jedoch wie angewurzelt stehen und blickte zu Hélène. Sie tat, als hätte sie nichts bemerkt, kniete vor dem Kamin und bedeckte die Glut mit einem Deckel, sodass in der Küche auf einmal alles dunkel war bis auf den schwachen Schein der fast heruntergebrannten Kerze auf dem Tisch. Missy rannte, so schnell sie mit ihren kurzen Beinchen konnte, in Hélènes Arme. Ihr Schwanz wedelte aufgeregt wie immer. Hélène wiegte die Kleine wie einen Säugling, so wie es Wilburt getan hatte, richtete sich auf und ging langsam auf uns zu. Sie humpelte fast gar nicht dabei, doch ließ sie ihren Blick, der wie immer so etwas Schwärmerisches hatte, nicht von Master Wilburt, der mit ausgestrecktem Arm und einem gequälten Lächeln auf der anderen Seite der Türschwelle darauf wartete, dass ich ging. Ich hatte mich aber bisher nicht vom Fleck wegbewegt.

»Du ... du ... du ... bist nicht ge...ge...ge...ge...ge... ge...gangen?«, sagte Master Wilburt und stotterte dabei gewaltig. Er sah auf einmal ärgerlich aus. Die Zornesfalte unter seinem Stirnband grub sich tief zwischen den Augen.

»Nein«, sagte Hélène und blickte ihm immer noch direkt in die Augen, während sie Missy streichelte. Sie wirkte ruhig, als wäre das hier eine Mutprobe. Und dann war da wieder dieses Einverständnis zwischen den beiden.

Ich versuchte, ihren Blick im Halbdunkel zu erhaschen. Sie sollte wissen, dass ich für sie da war und bleiben konnte, wenn sie das wollte. Von Master Wilburt ging heute etwas Unangenehmes aus, sogar etwas Bedrohliches. Trotz seines Lächelns und galanten Gehabes, das ich plötzlich als gekünstelt empfand. Instinktiv wollte ich mir an meinen Gürtel fassen, am liebsten direkt an mein Messer. Doch hielt ich in der einen Hand den Topf mit den Utensilien und in der anderen den Sack mit dem

Kaninchen und dem Gemüse, den er Gott sei Dank noch nicht bemerkt hatte. Sollte ich die Sachen jetzt absetzen und Hélène beistehen?

Hélène nickte mir zu. »Ist schon gut, Mama Melba, ist schon gut.«

Master Wilburt setzte zu einer neuen Verbeugung an, und widerwillig ging ich aus der Küche. Er schloss die Tür. Ich wartete noch einen Augenblick davor und vernahm nervöses Flüstern. Es wurde aber nicht lauter.

So machte ich mich auf den Weg in meine Hütte. Hélène hatte Mama Melba zu mir gesagt.

Nach jedem Schritt hielt ich inne, bereit, wieder zurückzugehen.

Dann schallte das abgehackte Husten durch die Stille. Ich ging schneller, wollte mich beeilen, damit ich das Kaninchen in den Topf bekam.

Ich behandelte das Kaninchen beim Kochen wie ein Suppenhuhn und gab Lauch, Sellerie, Knoblauch und Karotten mit in den Topf. Dann kochte ich alles über der Feuerstelle in meinem Kamin gut durch. Mir wäre es noch länger lieber gewesen, aber das Husten intensivierte sich, und ich war besorgt um den Mann.

Nach nicht einmal zwei Stunden kochen klopfte ich an die Tür der Hütte. Es war die drittletzte Hütte vor dem Zuckerhaus. Die Frau, die dem Mädchen die Haare geflochten hatte, öffnete zaghaft. Mit starrer Miene sah sie mich an. Sie war noch größer, als sie mir von weitem erschienen war. Sie wirkte wie eine Statue. Ihre Augen sahen aus, als hätte sie geweint, aber vielleicht war sie nur müde. Durch den Spalt in der Tür sah ich einen jungen, kräftigen Mann, der sich im Bett krümmte. Er hatte einen Hustenanfall und kotzte anschließend in einen Eimer, der vor seinem Bett stand. Genau wie Madame, dachte ich. Das hatte nichts Gutes zu bedeuten.

Ohne ein Wort zu sagen, hielt ich der Frau die dampfende Schüssel entgegen. Ich nickte, als wollte ich ihr versichern, dass alles gut werden würde, wie bei Madame, als ihr Verlobter nicht gekommen war. Aber auch diesmal hatte ich nicht viel Hoffnung. Die Hoffnung stirbt zuletzt, Mel, ermahnte ich mich. Die Frau schaute mich genauso skeptisch an wie gestern. Doch ich glaubte, den Ansatz eines Lächelns in den Mundwinkeln zu erkennen, als sie die Schüssel wortlos entgegennahm. Dann spürte ich doch Hoffnung in mir aufkeimen, die ich sofort durch weiteres, kräftiges Nicken und mein wärmstes Lächeln an sie weitergeben wollte. Ich weiß aber nicht, ob es ankam. Sie schloss die Tür.

Daheim in meiner kleinen Hütte, die noch unbewohnt aussah, gönnte ich mir selbst eine Tasse meiner ersten Kaninchensuppe. Sie schmeckte wirklich cremig und ein bisschen wie Wild. Ich hatte sie nicht klären können, deshalb sah sie etwas trübe aus. Danach räumte ich auf.

Vor dem Einschlafen dachte ich an Hélène. Ich dachte aber auch an Master Wilburt, der mir jetzt nicht mehr wie ein Prinz vorkam, sondern wie ein zerstreuter Hahn, der einer neuen Hackordnung zum Opfer gefallen war. Was hatte er mit seiner Frage gemeint? Wohin sollte Hélène denn gegangen sein? Wohin sie offensichtlich nicht gegangen war. In was für einem Verhältnis standen die beiden überhaupt zueinander?

Fast wollte ich noch einmal aufstehen und zum Küchenhaus gehen, aber das Husten, das gar nicht weniger wurde, und das wiederholte Stöhnen von irgendwoher, begleitet vom allgegenwärtigen Chor der Zikaden, lullten mich, erschöpft, wie ich war, schon bald in den Schlaf.

Mehrmals schrak ich aus Albträumen auf, schlief jedoch gleich darauf wieder ein. Es war eine unruhige Nacht hier auf Belle Bleu.

CHICORÉE-/WEGWARTEN-/ZICHORIEN-KAFFEE

Zutaten

Wurzeln der Wegwarte (Zichorie) – man sticht sie am besten zwischen Herbst und Frühling –, außerdem gemahlene Kaffeebohnen

Zubereitung

Die Wurzeln waschen, in Scheiben schneiden und 2 Tage lang trocknen lassen.

Bei 170 Grad C bis zu 2 Stunden im Ofen rösten. Vorsicht: Die Wurzeln verhalten sich immer anders, es kommt zudem darauf an, wie trocken sie zuvor schon sind. Am besten beobachten, bis sie dunkelbraun sind wie Schokoladen-Trüffel.

Komplett erkalten lassen, dann mahlen. Wenn die Wurzeln noch zu warm sind, schwitzen sie in der Mühle und werden zu Brei. Die fein gemahlenen Wurzeln ganz nach Belieben mit den gemahlenen Kaffeebohnen eins zu eins vermischen und mit Wasser aufbrühen. Man kann aber auch puren Chicorée-Kaffee trinken.

F

Cajun Gumbo

Der Satz, den Hélène an meinem ersten Tag nicht zu Ende führen konnte, weil Master Wilburt hereingeplatzt war, ging mir wochenlang nicht aus dem Kopf. Was hatte sie gesagt? Dass die Akadier etwas Bestimmtes nicht in ihre Gumbo tun?

»Tomaten, mais la«, sagte Hélène, als ich sie danach fragte. Ihre kleinen, schwarzen Augen waren heute noch kleiner, die Augenringe noch dunkler, und die blauen Adern kamen noch deutlicher zum Vorschein. »Wir geben keine Tomaten in unsere Gumbo. Das machen nur die kreolischen Köche. Unsere ist schärfer und besser, weißt du.« Neckisch schaute sie zu Sarah D hinüber. Sarah D zögerte keine Sekunde. »Sha, sha, sha, einfallslos ist eure Gumbo. Geradezu langweilig. Nur scharf ist sie.«

»Wie deine Zunge?«, sagte Hélène.

Für einen Augenblick war es still im Küchenhaus. Denise, die gerade beim Geschirrabwaschen war, hielt ihren Schwamm, aus dem der Schaum quoll, mitten in der Luft, und ich mein Messer ganz genauso. Der scharfe Geruch der Zwiebeln, die ich hackte, brachte meine Augen zum Tränen. Ein Kolibri zischte am offenen Fenster vorbei. Es war so still, dass ich sogar seine winzigen Flügel summen hörte.

»Wie meine Zunge«, sagte Sarah D schließlich in ihrem süßsauren Gurkenton, doch mit einer Nuance von Beschwichtigung darin.

Ich atmete aus. Wir alle brachen in lautes Gelächter aus. Dann arbeiteten wir weiter.

So war das eben in der Küche. Mal war es laut, wenn wir schnatterten oder lachten, mal war es leise, wenn wir alle beschäftigt waren und uns ganz unseren Tätigkeiten und eigenen Gedanken hingaben. Ein Auf und Ab wie eine Melodie, hohe Töne, tiefe Töne, langsam, schnell …

Misstöne, wie den von eben, gab es auch, doch wenn es zum Auftischen kam, war alles wie weggewischt. Wir konnten uns aufeinander verlassen.

In der Küche hatte alles seinen Platz und seine Bedeutung. In der Küche waren alle gleich. Für mich war sie ein geistiger Ort. Hier fühlte ich Gott mehr als in der Kirche.

»Und als Nächstes«, sagte Sarah D, »zeige ich dir, wie man eine kreolische Gumbo macht. So wie sie der Master mag. Er ist Kreole, musst du wissen. Wie ich. Geboren und aufgewachsen in Louisiana.«

Ich schaute zu Hélène hinüber. Sie nickte und lächelte. Beide waren Kreolen? Das verstand ich nicht.

»Melba – entschuldige, Mama Melba«, sagte Hélène und rüttelte mich aus meinen Gedanken. »Ich bitte um Verzeihung. Wie weit ist die Roux?«

»Noch blass«, sagte ich.

Ich hatte meine Zwiebeln, meinen Sellerie und meine Paprikaschote, meine heilige Dreieinigkeit, fertig gehackt und hing über dem Topf. Unter mir meine erste eigene Roux hier auf der Plantage.

»Blass wie du?«, sagte Sarah D. Wir alle gackerten wieder.

»Blass wie ich«, sagte ich, »mit einem Stich rosa.«

»Wenn sie hellbraun ist wie Denise hier«, sagte Hélène, »dann bereite dich drauf vor, das Gemüse reinzugeben. Bis sie so dunkel ist wie Sarah D, das geht dann ganz schnell, mais la, und dann ist sie richtig.«

Hélène gab wieder ihre nonchalanten Anweisungen, und wir alle spielten mit. Heute mit ein bisschen mehr Pfeffer. Sarah D konterte aber nicht mehr. Sie sah eher geschmeichelt aus. Hélène und Sarah D hatten ein Einverständnis entwickelt, wie es nur zwei Menschen haben können, die genau das Gleiche liebten – Essen – und sich mit Leib und Seele seinen Prinzipien verschrieben hatten.

Stetig rührte ich in meiner Roux weiter. Schlangenlinien in der Mitte. Strich sie behutsam von den Seiten des Topfes ab und verlor mich wieder in ihrer Tiefe.

Das geröstete Aroma kündigte den Zeitpunkt an, an dem das Gemüse hineinmusste. Schnell ließ ich es in den Topf gleiten und rührte flink mit meinem Kochlöffel, bis die dunkle Roux jedes einzelne Stück umschlungen hatte. Wieder verspürte ich dieses rundum wohlige Gefühl. Wieder war alles so, wie es sein sollte. Jeglicher Zweifel an mir und der Welt war verflogen. Als ob alles, was ich in meinem Leben erlebt hatte – und ich meine wirklich alles –, darauf ausgerichtet gewesen war, mich zu diesem Moment zu führen. Die Gumbo wurde zu meinem Zufluchtsort. Sie war meine Seelenverwandte. Ist es bis heute. Meine Soul-Sister. Es wurde mir jetzt klar, warum Hélène sie aller Leben Anfang nannte, Sam auf dem Dampfer sich ans Herz fasste, als ich sie verkohlte, und warum wir im Wald nur eine helle Einbrenne hatten. Die wahre Roux war von hier, weil sie hierhergehörte. Sie hatte nirgendwo anders ihren Platz. Sie gehörte zu diesen Menschen, von denen ich keine Ahnung hatte, von denen ich so beeindruckt war. Sie war die Säule des Südens, auf der alles ruhte wie der Balkon über der Veranda auf der Belle Bleu Plantage.

»Aber bloß keine Tomaten, denk dran!«, meldete sich Denise aus der Ecke – sie war wie meistens beim Abwaschen.

Wir alle reckten überrascht unsere Hälse in ihre Richtung. Doch die Überraschung rührte nicht von dem, was Denise gesagt hatte, sondern davon, dass sie etwas gesagt hatte und von dem, wie sie es gesagt hatte. In ihrem glasigen Ton. Denise war einer von den Menschen, bei denen man, wenn sie etwas sagten, nicht wusste, ob sie etwas gesagt hatten. Ihre Worte schienen transparent, verflüchtigten sich, sobald sie ausgesprochen waren, in der Luft, als glaubte sie selbst nicht an sie. Ihre Stimme war aber nicht zaghaft oder monoton. Sondern einfach nur durchsichtig. Ich kannte bereits eine solche Stimme. Und auf einmal wurde mir klar, woher. Meine jüngste Schwester Hildli sprach genauso. Nicht, als sie noch klein gewesen war und gerade erst das Sprechen lernte. Der glasige Ton stellte sich mit ungefähr fünf Jahren ein. Daran konnte ich mich noch genau erinnern: Sie stand eines Morgens auf und redete auf diese Weise. Ich kam gerade vom Kühemelken zurück und ließ sie wie immer die dicke Sahneschicht aus der Kanne schlecken, und sie plapperte wie an jedem anderen Morgen, doch ich konnte ihr heute nicht zuhören, konnte mich an nichts erinnern, was sie gesagt hatte. Immer wieder beschwerte sie sich, dass ich ihr ja gar nicht zuhörte. »Mel, hörst du mich«, schrie sie mich an. Ich versuchte mich zusammenzureißen, doch ich konnte ihre Worte nicht einfangen, sie verflogen sofort wie die Rauchschwaden aus dem Küchenfenster. Meinen anderen Schwestern schien es genauso zu ergehen. Das Ergebnis war, dass Hildli immer weniger sprach. Die Plapperjahre waren vorbei, und unsere Verständigung beschränkte sich zumeist auf Augenkontakt und Gestik. Nur wenn ich ihr nachts das Heu aus den Haaren pickte, summten wir gemeinsam eine Melodie, keine bestimmte. Was uns gerade einfiel. Sie war ähnlich monoton wie die der schwarzen Menschen hier, wenn sie morgens aufs Feld gingen.

»Keine Tomaten«, sagte Sarah D. »Hast du gehört, Mama Melba?« Ihr süßsaurer Ton durchbrach die Stille in der Küche. Ich glaube, sie wollte ihrer Tochter und uns allen damit mitteilen, dass ihre Bemerkung wertvoll war. Das hatte ich bei Hildli nicht gemacht. Nun kam ich mir schlecht vor. Dann goss ich die Roux mit Truthahnbrühe ab. Die akadische Gumbo sah anders aus als die von Sam. Sie war dunkler im Ganzen, bedurfte weniger Kräuter und weniger Gewürze.

»Du fang mit dem Kartoffelsalat an«, sagte Hélène. Präzise in der Anweisung doch unklar, an wen in der Küche sie gerichtet war.

»Ich?«, fragte Denise, sichtlich überrascht und begleitet von ihrem typischen Lidschlag, bei dem sie diesmal ihre Augen besonders lange geschlossen hielt und ihre langen Wimpern zur Schau stellte. Ich glaube aber nicht, dass sie sich dessen bewusst war. Ich hatte bisher noch kein Fünkchen Eitelkeit an ihr entdeckt, nur Empfindsamkeit. Denise war eine zarte Seele, auch wenn es nicht so aussah. Genau wie ihre Mutter. Ihr robustes Gehabe war ihr Schutzschild. Darin fühlte ich mich mit den beiden Frauen verbunden.

Aber hatte ich wirklich »Kartoffelsalat« gehört, oder schwelgte ich noch in meinen Gedanken und weilte noch im Schwarzwald?

»Steh doch nicht so dumm rum«, sagte Hélène.

»Kartoffelsalat?«, schrie ich auf, als käme das von ganz weit her. »Kartoffelsalat«, wiederholte ich, um einiges leiser.

»Kennst du etwa keinen Kartoffelsalat, Mama Melba?«, fragte Hélène. »Du willst mich jetzt wohl veräppeln?«

»Ja doch, natürlich kenne ich Kartoffelsalat«, sagte ich. »Aber dass ihr ihn kennt …«

»Mais la, der gehört in die Südstaaten wie die Gumbo selbst«, sagte Hélène.

»Der kommt doch von euch Deutschen oder nicht?«, mischte sich Sarah D ein.

»Ja schon, aber wie kommt der denn hierher?« Ich war ganz durcheinander. Da hatte ich gerade mal kapiert, was Gumbo akadisch und kreolisch war, und nun warfen sie Kartoffelsalat mit rein? Diese Südstaatler. Ihre Küche – genau wie ihre Sprache – ein einziges Kauderwelsch.

»Sha, sha, sha«, sagte Sarah D mütterlich. »Du siehst ja ganz bedröppelt aus, als hätte dich einer den Bayou hoch- und runtergejagt. Das ist so. Lass dir das mal genau von Herrn Folse erklären und probiers nachher einfach. Ein satter Löffel Kartoffelsalat in die Gumbo – bokou bon.« Sie streute einen Kuss mit ihren Fingern in die Luft. Sehr französisch von ihr, wie ich fand.

Während ich noch neben mir stand, neben dem Bayou (Sarah D hatte es natürlich wieder ganz genau erfasst), neben meiner Gumbo, in die ich inzwischen die Lorbeerblätter, den Thymian und die Andouille-Wurst gegeben hatte, rührte Denise schon eine Mayonnaise in einer großen Holzschüssel an. Sie gab kreolischen Senf mit hinein, der natürlich schärfer und gröber ist als unserer oder der edle Dijonsenf, denn die Senfkörner werden nicht zerstampft, und zudem wird er mit Essig und Meerrettich zubereitet. Dann gab sie auch hier die heilige Dreieinigkeit aus klein gehackten Zwiebeln, Sellerie und grünen Paprikaschoten mit hinein und natürlich Kartoffeln und hart gekochte Eier – aber keine sauren Gurken! Und als ob er nicht schon scharf genug wäre, streute Denise einen Löffel Cayenne-Pulver drauf. Voilà – kreolischer Kartoffelsalat.

»Die Gumbo kannst du jetzt in Ruhe lassen«, sagte Hélène, die wie immer alles in der Küche unter Kontrolle hatte. »Schau ab und zu mal unter den Deckel, und geh mit dem Kochlöffel an den Boden, damit sie nicht anbrennt. Je länger sie kocht, desto intensiver der Geschmack, verstehst du?«

»Oui, Madame«, sagte ich, etwas überrascht über ihren harschen Ton. Das muss bestimmt mit gestern Abend zusammenhängen, dachte ich.

»Und nenn mich nicht Madame«, sagte Hélène. »Da drinnen sitzen die Madames.« Sie machte mit dem Kopf eine Bewegung in Richtung Pfeifers-Gang und Speisezimmer, denn in den Händen trug sie vorsichtig eine halbfertige Charlotte russe.

»Mama Melba«, sagte sie dann etwas freundlicher. »Hilf mir beim Dekorieren, schlag die Sahne und steche die Kerne aus den Kirschen hier. Aber vorsichtig, ich will, dass die Stängel dranbleiben und die Kirsche von oben intakt aussieht.«

Ich hatte nichts dagegen, rumkommandiert zu werden, besonders nicht von jemandem, der so viel von einer Küche wusste, von der ich keine Ahnung hatte. Und besonders reizten mich die Kirschen, ich hatte noch keine hier gesehen, wundersam, bei all dem Überfluss an Obst und Gemüse. Aber Kirschen waren eine Seltenheit, wie Hélène mir erklärte. Kirschen gab es nur ganz am Anfang des Sommers, wenn ein Baum es überhaupt schaffte, die Hitze zu überleben. Diese hier waren wild, sie wuchsen am Bayou. Sie waren viel dunkler als unsere, fast schwarz und viel, viel süßer. Der Geschmack passte nicht zu ihnen. Kirschen müssen blutrot sein, wie die Bommeln an unserem Hut, und sauer.

Ich arbeitete dicht neben Hélène. Während sie die letzte Cremeschicht vorsichtig zwischen die Löffelbiskuits strich und kleine Sahnehäubchen nebeneinander draufsetzte – wie bei unserer Schwarzwälder Kirschtorte –, platzierte ich auf jedes Sahnehäubchen eine perfekte Kirsche, samt Stängel, ohne Kern, der Einschnitt blieb versteckt. Die ganze Zeit wollte ich dabei zu Hélène etwas wegen gestern sagen, nach jeder platzierten Kirsche atmete ich tief ein. Doch beim Ausatmen fehlten mir die Worte. Ich blieb still. Die Küche blieb still. So war es immer kurz vor dem Auftischen. Stille. Konzentration. Anspannung. Ich musste nachher eine Gelegenheit finden, um sie nach Wilburts Verhalten zu fragen.

»Sha, sha, sha«, unterbrach Sarah D die Stille. »Tommy, na komm schon rein. Hier, Grits von heute Morgen«, sagte sie mütterlich.

Sie winkte einen kleinen, dünnen Jungen von etwa zwölf Jahren in die Küche. Vielleicht war er aber auch älter und schien nur wegen seiner zierlichen Statur so jung. Der Anblick dieses zarten Buben hätte wohl jeder Frau einen fürsorglichen Ton entlockt. Ich hatte ihn vor ein paar Tagen draußen mit den anderen Kindern Verstecken spielen gesehen. Er war besonders flink, so erinnerte ich mich. Obwohl sein Körper so dünn und eckig war, hatte er ein liebes, rundes Gesicht mit einer Stupsnase. Sein Blick war auf den Boden gerichtet, als wäre ihm etwas unangenehm. Er trat einen Moment nervös auf der Stelle, dann setzte er sich in Bewegung, und im nächsten Moment schaufelte er sich die Maisgrütze mit beiden Händen in den Mund.

Sarah D ermahnte ihn und hielt ihm einen Löffel hin. Natürlich war auch er barfuß wie alle hier. Außer denen, die im Haus arbeiteten, ich mit eingeschlossen. Das war bei uns daheim auch nicht anders, nur im Winter trugen wir Galoschen, welche die eine Schwester der anderen vererbte.

Nach nur ein paar Augenblicken reichte Tommy Sarah D die leere Schale, schaute auf und schenkte mir ein scheues Lächeln aus moosgrünen Augen. Wie die Zwillinge, dachte ich. Dann fiel mir seine karamellfarbene Haut auf, auch wie die Zwillinge. Über seinem hellen Baumwollhemd trug er einen roten Rock mit dicken, goldenen Knöpfen, eine Art Schwalbenschwanz, den er jetzt zuknöpfte.

»Geh, spute dich«, rief Hélène, auch sie im mütterlichen Ton, und gab Tommy einen Klaps auf den Po. Er schnappte sich eine Kirsche von der Charlotte russe und raste durch den Pfeifers-Gang, zog seinen viel zu langen Schwalbenschwanz hinter sich her und schlüpfte durch die tapezierte Tür in den Speisesaal.

»Sha, sha, sha, der Tommy«, sagte Sarah D. »Was für ein Kind.«

Dann begann das Auftischen und damit das Pfeifen. Wir stellten unzählige kobaltblau und gold verzierte Porzellanschalen, -platten und -schälchen wie bei einer Festtagsparade in Reih und Glied hintereinander auf den langen Tisch in der Mitte der Küche. Wir platzierten, arrangierten, dekorierten … Wildente gefüllt mit Orangen, mit Austern gestopfter Truthahn, einen ganzen Wels, Mistress' geliebte Selleriesoße dazu, eine Bouilli Boeuf, Vermicelli-Suppe, Omelette soufflé, die Charlotte russe und eine Charlotte polonaise und einen Plum Pudding (es waren wie immer mindestens drei Desserts) und, und, und.

Meine Gumbo löffelte ich höchstpersönlich in eine bauchige Terrine. Sie war satt in der Farbe und satt im Geschmack, und die kleinen, rosigen Flusskrebsschwänze lockerten den Eintopf auf. See – oder eher Bayou – und Land waren eine magische Verbindung eingegangen. Geschmacksnoten, wie ich sie noch nie zuvor probiert hatte. Ich musste gleich mehrmals kosten. Bei jedem Löffel seufzte ich zufrieden. Und tatsächlich rundete der kleine Klecks Kartoffelsalat die Gumbo ab. Der Moment, wenn die cremige Mayonnaise sich mit der dunklen Soße vereinte – purer Zauber.

Wie immer arbeiteten wir Hand in Hand ohne viele Worte zu verschwenden, wischten Ränder ab, und Hélène und Sarah D raunten Paul A und Betty knappe Anweisungen zu: *Hier – pass auf – heiß – Vorsicht – lass noch stehn – raus damit …*

Ab und zu, wenn sich die Tür zum Speisesaal öffnete, erhaschte ich einen Blick auf den kleinen Tommy, der seinen rechten Fuß auf den linken gesetzt hatte. Wie ein Storch auf einem Bein stand er am Ende der Tafel und wedelte den großen, tapezierten Fächer über den Köpfen der Speisenden an einem langen Band hin und her. Sein roter, viel zu großer Schwalbenschwanz wippte dabei auf und ab. Seine schönen Augen konnte ich nicht sehen, denn er schaute auf den Fußboden.

Nachdem wir die Charlotte russe und die anderen Desserts aufgetischt hatten, entspannte sich die Atmosphäre in der Küche, auch das Pfeifen verstummte. Durch einen Schlitz in der Tür sah ich, wie sich der Master die Finger in dem kleinen Schälchen, welches Seifenwasser enthielt und jedes Gedeck begleitete, die Fingerspitzen putzte und danach aufstand. Ein Zeichen für die Gäste, sich auch zu erheben und in die getrennten Salons zu begeben.

Die Herren ließen den Abend in Master Witherspoons Study ausklingen. Sie amüsierten sich mit Zigarren, Kartenspielen, diversen Brandys und anderen Tinkturen, die der Master in seiner Vitrine in kleinen und kleinsten braunen Medizinfläschchen verschlossen hielt. Die waren mir beim »Haus-Inspizieren«, als die Familie in der Kirche war und ich mich mal umschaute, aufgefallen. Ich konnte zwar nicht lesen, was auf den Etiketten stand, doch dumm war ich nicht. Mutter hatte auch solche Fläschchen. Sie nannte es Laudanum, und es war ihre Geheimwaffe gegen jede Art von Schmerzen. Sie hielt sie auch verschlossen.

Die Damen gingen in den Zeichenraum, um den Abend mit Camelia-Ratafia und diversen Ausgaben von *Leslie's Fashion Monthly* oder *Godey's Lady's Book* abzurunden. Heute konnten sie sogar Master Wilburt dazu überreden, am Steinway zu spielen. Wir hörten es bis ins Küchenhaus. Sein Klavierspiel war ein Ohrenschmaus. Dann stimmte die Mistress ein. Ihr Idol war Jenny Lind, doch nicht ihre Tonlage. Und als sie *Elijah* von Mendelssohn auf Deutsch zum Besten gab, schlossen wir die Küchentür. Tommy hielt sich beide Ohren zu, als er den Pfeifers-Gang entlang zurück in die Küche kam.

»Vit, vit«, rief ihm Sarah D zu, winkte ihn in die Küche und schloss die Tür wieder.

»Puh«, sagte sie in typischer Sarah-D-Manier. »Noch mal davongekommen.«

Wir brachen in Gelächter aus. Sich über die Herrschaft lustig zu machen war ein ganz besonderes Pläsier. Sarah D hielt Tommy den Rest der Charlotte russe hin. Seine Augen blitzten.

»Tommy ist ein Leckermaul«, sagte sie und blickte entschuldigend zu mir rüber. »Aber psst!«

Wem sollte ich schon was verraten?

»Master Will soll heiraten«, sagte Tommy plötzlich ohne Zusammenhang, sehr laut und mit vollem Mund.

»Humbug, Tommy«, sagte Sarah D. »Was du da wieder aufgeschnappt hast, alles Humbug.« Dabei schubste sie ihn aus der Küche und schloss die Tür.

»Ich habs genau gehört«, rief Tommy durch die geschlossene Tür. »Die Mistress plant einen Dübüten-Ball.«

Sarahs Blick fiel auf Hélène, die sich auf den Hocker neben dem Kamin fallen ließ und ihre kleinen, schwarzen Mäuseaugen aufriss. Im selben Augenblick riss Mistress Witherspoon die Küchentür auf. Wir hatten vor lauter Gackern gar nicht bemerkt, dass sie aufgehört hatte zu singen. Sonst kündigte sie sich immer mit einem Räuspern und dem Klappern ihres Schlüsselbundes, den sie wie ich meinen Kochlöffel und mein Messer um die Taille geschnürt trug, an.

Ihr Klappern war eine Warnung. Sicher wollte sie sich peinliche Momente ersparen, falls wir gerade über sie oder die Herrschaft redeten. Ich glaube allerdings nicht, dass sie uns die Peinlichkeit ersparen wollte. Wir waren ihr ja ziemlich egal, was ich daran merkte, dass sie nur ihre Cousine direkt ansprach, mich, Denise und sogar Sarah D, die schon viel länger im Hause war als sie selbst, ignorierte die Mistress zumeist und redete über unsere Köpfe hinweg, als existierten wir gar nicht.

Tommy jedenfalls hatte recht gehabt mit dem »Dübüten-Ball«. Die Mistress blieb mitten in der Küche stehen, zog die bunte Stola über ihrer Brust zusammen und verkündete, natürlich über unsere Köpfe hinweg, dass sie einen Debütanten-Ball für Master Wilburt plante. Der genaue Termin stand noch nicht fest, aber er sollte auf jeden Fall vor Beginn der Zuckerrohrernte stattfinden, und wir sollten schon einmal einen Vorrat an geräucherten Schinken, Aspiks, Terrinen, diversen Soßen und eingemachten Früchten anlegen.

Wie auf Kommando starrten Sarah D, Denise und ich Hélène an, die wie ein Häufchen Elend auf dem Hocker neben dem Kamin saß. Sie war ganz blass geworden und sah jetzt wirklich krank aus.

So standen wir einen Augenblick da, bis Sarah D mir einen Blick herüberschickte, der genauso süßsauer war wie sonst ihr Ton. Es bedurfte keiner Worte. Ich wusste spätestens jetzt Bescheid, was hier los war.

»Cousine, alles in Ordnung?«, fragte die Mistress mit gespielter Fürsorge und übertriebener Mimik, ohne sich von der Stelle zu rühren und ihr zur Hilfe zu kommen.

»Ja, ja, schon gut«, sagte Hélène, »die Hitze. Mir war nur ein wenig übel.«

Und das war sicher nicht gelogen. Sie sah aus, als würde sie sich gleich übergeben müssen. Stattdessen stand sie auf, wischte sich mit der Hand über die Stirn, zog sich die Schürze glatt und ging auf ihre Cousine zu, die ihr einen Zettel, auf dem sie eine Speisenliste zusammengestellt hatte, entgegenhielt. Das Fest sollte sich über drei Tage erstrecken, da man die Gäste, die den Weg auf die abgelegene Plantage auf sich nahmen, auch gut bewirten musste. Also war die Liste lang. Das kann ich sagen, und vielleicht war es das Einzige, was ich an ihnen mochte, dass sie gastfreundlich waren – diese Plantagenbesitzer.

»Na, dann ist ja gut«, sagte die Mistress und ging klappernd wieder durch den Pfeifers-Gang ins Große Haus zurück.

Ich hatte die ganze Zeit über den Atem angehalten und starrte aus lauter Verlegenheit über meine Erkenntnis auf den Boden. Ich wusste wirklich nicht mehr, wo ich hinschauen sollte. Sarah Ds Blick machte mir Angst, Denise war sowieso durchsichtig, und Hélène tat mir unendlich leid.

Als ob die Menüfolge noch nicht gereicht hätte, um Hélène zu demütigen, stürmte nun Master Wilburt in die Küche. Diesmal dackelte Missy ihm mit fünf Meter Abstand hinterher. Wilburts Schritte waren lang, sein Hemd und seine Weste aufgeknöpft, seine langen blonden Haare hingen in einem dünnen Zopf seinen Rücken hinunter, eine nasse Strähne klebte auf seiner Stirn. Er beachtete uns nicht. Sein Blick klebte wie die Strähne an seiner Stirn auf Hélène, die sich, mit dem Zettel in der Hand, auf den langen Küchentisch stützte. Sie hielt seinem Blick stand, himmelte ihn jetzt aber nicht mehr an, und ich konnte sehen, dass sie Tränen in den Augen hatte.

Sarah D zuppelte an meinem Rock und signalisierte mir damit, rauszugehen. Denise und ich folgten ihr wortlos.

Stumm saßen wir drei auf den leeren Holzfässern vor dem Küchenhaus. Es war so still, dass ich den kleinen Bach durchs Milchhaus nebenan rinnen hörte – schwach und stetig floss er, nicht wie ein kräftiger Gebirgsbach. Was zur Umgebung passte. Jeder bewegte sich hier langsamer, alles ging zäher vonstatten, eine Trägheit lag über allem und jedem. Ich mit meiner Neigung zum Hudeln passte hier eigentlich gar nicht her.

Kalter Rauch stieg mir in die Nase. Er kam aus dem Räucherhaus, das wie ein zu kurz geratener Turm aussah und neben dem Waschhaus und leicht versetzt hinter der Schmiede hervorragte. Alles, was Belle Bleu benötigte, stellte sie selbst her. Die Plantage kümmerte sich um ihre eigenen Belange. Fast wie daheim. Nur, dass hier hunderte von Menschen damit beschäftigt waren, die Belange von fünf Menschen zu befriedigen.

Es war noch immer sehr heiß, obwohl es schon dämmerte. Alle drei starrten wir in die Ferne auf das Zuckerrohr, das sich wie Schilf im Winde wiegte.

»Sha, sha, sha«, sagte Sarah D endlich, als fühlte sie sich, die Älteste im Bunde, dazu verpflichtet, unsere träge Stimmung zu unterbrechen, damit wir nicht allzu energielos würden, denn vor uns lag noch ein Berg von schmutzigem Geschirr. »Bald ist es so weit, aus jedem Halm wird ein edler Rohrstock werden. Dann geht es hier anders zu, dann liegt das Zuckerhaus nicht mehr so ruhig da. Dann müssen wir alle mit anpacken, die Jungen und die Alten. In jedem Zuckerkessel wirds dann brodeln«, fuhr sie fort. Ihre gespielte Vitalität wirkte dieses Mal nicht anregend. Denise und ich brachten nur ein müdes »Hmh« hervor.

Meine Augen glitten über den Platz, um den herum die Gebäude der Plantage lagen. Mein Blick fiel auf die vielen großen Kessel vor dem Zuckerhaus, dann auf meine Hütte, auf meinen Lumpen, der schlaff am Fenster hing. Gardinen, ich brauche endlich ordentliche Gardinen, fiel mir dabei wieder ein. Mutter wäre empört. Ihre Gardinen und ihre Geranien waren ihr ganzer Stolz. Das, was andere von außen sahen.

»Und was ist das da drüben?«, fragte ich, als ob ich gerade aufgewacht wäre, und zeigte auf einen weiteren Turm, einen echten Turm, der genau gegenüber dem anderen, zu kurz geratenen Turm lag, also auf der anderen Seite der Shotgun-Hütten, doch dichter am Großen Haus gelegen.

»Die Garçonnière«, sagte Denise wie aus der Pistole geschossen. »Da wohnt Master Wilburt.«

»Allein?«, fragte ich. Ich war froh für Denise, dass sie von sich allein aus etwas gesagt hatte, und ich wollte ihr zeigen, dass ich sie gehört hatte.

»Nicht immer«, antwortete sie und kicherte durch ihre vor den Mund gehaltene Hand.

»Sha, sha, sha«, sagte Sarah D.

Denise verstummte sogleich. Das machte mich traurig.

Ich wollte Denise eine weitere Gelegenheit zum Reden geben und wiederholte: »Nicht immer?«

»Nein, nicht immer, er war nicht immer so«, sagte Sarah D prompt und kam somit ihrer Tochter zuvor. »Das meinte Denise. Nicht wahr, Denise?«

»Wé, wé, mamm«, sagte Denise und verfiel, wie meistens, wenn sie mit ihrer Mutter sprach, in den kreolischen Jargon.

»Vor dem Unfall war er anders …«, sagte Sarah D nachdenklich und, wie ich fand, wehmütig.

»Er war damals noch so klein«, fuhr sie fort. »Wusste überhaupt nicht, was er angerichtet hatte. Aber danach war auf Belle Bleu nichts mehr wie zuvor.«

Sarah D hatte die Arme unter ihren starken Brüsten verschränkt, sodass sie wie zwei Schokoladen-Soufflés regelrecht überquollen, und lehnte sich gegen die Wand des Küchenhauses. Denise war auf den sandigen Boden gerutscht und spielte mit einer verworrenen Locke, die unter ihrem karierten Tignon hervorlugte. Ich richtete mich auf und saß kerzengerade auf meinem Fass.

»Sommer 1840«, sagte Sarah D und drückte ihren Rücken fester in die Wand hinein. »Den werde ich nie vergessen.« Und dann begann die Geschichte:

»Es war ungewöhnlich kalt, und es regnete. Es regnete und regnete und regnete. So kalt hatte ich es hier auf jeden Fall noch nie erlebt. Wir trugen unsere Wolljacken mitten im August und ließen unsere Kamine den ganzen Tag lang brennen. Die Alte, die sich um die Kinder kümmerte, wenn die Mütter auf dem Feld waren, hatte alle Hände voll zu tun, die Feuer den ganzen Tag über zu schüren. Das ging ein, zwei Wochen so. Die Ernte stand auf dem Spiel. Auf einmal brach ein Gewitter los. Es donnerte und blitzte, als ob der Jüngste Tag bevorstand. Dann regnete es weiße Bällchen, fast so groß wie die von deinem Hut, ich sags dir, sô vré, kwa-mò, Mama Melba, kwa-mò.« Sarah D nickte mir zu und erzählte weiter:

»Mistress Charlotte, Master Wilburts echte Mutter, und ich schickten alle Kinder in den Salon vom Großen Haus. Wir rissen Decken und Kissen aus den Schränken und wickelten die Kinder damit ein. Master Will und mein Großer kauerten zusammen unter einer Decke. Master Witherspoon trieb die Feldarbeiter ein und befahl allen, auf der Veranda zu verharren. Die weißen Bällchen wurden zu dicken Regen-Seilen, Rinnsale wurden zu Bächen, Bäche zu Flüssen. Der Hausrat unserer Hütten floss an uns vorbei wie Erinnerungen. Stühle, Tische, Töpfe, Kisten und Kasten. Mistress Charlotte und ich stopften gerade die hungrigen Mäuler der Kinder mit frisch gebackenen Biscuits – die Mistress half immer in der Küche. Sie war anders als die neue Mistress. Als Master Will plötzlich schrie: »Boudin, Boudin komm zurück! Boudin!« Boudin war sein Hund, sie war die erste Dackelhündin, die Monsieur Folse uns mitgebracht hatte. Sie gehörte Master Will. Sie war die Mutter von Missy.

Als Mistress Charlotte und ich auf die Veranda rannten, sahen wir, wie Boudin rücklings von den Fluten weggerissen wurde. Ihre kurzen Beinchen zappelten in der Luft. Der Junge schlug die Decke weg und rannte los. Auf der letzten Stufe der Veranda stand ihm das Wasser bis zur Brust und ein plötzlicher Schwall warf ihn um. Mistress Charlotte rannte ihm hinterher, die überschwemmten Stufen hinunter, sie versuchte, seine ausgestreckte Hand zu greifen. Dann rissen die Wassermassen auch ihren Körper mit sich. Sie schrie, doch ihre Schreie wurden von dem schrillen Quieken der Schweine und dem andauernden Blöken der Kühe, die wie die Spielzeugtiere von Master Wilburts Holzbauernhof vor unseren Augen davonschwammen, übertönt. Michael Bs Vater schwamm ihnen hinterher. Es war nicht mehr so kalt, doch ganz dunkel. Der Master ritt auf seinem Hengst durchs Wasser, das dem Tier jetzt bis zum Halse stand. Er versuchte, die anderen einzuholen, doch die Fluten rissen das Pferd unter ihm weg und trugen ihn mit sich davon. Drei Männer paddelten ihm auf dem langen Esszimmertisch hinterher und konnten Master Witherspoon aus dem Wasser fischen. Wir anderen kauerten uns gegen die Wand auf der Veranda und sahen das ganze Unheil mit eigenen Augen. Dort verbrachten wir die ganze Nacht.«

Sarah D blickte rüber zum Großen Haus und es schien, als würde sie alles wieder vor sich sehen, wie damals.

»Mèsi bondjé!« Sie klatsche die Hände zusammen und schaute hinauf in den Himmel. Ich folgte ihrem Blick und sah über unseren Köpfen, dass sich eine rostige Wolkendecke zusammenbraute, dahinter wartete schon der dunkelblaue Nachthimmel. Es war schwül. Aber das interessierte Sarah D heute Abend nicht und auch nicht das schmutzige Geschirr, das auf uns wartete. Sie fuhr fort:

»Das Wasser stieg nicht weiter an. Aber tagelang sahen und hörten wir nichts vom jungen Master, der Mistress und den anderen. Wir hatten erfahren, dass der Deich vom Mississippi in Donaldsonville gebrochen war. Das war der Grund für das Anschwellen der Fluten. Am dritten Tag fing das braune Wasser an zu modern und zu stinken. Wenigstens war es bis auf die zweite Verandastufe zurückgegangen.

Alle waren damit beschäftigt, ihre Hütten wieder in Ordnung zu bringen. Die Zuckerrohrfelder waren verwüstet, doch nicht komplett zerstört und auch nicht versalzen.

Nach wenigen Tagen richteten sich die ersten Stängel wieder auf. Doch von Master und Mistress, den Feldarbeitern und Michael Bs Vater war keine Spur. Erst nach einer Woche trotteten sie mit bloßen Oberkörpern die Allee entlang. Die Kolibris flatterten um ihre Köpfe herum – so unschuldig, als wäre nie etwas gewesen. Aus den Blättern der Friedenslilien sprossen schon wieder frische weiße Blüten hervor.

Master Witherspoon ging allen voran, dann Michael Bs Vater mit Master Wilburt und Boudin auf dem Arm, gefolgt von den anderen. Wir rannten alle auf sie zu. Zuerst dachte ich, dass Mistress Charlotte von den Oberkörpern der Männer verdeckt war, doch als Master Wilburt mir heulend in die Arme sprang und Master Witherspoon wie ein Geist mit starrer Miene an mir vorbeiging und im Großen Haus verschwand, wurde mir bewusst, was geschehen war. Mistress Charlotte hatte es nicht geschafft.« Sarah D blickte zu mir rüber, als wollte sie sichergehen, dass ich ihr auch zuhörte. »Sò la vérité, Mama Melba. Das war der Sommer 1840.«

Denise hatte ihren Tignon inzwischen schon zweimal ab- und wieder aufgewickelt.

»Das war das Ende einer Ära«, fuhr Sarah D fort. »Von da an war nichts mehr wie zuvor. Master Witherspoon schloss sich monatelang in seinem Zimmer ein. Wir stellten ihm sein Essen nur noch vor die Tür und hörten regelmäßig Gläser zerspringen, wenn er wieder einen Wutausbruch hatte. Master Wilburt verbrachte die folgende Zeit zu seiner eigenen Sicherheit in meiner Hütte, schlief im Bett mit meinen beiden Jungs. Denise war noch nicht geboren.

Als wenige Wochen später Master Witherspoons Bruder, ein Richter aus Kentucky, kam und einen Aufseher mitbrachte, konnte er zwar den Master zur Besinnung bringen, doch die Schuld, die er seinem Sohn am Tod seiner Frau gab, nicht auslöschen. Nie wieder sprach Master Witherspoon ein Wort mit seinem Kind. Master Wilburt verwahrloste in den Ästen der dicken Eichen, an die er sich täglich mit Boudin im Arm schmiegte.

Das war auch die Zeit, in der er anfing zu stottern.

Als Boudin Junge warf, sah ich Master Wilburt zum ersten Mal wieder glücklich. Jeden Morgen dackelten ihm Boudin und drei kleine fuchsbraune Welpen auf dem Weg in den Vorgarten hinterher. Er wie eine stolze Entenmutter voran.

Im folgenden Jahr wurde Master Wilburt auf ein Internat geschickt und Boudins Welpen vom Master ertränkt. Bis auf einen, Missy. Wir hatten sie und Boudin in der Küche versteckt.

Das Große Haus blieb dunkel und still. Und hier hinten bei uns wehte seit der Ankunft von Aufseher Tulson auch ein anderer Wind. Michael Bs Vater wurde mit ein paar anderen Männern und zwei Frauen samt ihrer hellhäutigen Babys verkauft. Für uns gehörten die Peitsche und Notzucht von nun an zur Tagesordnung.

Master Wilburt kehrte erst zu seinem siebzehnten Geburtstag aus dem Internat zurück und zog in die Garçonnière hier drüben ein.« Sarah D zeigte auf den weißen Turm zu unserer Linken.

Ich reckte meinen Hals um die Ecke. Denise hatte gerade wieder ihren Tignon abgenommen und versuchte eine neue Wickeltechnik. Master Wilburt tat mir plötzlich unendlich leid. Kein Wunder, dass er so harsch war. Wer ohne Mutter aufwächst …« Sarah D zog die Brauen hoch und sprach weiter: »Seitdem läuft Master Witherspoon immer an der Schmiede und rechts am Haus vorbei, wenn er die Felder inspizieren geht, und nicht an der Garçonnière. Deshalb hat er auch das Hundegebell nicht bemerkt, das aus dem Turm kam. Das war Missy, die ich wieder in Master Wilburts Obhut gegeben hatte, damit er nicht mehr so mutterseelenallein war. Missy war jetzt seine Mutter. Und kurz vor Master Wilburts Rückkunft hatte Master Witherspoon unsere neue Mistress mitgebracht, Marie-Clarisse.«

»Und Boudin«, fragte ich. »Wo war Boudin?«

»Tot«, sagte Sarah D. »Sie war ja nun auch schon fast zwanzig. Und auf Tod folgt Leben. Schon wenig später hallte endlich wieder Kindergeschrei durch die Flure des Großen

Hauses. Master Witherspoon und Mistress Marie-Clarisse begrüßten ihren ersten Sohn. Da war die Welt zwar nicht wieder in Ordnung, aber sie wurde besser. Zumindest, was die Arbeit auf der Plantage betraf. Master Witherspoon zog sich immer mehr zurück und überließ die Geschäfte seinem Sohn und seinem Mister Tulson. Hélène wurde von Mistress Marie-Clarisse als eine Art Mitgift mitgebracht. Die neue Mistress hatte sich hochgeheiratet, musst du verstehen. Sie kam aus einer einfachen akadischen Handwerkerfamilie. Nun weißt du Bescheid, Mama Melba«, sagte Sarah D so nüchtern, wie sie mir Anweisungen in der Küche gab. Sie sah mir dabei direkt in die Augen und schüttelte den Kopf, als wollte sie eine böse Erinnerung abschütteln.

»Und Hélène, hat sie schon immer gehumpelt?«, fragte ich.

Ich wusste nicht, was das mit der Geschichte zu tun hatte, aber irgendwie glaubte ich, dass das noch nicht alles war.

»Der Unfall«, sagte Sarah D und schaute sich dabei nach rechts und links um, wie sie es während ihrer Erzählung schon ein paar Mal getan hatte, als wollte sie sichergehen, dass uns auch niemand zuhörte. »Du sprichst von dem Unfall.«

In diesem Moment vernahmen wir den monotonen Gesang der Feld-Sklaven, und genau wie ich es an meinem ersten Abend auf Belle Bleu beobachtet hatte, leuchteten ihre kleinen Laternen im Dunkeln wie flatternde Glühwürmchen nebenher. Der Nachthimmel hatte sich durchgesetzt, und auf einmal spürte ich Regentropfen auf meiner Haut. Vielleicht war es aber auch nur Einbildung. Nach dem ganzen Wasser. Alle drei schauten wir durchs Küchenfenster. Das schummrige Licht des Kamins gab zwei innig umschlungene Silhouetten preis – Hélène und Master Wilburt. Anscheinend hatten sie sich versöhnt. Schnell sah ich zu Boden, denn das wollte ich nicht sehen.

»Sha, sha, sha«, sagte Sarah D und schüttelte den Kopf. »Liebe macht blind.«

Dann fiel ein Platzregen über uns her wie am Jüngsten Tag. Ich hatte es mir also doch nicht eingebildet. Dicke, warme, weiche Tropfen prasselten auf uns ein. Im Nu waren wir patschnass.

»Ladys, Ladys!«, rief Master Wilburt ohne zu stottern. Er war zur Tür gerannt und hielt sie uns auf. Schnell schlüpften wir hindurch. Dann rannte er mit Missy im Arm, über die er schützend seine Jacke hielt, sodass nur noch ihr kleines schwarzes Näschen hervorlugte, auf die Garçonnière zu. Immer wieder platschte er durch Riesenpfützen, die sich schneller, als wir gucken konnten, füllten.

»Vien, vien«, rief Hélène und geleitete uns zum Kamin.

»Sha, sha, sha, das wurde aber auch Zeit«, rief Sarah D und zog sich ihre Schürze über den Kopf, wischte sich damit das Gesicht ab und hängte sie über einen Stuhl. Das taten Denise und ich auch. Erfrischend war der Regen. Ein wahrer Sommerregen.

Hélène schürte das Feuer. Als ob es kalt wäre.

»Das wird noch halten, bis wir hier fertig sind«, sagte sie, als sei nichts gewesen. Sie klang sogar fröhlich. Und als sie sich zu mir umdrehte, konnte ich sehen, dass ein wenig Farbe in ihr blasses Gesicht zurückgekehrt war.

Wortlos, zügig, mit nassen Kleidern und zum Takt des Regens, der stetig auf das Dach des Küchenhauses trommelte, räumten wir die Küche auf. Es gab immer so viel Geschirr. Ein ganzes Armee-Regiment macht bestimmt weniger schmutzig als so eine Plantagenfamilie.

Paul A und Betty hatten sich schon zurückgezogen, bereiteten wahrscheinlich die Kammern der Herrschaft vor, bevor sie sich selbst auf dem Boden neben den Betten ihres Masters und ihrer Mistress in eine Decke rollten. Allein deshalb wusste Sarah D, so hatte sie mir einmal erzählt, schon als junges Mädchen, dass sie nie Haus-Sklavin werden wollte, auch wenn die die besten Kleider bekamen, denn damit konnte der Master vor seinen Gästen angeben. Wer seine Sklaven gut kleidet, der hält etwas auf sich. Aber auf dem Boden neben dem Bett schlafen, das wollte sie nicht. Gut, dass sie so gut kochen konnte, dachte ich.

»Hier, Mama Melba«, sagte Hélène und reichte mir ein Einmachglas mit dunkler Erde und zartgrünen Keimlingen. Sie lächelte wieder.

»Habe ich für dich gezogen. Na, nimm schon hin. Cayenne-Pfeffer für deinen Garten. Für viele zukünftige und vernünftige Gumbos.« Aus ihrem Lächeln wurde ein helles Lachen. Wir stimmten ein. Jetzt war wieder alles in Ordnung in der Küche.

»Danke«, sagte ich. Ich war überrascht und verwirrt. Meinen Garten, den ich ja anpflanzen wollte, hatte ich durch die ganze Arbeit in der Küche völlig vergessen. Ich hatte schon lange kein Geschenk mehr bekommen. Der einzige Mensch, der mir jemals etwas geschenkt hatte, war Madame. Das war mein Messer gewesen. Und jetzt der Pfeffer von Hélène.

»Sie müssen schnell in die Erde, bevor es zu heiß wird und sie dir verbrennen.« Etwas leiser murmelte sie dann: »Wahrscheinlich ist es schon zu spät, aber heute, nach dem Regen, ist noch mal eine gute Gelegenheit.«

Der Regen hatte tatsächlich aufgehört. Meine Kleider klebten aber immer noch feucht an meiner Haut. Wir verabschiedeten uns. Hélène natürlich nicht, ohne sich bei uns zu bedanken. Rasch huschten wir in unsere Hütten.

Die Keimlinge machten mich glücklich. Ich stellte sie dekorativ in ein Glas wie in eine Blumenvase auf meinen Tisch. Jetzt wusste ich, was mir außer den Gardinen noch fehlte, um es mir heimelig zu machen: Blumen! Aber bloß keine Geranien. Die sollten mir nicht ins Haus kommen. Ich war mir gar nicht sicher, ob es die hier überhaupt gab, bisher hatte ich noch keine gesehen oder gerochen.

CAJUN / AKADISCHE GUMBO

Man kann hier grundsätzlich alles nehmen, der Fantasie sind keine Grenzen gesetzt, jede Art von Fleisch (Huhn, Truthahn, Kaninchen, Ente, Schwein, Rind ...) und jede Art von Krustentier (Flusskrebse, Krebse, Shrimps, Austern, Krabben ...). Wichtig ist, dass man eine scharfe, geräucherte Wurst wie die Andouille-Wurst hat und genügend Brühe zum Aufgießen. Möchte man einen stärkeren Meeresfrüchte-Geschmack oder eine pure Krustentier-Gumbo zaubern, dann sollte man die Brühe der gekochten Krustentiere und deren ausgekochter Schalen verwenden, falls nicht, eignet sich die Brühe des verwendeten Fleisches oder Hühnerbrühe. Doch egal ob Meeresfrüchte-Gumbo oder Fleisch/Krustentier-Gumbo oder Hühnchen-Gumbo – Andouille-Wurst oder eine ähnlich scharfe, geräucherte Wurst muss rein! Was aber nicht in die Cajun/Akadische Gumbo rein darf sind: Tomaten!

Dieses hier ist das Rezept für eine Hühnchen-Wurst-Gumbo, sie ist die beliebteste Gumbo unter den Akadiern. Huhn und Wurst haben sie immer parat.

Zutaten für 8 Personen

1 Tasse (T) Mehl, 1 T Öl, 2 T Sellerie, 2 T klein geschnittene grüne Paprikaschoten, 2 T gehackte Zwiebeln, 1 ½–2 Liter Brühe (es ist gut, mehr zu haben, so kann man immer nachgießen, falls die Roux zu sehr andickt), 24 kleine braune Champignons, falls sie größer sind, zu Hälften schneiden und Menge abstimmen, 1 mittelgroßes rohes Huhn (in 8–10 Stücke zerteilen), 1 Pfund Wurst (Andouille bevorzugt, in Scheiben schneiden), 2 T gehackte grüne Zwiebeln, ½ T gehackte Petersilie, 1–2 Zehen Knoblauch, gehackt, 1 Esslöffel (EL) frisches Basilikum, gehackt oder 1 Teelöffel (TL)getrocknetes, 1 Zweig frischer Thymian oder 1 TL getrockneter, Pfeffer, 2–3 TL Salz, 1–2 Lorbeerblätter und falls es sehr scharf werden soll, Cayenne-Pulver oder Louisiana Hot Sauce hinzugeben.

Tipps

Das Huhn kann auch vorab gekocht und die Brühe dann bereits für die Zubereitung der Roux verwendet werden. In diesem Fall wird das gekochte Huhn nach Belieben entbeint und in mundgerechten Stücken erst in den letzten 10 Minuten in die Gumbo gegeben. Würde man Krustentiere oder Austern verwenden, werden diese ebenfalls erst in den letzten 10 Minuten hineingegeben.

Man kann alle Gewürze und die getrockneten Kräuter auch mit Mama Melbas Gewürzmischung ersetzen. Das Rezept dazu steht im Kapitel M.

Zubereitung

Nach dem Grundrezept eine akadische Roux mit Öl zubereiten. Sobald sie schokoladenbraun ist (man riecht es auch an dem gerösteten Aroma) die heilige Dreieinigkeit, also Sellerie, Zwiebeln und grüne Paprikaschoten, jeweils in kleine Würfel geschnitten, hinzugeben. Gut verrühren. Ungefähr 10 Minuten in der Roux köcheln lassen.

Den Knoblauch dazugeben. Dann die Andouille-Wurst reingeben, gut mit dem Gemüse verrühren. Alles weitere 5–10 Minuten köcheln lassen. Immer wieder umrühren. Nun mit der gewählten Brühe angießen. Nach und nach immer nur eine Kelle hinzugeben. Vorsichtig, es kann spritzen, und nicht zu viel, damit die Roux nicht zu dünnflüssig wird. Sollte sie am Schluss zu dick sein, kann man immer noch mehr einrühren.

Jetzt kommen die rohen Hühnchenteile hinein. Aufkochen und 1 Stunde köcheln lassen. Falls zu viel Fett an die Oberfläche kommt, dieses einfach abschöpfen. Champignons, grüne Zwiebeln, Lorbeerblatt, Thymian und Basilikum hinzugeben. Gut unterrühren. Abschmecken mit Salz, Pfeffer, Cayenne-Pulver oder/und Louisiana Hot Sauce. Weitere 1–2 Stunden köcheln lassen, bis das Huhn zart ist und auseinanderfällt. Falls man das Huhn separat kocht, sollte man die Gumbo samt Gemüse und Andouille-Wurst auch 1–2 Stunden köcheln lassen, damit sich die verschiedenen Geschmacksnoten vereinen und das Gemüse fast gänzlich verkocht. Petersilie hinzugeben und noch mal abschmecken. Vielleicht etwas Brühe nachgießen.

Mit Petersilie oder grünen Zwiebeln oder beidem garnieren. Beim Servieren Louisiana Hot Sauce wie zum Beispiel Tabasco dazureichen.

G

Jambalaya

Ein paar Tage später legte mir Sarah D kleine Säckchen mit Samen auf den Küchentisch.

»Oregano – Rosmarin – Thymian – Basilikum«, zählte sie auf. Ihr süßsaurer Tonfall ließ mich schon eine anstehende Neckerei erahnen. »Für deinen Garten. Für eine *echte* Gumbo.« Sarah D drehte sich zu Hélène um.

Diese schmunzelte nur, während sie einen Teig ausrollte, um ihren berühmten Pfirsich-Pie zu machen. Endlich fingen die Früchte an, süß genug zu schmecken.

Zwischen Hélène und Sarah D gab es einen freundschaftlichen Wettbewerb, der bestimmt bis in die Unendlichkeit weitergehen würde. Der ewige Streit um die beste Gumbo. Akadisch oder kreolisch. Ich mochte beide. Und bedankte mich herzlich für die Samen. Ich konnte es gar nicht fassen, ich hatte schon wieder etwas geschenkt bekommen.

Ich musste endlich anfangen mit meinem Kräutergarten. Vielleicht wollte ich mich aber auch insgeheim nicht von meinen entzückenden Cayenne-Keimlingen auf dem Tisch trennen. Sie waren immer noch die einzige Dekoration in meiner Hütte.

»Und das hier«, sagte Sarah D, »damit du eine echte ›Mama‹ wirst. Denise hat es für dich aus einem alten Rock, den Madame ihr geschenkt hat, geschnitten.« Damit legte sie neben die Samen-Säckli ein langes, rosa kariertes Musselintuch.

»Komm, Denise, zeig ihr noch mal, wies geht«, sagte Sarah D und winkte mich auf einen Stuhl neben den Tisch. Ich war ganz beschämt – schon wieder ein Geschenk und dann von Denise. Ich hatte geglaubt, dass sie mich nicht besonders mochte. Ich saß kaum, da war Denise auch schon dabei, meine traurige Version von einem Tignon abzuwickeln. Dann besserte sie mit flinken Händen und Schmalz meine Zöpfe aus, die eigentlich Zwirbel waren, faltete das Tuch der Länge nach, legte es unten um meinen Kopf herum, zog die beiden gleich langen Enden auf den Oberkopf und knotete sie zusammen. Zum ersten Mal fiel mir auf, wie schlank ihre Hände waren, wie lang ihre Finger, deren Spitzen nach oben gebogen waren, wie bei feinen Damen, die nichts im Haushalt anfassen müssen, und das trotz des täglichen Abwasches.

Sie wies mich an, den Kopf zu senken und legte vorsichtig die beiden langen Enden übereinander, schlug sie dreimal um, bis sie am Oberkopf angelangt war und sie dort in die Öffnung stopfte, um den Oberkopf zu bedecken.

»Voilà«, sagte Denise, »das rosa Muster steht dir gut, Mama Melba.« Zum ersten Mal sah ich, dass Denise glücklich war. So wie ich, wenn mir eine perfekte Roux geglückt war.

Sie faltete ihre Arme über der Brust und sah sehr stolz dabei aus. Ich nahm den kleinen, runden Spiegel, den sie mitgebracht hatte, vom Tisch.

»Danke«, sagte ich und schüttelte Denise' Hand. Ich strahlte wie ein Honigkuchenpferd, als ich mein Antlitz im Spiegel erblickte.

»Denise, du solltest Coiffeurin und Tignon-Meisterin werden«, sagte ich und meinte es ehrlich. Sie hatte so viel Geschick dafür. Mehr als für die Küche.

Denise sagte aber nichts dazu, sondern machte sich wieder an den Abwasch. Der Gedanke war unmöglich. Ich ärgerte mich gleich darüber, dass ich es gesagt hatte.

Der Tignon war aber wirklich ein kleines Kunstwerk. Er hatte Höhe, fühlte sich noch leichter am Kopf an als die andere Version, war so schnell gemacht und sah sehr elegant aus, sogar ein bisschen herrschaftlich, wie ich fand, und das Rosé machte sich gut zu meinen grünen Augen. Dabei fiel mir auf, dass ich schon lange nicht mehr in den Spiegel geschaut hatte.

Ich bat Denise später, es mir noch einmal genau zu zeigen, was sie freudig tat, und beschloss, dass dieser Tignon der einzige war, den ich von jetzt an tragen würde. Nicht nur, weil er schick war, sondern auch so praktisch beim Kochen und in dieser Hitze. Und es wurde von Tag zu Tag heißer und schwüler. Die Temperatur im Küchenhaus war manchmal gar nicht auszuhalten, sodass es sich draußen bei bestimmt über 100 Grad Fahrenheit schon wie eine Abkühlung anfühlte. Aus jeder Ecke surrte oder kroch irgendein Viehzeug: Moskitos, Fliegen, kleine bunte Eidechsen, und die Zikaden am Bayou, die schrien besonders laut, sie raubten mir manche Nacht den Schlaf.

»Hopp, hopp, meine Damen«, sagte Hélène, »das Essen macht sich nicht von allein.«

Ertappt stoben wir auseinander. Ich legte meine Geschenke zur Seite. Geschenke. Der Gedanke machte mich glücklich. Ich strich flüchtig über die Säckchen und rückte den Stuhl zurecht.

Da wir mit unseren Sperenzchen schon so viel Zeit verloren hatten, beschloss Sarah D, zu den gegrillten Wachteln, dem gefüllten Schweinebauch, der im Ofen brutzelte, und der Schildkrötensuppe, die über dem Feuer im Kamin hing, eine Jambalaya zu machen, oder, wie sie das Gericht nannte: Jambon à la Yaya.

»Kreolisch, versteht sich«, sagte sie.

So, wie sie es betonte, hatte es schon wieder den Beigeschmack von Wettbewerb. Sie beauftragte mich mit dem Mise en Place.

Was sie mit kreolisch meinte, war, dass unbedingt Tomaten reingehörten. Es war viel Schnippelarbeit, aber ich war sehr gespannt auf ihre berühmte Jambalaya.

Ich hatte gerade mein Gemüse in kleine Würfel geschnitten und sie auf einem langen Brett arrangiert, als ich Sarah D freudig rufen hörte: »Bonjou, mishé Folse! Bonjou!«

Mitten in der Küche stand plötzlich ein Mann mit einer schräg sitzenden Schirmmütze und buschigen Augenbrauen, als hätte er sich leise hereingeschlichen. Er reichte Sarah D einen Korb, verbeugte sich tief und zog in einer übertriebenen Geste seine Schirmmütze vom Kopf.

»Mhm«, machte Sarah D genießerisch, verbeugte sich genauso tief vor ihm und nahm den Korb entgegen. Es war eine überschwängliche Zeremonie, die beide wohl sehr mochten.

»Ich kann sie schon riechen. Die besten Würste links und rechts vom Mississippi, und genau zum richtigen Zeitpunkt, würde ich sagen.«

»Merci, Madame«, sagte er mit einem freundlichen Lächeln.

»Mama Melba«, sagte Hélène, »komm, ich möchte dir einen Landsmann von dir vorstellen, Monsieur Folse, unseren deutschen Metzger. Ich habe dir ja schon von ihm erzählt.«

»Deutsch, wer ist hier deutsch?«, sagte Monsieur Folse und kam zackig auf Hélène und mich zugelaufen.

»Ich«, sagte ich und knickste. »Ich bin Deutsche. Schwarzwälderin, um genau zu sein.«

Hélène gab mir einen kleinen Schubs nach vorne.

»Nun redet schon in eurer Sprache, kommt, setzt euch«, sagte sie und rückte uns zwei Stühle zurecht.

»Jean Jacob Folse, sehr erfreut, mein Fräulein«, sagte er auf Deutsch, doch mit einem ausländischen Akzent, den ich aber nicht kannte. Ein französischer war es auf jeden Fall nicht und auch kein holländischer. Obwohl er etwas nasal klang. Prompt streckte er mir seine Hand entgegen. Seine zackigen Bewegungen überraschten mich, da hier alle immer etwas langsamer gingen, etwas langsamer sprachen, alles einfach etwas langsamer taten, ganz wie die Mississ Ippi. Dagegen bewegte sich Herr Folse wie ein rauschender Gebirgsbach. Er erinnerte mich an meinen Vater, aber als er noch jung war.

»Melba Marianne Koch«, stellte ich mich förmlich vor, knickste wieder und schüttelte seine Hand.

Sein Handschlag war genauso energisch wie sein Gang. Wir setzten uns und für einen Moment herrschte eine unbequeme Stille. Hélène, Sarah D und Denise blickten uns erwartungsvoll an. Worüber sollten wir uns unterhalten. Das Wetter?

»Fräu-lein Koch«, sagte Herr Folse und betonte das Wort Fräulein ganz besonders. »Mögen Sie Wurst?«

Ich musste lachen. Zum einen, weil ich seinen Akzent so lustig fand und er sich so sehr bemühte, richtiges Deutsch zu sprechen. Und zum anderen fand ich es ungewöhnlich, ein Gespräch mit solch einer Frage zu beginnen.

Mein Lachen war mir aber sogleich peinlich und ich spürte, wie ich rot wurde. Doch Herr Folse lachte mit, sprang auf und holte eine rosige Wurst aus dem Korb und schnitt mit seinem Taschenmesser ein Scheibchen davon ab. Die Küche füllte sich mit einem frischen Räucheraroma, das noch intensiver war als auf dem Schiff in Sams Kombüse. Er reichte mir ein Stück. Es war noch warm.

»Andouille nennen wir sie hier, frisch aus dem Rauch. Wir stellen natürlich auch eine grobe Blutwurst, eine feine Leberwurst, eine weiße und eine rote Boudin und einen Tasso-Schinken her. Alte Rezepte von meinem Urgroßvater, Johan Jacob

Foltz, Metzgermeister aus Ramstein in der Pfalz. Foltz hießen wir mal, müssen Sie wissen. Oder vielleicht sogar Föltz, aber das kann hier ja keiner aussprechen. So wurden wir zu Folse. Und meine Schwägerin ist jetzt eine Schexsnyder, frühere Schachtschneider. Passen Sie nur auf, mein Fräulein, aus Koch kann ganz schnell Cock werden.« Er lachte so herzhaft, dass seine buschigen Augenbrauen wackelten.

Alle in der Küche brachen in helles Gelächter aus. Ich wunderte mich, worüber sie lachten, sie konnten doch kein Wort verstanden haben. Bis auf Cock. Ich lachte aber mit und wurde bestimmt knallrot.

»Sie schmeckt köstlich, Herr Folse, sehr köstlich«, sagte ich. Er reichte mir noch ein Stück.

»So«, sagte er und setzte sich wieder, »Sie sind aus dem Schwarzwald? Sieh an!«

»Ja«, sagte ich.

»Schön muss es da sein«, sagte er und lehnte sich zurück.

»Meine Uroma«, fuhr er fort, »hat uns immer viel von der Heimat erzählt, von den weiten Wäldern, von den rauschenden Bächen, von den Kirchen mit den großen bunten Fenstergläsern. Besonders zu Weihnachten, beim Plätzchenausstechen, die Petit Gateaux, wissen Sie. Sie hatte drei kleine Formen: einen Hirten, einen Stern und einen Tannenbaum. Die hatte sie von ihrer Mutter mitbekommen. Wir backen heute noch immer damit.«

Ich konnte ihm das Heimweh von den Augen ablesen. Aber konnte man Heimweh nach einer Heimat haben, die man nicht kannte?

»Ja, die Plätzchenformen kenne ich, die gibts auch bei uns im Wald«, sagte ich höflich und froh, dass wir eine Gemeinsamkeit gefunden hatten. Ich hatte jetzt auch Heimweh bekommen und nahm dankbar noch ein Stück Wurst an.

»Meine Oma war die beste Köchin«, fuhr er fort. Seine Melancholie ging ins Schwelgen über: »Oh, sie machte einen

Kartoffelsalat, beaucoup bon. Mit Bier. Meine Frau macht ihn auch. Er schmeckt aber lange nicht so wie bei meiner Oma.«

Einen Kartoffelsalat mit Bier kannte ich nicht. Das sagte ich ihm aber nicht.

Ich musste an meine Oma denken, obwohl ich nie eine gehabt hatte. Beide Omas waren gestorben, als meine Eltern noch Kinder waren. Ja, man konnte Heimweh nach etwas haben, das man nicht kannte.

Die anderen waren schon wieder beschäftigt, und Herr Folse sprach jetzt von der Deutschen Küste, weiter unten an der Mississ Ippi. Davon hatte mir Hélène bereits erzählt. Sie betrieben einen Bauernhof und eine Schlachterei in Vacherie, einem Ort, den sein Opa gegründet hatte. Herr Folse erklärte mir auch, dass er von einer langen Linie von Metzgern abstammte. Er schien sehr stolz darauf zu sein. Doch besonders stolz machte es ihn, wenn man ihn als Deutschen bezeichnete. Zweimal hatten die Deutschen von der Deutschen Küste New Orleans vorm Verhungern gerettet, erzählte er mir. Sie waren für ihre Obst- und Gemüsegärten, ihre Butter, ihren Käse und ihre Wurst- und Fleischwaren in ganz Louisiana hochgeschätzt.

»Ja, ja«, sagte er in Gedanken versunken, »der Sonnenkönig, der wusste ganz genau, warum er uns hierhergeholt hatte. Le Rois-Soleil«, wiederholte er auf Französisch und lauter: »Nicht wahr, Mademoiselle Hélène?«

»Mais la, werter Monsieur Folse, mit dem haben wir Akadier aber nichts zu tun, da waren wir schon lange weg aus Frankreich«, sagte Hélène, während sie ihren Pie aus dem Ofen holte.

Ich sprang auf, als ich merkte, dass ich die ganze Zeit nur faul herumgesessen hatte. Zuerst die Haare, jetzt das Geplänkel hier.

»Herr Folse«, sagte ich und reichte ihm meine Hand genauso energisch, wie er mir vorhin seine gereicht hatte. »Es hat mich gefreut, Sie kennengelernt zu haben, doch jetzt muss ich wieder an die Arbeit, sonst schmeißen die mich hier noch raus.«

Wir schüttelten einander die Hände und ich zwinkerte Sarah D und Hélène zu. Dann kamen sie beide zu uns an den Tisch und jede legte eine Hand auf meine Schultern.

»Da mach dir mal keine Sorgen, mein Kind«, sagte Sarah D und streichelte mich fürsorglich.

»Mit Mama Melba haben wir einen guten Fang gemacht«, stimmte Hélène ein, »fleißig wie alle Deutschen.«

Ich glaube, in dem Moment war auch ich richtig stolz. Zum ersten Mal in meinem Leben. Worauf hätte ich auch schon stolz sein können? Dass ich Buchstaben entziffern konnte? Rote Haare hatte? Aber in dieser Küche hatte ich mir Respekt durch meine Arbeit verdient. Das machte mich stolz und irgendwie auch, dass ich Herrn Folse und die Deutschen nicht enttäuscht hatte.

»Ihr seid aber auch nicht schlecht«, sagte ich.

Wir lachten, dass die Augenbrauen von Herrn Folse wieder wackelten, Sarah D sich auf ihre üppige Hüfte schlug (das machte sie manchmal, wenn sie besonders ausgelassen war) und sogar Denise in ihrer Ecke lauter als sonst kicherte.

Dann hörte ich etwas klappern. Ich drehte mich zum Pfeifers-Gang um und sah Mistress Marie-Clarisse auf die Küche zuschweben. Sie trug wieder eine ihrer bunten Stolas und hatte ihre schwarzen Haare zu einem Dutt gebunden, so streng wie ihre zusammengepressten Lippen. Sie passte mit ihrem breiten Rock gerade mal so eben durch den Gang. Wir verstummten.

»Monsieur Folse«, sagte die Mistress scharf, ohne das kleinste Gespür für die heitere Stimmung. »Ich hatte gehofft«, sagte sie, »dass ich Sie hier antreffe. Wir geben nämlich einen Ball.«

Am liebsten hätte ich Hélène aus der Küche gezerrt, um ihr erneuten Schmerz zu ersparen. Doch sie war diejenige, die für das leibliche Wohl der Gäste verantwortlich war. Und das musste zweimal schlimm für sie sein, dachte ich.

Die Mistress behandelte Herrn Folse von oben herab und reichte ihm einen Zettel mit den gewünschten Wurstwaren.

»Sehr wohl, Madame«, sagte Herr Folse, nahm den Zettel entgegen und verbeugte sich.

Und schon drehte die Mistress sich um und rauschte mit klapperndem Schlüsselbund durch den Pfeifers-Gang wieder davon. Ohne zu pfeifen.

»Mademoiselle Hélène, wie geht es Missy?«, fragte Herr Folse. »Sie kommt ja nun auch schon in die Jahre. Ist schon fast neunzehn, wenn ich mich nicht irre. Das liegt einzig und allein an Master Wilburts guter Pflege.«

»Ihrem Appetit nach zu urteilen, gut«, sagte Hélène. Sie war über einen Topf im Kamin gebeugt und vermied es, sich umzudrehen.

»Ja, ja diese Zwerge, die können fressen wie die Scheunendrescher«, sagte Herr Folse, »sieht man ihnen gar nicht an. Übrigens, unsere Ida wird bald werfen. Fragen Sie doch Master Will, ob er sich eine zweite Missy leisten kann.« Dann lachte er wieder herzlich.

Hélène lachte aber nicht mit. Stattdessen sagte sie knapp: »Fragen Sie ihn doch selbst.«

»Und Sie, Fräulein Koch, kommen Sie uns mal besuchen, vielleicht am Sonntag zum Kirchgang, danach gibt es immer ein fröhliches Picknick. Bei uns herrscht noch Gemütlichkeit, kann ich Ihnen sagen.«

Dann verabschiedete er sich wieder mit einer überschwänglichen Verbeugung, die Sarah D galt, und mit einer zackigen Umdrehung auf dem Hacken, wie ein Soldat.

»Aréwar mishé Folse«, riefen ihm Sarah D und Denise nach. Hélène sagte nichts. Sie war inzwischen damit beschäftigt, ihre pochierten Eiweiß-Flöckchen auf ihren Vanillepudding zu löffeln, für ihre Œufs à la neige, ihr Schnee-Eier-Dessert. Nachtisch Nummer drei, neben dem Pfirsich-Pie und einem Bread-Pudding.

»Sputen müssen wir uns jetzt«, sagte Sarah D, und damit war wohl ich gemeint. »Sha, sha, sha, schau her, Mama Melba«, sagte sie mit Bewunderung, »ein perfektes mise en place hast du mir da hergerichtet.«

Das floss mir runter wie Honig.

Sarah D strich das Gemüse, bis auf die Petersilie und die grünen Zwiebeln, vom Brett in einen flachen Topf mit geschmolzener Butter (die Kreolen bevorzugen Butter, die Akadier Öl, weil sie geiziger sind), dann reichte sie mir den Holzlöffel mit einer Geste, die sagte, dass ich übernehmen sollte.

Sie leitete mich an und stand daneben, um aufzupassen, dass ich es auch richtig hinbekam. Am Ende stellte sie mir eine flache Terrine bereit, in die ich das Gericht löffelte – et voilà, meine erste Jambalaya. Sie war von den Zutaten her wahrscheinlich das unkomplizierteste Gericht, was sie hier hatten. Ich hatte eigentlich nur Gemüse, Wurst, Tomaten und Reis gebraucht, so wenig hatte ich seit meiner Ankunft für keins meiner Rezepte verwendet. Doch die Zubereitung hatte ihre Raffinesse. Ich konnte das Gericht gerade noch mit der Petersilie und den grünen Zwiebeln verzieren, als Paul A es mir mit einem Schwups und seinem breiten Lächeln vom Tisch zog. Er nickte mir anerkennend zu. Paul As Lächeln geschenkt zu bekommen, was er großzügig vergab, stimmte mich immer glücklich. In der Eile hatte ich aber ganz vergessen, die Jambalaya zu probieren. Ich schaute in den Topf, ob noch ein Rest drin war, und kratzte mit dem Kochlöffel den Potlicker vom Boden. Zugegeben, sie war etwas angebrannt.

»Lass mal sehen, den Boden«, sagte Sarah D.

Ich fühlte mich ertappt.

Sie drängelte sich in ihrer ganzen Fülle neben mich. »Genauso ists richtig, Mama Melba, etwas angebrannt muss sie sein, aber nur etwas.« Sie nickte und blickte herausfordernd zu Hélène, die am langen Tisch stand und die Essensausgabe dirigierte und auf Sarah Ds Neckerei nicht reagierte.

»Du musst wissen, Mama Melba«, fuhr sie fort, sichtlich enttäuscht, dass Hélène keine Reaktion zeigte, »die Akadier machen auch eine Jambalaya. Aber lange nicht so gut wie wir«, stichelte sie weiter. Kein Mucks von Hélène.

Die Jambalaya war nicht so suppig wie die Gumbo. Der knusprige Reis am Boden schmeckte köstlich und prickelte auf meiner Zunge. Und der Reis, der nicht angebrannt war, hatte die süße Note der Tomatensoße mit einem zartbitteren Ton der Lorbeerblätter und das Aroma der heiligen Dreieinigkeit bis zum Sättigungspunkt in sich aufgesogen. Jedes einzelne Reiskorn hätte mehr nicht halten können. Vollkommenheit. Und als sich das rauchige Aroma von Herrn Folses Wurst in den Vordergrund spielte, fühlte es sich fast an wie Heimat. Das war keine Symphonie, wie die Gumbo, nicht ganz so vielschichtig, aber genauso befriedigend. Zum Futter für meine Seele wurde sie mir – die Jambalaya. Und schnell zu machen, wenn schneller Trost nötig war.

Plötzlich rannte Hélène aus dem Küchenhaus und erbrach sich direkt vor die Tür. Oh nein, wir wussten alle, was das zu bedeuten hatte. Deshalb war sie gegen Ende des Tages wohl auch so unnahbar geworden.

Denise rannte ihr mit ihrem Abwaschlappen hinterher, wischte ihr das Gesicht und dann die Holzbretter sauber, die vor dem Eingang lagen. Alle drei sahen wir uns besorgt an. Hélène saß gekrümmt auf einem der Fässer und wimmerte. Das hatte uns gerade noch gefehlt. So kurz vor dem Debütanten-Ball. Hélènes Schmach wurde immer größer. Sarah D machte einen Fencheltee für sie. Dann saßen wir alle über dampfenden Teetassen am Küchentisch. Der Duft des Fenchels hatte auch eine beruhigende Wirkung auf mich. Genau wie daheim, dachte ich, bei Übelkeit gibts Fencheltee.

Um uns herum türmte sich das schmutzige Geschirr, das Paul A und Betty, die eine sehr wortkarge Frau war – ich hatte noch nie eine Silbe mit ihr gewechselt –, schon wieder zurückgebracht hatten. Die flache Terrine, in der meine Jambalaya gewesen war, war fast leer geputzt, nur ein einsames zart-rosa Stückchen Andouille-Wurst glitzerte mit seinen weißen Fettstückchen am Boden. Ich war fast versucht, es zu vernaschen, konnte mich aber gerade noch zusammenreißen. Vielleicht hatte die Mistress es ja ausgespuckt, wie die ehemalige Mistress von Sarah D. Ich schüttelte mich vor Ekel.

Plötzlich weckte der Geruch des Fenchels eine weitere Erinnerung in mir. Meine Mutter hatte mir auch zuerst Fencheltee verabreicht, als wir noch nicht gewusst hatten, was mit mir los war. Das ungute Gefühl in mir war mit einem Schlag zurück.

»Es ist nicht, wie ihr denkt. Es ist einfach noch nicht unsere Zeit«, sagte Hélène plötzlich und schaute uns entschuldigend an. Wir schielten uns gegenseitig aus den Augenwinkeln an und nickten, alle drei.

»Will ist heute Morgen auf die Norton Plantage geritten«, fuhr sie fort, als keine etwas sagte. »Zu Mama June, der Hebamme. Die Himbeerblätter, die mir Betty gegeben hatte, wirken nicht.«

Wieder keine Antwort von uns. Ich glaube, Hélène erwartete auch keine. Dass Aufgüsse aus Himbeerblättern nicht wirken, hätte ich ihr gleich sagen können. Doch ich wollte Hélène die Hoffnung nicht nehmen, deshalb sagte ich nichts dazu. Ich hatte die Erfahrung gemacht, dass keine Tinktur auf der Welt gegen so was hilft. Da musste man härtere Geschütze auffahren.

Taps, taps, taps kam Missy über die Holzbretter am Eingang der Küche auf ihren kurzen Beinen angewackelt. Erwartungsvoll erschnüffelte sie mit ihrer feuchten schwarzen Nasenspitze die Luft in der Küche. Tausend Düfte, doch nur einer, der sie zum Jaulen brachte – Andouille-Wurst. Was für eine Verschwendung, dachte ich.

Hélène schnalzte, Missy dackelte zu ihr rüber, sie zog sich die kleine Hündin auf den Schoß und liebkoste sie wie ein verlorenes Kind, das endlich zurückgekehrt war. Vielleicht war es auch so. Dabei konnte Hélène die Tränen, die ihr die Wangen runterkullerten, nicht vor uns verbergen.

Diesmal kam Master Wilburt Missy hinterhergedackelt. Er hielt ein kleines, braunes Medizinfläschchen in der Hand. Es sah aus wie eins von denen, die Master Witherspoon in seiner Glasvitrine verschlossen hielt, die, die mir beim Rumschnüffeln aufgefallen waren. Master Wilburts hellblonde Haare hingen strähnig und dunkler als sonst auf seinen Schultern, sein Stirnband triefte vor Schweiß. Er sah jämmerlich aus, schon lange nicht mehr wie ein Prinz. Ein Prinz hätte so etwas auch nicht getan. Doch wie immer bei seinem Anblick nahmen Hélènes Augen diesen verträumten Blick an, der keiner von uns entging, trotz der Tränen.

Wir verstreuten uns wies Laub im Herbst. Jede in eine andere Richtung. Denise in ihre Ecke zum Abwasch. Ich griff eine schmutzige Schüssel, wusste jedoch nicht, wohin ich mit ihr sollte, und Sarah D ging auf den Kamin zu, um Kohle unter den Topf zu schieben, in dem eine kräftige Rinderbrühe für morgen köchelte. Wir brauchten den ganzen Kamin jetzt nicht mehr. Außerdem war es unerträglich heiß hier drinnen.

»Hélène, sha«, sagte Sarah D ganz mütterlich und ganz ernst, »wir kommen hier schon allein zurecht. Du hast Wichtigeres zu tun. Und morgen früh – lass dir ruhig Zeit.«

Ohne ein weiteres Wort zu verlieren, erhob sich Hélène mit Missy im Arm, fischte das Stück Andouille-Wurst aus der Terrine, gab es der Kleinen und folgte Master Wilburt aus der Küche.

Auf den Trittbrettern vor dem Eingang drehte sie sich noch einmal zu uns um. Ich sah, wie in ihren kleinen schwarzen Augen erneut Tränen anschwollen. Sie war eine von den Frauen, die schöner wurden, wenn sie weinten. Liebe macht blind, da hatte Sarah D mal wieder recht mit gehabt.

JAMBALAYA

Das Gericht stammt ursprünglich von den spanischen Einwanderern, die schon Anfang des 18. Jahrhunderts nach New Orleans kamen. Es erinnert an Paella. Da sie hier aber nicht ihre traditionellen Zutaten dafür zur Hand hatten, wurde es abgewandelt, und andere Kulturen gaben ihren »Senf« dazu. So kam es auch zu dem Namen: Jamba-laya. Von den französischen Immigranten kommt das Jamb-, was jambon, also Schinken bedeutet. Er ist aber nicht zwingend. Und yaya ist das Wort für Reis in einem afrikanischen Dialekt. Daraus wurde: Jambon à la yaya oder Jambalaya.

Zutaten

1 Tasse (T) gehackte Zwiebeln, 1 T gehackter Sellerie, 1 T gehackte grüne Paprikaschote, 2 Esslöffel (EL) Butter oder Öl, 2 Zehen Knoblauch, gehackt, 1 T gehackte Tomate, 1 Pfund Andouille-Wurst in Scheiben geschnitten oder andere geräucherte Wurst, 2 T Brühe, 2 ½ T dicke Tomatensoße, 2 T Langkornreis, Pfeffer, Salz, 2 Lorbeerblätter, Cayenne-Pulver

Zubereitung

Die Zutatenliste ist ausnahmsweise einmal nicht so lang, dafür ist Technik bei diesem Gericht alles. Und eine Prise Geduld ist gefragt. Man darf nicht zu unruhig sein und zu viel rühren, denn dann entsteht nicht der köstliche Potlicker unten am Topfboden.

Butter zerschmelzen oder Öl heiß werden lassen. Die heilige Dreieinigkeit darin anschwitzen, ungefähr 10 Minuten. Dann kommt die rauchige Andouille hinzu. Lasse sie einfach über dem angeschwitzten Gemüse sitzen, mindestens 5 Minuten, danach rühre die Stückchen nur leicht unter, damit sie von der anderen Seite bräunen, und nach weiteren 10 Minuten gieße die Tomate, Tomatensoße und die Hühnerbrühe an.

Dann gib den Reis zu, rühre zart um, bis es blubbert, und reduziere die Hitze. Pfeffer, Salz, zwei Lorbeerblätter und etwas Cayenne-Pulver sollen mit hinein. Mit Deckel 20 Minuten köcheln.

Nun darf der Reis nicht mehr gerührt werden, nur ganz behutsam von den Seiten her anheben und aufpassen, dass er nicht anbrennt, etwas braun darf er werden. Weitere 10 Minuten köcheln lassen. Das ist die Zeitspanne, in der sich am Boden die Kruste – der Potlicker – bildet. Danach kurz ruhen lassen. Mit Petersilie und grünen Zwiebeln garnieren.

Tipps

Mit der Flüssigkeit kann man variieren, vielleicht muss etwas weniger, vielleicht etwas mehr hinzu, deshalb am Anfang nicht alles reingeben, lieber noch einmal nachgießen.

Man kann in den letzten Minuten auch Shrimps auflegen oder sie leicht im Reis verbuddeln, quasi mitdünsten. So sieht die Jambalaya schon sehr wie eine Paella aus. Je nach Größe brauchen die Shrimps 5–8 Minuten.

AKT II

»Right is right, and wrong is wrong,
and a body ain't got no business doing wrong
when he ain't ignorant and knows better.«

Mark Twain

H

Brombeer-Cobbler

Am nächsten Morgen stand ich am Küchenfenster und wiegte mich im Takt des Zuckerrohrs. Es schien über Nacht schon wieder gewachsen zu sein. Es war jetzt mindestens mannshoch. Ich genoss den leichten Luftzug, auch wenn er warm war. Da fiel mir der hustende Mann wieder ein. Ich habe ja gar kein Husten mehr gehört, dachte ich. Dann fiel mir auf, dass dies nun auch schon ein paar Wochen her war. Unglaublich, wie beschäftigt wir hier waren. Nicht merken, wie die Zeit vergeht, das kam mir jetzt nicht mehr wie eine leere Redensart vor.

Na, dann hatte das wohl etwas Gutes zu bedeuten, wenn der Mann nicht mehr hustete.

Mir fiel auch auf, dass ich das Gezwitscher der Zwillinge, die sonst den ganzen Tag lang durch die Plantage hüpften und mit ihren hohen Stimmen heitere Melodien sangen, auch schon lange nicht mehr gehört hatte. Nur Tommy reckte seinen Kopf jeden Morgen durchs Küchenfenster oder stand unsicher in der Tür.

»Bonjou.«

Ah, da war er auch schon.

»Bonjou, Tommy«, sagte ich. So langsam gewöhnte ich mir den legeren Ton der Kreolen an.

Würde ich eigentlich irgendwann Kreolin sein, wenn ich hierbliebe? Akadierin ging ja nun nicht. Master Witherspoon ist Kreole, und der ist ja auch weiß. Aber da fiel mir ein, was Sarah D gesagt hatte, dass er hier geboren war und sie ja auch, das machte sie zu Kreolen. Damit hing das zumindest diesmal nicht von der Hautfarbe ab. Also würde ich immer eine Fremde bleiben. Das stimmte mich traurig. Zu traurig, der Tag hatte ja noch gar nicht richtig angefangen.

»Cobbler?«, fragte ich Tommy, der immer Hunger hatte und obendrein ein Leckermaul war.

Ich fühlte mich jetzt für ihn verantwortlich, da ich ganz allein in der Küche war.

Vor ein paar Wochen hätte ich noch nicht einmal gewusst, wie man Cobbler ausspricht, geschweige denn gewusst, was es ist. Und jetzt war es mein Lieblingskuchen. Das Grundrezept konnte man mit jeder Frucht variieren, zu jeder Jahreszeit: Pfirsich-Cobbler, Erdbeer-Cobbler, Rhabarber-Cobbler, Mayhaw-Cobbler, Blaubeer-Cobbler, Stachelbeer-Cobbler, Pflaumen-Cobbler und so weiter und so weiter. Apfel-Cobbler mit Zimt um die Weihnachtszeit konnte ich mir auch sehr gut vorstellen. Aber mein Lieblings-Cobbler war ein Brombeer-Cobbler, weil der Saft der Brombeere am besten von allen Früchten durch den lockeren Biskuit bis nach oben an die goldbraune Kruste blutete. Ein sehr dramatischer Anblick war der Brombeer-Cobbler, und so schmeckte er auch. Der Pie, den Hélène liebte, wirkte dagegen schwächlich.

Tommy strahlte über beide Ohren, als ich den Cobbler anschnitt, es floss dabei sogar noch mehr lila Saft aus den Beeren in die gusseiserne Pfanne hinein – langsam und gemächlich wie der Bayou La Fourche. Was meine Meinung bestärkte. Er war noch warm, wie er sein sollte. Ich hatte ihn schon heute Morgen mit den Brombeeren, die Denise gestern gepflückt hatte, nach einem Rezept von Hélène gebacken. Zwei, um genau zu sein, den einen, von dem ich Tommy jetzt ein Stück abschnitt, wollte ich den Zwillingen nach Hause bringen. Und da sie ja eine Familie waren, schien es mir nur recht, Tommy vorkosten zu lassen. Ich glaube, ich wollte aber auch ein wenig angeben, zeigen, dass ich auch backen konnte.

»Lecker, Mama Melba, schön locker«, sagte Tommy fachmännisch und mit vollem Mund, als hätte er mir das nicht zugetraut.

Er saß auf dem Tisch, bediente sich mit einem zweiten Stück Cobbler und ließ die Beine baumeln. Zum ersten Mal kam er mir vor wie ein richtiges Kind. Er erinnerte mich an mich selbst. Gutes Essen machte auch mich glücklich – wieder und wieder und wieder. Ich schnitt mir auch ein Stück ab, gesellte mich zu ihm auf den Tisch und ließ mit ihm die Beine baumeln.

»Weißt du, Mama Melba«, sagte er, »was hier gut dazu passen würde?«

»Nein«, sagte ich. Ich konnte sehen, wie sich die Rädchen in seinem Kopf drehten.

»Eiscreme, Vanille-Eiscreme, mit Eidotter und viel, viel Zucker. Die dann ganz, ganz langsam zerschmilzt«, sagte Tommy so genießerisch, als würde er gerade selbst zerschmelzen.

Oh ja, das konnte ich mir vorstellen, hatte ich doch erst vor ein paar Tagen meine Schwäche für Eiscreme entdeckt und mich sofort verliebt.

»Tommy, du hast ja Gaumen«, sagte ich. Ich war beeindruckt von dem Jungen. Im Kopf Geschmacksnoten zu kombinieren, das konnte nicht jeder.

»Ich schaue euch ja immer zu«, sagte er.

»Möchtest du selbst mal gern kochen oder backen?«, fragte ich ihn.

»Ich?«, er schaute sich dabei rechts und links um.

Wir lachten.

»Ja, du«, sagte ich.

»Gern – aber darf ich das denn?« Abrupt hörte er auf zu lachen und schaute mich mit seinen schönen grünen Augen traurig an. Sie waren heute so tief und mysteriös wie Waldseen. Schon jetzt steckte so viel Trauer in ihnen, und das tat mir im Herzen weh. Hatte ich ihn überfordert? Ihm etwas in Aussicht gestellt, was ich ihm nicht ermöglichen konnte? Wie dumm von mir. Plötzlich verstand ich diese Zwei-Farben-Gesellschaft zum ersten Mal richtig. Nein, ich werde nicht schuld an noch mehr Trauer in seinen Augen sein, schwor ich mir.

»Na klar, darfst du das«, sagte ich laut und jodelte fast dabei. Wahrscheinlich, um wieder die Leichtigkeit von vorhin zurückzuholen. »Solange ich hier in der Küche bin, kannst du zum Kochen, Backen oder sonst was Machen kommen.«

»Also«, sagte er genauso zaghaft, wie er immer in der Tür stand, »wenn ich es mir aussuchen dürfte – dann – würde ich lieber backen.«

»Dann lernst du backen«, sagte ich mit voller Überzeugung. Und als wollte ich meinem Entschluss Nachdruck verleihen, reichte ich ihm das dritte Stück Cobbler. Ich nahm auch noch eins. Als wir auf die Pfanne schauten, prustete es aus uns heraus und ich verschluckte mich fast vor Lachen. Dreiviertel waren weg. Instinktiv griff jeder von uns nach einem weiteren Stück. Am Boden blieb lediglich dicker, dunkler Brombeersirup zurück – als Zeugnis für den Auftrag, den ich gerade bekommen hatte: Tommy zum Bäcker zu machen. Tommy glücklich zu machen. Der Gedanke machte mich glücklich.

»Bonjour mes amis.« Hélène betrat die Küche.

Sie lächelte, aber in ihren tief liegenden Augen lag ein gequälter Ausdruck. Sie humpelte auf den Kamin zu, goss sich eine

Tasse Kaffee ein, setzte sich mit halbem Po zu uns auf den Tisch und ließ ihr linkes Bein neben unseren baumeln. Das rechte stellte sie auf den Boden. So hektisch wie es hier gestern zugegangen war, so ruhig und ausgelassen war es heute. Es war auch nicht ganz so heiß und stickig wie sonst. Ich hatte das Fenster und die Tür geöffnet und so für einen leichten Durchzug gesorgt. Der Kamin bollerte noch nicht auf Hochtouren – aber es war ja auch noch früh. Der Luftzug hatte meine Kräuter, die ich mir gerade auf dem Tisch zum Hacken zurechtgelegt hatte, als Tommy reingekommen war, auseinandergewirbelt. Ein feiner Thymianzweig lag direkt unterhalb meiner Füße. Der malzige Duft von Hélènes Chicorée-Wurzel-Kaffee stieg mir in die Nase. Es herrschte völlige Stille. Jeder von uns hing seinen Gedanken nach.

Auf einmal fingen wir drei an, uns im Takt zu wiegen, dann stimmte Hélène eine Melodie an:

Bonjour mes amis, bonjour. Bonjour mes amis, bonjour. Bonjour mes amis.

Tommy und ich stimmten mit ein, als wir merkten, wo es hinging. Die Melodie war einfach.

Bonjour mes amis, bonjour mes amis – bonjour.

Dann gaben wir uns eine Zugabe und noch eine und noch eine und noch eine. Wir hatten uns eingehakt und waren richtig ins Schunkeln gekommen, wie auf einem Schützenfest. Der Wind wirbelte jetzt den restlichen Thymian und Oregano auf den Fußboden, aber das war mir egal.

Bonjour mes amis, bonjour. Bonjour mes amis, bonjour …, sangen wir weiter. Immer lauter, immer eindringlicher.

Es musste ein lustiges Bild für Sarah D und Denise gewesen sein, als sie in die Küche traten, jede mit einem Tonkrug im Arm. Sie kamen aus dem Milchhaus zurück, machten Vorbereitungen für den Debütanten-Ball und brachten frisch gestoßene Butter und den kreolischen Streichkäse, den wir vorgestern in Mulltücher gepackt hatten, mit.

Bonjour mes amis, bonjour, stimmten sie ein. Sie schienen die Ballade zu kennen. *Bonjour mes amis, bonjour. Bonjour mes amis, bonjour mes amis, bonjour mes amis – bonjour.* Sie drehten sich mit ihren Tonkrügen im Arm, als wären es ihre Tanzpartner. Hélène, Tommy und ich sprangen auf und tanzten mit. *Bonjour mes amis, bonjour. Bonjour mes amis, bonjour …*

Ah, so vergnügt war ich schon lange nicht mehr! Vielleicht noch nie in meinem Leben. Tanzend hob ich die Kräuter vom Boden, tanzend half Tommy mir dabei. Tanzend stellten Sarah D und Denise die Tonkrüge weg. Tanzend goss Hélène Wasser in einen Topf, um Kartoffeln zu kochen. Tanzend machte sich Denise an den Abwasch des Frühstücksgeschirrs. Tanzend machte sich der Tag von allein. Tanzend machten sich das Essen und der Abwasch von allein.

Auch Paul A, der sowieso immer fröhlich war, trotz allem, stimmte in das alte akadische Lied mit ein und tänzelte nach der Melodie pfeifend durch den Gang ins Speisezimmer. Diesmal passte das Pfeifen. Nur Betty machte nicht mit. Kopfschüttelnd servierte sie. Doch das konnte uns unsere gute Laune nicht verderben.

Als das Essen abgeräumt war und drei Viertel von meinem Cobbler zurückkamen, nahm ich die Platte übermütig vom Tisch und ging nach hinten aus der Küche hinaus, vor die Hütte in der mittleren Reihe der Shotgun-Hütten, wo die alte Frau wohnte, die sich immer um die Kinder kümmerte, wenn die Eltern auf dem Feld waren. Sie betrieb gewissermaßen einen Kindergarten und versorgte die Eltern noch dazu mit Asche-Keksen. Das waren die in Kohl gewickelten Päckchen, die ich an einem meiner ersten Tage hier gesehen hatte. Sie enthielten eine Maismasse, die die Eltern am Morgen bei ihr zum Backen abgaben. Die älteren Kinder brachten die Asche-Kekse mit genau abgemessenen Wasserrationen später am Tag aufs Feld.

Es war nicht so einfach, den restlichen Cobbler unter den fast dreißig hungrigen Mäulern gerecht aufzuteilen, doch Tommy, der mir gefolgt war, und ich schafften es.

Die strahlenden Gesichter machten uns glücklich. Was für ein wundersamer Tag das war.

An diesem Tag nahm ich mir aber nicht nur vor, Tommy das Backen beizubringen, sondern auch jeden Tag heimlich eine Extraportion von was auch immer ich zubereitete zu machen, um die Kinder da draußen zu versorgen.

Nachdem wir den Cobbler verteilt hatten, ging ich beschwingten Schrittes in meine Hütte und mit *Bonjour mes amis, bonjour. Bonjour mes amis, bonjour ...* im Kopf schlief ich ein.

Wir waren in der Küche ein wenig in der Zwickmühle, denn wir mussten das Essen für den Debütanten-Ball vorbereiten, was uns ungefähr so zuwider war, wie einen Rindermagen auszunehmen, und nur mit vielen zusätzlichen Stunden und allen Händen zu schaffen war. Auf der anderen Seite wollten wir Hélène die Demütigung dieses Balls ersparen.

Hélène hatte die Tinktur, die ihre Schwangerschaft abbrechen sollte, noch nicht eingenommen. Das kleine, braune Medizinfläschchen, das Master Wilburt von der Norton Plantage geholt hatte, stand immer noch ganz in der Ecke auf dem Kaminsims, versteckt hinter einem der Teller mit Rosenmuster, da wo Hélène es am ersten Tag hingestellt hatte. Als Ausrede, dass sie es noch nicht eingenommen hatte, gab sie vor, dass sie uns mit der ganzen Arbeit nicht allein lassen wollte. Aber genau das wollten wir ja, denn dann würde sie für ein zwei Tage ausfallen, und zudem hatten wir uns vorgenommen, die Nächte durchzuarbeiten, damit, wenn sie zurückkam, die meiste Arbeit getan war. Wir mussten sie dazu kriegen, die Tinktur zu trinken. Außerdem war ja nicht gesagt, dass sie wirken würde. Wenn nicht, müsste sie sich einer Operation bei Mama June unterziehen, die sie noch länger außer Gefecht setzen würde, was eigentlich noch besser wäre, denn dann würde der Ball ohne sie stattfinden. Ich verspürte ein schreckliches Ziehen im Bauch. Erinnerungen. Die Operation war natürlich nicht ungefährlich. Doch die Alternative war undenkbar. Das war zumindest Sarah D, Denise und mir klar.

Ich glaube aber nicht, dass Hélène es auch so sah. Vielleicht zögerte sie ja deshalb. Und bald würde es zu spät sein, und was, wenn sie darauf hoffte, dass Master Wilburt sich dann zu ihr bekannte und sie irgendwann die neue Mistress werden würde, so wie jetzt ihre Cousine? Aber das glaubte sie ja wohl selber nicht.

Sarah D hatte mir erzählt, dass die Plantage einmal über hundert Sklaven hatte und im Lauf der letzten Jahre immer mehr verkauft worden waren. Sarah D wollte damit sagen, dass Master Witherspoon vielleicht Geldsorgen hatte und nur eine standesgemäße Heirat die Plantage retten konnte. Aber das konnten wir Hélène auch nicht sagen.

Jeden Morgen schauten wir drei zuerst Hélène erwartungsvoll an und dann in die Ecke auf den Kaminsims. Jeden Morgen stand hinter dem Teller immer noch das kleine, braune Medizinfläschchen. Jeden Morgen schüttelte sie den Kopf. Jeden Morgen stellte Sarah D es demonstrativ auf den Tisch neben den Kerzenständer. Jeden Morgen stellte Hélène es wieder zurück hinter den Teller. Jeden Morgen schwiegen wir.

Die Vorbereitungen im Haus liefen auf Hochtouren. Bis zum Ball am Sonnabend waren es nur noch fünf Tage, und die Übernachtungsgäste von weiter her würden schon einen Tag zuvor anreisen. Die Haussklaven putzten das Große Haus von oben bis unten, polierten die Kronleuchter, das Messing, das Silberbesteck und die Kristallgläser, die Gärtner beschnitten

Hecken, säuberten Wege, Lieferanten aller Art gaben sich die Türklinken in die Hände.

Anfang der Woche kam Herr Folse mit Körben voller Wurst und Schinken mit seiner Barke über den Bayou La Fourche angepaddelt. Das Milchhaus, das gleichzeitig als Kühlhaus diente, war vollgestopft bis zum obersten Regal. Auf dem Boden lagen sogar Friedenslilien, Magnolien und weiße Rosen, aus denen die Mistress Gestecke machen wollte.

Herr Folse – wie immer zackigen Schrittes – bot mir an, mich am Sonntag zur deutschen Messe und anschließendem Picknick abzuholen. Ich lehnte ab, denn das war der Tag nach den Feierlichkeiten, und da wollte ich meine Freundinnen nicht alleine lassen. Wir machten stattdessen den darauffolgenden Sonntag aus. Neben den Wurstwaren brachte er noch Kisten mit rotem Ratafia von den Schexsnyders mit. Mir schenkte er auch eine Flasche. Süßer Wein, sagte er. Ich trank zwar keinen Wein, doch probieren konnte ich ja mal. Ich bedankte mich mit einem Knicks und sagte, dass ich mich auf Sonntag in einer Woche freute.

Hélènes Übelkeit hatte sich gelegt, gut auf der einen Seite. Aber auf der anderen ein Zeichen, dass ihre Schwangerschaft ihren Gang ging. Wir mussten uns beeilen.

Ich war gerade dabei, die restlichen Äpfel von der letzten Ernte zu schälen, um eine Apfel-Charlotte zu machen, als wir Besuch bekamen. Hélène, die in keiner Weise kürzertrat, hatte sie heute als Nachtisch geplant, da wir viel altes Brot hatten und es irgendwie verarbeitet werden musste. Man konnte jede Charlotte entweder mit Löffelbiscuit machen oder mit trockenem, wieder aufgeweichtem, in Milch und Eiern gebratenem Brot. Ich fand es lustig – schon wieder ein Charlotten-Nachtisch. Woher diese Namen wohl kamen? Charlotte russe, Charlotte-Apfel. Charlotte schien eine viel beschäftigte Frau gewesen zu sein.

»Ah, rentré, rentré, rentré«, sagte Sarah D.

Zuerst dachte ich, dass Tommy wieder in der Tür stand, der brauchte ja immer eine Extraeinladung. Der Zeitpunkt wäre passend gewesen, denn dann hätte er mir gleich bei der Apfel-Charlotte zur Hand gehen können. Einen Cobbler hatte ich ihm inzwischen beigebracht. Auch meinen Vorsatz, den Kindern draußen jeden Tag etwas Leckeres vorbeizubringen, hatte ich eingehalten. Sie verschlangen Jambalayas, Gumbos und Kartoffelsalat, doch am liebsten mochten sie Süßes, wie alle Kinder. Hélène, als Chefin der Küche, drückte bei allem ein Auge zu.

»Bonjou. Mèsi madame. Komen ça va?«, sagte eine männliche Stimme tief wie ein Bass und so zaghaft wie Tommy, wenn er draußen vor der Küche rumlungerte. In der Tür stand ein großer, schwarzer Mann. Er füllte den gesamten Rahmen aus. Sein Kopf stieß an den oberen Rand, und seine breiten Schultern reichten bis an beide Seiten wie ein Stützbalken. Er trug eine lange Lederschürze; eine von denen, die wie ein Lätzchen gebunden werden. Seine Haare waren fast zu einer Glatze geschoren.

»Mais la«, sagte Hélène, »uns geht es allen gut, mein Lieber. Aber dir, dir gings nicht so gut, habe ich gehört.« Dann trat sie dem Mann entgegen und klopfte ihm vertraut auf die Schulter.

»Husten«, sagte der Mann und klopfte sich auf die Brust. »Irgendwas geht hinten gerade rum.« Dann trat er mit gebeugtem Kopf in die Küche. Er hatte diese typische Körperhaltung, die besonders große Menschen haben, denen ihre Größe peinlich ist.

»Sha, sha, sha, komm setz dich her und erzähl uns, was draußen so los ist«, sagte Sarah D, winkte ihn zu sich und zeigte auf einen der Stühle, die um den Tisch herumstanden. »Wir kommen hier ja gar nicht mehr raus.«

Bedächtig ging der Mann, der vielleicht etwas älter war als ich, ungefähr fünfundzwanzig, auf den langen Tisch zu und setzte sich. Sarah D stellte ihm eine dampfende Schüssel vor die Nase. Er beugte sich vor und roch daran.

»Hmh, Jambalaya, mèsi ma'am«, sagte er. Wie er Jambalaya aussprach, das hörte sich fast wie ein Gesang an.

»Schon gut, mein Sohn, schon gut«, sagte Sarah D mit der gleichen Fürsorge, mit der sie Tommy bemutterte, und setzte sich neben ihn. Ihre haselnussbraunen Augen strahlten voller Erwartung, etwas Plantagen-Tratsch zu erfahren.

Hélène gesellte sich zu ihnen, und sogar Denise ließ ihren Abwasch stehen und rückte sich einen Stuhl am Ende des Tisches zurecht.

Ich fand nicht, dass es mir zustand, mich dazuzusetzen. Ich kannte den Mann ja gar nicht, und vor mir lag ein Berg von Äpfeln, die geschält werden mussten. Sie redeten und lachten wie alte Bekannte. Da passte ich nicht rein. Der Mann hieß Michael B. Wofür das B wohl stand, fragte ich mich. B wie D bei Sarah D? War es vielleicht der erste Buchstabe ihres Nachnamens? Obwohl ich damals noch nicht richtig lesen konnte, faszinierten mich Buchstaben. Sie besaßen Autorität. Besonders, wenn sie alleine standen. Es gab keinen Zweifel an ihrer Bedeutung – ein B war ein B und ein D war ein D. Bei welchem Buchstaben ich wohl jetzt gelandet war?

Die Frauen schienen alle entspannt, fast ausgelassen um ihn herum zu sitzen, das konnte ich aus dem Augenwinkel ausmachen. Auch seine Verlegenheit hatte sich gelegt, er gestikulierte mit den Händen, schien irgendwas zu beschreiben, sie sprachen jedoch alle so schnell, dass ich kaum ein Wort verstehen konnte, und dann lachten die Frauen wieder.

»Mama Melba, komm setz dich zu uns, wir wollen dir Michael B vorstellen, unseren Hufschmied«, sagte Hélène und winkte mich zu ihnen rüber.

Es dauerte einen Moment, bis ich reagierte, ich musste mich immer noch an meinen neuen Namen gewöhnen, doch der Klang gefiel mir. Er hatte auch so etwas Bestimmtes wie die Buchstaben, vielleicht etwas zu bestimmt für mein Alter, aber ich könnte ja in ihn hineinwachsen.

Ich drehte mich zu ihnen um, und der Blick des Mannes fing mich ein. Der goldene Schein seiner bernsteinfarbenen Augen verströmte eine wohltuende Wärme und Helligkeit über mich, wie ein Sonnenstrahl im Winter, der einem langsam über den Rücken gleitet. Sein Blick wirkte so entspannend auf mich, dass meine Knie butterweich wurden und ich schnell einen Stuhl griff, um mich zu setzen, bevor sie dahinschmolzen wie eine Beurre blanc über einem Forellenfilet.

»Darf ich dir vorstellen: Michael B«, sagte Sarah D, viel zu förmlich für unsere Küche.

»Und das ist Mama Melba, unsere neue Köchin«, sagte Sarah D und zeigte auf mich. Ich lächelte freundlich und war erleichtert, dass ich auf dem Stuhl saß.

Die Wärme, die die Augen des Mannes verströmten, wurde von einem breiten Lächeln mit vollen Lippen begleitet, die solch strahlend weiße Zähne offenbarten, wie ich sie noch nie gesehen hatte. Kein Wunder, dass sich die anderen um ihn herum so wohlfühlten. Er war so da, so präsent im Jetzt und Hier. Auch ich war von seinem Zauber gefangen.

»Wir kennen uns«, sagte er.

Wir kennen uns? Der Klang seiner Stimme war nicht so unsicher wie vorher, doch genauso dunkel und samtig. Vielleicht hatte ich das auch nur falsch eingeschätzt. Aber woher sollten wir uns denn kennen, fragte ich mich. Alle drei Frauen blickten mich mit großen Augen an. Mir war das peinlich.

Als könnte er meine Gedanken lesen, sagte er: »Oui, Miss, wir kennen uns. Du hast uns die Suppe gebracht, als ich krank war. Ich habe dich in der Tür stehen gesehen.«

Keine Spur von Verlegenheit lag jetzt mehr in seiner Stimme, sie war gerade und bestimmt. Jetzt kam mir das Bild von der schummrig beleuchteten Hütte wieder in den Kopf. Der große hustende Mann. Das war er.

»Mais la, ma cher«, sagte Hélène, »dann war das Kaninchen für ihn, das hättest du mir doch sagen können, dann …«

»Ich wusste doch aber nicht, wer er war«, sagte ich, und wir lachten herzlich.

»Na, das stimmt«, sagte Hélène, »da warst du ja noch ein Grünhorn.« Wieder lachten wir. Michael B lachte mit und zeigte seine weißen Zähne.

»Hier«, sagte Michael B und zog etwas aus seiner Schürzentasche. »Für dich.« Er legte ein Messer mit einem hellen Holzgriff und einer kurvigen Oberseite auf den Tisch.

»Als Dankeschön«, sagte er, »für die Suppe, sie hat mich schnell wieder auf die Beine gebracht.«

»Danke«, sagte ich und wurde bestimmt wieder rot. »Das ist ein sehr schönes Messer.«

»Ein Bowie-Messer. Eignet sich gut zum Schlachten, wegen der Einbuchtung an der Spitze hier.« Er fuhr mit seinem Daumen sanft über die Schneide, sodass ich seine schwieligen Hände sehen konnte. »Besonders Kaninchen«, sagte Michael B mit einem verschmitzten Lächeln.

»Sha, sha, sha«, sagte Sarah D, »das hört sich wie ein Wink mit dem Zaunpfahl an. Mama Melba, hast du verstanden?« Und damit stand sie auf, nahm die Schüssel vom Tisch und ermahnte uns alle, wieder an die Arbeit zu gehen.

Abrupt rafften wir uns hoch, rückten die Stühle zurecht und Michael B verabschiedete sich mit einer leichten Verbeugung, einem warmen Bernstein-Lächeln, einem sanften »Oréwar«, und dann duckte er sich durch den Türrahmen hindurch.

Stille. Die Blicke meiner Kolleginnen waren wie Pistolen auf mich gerichtet.

»Oh, là, là, Mama Melba«, sagte Hélène wieder mal sehr französisch, »war das dein Boo?« Zum ersten Mal seit Tagen wirkte sie wieder lebendig.

»Mein wer?«, sagte ich. Ich wusste natürlich genau, was sie meinte, obwohl ich das Wort nicht kannte, aber ich wollte Zeit gewinnen, um meine Aufgeregtheit loszuwerden, damit sie sich auf keinen Fall in meiner Stimme widerspiegelte.

»Dein Liebling. Boo sagt man bei uns dazu«, stimmte Sarah D ein. Die beiden waren wie immer bestens aufeinander eingespielt.

»Was, oh nein, oh nein, da liegt ihr falsch«, sagte ich und versuchte, mit vorgeschobenen Händen eine abwehrende Haltung einzunehmen. Ich kam mir sogleich vor wie ein kleines Maidli, das sich vor den dummen Jungen ekelt.

»Sha, sha, sha, meine Gute«, sagte Sarah D, »wir habens an deinen Augen gesehen, wie du ihn angehimmelt hast.«

»Ich? Da irrt ihr euch. Es war ja wohl meine christliche Pflicht, dem hustenden Mann zu helfen«, sagte ich, obwohl ich es eher als menschliche Geste ansah. Doch Gott mit ins Spiel zu bringen, vor Sarah D, die sehr gläubig war, und Hélène ja auch, schien mir überzeugender.

»Und überhaupt, Michael B fängt mit M an und nicht mit K«, schickte ich schnell hinterher, und mir wurde sogleich klar, dass das ja überhaupt keinen Sinn ergab. Ich hoffte, dass keine von ihnen drauf eingehen würde.

»M, K, was meinst du damit?«, sagte Denise plötzlich mit ihrer glasigen Stimme und ganz vorsichtig, doch ihr hoher Tonfall ließ Neugier erkennen.

»Moment«, sagte ich bestimmt, ging zu meinen Äpfeln rüber, fing ganz vorsichtig an, einen Apfel spiralförmig zu schälen und achtete dabei darauf, dass die Schale intakt blieb.

»Hier, Denise«, sagte ich und hielt ihr die Apfelschale hin. Denise schaute mich verwundert an.

»Schmeiß sie dir über die linke Schulter«, befahl ich ganz aufgeregt.

Sie tat wie befohlen.

Alle bückten sich, um die Apfelschale, die sich auf dem sandigen Küchenboden kringelte, zu inspizieren.

»Lass mal sehen, was das Orakel spricht«, sagte ich so formell wie ein Zeremonienmeister. Ich bückte mich tiefer, und alle drei taten es mir gleich.

»Was meint ihr, nach welchem Buchstaben sieht das aus?«

»Das weiß ich doch nicht«, sagte Sarah D, »ich kann doch nicht lesen. Denise auch nicht. Aber Hélène kann.« Sarah D hörte sich fast ein wenig irritiert an, denn sie wusste nicht, worauf ich hinauswollte, und hätte uns wohl lieber bei der Arbeit gesehen, als beim Beäugen von Apfelschalen.

So erklärte ich ihnen unseren alten Schwarzwaldbrauch, den wir zwar eigentlich nur in der Andreasnacht zelebrierten, wenn es draußen richtig kalt wurde, doch hier kannte ihn ja keiner, und wenn man Apfelschalen zur Hand hat, bietet er sich förmlich an.

»Der Buchstabe, nach dem die geworfene Apfelschale aussieht, ist der Anfangsbuchstabe deines zukünftigen Mannes, den wirst du heiraten«, sagte ich und musste kichern.

»Sieht aus wie ein B oder ein D«, sagte Hélène. »Haben wir einen Benjamin, Bernard oder einen Desmond auf der Plantage?«

»Nicht, dass ich wüsste«, sagte Denise und sah enttäuscht aus.

»Mais la, dann kommt der erst noch an«, sagte Hélène.

»Nun du«, sagte ich zu Hélène. Schnell schälte ich einen neuen Apfel und reichte ihr die Schale.

Ohne mit der Wimper zu zucken, nahm sie sie mir aus der Hand und warf sie über ihre linke Schulter.

»Ein W – ich habe ein W!«, jubilierte Hélène und sprang hoch, und das nicht nur einmal.

Sarah D gab mir einen bösen Blick. Auch das noch. Das hatte ich natürlich nicht gewollt.

»Nun du, Sarah D«, versuchte ich abzulenken und war schon dabei, einen weiteren Apfel zu schälen.

»Iiich«, sagte Sarah D, wirklich etwas angewidert, »auf keinen Fall iiich. Mir kommt kein Mann mehr ins Haus.«

Wir lachten verlegen.

»Was ist mit dir, Mama Melba«, sagte Denise. Sie schien immer noch neugierig.

»Habe ich ja gesagt, ich hatte ein K, als wir es daheim gespielt haben«, sagte ich. Es gefiel mir, dass Denise sich endlich mal an einem Gespräch beteiligte.

»Dann wirst du bestimmt einen Kurt oder Konrad am nächsten Sonntag bei den Deutschen an der Deutschen Küste kennenlernen«, sagte Hélène, die das Spiel sehr ernst nahm. »Vielleicht hat Herr Folse ja einen Neffen, der mit K anfängt. Seine Söhne sind etwas zu jung für dich.«

Wir brachen in raunendes Gelächter aus, und in unserer Küche schien alles wieder beim Alten zu sein – fast.

BROMBEER-COBBLER

Bei diesem Rezept kann einem die Verteilung umgekehrt vorkommen, aber das ist richtig so! Obst unten – Teig oben! Denn der Cobbler hat seinen Namen von Pflastersteinen, Cobble-Stones auf Englisch. Da die Biskuitkruste wie eine gepflasterte Straße aussieht.

Zutaten

Man kann jedes Obst nehmen, das Saison hat, nur reif muss es sein – Rhabarber, Äpfel, Himbeeren, Blaubeeren, Birnen usw. Mein Lieblings-Cobbler wird mit Brombeeren gemacht, denn die bluten so schön in den Biskuitteig hinein. 4 Tassen (T) Brombeeren, 1 ½ T Zucker, ½ Teelöffel (TL) Salz, 1 Esslöffel (EL) Zitronensaft, 2 T Mehl, 2 EL Zucker extra, 1 EL Backpulver, ½ T zerschmolzene Butter und etwas davon, um die Form einzureiben, ½ T Milch, 1 Ei

Zubereitung

Am besten stellt man sich zwei Schalen (eine große und eine kleine) und einen kleinen Topf bereit. Brombeeren, 1 ½ T Zucker, ¼ TL Salz, Zitronensaft bei mittlerer Hitze im Topf ein paar Minuten köcheln lassen, zur Seite stellen. Es wird gewissermaßen ein Kompott.

Mehl, 2 EL Zucker, ¼ TL Salz, 1 EL Backpulver in der großen Schüssel verrühren.

In der kleinen Schale das Ei kläppern und mit der Milch vermixen, anschließend mit den trockenen Zutaten in der großen Schale vermischen. Dann ½ T geschmolzene Butter hinzugeben, weitermischen, bis sich alles verbunden hat.

Das Brombeerkompott in eine feuerfeste Form geben (eckig, rund, ganz egal, nur gefettet muss sie sein). Esslöffelgroße Bällchen von dem Teig nebeneinander auf dem Obst verteilen, etwas flach drücken.

Bei 170 Grad C 35–40 Minuten backen lassen. Am besten noch warm und mit Vanilleeis servieren.

I

Okra-Shrimp-Gumbo

Ich wanderte über die Plantage in Richtung Bayou La Fourche. Ich hatte noch keine Lust, in meine Hütte zu gehen, obwohl es schon wieder spät war. Der Duft der Jasminblüten verführte mich dazu, noch einen nächtlichen Spaziergang zu unternehmen. Vielleicht war es aber auch der Vollmond über dem Bayou, der lockte, als hielte er noch etwas bereit für mich. Oder die zarte Brise, die die Schweißperlen auf meiner Haut kühlte. Oder einfach meine wirren Gedanken, die sich um Hélène, meine Schwestern, den Wald und die Plantage drehten. Gedanken, die nicht zusammenpassten und keinen Sinn ergaben. Es war aber bestimmt nicht das Geschrei der Zikaden. Obwohl ich es nur noch hörte, wenn ich mir vornahm, es zu hören.

Bis ganz an den Bayou traute ich mich nicht im Dunkeln. Die Alligatoren, deren Bekanntschaft ich inzwischen gemacht hatte, und Schlangen waren bei Nacht besonders bissig, hatte Hélène gesagt. So ging ich die Allee parallel zum Bayou entlang – auf der anderen Seite versteht sich. Das Mondlicht tanzte auf den sanften Wellen des trägen Gewässers. Hätte ich ihren Bewegungen einen Tanz zuschreiben sollen, hätte es nur ein trauriger Walzer sein können. Auf dem Akkordeon. Ich hatte Heimweh.

Das Louisiana-Moos hangelte sich lang und träge von den Zypressen hinab bis dicht über den Bayou, wie Trauerweidenzweige. Ab und zu wurde ein Zweig von einer Welle erhascht. Ein Walzer zu dritt, dachte ich. Warum nicht. Der Gedanke ließ mich schmunzeln. Vom Bayou aus hatte ich einen guten Blick auf das Große Haus. Die vielen Fenster waren hell erleuchtet. Menschen huschten wie Scherenschnitte an ihnen vorbei. Menschen, die einander hatten. Menschen, die mir fremd waren.

Das Zischeln und Rascheln machte mich so nervös, dass ich meinen Spaziergang lieber schnell beendete, ohne mir einzugestehen, dass ich Angst hatte. Ich machte mich auf den Weg zurück in meine Hütte. Dabei ging ich jedoch nicht die gewohnte Route, sondern kam von hinten auf das Große Haus zu, am Pferdestall vorbei. Zu meiner Linken lagen die Zuckerrohrfelder. Ich duckte mich unter der Zisterne hindurch, entlang einer Hecke, welche die Schrotflinten-Hütten vom Großen Haus trennte, hockte mich spontan neben sie, angelockt von dem lieblichen Duft der »Dama de Noche«. So hatten die Spanier den Nachtblühenden Jasmin genannt – die Dame der Nacht. Ihre kleinen, sternförmigen Blüten, nicht größer als ein Fingernagel und weiß wie eine Schneeflocke, verströmten den intensivsten Duft, den ich je an einer Blume gerochen hatte. Ich atmete mehrmals tief ein. Der Geruch war süß wie Honig. Ein kleiner, giftgrüner Salamander schlich über meine nackten Zehen. Das machte mir nichts mehr aus. Es kitzelte nur. Ich ließ mich neben der Hecke nieder – betört. Und so schlief ich ein.

Geweckt wurde ich vom Klang einer Geige. Es war kein Mozart oder Bach, keine ernste Geige. Jemand spielte eine beschwingte Melodie. Wie die, die wir heute Morgen in der Küche gesungen hatten. Mir war fast wieder zum Schunkeln zumute. Das Nickerchen hatte mir sichtlich gutgetan, und die Dama de Noche hatte meiner bittersüßen Melancholie die schwere Note genommen. Ich stand auf. Die Lichter im Großen Haus waren inzwischen verloschen. Ich folgte der Hecke, bis ich an eine Mauer gelangte, durch die ein Tor führte, was mich zu den ersten Reihen der Schrotflinten-Hütten brachte. Ich war ungefähr vier oder fünf Reihen von meiner Hütte entfernt und ging der Musik entgegen. Unter meiner Schürze hielt ich einen kleinen Zweig mit meinen neuen Lieblingsblüten versteckt. Ihr Duft begleitete mich. Sie würden die Cayenne-Keimlinge auf meinem Tisch ablösen, weil ich diese morgen endlich einpflanzen würde. Der Mond schien schwächer und auch nicht mehr so blau. Ich hatte keine Ahnung, wie spät es war.

Vor einer der Hütten, im Schein eines kleinen Lagerfeuers, über dem ein Topf hing, sah ich Menschen. Menschen, die ausgelassen lachten, sangen, tanzten. Wie gern wäre ich einer von diesen Menschen gewesen. Ich hätte auf der Stelle mit der Frau mit dem hellen Tignon, deren strahlendes Lachen vom Mondlicht erfasst wurde, getauscht. Hätte ihr Schicksal, ohne danach zu fragen, angenommen. Auf der Stelle. Nur um ein Teil von ihnen sein zu dürfen. Ich starrte. Und schluckte.

»Sha, sha, sha«, sagte plötzlich eine vertraute Stimme neben mir, »Mama Melba.«

Es war Sarah D. Sie kam mir aus dem Dunkeln entgegen und reichte mir ihre Hand. Ich schluckte meine Tränen hinunter und streckte ihr beide Hände entgegen. Wie eine Ertrinkende fühlte ich mich und ließ mich aufs Floß ziehen.

»Denise«, sagte sie, »schau mal, wen ich hier habe.«

Denise lächelte nicht ganz so erfreut wie ihre Mutter, aber sie war ja nie sehr ausdrucksstark.

»Bring dem Kind eine Schale Gumbo – kreolisch versteht sich, ha, ha, ha.« Sarah D schlug sich beim Lachen mal wieder auf den Oberschenkel.

Die anderen schenkten mir wenig Aufmerksamkeit. Sie tanzten und klatschten, sogar kleine Kinder waren unter ihnen. Einige Mütter trugen Babys im Arm, tanzten mit ihnen. Das Feuer verströmte noch mehr Hitze, aber das schien hier keinen zu stören. So heiter hatte ich auf der Plantage bisher noch niemanden gesehen.

Sarah D stellte mich der alten Frau vor, die neben ihr auf einem Hocker saß und genüsslich Pfeife rauchte. Ungewöhnlich, dachte ich. Es war die Frau, die das leitete, was ich als Kindergarten bezeichnete. Von so nah betrachtet sah sie gar nicht so alt aus; jünger als Sarah D. Ihre Augen waren hell und freundlich, wie bei einem jungen Mädchen. Nur ihr stämmiger Körper und ihre schweren Bewegungen ließen den Eindruck einer alten Frau mit Gliederschmerzen entstehen.

»Mama Melba«, sagte Sarah D, »das ist Mama Rose.«

»Mama Melba?«, sagte die Frau und pustete lachend den Rauch aus. »Um eine echte Mama zu werden, musst du aber noch ein bisschen mehr zulegen, ma piti.«

Ich zog instinktiv meinen Bauch ein – zugegeben, ich hatte zugenommen. Aber das mit der Taille interessierte mich sowieso nicht. Und vielleicht sah man das hier auch ganz anders. Die Frau lachte wieder laut und trommelte sich mit beiden Händen und Pfeife zwischen den Zähnen auf ihren Bauch und wippte mit ihrer fülligen Statur dazu im Takt der Musik, dass ihr Bauch wie Aspik wackelte. Das sah lustig aus, und mir war auf einmal nach Lustig zumute. Ich lachte mit. Sarah D lachte auch. Erst jetzt bemerkte ich, dass sie auch Pfeife rauchte. Denise brachte mir eine dampfende Schale. Sogar sie schmunzelte.

»Bei dem guten Essen hier«, sagte ich, »wird das bestimmt nicht lange dauern, bis ich eine richtige Mama werde.«

Sarah D schlug sich wieder auf den Oberschenkel und nahm einen Puff von ihrer Pfeife.

»Einen Tignon, wie man sieht, kann sie zumindest schon wickeln«, sagte Denise nicht ohne Stolz und gar nicht so glasig wie sonst. Ich blickte dankend zu ihr rüber. Die Stimmung war fast wie bei uns in der Küche, und die Gumbo, eine Okra-Shrimp-Gumbo, wie mir Sarah D erklärte, war köstlich, gar nicht so scharf und genau richtig für meine schwermütige Seele.

»Mit Tasso«, sagte Sarah D, »aber pssst.« Sie hielt sich den Zeigefinger auf den Mund und wies mit dem Kopf in Richtung Großes Haus.

Okra waren die kleinen, grünen, runzeligen Stückchen mit den großen Samen, die, so Sarah D, die kreolische Gumbo andickten, dann brauchte man sich nicht ganz auf die Roux zu verlassen.

»Unsere Vorväter haben sie mitgebracht, aus Afrika«, sagte Mama Rose und nickte.

»Deshalb heißt die Gumbo auch Gumbo«, sagte Sarah D, »wegen der Okra. Okra heißt auf Bantu ›ochinggômbo‹ – kurz gombo oder gumbo.« Sie nickte jetzt auch.

Beide Frauen schauten mich stolz an. Das ergab Sinn. Ich hatte wieder was gelernt und war jetzt gar nicht mehr traurig. Ich war sogar ein bisschen glücklich. Sarah D war mir zu einer Tante geworden, und auch Denise, die sich immer sehr zurückhielt, wobei ich nie genau wusste, ob sie scheu war oder ob sie mich nicht mochte, hatte ich lieb gewonnen. Und jetzt Mama Rose, deren direkte Art mir gleich gefiel und die ich ja schon von Weitem kannte.

Ich schaute mich um, ob mir noch jemand bekannt vorkam. Mein Blick fiel auf den Geigenspieler. Es war Michael B, der Mann mit dem Husten, mit den Augen, mit dem Messer, dem ich die Kaninchensuppe gebracht hatte. Der konnte Geige spielen? Seine großen Hände umhüllten das kleine Instrument fast völlig. Er zauberte melodiöse Töne aus ihr hervor und das ganz ohne Noten. Er bemerkte meinen Blick, hob sein Kinn von der Geige anstelle einer Verbeugung, wie es mir schien, und lächelte mich aus seinen Bernstein-, Honig-, Bären-Augen an. Wie gut, dass ich nichts sagen musste. Ich hob meine Gumbo zum Gruß.

Die Okra brachte eine frische Note in die Gumbo, wie auch die Tomaten. So langsam verstand ich die leichten Unterschiede der akadischen und kreolischen Küche. Der Tasso, der hiesige Bauchspeck, hinterließ eine salzige Komponente vorne auf der Zunge, die mich sehr befriedigte und einen wunderbaren Kontrast zu den süßen, ach so zarten Shrimps bot.

»Tanzen, geh tanzen, ma piti«, sagte Mama Rose. Sie nannte mich nicht Mama Melba, das fiel mir auf, als hätte ich mir den Namen noch nicht verdient. Ich verstand das. Ich musste ja so oder so noch in ihn hineinwachsen.

»Geh schon«, sagte Sarah D und schubste mich wie neulich in der Küche.

Ich weigerte mich.

Sie stand auf, nahm meine Hand und zog mich vom Hocker.

Das war mir so peinlich. Ich hatte noch nie so getanzt, so alleine, so frei. Auch Mama Rose erhob sich in ihrer ganzen Fülle und streckte ihre Arme rhythmisch gen Himmel. Sogar Denise reihte sich ein. Mehr als zwei Tänze schaffte ich nicht, der Schweiß lief mir den Rücken hinunter und mein Tignon klebte am Kopf. Erschöpft hockte ich mich wieder hin und sah den anderen beim Tanzen zu. Sarah D setzte sich neben mich. Ich lächelte sie an, atmete tief ein und sog den Augenblick samt Fiedel-Musik, Gumbo-Duft und Schweißperlen auf meinem Rücken tief in mich ein. Sarah D fächelte sich mit der Hand vor dem Gesicht wie sonst mit einem Palmenblatt Luft zu und erwiderte mein Lächeln. Zusammen schauten wir den anderen beim Tanzen zu, ohne ein Wort zu verlieren.

Ich nahm meinen Tignon ab, legte ihn neben mich auf den sandigen Boden, öffnete meinen Dutt, denn das mit den kleinen Zwirbel-Zöpfen klappte noch nicht so gut. Dann fächelte ich mir genau wie Sarah D mit der Hand Abkühlung zu. Diese Hitze hier. Meine Haare fielen bis über meine Schultern, obwohl sie von der Luftfeuchtigkeit so kraus waren. Glatt würden sie bestimmt weit über meine Brüste fallen. Wie gern hätte ich glatte Haare gehabt. Wie meine Schwestern.

»Li joli«, sagte Mama Rose prustend und gesellte sich wieder zu uns. Sie holte ihre Pfeife aus der Schürzentasche hervor, zündete sie wieder an, nahm einen kräftigen Zug und wiederholte beim Auspusten vom Rauch: »Li joli.«

»Wé, çe bon«, sagte Sarah D, zog an ihrer Pfeife und pustete eine dichte Rauchwolke aus, direkt vor meiner Nase. Der Geruch war angenehm, etwas süßlich sogar. »Li joli nô Mama Melba«, fuhr Sarah D fort und nahm einen weiteren Zug von ihrer Pfeife, pustete ihn wieder vor mir aus.

Erst jetzt fiel mir auf, dass sie über mich redeten. Ich konnte wegen der Musik und dem Gelächter um mich herum zwar nicht alles verstehen, doch dass sie mich hübsch genannt hatten, das hatte ich mitbekommen. Ich sog den Rauch ein und schloss meine Augen. Da stupste mich Mama Rose an und hielt mir ihre Pfeife entgegen. Ich nahm sie an und zog dran, wie ich es bei den beiden Frauen zuvor beobachtet hatte. Sie schmeckte zwar nicht so süß, wie sie gerochen hatte, sogar etwas scharf im Hals, doch durchaus nicht unangenehm. Der Rauch stieg mir zu Kopf. Mir wurde schwindelig, was ich aber auch nicht als unangenehm empfand. Es passte zum heutigen Abend. Verschwörerisch lächelten sich Sarah D und Mama Rose an. So saßen wir eine Weile auf unseren Hockern, rauchten und wippten uns im Takt der Musik, die immer lauschiger wurde.

Der Mond hatte sein Versprechen gehalten. Er hatte noch etwas für mich bereitgehalten, und ich genoss es.

Als Michael B eine langsame Melodie spielte, machten sich alle auf in ihre Hütten. Sein Spiel war schön, und es brachte mich wieder zum Weinen. Ich blieb einfach neben dem erloschenen Feuer auf dem Baumstumpf sitzen und konnte gerade nicht unterscheiden, ob ich glücklich oder traurig war. Das liegt manchmal so nah beieinander.

Die Zwillinge hüpften neben ihrer Mutter an mir vorbei, winkten mir zu. Lächelnd schaute ich ihnen nach. Tommy war gar nicht dabei gewesen, fiel mir jetzt auf. Dann raffte ich mich auf und verabschiedete mich von Sarah D und Mama Rose, die tief in ein Gespräch verwickelt waren und genüsslich an ihren Pfeifen zogen. Denise war anscheinend schon heimgegangen.

Ich fühlte wirklich, dass ich heute ein bisschen dazugehört hatte, und drehte mich beim Weggehen noch einmal nach Michael B um, der zu spielen aufgehört hatte und seine Geige einpackte.

Unsere Blicke trafen sich. Wir winkten einander zu. Dann ging ich quer an dunklen Shotgun-Hütten vorbei auf meinen Sandweg zu. Kurz vor meiner Hütte hörte ich Schritte hinter mir. Ich ging langsamer. Die Schritte wurden schneller.

»Miss, Miss. Die hast du beim Tanzen verloren.«

Es war Michael B, er hielt meinen Zweig Dama de Noche in der Hand, roch noch kurz daran und reichte ihn mir. Ich fühlte mich ertappt.

»Das braucht dir nicht unangenehm zu sein«, sagte er. »Pflückt Rosenknospen, so lange es geht, die Zeit sehr schnell euch enteilt, dieselbe Blume, die heute noch steht, ist morgen dem Tode geweiht. Carpe diem, so sagt es Walt Whitman, und der weiß es am besten. Ich liebe den Duft.«

Dann ging er.

»Ich auch«, flüsterte ich ihm nach, »ich auch«, und war froh, die Dama de Noche gepflückt zu haben.

Als ich meine Tür zumachen wollte, hörte ich wieder Schritte. Michael B, dachte ich. Er kommt noch mal zurück? Doch konnte ich keine Gestalt im Dunkeln ausmachen. Die Schritte waren auch tapsiger, abrupter. Vielleicht ein wildes Tier? Was hier bei Nacht so alles kreucht und fleucht, wollte ich gar nicht wissen. Schnell schloss ich die Tür hinter mir.

OKRA-SHRIMP-GUMBO – KREOLISCH

Die Okra ist eine kleine grüne Schote, nicht länger als ein Finger. Auf Deutsch heißt sie Eibisch. Sie ist eines der ältesten Gemüse der Welt und kommt ursprünglich vom afrikanischen Kontinent. Durch den Sklavenhandel kam der Eibisch nach Amerika. Er hat einen pikant-herben Geschmack und ist somit bestens für scharfe, kräftige Gerichte geeignet. Beim Kochen der Schote wird eine geleeartige Substanz freigesetzt, die als Speisestärke dient.

Zutaten

Wie immer ist das Rezept für 6–8 Personen konzipiert. 3 Pfund (Pfd.) oder mehr Shrimps mit Schale und Kopf. 1–2 Pfd. Okraschoten in 1 cm dicke Scheiben schneiden, 1 Tasse (T) zerschmolzene Butter oder Öl, 1 T Mehl, 2 T gehackte Zwiebeln, 1 T gehackten Sellerie, 1 T gehackte grüne Paprikaschote, ¼ T gehackten Knoblauch, 2 Lorbeerblätter, 2 Teelöffel (TL) getrockneten Thymian, 2 TL getrocknetes Basilikum, 2 TL getrockneten Rosmarin, 1 T gehackte Tomaten, 1 T fein geschnittene grüne Zwiebeln, ½ T gehackte Petersilie, Tabasco oder Louisiana Hot Sauce nach Geschmack.

Zubereitung

Die Shrimps pellen, Kopf und Schale mit einer halbierten Zitrone, ein paar Pfefferkörnern, 2 Lorbeerblättern, 1–2 Zweigen Thymian, Salz in 2 ½ Liter Wasser zu einer Brühe aufkochen, nicht länger als 45 Minuten.

Aus dem Mehl und Butter/Öl eine Roux nach dem Grundrezept zubereiten. Vorsicht – Geduld! Wenn sie schokoladenbraun ist, die heilige Dreieinigkeit (Zwiebel, Sellerie, Paprikaschote) hinzugeben. Durchatmen, genießen! Das Gemüse ungefähr 3 Minuten schwitzen lassen, Knoblauch hinzugeben, weitere 2–3 Minuten schwitzen. Dann die Brühe hineingeben, bis die Gumbo eine suppenartige Konsistenz erreicht hat (am Anfang nicht gleich alles und nur kellenweise, man kann immer nachschenken). Alles schön unter ständigem Rühren aufkochen lassen. Hitze reduzieren. Lorbeerblätter, Thymian, Basilikum, Rosmarin, Tomaten, Okra hinzugeben. Leicht mit Salz und Pfeffer würzen. Ungefähr 45 Minuten köcheln lassen, eventuell mehr Brühe hinzugeben.

Shrimps, grüne Zwiebeln, Petersilie hinzugeben und noch 5–8 Minuten köcheln lassen (je nach Größe der Shrimps). Nach Belieben Lorbeerblatt entfernen und nachwürzen.

Auf Reis servieren und ein paar Tropfen Tabasco-Soße drüberträufeln.

Tipps

Man kann jetzt auch ein wenig Filé-Pulver drüberstreuen, zum einen, um einen tieferen Geschmack zu erreichen, und zum anderen, um die Gumbo noch einmal anzudicken.

Filé-Pulver wird aus den getrockneten Blättern des Sassafras-Baumes hergestellt, es kommt aus der Küche der Ureinwohner. Puristen sagen, dass man Okra und Filé in einer Gumbo nie zugleich anwenden sollte. Entweder das eine oder andere. Doch das kann man kreolisch halten – also wie man will.

Man kann auch alle Gewürze und die getrockneten Kräuter durch Mama Melbas Gewürzmischung ersetzen. Das Rezept dazu steht im Kapitel M.

J

Die Küche blieb heute kalt

Ich will keine Gedichte machen über
einzelne Teile,
Sondern Gedichte, Gesänge, Gedanken für
das Ganze,
Und ich will singen nicht für einen Tag,
sondern für alle Tage,
Und ich will kein einziges Gedicht noch
Teil eines Gedichtes machen, das nicht in
Beziehung stünde zur Seele,
Denn ich habe alle Dinge im Weltall
angeschaut und gefunden, dass es keines gibt
und kein kleinstes
Teilchen von einem gibt, das nicht in
Beziehung stände zur
Seele.

Walt Whitman alias Walt Wer

Als ich am nächsten Tag in die Küche kam, waren Sarah D und Denise schon bei der Arbeit. Doch Hélène fehlte. Ich spähte zum Kaminsims hinüber, hinter den Teller. Das Medizinfläschchen war weg. Ich schaute zu Sarah D rüber, die gerade eine Pfanne mit Biscuits aus dem Backofen zog. Ihr Duft erfüllte die ganze Küche. Sie nickte. Gegen Mittag hatte sich Hélène immer noch nicht blicken lassen. Wir beschlossen, dass es ein gutes Zeichen war. Sie hatte anscheinend die Tinktur der Hebamme eingenommen und ließ die Natur walten.

Am Nachmittag kam die Mistress in die Küche geschwebt. Sie war dieser Tage besonders emsig, beaufsichtigte alles, was im Haus geschah, bis ins Detail.

»Wo ist Hélène?«, fragte sie ein wenig spitz, ohne jemanden Bestimmtes dabei anzuschauen.

»Im Räucherhaus«, sagte Sarah D schnell und warf mir einen warnenden Blick zu.

Da würde die Mistress nicht hingehen, wegen des Rauchs, der dann in ihren schönen Kleidern hing.

»Wenn sie zurückkommt, schicken wir sie sofort zu Ihnen, Mistress«, sagte ich schnell.

Mistress Marie-Clarisse murmelte daraufhin etwas und schwebte halbwegs befriedigt und klappernd wieder von dannen.

Sarah D und ich hatten kurzerhand beschlossen, Tommy mit einzuspannen. Die ersten Gäste für den Ball würden schon morgen eintreffen, und zu allem Überfluss hatte uns der Gärtner Körbe voll sehr reifer Pfirsiche in die Küche gestellt, die unbedingt verarbeitet werden mussten. Das war eine passende Aufgabe für Tommy. Sarah D beauftragte ihn, mehrere Pfirsich-Pies zu machen und den Rest einzukochen. Man brauchte Tommy alles nur kurz zu erklären. Der Junge hatte eine schnelle Auffassungsgabe. Er war einer von diesen Menschen, die etwas ganz oder gar nicht machten, sich ihrer Arbeit mit Leidenschaft hingaben. Wenn man ihn zwischendurch etwas fragte, reagierte er gar nicht oder es dauerte einen Moment, bis er aus seiner Welt auftauchte und einen mit seinen smaragdgrünen Augen anschaute. Er hatte dann diesen Von-ganz-weit-her-Blick. Deshalb nahmen wir vor ihm auch kein Blatt vor den Mund, sondern redeten frei wie immer. Wir wussten, dass er uns sowieso nicht zuhörte.

Plötzlich kam ein Schrei aus dem Großen Haus. Es war die Mistress, die jetzt nach dem Master rief. Paul A kam durch den Pfeifers-Gang gerannt.

»Wasser, Tücher, Hélène, schnell!«, rief er uns entgegen.

Ich griff einen Stoß frisch gebügelter Handtücher vom Tisch, Sarah D hielt Paul einen Krug Wasser hin, und wir rannten ihm hinterher ins Große Haus.

Ich erkannte Hélènes liebe schwarze Mäuseaugen nicht mehr. In ihr Gesicht waren zwei dunkle Höhlen eingegraben, wie bei einer Fastnachtsfratze. Sie lag reglos auf ihrem Bett. Die Mistress und der Master waren über ihren starren Leib gebeugt. Neben ihr auf dem Nachttisch sah ich das braune Medizinfläschchen, das bis gestern Abend noch bei uns in der Küche gestanden hatte. Der Korken lag auf dem Boden. Instinktiv hob ich ihn auf und roch daran. Ich rümpfte die Nase und verkorkte das Fläschchen wieder. Es war ein scharfer Gestank. Laudanum. Es war also Opium, schoss es mir in den Kopf, wie das Zeug in den Medizinfläschchen von Mutter, das, was gegen alles half. Und es kam auch nicht von der Norton Plantage, nicht von der Hebamme, sondern direkt aus der Vitrine des Masters. Also war es wirklich so, wie ich gedacht hatte!

Diese Vermutung hatte ich aber nicht ausgesprochen, weil sie sich absurd angehört hätte und ich damit zugegeben hätte, dass ich im Großen Haus rumgeschnüffelt hatte.

Ich konnte Hélène nicht anschauen. Das war nicht mehr meine Hélène, die da lag. Und Wilburt hatte sie auf dem Gewissen!

Ich ging aus dem Zimmer und stand allein im Foyer, das nach Bohnerwachs und Petroleum roch. In mir entbrannte eine Wut, wie ich sie noch nie empfunden hatte. Auch nicht damals daheim, obwohl mich da vieles wütend gemacht hatte. Mich überkam wieder dieselbe Machtlosigkeit wie damals. Es war das schlimmste Gefühl für mich, noch schlimmer als Wut. Ich hatte versagt! *Du dummes Mädchen. Hättest du doch nur was gesagt. Versagerin. Wie immer. Wie zu erwarten. Dreck. Du bist Dreck. Abschaum. Und deshalb ist es dir nur recht geschehen. Nur recht. Geh zu den Schweinen. Wälz dich mit ihnen im Dreck. Da gehörst du hin, du dummes, dummes, dummes, dummes, dummes, dummes Mädchen. Nie wird dich jemand lieben, nie, hörst du, nie! Weil du es nicht verdient hast!*

Immer wieder schlug ich mir links und rechts ins Gesicht. Mir war es egal, ob mich jemand sah. Plötzlich rannte ich los, durch den Pfeifers-Gang, durch die Küche. Ich brauche mein Bowie-Messer, dachte ich. Wenn es sich besonders gut zum Kaninchenschlachten eignete, dann war es genau richtig für das, was ich vorhatte. Es war in meiner Hütte. Ich fühlte den Wind auf meinen nassen Wangen, so schnell rannte ich. Ich schmeckte Salz.

Ich spürte, dass mir jemand hinterhergelaufen kam. Ich rannte schneller. Sprang die drei Stufen zu meiner Hütte hoch, riss die Tür auf, griff das Bowie-Messer von der Kommode und versteckte mich hinter der Tür und lugte durch den kleinen Spalt, den ich geöffnet hielt. Vor meiner Hütte, völlig aus der Puste, stand Michael B.

»Alles okay?«, fragte er.

»Nein. Ja. Doch. Alles okay.« Ich war durcheinander. Ihn hatte ich nicht erwartet.

»Kann ich dir helfen? Ich bin dir was schuldig«, sagte er.

»Nein!« Ich warf die Tür zu.

Ich spürte die Tränen von meinem Kinn tropfen, schickte aber noch ein leises »Danke« hinterher, was er bestimmt nicht mehr hörte. Ich war grob gewesen. Michael B wusste ja nicht, was los war. Er hatte bestimmt nichts mitbekommen, draußen in seiner Schmiede. Ich riss die Tür wieder auf. Hoffentlich war er noch da.

Er war noch da und stand wie angewurzelt vor den Stufen meiner Hütte in seiner langen Lederschürze und hielt ein silberglänzendes Hufeisen in der Hand. Er kam wie erwartet direkt aus seiner Schmiede.

Ich steckte das Bowie-Messer in den leeren Schaft an meinem Gürtel, da wo sonst Madames Messer hing. Es passte.

»Doch, du kannst mir helfen«, sagte ich nicht wirklich freundlich, aber auch nicht mehr ganz so unfreundlich. »Erklär mir bitte, warum das Leben so ungerecht ist.«

Ich benahm mich wie ein Trotzkopf. Der Mann konnte doch nun wirklich nichts dafür.

»Das kann ich nicht«, sagte Michael B ganz ruhig und leise.

Seine Gelassenheit war mir in der Küche schon aufgefallen. Er strahlte die gleiche Kraft und Ruhe aus wie die Säulen der Plantage, und er war auch fast so groß.

Doch schien er über meine Frage nachzudenken. Was für eine dusselige Frage es war. Noch nicht einmal Gott hätte sie beantworten können. Ich wollte die Tür wieder schließen, wollte ihn loswerden.

»Ich weiß nur«, sagte Michael B und stellte seinen Fuß gegen die Tür, »dass es darum nicht geht.«

Er schaute mich direkt an, wie gestern Nacht. Mir fielen wieder seine Augen auf. Sie leuchteten wie Bernsteine, verschmolzen mit der Mittagssonne.

»Ah ja«, sagte ich. Seine überhebliche Antwort und ruhige Haltung provozierten mich. »Worum dann?« Ich wischte mir die Tränen mit meiner Schürze ab.

»Das weiß ich noch nicht«, sagte er, »aber es geht um etwas, das größer ist als du und ich, größer als die Plantage, größer als Louisiana, größer als Amerika, größer als Afrika, größer als die Welt. Und größer als Hélène. Sie war nur ein Teil davon.«

Er wusste also doch, was geschehen war.

»Nur?«, sagte ich, kam hinter meiner Tür hervor und ließ mich auf die schmalen Stufen der Treppe gleiten.

Ich war auf einmal kraftlos. Ich wollte mich zwar nicht unterhalten, doch wollte ich plötzlich auch nicht mehr allein sein, und Michael Bs Stimme hatte so etwas Tröstendes, so etwas Warmes wie seine Augen.

Er kniete sich neben mich und malte irgendwas in den Sand. Vielleicht einen Kreis. Ich konnte es nicht erkennen. Meine Augen waren voller Tränen. Ich sah alles nur noch verschwommen. Dann fuhr er fort: »Wenn man mir den Arm abhackt, sterbe ich ja auch nicht, nur ein Teil von mir, vom Ganzen, von Kwasi ist weg. Kwasi lebt noch. Seine Seele lebt. So ungefähr auf jeden Fall ist das.« Er stand auf, abrupt, als hätte ihn jemand ertappt.

»Woher willst du das wissen?«, sagte ich. »Bist du etwa ein Philosoph oder so was Ähnliches?«

»Vielleicht«, sagte er. »Ich lese viel, in der Bibliothek vom Master.« Er blickte auf den Boden, als sei es ihm peinlich.

»Du kannst lesen?«

»*Die Seele*«, sagte er plötzlich mit ganz feierlicher Stimme, »*Ewig und ewig – länger als Erdboden braun und fest ist, länger als Wasser flutet und ebbt.* Das ist von Walt Whitman, der sagt es besser als ich.«

»Walt wer?«

»Walt Whitman – er ist ein echter Philosoph. Du kannst nicht lesen?« Er schien wirklich verwundert, gab mir dabei aber nicht das Gefühl dumm zu sein.

»Nein«, sagte ich und gab mir damit selbst das Gefühl.

»Aber du bist doch weiß.« Michael B schaute mich an wie ein Kind, dem die Mutter gerade gesagt hatte, dass es das Christkindli nicht gab.

»Was hat das damit zu tun?«, sagte ich kleinlaut.

»Eine ganze Menge. Jedenfalls hier in Louisiana, hier auf der Plantage«, sagte Michael B.

»Bei uns kann fast keiner lesen und schreiben, bis auf den Pfarrer.« Der Gedanke daran gab mir ein wenig Selbstvertrauen zurück.

»Wo ist bei uns?«, fragte Michael B.

»Schwarzwald«, sagte ich.

»Sind da alle schwarz?«, fragte Michael B weiter. Es schien mir, als wollte er ablenken. Aber zum Lachen war mir nicht zumute.

»Jetzt machst du dich über mich lustig.«

Ich dachte wieder an Hélène, sah die dunklen Augenhöhlen vor mir, die ich nie wieder vergessen würde. Mir wurde auf einmal übel, aber zum Reingehen war keine Zeit mehr. Ich stieß Michael B aus dem Weg und erbrach mich neben meiner Hütte.

»Ach, Mel, jetzt hast du in deinen Kräutergarten gekotzt«, sagte ich laut. Ich war wieder enttäuscht von mir. Nichts konnte ich richtig machen.

»Ist das ein Kräutergarten?«, kam die nächste Frage von Michael B, der jetzt hinter mir stand und mir ein Tuch vor die Nase hielt. Wir blickten gleichzeitig auf den Boden. Vor uns lag nichts als schwarze Erde mit Unkraut, über die eine kleine gestreifte Raupe spazierte. Sie gehörte dann wahrscheinlich auch zu dem Großen und Ganzen, so klein wie sie war, dachte ich.

»Noch nicht, soll aber einer werden«, sagte ich und winkte ab.

»Ich kann dir helfen. Morgen nach der Arbeit kann ich dir den Boden umpflügen«, sagte er.

»Morgen?«, ich tat, als müsste ich nachdenken, ob mir das zeitlich auch passte.

»Siehst du, jetzt kann ich dir doch helfen«, er steckte das unbenutzte Tuch wieder in die Vordertasche seiner Schürze.

Dass er mir schon geholfen hatte, das sagte ich ihm nicht.

»Hier«, er reichte mir ein Hufeisen, »bringt Glück.«

»Danke, das tut es bei uns auch«, ich drehte es in meiner Hand herum, als wollte ich sichergehen, dass es ein ganz normales Hufeisen war, wie bei uns.

»Ich muss wieder in die Schmiede. Bis morgen dann«, sagte Michael B.

»Warte«, ich zog ihn am Arm. »Wer ist eigentlich Kwasi? Na, das Ganze, von dem du vorhin gesprochen hast?«

»Ich, ich bin Kwasi.«

»Ich dachte, du heißt Michael B?« Ich war verwirrt.

»So heiße ich hier«, sagte Kwasi, »den Namen hat mir der Master gegeben.«

»Und was bedeutet B?«, fragte ich.

»A, B, C«, sagte Kwasi. »Eins, zwei, drei. Es gab schon einen anderen Michael hier, ich war der zweite. Es gibt noch einen Michael C und D. Mein richtiger Name ist Kwasi, weil ich an einem Sonntag geboren wurde.«

Ein Sonntagskind, dachte ich. Wie der Kohlen-Peter.

»Ich bin von der Goldküste«, sprach er weiter, »ich bin frei geboren. Mein Vater war ein Stammesfürst. Das hat uns aber auch nichts genützt.« Kwasi sprach ganz leise und blickte sich um, als habe er Angst, dass uns jemand zuhörte.

Das hatte ich in der Küche schon beobachtet. Manchmal, auch wenn es gar nichts Schlimmes war, schaute Sarah D sich zuerst um, bevor sie weitersprach: *»Da gibts die Verräter und die Geheimnisträger«,* hatte sie einmal gesagt, *»die unterscheiden* *sich äußerlich aber nicht voneinander. Es ist an dir, es herauszufinden …«* Und das hatte wie eine Warnung geklungen. Kwasi war ein Geheimnisträger, da war ich mir sicher.

Vom Großen Haus drangen wieder Schreie herüber. Ich hatte Angst, zurückzugehen. Hatte Angst, Wilburt zu begegnen. Hatte Angst vor dem, was ich im Stande war, ihm anzutun. Gott sei Dank, dass ich es nicht getan hatte. Eine klitzekleine weiße Blüte, wie ein Schneeflöckchen, von der Dama de Noche von gestern Nacht lag auf dem Sandweg vor meiner Hütte. Sie duftete aber nicht mehr. Ich wünschte, es wäre gestern. Dann wäre alles nicht passiert. Doch das Gestern scherte sich nicht ums Heute. Sarah D kam mit kurzen, schnellen Schritten auf uns zugelaufen. Kwasi gab mir seine Hand zum Abschied.

»Wie heißt du eigentlich?«, fragte er.

Sein Griff war hart. Seine Hand fühlte sich an wie Schmirgelpapier.

»Melba Koch«, sagte ich, »du kannst mich Mel nennen. Und du heißt also Kwasi. Wird das mit K geschrieben?«

»Ich dachte«, sagte Kwasi und drückte dabei immer noch meine Hand – oder ich seine? – »du kannst nicht lesen?«

»Kann ich auch nicht«, das zu wiederholen, gab mir wieder das Gefühl dumm zu sein, »aber das Alphabet kenne ich.«

»Ja, Kwasi mit K«, sagte er.

Kwasi mit K wiederholte ich in Gedanken. Wir ließen unsere Hände los, und er ging den Sandweg entlang zur Schmiede, verbeugte sich im Vorbeigehen zum Gruß vor Sarah D. Ich fiel ihr in die Arme. Wir beide schluchzten.

»Sha, sha, sha«, sagte sie, »du brauchst da heute nicht mehr hin.« Sie zog mich in meine Hütte, stülpte mir meine Schürze über den Kopf, drückte mich aufs Bett, presste mir ihre Hand auf den Mund.

»Psssst, heute nicht mehr«, sagte sie, »ich bringe dir nachher eine Schale Gumbo. Das Leben ist ungerecht, ich weiß, besonders hier. Hélène ist jetzt beim Schöpfer. Es geht ihr bestimmt schon besser, das musst du glauben.«

Ich glaubte an gar nichts mehr und schon überhaupt nicht an Gott. Der hatte sich noch nie bewährt. Sarah D redete genau wie meine Mutter. Beiden hatte er anscheinend nicht geholfen. Und schlafen oder hier so dumm rumliegen konnte ich auch nicht. Ich wälzte mich stundenlang im Bett herum und überlegte mir, wie man Master Wilburt für sein Verbrechen zur Rechenschaft ziehen könnte. Mir fiel nichts ein. Ich stand auf, zog mir meine weiße Schürze wieder an und ging in die Küche.

Die Sonne war schon fast hinter den Zuckerrohrfeldern verschwunden. Auf dem Tisch lag noch mein Messer neben dem Tasso. Aber es war niemand da. Ein paar Würfelchen, die ich schon gehackt hatte, bevor alles auf uns eingestürzt war, waren vom Brett auf den Tisch gekullert. Ich legte sie wieder aufs Brett und das Messer in die Schublade zu den anderen Küchenmessern. Da war es in guter Gesellschaft. Ich zog mein Bowie-Messer aus dem Schaft und würfelte den Rest des Specks damit. Da fiel mir ein Spruch ein, den ich irgendwo gehört hatte:

Es gibt nichts Gutes, außer man tut es.

Selbst – fügte ich hinzu und: *Wer selbstständig denkt, kann auch selbstständig handeln* – fiel mir dabei noch ein.

K

Kreolischer Streichkäse

Ich arbeitete bis zum Morgengrauen in der Küche, stumm und allein. Doch ich spürte Hélènes Gegenwart – ihre Fürsorglichkeit, ihr Wissen, ihre Führung. Ich hörte ihre Stimme, wie sie von den Deutschen und den Akadiern erzählte. In jeder warmen Küche am Morgen, wenn ich als Erste da war, habe ich sie seither immer wieder getroffen.

Als Sarah D und Denise kamen, da knetete ich gerade den Teig für die Morgen-Biscuits. Stille Tränen kullerten mir übers Gesicht. Heute brauchte ich kein Salz. Ich beachtete die beiden nicht. Grüßte nicht. Sie fanden es auch nicht wichtig. Ich glaube, wir wussten alle, wenn wir anfingen zu reden, würden wir ein Schleusentor öffnen, und all unsere traurigen Gedanken würden ausströmen wie die Fluten von der Mississ Ippi, damals, als Master Wilburts Mutter in ihnen ertrunken ist.

Ich rollte den Teig aus, wie Hélène es mir gezeigt hatte, dann rannte ich noch schnell ins Milchhaus, wie es Hélène getan hatte, als sie mir das Rezept beigebracht hatte. Da kam nämlich die kalte Butter her. Das ist das Geheimnis von guten Biscuits – kalte Butter. Und das Geheimnis von kalter Butter war das Milchhaus, durch das ein schmaler Bach floss, der es das ganze Jahr hindurch kühl hielt. Er schlängelte sich entlang des Hauses bis nach vorne in den Vorgarten, der eigentlich ein Park war, und staute sich dort in einen Teich, auf dem schneeweiße Schwäne schwammen, die die Mistress mit Leidenschaft jeden Nachmittag mit trockenem Brot fütterte. Sie sang dabei sehr laut ihre Jenny-Lind-Arien. Zu den Schwänen gesellten sich Wildgänse, Enten, Möwen, gelegentlich auch Pelikane, und von hinten kamen nervös die Hühner angerannt, damit sie auch ja nichts verpassten. Es schien, dass sich Louisianas gesamtes Federvieh um unseren Teich versammelt hatte. Der andere Ausläufer des Baches verlor sich irgendwo hinter der Allee im Bayou La Fourche, auf dem reger Handel betrieben wurde. Darum hatte man ihn auch die längste Hauptstraße der Welt genannt. Von hier lieferten Boote Gewürze aus Indien, Pianos aus Deutschland, die neueste Mode aus Frankreich, sogar Eis aus Kanada für die Eis- und Milchhäuser der elegantesten Plantagen am Bayou.

Das Küchenhaus füllte sich mit einem wohligen Geruch, den nur ein warmer Ofen mit Gebackenem verströmen kann. Die Biscuits waren fast fertig. Der Duft von frisch gebrühtem Kaffee stieg mir in die Nase. Denise hielt mir eine Tasse Chicorée-Kaffee hin, doch statt mich dabei anzuschauen, blickte sie zur Seite und schloss ihre Lider für den Bruchteil einer Sekunde. Ich schloss meine auch und war dankbar für den Kaffee.

Mit der Tasse in der Hand ging ich zum Küchenfenster hinüber. Es war inzwischen hell draußen. Von hier aus hatte ich einen direkten Blick auf die langen Reihen der Schrotflinten-Hütten und das Zuckerhaus, wo im Moment noch alles ruhig war. Bald aber würde die Mahlsaison beginnen. Dann wurde das geerntete Zuckerrohr zu Pulp zermahlen, und der süße Sirup würde heraussickern, rein in die großen Kessel. Darin wurde es gekocht, bis sich Zuckerkristalle bildeten, die dann auf dem Bayou La Fourche in alle Welt transportiert wurden.

Hélène hatte gesagt, dass es nicht mehr lange dauern würde und diese Ernte sich besonders gut anließ, da wir in diesem Sommer von Hurrikanen verschont geblieben waren. Wenn das Zuckerrohr so hoch wie zwei ausgewachsene Männer war, hatte sie gesagt, dann war es reif. Ich fand, dass es so weit war. Ich trank einen Schluck von meinem Kaffee.

Die Eltern waren schon auf den Feldern, die Asche-Kekse im Feuer, und ich beobachtete Mama Rose und ihren Kindergarten. Sie trug einen Säugling in einer Schlaufe auf dem Rücken, ein anderer hing vorne bei ihren Brüsten. Zwei Kindli mit kurzen Zöpfen, die gerade so eben laufen konnten, hielt sie an der Hand. Sie hatten zwei andere Kleine eingehakt, wie bei einem Tanzreigen. Ich musste an die Nacht am Lagerfeuer denken, wie Mama Rose Bauch und Brüste wackeln ließ. Fast kitzelte dieser Gedanke ein Lächeln aus mir heraus.

Mama Roses Bewegungen waren schwerfällig, doch sie konnte gut dirigieren und die Kinder gehorchten ihr. Sie zeigte auf gefüllte Wassereimer. Die Zwillinge hoben sie auf und hängten sie an die Seiten der beiden Joche, welche zwei Jungen auf den Schultern trugen, um sie auf die Felder zu bringen. Die Hälfte des Wassers schwappte dabei über die Ränder der Eimer auf den sandigen Boden. Kleine Pfützen entstanden. Ich musste über ihre kindliche Tollpatschigkeit leise lachen, doch sofort verzog sich mein Mund, denn bald würden auch diese vier auf die Felder zum Arbeiten geschickt werden. Dann würden sie nicht mehr so unbeschwert sein, dann würden sie ein anderes Joch tragen. Vielleicht würde die Mistress die Zwillinge auch ins Haus holen, da sie so hübsch waren und so gesund aussahen, was sich auf die gute Führung der Plantage zurückführen ließ. Damit gaben die Plantagenbesitzer ja gern vor Gästen an. Doch Joch war Joch.

Spontan ging ich ins Milchhaus zurück und holte eine Kanne Milch und eine Kanne Buttermilch und ein kleines Gläschen Lab. Alles zusammen wollte ich den Tag über sauer werden lassen, um Bibeleskäs zu machen. Bei dieser Hitze würde es ganz schnell gehen.

Woher der Gedanke kam, wusste ich nicht. Vielleicht, weil Bibeleskäs mit Brägele das beste Sommeressen war. Oder weil mich heute niemand anleitete. Ich ging gern ins Milchhaus. Es war der einzig kühle Ort hier.

Keiner von uns schien heute einen Plan zu haben. Sarah D rührte in irgendwas herum, und Denise war in ihrer Abwaschecke damit beschäftigt, das Geschirr, das sie gestern Abend schon abgewaschen hatte, nochmals zu spülen. Bestimmt ein komischer Anblick, wir drei hier heute Morgen. Sarah D musste das auch aufgefallen sein.

»Sha, sha, sha«, sagte sie nicht ganz so inspiriert wie sonst, »Hélène hätte das aber nicht gefallen.«

Sie ging zu Denise hinüber und winkte mich heran. Dann nahm sie uns beide in ihre Arme. Sarah Ds Umarmungen waren dick und ungestüm, wie sie selbst.

»Ma piti Denise«, sagte sie, »et ma piti Mama Melba, wir müssen jetzt stark sein, stark für Hélène. Wir müssen die Küche in ihrem Sinne weiterführen. Passt genau auf, dann könnt ihr sie ihre Befehle austeilen hören.« Sie entließ uns aus ihren Armen, trat einen Schritt zurück und nickte ermutigend. »Ich jedenfalls schmeiße jetzt das Tasso für die Eier in die Pfanne. Denise, magst du mal nach dem Gravy schauen? Das Geschirr braucht keine dritte Wäsche. Und du Mama Melba, achte drauf, dass du deine Biscuits nicht verkohlst.«

Ich war dankbar für ihre Anleitung und ihren süßsauren Ton. Er war so vertraut. Irgendwo da oben konterte Hélène, da war ich mir sicher.

Wir machten uns umgehend an die Arbeit.

Angespornt von Sarah Ds Entschlossenheit, schlug ich für morgen meinen Bibeleskäs mit Brägele vor. Sarah D sagte, dass er sich wie kreolischer Streichkäse anhörte, der jedoch nur mit Obst gegessen werde. Aber sie war auf die herzhafte Version gespannt.

»Und der Ball?«, sagte Denise halb transparent, halb greifbar. Wir starrten uns an.

»Mondjé«, schrie Sarah D dann auf, »der Debütanten-Ball, den hätte ich fast vergessen.«

Ich auch. Nur Denise nicht.

»Den habe ich abgesagt«, sagte die Mistress, die genau in diesem Augenblick die Küche betrat. Nicht durch den Pfeifers-Gang, sondern hinten vom Hof her hatte sie sich angeschlichen, ganz ohne Klappern.

»Ich habe Paul A und Michael B gerade auf die umliegenden Plantagen geschickt, um die traurige Nachricht zu überbringen. Der Master ist in die St.-James-Gemeinde geritten, um meine Tante und meinen Cousin zu benachrichtigen.«

Sie tat mir schon leid, wie sie da so stand, ganz in Schwarz gekleidet, ohne ihre bunte Stola – die wehende Fahne ihrer Überheblichkeit. Sie erkundigte sich sogar, ob wir hier alleine zurechtkamen. Sarah D ging auf sie zu, führte sie zu einem Stuhl und drückte sie sanft darauf.

»Oui, oui Mistress«, sagte sie, »das kriegen wir schon hin. Darf ich Ihnen einen Kaffee bringen?«

»Buttermilch, bitte«, sagte die Mistress.

Der Krug stand noch vor meiner Nase. Ich schenkte ihr ein Glas ein.

»Mistress«, sagte ich, als ich ihr das Glas hinstellte.

Alle schauten mich überrascht an. Ich war selbst überrascht von mir. Es gab ja auch keinen Grund.

»Es wäre eine große Hilfe«, fuhr ich fort, »wenn Tommy uns zur Hand gehen könnte. Wir haben ihn hier und da schon mit eingespannt. Er hat Talent in der Küche, vor allem fürs Backen.«

Das mit dem Backen betonte ich besonders, denn das würde ihr ihre drei bis sechs Nachtische garantieren. Sarah D und Denise verharrten in ihren Bewegungen.

»Warum nicht«, war ihre Antwort, und sie schaute mich sogar an, musterte mich von oben bis unten. »Dann muss nur eins der Kinder von Mama Rose den Fächer im Esszimmer betätigen. Umsonst stopfen wir ihre Mäuler ja nicht.« Sie nahm einen Schluck von ihrer Buttermilch und schaute mich an. Zum ersten Mal, glaube ich. Ich versuchte so sehr, mich zusammenzureißen, dass ich dabei meine Pobacken zusammenkniff.

»Ich werde Wilburt beauftragen, das in die Hand zu nehmen.« Damit wandte sie sich an Sarah D. »Wir erwarten nur zwei Gäste zur Beerdigung. Lassen Sie sich was einfallen.«

Dann stand sie auf und zog durch den Pfeifers-Gang ab. Klappernd, nicht pfeifend, aber schwebend.

Ich ließ mich auf einen Stuhl fallen und fing bitterlich zu weinen an. Ich sah die kleinen, dünnen Kindli, die draußen vor Mama Roses Hütte spielten, das Wasser verschütteten, sich den Brei in den Mund schaufelten. Nun hatte ich einem von ihnen ein neues Joch auferlegt.

»Sha, sha, sha, ma piti Mama Melba.« Sarah D kam zu mir rüber, umschlang mit beiden Händen meinen Kopf und zog ihn an ihre Brust. »Nur einen zur Zeit. Man kann nicht alle retten.«

Ich kriegte mich überhaupt nicht mehr ein. Schluchzte und schluchzte. Sarah D wiegte mich hin und her an ihrem weichen Busen.

Warum nicht alle, dachte ich. Wir müssen einen Aufstand anzetteln. Eine Revolution, wie bei uns im Wald.

»Dann haben wir also eine neue Küchenhilfe«, sagte Sarah D und wiegte mich immer noch. Auch Denise war an meine Seite geeilt, hielt den Arm ihrer Mutter fest und wiegte mit uns mit.

»Einen Bäcker«, sagte ich unter Tränen und fing hysterisch zu lachen an.

»Na, das ist ja schon mal was«, sagte Sarah D. Sie und Denise schluchzten jetzt mit mir mit.

Mein Versprechen Tommy gegenüber musste ich einhalten. Diesmal durfte ich nicht enttäuschen. Der Preis war zu hoch.

»Natürlich nur, wenn keiner etwas dagegen hat«, sagte ich ganz leise und schob Sarah D von mir weg.

»Poukwas pa, in keiner Weise«, sagte sie. Und ging wieder zum Kamin rüber.

»Oder Denise, würdest du vielleicht gern backen?«, sagte ich und drehte mich zu ihr um, denn sie war wieder in ihre Abwaschecke gehuscht.

»Oh, no«, sie schüttelte heftig mit dem Kopf, ohne sich zu mir um zu drehen.

»Denise ist glücklich in ihrer Ecke«, sagte Sarah D. »Außerdem muss sie bald mit aufs Feld. Zur Ernte werden alle Hände gebraucht. Nicht wahr, Denise?«

»Wé, mô mé«, sagte Denise auf Kreolisch zu ihrer Mutter und ich hatte das Gefühl, dass sie es auch meinte. Die Küche schien nicht ihr Platz zu sein. So etwas hat man in sich. Das ist Leidenschaft, wenns vom Herzen kommt. Wie bei Tommy. Denise' Leidenschaft lag woanders, das hatte ich mitbekommen. Schade, dass sie die wohl nie würde leben können. Ich riss mich zusammen. Wir machten uns wieder an die Arbeit. Sarah D entließ Denise. Sie hatte das ganze Geschirr abgewaschen. Normalerweise hätte Sarah D eine andere Arbeit für ihre Tochter gefunden, in der Küche gab es ja immer etwas zu tun. Doch heute schien alles anders. Außerdem hatte Denise von Paul A vor ein paar Tagen zwei alte Fracks geschenkt bekommen, aus denen sie neue Tücher schneiden wollte. Die Arbeit würde ihr guttun, meinte Sarah D, und wir könnten mit neuen Tignons rechnen.

Es war schon dunkel, als Paul A und Michael B – Kwasi, meinte ich natürlich – in der Tür standen. Ihre Hemden klebten am Oberkörper, sie waren aus der Puste.

»Skiz-mò, ma'am«, sagte Paul A zu Sarah D und lächelte wie immer freundlich, »haben Sie vielleicht noch etwas zu Essen übrig? Die Mistress hat uns hergeschickt.«

»Sha, sha, sha«, sagte Sarah D, »steht nicht so dumm da, kommt rein.«

Wenn ich sagen würde, dass ich jetzt zum ersten Mal wieder an Kwasi gedacht hatte, dann wäre das eine Lüge. Den ganzen Tag über hatte ich nämlich versucht, nicht an ihn zu denken, nicht seine bernsteinfarbenen Augen vor mir leuchten zu sehen, nicht sein tiefes Lachen zu hören und mir nicht die Apfelschale auf unserem Holzfußboden in der warmen Stube meines Elternhauses vorzustellen, die immer mehr wie ein K aussah.

Als er jetzt vor mir stand, mitten in der Küche, groß, kräftig, als könnte ihn kein Hurrikan umhauen, und mir seine Augen versicherten, dass alles gut werden würde, wollte ich das glauben. Der Tag, der mir bisher nur halb vorkam, als ob ihm der Nachmittag fehlte, obwohl es schon Abend war, war plötzlich ganz. Aber vielleicht war dieses Gefühl auch nur die Auswirkung der Trauer, die den ganzen Tag wie ein Schleier über uns und unserer Küche hing.

»Mama Melba«, sagte Sarah D, »was meinst du, wollen wir an den beiden deinen Kreolischen Streichkäse ausprobieren? Mit Bratkartoffeln serviert man ihn, hast du gesagt?«

»Bibeles …«, sagte ich, ganz in Gedanken versunken, »äh, ich meine Kreolischen Streichkäse. Ich kann mal schauen.«

In dem Krug, den ich mit Milch, Buttermilch und Lab heute Morgen neben den Ofen gestellt hatte, schwamm ein dicker Käselaib in trüber Molke. Das ging hier wie erwartet besonders schnell. Ich war zufrieden.

»Ja, ich muss ihn nur noch abhängen«, sagte ich, »das dauert einen Moment. In der Zwischenzeit kann ich die Kräuter und die grünen Zwiebeln hacken.«

Ich war froh, an die Arbeit gehen zu können. Das brachte mich auf andere Gedanken, und so konnte ich Kwasis Blicken ausweichen und er konnte gleich dabei sehen, dass ich sein Messer benutzte.

»Setzt euch, Jungs«, sagte Sarah D zu den beiden, die immer noch mitten in der Küche standen.

Dann hob sie ihren Rock hoch, entblößte ihre kräftigen Unterschenkel, bückte sich umständlich, kroch tief nach hinten in den Geschirrschrank hinein und zauberte eine Flasche Ratafia hervor.

»Là«, sagte sie, stellte die Flasche auf den Tisch und holte vier Gläser aus dem Schrank.

»Bedankt euch bei Herrn Folse, Magnolien-Ratafia«, sagte Sarah D und schenkte das rote Getränk ein. Wie Sirup floss es in die Gläser.

Jeder nahm ein Glas.

»Auf Hélène«, sagte Sarah D.

»Auf Hélène«, stimmten wir ein und tranken den süßen Wein in einem Zug weg.

Sarah D schenkte nach. Ich ließ meins stehen. Ich beschloss, lieber zuvor die Kräuter zu hacken. Das Messer war so scharf, da musste ich alle Sinne beisammen haben.

Paul A sah ganz inoffiziell aus, in dem groben Baumwollhemd, ohne seinen roten Frack. Er lächelte wie immer, trotz der Trauer, die in der Küche hing, als ob es sein ganz persönliches Streben nach Glück wäre, wie es in der amerikanischen

Verfassung stand. Das wusste ich noch von Madame, weil sie wegen dieser Verfassung so viel Hoffnung in dieses Land gesetzt hatte. Ach, Madame. Ach, Hélène. Warum bin ich eigentlich noch da, dachte ich.

Kwasi saß still am Tisch. Sarah D hatte die Biscuits von heute Morgen mit Butter aufgetischt, um den ersten Hunger der Männer zu stillen. Ich spürte die Wärme von Kwasis Blick auf meinem Rücken. Es war mir nicht unangenehm.

Der Tasso, den Sarah D für die Bratkartoffeln ausließ, erfüllte die Küche mit einem würzigen Aroma. Unsere Laune wurde auch ausgelassener und die Flasche Ratafia immer leerer. Da fielen mir die roten Cayenne-Pfefferschoten in der Schale am Fenster ins Auge. Warum nicht, dachte ich, die mögen hier ja scharf, und das Rot ist ein schöner Kontrast zum Weiß des Käses und dem Grün der Kräuter. Die kreolische Küche mit ihrer Vielfalt, die mir zwar immer noch durcheinander vorkam, hatte dennoch schon auf mich abgefärbt.

»Là«, sagte ich und stellte die Schüssel mit kreolischem Streichkäse oder Bibeleskäs, oder wie auch immer man es nennen wollte, auf den Tisch.

»Là«, sagte Sarah D und stellte die Pfanne mit den Brägele, den German Fried Potatoes, wie sie sie hier nannten, daneben.

Paul A und Kwasi hatten nicht übertrieben, sie hatten einen Bärenhunger und verputzten alles im Nu.

»So was esst ihr im Schwarz-Wald?«, sagte Kwasi anerkennend. »Sehr lecker.« Er lächelte mich verschmitzt an und hatte zum ersten Mal heute Abend das Wort direkt an mich gerichtet. Er hatte sich gemerkt, woher ich kam. Ich wusste auch genau, worauf er anspielte, als er Schwarz besonders betonte.

»Ja, so ungefähr«, sagte ich und lächelte. »Ich habe es aber dem Südstaaten-Geschmack angepasst. Freut mich, wenn es dir schmeckt.«

»Schön scharf«, sagte Kwasi.

»Bokou bon, Mama Melba, bokou bon«, sagte Paul A und schleckte mit dem Finger die Schüssel aus.

»Na dann, Mama Melba«, sagte Sarah D, »geh am besten ins Milchhaus und setz für morgen gleich noch mal deinen Käs an. Diesmal die doppelte Menge, hörst du?« Sie bemühte sich, Käs so wie ich auszusprechen. Lustig, unser Kauderwelsch.

Ich sprang auf, um ins Milchhaus zu gehen, und merkte, wie mir schwindelig wurde. Der Ratafia hatte es in sich.

»Warte, Mel, ich helfe dir.« Kwasi kam mir hinterhergerannt. Wie gut, dass ich Sarah Ds Augen, die sie bestimmt rollte, jetzt nicht sehen musste.

»Danke«, sagte ich und reichte ihm eine große Kanne. Wenn schon, denn schon, dachte ich.

Ich spürte seine raue Hand auf meiner, als er mir die Kanne abnahm.

»Ich bin froh, dass du es gestern nicht getan hast«, sagte Kwasi und schaute mir direkt in die Augen. Seine dunkle Haut glänzte im schwachen Schein der Öllampe.

Ich erstarrte und wusste, dass es keinen Zweck hatte, zu leugnen. Kwasi war Philosoph und ein bisschen bestimmt auch Hellseher.

»Ich bin froh«, sagte ich, »dass du mich davon abgehalten hast.«

Kwasi drückte meine Hand. Sie passte ganz in seine.

»Sie haben Master Wilburt nach New Orleans geschickt«, flüsterte er und schloss die Tür vom Milchhaus hinter uns. »Ich habe ihn heute Morgen davonreiten gesehen.«

»Aus dem Weg geschafft haben sie ihn«, sagte ich laut, »den räudigen Hund.«

Das war der Beweis. Ich fühlte die Wut wieder in mir entbrennen. Trotz der kühlen Luft hier drinnen.

»Psst«, sagte Kwasi und hielt mir seinen Finger vor den Mund. »Er soll auf dem Sklavenmarkt zwei neue Sklaven einkaufen für die Ernte, habe ich gehört.«

»Dann wissen sie im Großen Haus Bescheid?«, sagte ich.

»Ich nehme an«, sagte er.

»Und was machen wir jetzt?«, sagte ich.

»Nichts.«

»Nichts?«, wiederholte ich. »Wilburt hat Hélène umgebracht, das liegt auf der Hand. Er ist ein Mörder!«

»Psst, du bist zu laut.« Kwasi schien nervös.

»Wir müssen ihn anzeigen«, sagte ich.

»Und dann?«, fragte er.

»Dann werden sie ihn verurteilen«, sagte ich.

»Hast du Beweise?«, kam eine weitere Frage von ihm.

Beweise – das braune Medizinfläschchen auf dem Nachttisch, schoss es mir durch den Kopf. Verdammt, ich hätte es mitnehmen sollen.

»Nein«, sagte ich.

»Wer wird dir dann glauben?« Kwasis Fragen nahmen kein Ende. Ich fühlte mich, als stünde ich selbst vor Gericht.

»Es ist die Wahrheit«, sagte ich.

»Der Master und Wilburt werden ihre Wahrheit sprechen. Sie werden es nach Selbstmord aussehen lassen«, sagte Kwasi.

»Selbstmord, warum?«, fragte nun ich.

»Sie wäre nicht die erste Frau, die sich aus unglücklicher Liebe oder, na, du weißt schon, das Leben genommen hat. Verstehst du nicht, Mel. Hélène kann sich nicht mehr wehren.«

»Aber ich kann, ich kann mich für sie wehren. Da gibt es Gesetze«, sagte ich.

»Gesetze, Mel? Hier auf der Plantage herrschen eigene Gesetze, und die macht der Master.«

»Sarah D und Denise sind meine Zeugen«, sagte ich.

Kwasi stellte die Kanne auf den Boden, zog den Stab aus dem Butterfass und legte ihn daneben. »Stell dir das bitte mal vor«, sagte er. Er griff in den Eierkorb und hockte sich dazu.

»Komm setz dich.« Er zog mich zu sich hinunter. »Willkommen im Gerichtshof von New Orleans!«

Ich kniete neben ihm. Ich hatte keine Ahnung, worauf er hinauswollte. Dann legte er drei weiße Eier, die er vorher mit seinem Hemd abwischte, auf die eine Seite vom Butter-Stab.

»Diese Eier hier, das sind der Master, die Mistress und Master Wilburt«, sagte er. »Auf der anderen Seite«, er legte ein dreckiges weißes Ei auf die andere Seite und zwei braune daneben, »haben wir dich, Sarah D und Denise.« Dann reckte er sich hinüber zum Eierkorb und nahm noch ein Dutzend weißer Eier heraus, wischte jedes einzelne ab und legte sie hinter die anderen Eier.

»Das sind die Geschworenen. Alles gut betuchte Bürger aus der gehobenen Gesellschaft von New Orleans. Alles Männer. Alle weiß wie die Eier hier«, er zeigte auf seinen Als-ob-Gerichtssaal. »Verstehst du?«

Ich verstand natürlich, was er damit sagen wollte. Braune Eier schmecken aber genauso wie weiße Eier, dachte ich. Ich hatte noch nie einen Unterschied bemerkt, und wenn man sie abpellt, sehen sie genau gleich aus: außen weiß und innen gelb bis orange.

Ich wollte mich nicht geschlagen geben. »Die Mistress, die kennt bestimmt die Wahrheit. Frauen spüren so etwas.«

»Mistress Marie-Clarisse hier?« Kwasi hielt eins von den drei weißen Eiern hoch, polierte es noch einmal mit dem Hemdzipfel. »Sie würde niemals gegen ihren Mann aussagen. Denkst du etwa, sie würde ihr feines Leben aufs Spiel setzen – Kleider aus Paris, Gouvernanten aus England, das Sommerhaus in Virginia, die Villa in New Orleans. Für die Wahrheit? Für ihre Cousine, die sowieso tot ist? Wem würde das was nützen?«

»Der Wahrheit«, sagte ich.

»Die Wahrheit ist so tot wie Hélène«, sagte Kwasi.

Tränen stiegen mir in die Augen. Tränen der Machtlosigkeit.

Kwasi stand auf, legte die Eier, die braunen und die weißen, die polierten und die dreckigen, wieder in den Korb zurück – alle nebeneinander. Der Stab kam wieder zurück ins Butterfass, dann reichte er mir seine Hand.

»Komm, sonst wundern die sich noch, wo wir bleiben.«

Ich nahm seine Hand. Das Gefühl von Schmirgelpapier besänftigte mich. Wir sprachen kein Wort mehr auf dem Weg zurück zum Küchenhaus.

Hélènes Beerdigung fand am nächsten Tag kurz vor Sonnenuntergang statt. In Louisiana werden die Toten rasch beerdigt, wegen der Hitze. Die Gräber liegen über der Erde in Gruften aus Stein, wegen des sumpfigen Bodens. Es war eine bescheidene Beerdigung auf dem Friedhof der Plantage. Hélènes Mutter und ihr Bruder waren am Nachmittag angereist. Ihre Mutter war eine sehr alte Frau mit den gleichen dunklen Augen wie Hélènes. Ihr Bruder hätte glatt ihr Vater sein können, so alt sah auch er aus. Ich versuchte gar nicht erst, sein Alter zu schätzen. Das machte wohl das harte Leben der Akadier, von dem Hélène erzählt hatte. Natürlich waren die Mistress, der Master, ihre beiden kleinen Söhne Pierre und Olivier, Sarah D, Denise, Paul A und ich anwesend. Master Wilburt war noch nicht aus New Orleans zurück.

Ich hoffte, dass er dort für immer bleiben würde. Über die Todesursache wurde kein Wort verloren. Auch Sarah D wich mir aus, als ich ihr von meiner Vermutung erzählen wollte. Sie wusste es ja selbst. Bei den Eiern im Milchhaus, da lag die Wahrheit.

Die Mistress weinte am laufenden Band, schrie und brach, als der Deckel der Gruft geschlossen wurde, völlig zusammen. Der Rest der Gesellschaft starrte stumm geradeaus. Es war meine zweite Beerdigung in Amerika.

Tommy hatte heute seinen ersten Arbeitstag gehabt und hatte eine Charlotte russe mit Pfirsichen, eine Bayrische Creme und einen Tapioca-Pudding mit Orangenschalen gemacht. Hélène wäre stolz auf ihn gewesen. Tommy trat ihr Erbe an, zumindest was das Zaubern von Süßspeisen betraf.

Zum Kreolischen Streichkäse oder Bibeleskäs mit Brägele oder German Fried Potatoes servierten wir einen klein gehackten Salat mit einem Dressing aus hart gekochten Eiern und Senf à la Mrs Randolph. Außerdem Vermicelli, Hühnchen-Terrapin, was ein Auflauf mit Muskatblüte ist, in dem wir das ganze Hühnerfleisch, das wir für den Debütanten-Ball vorab gekocht hatten, verarbeiten konnten, und ein Tomaten-Aspik. Tomaten-Aspik war ein typisches Beerdigungsessen hier im Süden, erklärte mir Sarah D.

Der Leichenschmaus war beendet, und Denise, Sarah D und ich hatten uns ans Aufräumen gemacht. Die Sonne war gerade untergegangen, als wir gemeinsam die Küche verließen. Die Herrschaft hatte sich heute früh zurückgezogen. Es war alles ruhig im Großen Haus. Einzig die Mistress war zu hören; ihr Heulen, das so elend klang wie ihr Gesang. Mir wurde auf einmal klar, dass sie ihre Cousine wohl lieber gehabt hatte, als sie es uns hatte zeigen wollen.

KREOLISCHER STREICHKÄSE/BIBELESKÄS

Zutaten

3 Liter (l) Milch, ½ l Buttermilch, 8–10 Tropfen flüssiges Lab, Prise Salz

Zubereitung

In einer großen Glas- oder Stahlschale Milch, Buttermilch und Lab gut verrühren, mit einem Tuch abdecken und 18–24 Stunden an einem warmen Platz ruhen lassen. Dabei entsteht der Käsebruch, der in der Molke schwimmt.

Den Bruch in einen großen Käsnapf (Schale mit Löchern) oder ein Quarksieb oder in kleine Näpfchen mit Löchern oder einen Durchschlag geben und weitere 6–8 Stunden abgedeckt abtropfen lassen, dabei kühl halten.

L

Tomaten-Aspik

Magenknurren, begleitet von Gedanken an Kwasi, weckte mich am Morgen nach der Beerdigung. Vielleicht waren es aber auch Gedanken an Kwasi begleitet von Magenknurren. Ich hatte keinen Bissen von dem Leichenschmaus angerührt. Ich hatte noch nicht einmal genascht. Ohne Abendbrot war ich zu Bett gegangen und hatte beim Einschlafen an Hélène und Kwasi gedacht. Kwasi, der bis vor ein paar Tagen noch Michael B gewesen war, und das veränderte alles.

Er war nicht so wie die Trunkenbolde im Wald – wie mein Vater, die Söhne vom Meiers-Hof und auch nicht wie der Verlobte von Madame. Allein wie er ging, war anders, so bedächtig, als prüfte er mit jedem Schritt das Eis auf dem Weiher nach dem ersten Frost. So hinterließ er nur einen leichten Fußabdruck auf den sandigen Wegen vor den Schrotflinten-Hütten. Der aber doppelt so groß war wie der der anderen. Und so waren auch seine Worte – doppelt so groß und vorsichtig. Ich hatte noch nie so einen Menschen kennengelernt. Dass er ein Mann war, war fast ein bisschen schade, und dass sein Name ausgerechnet auch noch mit K anfing, brachte mich völlig durcheinander. Vielleicht war es aber auch ein Z, was damals auf den Boden unserer Stube gefallen war.

Oder ein N oder ein V oder ein W. Man sieht viel, wenn man es sehen will, und nichts, wenn man es nicht sehen will.

Mein Magen knurrte den ganzen Weg bis hin in die Küche. Und als ich den Rest des Tomaten-Aspiks mit dem Silbertablett, auf dem es noch vom Vorabend angerichtet lag, im Schein der Morgensonne um die Wette glänzen sah, kam meine Wut wieder hoch.

Doch anstatt das Tablett gegen die Wand zu schmeißen oder das Aspik den Schweinen zum Fraß zu geben, beschloss ich, Frieden mit ihm zu schließen. Irgendwie klangen mir die Worte vom Großen und Ganzen in den Ohren. Kwasis sanfte, dunkle Stimme, die vielleicht recht damit hatte, dass es hier um etwas ganz anderes ging. Auch wenn ich es noch nicht verstand. Außerdem konnte das arme Tomaten-Aspik ja nichts dafür, dass es zum Beerdigungsessen verdonnert worden war, genau wie die weißen Nelken daheim mit ihrem herzhaften Duft oder die wunderschönen Callas und Friedenslilien, die hier überall blühten und mir ans Herz gewachsen waren, ja auch nichts dafür konnten, Symbole des Todes zu sein.

»Sha, sha, sha«, sagte Sarah D.

Ich zuckte zusammen, war mit meinen Gedanken ganz weit weg gewesen und mit der Nase tief über dem Aspik, das einen süßen, fast blumigen Duft ausstrahlte.

Sarah D legte ihren Arm um mich. »Nun iss endlich das letzte Stückchen, Mama Melba. Vom Anschauen wird es auch nicht besser und dein Magenknurren nicht leiser. Es ist so laut, wir haben es schon von Weitem gehört, nicht wahr, Denise?«

Denise kicherte glasig in ihrer Abwasch-Ecke, sagte aber kein Wort. Ich kicherte mit. Es war mir peinlich, denn Magenknurren war etwas ganz Persönliches, wie geheime Gedanken und nackig im Sommerregen durchs Gras rennen.

Das Aspik schmeckte köstlich – süß, säuerlich, frisch. Die wabbelige Konsistenz machte Spaß und schmolz auf der Zunge. Obwohl ich sagen muss, dass ich mich für unsere Schwarzwälder Pfeffersülze nie begeistern konnte. Doch diese war leicht. Schade, dass sie es hier nur zu Beerdigungen aßen. Es schien mir, genau wie der Bibeleskäs, ein perfektes Sommeressen. Jeder Bissen versöhnte mich wieder mehr mit dem Leben und mit dem, was geschehen war. Ich konnte ja nichts mehr daran ändern. Konnte es nur von jetzt an besser machen. Konnte besser aufpassen. Konnte eher etwas tun. Konnte eher der Wahrheit auf der Spur sein, auch wenn Kwasi anderer Meinung war. Ich musste ihm ja nicht alles glauben.

Ich nahm das letzte Stück Aspik von der Platte, ließ es langsam auf meiner Zunge zerschmelzen. Mein Atem wurde langsamer und die Welt war wieder im Lot. Ich schaute aus dem Küchenfenster und sah, dass das Zuckerrohr schon wieder gewachsen war, über Nacht. Das Zeug wuchs wie Unkraut. Ein zarter Wind schlich über seine grünen Spitzen wie über die Wipfel der Bäume im Tannenbühl. Sie beugten sich dabei leicht, wie zu einem Gruß oder einer Einladung.

Ich hörte Hildli und Hannelore rufen: »Komm, Mel, komm. Wir wollen den Tannhäuser suchen! Wolln uns was wünschen gehn!« Ihr Lachen hallte durchs Zuckerrohr, und ich konnte sie wie im dunklen Tannenwald hinter den Halmen verschwinden sehen. Darum heißt der Schwarzwald auch Schwarz-Wald, weil man sich so gut in ihm verstecken kann. Nicht weil da alle schwarz sind. Ich musste schmunzeln und schrie ihnen so laut ich konnte hinterher:

»Wir sind doch aber keine Sonntagskinder!« Aber sie konnten mich nicht mehr hören.

»Quois, Mama Melba?«, sagte Sarah D. Sie stand plötzlich neben mir und legte ihre Hand auf meine Stirn. »Ma piti, du hast Fieber, deshalb redest du auch wirres Zeug.«

Ihre Hand fühlte sich weich und kühl an meiner Stirn an. Sie war so, wie meine Mutter hätte sein sollen. Mutter war zwar da, doch immer irgendwie auch nicht da gewesen. Der Gedanke an sie bohrte sich in meine Nase wie der Geraniengeruch unter ihre Fingernägel. Ich war mir nie ganz sicher, ob er mir angenehm oder unangenehm war. Vielleicht war es auch nicht der Geruch, der mir unangenehm war, sondern das, wofür er stand: Gleichgültigkeit, Hilflosigkeit und Einsamkeit. So, wie das Tomaten-Aspik für Tod stand.

Meine Mutter verhielt sich aber nicht nur mir gegenüber gleichgültig, sondern allen und allem gegenüber. Deshalb war ich ihr nicht böse. Sie konnte nicht anders. Nur ihre Geranien umsorgte sie. Ihnen gab sie all ihre Liebe. Und sie dankten ihr dafür, indem sie so hoch wie Fliederbüsche aus den Blumenkästen auf unserem Balkon emporragten. Im Herbst ließen sie ihre roten Blütenblätter auf die dunklen Holzplanken von unserem Balkon fallen, wie blutende Herzen – hunderte. Die Geranien hatten sie verstanden. Meine Mutter fegte die Blüten gemeinsam mit ihrer Trauer vom Balkon. Bis zum nächsten Herbst.

Das Geheimnis ihrer riesigen Geranien, von denen sie sich sicher war, dass sie jeder darum beneidete, war zum einen, dass sie täglich mit ihnen sprach, und zum anderen, dass sie jedes Blatt und jede Blüte, sobald sie auch nur einen Hauch von Verfärbung zeigten, mit ihren Fingernägeln abknipste. Deshalb war unter den Nägeln meiner Mutter immer der bittere Geraniengeruch, der auch im Winter, wenn sie ihre Schützlinge unter dem Dachboden verstaut hatte, nicht verblasste.

Und einen Moment glaubte ich tatsächlich, hier in der Küche auf Belle Bleu diesen Geraniengeruch zu riechen. In Wahrheit war es aber der Zwiebelgeruch, der von Sarah Ds Hand ausströmte. Sie hielt sie noch immer gegen meine Stirn, und sie hatte gerade ihre heilige Dreieinigkeit für eine Hühner-Flusskrebs-Gumbo gehackt.

Heute ließ ich mich von ihr überzeugen, früher heimzugehen. Sie bestand darauf, dass ich mich mit einem Eisbeutel auf der Stirn hinlegte. Wir zehrten immer noch von den vorgekochten Speisen für den Debütanten-Ball, weshalb sie heute ohne mich auskommen würden, versicherte sie mir und gab mir etwas von dem Hühnchen-Terrapin und der Pfirsich-Charlotte mit.

Ich war zwar nicht der Meinung, dass ich Fieber hatte, sondern mir einfach nur heiß war. Bei über 90 Grad Fahrenheit war das wohl auch kein Wunder. Jedoch die Möglichkeit, Kwasi hinter dem Haus über den Weg zu laufen, zauberte ein kleines Lächeln auf meine Lippen und ließ mich gehorchen. Außerdem erinnerte mich alles in der Küche an Hélène und an das, was ihr widerfahren war.

In meiner Hütte angekommen, fiel mein Blick auf die Cayenne-Sprossen auf dem Tisch. Sie ragten schon hoch aus dem Glas heraus. Neben ihnen stand der Becher mit den Jasminblüten. Sie waren schon verblüht. Ich hörte Hélène mahnen, endlich meinen Kräutergarten anzulegen. Ich spürte, wie das Eis, das Sarah D mir in ein altes Geschirrtuch gewickelt hatte, bereits zu schmelzen begann. Daher beschloss ich, zuerst Sarah D zu befriedigen und mich mit dem Eisbeutel auf der Stirn hinzulegen und danach Hélènes Ermahnung, den Cayenne einzupflanzen, zu folgen.

Als ich aufwachte, dämmerte es bereits. Was mich ärgerte. Ich hörte das dumpfe, rhythmische Summen der Frauen und Männer von den Feldern her näherkommen. In meinen Ohren hörte es sich immer etwas gruselig an.

Mein Tignon war mir vom Kopf gerutscht und lag nass neben meinem Kopfkissen und dem aufgewühlten und ebenfalls nassen Geschirrtuch. Meine Haare waren merkwürdigerweise nicht nass und auch nicht so kraus wie sonst. Ich stand auf, spritzte mir Wasser ins Gesicht und kämmte meine Haare mit der Wollkarde, die mir Sarah D geschenkt hatte.

Meine Haare waren wirklich lang geworden, sie reichten mir, wenn ich sie mit der Wollkarde glatt zog, bis unter die Brüste. Die hohe Luftfeuchtigkeit hier machte sie zwar krauser als daheim, doch auch geschmeidiger. Ich flocht sie zu einem losen Seitenzopf, aus dem ein paar kleine lockige Strähnchen an den Seiten und auf der Stirn hervorsprangen, wie die Schillerlocken der hübschen Mary – meiner ersten Freundin in Amerika. Ich musterte mich in dem kleinen, runden Spiegel an der Wand, den ich mittlerweile besaß. Fehlte nur noch eine Margerite im Haar, wie beim Viehabtrieb, wenn wir Mädchen uns und unsere Kühe herausputzten. Meine Augen wirkten glasig und von der Farbe beinahe so moosgrün wie die Augen der Zwillinge und wie Tommys Augen. Ich hatte wohl doch Fieber.

Fieber, Dunkelheit, Heimweh oder nicht, die Sprösslinge mussten in die Erde. Ich ging hinaus und wollte mir aus dem Zuckerhaus eine Hacke holen. Da erspähte ich im Zwielicht einer Laterne die Zwillinge, sie spielten mit den roten Bommeln von meinem Hut. Warfen sie sich wie Bälle einander zu. Sie winkten zu mir rüber. Da fielen die Bommeln zu Boden. Ich lächelte vor mich hin. Mir wurde warm ums Herz. Von irgendwoher kam ein deftiger Essensduft, bestimmt eine Gumbo, dachte ich. Das Summen war verstummt. Die Eltern waren bei ihren Kindern – die Kinder bei ihren Eltern. Meine Vertrautheit mit allem um mich herum ließ mich wieder lächeln.

Mit Hacke und Öllampe in der Hand ging ich um meine Hütte herum und stieß abrupt gegen eine andere Hacke und Öllampe. Ich blickte auf, direkt in ein goldig glänzendes Augenpaar.

»Du«, sagten wir beide gleichzeitig und gleichermaßen verwundert. Es war Kwasi, und zu seinen Füßen lag ein perfekt gepflügter kleiner Acker, der nur darauf wartete, bepflanzt zu werden.

»Danke«, sagte ich und lächelte, dass mein ganzer Körper von einem wohligen Gefühl überwältigt wurde. Ich konnte meinen Blick nicht von der feuchten, schwarzen Erde wenden. Sie schimmerte im gelben Schein unserer Öllampen und im blauen Licht des Mondes, der inzwischen aufgegangen war. Kwasi hatte mir zum zweiten Mal ein Geschenk gemacht. Mich füllte das gleiche wohlige Gefühl aus, das mich bei meiner ersten Roux überkommen hatte. Das Gefühl, dass alles so, wie es jetzt war, richtig war. Dass in diesem Augenblick nichts hätte anders sein sollen. Ein Gefühl wie Angekommensein.

»Bitte«, sagte er.

Ich blickte auf. Meine Wangen wurden heiß. Unsere Blicke trafen sich. Kwasi lächelte auch, seine Augen strahlten wie ein Sommernachmittag, an dem man nur in einer hohen Wiese liegen möchte, umgeben von wilden Blumen, und die Wolken beim Vorbeiziehen beobachtet. Er war mindestens zwei Köpfe größer als ich und versuchte wieder, sich durch seine leicht gebückte Haltung kleiner zu machen.

»Sorry, sorry, es tut mir so leid«, sagte ich plötzlich. Ich wurde mir auf einmal meiner Unzulänglichkeit bewusst. »Ich, ich, ich bin nicht dazugekommen, weil ich, ich …« Mein Gestammel musste einfältig wirken.

Kwasi lachte leise, bückte sich und hielt mir seine Öllampe direkt vors Gesicht. Ihr Schein war so schwach, dass sie mich nicht blendete und ich dennoch jede Pore in Kwasis Gesicht erkennen konnte.

»Mel«, seine Stimme klang ernst und seine Stirn legte sich in Falten, »du musst niemals sorry zu mir sagen. Du hattest einen Grund, warum du es nicht geschafft hast. Ich habe es gemacht, weil ich es machen wollte. Nicht, weil ich es musste. In die Schmiede gehen muss ich. Zuckerrohr schneiden muss ich.

Yes Sir, no Ma'am sagen muss ich. Dein Beet pflügen muss ich nicht. Das hab ich freiwillig gemacht.«

Jetzt konnte ich ihn nicht mehr anschauen, und das nicht nur, weil mich die Öllampe doch langsam blendete, sondern weil ich fühlte, dass er meinte, was er sagte, und das war mir unangenehm. *Niemals sorry sagen* – das hörte sich zu schön an, wie niemals mehr nicht gut genug.

Kwasi hatte schon wieder meine Gedanken gelesen. Als ob er wüsste, dass mein ganzes Leben bisher ein langes Sorry gewesen war. Das englische Wort dafür kannte ich zwar erst seit Kurzem, doch schien es mir viel passender als »Entschuldigung« oder »es tut mir leid«.

Sorry, dass ich Mutter enttäuscht habe. Sorry, dass ich Hildli und Hannelore nicht helfen konnte. Sorry, dass mein Vater ein Säufer war. Sorry, dass Madames Verlobter sie nicht geliebt hat und sie ihn auch nicht. Sorry, dass ich auf dem Schiff die Roux verbrannt habe. Sorry, dass ich Hélène nicht retten konnte. Sorry, dass ich zu feige war. Sorry, dass meine Taille nicht schmaler war – mein Mundwerk zu groß – meine Haare zu kraus. Sorry, sorry, sorry, sorry, sorry … Sorry, dass ich überhaupt geboren worden war.

»Hier, die sind für dich.« Kwasi stupste mich an.

Er riss mich damit aus meinen Gedanken, die ich auch nicht mehr weiterspinnen wollte. Zu traurig waren die Erinnerungen, die mir plötzlich so weit weg vorkamen wie Erlebnisse aus einem anderen Leben oder wie die Vorspeise zum Hauptgericht – eine schlechte aber. Der Hauptgang war aufgetischt und duftete köstlich. Bon appétit, Mel. Begann jetzt mein wahres Leben? Das, welches ich selbst in der Hand hatte? Ohne sorry sagen und fühlen zu müssen?

Kwasi nahm meine Hand wie die von einem Kind, weil ich mich nicht rührte, und legte ein gerolltes Kohlblatt hinein.

»Okra«, sagte er, »die hast du in unserer Gumbo gegessen.«

»Ah, ja«, sagte ich, »Okra, die dickt die Gumbo an, damit man sich nicht ganz auf die Roux verlassen muss.«

Ich hörte mich wie Sarah D an und war mit einem Mal wieder ganz hier.

»Genau«, er lachte wieder wie vorher.

»Warte«, ich stellte meine Hacke gegen die Wand und rannte in meine Hütte, um Hélènes Sprösslinge zu holen. Zurück im Beet hielt ich sie Kwasi entgegen.

»Cayenne«, sagte ich stolz, »du magst doch scharf?«

»Ja, sehr«, sagte er.

»Hélène hat sie mir geschenkt, bevor sie …«

»Nein, Mel, das war nicht deine Schuld, hörst du.«

Ich spürte seine Hand an meinem Kinn, das er leicht anhob. Der Gedanke an Schmirgelpapier kam wieder auf.

»Hörst du?«

Ich hörte und nickte. Hören ist aber nicht glauben. Doch Kwasis Worte beruhigten mich. Sie waren so da wie seine Fußstapfen und ergaben gerade genauso viel Sinn.

Ich rollte das Kohlblatt auf. Kleine, ovale Samen kamen zum Vorschein. Dann legte er noch weitere Röllchen in meine Hand.

»Basilikum, Oregano, Thymian, Rosmarin, die brauchst du alle für eine kreolische Gumbo. Das ist wie Magie. Das ist Zuhause. Komm, sie müssen in die Erde.« Ich sagte ihm nicht, dass mir Sarah D schon welche geschenkt hatte. Die werden ja nicht schlecht, dachte ich.

Wir stellten unsere Öllampen an den Rand des Beetes. Ich rollte die Ärmel meiner Bluse hoch, steckte die Seitenzipfel meines Rockes links und rechts unter meinen Gürtel, dass sie wie zwei kurze Volants an den Seiten herabhingen. Das gab mir Beinfreiheit, und ich hatte den Stoff beim Knien nicht im Weg.

Ich blickte auf, da hatte Kwasi schon eine Furche gegraben und zeigte mit der Hacke an, dass ich dort die ersten Samen hineinstecken sollte. Ich kniete mich hin, zückte das Okra-Röllchen, drückte mit meinem Daumen eine Kuhle in die Furche, legte zwei bis drei Samen hinein, schaufelte Erde drüber, presste sie mit der Handfläche fest, nicht zu stark und nicht zu zart. Dann drückte ich vier, fünf, sechs, sieben Kuhlen in einer Reihe mit dem Daumen in die Furche, verteilte die Samen gleichmäßig, streute Erde drüber und drückte sie mit meinem Unterarm fest. Kwasi blickte anerkennend zu mir herunter, sagte aber nichts. So arbeiteten wir beide, ohne ein Wort zu wechseln, zum Gesang der Zikaden, dem Rhythmus des dumpfen Trommelschlags und zu einem Chor von Stimmen, der von den Hütten herüberdrang.

Es war keine unangenehme Stille zwischen uns, nicht so, als wären einem die Worte ausgegangen. Es war eine einvernehmliche Stille, nebeneinander, harmonisch wie die Furchen in meinem Kräuterbeet. Manchmal, wenn Kwasi sich bückte, um eine Furche mit der Hand zu begradigen, spürte ich seinen Atem in meinem Nacken – feucht und kühl und angenehm.

Mich überkam auf einmal ein Hungergefühl, ich hatte seit dem Aspik heut morgen nichts mehr gegessen, und jetzt war es bestimmt schon fast Mitternacht. Auf der Plantage war es ganz still geworden.

»Hast du Hunger, Kwasi?«

»Wenn du was essen willst, ess ich auch was«, sagte er.

»Warte hier.« Ich ging rasch in meine Hütte und holte das Hühnchen-Terrapin und die Pfirsich-Charlotte, die mir Sarah D mitgegeben hatte, nach draußen. Die Charlotte war leider von der Hitze zusammengefallen.

Wir quetschten uns nebeneinander auf die schmalen Stufen meiner Treppe und schmausten. Die Muskatblüte war auf jeden Fall die prominente Geschmacksnote in diesem für kreolische und auch akadische Verhältnisse einfachen Auflauf. Die Pfirsich-Charlotte war, obwohl sie zusammengefallen war und ein wenig vor sich hin lief, eine Gaumenfreude – samtig, fruchtig, süß. Kwasi schmeckte es anscheinend auch gut, seinem zufriedenen Gesicht nach zu urteilen.

Plötzlich erinnerte ich mich an etwas. »Ach, Kwasi! Die Cayenne, die dürfen wir doch nicht vergessen.« Ich hielt ihm das Glas mit den Sprösslingen, das am Rand des Beetes gestanden hatte, vor die Nase.

Er schaute mich an und grub wortlos eine letzte Furche.

»Für dich, Hélène.«

Ich setzte die Cayenne-Sprösslinge vorsichtig in die Erde. Kwasi flüsterte rhythmisch dazu:

»Ach Käpt'n! Mein Käpt'n! Vorbei die
Höllenreis';
das Schiff hat jedem Sturm getrotzt,
gewonnen ist der Preis;
der Port unweit, ich hör Geläut, des Volkes
Jubelstimmen
ein jeder schaut das kühne Schiff und seinen
Kiel, den grimmen.
Doch, o Herz! Herz! Herz!
Ach, das Blut, das tropfte rot
dort, wo an Deck mein Käpt'n liegt,
gefallen, kalt und tot.

Ach Käpt'n! Mein Käpt'n! Auf, hör' den
Glockenschall;
steh auf, dir gilt der Fahne Gruß, dir gilt der
Hörner Hall,
der Blumen Duft, der Kränze Band, für dich

drängt sich die Menge
dich rufen sie, dich gilt's zu sehn aus
wogendem Gedränge;
Hier Käpt'n! Mein Vater!
Mein Arm, darauf dein Kopf;
Mir träumt, dass Du auf diesem Deck
erlitten hast den Tod.

Kein Wort von meinem Käpt'n, die Lippen
fahl und starr;
ich fühl' des Vaters Puls nicht mehr, er spürt
nicht meinen Arm;
im Hafen ankert nun das Schiff, sein Auftrag
war nicht leicht;
durch Sturm und Riff, des Siegers Schiff hat
heil sein Ziel erreicht;
Ihr Ufer jauchzt, ihr Glocken hallt!
ich geh in Schmerz und Not
dorthin, wo mein Käpt'n liegt
gefallen, kalt und tot.«

Mir lief es heiß und kalt über den Rücken bei diesen Worten und der Stimme, mit der er sie vortrug. Es war, als beerdigten wir Hélène noch einmal.

»War das wieder Walt Wer?«, fragte ich Kwasi.

»Walt Wer«, wiederholte er.

Und obwohl uns beiden nicht zum Lachen zumute war, lachten wir ein bisschen.

»Walt Wer alias Walt Whitman, ich dachte, es würde passen. Hélène war doch der Kapitän in der Küche.«

Da hatte er recht. Diesmal wollte ich mir den Namen von dem Dichter merken. Er ergab Sinn. Walt Whitmans Worte waren so praktisch wie ein Kartoffelmesser.

»Zuhause?«, fragte ich ihn plötzlich, »wo ist das eigentlich?«

»Mein Zuhause?«, fragte Kwasi.

»Ja, wovon du vorhin gesprochen hast. *Gumbo schmeckt nach Zuhause*, hast du gesagt.«

Wir setzten uns zurück auf die Treppe, und Kwasi zog wieder mit der Hacke einen großen Kreis in den Sand. Das Mondlicht schien fast taghell auf ihn. In der Mitte malte er einen kleinen Kreis wie bei einer Zielscheibe.

»Die Häuser in unserem Dorf waren kreisförmig angelegt«, fing Kwasi zu erzählen an, »da in der Mitte, der kleine Kreis, das ist das Haus des Häuptlings, da haben wir gewohnt. Rundherum war ein Zaun mit vielen Toren. Wir betrieben Landwirtschaft; Bananen, Mais, Bohnen und Kakao. Mein Vater hatte drei Frauen, meine Mutter war seine erste, sie schenkte ihm fünf Kinder. Ich war der Älteste. Seine zweite bekam drei und seine dritte nur ein Kind. Vielleicht hätte sie ihm noch mehr geschenkt, doch dazu ist es dann nicht mehr gekommen.«

Ganz kurz sah Kwasi mich an, dann wieder weg.

»Wir waren eine große Familie. Wir Kinder verstanden uns alle, auch wenn wir viel miteinander rauften. Und dann kamen sie, im Morgengrauen ...«

Kwasi wischte mit nacktem Fuß seine Zeichnung im Sand weg. Mit dem Verschwinden der Zeichnung verstummte auch er.

Ich war mir nicht sicher, ob er wollte, dass ich ihn fragte, wer im Morgengrauen gekommen war. Es interessierte mich aber. Doch die Erinnerung schien schmerzhaft für ihn. Ich verstand das. Meine Erinnerungen waren ja meistens auch schmerzhaft, besonders die, in denen mein Vater vorkam.

»Wer kam im Morgengrauen?«, fragte ich dann doch und so vorsichtig, wie ich konnte, wie wenn man die Wahrheit aus einem Kind herauslocken wollte.

Er blickte auf den Boden, auf den Kreis, der nicht mehr da war. Ich legte ihm meine Hand auf den Arm. Ich wollte, dass er wusste, dass ich für ihn da war. Vielleicht würde es ihm helfen, darüber zu reden, was immer es auch war. Seine Geschichte war anders als meine, doch der Schmerz schien gleich. Wenn man Schmerz vergleichen kann.

Dann erzählte er weiter:

»Die Dahomey. Sie kamen im Morgengrauen. Sie sind gefürchtet in ganz Afrika. Sklavenhändler. Ein Mensch gegen eine Kiste Rum und eine Kiste Schießpulver, das war der gängige Preis, als sie uns geholt haben. Mit dem Schießpulver bekamen sie Macht. Die Amazonen unter ihnen waren besonders grausame Krieger. Sie köpften die Alten auf der Stelle. Meine Großeltern auch. Alle schrien, rannten durcheinander in alle Himmelsrichtungen. Ich versuchte durch ein Tor bei den Feldern zu entwischen, da griff mich eine Amazone am Handgelenk. Sie zerrte mich auf die andere Seite des Zaunes, wo sie die Handgelenke vieler von uns an einer langen Kette zusammengebunden hatten. Mein Vater war drei Männer vor mir, mein kleiner Bruder Kudjo drei hinter mir. Er weinte ununterbrochen. Jedes Mal, wenn ich mich nach ihm umdrehte, um ihm mit meinen Augen zu versichern, dass alles gut wird, stieß mir eine Amazone mit einem Knüppel in den Rücken. Aber wir wussten natürlich alle, was es für einen Stamm bedeutete, wenn die Dahomey ihn überfielen.

In langen Ketten, zwei neben zwei wie Vieh auf dem Weg zum Schlachten, schlurften wir wochenlang in Richtung Küste. Mein Vater und einige andere von uns trugen sogar noch Stoßzähne von Elefanten auf dem Rücken oder andere Dinge, die die Dahomey tauschen wollten. Zweimal am Tag gaben sie uns Wasser und einmal was zu essen. Meine Mutter und meine anderen Geschwister hatte ich nicht mehr gesehen. Irgendwann verstummte das Weinen von Kudjo hinter mir. Er war noch so jung. Zu schwach. Erst fünf Jahre alt. Vielleicht war es auch gut so. Denn das Leben, was ihn erwartet hätte, wäre nur schlimmer geworden.«

Kwasi wandte seinen Blick vom Boden ab, schaute mich an. Seine Augen waren mit Tränen gefüllt. Sie leuchteten wie Glut. Ich weinte auch und wich seinem Blick aus. Ich wollte es ihm nicht noch schwerer machen.

»Nach ungefähr der Hälfte der Strecke«, fuhr er fort, »schlugen die Dahomey ein Camp auf. Die Amazonen räucherten die Schädel der Alten, die langsam zu stinken anfingen. Sie banden sich die geschrumpften Köpfe als Trophäen um ihre Gürtel. Dann ging es weiter. Mein Vater und ich tauschten täglich Blicke aus, aber im Lauf der Wochen wurden sie immer mutloser. Wir hatten keine Gelegenheit, miteinander zu reden. Erst, als wir an der Küste angekommen waren und sie die Frauen und die Männer in getrennten Reihen gegenüber voneinander aufstellten, sah ich meine Mutter und meine Schwestern wieder. Das Flehen meiner Mutter, nicht von ihren Töchtern getrennt zu werden, half ihr nichts. Meine kleine Schwester wurde ihr von der Hand gerissen. Baby Abena wurde gemeinsam mit Mutter an einen Mann verkauft, an den auch mein Vater und ich verkauft wurden. Der Mann kaufte ungefähr zweihundert von uns. Wir wurden alle in Barracoons hinter einem großen weißen Haus wie diesem hier gesteckt und warteten auf das Schiff, das uns nach Amerika bringen würde.«

Kwasi zeigte mit der Hacke auf Belle Bleu.

»Von da an waren wir Sklaven.«

Ich verstand das irgendwie alles nicht so ganz. Ich hätte viele Fragen gehabt, doch ich gab keinen Mucks von mir. Traute mich kaum zu atmen.

Dann sprach er weiter: »Wie Vieh im Stall hielt man uns hier über viele Wochen, aber wenigstens waren wir zusammen, mein Vater, meine Mutter, Abena und ich. Die anderen haben wir nie wieder gesehen. Sie waren vielleicht auf dem Weg zur Küste gestorben oder warteten in irgendeinem anderen

Barracoon hinter irgendeinem anderen großen weißen Haus auf den Abtransport.

Viele in unserem Barracoon starben noch vor der Abfahrt. Mein Vater hatte einige seiner Krieger wiedererkannt. Flüsternd saßen sie nachts zusammen und schmiedeten Pläne auszubrechen, die sie aber nie verwirklichen konnten. Unter den Wächtern waren Weiße und Schwarze, die all die verschiedenen afrikanischen Dialekte sprachen. Ihnen entging nichts. Damals im Barracoon fing mein Vater auch an, mir von unseren Vorfahren zu erzählen, von ihren Jagdzügen, an denen ich noch nicht teilgenommen hatte, weil ich noch zu jung war. Er wusste genau, dass nichts mehr so werden würde, wie es war. Und er schärfte mir ein, niemals meinen Namen zu vergessen. Denn wenn ich meinen Namen weiß, dann weiß ich, wer ich bin und woher ich komme.«

Kwasi stand auf, schaute in den Sternenhimmel und sprach so, als hätte er der Welt etwas zu verkünden:

»Mein Name ist Kwasi Ta-Nahesi Kushi. Ich bin vom Volk der Da-Dangbe!«

Das war ein bisschen zu laut, wie ich fand. Ich schaute mich um, wollte sichergehen, dass uns niemand gehört hatte. Es rührte sich nichts.

»Warum?«, fragte ich ihn.

»Warum was?« Kwasi war überrascht und setzte sich wieder auf die Stufen.

»Warum haben die Dahomey das gemacht? Sie waren doch eure Landsleute, die waren doch auch schwarz?«

»Mel, das habe ich mich auch gefragt. Immer wieder und wieder. Nicht, dass Sklaverei uns fremd war. Viele Stämme bei uns hielten Sklaven, die sie in Kriegszügen gefangen genommen hatten. Mein Vater hatte selbst einige.

Doch Krieg zu führen, um Gefangene zu nehmen und diese an weiße Sklavenhändler zu verkaufen, das war fremd. Das

Warum hat sich mir eingebrannt wie die Buchstaben hier in meinen Arm.«

Er zeigte auf seine Brandmarkung am Oberarm. BB – er gehörte der Belle Bleu Plantage. Wie die Ochsen, die Pferde, die Schweine, die Zuckerrohrfelder, die Schrotflinten-Hütten, die Karren, die das Zuckerrohr abtransportierten, die Kessel. Die anderen schwarzen Menschen.

»Irgendwann habe ich es verstanden«, sagte er.

»Und warum?«, fragte ich erneut.

Er sah mich an. »Es ist die menschliche Natur, Mel. Gier und Macht üben einen Sog auf uns aus. Wir können ihnen nicht widerstehen.«

Man konnte Schmerz vergleichen, da war ich mir jetzt sicher. Kwasis Schmerz war größer als meiner. Ich war freiwillig von daheim weggegangen, er nicht. Ich hatte niemanden verloren. Er fast alles. Nur seine Mutter und seine Schwester waren ihm geblieben.

Kwasi erzählte mir noch viel in dieser Nacht: von Master Wilburts Mutter, Mistress Charlotte. Sie hatte Kwasi wie ihren eigenen Sohn behandelt. Gemeinsam mit Master Wilburt war er von einem Lehrer unterrichtet worden, hatte Klavier- und Geigespielen gelernt. Er hatte mit Master Wilburt vorne im Park Verstecken gespielt und Seilhüpfen, und mit den anderen Sklavenkindern Master und Sklaven. Sie dachten sich nichts dabei. Auch nicht, als sie Kwasi und seine Schwester vor den Schubkarren spannten – wie die Ochsen. Damals war Belle Bleu noch eine glückliche Plantage gewesen, meinte er. Er hatte sogar Hoffnung auf ein besseres Leben gehabt. Doch es war, sagte er, nur die Unschuld der Kindheit, die ihm vorgegaukelt hatte, dass es ein glückliches Leben war. Denn drum herum war alles ganz genauso wie heute. »Pierre und Olivier spielen noch genau die gleichen Spiele vorne im Park, nur schnallen sie jetzt Tommys Schwestern vor den Karren. Mistress Charlotte hatte eine kleine Insel im tobenden Meer der Ungerechtigkeit geschaffen. Aber sie war ganz genauso hilflos gegen das System wie wir alle«, sagte er. Und damit meinte er wohl das Gesetz der weißen Eier.

»Erzähl mir mehr von Mistress Charlotte«, forderte ich ihn auf. Ich wollte ihn nicht wieder in traurige Erinnerungen abgleiten lassen. »Wie sah sie aus?« Ich hatte bemerkt, dass im Haus in der Ahnengalerie, wo alle möglichen Vorfahren ihren Platz hatten, kein Gemälde von ihr hing.

»Mistress Marie-Clarisse«, sagte Kwasi, »hat uns gleich nach ihrer Hochzeit mit dem Master verboten, den Namen von Mistress Charlotte auszusprechen, und hat alle Gemälde von ihr abhängen lassen. Sie wusste, dass sie ihr Erbe nicht antreten konnte. Die alte Mistress war das komplette Gegenteil von Mistress Marie-Clarisse. Sie hatte ein weiches Gesicht und ein gütiges Lächeln, das von innen kam. Ein bisschen wie du, Mel. Ja, sie sah ein bisschen aus wie du – die Augen, der Mund, du hast aber schöneres Haar. Mistress Charlottes Haar war blond und auch nicht so lockig wie deins.«

Er beugte sich zu mir rüber und strich mir eine Locke aus dem Gesicht. »Aber bei dir merkt man auch, dass dein Lächeln von innen kommt.«

Ich schaute ihn an. Wir blickten uns lange in die Augen – eine gefühlte Ewigkeit. So etwas Schönes hatte noch nie jemand zu mir gesagt. Das Gumbo-Gefühl stieg in mir auf. So gern hätte ich meine Hand über seine Hand, die auf seinem Knie lag, gelegt. So gern hätte ich Schmirgelpapier gefühlt. Ich traute mich aber nicht. Wir saßen immer noch dicht beieinander auf der Treppe, schauten uns immer noch an. Unsere Schultern berührten sich. Ich glaubte sogar, dass er seine ein wenig gegen meine drückte. Ich drückte zurück.

»Mei, mei, mei!«

Wir sprangen auf.

Aus dem Dunkel trat ein Reiter auf einer weißen Stute ins Mondlicht. Es war Master Wilburt mit Missy auf dem Schoß.

Er war also zurück aus New Orleans.

Sein Schweißtuch war ihm von der Stirn um den Hals gerutscht. Es bedeckte die goldene Kette, die er immer trug und von der jetzt nur das Amulett im Mondlicht blitzte. Seine blonden Haare hingen strähnig auf seinen Schultern. Er war verschwitzt.

»Ei…ei…ei…ein u…u…ungleiches Ge…ge…spann? Zu, zu viel Freizeit nenne ich das.«

Bei jedem Stottern kam uns Alkoholgestank entgegen. Er schnalzte, trat seiner Stute in die Seiten und trottete weiter.

Kwasi und ich standen immer noch neben der Treppe und blickten Master Wilburt nach. Er zeigte gar nichts mehr von seiner Freundlichkeit mir gegenüber. Er ahnte wohl, dass wir in der Küche Bescheid wussten. Und Sarah D und Denise konnte er sicher einschätzen. Sie würden sich nicht gegen ihn auflehnen, das musste er wissen. Aber wie ich mich verhalten würde, das wusste er nicht. Uns trennte zwar der Rang, jedoch nicht die Hautfarbe. Ich spürte, trotz seiner scharfen Worte vom hohen Ross, dass er Angst vor mir hatte. Ich hatte mich aufs Glatteis des Verbotenen begeben, indem ich hier mit Kwasi so vertraut saß. Er jedoch auch. Und solange ich ruhig war, blieb auch er ruhig. Genau das hatte er mir mit seinem Auftritt gerade sagen wollen. Da war ich mir sicher.

Wieder stieg die Wut in mir auf. Kwasi hatte recht, ich hatte keine Beweise, und wer unter dem Gesetz der weißen Eier hätte mir geglaubt?

Doch Master Wilburt hatte auch keine Beweise gegen mich und Kwasi. Es gab ja auch nichts zu beweisen. So war die Balance des Schrecklichen gewährleistet.

Hätte Master Wilburt unser Stelldichein, was natürlich keins war, ans Licht gebracht, wäre mir wahrscheinlich nicht so viel passiert wie Kwasi. Sie hätten mich rauswerfen, wegschicken können. Doch ich fand immer eine Anstellung, das machte mir keine Sorgen. Das hatte ja bisher gut geklappt, und Englisch sprach ich jetzt auch ganz passabel. Kwasi aber würde zu Tode gefoltert werden. Sie würden ihn beschuldigen, mich vergewaltigt zu haben. Das bloße Anschauen einer weißen Frau von einem schwarzen Mann wurde hier mit dem Tod bestraft. Das hatte mir Sarah D erklärt. Sie wollte mich wohl warnen. Irgendwo hatte tief in mir drin ein Krieg begonnen. Gegen Wilburt – so glaubte ich damals. Doch es war gegen das Große und Ganze. Gegen Wilburts Welt. Das kapierte ich aber erst viel später. Ich wusste damals nur, dass ich von jetzt an vor ihm auf der Hut sein musste.

»Und mit dem habe ich als Kind gespielt.« Kwasi stand immer noch da, schüttelte ungläubig den Kopf.

»Wäre er damals nicht Missys Mutter nachgelaufen, wäre Mistress Charlotte noch am Leben.«

Der Gedanke daran zeichnete ungeahnte Möglichkeiten in sein Gesicht – eine andere Version seines Lebens. Doch seine Schultern sagten etwas anderes: Hoffnungslosigkeit. Schlaff hingen sie herunter.

Der Anblick machte mich wieder unendlich wütend. Ich wusste, dass ich diesen Krieg gewinnen musste. Mein neues Leben hatte gerade angefangen. Der Hauptgang war serviert.

»Gute Nacht, Mel«, Kwasi drehte sich um und ging. Ohne ein weiteres Wort und ohne mich noch einmal anzuschauen.

Vorsichtig und mit gesenktem Kopf, Hacke und Öllampe rechts und links in der Hand, ging er den Sandweg entlang zu seiner Hütte. Die Flamme in seiner Öllampe brannte nur noch schwach.

Daheim hatte ich meinen Kampf gegen das Große und Ganze verloren. Nur eins hatte mir Hoffnung gegeben: die kleinen Pilze. Und diesmal war ich bereit, zu kämpfen. Instinktiv griff ich an meinen Gürtel. Ich fühlte mein Bowie-Messer im Schaft, als ich in meine Hütte ging.

Die Vögel zwitscherten bereits, doch ich war noch immer nicht eingeschlafen. Es war ein merkwürdiger Rhythmus, unmelodisch und abgehackt. Ich hörte aber noch etwas anderes, einen höheren Ton, als ob jemand wimmern würde. Wimmern erkannte ich immer. Ich stand auf, ging an mein Fenster, zog den Lumpen beiseite und sah einen Mann von hinten auf einem hellen Ross davonreiten, sein langes, helles Haar wehte im Wind. Auf den Stufen der Nachbarhütte saß im violetten Morgenrot Tommy – gekrümmt. Er war es, der wimmerte.

Ein solches Bild war mir nicht neu, und so konnte ich eins und eins zusammenzählen. In mir stiegen Wut und Hass gleichermaßen auf, ein Zustand, den ich ebenfalls kannte, dem ich bisher jedoch nichts entgegengesetzt hatte.

Doch dieses Mal würde ich nicht tatenlos zu sehen. Das passte nicht mehr zu mir und zu meinem neuen Leben. Es war, als wäre etwas in mir erwacht, etwas, das stärker war als meine Angst. Ich wollte mich gerade auf die Treppe zu Tommy setzen, da kam seine Mutter heraus, nahm ihn hoch und trug ihn in die Hütte. Auf dem Weg zurück ins Bett sah ich plötzlich ein Zuckerrohrfeld von Möglichkeiten vor mir. Jedes Rohr eine Tat.

TOMATEN-ASPIK

Zutaten

2 Esslöffel (EL) Gelatine-Pulver, ¼ Tasse (T) kaltes Wasser, ¼ T kochendes Wasser, 4 T Tomatensaft, 1 EL ganz fein gehackte Zwiebel, 1 Teelöffel (TL) Zucker, 1 TL Salz (oder weniger), 1 TL Worcestershire-Soße (oder mehr), ½ TL Selleriesamen, 2 Gewürznelken, 2 EL Zitronensaft, Petersilie zum Garnieren

Zubereitung

Die Gelatine in eine Schüssel streuen, kaltes Wasser hinzugeben, ungefähr 5 Minuten stehen lassen, kochendes Wasser hinzugießen, mit einem Schneebesen rühren, bis sich die Gelatine aufgelöst hat.

Den Tomatensaft mit all den anderen Zutaten in einem Topf zum Kochen bringen, dann die Hitze reduzieren und alles 15–20 Minuten köcheln lassen.

Die Masse durch ein Sieb in eine Schüssel gießen und den Zitronensaft und die Gelatine einrühren. Dann in eine Aspik-Form füllen und mindestens 6 Stunden abkühlen lassen.

Mit Petersilie garnieren. Nach Belieben auf Blattsalat servieren.

M

Mama Melbas Gewürzmischung

Der August bescherte noch mehr heiße Tage und viele nächtliche Spaziergänge mit Kwasi am Bayou. Meistens trafen wir uns auf dem Pfad hinter der Zisterne, am Dama-de-Noche-Busch vorbei, der jedes Mal seinen lieblichen Duft verströmte. Oft konnte ich ihn gar nicht genießen, denn ich drehte mich tausendmal um, hielt an und lauschte, um sicherzugehen, dass niemand mir folgte. Manchmal war Kwasi schon da und manchmal wartete ich auf ihn.

Wir gingen im Mondlicht am Ufer entlang spazieren, fluss- oder eher gesagt Bayou-abwärts, und hielten meistens an einer dicken Eiche, deren ausladende Arme zum Sitzen einluden. Ich war immer noch verwundert darüber, wie einfach es war, sich mit Kwasi zu unterhalten – wie natürlich zwischen uns ein Gespräch aufkam. Auch wenn wir nicht immer einer Meinung waren. Aber jedes Mal schlief ich mit neuen Gedanken ein. So offen mit jemandem zu reden, hatte ich mich noch nie getraut. Vor allem meine Fragen – ich kam mir nie dumm dabei vor.

Auch nicht, als ich Kwasi einmal nach dem Tod fragte.

Wir hatten uns mit angezogenen Beinen auf einem langen Ast der dicken Eiche niedergelassen, der parallel ganz nah über dem Erdboden verlief und mit so viel Moos bedeckt war, dass man so weich wie auf einem Kissen saß.

»Glaubst du eigentlich an ein Leben nach dem Tod?«

»Glaubst du an Gott, Mel?«

»Ja, natürlich, wie jeder«, sagte ich mit gespielter Empörung.

»Bist du dir da sicher?«

Ich war mir nicht sicher. Als Schauspielerin eignete ich mich also nicht.

»Und du?«, fragte ich ihn.

»Ich glaube an Gott.«

Das fand ich komisch. »Du?«

»Warum wundert dich das?«

»Weil – trotz allem?«

Ich wollte es nicht aussprechen.

»Trotz allem«, sagte er, senkte den Kopf und seine sowieso schon dunkle Stimme und schaute über den Bayou.

Der Mond stand direkt über der längsten Hauptstraße der Welt wie eine Straßenlaterne. Eine Straße nach irgendwo. Ein abgebrochener Ast oder ein Alligator trieb auf dem trägen, trüben Wasser. Kwasi verfolgte ihn mit dem Blick. Das konnte ich sehen. Einen Penny für seine Gedanken, ach was, einen halben Dollar, hätte ich gegeben. Das sagte Sarah D oft zu mir, wenn ich mal wieder am Küchenfenster stand und meinen Blick geistesabwesend über die Felder schweifen ließ. Ich hätte natürlich keinen halben Dollar gehabt.

»Das, was sie hier Christentum nennen«, fuhr er fort, »das ist ein Irrtum. Der wahre Gott hat was mit dem Großen und Ganzen zu tun. Erinnerst du dich?«

»Ja.«

Natürlich erinnerte ich mich. Ich war jedoch nicht seiner Meinung. Das sagte ich ihm aber nicht. Kwasi hatte sich scheinbar eine Erklärung zurechtgelegt, die ihn dieses Leben ertragen ließ. Genau wie Sarah D auch.

»Ich weiß nur, und das weiß ich ganz bestimmt, Mel, dass es nicht das letzte Mal ist, dass ich hier bin. Du auch nicht. Walt Whitman glaubt, dass das Leben das Übriggebliebene vom vielen Sterben ist. Dass wir schon zehntausendmal geboren und zehntausendmal gestorben sind.«

So viel Hoffnung schwang in seiner Stimme, so viel Traurigkeit war in meinem Herzen. Trüb wie das Wasser, das rhythmisch ans Ufer plätscherte, waren meine Gedanken. Plötzlich vernahm ich den Walzertakt von neulich, sah wieder das Louisiana-Moos von den Zypressen im Mondlicht auf dem Bayou tänzeln und fing tatsächlich zu schunkeln an. Augenblicklich hellte sich meine Stimmung auf.

»Lass uns tanzen«, sagte ich spontan.

»Tanzen?«

Kwasi schien über meinen Einfall mindestens genauso überrascht wie ich selbst.

»Was denn?«, fragte er.

»Einen Walzer«, sagte ich.

»Einen Mozart- oder einen Beethoven-Walzer?«, wollte er wissen.

Er stand auf und ich sah, wie sich auch seine Stimmung aufhellte.

Ich hörte hin, was der Bayou vorschlug. Seine Wellen plätscherten zart gegen den Strand, das Louisiana-Moos tänzelte leichtfüßig wie Ballerinen in langen Tutus auf ihnen herum.

»Mozart«, sagte ich, sprang auf und griff Kwasis Hand.

Wir tanzten am Bayou entlang, als hörten wir dieselbe Melodie. Leichtfüßig – lautlos – lächelnd. Alles schien wieder so vertraut, als ob ich es schon einmal erlebt hätte. Vielleicht hatten Kwasi und ich zuvor, in einem unserer zehntausend Leben, miteinander getanzt. Vielleicht waren die vielen Leben auch nur aneinandergereihte Walzer. Mal langsam, mal traurig, mal schnell, mal fröhlich. Oder das ganze Leben war ein langer, langer Walzer. Im Dreivierteltakt durch die Zeit.

Hand in Hand und noch immer aus der Puste brachte Kwasi mich bis an die Tür meiner Hütte – wie ein anständiger Bursche, obwohl Bursche nicht der richtige Ausdruck für ihn war. Kwasi war einer von denen, die bestimmt schon mit fünf ein Mann gewesen waren.

Wir achteten aber darauf, dass wir nicht zu lange vor der Hütte standen, damit uns Wilburt nicht erwischte. Mir war klar, dass er nur auf eine Gelegenheit wartete. Das wäre sein Trumpf gewesen, dann hätte er mich in der Hand gehabt.

Jedes Mal inspizierten wir noch schnell unseren Garten, doch bisher hatte sich nichts getan. Nur die zarten grünen Blättchen der Cayenne-Sprösslinge hoben sich von der schwarzen Erde ab, etwas schlaff, doch nicht todmüde. Die Hitze machte ihnen zu schaffen. Ich redete ihnen gut zu, stark zu bleiben und zu wachsen. Fast wie meine Mutter, wenn sie mit ihren Geranien sprach.

Dann flüsterten wir »Goodbye« und verschwanden lautlos in unseren Hütten. So verging der August, der heißeste Monat dieses Jahres – ohne Hurrikan, aber mit genug Regen, dass meine Kräuter endlich zu sprießen anfingen.

Es schien wie ein tiefes Einverständnis mit Wilburt oder eher wie ein Pakt mit dem Teufel. Solange ich nichts sagte, sagte er auch nichts. Es fühlte sich falsch und feige an. Feige von mir. Falsch von mir. Und passte nicht mehr in mein neues Leben. Ich wusste, was zu tun war, ich konnte nur den Mut nicht aufbringen. Ich musste den richtigen Zeitpunkt abwarten. Waffenstillstand – Prüfung meiner Geduld, wie Kuchenbacken. Doch irgendetwas in mir beruhigte mich und versicherte mir, dass der Moment kommen würde, in dem ich handelte. Der Kuchen war im Ofen, oder meinetwegen auch der Cobbler oder der Pie. Kuchen in unserem Sinne hatten die hier ja nicht. Und solange ich Tommy beschäftigt hielt und unter meiner Obhut, hatte Wilburt keine Gelegenheit, zuzuschlagen. Er kam auch nicht mehr in die Küche, ging mir aus dem Weg und ich ihm auch.

Dennoch, ab und zu trieb er sich hinten bei uns rum. Auf seinem Ross trottete er mit Missy im Schoß um die Schrotflinten-Hütten. Wenn wir aufeinandertrafen, machten wir beide schnell einen großen Bogen, änderten unsere Route, bogen links oder rechts in einen anderen Weg ein. Oft versteckte ich mich hinter dem Milchhaus oder irgendeiner Hütte, schielte nach ein paar Minuten um die Ecke, bis ich ihn nicht mehr sah. Erst dann traute ich mich, weiterzugehen.

Wenn ich mit anderen Leuten zusammen und vor einer Hütte bei Gumbo und Geschwatz saß, war ich nicht ganz so nervös, dass er auftauchen könnte. Was er ab und zu tat, wenn es hinten etwas lauter wurde. Wie einmal: Der Neffe von Sarah D, Fredrick, und Kwasis Schwester Abena heirateten an einem späten Samstagabend, nach getaner Arbeit. Sarah D hatte zu diesem Anlass einen Korb Würste von Herrn Folse geschenkt bekommen, die sie in ihre Hütte schmuggelte. Und ich hatte eine Riesenschüssel Kartoffelsalat mit Eiern gemacht. Die Zutaten dazu hatte ich seit zwei Wochen heimlich angesammelt und in meiner Kiste, die am Fußende meines Betts stand, versteckt. Sie lagen unter meinem Hut und meiner Bluse. Dort würde sie bestimmt niemand vermuten. Tommy hatte aus den Unmengen der Pfirsiche, die täglich bei uns in der Küche landeten und bei denen wir sowieso nicht mehr wussten, was wir aus ihnen machen sollten, im Morgengrauen eine Charlotte russe gebacken.

Der Master und die Mistress hatten diese Ehe bewilligt, da Fredrick aus guter »Zucht« war, wie sie es ausdrückten. Sein Vater war ein Mandingo, ein Koloss von Mann, wie Sarah D ihn beschrieb, der dem Master in Boxkämpfen vor Jahren viel Geld eingebracht hatte, bis ein anderer Koloss von Mann ihn auf den Rücken schmiss und sein Kreuz zerbrach. Fredrick war nicht ganz so breit wie er, hatte mir Sarah D erzählt, was ihn vor dem Schicksal seines Vaters bewahrte. Er hatte aber seine Größe geerbt, und Abena war auch hochgewachsen. Das versprach kräftigen Nachwuchs. Kräftiger Nachwuchs kann kräftig arbeiten, gut verkauft werden oder wieder kräftigen Nachwuchs machen, hatte sie gemeint.

Die Gumbo brodelte über dem Feuer, Kwasi spielte auf der Fiedel und Abena strahlte. Sie war wunderschön. Sie war nicht nur groß und schlank wie ihre Mutter und hatte volle, ebenmäßige Lippen, die immer rosig glänzten, sondern auch das liebevollste Lächeln, das von innen kam. Sie trug wie immer ein helles Leinenkleid, doch dieses hatte sie sich seit Weihnachten aufbewahrt, wenn der Master neue Kleidung verteilte. Denise hatte ihr einen besonders interessanten Tignon mit einer Schleife an der Seite gewickelt, der ihr Gesicht mit der hohen Stirn wie ein Gemälde umrahmte.

Die Zwillinge und ich hatten uns heute auch schick gemacht. Als die beiden mich mit meinem Schwarzwaldhut aus meiner Hütte kommen sahen, rannten sie in ihre und stolzierten mit den roten Bommeln im Haar wieder heraus. Kokett hatte jede ihren roten Bollen seitlich über dem Ohr befestigt, wie eine Margerite im Haar. Sie blickten mich herausfordernd an und hüpften links und rechts an meine Seite. Gemeinsam hüpften wir zur Hochzeit.

Die Hochzeitsgesellschaft – es waren viele gekommen, fast die halbe Plantage – lachte, sang und tanzte zu Kwasis Fiedel. Als er einen Walzer spielte, trafen sich unsere Blicke und mir wurde ganz warm ums Herz. Ein Gumbo-Moment.

Alles war so, wie es sein sollte, obwohl ich nicht mit ihm tanzen konnte. Wenn ich mich zuvor ab und an ein wenig dazugehörig gefühlt hatte, dann fühlte ich mich heute Abend sogar als Teil des Ganzen, und als das Brautpaar zur Beschließung seines Bundes über einen Besen hüpfte, wie es hier Tradition war, kam es mir wie Schwarzwälder Hexenzauber vor.

Dass Abena schon zwei Kinder hatte; eines wurde gerade, als ich angekommen war, geboren, das kümmerte hier keinen, auch nicht, von wem sie waren. Doch die helle Hautfarbe der beiden ließ nur eine Vermutung zu – oder zwei.

Und dann kam Wilburt mit Missy auf dem Schoß auf seinem Ross angetrottet. Ich sah ihn schon von weitem, denn ich hatte mit ihm gerechnet.

Instinktiv griff ich an meinen Gürtel und suchte Tommy mit den Augen. Ich achtete dieser Tage sehr darauf, dass ich immer genau wusste, wo er war. Ich holte ihn morgens ab und brachte ihn abends in seine Hütte zurück und versuchte genau hinzuhören, was sich im Inneren abspielte. Was ich getan hätte, hätte ich den Buben noch einmal wimmern gehört, daran wollte ich lieber nicht denken. Kwasi hätte es zumindest nicht für gut befunden. Seine Moral schien höher als meine. Zuerst konnte ich Tommy unter den vielen Leuten nicht ausfindig machen, was mich sofort in Aufruhr brachte. Doch da war er, neben dem Kessel, mit der Kelle in der Hand, und teilte Gumbo aus. Schnell stellten Sarah D und seine Mutter sich vor ihn und nickten mir wie Komplizinnen zu. Die Musik verstummte, und wir alle standen stocksteif vor dem Master.

»Her…her…herz-lichen Glückwunsch zur Ho…Ho… Ho…Ho…Hochzeit wünschen wir euch«, stotterte er und stieg mit Missy, die er behutsam an seine Brust drückte, vom Pferd.

Ich dachte, ich hör nicht richtig. Seine Stimme klang freundlich, wie am Tag meiner Ankunft. Er hatte sein Haar ordentlich zu einem Pferdeschwanz gebunden, trug ein weißes Hemd und ein Stirnband, das heute mal nicht verschwitzt war. Ob ich es mir eingestehen wollte oder nicht, er sah wieder aus wie ein Prinz und benahm sich auch so. Er ging auf die Brautleute zu, schüttelte ihnen die Hand, verbeugte sich dabei und drückte Fredrick, ohne ihn dabei anzuschauen, einen Goldtaler in die Hand.

»Vo…vo…von Missy u…u…und mir«, sagte er leise, doch ich konnte es verstehen. Mir entging auch nicht seine Verlegenheit.

»Master, thank you«, sagte Abena, die sich als Erste fasste.

Dann stieg er wieder vorsichtig aufs Pferd, mit Missy an der Brust, die ihm das Gesicht leckte, wie sie es bei Hélène immer getan hatte. Ob sie sie wohl vermisste? Und trottete davon. Wir blickten ihm nach, als hätten wir einen Geist gesehen.

»Na, dann«, rief Sarah D und klatschte in die Hände. »Hier hats noch mehr Gumbo!«

Kwasi spielte wieder auf. Die Hochzeitsgesellschaft kam wieder in Bewegung und alles schien wie vorher. Nur ich blieb wie angewurzelt stehen.

»Siehst du, ma sha?« Sarah D stand plötzlich neben mir und flüsterte mir ins Ohr und ich zuckte zusammen. »Er kann auch anders.« Sie sagte das, als wäre sie stolz auf ihn wie auf einen Sohn, der endlich zur Vernunft gekommen war. Ich hoffte, dass sie recht hatte und sich jetzt etwas ändern würde.

Wir feierten bis in den frühen Morgen, und ich ging statt in meine Hütte direkt ins Küchenhaus, denn es war fast schon hell. Ich hätte auch gar nicht schlafen können, zu aufgewühlt war ich, und wieder einmal ergab einfach gar nichts einen Sinn.

Die akadische und kreolische Küche hatte sich mir immer noch nicht so ganz entschlüsselt. Damit ich nicht mehr durcheinanderkam, beschloss ich, meine eigene Gewürzmischung herzustellen. Ich konnte noch nicht meine eigenen Kräuter dafür nutzen, doch hatte ich frischen Rosmarin, Oregano, Thymian und andere Kräuter aus der Küche mitgenommen und sie rund um meinen Kamin zum Trocknen aufgehängt. Mittlerweile sah meine Hütte schon heimeliger aus. Ich hatte auch mein eigenes Knoblauch- und Zwiebelpulver gemacht. Meine Gewürzmischung war eine Kreuzung aus Kreolischem, Akadischem und einem Hauch von Schwarzwald, den ich mir nicht verkneifen konnte.

Ich hängte die Cayenne-Pfefferschoten einfach mit zum Schinken in den Rauch. Im Moment ernteten wir Cayenne in drei verschiedenen Farben – in Gelb, Orange und Rot. Der gelbe war am mildesten, der rote am schärfsten. Die Schärfe brachte das akadische Aroma zum Ausdruck, das Rauchige den Schwarzwälder Einschlag und die bunte Kräuterpalette repräsentierte den kreolischen Teil meiner Gewürzmischung. Getrocknete Petersilie, auch wie im Schwarzwald, die ich mit hineinschummelte, brachte eine frische Note ins Ganze. Es war ein guter Kontrast, der von dem fruchtigen Parfum des Lorbeerblattes, das natürlich nicht fehlen durfte und sowohl zur akadischen als auch zur kreolischen Küche gehörte, unterstützt wurde.

Sarah D war zwar sichtlich amüsiert über meinen Versuch, fand ihn aber nicht anmaßend oder dumm.

»Die kreolische Küche ist ein Prozess, verstehst du, immer in Bewegung«, sagte sie, als sie die Küche betrat und ich gerade dabei war, die geräucherten Cayenne-Schoten im Mörser zu zermahlen.

Sie klopfte mir billigend auf die Schulter. »Wir Menschen sind die Hauptzutat, wir machen sie zu dem, was sie ist. Die von uns, die schon hier waren, diejenigen, die später gekommen sind, und die Menschen, die noch ankommen. In hundert Jahren wird kreolisch anders schmecken als heute. Aber es wird immer noch kreolisch sein.«

Sarah D sagte das so andächtig, wie ich sie noch nie sprechen gehört hatte. Ganz ohne ihre Ironie.

»Oder in fünf Minuten«, sagte ich und musste niesen.

»Oder nie«, sagte sie und war dann wieder ganz die Alte. Wir lachten.

Gegen Ende der Woche traf ich Kwasi spät am Abend in meinem Garten an. Inzwischen konnte ich ihn eigentlich als unseren Garten bezeichnen, denn er war mindestens genauso besorgt wie ich, dass die Kräuter, besonders der Cayenne, auch angehen würden. Im schwachen Licht, das aus meiner Hütte drang, entdeckten wir an diesem Abend die zarten grünen Schoten und waren beide sehr zufrieden. Der Regen hatte den Pflanzen gutgetan. Der Mond hielt sich unter einer Wolkendecke versteckt, und ohne Öllampen gingen wir auf den Bayou zu. Wir sprachen kein Wort, bis wir am Ufer angelangt waren. Wie immer hielten wir an derselben Stelle bei der kräftigen Eiche, neben der dichtes Eichengebüsch bis in den Bayou wuchs, an.

»Kannst du ein Geheimnis bewahren?«, fragte mich Kwasi.

Und ob ich das konnte. Ich war doch Küchen-Geheimnis-Trägerin, ich hatte also Übung.

»Schon«, sagte ich und war gespannt.

Er zog einige der Büsche zur Seite. »Schau.« Kwasi klopfte auf etwas Holziges.

Ich konnte nichts ausmachen, so dunkel war es in dieser Nacht. Aber als ich etwas ins Wasser gleiten hörte, merkte ich, dass es sich um ein Boot handelte.

»Komm, Mel.« Kwasi suchte im Dunkeln meine Hand, was ich nicht sah, ich spürte jedoch Schmirgelpapier. Er zog mich ins Boot.

»Mistress Charlotte hat es hier versteckt. Wir haben früher damit oft Ausflüge bis tief in den Zypressenwald hinein gemacht.«

»Wir? Wilburt …?«

»Ja, Wilburt kennt das Versteck auch, wenn er sich noch daran erinnern kann«, sagte Kwasi.

Das schien ihn aber nicht zu besorgen. Ich wiederum zuckte zusammen bei dem Gedanken, von Master Wilburt erwischt zu werden, und griff an meinen Gürtel, um sicherzugehen, dass ich ihn umgebunden hatte, was immer der Fall war.

Er war bei Abenas Hochzeit nett gewesen. Aber eine Schwalbe machte noch keinen Sommer. Wobei er gestern, als er nach langer Zeit mal wieder in die Küche gekommen war, damit sich Missy ein Stückchen Andouille abholen konnte, immer noch die besten Manieren an den Tag gelegt hatte. Er scherzte sogar mit Sarah D und Denise.

Als unser Boot, es war ein schmales, flaches Kanu, weit genug von der Einstiegsstelle entfernt war, ließen wir uns treiben. Wir hatten uns auf den Boden gelegt. Ich hörte das Wasser gegen den Bug plätschern. Wir starrten in den Sternenhimmel. Vor uns flatterten Glühwürmchen, die wie zum Greifen nahe Sternschnuppen aussahen. Die Zikaden gaben sich natürlich auch die Ehre.

»Warum gibt es hier eigentlich keine Sauerkirschen?«

Meine Worte brachen unser Schweigen, und meine Gedanken hatten sich anscheinend mal wieder selbstständig gemacht. Ich wollte eigentlich nicht unbedingt reden. Dachte einfach nur so vor mich hin.

»Weiß ich nicht genau«, antwortete Kwasi prompt. »Ich könnte mir vorstellen, dass es hier zu warm für sie ist.«

»Zu warm?«, ich richtete mich auf. Das schockierte mich. »Wächst nicht alles besser, je wärmer es ist?«

»Nicht alles.«

»Was wächst bei euch, was hier nicht wächst?«, fragte ich.

»Bei uns?«, sagte Kwasi. »Du meinst in Afrika?«

»Ja, Afrika.«

»Mangos«, sagte er. »Mangos wachsen bei uns in Afrika. Ich habe hier noch nie welche gesehen. Ist wahrscheinlich nicht heiß genug.«

Wir mussten lachen. Obwohl ich mir ein noch heißeres Klima als hier kaum vorstellen konnte.

»Ich mags auch kalt«, sagte ich, »so wie die Sauerkirschen. Und Schnee. Ich vermisse Schnee.«

»Schnee?«

»Ach ja, den kannst du ja nicht kennen. Schnee ist weiß und kalt.«

»Doch. Im *Weihnachtsabend* von Dickens. Da schneit es immerzu.«

»Dickens? Nicht Walt Wer?«, sagte ich und konnte mir ein Schmunzeln nicht verkneifen.

»Charles Dickens.« Kwasi zwinkerte und musste auch schmunzeln.

»Vielleicht werde ich hier auch nicht gedeihen«, sagte ich ernst, gedankenverloren und ein wenig traurig.

»Du gedeihst doch jetzt schon, Mel, kannst Gumbo kochen, Biscuits backen, kreolischen Bibeleskäs machen, hast einen eigenen Garten, sprichst akadisch und kreolisch und weißt, wie man einen Tignon wickelt. Wenn das nicht Gedeihen ist, dann versteh ich das Wort nicht.«

Das schmeichelte mir. Ich wurde bestimmt rot. Wobei man nicht sagen konnte, dass ich akadisch und kreolisch sprach, ich wurschtelte mich halt so durch.

»Weißt du, Kwasi, wenn ich Heimweh habe, dann denke ich an Sauerkirschen. Ich schmecke sie dann geradezu im Mund. Saure Sauerkirschen, und meine Zunge ringelt sich sogar.«

»Heimweh schmeckt wie Sauerkirschen, meinst du?«

»Ja, Heimweh schmeckt wie Sauerkirschen. Schmeckt Heimweh für dich vielleicht wie Mango?«

»Vielleicht«, sagte Kwasi nachdenklich. »Hier haben sie halt Pfirsiche, und, Mel, du musst zugeben, dass die sehr, sehr lecker sind.«

»Sie hängen jedenfalls genauso schwer am Baum wies Herz, wenns Heimweh hat«, fiel mir dazu nur ein.

»War das *Mama Melba Wer*?« Kwasi lachte, riss sich aber gleich wieder zusammen. »Mel, du bist ja nicht nur eine gute Köchin, sondern auch noch eine Dichterin.«

Ich fühlte mich veräppelt und schlug mit meiner Hand ins Dunkel, traf aber nicht Kwasi, sondern den Rand des Kanus.

»Au«, schrie ich auf.

»Pssst«, zischte Kwasi, griff das Paddel und fing schnell zu paddeln an.

Obwohl man die Hand nicht vor Augen sehen konnte, steuerte er uns wieder an die Eiche zurück.

Nichts kam an Sauerkirschen ran und nichts an Schnee, versicherte ich mir und ballte bei dem Gedanken meine Fäuste so stark, als könnte ich die Erinnerung daran in ihnen festhalten. Was ich damals nicht sah oder mir vielleicht noch nicht eingestehen wollte, war, dass ich Pfirsiche von Tag zu Tag lieber mochte.

Vorsichtig versteckte Kwasi das Kanu wieder im Eichengebüsch, und bevor wir uns trennten, wie er es vorgeschlagen hatte – er war wohl doch ein wenig besorgt, dass uns Wilburt entdecken könnte –, stellte er mir eine ernste Frage. So meinte er zumindest:

»Mel …« Seine Augen funkelten durch das Dunkel der Nacht. »Gehst du am Sonntag mit der Herrschaft zur Messe?«

»Nicht immer«, sagte ich. Ich war gespannt, was er zu offerieren hatte.

»Gut, dann triff mich am Sonntag im Morgengrauen am Ufer hier beim Kanu.«

»Am helllichten Tag, ist das nicht zu gefährlich? Warum?« Natürlich war ich neugierig und wollte so viel wie möglich vorab erfahren.

»Mel, come on, keine Fragen. Es soll doch eine Überraschung sein.«

»Okay, okay.«

Ich ließ mich darauf ein, denn ich liebte Überraschungen. Sie versüßen das Leben wie eine Kirsche auf dem Sahnehäubchen die Torte versüßt, auch wenn sie sauer ist.

MAMA MELBAS GEWÜRZMISCHUNG

Zutaten

Jeweils 3 Esslöffel (EL) getrocknete Kräuter: Thymian, Rosmarin, Basilikum, Oregano und Petersilie, außerdem 3 in der Hand zerbröckelte Lorbeerblätter. Jeweils 1 Teelöffel (TL) Cayenne-Pulver, weißer Pfeffer und schwarzer Pfeffer, jeweils 3 EL Knoblauch-Pulver und Zwiebel-Pulver und 6 EL mildes Paprika-Pulver.

Zubereitung

Alles in eine Schüssel geben und gut vermischen. Ich habe kein Salz mit hineingegeben, denn viele Gerichte beinhalten bereits Salz in der Wurst oder dem Schinken.

N

Cornbread

Am Sonntagmorgen wartete ich schon vor Morgengrauen am Kanu. Es war sicherer, mich im Dunkeln davonzuschleichen, sagte ich mir. Die Wahrheit aber war, dass ich es nicht mehr abwarten konnte. Ich setzte mich auf einen Baumstamm am Ufer. Alles war ruhig, bis auf die Zikaden. Sie waren Teil der Louisiana-Stille, an die ich mich längst gewöhnt hatte. Ganz still, so wie im Wald, war es hier nie.

Eine Welle schwappte ans moderige Ufer. Darunter versteckt sich bestimmt ein Alligator, dachte ich und rutschte auf meinem Baumstamm respektvoll ein Stück zurück. Auch an die Alligatoren hatte ich mich schon gewöhnt. Das trübe Gewässer war ihr perfekter Schutz. Eine weitere dreckige Welle folgte, eine dritte und eine vierte schwappten ans Ufer, bis sich aus dem Schlamm eine braungrüne Schnauze mit langen, gelben Zähnen erhob. Ich sprang auf, hielt mir die Hand vor den Mund, um nicht laut zu schreien, und erstarrte.

Was sollte ich tun? Dass ich genau das Richtige schon getan hatte – nämlich nichts, außer aufzuspringen und stillzuhalten –, wurde mir erst klar, als das Vieh rücklings und lautlos wieder ins Wasser glitt. Das Herz klopfte mir bis in die Ohren.

Da sah ich Kwasi den Weg entlangkommen.

Er winkte mir von weitem mit einer Öllampe in der Hand zu. Sie brannte jedoch nicht. Merkwürdig, dachte ich, der Morgen graute doch schon. Wenn er sich nicht alle paar Meter umgedreht hätte, hätte er den Eindruck eines sorglosen Sonntagsspaziergängers gemacht. Ich musste bei dem Gedanken seufzen. Nie würde er ein sorgloser Sonntagsspaziergänger sein. Und dass Kwasi, Sarah D, die Zwillinge und all die anderen bei dieser Mühsal, den Entbehrungen, den Strafen, den Foltern, den Nöten noch lachen konnten, noch Freude am Leben hatten, wurde mir immer unbegreiflicher.

»Bonjou Madame«, begrüßte Kwasi mich leise auf kreolisch. Seine tiefe Bassstimme schien so gar nicht in den Morgen zu passen. Es hörte sich aber wirklich so selbstverständlich wie der Gruß eines Sonntagsspaziergängers an. Ich lächelte ihm zu und sagte nichts von meiner Begegnung mit dem Alligator. Es schien mir nicht der Augenblick und irgendwie nicht wichtig. Mein Herz klopfte auch nicht mehr. Ich hatte das Gefühl, eine Mutprobe bestanden zu haben, die mich mit meiner Umgebung vertrauter gemacht hatte, statt mich abzuschrecken. Und das war einzig zwischen mir und ihr.

Gemeinsam schoben Kwasi und ich die Büsche zur Seite und ließen das Kanu lautlos in den Bayou gleiten.

»Alons Madame!«

Kwasi reichte mir die Hand, ich setzte mich hinter ihn ins Boot und nahm schnell das Paddel vom Boden. Ich wollte nicht nur dumm rumsitzen, sondern behilflich sein. Das Madame-Getue war mir ehrlich gesagt unangenehm. Ich sagte aber nichts dazu, denn ich hatte das Gefühl, dass Kwasi alles ganz besonders machen wollte.

Immer nach ihm tauchte ich das Paddel ins Wasser. Schnell hatten wir einen stetigen Rhythmus erreicht, und die

Eichenbüsche und Zypressen mit ihren langen Moos-Schals zischten nur so an uns vorbei – so schnell waren wir, wie auf der Flucht. Wir sprachen kein Wort.

Abrupt hörte Kwasi auf zu paddeln, drehte sich zu mir um, legte einen Finger auf seine Lippen und duckte sich tief in den Bauch des Bootes hinein. Er deutete mir an, es ihm gleichzutun.

Das Kanu bog wie von unsichtbarer Hand geführt in eine Flussbiegung ein. Hier verdichtete sich das Louisiana-Moos. Es hing nicht mehr in einzelnen Fasern von den Zypressen herab, sondern schwebte in zarten Geweben wie Schleier in der leichten Brise und kitzelte auf meiner Stirn.

Plötzlich lichtete es sich. Vor meinen Augen eröffnete sich eine Aue, weit und weiß. Der Chor der Zikaden wurde von einem hellen Krächzen übertönt, durch das ab und zu ein kräftiges Grunzen brach. Hunderte, ach, was rede ich, tausende von schneeweißen Vögeln mit langen, dünnen Beinen wie Reiher, etwas kleiner im Ganzen, stelzten dicht aneinandergedrängt durch die grüne Marsch. Sie pickten mit ihren langen Schnäbeln im Schilf herum, schüttelten dabei ihre Köpfe, dass ihre langen Kopffedern hin und her wedelten wie die Mähnen ungestümer Fohlen. Andere standen still auf herausragenden Eichenbaumästen. Erst jetzt fielen mir die dottergelben Krallen dieser fremden und doch so vertrauten Vögel auf. Neben ihnen zappelten kleine, genauso weiße und sehr zerzauste Küken, die anscheinend ihre ersten Flugstunden bekamen.

Ich lächelte übers ganze Gesicht und hielt jetzt selbst meinen Finger auf die Lippen, als wollte ich sichergehen, dass ich nicht vor Entzücken aufschrie und diesen märchenhaften Moment zerstörte. Ich schaute Kwasi fragend an, und er zuckte mit den Achseln und lächelte auch. Wir achteten darauf, dass unsere Köpfe nicht zu weit aus dem Kanu hervorragten, das lautlos am Ufer entlangglitt, bis es abrupt anhielt, da es gegen einen Ast gestoßen war. Wir polterten auf den Boden des Bootes und erschreckten die Tiere, sodass die ganze riesige Schar wie ein fliegender Teppich direkt über unseren Köpfen von dannen flatterte.

»Was sind das für Vögel?« Ihr Gekrächze war so laut, dass ich Kwasi anschreien musste.

»Snowy Egrets«, schrie er zurück.

Also richtig, Schnee, dachte ich. Das Wort Egret kannte ich zwar nicht, es musste aber so etwas Ähnliches wie Reiher sein. »Schneereiher«, sprach ich schnell aus, bevor alles vor meinen Augen wegschmelzen würde, so wunderlich schien mir der Anblick. Ich war überglücklich »Schnee« sagen zu können, und dass es sogar Sinn ergab.

»Welcome to Avery Island«, sagte Kwasi, nicht mehr ganz so laut und ein wenig andächtig.

Er rappelte sich auf und streckte mir seine Hand entgegen, um mir beim Aussteigen behilflich zu sein. Ich blickte an ihm hoch und sah neben ihm in der Ferne einen grünen Hügel wie einen Dom. Um den Hügel herum lagen in der Landschaft verstreut, umwunden von schlanken Wasserwegen, aus denen zarter Nebel emporstieg, kleinere Hügel. Auf ihnen thronten große Eichen mit weit ausgestreckten Armen, von denen das Louisiana-Moos träge herunterhing, bis es sich auf pralle Büsche niederlegte, die in allen Schattierungen von Burgunderrot bis Blassrosa blühten. Das violette Licht der aufgehenden Sonne verschmolz mit dem Nebel, der wie ein schillernder Schleier über diese wundersame Landschaft waberte und mich an die romantischen Gemälde im Hause von Madame erinnerte. Eine weiße Feder segelte vor dem Kanu herab und setzte sich auf eine burgunderrote Blüte wie eine Schneeflocke auf einen Tannenzweig. Ich glaubte jetzt wirklich, in ein Märchen geschlittert zu sein. Gebannt von all der Schönheit gab ich Kwasi meine Hand.

Immer noch Hand in Hand gingen wir auf einer schmalen Landzunge auf den höchsten der Hügel zu, als ich auf den flachen Gräben entlang des Weges eine dünne Schneedecke zu sehen glaubte. Das alles konnte nur eine Sinnestäuschung sein, ein Traum. Ich blieb stehen und ließ Kwasis Hand los. Ich wollte zwar nicht aus diesem Traum geweckt werden, doch brauchte ich Gewissheit. Ich rieb mir die Augen.

»Nein, Mel, du träumst nicht.« Kwasi schaute mich aufmunternd an. »Du hast doch gesagt, dass du Schnee vermisst?«

»Ja, aber – hier gibt es doch keinen.«

»Und ob.« Kwasi nahm wieder meine Hand und zog mich den Weg entlang. Ich hielt jetzt meinen Mund. Ich wollte verzaubert sein.

Am Fuße des Hügels angekommen, der für eine Schwarzwälderin eher ein Hügli war, schob Kwasi einen Busch zur Seite und forderte mich auf, in eine dunkle Höhle einzusteigen, er kam hinterher und zündete die Öllampe an. Deshalb, dachte ich.

Der Raum erhellte sich und war weiß. Weiß wie Schnee. Ich ging tiefer hinein und wollte Kälte fühlen. Ich kniete mich in den Schnee und nahm eine Handvoll. Kalt war er nicht, kühl schon und recht grobkörnig. Ungläubig – mit Schnee in meinen Händen – sah ich Kwasi lange an. Er wich meinem Blick nicht aus und lächelte liebevoll zurück. Der Schnee schmolz nicht.

»Mel, probier«, sagte Kwasi.

Ich führte die Hand vorsichtig zum Mund und berührte die Kristalle mit der Zungenspitze ganz zart, ganz zaghaft und spürte, wie die Kristalle auf meiner Zunge zerschmolzen. Ich schmeckte Salz. Ich brach in lautes Lachen aus und fiel rücklings in den falschen Schnee. Kwasi gesellte sich dazu, und beide malten wir mit ausgebreiteten Armen Schnee-Engel in das grobe Salz.

Ich hatte schon einige glückliche und lustige Momente mit Kwasi erlebt, doch dies war der lustigste und magischste. Wie konnte mich dieser Bursche, ich meine natürlich Mann, immer wieder zum Lachen bringen? Mich immer wieder überraschen und mir dabei so guttun? War das Liebe?

»Schade, dass ich keinen Beutel mitgebracht habe«, sagte ich zu Kwasi. »So gern hätte ich Salz für die Küche mitgenommen.«

»Genau das haben sich die Choctaw auch gedacht. Ihnen hat dieses Land zuerst gehört, weißt du? Sie waren die ersten, die diesen Salz-Dom entdeckt haben.« Und damit hielt Kwasi mir eine Raspel entgegen und kramte aus seiner Hosentasche einen Beutel. »Lass uns frisches Salz raspeln«, sagte er.

Ich nahm die Raspel entgegen, konnte es mir aber nicht verkneifen, zuvor an der Höhlenwand zu lecken, wie einer, der einen Goldtaler anbeißt, um sicherzugehen, dass er echt ist.

Das Salz von Avery Island hatte einen wunderbar mineralischen Geschmack, nicht so aufdringlich wie das herkömmliche Salz, und erwies sich bei Tageslicht betrachtet als leicht grau. Sarah D wird sich freuen, dachte ich.

Die Sonne blendete uns, als wir aus der Höhle wieder ans Tageslicht krochen. Der Nebel war verflogen und somit auch das violette Licht. Jetzt wirkte alles schon viel realer. Wir konnten uns auf der Rückfahrt nicht ganz so tief ins Boot ducken, da wir stromaufwärts paddeln mussten. Die Schneereiher waren zurückgekehrt und boten uns das gleiche fantastische Schauspiel wie auf dem Hinweg. Viele zerzauste Küken flatterten herum. Die Eltern blickten ihnen stolz von den Ästen der Eichen aus nach. Wortlos, lautlos glitten wir im Kanu durch die Vogelscharen, die viel zu beschäftigt waren, als dass sie uns Beachtung schenkten.

»Weißt du«, sagte Kwasi, als wir wieder auf der Hauptader des Bayou La Fourche trieben, »was ich an diesen Vögeln so besonders finde?«

»Nein, ja«, sagte ich, »dass sie so schneeweiß sind?«

»Das auch.« Kwasi richtete sich jetzt ganz auf und ich tat das Gleiche. »Das ist aber nicht alles«, fuhr er fort. »Sie kümmern sich beide um ihre Kinder. Sie bauen das Nest gemeinsam. Der Mann fängt sogar damit an.«

»Geteilte Arbeit ist halbe Arbeit«, sagte ich und kam mir dabei sehr pragmatisch vor.

Hatte ich den romantischen Ton in Kwasis Stimme nicht vernommen, oder wollte ich ihn nicht hören? Hatte ich Angst davor, oder bildete ich mir die aufgeladene Atmosphäre nur ein? Hatte der Morgen meine Sinne verklärt?

Kwasi ließ sich nicht beirren. »Wie du und ich, Melba, wenn wir zusammen den Garten bestellen.« Und etwas leiser fügte er hinzu: »Geteilte Arbeit ist halbe Arbeit, da hast du wohl recht.«

Am Versteck angekommen, bedeckten wir das Kanu wieder mit Ästen. Ich wollte mich gerade bei Kwasi für diesen schönen Morgen bedanken und dann alleine, damit uns keiner was nachsagen konnte, in meine Hütte gehen, als Kwasi meine Hand griff und sich zu mir runterbeugte, als wollte er mich küssen. Seine Hand war kühl, trotz der Hitze, und rau wie immer. Sein Hemd war weiß wie das Gefieder der Schneereiher, nur ein kleiner grünlicher Vogelschiss klebte über seiner Brust. Die Zikaden zirpten vertraut, und im Hintergrund klangen die Glocken der Kapelle. Ich war froh, dass mich hier keiner zwang, am Gottesdienst teilzunehmen. Ich tat einfach immer so, als ob ich in der Küche zu tun hatte, auch wenn es nicht immer stimmte, wie heute. Ich zog meine Hand weg und trat einen Schritt zurück.

»Warum?«, sagte ich.

Kwasi schreckte zurück. Da tat es mir schon leid, mein Benehmen. Aber ich konnte nicht anders. Eine Schlucht riss zwischen uns auf. Ich hätte weinen können, doch stattdessen ging ich.

»Mel«, rief er mir nach, »warte – du hast wohl recht.«

Ich hielt an, doch ich drehte mich nicht zu ihm um. Es war zu spät. Stur starrte ich geradeaus, riss mich zusammen, um nicht zu weinen, und ging weiter auf Belle Bleu zu.

Das Bild seiner bernsteinfarbenen Augen, die mich traurig anblickten, sah ich den ganzen Weg über vor mir – verschwommen. Denn Tränen flossen mir jetzt doch das Gesicht hinunter.

Recht womit? Was meinte er damit? Er tat mir leid. Oder tat ich mir selbst leid? Weil ich der Wahrheit nicht in die Augen blicken konnte, geschweige denn, sie Kwasi erzählen konnte.

Anstatt nach Hause zu gehen, ging ich schnurstracks in die Küche, wo ich mich sowieso am Sonntag meistens aufhielt, denn ich fand es ungerecht, dass Sarah D und Denise arbeiten mussten und ich nicht. Die beiden hatten keinen einzigen Tag frei. Ich werde sie heute beide früher heimschicken, nahm ich mir vor.

»Sha, sha, sha, Mama Melba«, sagte Sarah D, als ich das Küchenhaus betrat.

Wie heimelig sich ihr süßsaurer Gurkenton anfühlte. Ich gehörte in die Küche. Sie war wie meine Insel in fremden Gewässern, meine Eiche, an die ich mich lehnen konnte, mein Berg.

»Schau mal«, sagte Sarah D und zeigte auf eine Batterie von Körben, die unter dem Tisch wie Zinnsoldaten aufgereiht waren. »Wenn das nicht nach Arbeit aussieht, dann weiß ich nicht.«

Ich blickte mich in der Küche um. Denise stand am Kamin und kochte Gläser aus. Ich zog wortlos einen Korb hervor und fing an, Pfirsich nach Pfirsich kreuzweise einzuritzen und sie Denise hinzustellen. In einem Topf mit leicht siedendem Wasser dümpelten schon andere Pfirsiche vor sich hin.

Es war wieder einer dieser Küchenmomente, der keiner Worte bedurfte. Jeder wusste, was er zu tun hatte und wie er es zu tun hatte. Es brauchte nur einen Anstoß. Wie damals in der Küche mit Sam, als er mir die Butter, den Essig und die Eier hinstellte. *Damals* – wie lange das schon her war. So viel war inzwischen passiert. So viel.

»Bonjou«, unterbrach Tommys niedliche Kinderstimme die Stille in der Küche.

Er lugte nicht mehr unsicher durchs Fenster, sondern kam schnurstracks durch die Tür herein und machte sich genauso selbstverständlich, wie ich es vorhin getan hatte, an die Arbeit. Beide standen wir am Tisch, ritzten die Pfirsichhaut ein oder pellten sie von den Pfirsichen ab, die Denise bereits gebrüht hatte. Natürlich naschten wir den ein oder anderen. Sie hatten jetzt ihr ganzes Aroma entwickelt und schmeckten fast so süß wie Pralinen.

»Mama Melba«, sagte Tommy plötzlich, ohne bei der Arbeit innezuhalten, »du bist wie ein Pfirsich im September.«

»Ja?«, sagte ich halb skeptisch, halb belustigt. »Warum?«

»Na, du bist genauso rosig und so weich und süß.«

All meine Traurigkeit über meinen Streit mit Kwasi – oder eher mein schurkenhaftes Benehmen ihm gegenüber – waren mit einem Mal fast verflogen. Ich nahm Tommy in den Arm und drückte ihn ganz fest.

»Na, sag ichs doch«, prustete Tommy unter meiner Umarmung.

»Sha, sha, sha, gearbeitet wird hier«, mischte sich Sarah D mit gespielter Autorität ein. Sie konnte sich ein herzhaftes Lachen aber nicht verkneifen. Wir brachen alle in Gelächter aus. Wie in alten Zeiten. Sogar Denise kicherte. Und Hélène lachte von oben mit, da war ich mir sicher. Und als Tommy vorschlug, aus den Pfirsichen statt eines Pfirsich-Cobblers oder Pfirsich-Pies oder einer Pfirsich-Charlotte-Russe eine Schwarzwälder

Pfirsichtorte zu backen, war ich wieder im Gleichgewicht mit der Welt, hier in der Küche.

Ich hatte Tommy von der Schwarzwälder Kirschtorte erzählt, und der Bursche hatte nicht nur die Feinfühligkeit einer guten Freundin, sondern auch die Handkoordination eines Konditors, leichte Finger wie beim Klavierspielen braucht man dafür. Anstatt den Schokoladen-Tortenboden mit Kirschwasser zu beträufeln, hatte Tommy die Idee gehabt, einen Bourbon zu nehmen. Wir gaben sogar etwas davon in das samtige Pfirsichkompott. Zum guten Schluss zauberte er kleine Pfirsichscheibchen aus einer Schublade hervor, die er fächerförmig ausgeschnitten und leicht kandiert hatte. Seit Tagen hatten wir in der Küche nichts als Pfirsiche im Kopf, und Tommy überraschte uns täglich mit neuen Variationen – wie zum Beispiel ein süßscharfes Pfirsich-Cayenne-Chutney, das im Großen Haus besonderen Anklang fand.

Er setzte mit besonderer Sorgfalt einen klitzekleinen Pfirsichfächer nach dem anderen schräg auf die Sahnehäubchen, auf denen sonst eine Kirsche thronte. Wie ein Meister-Konditor. Fehlte nur noch der Hut.

A Southern Belle, wie Sarah D die neue Kreation nannte. Die Schwarzwälder Pfirsichtorte sah nicht nur majestätisch aus, sondern schmeckte auch königlich. Der Bourbon und die süßen Pfirsiche waren eine solch harmonische Verbindung eingegangen, dass man nicht sagen konnte, wo das Aroma des einen einsetzte oder das des anderen aufhörte. Sie schmeckten wie eins. Und die Schokolade rundete alles ab. Zufrieden versteckten wir unsere Southern Belle im Milchhaus. Alle vier hatten wir beschlossen, sie nicht zum Nachtisch anzubieten, wir mussten sie ja zuerst einmal selbst probieren und wollten sie hinten gerecht verteilen. So versüßten wir unser Dasein und vergaßen, was uns traurig machte. Das passiert beim Backen. Zu gern hätte ich Kwasi ein Stück von der Torte vorbeigebracht. Das tat ich aber natürlich nicht.

Tommy und ich schickten Sarah D und Denise, nachdem wir das Mahl serviert hatten, heim. Wir machten den Abwasch und mahlten die Chicorée-Wurzeln für den Kaffee am Morgen.

Kwasi ließ sich nicht mehr in der Küche blicken, auch hinter dem Großen Haus bei den Hütten lief ich ihm nicht über den Weg. Die Tage vergingen und wurden zu Wochen. Mein Kräutergarten gedieh. Die kleinen Cayenne-Schoten waren sogar schon gelb, bald würden sie rot sein, erst dann wollte ich sie ernten. Doch ungewöhnlich war es schon, dass um die Kräuter herum kein Unkraut spross.

Immer häufiger traf ich jetzt jedoch wieder auf Master Wilburt, der dieser Tage besonders aufmerksam um die Schrotflinten-Hütten herum patrouillierte. Es gelang mir nicht immer, ihm aus dem Weg zu gehen. Wir grüßten uns dann sogar freundlich und gingen unseres Weges. Seit der Hochzeit von Abena hatten wir beide anscheinend Waffenstillstand geschlossen. Aber er war auch wirklich wieder netter, kam wieder häufiger mit Missy in die Küche, damit Sarah D die Kleine mit Andouille verwöhnen konnte, was sie hingebungsvoll tat. Sie sah mich dann immer so an wie auf der Hochzeit, als Master Wilburt uns alle mit seiner Großzügigkeit überrascht hatte, und sagte: »Siehste wohl …« Sie beendete den Satz aber nie.

Ich sah wohl. Und fing an, ihr zu glauben und das Gute in Master Wilburt zu sehen. Er kam mir auch sehr einsam vor, so allein in seinem Turm. Ich war sogar ein wenig beruhigt darüber, dass er wenigstens Missy hatte.

Aber es war trotzdem besser, dass ich Kwasi nicht mehr sah, so konnte man uns nichts nachsagen. Das hatte Kwasi bestimmt gemeint, als er gesagt hatte: »*Da hast du wohl recht*«. Jetzt kam es mir fast vor, als beschützte ich ihn. Doch das linderte nicht den Schmerz in meiner Brust, weil es ja auch nicht wahr war.

Wir hatten in der Küche wieder allerhand zu tun, denn die Mistress hatte für Ende September endlich den Debütanten-Ball geplant. Noch vor der Ernte sollte er stattfinden. Und die stand unmittelbar bevor, meinte Sarah D. Besonders ertragreich wird sie werden, da war sie sich sicher, da wir den ganzen Sommer über von Hurrikanen verschont geblieben waren.

Wir in der Küche hatten ja schon unsere Generalprobe hinter uns, deshalb ging diesmal alles leicht von der Hand. Besonders das Cornbread, das Maisbrot, was ich eher als Maiskuchen bezeichnen würde, war mir fast zur zweiten Natur geworden. Hier im Süden hat fast jeder Haushalt sein eigenes Rezept, auf das er schwört und das er natürlich an die nächste Generation weitergibt wie ein kostbares Familienerbstück. Deshalb unterscheidet sich jedes Cornbread ein klein wenig von dem anderen. Mal ist es trockener, mal klitschiger, und manche geben sogar Jalapeños, das sind kleine grüne, scharfe Pfefferschoten, oder Zwiebeln mit hinein. Ich aber nicht. Wie immer bei der Südstaaten-Cuisine steht die Technik im Vordergrund. Das ist bei der akadischen und der kreolischen Küche und allen anderen dazwischen gleich. Und wie immer hatte Sarah D das beste Rezept, das Denise, Tommy und ich logischerweise schon zu ihren Lebzeiten vererbt bekamen und das ich genauso weitervererben wollte, wenn ich mal Kinder hatte. Doch das war ein befremdlicher Gedanke, der mir sogleich im Bauch wehtat.

Auch im Großen Haus lief alles wie am Schnürchen, und bald waren Milch- und Kühlhaus wieder mit Schinken, Terrinen, Aspik und Eingemachtem bis oben hin vollgestopft, das Silber war am Strahlen genauso wie die Mistress, obwohl ihres unnatürlicher war. Auch Master Witherspoon, den wir sonst nur selten zu Gesicht bekamen, fegte beschwingt über die Plantage, zog sogar seinen hohen Zylinder vor uns, wenn er das Küchenhaus betrat.

Und dann kam der Tag, besser gesagt die Nacht, in der das Schlimme geschah. Das einzig Gute war, dass ich Tommy bei mir hatte.

Es war nach dem erfolgreichen Debütanten-Ball, zumindest hatte die Mistress behauptet, dass er erfolgreich war, als sie kurz vor Mitternacht in die Küche kam, um sich bei uns zu bedanken. Eine nette und ungewöhnliche Geste von ihr. Sogar Sarah D war überrascht. Seit dem Tod von Hélène war sie uns gegenüber freundlicher. Aber vielleicht hatte das auch nur damit zu tun, dass sie jetzt auf uns allein angewiesen war.

Ich konnte mich jedoch ihrer zunehmenden Freundlichkeit einfach nicht hingeben, zu sehr misstraute ich ihr. Doch natürlich lächelte und knickste ich höflich. Ich wusste, was sich gehörte.

Weit nach Mitternacht schloss Sarah D wortlos das Küchenhaus ab, und wir taperten alle übermüdet, fast geisterhaft in unsere Hütten. Tommy ging an meiner Seite, und ich wollte ihn gerade zu Hause abliefern, als ich jemanden mit heller Stimme in seiner Hütte wimmern hörte, und ich vernahm eine andere Stimme, eine dunklere, die stoßartig Befehle austeilte. Es gab keinen Mann in Tommys Hütte, schoss es mir in den Kopf, und Wimmern war Wimmern. Das erkannte ich sofort.

Ich blickte mich um, als suchte ich Hilfe. Im Großen Haus war noch Licht, viel Licht, die Räume im unteren Geschoss waren alle taghell erleuchtet. Ich konnte sogar Silhouetten ausmachen, die miteinander zu sprechen schienen. Auf einem der Wege sah ich das Feuer einer Fackel wandeln, doch ich erkannte nicht den Menschen dazu, der es hielt. Ich wollte um Hilfe schreien oder ins große Haus rennen, da schoss mir das Bild der weißen Eier auf dem sandigen Boden im Milchhaus in den Kopf, und stattdessen zerrte ich Tommy an der Hand in meine Hütte. Er weigerte sich nicht.

»Du schläfst am besten heute hier«, sagte ich, während ich Wasser in die Schüssel goss. »Wir wollen ja keinen mehr wecken.«

Tommy sagte nichts. Er schaute mich nur aus grünen Augen an, die über ein Jahrhundert an Missbrauch, Qualen und Trauer widerspiegelten. Und ich machte jetzt auch noch mit. Ich vertuschte die Tatsachen genauso wie Sarah D, Paul A, Kwasi und all die anderen, machte gute Miene zum bösen Spiel. Ich legte mich erst einmal neben Tommy, hielt ihn in meinem Arm und sang ihm *Schlaf, Kindlein, schlaf* vor. Immer wieder und immer wieder wiederholte ich es. Mir fiel einfach kein anderes Lied ein.

Wer vertuscht, befürwortet. Wer nicht einschreitet, ist mitschuldig. Der Hehler ist genau wie der Stehler … Diese Worte hämmerten mir im Kopf herum, als ich am Fenster saß und Wache hielt. Über wen oder was ich wachte, da war ich mir nicht sicher, auch nicht darüber, was ich bei einem Angriff tun würde. Ich ließ meine Hand jedoch nicht vom Bowie-Messer.

Es war noch schlimmer, als ich befürchtet hatte. Das Zirpen der Zikaden wurde völlig übertönt von dem Wimmern, Grunzen und Stöhnen, das aus mehreren Hütten links und rechts von mir drang. Manchmal hörte ich auch Stühle rumpeln und Weinen. Dunkle Gestalten mit Zylindern und Gehstöcken taumelten aus den Hütten. Aus Tommys Hütte polterte schließlich der höchste Zylinderhut, so wie ihn Lincoln trug, der Präsidentschaftskandidat, in den Kwasi so viel Hoffnung setzte.

Danach war alles wieder beim Alten. Ich hörte die Zikaden zirpen, der Mond schien blau, und hier und da klang Plätschern vom Bayou durch die Louisiana-Stille.

Ich hielt es nicht mehr aus, sprang auf und rannte aus meiner Hütte. Ich wusste nicht, wohin, stand auf einmal vor dem

Küchenhaus, das abgeschlossen war. Ich hatte keinen Schlüssel dabei, wollte auch nicht wirklich hinein.

Also rannte ich weiter. Hielt an der Marmortreppe vor dem Großen Haus, in dem jetzt kein Licht mehr brannte. Die Stufen, über die ich vor vielen Monaten voller Erwartung in mein neues Leben eingetreten war. Das mich so jämmerlich enttäuscht hatte.

Ich rannte weiter und fand mich wie eine Wilde an Kwasis Tür klopfend wieder. Erst, als sie sich öffnete und ich Kwasis Stimme hörte, wurde mir bewusst, was für ein Störenfried ich war.

»Du?« Kwasi öffnete die Tür nur einen kleinen Spalt und quetschte sich hindurch.

»Ich«, sagte ich, und obwohl es mir peinlich war, war mir nicht nach einer Entschuldigung zumute. Kwasi hätte es auch nicht gewollt. Die Situation war lächerlich und viel zu zweideutig. Wir hatten uns seit Wochen, seitdem ich ihn vergrault hatte, nicht mehr gesehen, und jetzt stand ich in einer solchen Nacht bei ihm vor der Tür. Und wusste eigentlich gar nicht, was ich wollte.

»Ich hoffe, ich habe niemanden geweckt«, stammelte ich. Das sollte dann doch so etwas wie eine Entschuldigung sein. Ich war verschwitzt, verheult und mit meiner Kraft am Ende.

Kwasi kam die Stufen hinunter und drückte mich ganz fest in seine Arme. Ein Gumbo-Moment, der auch nur einen Moment anhielt, denn als wir Schritte hörten, sprangen wir auseinander. Denise stand plötzlich mit einem Korb in der Hand vor uns. Ihr Lächeln verblasste, als sie mich sah. Doch sie riss sich schnell wieder zusammen.

»Hier, die wollte ich dir nur bringen«, sagte sie und hielt Kwasi ihren Korb entgegen, aus dem kleine rote Schoten wie Teufelshörner hervorblitzten. »Tabasco-Pfeffer aus Mexiko«, fuhr sie fort. »Jemand von einer Plantage am Atchafalaya hat sie heute vorbeigebracht. Sie sind noch schärfer als Cayenne.« Denise hörte sich lebendiger an als jemals zuvor. Ihre Stimme war kein bisschen glasig. »Ich dachte, du würdest dich freuen«, sagte sie, und es klang wieder wie gewöhnlich und sehr vertraut. Anscheinend wusste sie, was er mochte. Dass sich die beiden so gut kannten, das war mir entgangen. Ich kam mir auf einmal fehl am Platze vor.

Kwasi blickte stumm zwischen uns beiden hin und her, wie das Pendel einer Kuckucksuhr. Ticktack, ticktack, ticktack hörte ich es schlagen. Das war aber nicht ungewöhnlich für ihn. Er war keiner, der sofort handelte, sondern einer, der zuerst nachdachte, so gut kannte ich ihn auch. Seine Augen leuchteten golden, doch nicht so ruhig wie immer. Er wirkte nervös. Keiner von uns sagte etwas. Es war, als hielte die Welt ihren Atem an. Nur das Pendel schwang weiter hin und her. Ticktack, ticktack, ticktack …

Der Geruch der kleinen Hörner stieg mir in die Augen, sie waren wirklich scharf.

»Uh, die treiben einem ja die Tränen in die Augen«, sagte ich und wischte mir demonstrativ die Augen.

»Ich wollte sowieso gerade gehen«, sagte ich.

»Mel.« Kwasi sah mich hilflos an.

Denise rührte sich nicht vom Fleck. Ich ging.

Ich wollte keinen Anspruch erheben, zu dem ich nicht berechtigt war und auf einem Boden, auf den ich nicht gehörte. Denise und Kwasi gehörten hierhin, sie passten zusammen. Das wurde mir in diesem Augenblick bewusst.

Warum hatte ich es vorher nicht bemerkt, dass Denise und Kwasi …? Der Gedanke schmerzte in der Brust. Ich wollte ihn nicht zu Ende denken. Doch dann fiel mir das Apfelschalenspiel ein. Natürlich, dachte ich. Alle hatten wir damals in der Küche gelacht. Nur Denise nicht. Das war mir nicht weiter aufgefallen, denn sie beteiligte sich oftmals nicht an unseren Witzen oder Neckereien. Damals wusste ich auch noch nicht, dass Michael B Kwasi hieß. Denise wusste das.

Ich wünschte, ich hätte besser aufgepasst. Ich beschloss, ab jetzt besser auf die Zeichen, die mir das Leben setzte – nicht Gott, an den glaubte ich überhaupt nicht mehr –, zu achten.

Auf die Zeichen achten – ha, ha, Mel – schalt ich mich. Und was für ein Zeichen war das hier heute Nacht? Was hast du dagegen getan? Nichts. Weil du eine Frau bist und nicht lesen und schreiben kannst? Ist das eine Entschuldigung?

Wie konnte ich diesen Krieg nur gewinnen? Ich wusste ja noch nicht einmal, ob ich den ersten gewonnen hatte. Und dann noch meinen eigenen, den tief in mir drin.

Das waren meine Gedanken auf dem Weg zurück in meine Hütte. Wenigstens weinte ich nicht mehr.

Tommy lag seelenruhig in meinem Bett und schnarchte. Ich musste schmunzeln und legte mich angezogen neben ihn. *Tabasco-Pfeffer aus Mexiko – aus Mexiko* – das hörte sich für mich ungefähr genauso weit weg wie der Mond an. Mit diesen Gedanken schlief ich ein.

»Komm, komm, Melba Koch«, hörte ich eine Stimme rufen, die mir bekannt vorkam. Das Holländer-Maidli stand vor mir, mitten im grünen Tannenwald, umgeben von einem Tulpengarten, so weit das Auge reichte. Sie streckte mir beide Hände entgegen und zog mich aus dem Bett. Ich drehte mich kurz um, um sicherzugehen, dass Tommy nicht aufgewacht war. Sie trug wie immer ihre klobigen Holzschuhe, ihr kurzes Kleidchen und hatte ihre blonden Haare mit Tulpenstielen zu langen Zöpfen gebunden. An den Enden baumelten blutrote Tulpenblüten wie Schleifen.

»Komm, ruh dich aus.« Sie wies mich auf ein Bett aus roten Tulpenblüten, so wie die, die an ihren Zöpfen hingen. Sie waren so weich wie Federn. Ich schlief sofort ein. Als ich im Traum aus dem Schlaf erwachte, stand das Holländer-Maidli wieder mit ausgestreckten Händen vor mir.

»Hier«, sagte sie lächelnd, »die darfst du alle mit nach Amerika nehmen – alle. Und wenn die nicht reichen, dann darfst du wiederkommen und dir noch mehr abholen. Du kennst ja jetzt den Weg.«

Ich setzte mich auf, öffnete meine Hände, und das Holländer-Maidli ließ hunderte von grünen Pilzen in meine Hände purzeln.

»Aber ich weiß doch gar nicht, ob die wirken?«, sagte ich.

»Dann finde es heraus«, sagte das Holländer-Maidli und verschwand.

Ich wachte auf und befand mich in meiner Hütte neben dem schnarchenden Tommy und nicht im grünen Tannenwald in dem Tulpenbeet vom Holländer-Maidli. Aber ich kannte jetzt den Weg zu ihr. Zu ihr gefunden hatte ich nur durch Zufall, denn eigentlich wollte ich den Schatzhäuser finden, der sich normalerweise nur Sonntagskindern zeigt. Doch wollte ich es versuchen, so verzweifelt war ich, so verzweifelt wie jetzt.

»Dann finde es heraus.« Was meinte sie damit? Wie sollte ich herausfinden, ob es geklappt hat? Jemand musste mir helfen, einen Brief in die Heimat zu schreiben, nur so konnte ich sicher sein. Aber wer sollte mir hier einen Brief auf Deutsch schreiben? Wer konnte überhaupt schreiben? Und wer würde ihn daheim lesen können, geschweige denn zurückschreiben können? Und wie sollte ich mich jetzt Denise gegenüber verhalten?

Die Vögel zwitscherten schon, als ich endlich wieder in den Schlaf fand.

CORNBREAD / MAISBROT

Zutaten

2 Esslöffel (EL) Butter, Öl oder Fett (Speck), 1 Tasse (T) Maismehl, 1 T Mehl, 2 Teelöffel (TL) Zucker (oder mehr oder weniger), ½ TL Salz, 1 TL Backpulver oder Natron, ½ T kochendes Wasser, 1 T Buttermilch, 1 Ei, leicht gekläppert

Zubereitung

Den Ofen auf 230 Grad C vorheizen. Das Fett in die feuerfeste Schale oder Pfanne, in der das Brot backen soll, geben und im Ofen erhitzen.

Man bereitet sich am besten zwei Schalen vor. In die eine gibt man zwei Drittel des Maismehls, das ganze Mehl, Zucker, Backpulver und mischt es gut. In der anderen Schale wird der Rest des Maismehls und das kochende Wasser zu einem steifen Brei vermischt. Dann schrittweise langsam die Buttermilch einrühren, kleine Klümpchen zerdrücken und das Ei mit hineinrühren.

Die trockenen Zutaten aus der ersten Schüssel in den Brei geben und gut untermischen. Hole nun die vorgeheizte Pfanne aus dem Ofen und rühre das Fett rasch in die Masse ein.

Jetzt ist der Brotteig fertig. Gib ihn ganz schnell in die noch heiße Pfanne und backe ihn 20 Minuten oder länger, bis das Brot goldbraun ist, aber nicht trocken.

O

Pecan Pie

Da ich nicht wusste, wie es mit mir und Kwasi weitergehen sollte und ob es überhaupt weitergehen sollte, stand ich wieder früh auf und ging, ohne einen weiteren Gedanken an die Welt zu verschwenden, in die Küche. Stattdessen dachte ich über Pies nach. Ein Pie ist kein Kuchen. Ein Pie ist keine Torte. Ein Pie ist kein Cobbler. Ein Pie ist ein Pie. Er braucht nur wenig Aufwand, und das Schlimmste, was ihm passieren kann, ist, wenn man ihn *über*arbeitet – den Teig zu lange knetet und die Füllung zu lange rührt. Deshalb hatte ich es mir zur Angewohnheit gemacht, immer etwas halbherzig an den Pie heranzugehen, sogar desinteressiert, wie im Vorbeigehen. Hello and Goodbye.

So wie meine Mutter dem Leben gegenübertrat, so ging ich an den Pie heran. Er ist mir noch nie misslungen.

Die Welt und unser Leben darin kamen mir heute Morgen jedoch nicht mehr so willkürlich wie ein Fliegenschiss vor. Sie ergaben sogar Sinn, und langsam fing ich an, Muster zu erkennen. Parallelen fielen mir auf in dem ständigen Auf und Ab von meinem alten Leben und meinem neuen Leben. Doch einordnen konnte ich die Muster noch nicht. Sie waren genauso ungreifbar wie ein Pie, wenn er in seinen Bestandteilen – Butter,

Mehl, Wasser und Salz – vor einem auf dem Tisch liegt. Auf den ersten Blick ist alles sinnlos. Vereint man die Zutaten aber in den richtigen Verhältnissen, gibt man ihm Ruhe und Wärme, dann wird er erst ein Pie. So ungefähr verhielt es sich auch mit meinen Gedanken. Vielleicht brauchte ich jetzt auch Ruhe und Wärme.

Mit dem ganzen Pie-Gefasel in meinem Kopf ging ich ins Milchhaus, griff einen Balg Butter und einen Krug eiskaltes Wasser. Zurück in der Küche schnitt ich kleine Stückchen kalte Butter in eine Schüssel, in die ich bereits Mehl gestreut hatte, und arbeitete das Fett mit dem Teigmischer ein. Wie gesagt, nicht zu leidenschaftlich, mit flüchtigem Druck und schnell. Ein paar Schwupse von dem eiskalten Wasser hinzu, bis die zunächst trockene Masse bröckelig wird, dann kneten. Wenn die Fettstückchen wie Edelsteine durch die dünne Haut des Teiges blitzen, ists richtig. Wichtig ist, dass man mit leichter Hand arbeitet, als ob man gar nicht richtig dabei wäre, und plötzlich aufhört, abrupt, einfach so, und zwar dann, wenn man eigentlich noch weiterkneten möchte, wie wenn man noch etwas sagen möchte, aber weiß, dass es besser ist, wenn es ungesagt bleibt. So verhält sich das auch mit dem Pie – jedem Pie – jedem Gespräch. Es muss ja nicht immer alles gesagt werden.

Dann rollte ich den Teig auf dem Tisch zu einem Ball, gab diesen zurück in die Schüssel und ab ins Milchhaus, wo mich wieder ein Hauch kühler Luft erwartete. Ich verharrte einen Augenblick und genoss die Frische, denn obwohl es schon Oktober war und wir kurz vor der Zuckerrohrernte standen, die sich wohl etwas später anließ in diesem Jahr, war es immer noch heiß, und das zackige Kneten hatte mich ins Schwitzen gebracht. Ich hob meinen Tignon im Nacken etwas hoch. Die kühle Luft erfrischte, und mir liefen ein paar kalte Schweißperlen den Rücken hinunter.

Die Frische des Milchhauses hatte mich richtig wach gemacht, und zurück in der Küche bemerkte ich erst, dass ich gerade am Pie-Backen war. Ich überlegte, womit ich ihn füllen sollte. Die Pfirsich-Saison war vorbei. Natürlich hätte ich eingemachte Pfirsiche nehmen können. Ich sah mich in der Küche um, und mein Blick fiel auf einen Korb frisch geernteter Pekannüsse, die wir seit etwa zwei Wochen zum Trocknen nah an den Kamin gestellt hatten. Die Pekannuss-Ernte ließ sich im Gegensatz zur Zuckerrohrernte in diesem Jahr früher an, das meinte Sarah D zumindest. Ich war seit den Pekannuss-Pralinen regelrecht verliebt in sie. Sie waren meine Louisiana-Walnuss. Schnell knackte ich sie, sortierte ein paar intakte Hälften zur Dekoration aus und ließ sie in eine dicke Soße, die ich aus Eiern, braunem Zucker, Vanille und Melasse angerührt hatte – aber nur flüchtig – hineinplumpsen. Ein, zwei Umdrehungen mit meinem Kochlöffel, et voilà – die Pekannuss-Pie-Füllung war fertig. Ich holte den Teig aus dem Milchhaus, rollte ihn rasch aus, bettete ihn in eine Pie-Schale – ja, es gab hier eine extra Pie-Schale mit geriffeltem Rand –, bestrich den Teigrand mit einer Eierstreiche, damit die Kruste nach dem Backen schön glänzte, und setzte die Pekannuss-Hälften auf wie die Kirsche aufs Sahnehäubchen. Zufrieden schob ich ihn in den vorgeheizten Ofen, als ich ein dunkles, rhythmisches Summen vernahm.

Ich schaute aus dem Küchenfenster. Wolken in riesigen Bauschen wie Watte hingen tief über den Zuckerrohrfeldern, so tief, dass die Spitzen der Blätter des »noblen Rohrs«, wie es Sarah D oft nannte, sie fast berührten. Die aufgehende Sonne hatte die Wolken in glühendes Orange getaucht, ließ sich selbst aber nicht blicken. Neben den Spitzen des Zuckerrohrs stachen die Hacken und Sicheln am Horizont empor, die die Feldsklaven auf ihren Schultern trugen. Dem Himmel entgegen auf dem Weg zur Hölle, dachte ich. Es sah aus, als würde sich ein Sturm anbahnen, und wäre das satte Orange nicht in ein strahlendes

Gelb übergegangen, hätte ich geglaubt, dass es Abend wäre. Aber das war es nicht. Und aller Tage Abend schon überhaupt nicht. Vielleicht braute sich so ein Hurrikan zusammen, dachte ich. Der, von dem Sarah D gesprochen hatte, der, von dem wir bisher verschont geblieben waren. Es wäre mein erster gewesen. Dazu das monotone Summen. Zuckerrohrfelder konnten ganz schön gruselig sein, wie der Schwarzwald, und genauso dicht.

Ich ließ mich mit einer Tasse Chicorée-Kaffee in der Hand auf den Schaukelstuhl neben dem Kamin gleiten und ruhte neben meinem Pie. Stille. Meine Gedanken waren bei mir. Das Summen lullte mich ein. Nur einmal nahm ich Wilburts Stottern wahr, als er die Feldarbeiter antrieb. Vielleicht hatte er es heute besonders eilig. Vielleicht war es da draußen doch aller Tage Abend.

»Pssst, vien, Denise, vien.«

Irgendetwas kitzelte mich unter der Nase. Ein Vieh, eine Spinne, ein Moskito?

»Ha, ha, ha«, hörte ich Sarah D laut lachen.

Sie stand hinter mir und neckte mich mit der Spitze eines Zuckerrohrblatts.

Ich musste auch lachen und fächerte mir das Blatt aus dem Gesicht.

Nur Denise lachte nicht, sie stand in ihrer Abwaschecke, ohne Abwasch.

Trotz der Heiterkeit, die Sarah D zu verbreiten versuchte, war die Stimmung bedrückt. Oder kam nur mir das so vor?

Ich musste eingeschlafen sein. Oh nein, mein Pie, schoss es mir durch den Kopf. Der war bestimmt verkohlt. Obwohl es nicht danach roch. Hektisch sprang ich auf und riss die Luke von dem kleinen Ofen auf. Kein Pie.

»Sha, sha, sha«, sagte Sarah D in ihrem süßsauren Ton. Da wusste ich, dass alles in Ordnung war oder zumindest werden würde. Und so war es auch. In ihrer ganzen graziösen Fülle stand Sarah D schräg gegen den Tisch gelehnt und klopfte mit den Fingerspitzen auf die Tischplatte. Neben ihr – mein Pie. Die geriffelte Kruste war dunkelbraun, Sarah D hatte ihn also gerade noch gerettet. Er glänzte im Morgenlicht, das jetzt die Küche erfüllte und von den goldenen Kerzenständern, die neben ihm auf dem Tisch standen, reflektiert wurde. Die Eierstreiche hat sich gelohnt, dachte ich.

»Mèsi, Sarah D«, sagte ich auf kreolisch und strahlte meine Retterin an.

»No, no, ma piti«, sagte sie, »bei mir brauchst du dich nicht zu bedanken. Denise hat schon von weitem gerochen, dass hier was anbrennt. Sie ist in die Küche gerannt. Bei ihr darfst du dich bedanken«. Sarah D hatte das Fingerklopfen eingestellt und zeigte in die Ecke auf Denise, die sich zaghaft umdrehte.

Erst jetzt bemerkte ich die dunklen Ränder unter ihren Augen, obwohl sie mich nicht anschaute, sondern auf den Boden blickte. Ein besonders langer Lidschlag, um mir auszuweichen. Traurig sah sie aus.

»Mèsi, Denise«, sagte ich genauso zaghaft.

Wenn Sarah D nur wüsste, dachte ich. Vielleicht wusste sie aber auch Bescheid.

Auf einmal wurde die unbequeme Stille, die wie ein Hefeteig zwischen uns aufgegangen war, von einem schrillen Schrei durchbrochen.

Dann folgten ein weiterer schriller Schrei und ein weiterer und ein weiterer und ein weiterer und ein weiterer. Lamentieren, Heulen.

Kommandos folgten. Ein Hurrikan, wie ich ihn vermutet hatte, ohne wirklich damit gerechnet zu haben, fegte über Belle Bleu her. Aber ein Hurrikan anderer Art. Die Machtlosigkeit der einen und die Macht der anderen prallten aufeinander wie kalte auf warme Luft.

Ich blickte Sarah D hilflos an, dann Denise. Beide rührten sich nicht von der Stelle. Denise stand in ihrer Ecke, Sarah D am Feuer, ich neben dem Tisch und hatte meinen Blick auf die geöffnete Tür gerichtet. Von draußen drängten die Schreie immer heftiger herein. Was war hier los? Warum sagte keiner etwas und tat keiner etwas?

Sarah D wich meinem Blick aus. Denise kehrte mir den Rücken zu, wie immer. Ich griff an meinen Gürtel und rannte los. Den Schreien entgegen.

Weit brauchte ich nicht zu laufen. Vor der Hütte von Mama Rose zerrten ein schwarzer und ein weißer Mann an den dünnen Armen der Zwillinge.

Master Wilburt und Master Witherspoon beaufsichtigten das Schauspiel von ihren Rössern aus. »Maman, Maman, Maman«, schrien die Mädchen.

Der weiße Mann trug einen Zylinder-Hut, wie ich ihn in der Nacht aus Tommys Hütte hatte kommen sehen. Er war alt.

»Maman, Maman, Maman!«

Mama Rose zerrte an den anderen Armen der beiden. Hinter ihrem breiten Rock hielten sich ihre anderen Schützlinge versteckt. Von den Feldern her kam schreiend ihre Maman gerannt.

Sie schaffte es nicht bis zu dem Wagen, auf dem ihre Töchter abtransportiert wurden.

Master Wilburt gab ihr einen Tritt, dass sie zu Boden fiel. Sie blieb gekrümmt im Dreck liegen und jaulte wie eine verwundete Wölfin.

Inzwischen waren noch mehr Menschen von den Feldern und aus den Hütten gerannt gekommen. Andere wiederum, wie Sarah D und Denise, ließen sich nicht von ihrer Tätigkeit ablenken. Die Frauen im Gemüsegarten bückten sich, schnitten Bohnen oder Okra ab und schauten nicht einmal zu uns herüber, als sie sich aufrichteten. Ich stand genauso herum wie die anderen. Verzweifelt blickte ich am Großen Haus empor und sah die Mistress bewegungslos im Fenster hinter einer zur Seite geschobenen Gardine stehen. Mein irrender Blick fiel auf den Park, auf die weißen Schwäne im Teich und dann auf die Allee mit den 28 Eichenbäumen, an denen ein Wagen nach dem anderen entlangfuhr. Die Gäste waren dabei abzureisen und scherten sich nicht darum, was hier geschah. Tommys Mutter lag immer noch gekrümmt auf dem Boden.

Die Zwillinge waren nun fast schon außer Sichtweite. Ihre schrillen »Mamans« verhallten wies Echo in einer Schlucht. Ein roter Bommel kullerte über den sandigen Boden. Auf einmal sah ich Kwasi. Er hob den Bommel auf und hockte sich neben Tommys Mutter.

Und wer holte die Zwillinge zurück?!

Ich lief einfach los, rannte wie wild auf Master Wilburt zu und schrie ihn an.

Im nächsten Augenblick fand ich mich neben Kwasi und Tommys Mutter im Dreck. Er hatte auch mir von seinem Sattel aus einen Tritt verpasst und war jetzt damit beschäftigt, mit Peitschenhieben die Leute wieder auf die Felder und in ihre Hütten zu treiben. *Nein, er kann nicht auch anders, sorry, Sarah D, diesmal hast du nicht recht*, dachte ich und spuckte Sand aus.

»Halt dich da raus, Melba«, sagte Kwasi leise und drückte meine Hand, als wollte er sie zerquetschen. Mit der anderen hielt er Tommys schluchzende Mutter davon ab, dem Wagen hinterherzurennen. »Es geht ums Überleben!«

Um wessen Überleben, fragte ich mich.

Kwasi half Tommys Mutter auf, hielt sie fest im Arm und zog sie in ihre Hütte. Sie wehrte sich nicht. Master Wilburt und sein Vater schienen ein Auge zuzudrücken. Sie zwangen sie nicht wieder aufs Feld zurück.

Erst jetzt sah ich Tommy auf der Treppe zu meiner Hütte stehen. Starr und stumm blickte er ins Nichts. Auch ich konnte mich nicht rühren und blieb wie angewurzelt auf dem Boden sitzen. Mitten im aufgewirbelten Staub und unter den verhallenden Schreien der Zwillinge. Ich weiß nicht, wie lange ich dort saß. Als ich wieder aufblickte, war der Staub verflogen und die Schreie mit ihm, Tommy war weg und Kwasi stand vor mir.

»Hier, das ist doch deiner.«

Er hielt mir den Bommel, der einem der Zwillinge aus der Hand gefallen war, entgegen. Ich schlug ihn weg. Er fiel ein zweites Mal auf den Boden. Wie ein Blutstropfen.

»Das ist nicht meiner«, sagte ich ganz leise. »Er gehört nicht mir, er gehört den Zwillingen.

Wieder hob Kwasi den Bommel auf und steckte ihn in die Tasche seiner Lederschürze.

»Ich muss in die Schmiede«, sagte er, und diesmal ging er.

Sie hatten gerade ihre ersten Milchzähne verloren, waren so alt wies Hildli, so klein, so zart. Das Bild des auf- und abwippenden Zylinders von dem alten Mann, als er auf dem Führerhaus der Kutsche saß, und die hilflosen Schreie der beiden Mädchen begleiteten mich bis in die Küche. Wo sie sie wohl hinbrachten? In ein anderes Großes Haus mit hohen Säulen?

»Es geht um unser aller Überleben!«, sagte Sarah D, als ich die Küche betrat, in einem Ton, den ich so noch nie von ihr gehört hatte. »Hörst du, Mama Melba? Koute!«

Das klang wie ein Befehl, und ich hörte. Sarah D sah mich streng an und hob ihren Zeigefinger. Keine Spur von der lustigen Frau, mit der man so viel Spaß haben konnte.

»Da, wo du herkommst, ist das vielleicht anders. Das musst du über Bord werfen. Alles, koute! Was du weißt, musst du vergessen!«

Sarah D sprach so ernst. Ich konnte nicht das winzigste Krümelchen ihrer Ironie ausmachen. So gefühllos blieb sie den ganzen Tag, spickte einzig die pralle Stille wie eine Weihnachtsgans mit Sätzen wie: *Die letzte Ernte war schlecht. Diese wird gut. Wir brauchen mehr kräftige Männer. Keine Kinder. Glück haben wir, dass nicht mehr von uns dran glauben mussten. Der Herr wird auf sie aufpassen. Der Herr wirds richten …*

Während ich draußen gewesen war, hatten sie das Frühstück serviert. Auch Paul A kam mit Tabletts, auf denen sich leeres Geschirr türmte, durch den Pfeifers-Gang, als wäre nichts geschehen. Er lächelte zwar nicht wie sonst, aber angeschlagen von den Ereignissen sah er auch nicht aus.

Die Welt steht auf dem Kopf, wenn Menschen Menschen verkaufen!

Und auf einmal schrie ich mit Inbrunst:

»FILZIGES SCHURKENPACK, BETTPISSER, DICKSCHEISSER, ARSCHKRÖTEN, ERZFUCHSSCHWÄNZER, – geschmissen zu den Schweinen gehört ihr – ach was – IHR SCHEISSESCHLUCKER – ins Fegefeuer mit euch!«

Und dann, in aller Ruhe, denn durch mein Schimpfen hatte ich mir erst mal ein wenig Luft gemacht, nahm ich den Pie samt geriffelter Pie-Schale vom Tisch und schmiss ihn gegen die Wand. Einfach so. Sarah D und Denise schauten mich wortlos an. Ich schaute mich wortlos an, als ob ich eine andere wäre. Dann schauten wir auf den Boden, auf weiße Splitter und braune Masse. Sarah D ging über die Scherben, nahm mich in ihre Arme und fing zu beten an, rhythmische Bibelverse, wie ich sie schon manche Nacht aus Sarah Ds Hütte tönen gehört hatte. Sie wippte uns dazu im Takt: »Ihr Sklaven, gehorcht euren

Herren mit Furcht und Zittern, in der Einfalt eurer Herzen, wie ihr Christus gehorcht. Nicht nur, um ihnen zu gefallen, sondern als Knechte von Christus, die dem Willen Gottes von Herzen entsprechen. Stellt euch vor, dass ihr Gott dient und nicht den Menschen …«

Ich weinte wie ein Schlosshund, doch mit ihren Worten konnte ich nichts anfangen. Ich glaubte nicht mehr an Gott. Da war ich mir ganz sicher. Wenn sie jetzt noch gesagt hätte, dass man die andere Wange hinhalten soll, wenn dich einer auf die eine schlägt, dann wäre ich auf der Stelle weggerannt. Genau das war es, schoss es mir durch den Kopf. Ich musste hier weg! Aber wohin? Heim?

Natürlich beruhigte ich mich wieder, und natürlich servierten wir ein Sechs-Gänge-Menü mit fünf verschiedenen Desserts.

Sarah D war am Abend zu Tommy und seiner Mutter in ihre Hütte gegangen und hatte ihnen den Rest der Sellerie-Creme-Suppe, die vom Dinner übrig geblieben war, vorbeigebracht. Der Junge war den ganzen Tag nicht von der Seite seiner Mutter gewichen. Wir beschlossen, dass wir uns abwechselnd um die beiden kümmern würden. Da verstanden Sarah D und ich uns wieder. Wir waren beide sehr pragmatische Frauen und sehr mütterlich, glaube ich, obwohl ich ja noch keine war und irgendetwas in mir befürchtete, dass ich vielleicht niemals eine werden würde. Aber irgendwie musste es ja immer weitergehen.

Nach getaner Arbeit streunte ich auf der Plantage umher, als würde ich etwas suchen. Ganz zum Bayou runter traute ich mich nicht, denn es war eine stockdunkle Nacht. Ich setzte mich hinter die Dama de Noche und atmete tief ein. Ihr liebliches Aroma wirkte beruhigend.

Plötzlich hörte ich auf der anderen Seite der Büsche Stimmen. Es waren Master Witherspoon und Mistress Marie-Clarisse. Ich erstarrte, traute mich kaum zu atmen. Also musste ich zuhören. Sie sprachen von Paarung, Aufzucht und Geld. Sie hörten sich heute besonders ernst an, wobei ihr Umgang miteinander nie ein ausgelassener war.

Zuerst dachte ich, dass sie von den Pferden, Ziegen oder Ochsen redeten. Dann hörte ich das Word Mandingo, Sarah D war Mandingo. Dann erwähnten sie zwei Namen, bei denen ich fast rücklings durch die Hecke gefallen wäre: Denise und Kwasi. »Starke Kinder bei seiner Größe«, sagte der Master. »Sie würden viel einbringen. Es wird ja bald eine Hütte frei, da können sie dann rein.«

Welche Hütte hatte er wohl gemeint?

Ich stand erst lange, nachdem der Master und die Mistress weggegangen waren und ich keine Schritte mehr hörte, auf. Mir war zum Kotzen zumute oder zum Schimpfen, wie vorhin in der Küche. Ich tat keines von beidem, sondern ging schnurstracks in meine Hütte, legte mich ins Bett und zog mir die Bettdecke über den Kopf, so wie ich es daheim immer getan hatte, wenn ich nichts mehr sehen, hören oder fühlen wollte.

Da klopfte es an meine Tür. Ich bekam nie Besuch. Zuerst dachte ich, dass ich es mir einbildete und ignorierte es, doch dann wurde das Klopfen immer lauter.

»Ja, bitte«, sagte ich und lugte unter meiner Decke hervor, stand aber nicht auf.

Die Tür wurde zaghaft geöffnet. Kwasis Mutter trat ein. Sie war genauso groß wie er und stupste mit ihrem Tignon an die Decke. Mit ihr hatte ich im Leben nicht gerechnet. Sie hatte noch nie mit mir geredet, geschweige denn mich besucht. Sie lächelte genauso zaghaft, wie sie die Tür geöffnet hatte.

»Hier«, sagte sie. Sie kam auf mein Bett zu, in dem ich immer noch ganz verwirrt lag, und drückte mir etwas Kleines, Glattes in die Hand, das sich wie ein Stück poliertes Holz anfühlte, eine Schnitzfigur vielleicht.

»Das hilft bei Überhitzung im Kopf«, sagte sie, nahm es mir wieder weg und vergrub es unter meinem Kopfkissen. Dann strich sie mit ihrer Hand über meine Brust und murmelte etwas, was ich nicht verstand. Obwohl sie es bestimmt gut meinte, war mir ihre Gegenwart unangenehm.

»Sei gewarnt, Mama Melba«, sagte sie in einem viel freundlicheren Ton als zuvor, doch irgendwie abwesend. Sie schaute mich auch nicht an, sondern sah über mich hinweg, durch die Wand hindurch, über die Felder, in den Horizont.

»Gib nie alles, hörst du. Gib nie deine ganze Liebe einem einzigen Menschen oder einer einzigen Sache, behalte immer noch was für die Nächsten, die kommen. Die nächsten Kinder. Den nächsten Mann. Liebe nie ganz! Hörst du? Liebe nie ganz!«

Ihre Stimme klang, als wollte sie mich beschwören. Ich hatte jetzt sogar ein wenig Angst vor ihr. Ihre Augen glühten rotgold und waren immer noch in die Ferne gerichtet.

»Ja«, sagte ich, um sie zu beruhigen, doch ich verstand nichts.

»Liebe nie ganz«, hörte ich sie beim Rausgehen murmeln. »Liebe in Stückchen, im Sumpf am Wegesrand, zart wie ein Grashalm im Wind, vergänglich wie Staub am Mondesrand, die Reiter, die Reiter, sie kommen schon, Schild und Lanze hoch erhoben …«

Was sie sagte, hörte sich seltsam wirr an.

Sie schloss die Tür, als hätte sie sie nie geöffnet. Nur das Stückchen poliertes Holz war Beweis ihres Besuches. Ich traute mich aber nicht, unter mein Kopfkissen zu schauen.

Es war kein erholsamer Schlaf, doch es war Schlaf genug, aus dem ich vom Glockenschlag am nächsten Morgen erwachte.

Es war so ein Erwachen, bei dem man sich fragt, ob das, woran man sich erinnert, auch wirklich passiert war, und hofft, dass es nicht so war, sondern nur ein Traum. Doch man kann sich davon nicht überzeugen. Dann steht man widerwillig auf, wäscht widerwillig sein Gesicht und geht widerwillig zur Arbeit und hofft immer noch, dass es nur ein Traum war. Als wäre man betrunken gewesen, die Erinnerung verschwommen, nur ohne die Kopfschmerzen.

Ich war schon mal betrunken, von Schwarzwälder Kirschwasser und ein wenig von dem Ratafia neulich. Vielleicht sollte ich das wieder versuchen. Vielleicht.

Auch wenn man in die warme Küche eintritt, einem Kaffeearoma in die Nase strömt und der Duft der Biscuits im Ofen, zweifelt man immer noch an seiner Erinnerung, denn alles scheint so normal. Denise in ihrer Ecke, mit dem Rücken zu mir, und Sarah D am Feuer, die in einem Topf rührte, Grits höchstwahrscheinlich, und mir sogar ihr vertrautes »Sha, sha, sha« entgegenraunte.

Es musste doch ein Traum gewesen sein. Ich hatte es fast geschafft, mich davon zu überzeugen, als Tommy in die Küche kam und mich aus seinen smaragdgrünen Augen, die heute dunkel wie ein Moorsee waren, anblickte. Da konnte ich den Verlust und die Verlorenheit vor mir selbst nicht mehr leugnen. Gestern war wieder da und hatte schon die Weichen für morgen gestellt. Die Bahn würde fahren – mit mir oder ohne mich. Es gab nichts, was ich dagegen tun konnte, nur auf sie aufspringen.

Wir stürmten alle drei auf Tommy zu, als wäre er eins von den Kaninchen da draußen, die wir fürs Mittagessen fangen wollten, als er das Küchenhaus betrat. Wir zogen ihn an den Tisch auf einen Stuhl und setzten uns daneben. Der Bub kam mir heute noch zierlicher vor als sonst. Sarah D legte einen Arm um seine Schulter, sie hatte sogar seinen Kopf an ihren Busen gezogen, wo er ihn willig drauf ausruhte. Denise und ich hielten links und rechts seine Hände in unserem Schoß umschlossen. So verharrten wir eine ganze Zeit, bis wir alle vier zu weinen anfingen. In der gleichen Eintracht wie vor einigen Monaten, als wir alle zusammen zu singen begonnen hatten. Die Melodie kam mir sogar wieder in den Kopf. Ein Zwischenhalt, dachte ich, das ist vielleicht das Einzige, worum man den Schaffner bitten konnte. Oder Backen. Backen – schoss es mir in den Kopf –, und ich schrie es laut durch die Küche:

»Backen! Der Junge muss backen! Ich muss backen! Wir müssen backen!«

»Backen?«, wiederholte Sarah D. »Byin sur, byin sur, backen! Okay, dann backen wir!« Sie stand auf, zog Tommy mit sich, zeigte auf die große Holzschüssel, die wir immer zum Teig-Anrühren benutzten.

Der Bub nahm sie aus dem Regal, stellte sie auf den Tisch, ich zog meinen Kochlöffel vom Gürtel und reichte ihn ihm mit einem Lächeln. Er schenkte es mir sogar zurück, wenn auch ein wenig zaghaft. Denise kam mit allerlei Backzutaten an, vom Mehl bis zur Vanilleschote. Tommy fing an, Zucker und Eier und weitere Zutaten in die Schüssel zu geben und rührte etwas an, was aussah wie für einen Cobbler.

Auf Zehenspitzen stahlen wir drei uns davon und ließen den Buben machen. Er schien in eine andere Welt eingetaucht zu sein und beachtete uns gar nicht mehr. Ab und zu stellten wir ihm neue Zutaten auf den langen Küchentisch: Reis, der übrig geblieben war, altes Brot, Mayham-Jelly, Bourbon, Rosinen, Orangen, Birnen …

Aus den Orangen machte er eine Orangen Crème brulée, aus den Birnen einen Birnen-Cobbler, aus dem alten Brot einen Bread-Pudding mit Bourbon-Vanille-Soße, und aus dem Reis zauberte er knusprige Bällchen – Calas Tout Chaud, obwohl diese eigentlich eher zum Frühstück verzehrt wurden. Er gab ihnen jedoch seine eigene Note, indem er sie mit Mayham-Jelly füllte. Vor dem Frittieren brachte er sie zum Kühlen ins Milchhaus, damit sie schön kalt wurden und in dem heißen Fett nicht zerliefen. Et voilà – er hatte ein neues Dessert geschaffen, das später einmal seinen festen Platz nicht nur auf unserer Speisekarte haben würde, sondern in ganz Louisiana.

Ich hatte Tommy vor einigen Wochen das Rezept für Zimtsterne beigebracht, obwohl ja noch nicht Weihnachten war, und die buk er zu guter Letzt auch noch.

Ab und zu warfen wir drei Frauen uns bestätigende Blicke zu. Wir waren stolz auf unseren Lehrling und außerdem froh, dass wir uns über die Desserts heute keine Gedanken machen mussten. Wie von Zauberhand paradierte eins nach dem anderen vor unseren Augen auf dem Tisch. Das ist es, was ich mit dem Backen und dem Vergessen meine. Man taucht, weil man sich einfach so stark konzentrieren muss, tief darin ein, bis man alles um sich herum vergisst, und zugleich erschafft man etwas Köstliches, das man hinterher dann sogar noch verzehren kann. Auch das hilft der Seele.

Als ich gerade die Petersilie über mein Hühnchen à la Regina gestreut hatte – wir waren schon beim Servieren –, stupste mich Tommy am Arm und hielt mir eine Torte hin, die übersät mit Schokoladenraspeln war.

»Hier, für dich.«

»Für mich?« Ich wusste gar nicht, was ich dazu sagen sollte. Ich bekam sonst ja nur selten etwas geschenkt.

Zuerst erkannte ich sie nicht, dann stupste Tommy mich noch einmal an. Und da verstand ich. Der Bub hatte eine Schwarzwälder Kirschtorte mit Pfirsichen für mich gebacken. Anstatt der Kirschen thronten auf kleinen Sahnehäubchen wieder seine kandierten Pfirsich-Fächer.

Paul A trug das Hühnchen à la Regina davon, und ich setzte mich, mit der Torte auf dem Schoß, erst einmal hin, so baff war ich. Tränen kullerten mir übers Gesicht.

»Tommy, das ist das schönste Geschenk, das ich jemals bekommen habe.«

Das war es auch, denn es bedeutete so viel mehr als ein Geschenk oder eine Torte an sich, und das hatte dieser Bub genau gefühlt, obwohl er doch der Unglücklichste von uns war.

»Du hast doch gesagt, dass du manchmal von Schwarzwälder träumst. Gefällt sie dir nicht?«

»Na, und ob sie mir gefällt«, sagte ich und mir liefen Tränen die Wangen hinunter.

»Aber warum weinst du dann?«

»Ach, Tommy«, ich stellte die Torte auf den Tisch und nahm den Buben in den Arm.

»Weißt du, Mama Melba«, sagte er ganz leise, »Pfirsiche passen doch viel besser zu dir als Kirschen.«

»Sha, sha, sha«, sagte Sarah D und zeigte auf die Torte, »auch die wird ihren Weg nicht durch den Pfeifers-Gang machen.«

Wir lachten alle, sogar Denise.

Nach getaner Arbeit setzten wir uns an den Tisch und aßen die Torte zum Dinner. Danach begleitete ich Tommy in seine Hütte und stellte ein großes Stück Schwarzwälder Pfirsichtorte auf den kleinen Tisch vor den erloschenen Kamin, neben die Sellerie-Creme-Suppe vom Vortag, die sie anscheinend nicht angerührt hatten. Tommys Mutter kauerte gekrümmt wie ein Säugling und ganz nah an die Wand gedrückt im Bett. Ihr Gesicht war zur Wand gerichtet. Ich hob den Krug hoch, um sicherzugehen, dass sie genug Wasser hatten, was der Fall war, dann ließ ich die beiden allein.

Als ich am nächsten Morgen die Zimtsterne, die wir gestern Abend gar nicht mehr serviert hatten, auf dem Küchentisch erblickte, kam mir eine Idee. Mehrere Male spielte ich sie im Kopf durch, bis wir alle Vorbereitungen zum Abendessen gemacht hatten und ich überzeugt war, dass es eine gute Idee war.

Ich arrangierte ein Tablett mit Zimtsternen, einer Tasse Kaffee und einem Väschen, in das ich einen kleinen Strauch Dama de Noche stellte, ging damit die geschwungene Treppe im Großen Haus hinauf und klopfte an die Schlafzimmertür der Mistress.

»Oui«, hörte ich sie rufen. »Vien, vien, es wird auch höchste Zeit, dass das Geschirr wegkommt. Ah, Mamsell Koch, was für eine Überraschung.«

Sie hörte sich gar nicht so unfreundlich an, das machte mir Mut. Die Mistress saß aufrecht in ihrem Bett, das so hoch wie das in dem Hotel in Baltimore war und auf dem genauso viele Kissen verstreut lagen. Das Frühstück, das sie sich in letzter Zeit immer häufiger ans Bett servieren ließ, war wirklich noch nicht abgeräumt, obwohl es schon fast Mittag war. Mit ihrer bunten Stola, die sie kunstvoll um ihre Schultern drapiert hatte, und ihrer weißen Haut sah sie aus wie eine Rosette auf Sahneschaum. Sie hatte sogar ihr Medaillon umgebunden, was den Eindruck noch verstärkte, und las in einem ihrer Modejournale. Seit dem Tod ihrer Cousine hätte sie starke Kopfschmerzen, wegen der Trauer, hieß es.

Trauer – dann würde sie bestimmt verstehen, dachte ich. Ich trat ein.

»Haben Sie etwas auf dem Herzen?«

»Oui, Madame.«

»Na, dann raus damit.« Sie lehnte den Kopf zur Seite, als hätte sie wirklich Interesse. »Und was ist es?« Mit einer Handbewegung signalisierte sie, dass ich mich auf ihr Bett setzen sollte.

Was ich natürlich nicht tat.

»Die Zwillinge müssen zurück«, sagte ich blitzschnell, bevor mich der Mut wieder verließ.

»Pardon, Mamsell Koch?«

Oh, sie hatte mich genau verstanden.

»Ich habe etwas Geld gespart und kann den Rest abarbeiten, ich meine, wenns um Geld geht, wegen der schlechten Ernte.«

Ich sprach, als lebte ich schon Jahrzehnte auf der Plantage und kannte mich mit den Geschäften aus. Doch Geld hatte ich wirklich gespart. Sogar meinen gesamten Lohn, den ich wöchentlich ausgezahlt bekam. Ich hatte hier ja keine Gelegenheit, ihn auszugeben.

»Ach, darum gehts.« Sie lachte dabei. »Daran werden Sie sich gewöhnen müssen. Die Mutter wird sich schon bald damit abgefunden haben, sie hat ja noch den Jungen. Die Köchin …, wie heißt sie noch?«

»Sarah D«, sagte ich schnell.

»Sarah D«, fuhr sie fort, »ist auch drüber hinweggekommen. Wie lange ist das jetzt her, dass wir ihre Söhne verkauft haben?« Sie zählte zehn Jahre an beiden Händen ab. »Der Mann wurde das Jahr davor verkauft«, sagte sie, als sei es eine Rechnung, die aufgegangen war.

Sie blickte mich mitleidsvoll an. »Arme Mamsell.« Wieder signalisierte sie, dass ich mich auf ihr Bett setzen sollte. Was ich immer noch nicht tat und nie im Leben getan hätte.

»Mon dieu, wie soll ich es Ihnen nur erklären? Am besten … ah, ich weiß.«

Sie zog eine Bibel unter ihrem Journal hervor, das sie auf die Bettdecke vor sich gelegt hatte. Sie brauchte nicht lange zu blättern. Die Seite war markiert. Sie las vor:

»Ihr Sklaven, gehorcht euren Herren mit Furcht und Zittern, in der Einfalt eurer Herzen, wie ihr Christus gehorcht. Nicht nur, um ihnen zu gefallen, sondern als Knechte von Christus, die dem Willen Gottes von Herzen entsprechen. Stellt euch vor, dass ihr Gott dient und nicht den Menschen.«

Das konnte doch nicht wahr sein. Sie las dieselbe Stelle aus der Bibel vor, die Sarah D aufgesagt hatte. Dieselben schrecklichen Worte, aus verschiedenen Mündern, die dasselbe Verbrechen erlaubten.

»Der Tod Ihrer Cousine«, sagte ich, »hat Sie doch auch geschmerzt.« Mir war es jetzt egal, ob ich sie damit treffen würde oder nicht. »Und die Zwillinge sind gestern ja praktisch auch gestorben.«

»Aber das ist doch etwas ganz anderes, Mamsell Koch. Etwas ganz anderes. Wir sind Menschen, das sind Sklaven. Sklaven sind eine andere Rasse. Die fühlen nicht wie wir, die reden nicht wie wir, die sehen ja auch nicht aus wie wir. Sie gehören zu einer Art Unterrasse. Irgendetwas zwischen Mensch und Tier. Wie heißt noch der Doktor aus Georgia, der gerade in Untersuchungen festgestellt hat, dass sie eine dickere Haut haben, einen kleineren Schädel und größere Genitalien? Deshalb eignen sie sich, genau wie die Tiere im Stall, ausgezeichnet zur Arbeit und zur Zucht. Das ist ja nichts Schlimmes. Das ist nur anders. Nur anders, verstehen Sie?« Sie hatte die Bettdecke zurückgeschlagen und schaute mir direkt in die Augen und lächelte sogar dabei. »Oder wollen Sie etwa sagen«, fuhr sie fort, »dass das, was in der Bibel steht, falsch ist? Dass Sklaverei falsch ist? Wenn Sklaverei falsch wäre, dann wäre ja auch die Bibel falsch. Und das stimmt ja wohl im Leben nicht. Bei Gott nicht!« Sie riss ihre Arme hoch gen Himmel. »Und Mister Fitzhugh« – sie redete sich jetzt in Rage –, »der hat dann wohl auch keine Ahnung, wenn er sagt, dass Sklaverei eine moralisch richtige, eine fundamentale und eine notwendige Institution ist? Mister George Fitzhugh, einer der größten Theoretiker unserer Zeit, vielleicht sogar jemals. Humbug, Mamsell Koch, alles Humbug!«

Sie nahm einen Zimtstern vom Teller und verschlang ihn mit einem Satz. Ihr Mund bewegte sich dabei wie ein Fischmaul. Sie schmatzte.

»Außerdem bin ich durchaus über den Tod meiner Cousine hinweggekommen, auch über den meines Vaters, den meines ersten und dritten Kindes und den anderen Totgeburten. Erzählen Sie mir was von Verlust, Mamsell Koch. Erzählen Sie mir was davon.«

Dann stand sie auf und signalisierte mir mit einem Wink, jetzt das Zimmer zu verlassen.

»Mhm, die Zimtsterne sind übrigens ausgezeichnet, die dürfen Sie öfter machen«, rief sie mir hinterher, als wäre nichts gewesen. Beim Rausgehen hörte ich sie wieder schmatzen.

Mit Speck fing man nicht immer Mäuse. Auch nicht mit Zimtsternen.

Ich fühlte mich machtlos, als ich zurück in Richtung Küche ging. Kurz vorher bog ich jedoch ab und steuerte auf den Bayou zu, am helllichten Tag. Das kam mir ungefähr genauso faul vor, wie bis mittags im Bett zu liegen. Doch ich konnte nichts dagegen tun.

Ich wusste, dass Trauer allumfassend war. Jeder trauert, ob hier, im Schwarzwald oder in Afrika oder meinetwegen am Nordpol. Die Trauer von Tommys Mutter war genauso echt wie die der Mistress, genauso echt wie meine. Da war kein Unterschied, außer dem, dass wir alle eine andere Hautfarbe hatten. Die Mistress war ja auch nicht weiß wie Schnee, sondern eher durchsichtig, als ob sie ständig krank wäre. Und die Sklaven waren auch nicht schwarz. Ihre Haut hatte alle möglichen Schattierungen. Ich dachte an die wunderschönen Zwillinge, an Tommy, an Kwasi, sie hatten alle eine andere Hautfarbe. Und ich, ich war gar nichts davon – ich war rosa, als wäre ich ständig aufgeregt.

Tommy, seine Mutter oder alle anderen hätten genauso gut grün oder blau sein können, ich hätte gelb sein können, die Mistress und ihr Mann lila, meinetwegen in unterschiedlichen

Schattierungen von fliederfarben bis burgunderrot, oder alles umgekehrt. Die Farbe war egal. Ich begriff, dass die Hautfarbe nur der Vorwand war. Der Vorwand, der ihnen erlaubte, ungerecht und grausam zu sein.

Die schwarzen Menschen auf Belle Bleu nahmen die Auslegung der Bibel hin. Sie hatten sich entschlossen, auszuhalten, durchzuhalten, das Beste draus zu machen. Sie hatten sich arrangiert und warteten nur auf die Erlösung von Gott. Auf den Tod.

Nein, worum es hier ging, war Macht. Das wurde mir nun klar. Es geht immer um Macht. Das war das Große und Ganze. Bei uns zu Hause ging es auch um Macht – da hatte Vater die Macht. Hier waren es der Master und der Vorsteher. Alles Männer. Nur in der Küche war es anders, da waren wir alle gleich und gleich wichtig – wir waren Frauen, bis auf Tommy, und der war ja noch jung. Ich hatte Hoffnung. Ach, wenn Frauen nur die Welt regieren könnten, dann wär alles anders.

PECAN PIE / PEKANNUSS-KUCHEN

Zutaten

Pie-Kruste: 2 ½ Tassen (T) Mehl, 1 Esslöffel (EL) Zucker, ½ Teelöffel (TL) Salz, 6 EL eiskaltes Wasser, 2 T kalte Butter in kleine Stückchen geschnitten

Pekannuss-Füllung: 1 T oder etwas mehr gehackte Pekannüsse, vor dem Hacken 10 intakte Nusshälften für die Verzierung aufbewahren, ¼ T Butter, 3 Eier, 1 T brauner Zucker, 1 T Zuckerrohrsirup (Melasse) oder anderer süßer Sirup, Vanilleschote nach Geschmack, Prise Zimt, Prise Muskat und nach Belieben ein kleines Schnapsglas Bourbon.

Zubereitung

Pie-Kruste: Die trockenen Zutaten vermischen, die Butter und das Wasser schrittweise hinzugeben, dann einen Teig kneten. Man muss schnell arbeiten, geradezu flüchtig, und es müssen kleine Butterstückchen wie Edelsteine durch den Teig blitzen. Einwickeln und für mindestens eine Stunde kalt stellen, besser sogar über Nacht.

Teig ausrollen. In eine Pie-Schale legen, die Seiten überlappen lassen, was hängt, abschneiden und den Rand mit dem Daumen zart eindrücken.

Pekannuss-Füllung: Die Butter im Topf bei mittlerer Hitze erwärmen, bis sie an den Rändern leicht bräunt, das gibt ein extra nussiges Aroma. Zerschmolzene Butter etwas erkalten lassen und in eine Schale gießen, dann die restlichen Zutaten eine nach der anderen hinzugeben – Eier, brauner Zucker, Sirup, Vanille, Bourbon. Jede Zutat geschwind einrühren. Die gehackten Pekannüsse vorsichtig unterheben, in die Pie-Kruste füllen, mit den Pekannuss-Hälften verzieren und bei 220 Grad C 10 Minuten backen. Temperatur auf 200 Grad C runterfahren und weitere 35 Minuten backen. Gut abkühlen lassen, am besten über Nacht.

P

Cream Cheese Pie

Eines späten Morgens, wir waren in der Küche schon mit den Vorbereitungen für das Abendessen beschäftigt, und ich war auf dem Weg in den Kräutergarten, beseitigte Master Witherspoon die schwarze Mutter seiner halb schwarzen oder halb weißen Kinder.

Ich stand wie angewurzelt mitten im Kräuterbeet, als ich sie sah. Der kleine Zweig Rosmarin, den ich gerade abgeschnitten hatte, verströmte einen Duft wie Fichten. Der Master glitt in seinem Wagen die Allee entlang, lautlos wie ein Schlitten im Winter. An den 28 Eichen vorbei. Eine Frau saß neben ihm auf dem Bock. Kerzengerade, reglos. Einen Kopf größer als er, trotz Zylinder. Ich erkannte Tommys Mutter. Zuerst dachte ich, dass er sie zu Besorgungen mitnehmen würde. Aber das ergab keinen Sinn. Sie konnte ja nicht anpacken wie ein Mann und war auch keine Anstandsdame. Außer mir und ihnen war keine Menschenseele zu sehen. Weder hinter dem Großen Haus noch davor. Die Zikaden zirpten gemäßigt, die Bienen summten fast lauter, der kleine Bach plätscherte vor sich hin, von den Feldern drang ein schwaches Rauschen, und die Hitze trieb mir

Schweißperlen auf Stirn und Nase. Jetzt wurde mir auch klar, warum Tommy die Mistress heute nach New Orleans hatte begleiten müssen. Kräftig anpacken konnte er ja auch nicht, so zart wie er war. Heimlich, still und leise. Das hatten sie sich gut ausgedacht. Dass Tommys Mutter keinen Aufstand machen würde, mussten sie auch gewusst haben. Zu gebrochen war ihre Seele.

Mich überkam für einen Moment der Impuls, ihnen hinterherzurennen. Doch etwas hielt mich zurück. Ich war mir auch gar nicht sicher, was der richtige Schlachtplan war. Ich ging erst einmal aus dem Kräuterbeet mit meinem Rosmarinzweig, der jetzt schlaff in meiner Hand hing, und stellte mich, wie auf dem Sprung, daneben. Ein heißer Windhauch strich über meine Wangen und fegte die weißen Blütenblätter der Magnolien und der Dama de Noche genau vor meinen Füßen zusammen. Das war mein Kommando. Ich wollte losrennen, da spürte ich eine Hand auf meiner Schulter. Nicht zart und freundschaftlich, sondern fest und ohne Widerstand zu dulden. Sarah D. Der Druck ihrer Hand beschwor Bilder vom Verkauf der Zwillinge in mir herauf, zusammen mit dem Wissen, dass ich dagegen nichts hatte tun können. Es gab diesmal kein Drama wie bei den Zwillingen.

Sie ging der Mistress mit ihrer Jammerei auf die Nerven, hieß es. Sie war zu einer Belastung für die gesamte Plantage geworden, da sie nicht mehr aus der Hütte kam und nicht mehr mit anpackte. Besonders jetzt, da man jeden Einzelnen zur Ernte brauchte, die in wenigen Tagen beginnen würde. Doch ich wusste ganz genau, warum Tommys Mutter in Wirklichkeit gehen musste.

Ich ließ den Rosmarinzweig auf den Boden gleiten. Wir schauten dem Wagen nach, der nach links abbog, auf den Weg, der am Bayou entlang nach New Orleans führte. Der Zweig wurde sogleich von einem weiteren heißen Windzug die Allee hinuntergepustet. Vielleicht braut sich ja so ein Hurrikan zusammen, dachte ich, als wir beide wortlos nebeneinander wieder ins Küchenhaus zurückgingen. Sarah D hatte immer noch ihre Hand auf meiner Schulter liegen.

Seit diesem Tag wurde der Bub noch ruhiger. Tommy hatte das mit dem Nie-ganz-Lieben wahrscheinlich schon lange verstanden.

Er sträubte sich gegen jede freundliche Geste von mir und Sarah D. Nach getaner Arbeit ging er allein in seine Hütte. Zum Backen konnten wir ihn auch nicht mehr animieren. Der Schmerz saß zu tief. Wir verpflegten ihn so gut wir konnten mit Essen. Wenn es stimmte, wie man so sagt, dass Liebe durch den Magen geht, dann traf das vielleicht auch auf Trauer zu. Hofften wir zumindest. Und jeder auf der Plantage wusste, was passiert war, aber keiner sagte oder tat etwas.

Zur Entledigung der Mutter gab es noch eine Entschädigung für die Mistress. Oder sollte man ihr neues Reitpferd, einen schwarzen Hengst, besser eine Vergeltungszahlung, ein Wiedergutmachungsgeschenk, eine Geste der Sühne oder einfach nur Schweigegeld nennen?

Erntezeit ist Sterbezeit – das war auch einer von Sarah Ds Sprüchen, die ich nicht gleich verstand.

Bald aber würde ich es klar vor mir sehen, wies Wetterleuchten überm Wald.

Im Augenblick merkte man jedoch noch nichts davon. Sklaven wie Master verhielten sich lebhaft und höflich. Es hing sogar eine Art freudige Erwartung in der Luft, wie in den Tagen vor Weihnachten, die mich einlullte und mich beinahe glauben ließ, dass hier alles doch gar nicht so schlimm war.

Eines Morgens im Oktober wurden wir von der Glocke neben dem Räucherhaus besonders früh geweckt. Master Wilburt schlug wie wild auf sie ein.

Alle rannten vor die Marmorstufen des Großen Hauses, als wäre ein Feuer ausgebrochen oder sonst ein Unglück passiert. Alle – Groß und Klein. Auch ich stellte mich an den Rand des Hauses, nahe der Zisterne, neugierig, was hier passieren würde, und skeptisch. Zeremoniell sahen die Menschen, die mit frischen, weißen Baumwollhemden bekleidet waren und sich im Halbkreis vor dem Portal versammelten, heute aus. Sie blickten mit Spannung auf Master Witherspoon, der auf der Veranda stand, mit einem Schwalbenschwanz bekleidet war und natürlich seinen hohen Zylinderhut trug – ganz offiziell. Neben ihm, auf den Marmorstufen, ragte Master Wilburt auf. Sein Stirnband war noch nicht verschwitzt, doch klebte es bereits an der glänzenden Stirn. Er hielt Missy wie ein Baby im Arm. Sie schleckte ihm wieder das Gesicht, was er sichtlich genoss, und zum ersten Mal sah ich einen grauen Bart unten um ihre Schnauze herum. Seit Hélènes Tod verwöhnte Sarah D die kleine Hündin. Ich hatte beobachtet, dass sie auf den Geschirrschrank neben der Tür zum Pfeifers-Gang jeden Abend ein Schälchen mit Andouille stellte, was am Morgen leer war. Sie verwöhnte sie also weiterhin – und Master Wilburt.

Neben ihm stand der Aufseher, der heute sogar eine weiße Weste trug. Die Mistress hielt sich im Hintergrund. Sie hatte eine besonders bunte Stola an, die sie sich bestimmt nach einer Vorlage aus einem ihrer Journale hatte schneidern lassen. Ihr Gesicht war verschleiert wie das einer Braut. Wir hatten kein Wort mehr über die Zwillinge verloren. Sie wusste wahrscheinlich die ganze Zeit, dass es noch schlimmer kommen würde. Vielleicht war das sogar ihr Plan gewesen, von Anfang an. Zuerst die Mädchen, dann die Mutter, dann … Oh nein! Ich wollte diesen Gedanken nicht zu Ende denken. Ich wusste nur, dass ich ab jetzt noch besser auf Tommy aufpassen musste. Sie hatte beide Arme um ihre Söhne gelegt, deren maßgeschneiderte Schwalbenschwänze sie nicht nur wie

Miniatur-Figuren im Abbild des Vaters aussehen ließen, sondern auch Vorboten ihrer Südstaaten-Zukunft waren. Plantagen blieben in der Hand der Familie, das war schon seit Generationen so und würde auch so bleiben. Alles heute schien höchst offiziell, sogar die Kolibris, die hinter ihnen auf der Veranda über ihren Köpfen surrten.

»My Nigger, my Nigger«, schallte Master Witherspoon in den aufgehenden Morgen, »My Nigger, my Nigger!«

»My Master, my Master«, erwiderten die Menschen in den Baumwollhemden im Chor, »My Master, my Master!«

Einige klatschten sogar dazu, sodass ich nach kurzem Hin und Her einen Rhythmus ausmachen konnte. Wer nicht klatschte, lachte oder bewegte sich im Takt dazu. So auch die Familie auf der Veranda. Paul A und Betty servierten auf silbernen Tabletts in kleinen Gläschen Schnaps. Ich hasste den Geruch von Schnaps am frühen Morgen. Sie prosteten dem Master mit hoch erhobenen Gläsern zu. Es wurde nachgeschenkt. Ich traute meinen Augen und Ohren nicht.

Vor ein paar Tagen hatte ich gerade angefangen, an der vollkommenen Verlogenheit dieser Gesellschaft zu zweifeln, ihr sogar Gutgemeintes zuzutrauen und mein eigenes Verständnis von Wahrheit und Gerechtigkeit in Frage zu stellen. Doch diese Maskerade brachte mich wie ein kalter Wasserschwall ins Gesicht wieder ins Hier und Jetzt zurück. Ich blickte mich um. Ich wollte unter all den offenbar geistig verwirrten Blicken einen klaren finden, der mein Flehen nach Wahrheit beantworten würde. Ich suchte Kwasis Augen.

Er war leicht auszumachen, stand ganz hinten und überragte alle. Auch er trug ein Baumwollhemd anstelle seiner Schürze. Doch er lachte nicht. Er sang nicht. Er klatschte nicht. Er trank den Schnaps nicht. Er starrte in meine Richtung – erwiderte meinen Blick jedoch nicht. Es war, als blickte er durch mich hindurch.

Eine Gruppe junger Männer, ganz vorne, gebärdete sich besonders enthusiastisch, sie klatschten und sangen immer wieder: »Oh Master, My Master! Oh Master, My Master …«

Und noch etwas, das ich aber nicht verstand.

Ich hatte diese Männer noch nie gesehen. Man hatte sie wohl von dem Erlös für die Zwillinge und Tommys Mutter erstanden. Rechtzeitig zur Ernte.

Ich konnte mir diese gekünstelte Zeremonie nicht länger mit ansehen und ging ins Küchenhaus. Wenn mich einer fragen sollte, warum ich nicht an dem Getue teilnahm, hatte ich wie immer eine gute Ausrede: Ich hatte in der Küche zu tun. Das respektierte man hier.

Die meisten Sklaven schienen in diesem Augenblick, ganz im Gegensatz zu mir, sogar glücklich und dankbar. Der Schnaps brachte ihre Wangen zum Glühen, so wie Tage später das Zuckerhaus glühen würde. Und von da an kam hier niemand mehr zur Ruhe. Die Nächte wurden zum Tag, so hell schien das Feuer unter den Kesseln, in denen der Zuckersirup brodelte, so laut quietschten die Wagenräder der Karren, die die Zuckerrohr-Büschel vom Feld zur Mühle transportierten, so stetig knisterte die Mühle, in der das Rohr gemahlen wurde. Monatelang würde unser tägliches Treiben ab jetzt von diesen Geräuschen begleitet werden. Rund um die Uhr. Sieben Tage die Woche.

Alle arbeiteten als ein eingespieltes Team, sogar die Neuen hatten sich im Nu integriert. Man arbeitete in Gangs, die verschiedene Schichten und Tätigkeiten übernahmen. Die einen schnitten und bündelten das Rohr auf dem Feld, die anderen transportierten die Bündel vom Feld zur Mühle, wo meist Halbwüchsige oder Kinder das Rohr zwischen zwei Walzen schoben, die von einem Esel gezogen wurden und den Zuckerrohrsaft auspressten – eine gefährliche Tätigkeit, denn schnell geriet ein

Finger, eine Hand oder gar ein ganzer Arm mit hinein. Deshalb eigneten sich flinke, zarte Kinderhände am besten dafür. Der Saft musste rasch in die Kessel gegossen werden, damit er nicht schwarz wurde. In ihnen wurde er stundenlang verkocht. Während des Prozesses bildeten sich Zuckerkristalle auf der Oberfläche und an den Seiten der Kessel, die immer wieder abgeschöpft und gefiltert werden mussten. Der Sirup, der beim ersten Kochvorgang übrig blieb – eine zähe, braune Masse –, das war die Melasse, oder Molasses, wie sie hier sagten. Sie schmeckte und sah ähnlich wie unser Zuckerrübensirup aus. Molasses ist sehr süß und eignet sich hervorragend für Pecan-Pies, zum Glasieren von Schinken, gebackenen Bohnen – oder als Vergleich. *Der ist ja langsam wie Molasses,* hatte ich Sarah D schon oft über den Gärtner schimpfen gehört, wenn er uns langsam und abwesend die Körbe mit Obst oder Gemüse in die Küche stellte und immer nur einen zur Zeit trug. Sarah D meinte, er hätte zwei schaffen können, und das im doppelten Tempo. Sie hatte es ihm sogar einmal vorgemacht. Er nickte und kam beim nächsten Mal wieder mit nur einem Korb gemütlich angetrottet. Ich konnte es ihm nicht verdenken. Ob er zwei oder drei zur selben Zeit trug oder im Sauseschritt angerannt kam, das änderte nichts am Großen und Ganzen und schon gar nichts seinem Leben. Und die Hitze animierte auch nicht gerade zur Eile.

Sterbezeit ist Erntezeit, nein, *Erntezeit ist Sterbezeit* – wie herum man das sehen wollte, war egal. Tatsache war, dass Sarah D mal wieder recht hatte. Schon nach einer Woche Quietschen, Knistern und dem Blubbern aus den Kesseln, was von einem malzigen, leicht verbrannten Geruch begleitet wurde, den ich nur anfangs als angenehm empfand, erfüllte sich Sarah Ds Verheißung. Als der Erste starb, klebten mein Ekel und mein Hass an dem malzigen Duft und an der Geräuschkulisse wie die Zuckerkristalle am Rand der Kessel. Ausgerechnet der Bruder von Sarah Ds Mutter, Onkel Tom, musste dran glauben. Er war ein stattlicher Mandingo-Krieger und der Einzige, der Sarah D von ihrer Familie und der alten Welt geblieben war. Vier Männer, unter ihnen Paul A, der auch zur Ernte abkommandiert worden war, mussten ihn vom Feld tragen. Einer an den Schultern, einer am Torso und zwei an den Beinen.

»Er war alt. Es war zu erwarten, dass er die Ernte nicht übersteht«, hörte ich den Aufseher zu Master Wilburt sagen.

Der nickte nur und ließ die Männer Onkel Tom in einer kleinen Hütte, nicht größer als ein Plumpsklo, abliefern. Wo er noch am selben Abend verbrannt wurde. Für eine Beerdigung war keine Zeit. Auch zum Trauern nicht. Sarah D verlor kein Wort über den Tod ihres Onkels. Sie schien fast kaltherzig. Kaltherzig – ich musste an den Kohlen-Peter denken aus unserem Schwarzwaldmärchen: *Das Kalte Herz.* So empfand ich Sarah D manchmal. Doch sie hatte ihr Herz nicht freiwillig weggegeben und auch nichts als Gegenleistung bekommen. Jeden Tag splitterte ein Stückchen mehr von ihm ab. Irgendwann würde gar nichts mehr da sein, fürchtete ich.

Wer nicht gleich starb, sondern sich nur verletzte, starb oft an den Folgen seiner Verletzung. Die Mistress hatte allerhand mit Brandwunden, Verstümmelungen und Fieberanfällen zu tun. Sie verabreichte Tinkturen, wickelte Bandagen und leistete Erste Hilfe. Man hätte ihr Engagement fast für Fürsorglichkeit halten können. In Wahrheit aber befand sie sich in einer Zwickmühle. Brach ein Arbeiter auf dem Feld zusammen, war es besser, sofort Hilfe zu leisten. Wenn eine Schwäche zur Krankheit wurde, würde das in längerer Bettruhe und damit verbundenem Arbeitsausfall enden oder sogar mit dem Tod. Auf der anderen Seite, wenn man jemandem erlaubte, sich ohne wirklichen Grund auszuruhen, führte das auch zu Arbeitsausfall. Beides war nicht gut für den Gewinn. Nur in Notfällen wurde der Arzt gerufen. Die Frauen, wie Kwasis Mutter, die sich mit traditionellen Heilmethoden aus ihrer afrikanischen Heimat auskannten, arbeiteten mit ihren eigenen Mitteln. Sie schienen mir wie ein Gegenmittel zu dem, was die Mistress verabreichte. Sie brühten Tees aus Eichenrinde, Kastanienblättern oder Sassafraswurzel, machten Umschläge aus wilden Gräsern und sangen rhythmische Reime dazu, von denen ich natürlich kein Wort verstand.

Tage wurden zu Wochen, Wochen zu Monaten.

Auch Denise war aufs Feld abkommandiert worden. Was gut war, denn dann brauchte ich sie nicht zu sehen. Wir hatten seit dem »Danke« in der Küche, nachdem sie meinen Pie gerettet hatte, kein Wort mehr miteinander gewechselt. Das war peinlich genug, und der Abend davor lag mir noch immer in den Knochen. Aber es war mal wieder meine eigene Schuld.

In unserer Küche war es so ruhig wie nie zuvor. Jeder schien seinen ganz persönlichen Grund für sein Schweigen zu haben. Es war fast wie ein kleines Wunder, als Tommy Sarah D nach den Vanilleschoten fragte und nach der großen Rührschüssel griff. Wortlos legte ich meinen Kochlöffel neben die Schüssel, wortlos nahm er ihn, und wortlos rührte er einen Teig zusammen. Ich kann mich nur auf Teufel komm raus nicht mehr erinnern, was er damals gebacken hat. Es war kein Cobbler, keine Charlotte russe. Auch kein Kaffeekuchen oder Bananenbrot. Aber auf das Ergebnis kam es auch nicht an. Es war der Prozess, der wichtig war. Es war der Prozess, der heilte. Kam es eigentlich jemals auf das an, was dabei rauskam?

Auf jeden Fall war die Stimmung in der Küche jetzt etwas aufgelockert. Wir machten zwar noch keine Scherze wie sonst und Sarah D auch keine süßsauren Bemerkungen, doch lächelten wir drei uns ab und zu wenigstens wieder an. Wir waren auf dem Weg der Besserung. Doch hatten wir auch viel zu tun mit den Weihnachtsvorbereitungen.

Eines späten Nachmittags, als die Tage schon kürzer wurden, gönnten Sarah D und ich uns ein Päuschen. Wir saßen auf den Fässern vor dem Küchenhaus und beobachteten die Sonne, die schwer und dunkelrot über dem Bayou hing, der Mond gleich hinter ihr, leicht und blass, als wollte er sie aus dem Weg schupsen, und wir lauschten dem Chor der Zikaden.

»Sha, sha, sha, Mama Melba«, unterbrach Sarah D plötzlich unsere lautlose Einigkeit, und sie hörte sich dabei beinahe wieder wie sie selbst an. »Wie die Zeit vergeht, es ist praktisch schon Weihnachten. Meine Jungs sind schon fast ein Jahr weg.«

Sie war nachdenklich heute Abend. Ihre Jungs? Lebten die nicht auf der Nottoway Plantage? Sie hatte noch nie wirklich von ihnen gesprochen. Nur Hélène hatte es mir damals erzählt. Stimmt. Das war alles bald ein Jahr her.

»Deine Jungs, wo sind sie?«

»Weg«, sagte sie.

Sie ließ ihren Blick nicht von dem Sonnenuntergang, der jetzt von Rot in Lila überging und die ganze Welt mit eintauchte – uns eingeschlossen.

Eben hatte es noch den Anschein gemacht, als wollte Sarah D mir etwas erzählen. Jetzt schien sie einen Rückzieher zu machen. Sie legte die Stirn in Falten, sorgenvoll, den Blick immer noch auf den Bayou gerichtet, über dem der blasse Mond inzwischen den Zweikampf gewonnen hatte.

»Weg?«, fragte ich nach.

»Erinnerst du dich an den Tag deiner Ankunft auf Belle Bleu?«

»Ja, du warst aber nicht da. Jedenfalls nicht in der Küche.«

»Meine Jungs sind gekommen, um sich zu verabschieden.«

»Zu verabschieden?«

Dass die Schwarzen hier nicht einfach so reisen durften, geschweige denn sich leger verabschieden kommen, war mir inzwischen klar geworden. Was meinte sie damit?

»Sie wollten mich mitnehmen. Denise auch.«

Sie machte wieder eine Pause, sprach Stakkato und in Rätseln.

»Mama Melba, sha«, sie schüttelte den Kopf und wandte sich mir zu. »Wie sieht überhaupt dein Tignon aus.« Sie fing an, an meinem Tignon rumzuzuppeln. »Denise muss dir mal wieder einen neuen Schal zurechtschneiden, deiner hat ja alle Frische und Standhaftigkeit verloren.«

Natürlich zuckte ich zusammen, als sie den Namen ihrer Tochter erwähnte. Sie wusste nichts von Denises und meiner Begegnung vor Kwasis Hütte, da war ich mir jetzt sicher. Denise wird mir wohl nie wieder einen Tignon zurechtschneiden, dachte ich wehmütig, geschweige denn, mir einen wickeln. Sie bedauerte bestimmt, es mir jemals beigebracht zu haben.

Geschicktes Ablenkungsmanöver, dachte ich, und wandte mich wieder dem eigentlichen Thema zu.

Ich wollte Sarah D nicht unter Druck setzen, aber ich wollte jetzt wissen, was damals vorgefallen war. Und ich spürte auch, dass sie es mir erzählen wollte. Traute sie mir immer noch nicht ganz?

»Hélène, Gott hab sie selig«, fuhr Sarah D fort, nachdem sie meinen Tignon aufgerichtet hatte, »hat mir an diesem Nachmittag, als du ankamst, freigegeben. Das war das letzte Mal, dass ich sie gesehen oder von ihnen gehört habe. Ich hoffe, sie haben es geschafft. Du weißt schon, was ich meine – mit der Underground Railroad in den Norden.«

Mit diesen Worten kämmte sie mit zwei Fingern eine Locke aus meiner Stirn und steckte sie unter den Tignon. Sie konnte so liebevoll sein, diese zähe Frau. Und nein, ich wusste nicht, was sie mit Underground Railroad meinte. Eine Untergrund-Eisenbahn. Eine Eisenbahn in der Erde? Warum nicht, dachte ich und nickte.

»Sie wollten mich mitnehmen und Denise auch. Den ganzen Nachmittag haben sie versucht, uns zu überreden. Denise sträubte sich. Am Ende war ich froh, dass sie nicht mitgegangen war. So blieb mir wenigstens ein Kind. Aber auch Gewissensbisse, dass ich sie einer besseren Zukunft beraubt habe.«

Sie schwieg für ein paar Augenblicke, starrte auf den blauen Bayou.

»Ach, Mama Melba, wenn du mal Kinder hast, wirst du schon sehn. Man weiß nie, ob man es richtig macht oder falsch.«

»Ist es im Norden denn besser als hier?«, fragte ich, als sie wieder schwieg.

Sie nickte bedächtig. »Vielleicht. Kwasi hat uns von einem Kongressabgeordneten namens Lincoln erzählt. Er ist in der neuen Republikanischen Partei und gegen Sklaverei. Kwasi sagt, dass er Präsident werden wird, und dann wird alles besser werden. Man darf die Hoffnung nie aufgeben.«

»Aber warum seid ihr nicht beide mitgegangen, dann wäret ihr alle zusammen gewesen?«

»Sha, sha, sha, ma piti, da, wo ich als Nächstes hingehe, da wartet der liebe Gott auf mich.« Sie rutschte vom Fass, gab mir einen Klaps auf den Oberschenkel und ging in die Küche zurück. Wir waren heute endlich mal wieder frühzeitig fertig, sodass ich noch etwas in meinem Garten arbeiten konnte. Wie immer in letzter Zeit, schickte Sarah D mich zuerst aus der Küche, gab vor, noch das eine oder andere zu tun zu haben. Ich wusste aber genau, was sie tat. Sie stellte das Schälchen mit der Andouille neben den Pfeifers-Gang auf den Geschirrschrank. Die Kleine konnte ja nichts dafür, dass Master Wilburt ihr Herrchen war, dachte ich. Zu ihr war er liebevoll wie sonst zu niemandem. Tommy half mir beim Unkraut zupfen, obwohl ich sagen muss, dass hier wenig wucherte, viel weniger als daheim, obwohl die Erde doch so fruchtbar war. So fruchtbar, dass ich schon mein erstes Basilikum und den ersten Thymian geerntet hatte. Es war bald an der Zeit, Schnittlauch und Petersilie zu säen, für meinen Bibeleskäs.

Als ich am nächsten Morgen die Küche aufschloss – ich war die Erste, weil ich mal wieder nicht schlafen konnte –, fiel mein Blick auf das Schälchen. Es stand unangerührt auf dem Schrank. Ich ließ es dort stehen und bückte mich in den Kamin, um den Ofen für die Biscuits anzuheizen. Da hörte ich Geräusche aus dem Speisesaal kommen. So früh war doch sonst noch niemand wach, dachte ich und schlich mich langsam durch den Pfeifers-Gang, selbstverständlich ohne zu pfeifen.

Jemand sang ein Lied, ein Schlaflied, der Melodie nach zu urteilen auf Kreolisch. Ich erkannte Sarah Ds Stimme. Ein Mann weinte. Ich öffnete die Tür ganz vorsichtig einen winzigen Spalt.

Neben Master Wilburt an dem langen Tisch saß Sarah D, beobachtet wurden sie außer von mir von den vielen blauen Vögeln auf der Tapete und dem Gemälde des Masters über dem Kamin, der wie ein dunkles Loch aussah. Master Wilburt war in ein langes, helles Nachtgewand gekleidet, fast wie ein Sklave, und hing mit dem Oberkörper über dem Tisch. Er hatte sein Gesicht in den Händen vergraben, seine Haare hingen, wie üblich, strähnig darüber. Sarah D saß kerzengerade. Sie hatte keinen Tignon auf, ihr Haar war zu drei noppigen Zöpfen geflochten. Zum ersten Mal sah ich, dass sie grau war. Sie streichelte Master Wilburts Rücken, starrte dabei in den Kamin und sang. Die Sonne ging über der Mississ Ippi hinter den Feldern auf und schickte einen violetten Strahl, so dünn wie ein Pfeil, durch das geöffnete Fenster. Es war totenstill draußen. Der Strahl erhellte das Zimmer von Minute zu Minute mehr und wurde immer roter und breiter und schien auf den leeren Tisch, genau dorthin, wo ein schwarzes Lederhalsband lag, so dünn wie ein Schnürband.

Leise schloss ich die Tür und ging wieder in die Küche zurück. Blickte auf das Schälchen und ließ es auf dem Schrank. Ich setzte mich an unseren Tisch, vergrub mein Gesicht in den Händen, wie Master Wilburt es getan hatte, und weinte leise vor mich hin. Eine Mutter glaubt wohl immer an das Gute in ihrem Kind.

Kurze Zeit später trat Sarah D wortlos in die Küche, wie nach Hélènes Tod. Sie war durch den Eingang im Hof gekommen, als wäre sie nie im Großen Haus gewesen, hätte nie neben Master Wilburt am Tisch im Speisesaal gesessen.

Wortlos stellte ich ihr einen Kaffee hin. Wortlos trank sie ihn aus, und wortlos verging der Tag und auch die folgenden Tage.

Eines Nachts, als ich auf einem meiner späten Spaziergänge war, hörte ich Geräusche aus der Küche. Tommy konnte es nicht sein, den hatte ich vor Stunden in seine Hütte gebracht. Sofort kamen Gewissensbisse in mir auf, dass ich ihn immer noch in seiner Hütte allein ließ. Ich wollte ihn schon lange zu mir holen, doch wusste ich nicht, wie ich es anfangen sollte, war die Hütte doch das Einzige, was ihm von seiner Familie geblieben war. Ich sah Kerzenschein aus dem Fenster neben der Tür kommen, die Geräusche waren verstummt. Vorsichtig öffnete ich die Tür und sah zuerst Master Wilburt in dem schwachen Licht. Er war über den Tisch gebeugt, trug wieder das lange helle Nachthemd, das er so weit hochgezogen hatte, dass es sein weißes Hinterteil entblößte. Unter ihm lag Tommy. Seine Hose war auf seine nackten Füße gerutscht, die unter der Tischkante baumelten. Das Bild brauchte keine Erklärung.

Wie eine Furie rannte ich mit gezücktem Messer auf Master Wilburt zu. Er wich zur Seite. Mein Messer blieb in der

Holztischplatte stecken. Tommy blieb wie angewurzelt liegen. Mein Messer hatte den Buben gerade so eben verpasst, doch ich hatte Master Wilburt am Arm erwischt. Er stand in Denise' Abwaschecke wie ein verwundetes Tier. Das Kerzenlicht flackerte in seinen aufgerissenen Pupillen. Er hielt seinen Oberarm fest, zwischen seinen Fingern rann Blut hindurch.

»Mi…Mi…Mi…Mi…Mi…ss Koch, tu…tu...tu...tun Sie nichts, wa…wa…was Sie bereuen werden!«

Bereuen. Von wegen. Bereuen würde ich, was ich nicht tat. »Einer von uns beiden kommt hier nicht mehr raus«, sagte ich ganz ruhig und zog das Messer aus dem Holztisch. Doch während ich Tommy aufhalf, was mich für einen Moment ablenkte, sprang Master Wilburt in Richtung Tür an mir vorbei. Ich erwischte ihn jedoch noch einmal – am anderen Arm.

Blutstropfen im Sand auf dem Küchenboden und draußen führten wie Spuren im Schnee aus dem Küchenhaus hinaus auf die Felder. Er war ein wildes Tier. Ihm zu folgen, würde nichts bringen. Die Warnung hatte hoffentlich genügt.

Natürlich könnte er mich rausschmeißen, doch ich hatte mein Ass noch nicht gespielt, das wusste er genau wie ich.

Fest hielt ich Tommy auf dem Weg zu meiner Hütte im Arm. Einige Male wollte er unter Tränen anfangen, zu erklären. »Sch, sch, sch«, beruhigte ich ihn. Er brauchte mir nichts zu erklären. Ich wusste, wie es sich anfühlte, wenn man auf diese Weise benutzt wurde, wenn einer Macht über einen hatte.

Ich kam mir mit einem Mal nicht mehr ganz so hilflos vor, war jetzt die Beschützerin von Tommy. An diesem Abend nahm ich ihn endgültig unter meine Fittiche und holte ihn zu mir in meine Hütte. Er sträubte sich zuerst zwar ein wenig, doch der Schrecken in der Küche überzeugte ihn. Wir kramten seine zwei, drei Sachen zusammen – ein extra Hemd, eine extra Hose, legten sie zu der Flickendecke in die Kiste, die am Fußende seines Bettes stand und auf der eine grobzackige Pferdebürste lag.

Gemeinsam trugen wir die Kiste die drei Stufen hinunter und die drei Stufen hinauf in meine Hütte und stellten sie neben meine Kiste. Jetzt war die Hütte, in der er einst mit seiner Familie gelebt hatte, leer und frei. Frei für Denise und Kwasi. Denn das hatten die Mistress und der Master damit gemeint, das lag auf der Hand. Die Balance auf der Plantage wäre wiederhergestellt und ihr Fortkommen gesichert.

Tränen rannen mir über die Wangen. Ich wischte sie mit meinem Ärmel weg. Tommy sollte sie nicht sehen. Ruhig schlief er in meinen Armen ein.

Ich wartete jeden Tag darauf, dass Denise und Kwasi gemeinsam in die leere Hütte einzogen, und kam mir mit jedem Tag fremder vor. Ich hatte hier nichts zu suchen, gehörte hier nicht her.

Ab und zu, spät am Abend, hörte ich Denise und Kwasi lachen. Dann zog ich den Lumpen vor meinem Fenster einen Spalt zur Seite und sah sie nebeneinander mit den anderen vor seiner Hütte sitzen. Nicht richtig vergnügt, das war hier momentan keiner. Richtig aber war der Anblick. Sie passten zueinander. Wie der Schnee zum Winter, die Hitze zum Sommer, die Molasses in den Pecan-Pie, die Kirschen auf die Sahnehaube.

Master Wilburt ließ sich nirgends blicken, obwohl ich ständig auf der Hut vor ihm war. Auf Tommy passte ich gut auf.

Ich hatte auch Sarah D von dem Vorfall mit Master Wilburt erzählt. Sie versuchte jetzt nicht mehr, ihn mir nettzureden wie auf der Hochzeit. Doch hatte ich an ihrem Schweigen schon lange erkannt, dass sie die Hoffnung, dass er sich eines Besseren besinnen würde, nie aufgeben würde. Zwischen mir und ihr war Tommy auf jeden Fall eingebettet wie der Speck in der Roulade. Wir ließen ihn nie aus den Augen. Wenn ich im Räucherhaus war, hatte sie ihre Fühler ausgestreckt, wenn sie

Sahne oder Butter im Milchhaus machte, hatte ich Bereitschaft. Heim gingen wir ab jetzt immer alle gemeinsam.

Thanksgiving und Weihnachten waren mir ganz egal. Es war auch nur im Großen Haus feierlich. Das Einzige, was mir von meinem ersten Weihnachten auf der Plantage im Kopf geblieben ist, sind Pies, Pies, Pies. Tommy wurde damals zum Pie-Meister. Er zauberte sogar einen Kartoffel-Pie. Sag ichs doch! Die gute Grumbire. Die Kartoffel, die er benutzte, war eine gelbliche, lange und süße Variante, die er pürierte und mit einer guten Portion Muskatnuss und Zimt verfeinerte.

Ich hatte merkwürdigerweise keinen Appetit, hatte noch nicht mal genascht, hatte einfach nur funktioniert wie die Walzen in der Zuckerrohrmühle, an deren Knistern ich mich auch schon fast gewöhnt hatte wie an das Zirpen der Zikaden. Man kann sich an alles gewöhnen. Nein, nicht an alles. Wo war die Grenze? Vielleicht hatte ich sie überschritten, bewegte mich im Niemandsland. Nicht mehr ganz hier, noch nicht ganz da. Ein Leben lang im Niemandsland. Unweigerlich musste ich an Mutter denken. Sie schwebte im Niemandsland. Ich hörte ihre Stimme. *Melba, Melba – du und deine unmöglichen Gedanken.*

Egal. Wie in Trance rührte ich Gumbos, stopfte Truthähne und füllte Terrinen, die ich sogar mit ins Speisezimmer tragen und servieren half, da Paul A immer noch aufs Feld abkommandiert war.

Kurz vor Heiligabend kam Herr Folse vorbei und brachte Geräuchertes. Der Duft erfüllte die Küche mit Erwartung und mich mit Heimweh. Er schenkte Sarah D eine Flasche Ratafia und lud mich zur Messe am Heiligabend an die Deutsche Küste ein. Ich bedankte mich, lehnte jedoch ab. Nach fremden Menschen war mir wirklich nicht zumute. Außerdem wollte ich Tommy nicht alleine lassen.

Doch mein Widerstand stieß auf taube Ohren. Herr Folse und Sarah D protestierten und überredeten mich.

Am Heiligabend um Punkt drei Uhr fuhr Herr Folse vor, um mich abzuholen. Sarah D, mit Tommy im Arm, winkte mir Goodbye. Ich hatte mich sogar etwas herausgeputzt, denn Sarah D hatte mich am Mittag aus der Küche geschmissen: »Geh, mach dich zurecht und hab Spaß mit deinen Leuten«, hatte sie gesagt.

Meinen Leuten. Meine Leute sind ganz weit weg, dachte ich. Bei dem Gedanken kullerten mir ein paar Tränen die Wangen hinunter, auf den Kragen meiner weißen Bluse, die ich sogar gestärkt hatte und die immer noch passte. Ich zog meine schwarze Weste drüber und holte meinen Hut aus der Kiste hervor. Ich hatte immer noch keine neuen Bommeln gebastelt, um die zu ersetzen, die ich Mary und den Zwillingen geschenkt hatte. Ich arrangierte die noch vorhandenen um, sodass keine Lücken mehr zu sehen waren. Etwas komisch fühlte der Hut sich an, er war auch so schwer. Ich hatte mich schon zu sehr an meinen leichten Tignon gewöhnt. Siehste, Mel – man gewöhnt sich.

Zufrieden und rausgeputzt wie bei meiner Ankunft stieg ich in den heute mal leeren Karren von Herrn Folse, obwohl mir das eigentlich alles recht unangenehm war.

Wir wechselten nicht in seine Barke, sondern fuhren den ganzen Weg entlang der Mississ Ippi flussabwärts in Richtung New Orleans immer am Deich entlang. Vorbei an Eichenbüschen und Schilf bis zur St.-Charles-Gemeinde. Wie gut, dass ich mir eine Stola übergezogen hatte, denn es wehte ein kühler Wind vom Fluss her, der mir einige Male meinen Hut wegpusten wollte, sodass ich ihn schließlich samt Kappe absetzte und unter dem Sitz vor den Windböen versteckte. Ich glaube, es war der kälteste Tag, den ich hier bisher erlebt hatte. Der Himmel war grau, ausgewaschen wie Treibholz – bei dem Gedanken lachte ich leise in mich hinein. Treibholz war ich schon lange nicht mehr. Wir hielten vor einer Handvoll von kleinen Holzhäusern direkt hinterm Deich an. Das Schilf und die kurzen Hecken bogen sich vor den ordentlich arrangierten Häuschen mit den kleinen Veranden vor der Haustür, wie sie für diese Gegend typisch waren, egal ob Villa oder Hütte – Porch nannten sie sie. Die Folses hatten zwei grob gezimmerte Schaukelstühle auf ihrer Porch stehen, die sich wie von selbst schaukelten. Die Zisternen an den Seiten der Häuser ragten bis über ihre Dächer hinaus.

Herr Folse stellte mich seiner Frau vor. Sie war kräftig und mir sofort sympathisch. Sie wäre eine echte Deutsche, so wie ich, sagte er und nickte dabei ganz aufgeregt. Eine gebürtige Schexsnyder, betonte er.

Auf dem Weg zur kleinen Kapelle, die nur ein paar Gehminuten vom Haus der Folses entfernt war, vorbei an anderen Holzhäusern mit Porches, trafen wir noch mehr Deutsche. Es war eine katholische Messe, wie ich erwartet hatte, und sie war teilweise wirklich auf Deutsch. Doch heimelig wurde mir dabei dennoch nicht. Gott hatte für mich versagt.

Die Folses stellten mich noch mehr Schexsnyders, Zaunbrechers, Waguespacks, Zeringues, Rebstocks und Lemanns vor. Sie waren alle so stolz auf ihre Herkunft, dass es mich auf einmal auch stolz machte, Deutsche zu sein. Ich badete in dem Gefühl, denn ich hatte mich noch nie als besonders empfunden. Diese Lemanns waren sogar mit dem netten Apotheker aus New Orleans verwandt, der es so gut mit mir gemeint hatte. Ob er wusste, was auf Belle Bleu los war? Ah, ich hätte ihn gern wiedergesehen! Vielleicht sollte ich einfach mal nach New Orleans reisen und die Lemanns besuchen, so weit weg war es ja nicht.

Frau Folse zog mich in die Küche, wo sie mir ihre Plätzchenformen zeigte: ein Stern, ein Hirte und ein Tannenbaum. »Für die Petit Gateaux«, betonte sie.

Der Verwandte von Herrn Lemann und Herr Waguespack präsentierten mir ihre Zinn-Bierkrüge wie Trophäen. »Aus der alten Heimat«, sagte Herr Waguespack andächtig in einem Mischmasch aus Deutsch und Französisch und zeigte auf die Vorderseite des Kruges, auf der ein Ritter mit Helm und Schild eingraviert war.

»Grüß Gott«, sagte da plötzlich jemand in überraschend klarem Deutsch und mit einem bayrischen Dialekt, wie ich ihn im Wirtshaus Traube manchmal gehört hatte.

»Grüß Gott«, sagte ich spontan.

Eine Frau kam auf mich zu, etwas kleiner als ich, schenkte mir ein freundliches Lächeln und streckte mir ihre Hand entgegen. Von ihren Ohren baumelten bei jeder Bewegung lange Ohrringe, die aussahen wie kleine Glöckchen, ob es aber wirklich welche waren, da bin ich mir heute nicht mehr sicher. Ihre dunklen Haare hatte sie zu einem Dutt auf dem Oberkopf zusammengebunden. Na, das war eine echte Deutsche, dachte ich. Sie hatte die gleiche resolute Art wie ich, doch schien sie viel mehr Selbstvertrauen zu haben, weshalb ich sie sofort bewunderte. Ich hielt ihr meine Hand entgegen.

»Elizabeth Kettenring, sehr erfreut.« Sie griff meine Hand mit ihrer Linken, umschloss sie fest und schüttelte unsere beiden Hände kräftig mit der Rechten. »Herr Folse hat mir schon von Ihnen erzählt, Fräulein Koch.«

»Nennen Sie mich bitte Melba, und sagen Sie du zu mir.«

Ich konnte mir nicht vorstellen, dass jemand, der älter war als ich, mich siezte. Obwohl bestimmt nur ein paar Jährchen zwischen uns lagen.

»Dann sagen Sie, ich meine du, Lizzie zu mir.«

Wir beide lachten so vertraut, wie wir es in der Küche tun, als ob wir uns schon lange kannten. Aber natürlich, sie war doch auch Köchin, wie sie mir erzählte, und echte Deutsche, wie ich mir gedacht hatte. Ich hob meine Schürze und zeigte ihr meinen Kochlöffel und mein Messer, die ich darunter versteckt hatte. Ich wollte nicht, dass die Folses dachten, ich fühlte mich bei ihnen nicht sicher, deshalb ließ ich sie nicht offensichtlich an meiner Seite baumeln. Lizzie nickte, lächelte verschmitzt, sodass zwei Grübchen zum Vorschein kamen, und zeigte mir ihr Messer unter ihrer Schürze. Wir mussten wieder lachen.

Vor sechs Jahren war Lizzie Kettenring ihrem Bruder nach New Orleans gefolgt. Er hatte dort damals schon als Metzger im French Quarter gearbeitet und hatte für sie eine Anstellung als Köchin in einem Restaurant gefunden. Ganz allein war sie gereist, wofür ich sie noch mehr bewunderte.

»Na, ihr versteht euch«, sagte Herr Folse, der uns zwei Gläser Ratafia hinhielt. »Das habe ich mir gedacht.« Er lächelte und ließ uns wieder allein.

Lizzie und ich setzten uns auf ein Sofa, was eher eine Bank war, so hart saß man, und etwas abseits vom Geschehen und der lauten Akkordeon-Musik stand. Ich erzählte ihr, wie ich hier gelandet war, und sie erzählte mir ihre Geschichte, die ähnlich war, und doch ganz anders. Das habe ich im Lauf der Zeit immer wieder bemerkt. Die Geschichten von uns Immigranten waren alle anders, doch alle gleich.

Lizzies Ohrringe baumelten unentwegt, so lebhaft erzählte sie und wippte im Takt der Musik, zu der ich schon die ganze Zeit mit dem Fuß tappte. Man konnte gar nicht anders. Die Melodien hatten etwas Vertrautes, doch auch zugleich etwas ganz anderes. Wie unsere Geschichten. Wie Amerika.

Und dann war jeder am Tanzen. Groß und Klein. Alt und Jung. Die ganz Alten saßen auf Stühlen und wippten beschwingt mit ihren Gehstöcken. Auf einmal stand Herr Folse mit zwei jungen Burschen vor uns. Er versuchte uns einander vorzustellen, doch die Musik war so laut, dass ich nur einen Namen mitbekam: Kurt.

Ich zuckte zusammen.

Wir lächelten einander freundlich an, Lizzie zwinkerte mir aufmunternd zu, und schon bewegten sich unsere Hüften im Takt der Musik.

Kurt und Peter hießen die beiden, mit denen uns Herr Folse anscheinend verkuppeln wollte. Sie sprachen kein Deutsch mehr, sahen auch nicht deutsch aus, eher italienisch mit ihren pechschwarzen Haaren und der olivenfarbenen Haut. Das Einzige, was ihnen von ihrer Herkunft geblieben war, erzählte mir Kurt, war der schwäbische Name ihrer Vorfahren. Peter und Kurt Zeringuer. Sie waren Brüder und betrieben mit ihren Eltern einen Bauernhof in Vacherie.

»Spaß muss sein«, flüsterte mir Lizzie zu, als die beiden Ratafia zum Nachschenken holten.

»Fräulein Kettenring«, rief Frau Folse uns von der anderen Seite ihres Salons aus zu und hielt dabei einen Teller mit Pie, der eine ganz helle Füllung hatte, hoch. »Köstlich!«

Lizzie strahlte übers ganze Gesicht und verbeugte sich leicht, als hätte sie gerade ein Ständchen zum Besten gegeben. Und das hatte sie irgendwie auch. Denn was Frau Folse lobte, war Lizzie Kettenrings Cream-Cheese-Pie. Sag ichs doch: Pie!

Weihnachten 1860 war ein Pie-Weihnachten. 1860 ein Pie-Jahr.

Lizzies Kreation war wirklich köstlich – locker, leicht und ein Tick zitronig. Zum ersten Mal seit Langem schmeckte mir wieder etwas. Natürlich gab sie mir später das Rezept, ihre eigene Erfindung aus kreolischem Cream-Cheese, für die sie später bis weit über die Grenzen von Louisiana hinaus bekannt werden würde. Sie gab mir auch ihre Adresse in New Orleans. Sie wohnte bei ihrem Bruder in der Decatur Street. Der übrigens noch ledig war, wie Lizzie mit einem Augenzwinkern betonte. Immer wollte einen jemand verkuppeln. Ich wusste zwar nicht, wann und wie ich nach New Orleans kommen würde, doch der Gedanke war prickelnd. Vielleicht war es aber auch der Ratafia, der mir zu Kopf stieg.

Kurt und Peter kamen zurück, lächelten, schenkten uns nach, und wir tanzten noch lange ausgelassen zu der verrückten Musik. Ich hatte so viel Spaß und so viele nette Menschen kennengelernt, dass mir der Abschied von den Folses, den Schexsnyders und wie sie noch alle hießen, richtig schwerfiel. Besonders aber von Lizzie. Sie war mein Soulmate – meine Seelenverwandte – das Wort gefiel mir auf Englisch besser.

Die Zeringuer-Brüder luden uns für das nächste Wochenende auf ihren Hof nach Vacherie ein. Dann würde der offizielle Auftakt der Boucherie stattfinden, dem Schweineschlachten, was hier im Winter Tradition war.

Jedes Wochenende, die Deutsche Küste rauf und runter, schlachtete eine andere Familie ein Schwein und lud Nachbarn und Freunde dazu ein. Alle halfen, und alle machten verschiedene Gerichte aus den verschiedenen Teilen des Tieres. Das Ganze wurde von Musik wie dieser hier begleitet und mit viel Ratafia hinuntergespült, so zumindest erklärte es mir Herr Folse, als er mich weit nach Mitternacht auf seinem Karren nach Hause fuhr. Der Mond schien blau, fast voll. Ich hörte die Wellen ans Ufer rollen. Leise sang die Mississ Ippi. Von der ich natürlich längst wusste, dass sie Mississippi hieß.

CREAM CHEESE PIE À LA LIZZIE KETTENRING ALIAS MADAME BÉGUÉ

Zutaten

Für den Cream Cheese Pie braucht man den Teig von zwei Pie-Krusten (siehe Rezept für Pecan Pie). Außerdem: 500 Gramm Creole Cream Cheese (siehe Rezept für kreolischen Streichkäse / Bibeleskäs), 2 Eier, ½ Tasse Zucker

Zubereitung

Den Teig halbieren und mit der einen Hälfte die Pie-Schale auslegen, wie im Grundrezept erklärt. Die andere Hälfte wird ausgerollt und zu ½ Zentimeter breite Streifen geschnitten, mit denen die Oberfläche des gefüllten Pies im Zaunmuster belegt wird.

Zunächst jedoch Creole Cream Cheese, Ei und Zucker gut verrühren und in die Pie-Kruste gießen, dann die Teigstreifen in Form eines Flechtgitters auflegen. Nach Wunsch mit einem verrührten Eigelb bestreichen und den Pie bei 175 Grad C 35–40 Minuten backen.

Q
Boudin Blanc

Eine Woche später holte Herr Folse mich wieder ab – zur Boucherie! Er war aber nicht allein gekommen. Kurt Zeringuer saß neben ihm auf dem Bock. Ich zuckte zusammen, wusste nicht, ob ich das gut fand. Doch dann erinnerte ich mich an Lizzie Kettenrings Worte: *Ein bisschen Spaß muss sein.*

Auch Sarah D drängte mich wieder, zu gehen. Sie würde Tommy natürlich nicht aus den Augen lassen, versicherte sie mir und schubste mich damit aus der Küche. Ich sprang auf den Karren neben Kurt. Er und Herr Folse und die anderen fühlten sich langsam wirklich wie »meine Leute« an, und somit hatte Sarah D mal wieder recht gehabt. Obwohl es mir zugleich auch immer so vorkam, als würde ich »meine Leute« gerade verlassen, wenn ich von der Plantage fuhr. Wie gern hätte ich Sarah D mitgenommen! Aber eine von uns musste auf Tommy aufpassen. Ich werde einfach fragen, ob ich das nächste Mal beide mitbringen darf, Sarah D und Tommy, dachte ich.

Lizzie und ich umarmten uns wie alte Freundinnen, als ich auf dem Hof der Zeringuers ankam. Die Boucherie war schon in vollem Gange. Menschen, alt und jung, in verschiedenen

Grüppchen, schürten verschiedene Feuerstellen, über denen verschiedene Töpfe brodelten, aus denen die herrlichsten Düfte aufstiegen.

Ich erkannte Herrn Waguespack und Herrn Lemann, die mir mit ihren Bierkrügen zuprosteten. Frau Folse kam mir mit einem Teller Debris entgegen – eine Art Gulasch aus Innereien, die bei der Wurstverarbeitung abfielen. Am Tag der Boucherie kochten die Frauen einen riesigen Topf davon, um alle bei der Stange zu halten. Die Männer waren fürs Schlachten und Ausnehmen des Schweins verantwortlich.

Debris war nicht mein *favorite*, aber wie jedes Gericht hier würzig und tief.

Der Sinn und Zweck einer Boucherie ist es, jedes Teil des Tieres zu benutzen und jede Familie, die mithalf, für den Winter damit zu versorgen. Nichts wurde vergeudet. Rippen, Schnitzel, Keulen, Braten wurden aus dem Fleisch geschnitten. Tasso und Andouille-Wurst wurden geräuchert. Schinken wurden in einer Zucker-Beize gebeizt und dann geräuchert. Kopf und Füße wurden stundenlang mit Gemüse zu Sülze eingekocht. Cracklings brutzelten in heißem Fett. Und es fiel ganz viel Schmalz ab. Ich hatte Frau Zeringuer, die Mutter der beiden Buben, gefragt, ob ich mir ein Glas abschöpfen durfte. Ich wollte es Sarah D für ihre Haare mitbringen.

Die Zeringuers waren fleißige Bauern. Harte Arbeiter wie alle Deutschstämmigen hier. Das hatte mir Hélène damals erzählt, und die Boucherie war der Beweis dafür. Lizzie und ich halfen Herrn Zeringuer bei der Herstellung von Boudin blanc – einer hellen Wurst mit Reis, zart wie eine Paté, die mich besonders begeisterte. Herr Zeringuer schickte Schulterfleisch und Leber durch einen Wolf. Frau Zeringuer brachte gekochten Reis, Lizzie hackte viele, viele grüne Zwiebeln und Petersilie, und ich vermengte alles mit beiden Händen in einer großen Schüssel und gab kräftig Pfeffer und Salz hinzu. Dann stopfte

Herr Zeringuer die Masse in den gereinigten Darm und zwirbelte kleine Würste ab, die in heißem Wasser gebrüht wurden. Boudin blanc ist ein wahres Gaumenvergnügen.

Lizzie und ich verteilten Boudin blancs an die Familien. Gegen Spätnachmittag machten dann alle ihre Runden mit ihren eigenen Spezialitäten. Das Licht der Feuerstellen wurde schummriger und die Musik lauter. Heute begleitete sogar jemand das Akkordeon auf dem Waschbrett. Das ließ die Melodien noch lebenslustiger klingen.

Kurt und Peter, die den ganzen Tag mit dem Schlachten und Ausnehmen des Tieres beschäftigt gewesen waren, kamen jetzt geschniegelt und gestriegelt mit frischen Hemden, einer Flasche Ratafia und vier Gläsern zu Lizzie und mir in die Küche. Frau Zeringuer entließ uns mit einem Augenzwinkern. Wir setzten uns auf die Schaukelstühle vorne auf der Porch. Die Burschen ließen uns den Vortritt und setzten sich auf kleine Hocker daneben und wir prosteten uns auf die gelungene Boucherie zu.

»Fräulein Koch«, sagte Kurt, »gefällt es Ihnen bei uns?«

»Sehr«, sagte ich, »besonders Ihr Essen.«

Dass ich ihm damit den Wind aus den Segeln nahm, wurde mir erst im Nachhinein bewusst. Wir lachten alle etwas unbequem.

»Kommt, lasst uns tanzen«, sagte Lizzie schnell. »Die Musik gefällt dir doch auch, Melba?« Sie lächelte, sodass ihre Grübchen zum Vorschein kamen, und wir sprangen alle auf – erleichtert, nichts mehr sagen zu müssen. Im Takt der Musik bewegten wir uns auf die mit Holzplanken ausgelegte Tanzfläche zu. Kurt war ein guter Tänzer. Aber kein guter Tanzpartner für mich. Ich dachte an Kwasi. An unseren Walzer am Bayou. Und wünschte mir ein anderes K herbei. Sorry, Herr Folse.

Lizzie und ich seilten uns bald darauf wieder in die Küche ab. Die Küche war immer für eine Ausrede zu haben.

Lizzy hatte mir beim Boudin-blanc-Machen von Louis Dutry, einem jungen Kreolen, erzählt, den ihr Bruder ihr vorgestellt hatte. Deshalb zeigte sie genauso wenig Interesse an Peter wie ich an Kurt.

Wir halfen Frau Zeringuer beim Abwasch der großen Töpfe und riesigen Platten. In der Küche fühlte ich mich wie immer am wohlsten und verstand schnell, wo alles hingehörte. Jede Küche ist anders, aber es gibt eine universelle Ordnung. Frau Zeringuer und Lizzie kannten sich schon länger, durch Lizzies Bruder, dessen Metzgerei in New Orleans von den Zeringuers mit Schweinen und Kühen beliefert wurde.

»Wie weit sind die Pläne fürs Kaffeehaus?«, fragte sie Lizzie.

»Pläne sinds noch, doch meine Rezepte habe ich alle hier oben«, Lizzie tippte mit dem Finger an ihre Stirn.

»Ein Kaffeehaus?«, fragte ich nach.

»Ja, ein richtiges Kaffeehaus«, sagte Lizzie, »mit meinen eigenen Rezepten und nur einer Mahlzeit: dem zweiten Frühstück. Das beste Mahl am Tage, wie ich finde. Findet ihr etwa nicht?«

»Natürlich«, sagte Frau Zeringuer. »Bin doch Bäuerin und Frau eines Metzgers.«

Wir lachten herzhaft. Ich hatte mir ehrlich gesagt noch nie Gedanken darüber gemacht. Ich liebte alle Mahlzeiten. Ich reichte Lizzie die letzte Schüssel zum Abtrocknen, und Frau Zeringuer wischte den Küchentisch ab. Dann gingen wir drei wieder hinaus auf den Hof.

Es war schon weit nach Mitternacht, als Herr Folse auf mich zukam. Wir mussten bald los, da er am Morgen nach New Orleans fuhr, um im Antoine's Andouille-Würste abzuliefern.

Ich bedankte mich bei den Zeringuers und verabschiedete mich von den Waguespacks und Lemanns. Lizzie gab ich eine dicke Umarmung und versprach ihr, sie bald in New Orleans zu besuchen. Kurt und Peter gaben mir höflich die Hand.

Manchmal klappt Verkuppeln und manchmal halt nicht. Dann sprang ich auf den Wagen neben Herrn Folse.

Es roch nach Frühling, als ich früh am Morgen erwachte, es war aber noch Winter. Ich machte einen Spaziergang und merkte dann, wie kühl es eigentlich noch war. Fröstelnd band ich meine Stola über der Brust zusammen. Der Nebel waberte über die Zuckerrohrfelder. Leer geputzt waren sie, wie Stoppelfelder, die sich über Meilen und Meilen erstreckten. Ich ging an der Garçonnière vorbei. Master Wilburt war der Familie nach erfolgreicher Ernte in die Stadtvilla nach New Orleans gefolgt, um das anstehende Mardi Gras zu feiern, was bei uns die Fastnacht ist und ich hier auch gern einmal erleben würde. Vielleicht im nächsten Jahr.

Seit unserem Gefecht in der Küche hatte ich ihn nur selten gesehen. Vielleicht ging er mir jetzt gänzlich aus dem Weg.

Der Gedanke gab mir ein Gefühl, dass ich doch etwas tun konnte, viel mehr, als ich mir eigentlich zutraute. Er gab mir ein Gefühl der Macht.

Der malzige Duft des Zuckerkochens war verflogen, obwohl ich ihn manchmal noch roch, das Knistern verstummt, obwohl ich es manchmal noch hörte. Die Ernte war zu Ende und dass sie erfolgreich war, merkten wir hinten an Extrarationen Tasso, Mehl und Schnaps. Was die Extraportion Schnaps – oder Bourbon, um genau zu sein – bewirkte, konnte man sich ja vorstellen. Der Effekt von Alkohol ist überall gleich.

Da wir jetzt auch Master Wilburt nicht mehr bewirten mussten und der Aufseher mit seiner Familie in seinem eigenen Haus aß, herrschte bei uns in der Küche Flaute. Sarah D und Denise verbrachten mehr Zeit mit ihren Verwandten, die sich endlich einmal ausruhten oder sich von Krankheiten oder Verletzungen, die sie sich während der Zuckerrohrernte zugezogen hatten, erholten.

Ich ruhte mich auch aus. Ich war viel allein und genoss es mehr und mehr. Es gab mir Zeit für meine Gedanken. Ich hatte mich damit abgefunden, eine Fremde zu sein, arbeitete allein in meinem Garten, saß allein bei Sonnenuntergang und bei Sonnenaufgang am Bayou. Manchmal spazierte ich auch zum Deich und lauschte der Misssiss Ippi, beobachtete wie die Pelikane gegen den Wind ankämpften und sah den Möwen nach. So vergingen die Tage.

Ab und zu schlenderte ich trotzdem so langsam an der dicken Eiche vorbei, als erwartete ich etwas oder jemanden. Manchmal schob ich sogar das Eichengebüsch beiseite, um sicherzugehen, dass das Kanu noch da war. Was es jedes Mal war. Einmal, auf einem meiner Sonnenuntergang-Spaziergänge, war ich gerade dabei, es wieder zu bedecken, als ich aus dem Augenwinkel etwas bemerkte und zusammenzuckte. Kwasi stand neben mir. Seine Augen lächelten warm und zurückhaltend wie das Licht der frühabendlichen Wintersonne, die sich bereits verabschiedete. Sein Lächeln nahm mir sofort meine Unsicherheit. Ich hatte Angst gehabt, dass er nie wieder mit mir reden, geschweige denn mich anlächeln würde. Ich lächelte zurück.

»Komm, ich will dir was zeigen.« Kwasi nahm meine Hand.

Ich zog sie widerwillig zurück. Ich wusste nicht, was ich davon halten sollte. Er griff sie noch mal.

Was bildet der sich ein, dachte ich. Kommt hier so mir nichts dir nichts vorbei … Beim zweiten Mal zog ich sie aber nicht mehr zurück. Ich hatte ihn vermisst. Das bemerkte ich spätestens in dem Moment, als ich seine raue Handfläche an meiner spürte.

Ich folgte ihm den Bayou La Fourche flussaufwärts entlang. Hier waren wir noch nie gewesen. Wir überquerten das Gewässer auf einer wackeligen Holzbrücke und wateten tiefer und tiefer in den Zypressenwald hinein, wo die riesigen Bäume so hoch wie Tannen standen, doch umringt von Wasser waren. So weit hatte ich mich noch nie allein hineingetraut. Der Boden wurde weicher und weicher, bis meine nackten Füße bis zum Schienbein im Wasser standen. Das Kri, Kri, Kri der Zikaden schwoll mit jeder Minute stärker an. Das Abendrot spiegelte sich in den kleinen Tümpeln, die sich am Ende der Seitenarme des Bayous stauten. Ich sah eine besonders schöne Zikade mit rotem Körper, sie war bestimmt so groß wie mein Daumen. Sie hatte es sich auf einem Seerosenblatt gemütlich gemacht und sprang nicht weg, als wir näherkamen.

Der Sumpf hatte seine eigenen Gesetze. Die Palmetto-Büsche mit ihren Palmenblättern – das Unterholz des Waldes hier –, die mich immer an gespreizte Hände so groß wie Schubkarren erinnerten, bildeten ein undurchdringliches Dickicht. Wenn mich ihre spitzen Nägel nicht pikten, als wir uns einen Weg durch sie hindurch bahnten, kitzelte mich das Louisiana-Moos im Gesicht. Es roch nach feuchter Erde. Es roch nach Wald.

Plötzlich hielt Kwasi an und setzte sich an den Rand eines Tümpels auf einen umgefallenen Baumstamm. Kleine Flusskrebse, als hätten sie Beute gewittert, krabbelten geschäftig um seine nackten Füße herum. War es das, was er mir zeigen wollte? Ich hatte inzwischen die Bekanntschaft der Crawfishes, Crawdads, Mudbugs oder wie sie hier noch so hießen, gemacht.

»Setz dich zu mir, Mel«, sagte er und zeigte auf den Platz neben sich.

Ich kam der Aufforderung nach. Kwasi war ja immer für schöne Überraschungen gut, auch wenn sie manchmal nicht so glücklich verliefen. Der Gedanke versetzte mir einen Stich ins Herz. Das durfte heute nicht wieder so enden wie beim letzten Mal. Ich fühlte mein Herz klopfen.

»Mel, weißt du, wie die Flusskrebse nach Louisiana kamen?«

»Nein.« Ich hatte ehrlich gesagt noch nie darüber nachgedacht. »Waren die nicht schon immer hier?«

Kwasi schüttelte den Kopf und lachte. »Genauso wenig wie du und ich.«

Ach, wie hatte ich sein Lachen vermisst, den Klang seiner dunklen Stimme.

»Also«, fing Kwasi zu erzählen an.

Er konnte so gut Geschichten erzählen, wusste im richtigen Moment eine Pause zu machen oder die Stimme zu heben, was seine aber immer noch dunkel machte. Es fühlte sich zwischen uns fast so vertraut wie vorher an. Ich hoffte nur, dass diese Geschichte nicht so traurig war wie die letzte, die von den Dahomey. Ich rückte mich auf dem Baumstamm zurecht, unsere Hüften berührten sich.

»Die Akadier«, fuhr er fort, »haben zuvor in Neuschottland gelebt. Sie waren ausgezeichnete Lobster-Fischer. Der Lobster war ihr Hauptnahrungsmittel und Dünger für ihre Gärten, was ihnen noch mehr Nahrung gab. Als die Akadier von den Engländern vertrieben wurden, zogen sie gen Süden und kamen in Louisiana an. Zuerst schien ihnen die Landschaft gar nicht so anders als oben in Neuschottland, nur dass es wärmer war, denn viel Wasser haben wir hier ja auch. Doch keine Lobster. Die Akadier lebten sich ein und gaben sich zuerst mit Austern, Karpfen und Alligatoren zufrieden, bis sie eines Tages am Bayou Miniatur-Lobster entdeckten und sie *écrevisse* – kleiner Lobster – nannten. Aus *écrevisse* wurde *crawfish* oder *crayfish.* Von da an glaubten die Akadier, dass der Flusskrebs ihnen aus Liebe gefolgt war und auf dem Weg in den Süden seine Größe einbüßen musste. Das war sein Opfer.«

»Das ist aber unfair«, sagte ich.

Die Empörung in meiner Stimme entging Kwasi natürlich nicht.

»Unfair, warum?«

»Weil die Akadier ihnen nichts zurückgegeben haben. Sie fraßen sie sogar auf, was sie ja immer noch tun.«

»Genau das wollten die Flusskrebse doch. Die Akadier ehren sie, indem sie sie fressen. Mel, verstehst du denn nicht?«

Kwasi sah mir so tief in die Augen, dass es mir unangenehm war. Ich wich seinem Blick aus, da nahm er meine Hand, drückte sie ganz sanft, damit ich ihn wieder anschaute.

»Manchmal darf man einfach nur nehmen, darf sich gehen lassen, darf genießen und braucht nichts zurückzugeben. Nichts, hörst du. So ist das auch mit der Liebe, Mel. Ich möchte dir meine Liebe geben, aber du sperrst dich dagegen. Nimm sie an. Lieben heißt geben, ohne etwas zurückzuerwarten. Sogar mit dem Risiko, etwas von sich zu verlieren. So wie die Lobster ihre Größe verloren haben, als sie den Akadiern gefolgt sind.«

Mein Herz pochte mir jetzt bis in beide Ohren. Darauf war ich nicht gefasst gewesen. Ich versuchte, Kwasis Blick auszuweichen. Doch er ließ es nicht zu. Wie damals vor meiner Hütte hob er mein Kinn, ließ es aber gleich wieder los. Hoffnung und Verzweiflung standen in seinen Augen, und jetzt konnte ich nicht mehr wegsehen. Mir tat das Herz so weh. Das musste er doch sehen.

»Darauf lässt man sich ein, wenn man liebt«, fuhr er fort. »Lass mich dich lieben, Mel. Nimm meine Liebe an, Mel. Aber dazu musst du zuerst dich selbst lieben.«

Erst jetzt wandte er den Blick von mir, senkte seinen Kopf und ließ die Schultern hängen. Wie nach einem Faustkampf, in dem man alles gegeben hatte, der Gegner in der Ecke liegt und man nicht weiß, ob er sich noch einmal aufrappeln wird oder man selbst noch einen Schlag in sich hatte.

Doch er war nicht mein Gegner, der Gegner wohnte in mir. Am liebsten wollte ich wegrennen. Ihm entfliehen. Aber wohin? Ich war doch schon so weit weg gegangen. Ich wollte mich am liebsten wieder hinter mir selbst verstecken, hinter der Mel, die ich mir hier erschaffen hatte. Und die Kwasi jetzt einfach so zur Seite schob. Wie soll man sich selbst lieben, wenn man nicht weiß, was das ist? Wenn man noch nie Liebe erfahren hat?

Ich saß da, wie vor Kälte erstarrt. Von Wegrennen konnte keine Rede sein. Die Flusskrebse krabbelten jetzt um meine Füße wie Ameisen. Sie hatten viele kleine Hügel, nicht größer als Maulwurfshaufen, rund um uns herum gebaut. Einer nach dem anderen fielen sie in der Mitte in sich zusammen.

Ich konnte Kwasi doch nicht die Wahrheit erzählen!

Aber wenn ich mich ihm jetzt nicht öffnete, dann würde ich ihn für immer verlieren.

Dennoch konnte ich kein Wort über meine Lippen bringen. Stattdessen schaute ich ihn an. Der Gegner in mir hatte sich wieder aufgebäumt.

»Okay, Mel, dann ist es eben so. Hätte den Flusskrebsen auch passieren können.« Kwasi stand auf und ging los. »Komm, ich führe uns hier wieder raus«, sagte er gefühllos.

Ich blieb sitzen. »Kwasi, warte«, sagte ich.

Jetzt war ich es, die auf den Platz neben sich auf dem Baumstumpf zeigte. Mein Herz raste vor Angst, aber ich würde jetzt mutig sein.

»Setz dich bitte wieder. Ich möchte dir auch eine Geschichte erzählen.«

Ich hatte noch gar nicht zu Ende gesprochen, da saß er schon wieder neben mir.

Ich atmete tief durch und begann: »Beim ersten Mal bin ich noch nicht mal in die Schule gegangen. Hannelore lag noch in den Windeln, Adelheid und Christl machten ihre ersten wackeligen Schritte, Waltraud hatte gerade mit der Schule aufgehört, und das Hildli war noch nicht geboren.

Das Tellerklirren und Rumpeln in der Wohnstube würde sich gleich legen, dachte ich, als ich neben Waltraud im Bett lag. Und dann würde meine Mutter hinten in der Elternkammer wieder schluchzen. Sie versuchte so leise wie möglich zu sein, da war ich mir sicher, doch ich hörte alles. Jetzt wartete ich nur noch auf das Gebrumme meines Vaters, und danach würde alles ganz still sein im Haus. Kurz darauf würde die Kirchturmuhr Mitternacht schlagen, und ich würde endlich zur Ruhe kommen. So war es fast jeden Abend.

Doch an diesem Abend war es anders. Ich hörte anstelle der erwarteten Stille die schlurfenden Schritte meines Vaters auf dem Flur, sie hörten sich an wie die eines alten Mannes, obwohl er doch noch jung war. Dann wurde die Tür zu unserer Kammer geöffnet. Sie knarrte damals noch nicht. Später hat das Knarren der Tür, das Schlurfen der Pantoffeln und das Schlagen der Kirchenglocken für mich immer Unheil bedeutet. Bis heute treibt mich eine innere Unruhe, wegzurennen, wenn ich nur eines davon höre. Aber ich muss bleiben, ich muss immer bleiben.

Mein Vater presste seine Hand vor meinen Mund. ›Pssst, sei ruhig, dann wird dir nichts geschehen‹, sagte er und hob mich aus dem Bett wie einen Säugling.

Dann schlurfte er mit mir im Arm den Flur entlang zum Hang hin, auf die Breitseite unseres Hauses zu, stieg die Treppe hinauf, die zum Speicher führte, dort wo das Heu, der Karren und die Gerätschaften gelagert wurden. Im Winter kam ein kalter Luftzug über mich, im Sommer ein lauer Schwall.

Mein Vater schnaufte. ›Psst‹, wiederholte er, ›psst.‹

Obwohl ich gar keinen Ton von mir gab. Dann legte er mich ins Stroh.

Ich konzentrierte mich meistens auf einen Spalt im Dach, durch den der Mond schien. An Tagen, an denen er nicht schien, hörte ich dem Rauschen des Windes zu. Und in windstillen und mondlosen Nächten bildete ich mir eins von beidem ein.«

Kwasi rührte sich nicht neben mir. Wir schauten beide auf den Boden. Die kleinen Flusskrebshaufen um uns herum waren alle eingestürzt und teilweise von den flachen Wellen des Tümpels überspült worden. Eigentlich hätte ich jetzt Tränen von mir erwartet. Ich hatte doch so nah am Wasser gebaut. Doch es kamen keine. Stattdessen erzählte ich weiter.

»Kurz nach meiner Konfirmation, als ich zum ersten Mal den Bollenhut mit den roten Bommeln über meiner schwarzen Seidenkappe tragen durfte, blieb nachts alles still im Haus. Kein Tellerklirren, kein Schluchzen, kein Brummen, kein Schlurfen. Nur die Kirchturmuhr schlug Mitternacht.

In der folgenden Nacht war alles wieder beim Alten. Die Kette des Unheils war aufgezogen. Als ich nach dem letzten Glockenschlag das Knarren der Tür und das Schlurfen hörte und mir wie immer die Decke über den Kopf zog, passierte jedoch nichts. Nach ein paar Minuten zog ich sie mir wieder vom Kopf. Verwirrt lauschte ich, doch es war alles still. Dann tastete ich neben mich. Hildli war weg. Als sie zurückgebracht wurde, hielt ich sie bis zum Morgengrauen ganz fest in meinen Armen. Sie blieb steif wie ein Eiszapfen. Ich zupfte helle Strohhalme aus ihren dunklen Haaren. Ein Halm nach dem anderen. Manchmal waren die blonden Strohhalme wie ein Lumpenteppich mit ihren dunklen Haaren verwoben, dann dauerte es länger, bis ich sie rausgezogen hatte.«

Ich machte eine Pause, schaute Kwasi aber immer noch nicht an. Er mich auch nicht. Der bloße Gedanke an diese Nächte brachte mich sonst zum Weinen, doch noch immer rann keine Träne meine Wangen hinunter. Nicht eine. Blutrot schlich die untergehende Sonne durch das Dickicht des

Zypressenwaldes. Ich spürte ihren Puls in meinen Adern und sprach weiter:

»Dann ging Vater in die Revolution. Er war sogar ein Kommandant beim Hecker-Aufstand. Wir hatten jetzt zwar mehr Arbeit, dennoch waren wir alle zu Hause ausgelassener, obwohl das keiner von uns zugab. Es war fast eine glückliche Zeit mit Rodeln, Schlittschuhlaufen und Bratäpfeln. Auch Weihnachten vermissten wir Vater nicht. Sogar Mutter lächelte manchmal. Wenn ich nicht plötzlich krank geworden wäre, wäre dies wohl die schönste Zeit meines Lebens gewesen. Ich glaube, unser aller.

Ich erbrach mich oft und mein Bauch war gebläht. Zuerst erzählte ich Mutter nichts davon, ich wollte unsere gute Stimmung nicht verderben. Doch als sie mich beim Erbrechen überraschte, nahm sie mein Gesicht in beide Hände – ihre Finger rochen wie immer bitter nach Geranien – und brachte mich dann zur Kräuter-Therese, von der man sagte, dass sie eine Hexe wäre.

Da wusste ich, was mit mir los war, und als der bittere Tee, den die Hexe für mich zusammenbraute, mir Magenkrämpfe und Durchfall machte, hörte ich mit dem Weinen nicht mehr auf. Mutter wiegte mich in ihren Armen, wie sie es noch nie getan hatte.

Der Frühling kam. So sehr Mutter auch mit den Nägeln an den Geranien zupfte – der bittere Gestank war allgegenwärtig und unerträglich, er quoll sogar aus ihren Poren heraus, als sei sie selbst eine Geranie –, zeigten sich in diesem Jahr keine roten Blüten. Nur grüne Blätter und mein Vater. Ein Jahr lang hatten wir Ruhe vor ihm gehabt. Der Krieg in Baden war verloren und unserer begann wieder.«

Ohne ein weiteres Wort zu sagen, umarmte ich Kwasi. Was gab es auch noch zu sagen? Ich hielt ihn so fest, als hätte ich Angst, dass jemand ihn mir wegreißen würde. Wenn jetzt die Welt untergegangen wäre, ein Hurrikan oder ein Wirbelsturm uns davongetragen hätten, in die Hölle meinetwegen, es wäre mir egal gewesen.

Wie ich diesen großen Mann damals unter meine Arme gescheffelt habe, ihn in meiner Umarmung untergehen ließ, das weiß ich nicht mehr. Ich kann mir das bildlich gar nicht vorstellen. Aber so war es.

Sanft wie das Louisiana-Moos sich von den Ästen der schlanken Bäume abseilte, seilten wir uns vom Leben ab und ließen uns auf den weichen Boden gleiten. Dann versanken die letzten Strahlen der Abendsonne in Kwasis goldenen Augen und zogen mich mit hinein.

Als ich ihm sein Hemd auszog, fühlte ich seine Narben. Sie traten wie ein Relief aus seinem Rücken hervor – Zeugen des Leidens – und gehörten ganz genauso zu diesem Mann wie seine bernsteinfarbenen Augen. Ich küsste jede einzelne. Kwasi streichelte meine Haut mit seinen rauen Händen. Jede Berührung liebkoste meine schwere Seele und rieb die schlimmen Erfahrungen der Vergangenheit, die auf ihr lagen, weg. Jede einzelne.

Es schien, als hätte mein ganzes Leiden mich zu diesem Augenblick hingeführt, neben den Bayou, zu Kwasi. Nur dieser Moment zählte. Er war die Summe meines Lebens. Der absolute Gumbo-Moment. Ich glaubte endlich an etwas – an die Liebe. Ich glaubte an Kwasi. Und das wollte ich ihm zeigen. Hier und jetzt.

Doch Kwasi schob mich sanft von sich weg, richtete sich auf, griff im Dunkeln nach meiner Hand, umschloss sie ganz mit seiner und sagte: »Lieben heißt, niemals sorry sagen zu müssen, hast du das vergessen, Mel? Und lieben heißt auch, nicht zu tun, wozu man nicht bereit ist.«

Er drückte meine Hand. Ich drückte seine.

»Dein Beet. Das habe ich freiwillig gemacht. Weil ich es tun wollte. Aus Liebe.«

Ich nickte. Doch das konnte Kwasi nicht sehen. Hand in Hand wie zwei Blinde tapsten wir durch den Zypressenwald.

»Und ich«, sagte Kwasi, als wir uns flussabwärts einen Weg durchs Dunkel und Dickicht bahnten, »wollte mir einreden, dass du recht hattest. Da an der Abzweigung, da hast du mich stehen lassen.«

Ich merkte, wie er mit der Hand rumfuchtelte. Ich konnte aber nichts sehen. Doch wusste ich genau, wo er hinzeigte und was er meinte.

»Du weiß – ich schwarz, das hat vielleicht doch eine Bedeutung.«

»Überzeugen konntest du dich aber nicht«, sagte ich.

Wir lachten. Wir hatten also beide das Gleiche gedacht, jeder aus seiner Sicht.

Wir waren nah der Plantage. Das Große Haus lag dunkel da. Es war ein beruhigender Anblick. Trotz der Abwesenheit der Herrschaft verhielten wir uns leise.

Ich wusste jetzt, dass ich Kwasi alles sagen konnte, denn das Schlimmste, was ich jemals zu sagen hatte, war gesagt. Er war mein Vertrauter.

Kurz vor der Zisterne, neben der Dama de Noche, die an diesem Abend die ganze Welt mit ihrem lieblichen Duft umarmte, umarmten auch wir uns.

»Lieb dich wie ein Crawdad«, flüsterte ich und meinte das genau so.

BOUDIN BLANC / WEISSE WURST MIT REIS

Zutaten

10 Pfund (Pfd.) Schweineschulter, in Stückchen geschnitten, 2 Pfd. Schweineleber, in Stückchen geschnitten, 1 Pfd. grüne Zwiebeln, 1 Pfd. Petersilie, 200 Gramm Salz (oder mehr oder weniger), 6 Teelöffel (TL) Cayenne-Pulver oder weniger, 4 TL schwarzer Pfeffer, 6 Pfd. gekochter weißer Reis, 3 ½ Liter kaltes Wasser, ungefähr 25 Meter Wursthülle

Zubereitung

Eine große Schüssel bereitstellen. Schweineschulter, Leber, grüne Zwiebeln und Petersilie abwechselnd durch einen Fleischwolf geben. Mit Salz, Pfeffer und Cayenne-Pulver würzen. Wasser und gekochten Reis untermengen, am besten mit beiden Händen.

Tipp

Um die Würze zu testen, ist es immer eine gute Idee, ein Bällchen der Wurst-Mixtur vorab in Wasser zu kochen oder in Fett zu dünsten und zu probieren, bevor man die Masse in die Wursthüllen füllt.

Die abgeschmeckte Masse in die Wursthülle stopfen und zu 15 Zentimeter langen Würsten zwirbeln. Dann 45 Minuten lang, ohne den Topfdeckel aufzulegen, dünsten oder gar ziehen lassen, das Kochwasser darf aber nicht brodeln, sonst platzt die Boudin blanc, und das wäre schade.

AKT III

When day comes, we step out of the shade.
Aflame and unafraid.
The new dawn blooms as we free it,
For there is always light,
If only we are brave enough to see it,
If only we are brave enough to be it.«

Amanda Gorman, amerikanische Dichterin

R

Gumbo Z'Herbes

Auf der Belle Bleu Plantage hatte das Jahr einen festen Rhythmus. Es gab für alles eine Zeit – eine Zeit zum Pflanzen, eine Zeit zum Ernten, eine Zeit zum Einkochen, eine Zeit zum Schlachten, eine Zeit zum Räuchern. In den Tätigkeiten spiegelten sich die Jahreszeiten wider und umgekehrt. Gebacken, Butter gestampft und Käse gemacht wurde jedoch das ganze Jahr hindurch. Seitdem ich hier war, gehörte auch Bibeleskäs mit auf den Speiseplan – kreolisch natürlich. Und seitdem ich hier war, gab es nicht nur Tasso, sondern auch einen halbwegs akzeptablen Schwarzwälder Schinken, denn ich war mittlerweile für das Räucherhaus verantwortlich. Ich hatte nicht nur den Schlüssel dazu neben meinem Kochlöffel und Messer baumeln, sondern hatte es von meinem Küchenfenster aus auch direkt im Visier – den Turm, dem das Schlossgebäude abhanden gekommen war. So sah das Räucherhaus aus, mit Zwiebeldach und allem.

In meinem Garten zog ich für meine Pökelmischung Koriander und Lorbeer heran. Wacholderbeeren und Knoblauch wuchsen hier wild. Es gibt drei Unterschiede zwischen dem Schwarzwälder und dem hiesigen Tasso-Schinken:

1. Für den Schwarzwälder Schinken verwendet man die Keule, nicht die Schulter des Schweins.

2. Tasso braucht keine Kräuter, sondern nebst Salz, Pfeffer und Knoblauch, die ich auch für den Schwarzwälder Schinken nehme, auch Cayenne, Zimt und natürlich Zucker.

3. Tasso wird über dem Holz des Pekannussbaums geräuchert, der Schwarzwälder Schinken dagegen über Kiefernholz, das es hier in verschiedenen Ausführungen gibt.

Die Reifezeit einschließlich des Pökelns ist bei beiden ungefähr die gleiche. Um bei meinem Schwarzwälder Schinken die schöne schwarze Kruste zu erreichen, reibe ich die Keule noch mit Rinderblut ein. Ich würde nicht raten, die beiden Schinken in Rezepten gegeneinander auszutauschen, da sie sehr unterschiedlich schmecken. Ich sehe Tasso eher als Geschmacksverstärker an. Hier wird er zum Beispiel in Gumbos und Jambalayas benutzt. Der Schwarzwälder Schinken sollte um seiner selbst willen verzehrt werden. Obwohl ich zugeben muss, dass ich inzwischen beide Zubereitungsarten vermische. Mein Schwarzwälder bekommt eine Prise Zucker und Zimt ab, das balanciert den salzigen Geschmack aus, und meinen Tasso reichere ich mit Koriander und Lorbeer an, das gibt ihm mehr Tiefe, und manchmal räuchere ich beide entweder über Pekan- oder Kiefernholz. Und Gumbo oder Jambalaya schmeckt ganz hervorragend mit Schwarzwald-Schinken. Wie auch Tasso um seiner selbst willen genossen, mit Brägele zum Beispiel, ein Gedicht sein kann …

Das alles ging mir durch den Kopf, als ich lange vor Morgengrauen erwachte. Nice try, Mel. Das Ablenkungsmanöver – etwa aus Angst – klappte nicht, denn ich konnte eines vor mir selbst nicht verleugnen: Ich fühlte mich wies Fellchenfilet im Bierteig. Wie der Sellerie, die Zwiebel, die grüne Paprika in der Roux, die Pekannuss in der Pie-Kruste, der Tabasco im Bibeleskäs, die Auster im Chowder. Ich fühlte mich behütet und geliebt. Und ich fühlte mich wie ein Crawdad, denn ich wusste jetzt, wie man liebt. Geliebt und liebend schwang ich mich aus dem Bett, nahm einen Umweg an der Dama de Noche vorbei, inhalierte zwei-, dreimal ihren Duft, flatterte federleicht wie ein Kolibri ins Küchenhaus und stieß mit Denise zusammen – frontal – in der Tür. Ihr Kopf prallte gegen mein Kinn. Wir sahen uns verdutzt an und gingen, ohne einen Laut von uns zu geben, unseres Weges, sie hinaus, ich hinein.

»Sha, sha, sha«, sagte Sarah D halb lachend, »was war das denn?«

»Es tut mir leid«, rief ich Denise hinterher, »wirklich leid.« Ich stand noch im Türrahmen und meinte damit nicht nur unseren Zusammenstoß.

»Irgendwie ist für Denise heute der Wurm drin. Deshalb habe ich das Kind auch weggeschickt. Nichts anzufangen ist heute mit ihr.« Sarah D schüttelte den Kopf, wie es nur eine ratlose Mutter tut.

»Falls ich«, fing sie in ihrem süßsauren Ton zu erzählen an, als ob sie damals eine Vorahnung gehabt hätte, »aus irgendeinem Grund Ostern verhindert sein sollte, und angesichts der Tatsache, dass der Herr Langsam-wie-Molasses heute Morgen den ersten Grünkohl des Jahres in die Küche gebracht hat, scheint es mir der richtige Zeitpunkt zu sein, ma piti Mama Melba, dass ich dir eine *Gumbo Zab* beibringe. Man weiß ja nie.«

»Gumbo was?«, fragte ich. Bitte nein. Ich hatte doch gerade den Unterschied zwischen akadischer und kreolischer Gumbo kapiert. Mir hat auch bisher keiner verraten, dass es noch eine andere Art gibt.

»Wi, wi, wi, ma piti, eine *Gumbo Z'Herbes*, kurz *Gumbo Zab* genannt. Fleischlos ist sie, für die Fastentage.«

»Ah, von *herbes*, *Kräuter-Gumbo?*«

»Pròsh, ma piti, pròsh. Eher allerlei grünes Blattgemüse.«

Mit diesen Worten stand sie schon am Tisch und putzte den Grünkohl. Sie beauftragte mich, eine Roux wie gewohnt anzurühren, denn wie die »normale« Gumbo beginnt eine Gumbo Z'Herbes mit der Roux und endet auch mit der heiligen Dreieinigkeit, die Sarah D für mich klein hackte.

Die Gumbo Z'Herbes ist wie ein Abschied an die kalte – in den Südstaaten natürlich nur etwas kühlere – Jahreszeit. Das letzte Hurra des Winters. Es ist, als obs Herz sich genau jetzt danach sehnt.

»Meine Mutter hat sie immer *Gumbo Zab* genannt«, erzählte mir Sarah D, während sie einen Haufen verschiedener Blattgemüse wusch, in mundgerechte Stücke schnitt und in Reih und Glied auf dem Tisch arrangierte. »Zähl, Mama Melba, zähl«, forderte mich Sarah D auf.

»Eins, zwei, drei, vier, fünf, sechs – sieben, die Petersilie mit eingeschlossen.«

»Sha, genau sieben. Können auch fünf sein. Das ist aber langweilig. Und neun sind zu viel. Mit dreien fange ich erst gar nicht an, die heilige Dreieinigkeit zu hacken. Sieben. Sieben, das ist die richtige Anzahl. Die bringt Glück. Man sagt, dass man für jedes grüne Blattgemüse, das man hineingibt, in demselben Jahr einen neuen Freund macht.«

Na, dann hatte ich ja mein Pensum schon erfüllt, dachte ich, bei den ganzen Leuten, die ich durch die Folses kennengelernt hatte. Lizzie, besonders Lizzie. Ich muss mich wirklich mal nach New Orleans trauen. Lizzie ordnete ich den Grünkohl zu, denn der war echt deutsch. Wie mir Sarah D noch erzählte, soll das Gericht von den ersten deutschen Einwanderern in Louisiana stammen, denn die waren alle katholisch.

Die Roux brauchte buchstäblich nur eine kleine Ewigkeit.

»Sha, Sha, sha, genug gerührt.«

Sarah D nahm mir den Kochlöffel aus der Hand.

»Was würdest du sagen? Ist das nicht irgendwas zwischen dir und mir – die Farbe, meine ich? Ungefähr wie Denise?«, fragte sie.

Ich war verdutzt. Was meinte sie genau? Entweder musste ich sofort weiterrühren oder die heilige Dreieinigkeit musste rein, um den Kochprozess aufzuhalten und meine Roux vor dem Anbrennen zu retten.

»Sarah D?«

Ich stand nervös neben meinem Topf und starrte meine Lehrerin entsetzt an, als hätte sie ein Verbrechen begangen.

Zackig wie immer drehte sie sich um, nahm das Brett vom Tisch, auf dem sie die heilige Dreieinigkeit gehackt hatte, und ließ die kleinen Stückchen Zwiebel, grüne Paprikaschote und Sellerie in den Topf gleiten. Als hätte sie nur drauf gewartet, legte sich die karamellfarbene Roux um das Gemüse, umarmte jedes einzelne Teilchen wie einen wiedergefundenen Freund. Die Roux und das Gemüse – sie gehörten zusammen wie Karotten und Erbsen, Zimt und Zucker, Eier und Speck, Reis und Bohnen, Bibeleskäs und Cayenne – wie Kwasi und ich. Ich geriet ins Träumen.

Und im nächsten Moment traute ich meinen Augen nicht. Sarah D schmiss ganz leger Stücke klein gehackter roter Paprikaschote mit in den Topf, zur heiligen Dreieinigkeit.

»Sarah D?«

Mehr konnte ich wieder nicht rausbringen. Meine Welt war durcheinandergeraten. Alles, was ich im letzten Jahr gelernt hatte, hatte sie mit nur zwei Handbewegungen auf den Kopf gestellt.

»Sha, beruhige dich, ist nicht verboten«, sagte sie.

Natürlich hatte sie wieder meine Gedanken gelesen.

»Für eine *Gumbo Zab* darf die Roux nicht zu dunkel sein, sonst wird die Farbe am Ende hässlich grau und nicht grün. Du wirst sehen. Guck zu und lerne.«

Ich atmete tief durch. Okay, dachte ich, hatte meine Sorgen um die Roux sofort vergessen und freute mich auf das neue Rezept.

Die Technik, das »Wie-man-etwas-Macht«, darauf kommt es an. Auch wenn es die gleichen Zutaten sind, kann je nach Technik ein ganz anderes Gericht dabei herauskommen, wie eben bei dieser neuen Gumbo-Version. Das hatte ich hier im Süden gelernt – unter anderem. Ich konnte mir ein Lächeln nicht verkneifen.

Ich war zur Seite getreten und ließ die Meisterin machen. Sarah D löschte alles mit viel Wasser ab und gab schrittweise den Grünkohl, das Mangoldgemüse, die Blätter der Roten Beete und das Grün der Karotten, den Spinat, die Brunnenkresse und die Petersilie hinzu, meinte aber, dass es auch jede andere Kombination von Blattgemüse sein könnte, je nachdem, was man gerade zur Hand hätte. Nur sieben – das war wichtig.

Sobald das Blattgemüse – hatte ich gesagt, dass es darauf ankommt, bittere zu verwenden? – eingekocht war, fischte sie ungefähr ein Viertel davon heraus und zerstampfte es in unserem größten Mörser zu einer hellgrünen Soße, gab diese wieder in den Topf, was die helle Soße in eine saftig grüne Frühlingswiese verwandelte. *Gumbo Zab*, das beste Essen, um die neue Jahreszeit zu begrüßen. Ich muss aber sagen, dass ich mir für den Rest meines Lebens fast jede Woche eine Variation davon gekocht habe, irgendwelches Blattgemüse gab es immer. Die verschiedenen Noten der Gemüse verschmolzen genauso selbstverständlich miteinander, wie die Sprachen und Dialekte in Louisiana zu einem lieblichen Kauderwelsch verschmolzen. So ist auch das Resultat der *Gumbo Zab* eine samtige Gaumenfreude, mit ganz viel Tiefe, trotz der bitteren Zutaten.

Natürlich fügte Sarah D dem Gericht noch ihre eigene Note hinzu: ihre hausgemachte Tabasco-Soße. Aus den Teufelshörnern im Korb, die Denise Kwasi in der Nacht gebracht hatte, als Tommys Schwestern verkauft wurden – als mir klar wurde, dass sie in ihn verliebt war und ich auch. Sarah D hatte die kleinen Schoten den ganzen Winter über gezüchtet. »Bevor sie schlecht werden, machen wir was draus, und zwar was ganz anderes«, hatte sie gesagt und knipste dabei mit ihren Fingernägeln schon die Stiele ab.

Anstatt sie zu trocknen, wie sonst alle anderen Kräuter und Pfefferschoten, hatte die Küchenmeisterin eine andere Idee: Sie zerstampfte die kleinen Dinger und ließ sie in einer Lake aus Salz und Essig gären. Das Ergebnis nannte sie Tabasco-Soße.

Die Samen der Teufelshörner hatte sie in einem Säckchen aufbewahrt, und gerade hatten wir sie in meinem Garten ausgesät. Hoffentlich würden sie was werden, dachte ich, denn ich war süchtig nach der sauren, vergorenen Schärfe von Sarah Ds Soße, tröpfelte sie auf jede Gumbo, jede Jambalaya, manchmal auch auf puren Reis oder meine Brägele – obwohl sie mich für den Rest meines Lebens an Denise und diesen peinlichen Moment erinnern würde. Ich glaube, Kwasi auch. Sarah D hätte sie abfüllen und auf der Marktstraße in New Orleans verkaufen sollen. Sie wäre bestimmt ein Volltreffer geworden.

Ich naschte einen Löffel und ließ mir die *Gumbo Zab* auf der Zunge zergehen, da lugte plötzlich Kwasi durchs Fenster. Er strahlte übers ganze Gesicht und hatte noch seine Schürze an. Ich verscheuchte ihn. Das war mir zu riskant. Flüsterte ihm aber noch kurz zu: »Lieb dich wie ein Crawdad«, worauf er »ich dich auch« erwiderte.

Gleich nach der Arbeit rannte ich in meine Hütte, schmiss mir Wasser ins Gesicht, riss meinen Tignon vom Kopf, flocht meine Haare und ließ den Zopf über meine rechte Schulter gleiten. Dann goss ich ein paar Tropfen von dem dunkelgrünen Olivenöl in meine Hand und ölte mein Gesicht und meine Hände ein. Der Geruch war kräftig, etwas bitter, wie Olivenöl halt riecht, doch auf der Haut bewirkte es Wunder. Sarah D hatte es mir aus dem großen Krug abgefüllt, den wir alle paar Monate via Mississ Ippi mit den Tomatendosen aus Frankreich geliefert bekamen. Sie war der Beweis. Ihre Haut war faltenlos, obwohl sie bestimmt schon weit über vierzig war. Aber was weiß ich. Ich griff meine Stola, denn es war immer noch kühl hier im Süden, und rannte zum Bayou. Auf dem Weg begegnete ich dem Aufseher, der seine letzten Runden drehte, mich aber nicht beachtete. Ich hatte einen Zwischenstatus hier. Gehörte nicht ganz zu den Weißen in das Große Haus, war aber irgendwie doch eine von ihnen und gehörte nicht ganz zu den Schwarzen hinter dem Großen Haus, aber war irgendwie doch eine von ihnen. Dadurch war ich manchmal durchsichtig. Im Salon des Hauses genauso unauffällig wie neben der Zisterne hinten bei den Hütten. Deshalb beunruhigte es mich nicht, dass er mich hier sah, obwohl ich langsamer ging und gleichgültig durch die Gegend blickte. Als er außer Sichtweite war, rannte ich wieder los.

Unser Geheimversteck am Kanu kannte nur Master Wilburt, wenn er sich überhaupt erinnerte, und der war ja nicht da.

Ich hielt den Busch mit einer Hand zurück und zog das Kanu mit der anderen hervor, stülpte es um, schleppte es ans Ufer, setzte mich hinein und wartete auf Kwasi. Ich war aus der Puste, und mir klopfte das Herz bis in die Gurgel.

»Setz dich«, forderte ich Kwasi auf, als er auf einmal neben mir stand. Lautlos hatte er sich herangepirscht. Er setzte sich vor mich ins Boot, als würden wir gleich lospaddeln wollen, und wartete ab. Ich zog ihm sein Hemd über den Kopf und die kleine Flasche mit dem Olivenöl unter meiner Schürze hervor.

»Mel«, sagte Kwasi und lachte.

»Nein, nein, ist nicht, was du denkst«, sagte ich und musste auch lachen. Es war mir peinlich.

»Na, was denke ich denn?«

Anstatt zu antworten fing ich an, das Olivenöl sanft in seinen Rücken einzumassieren. Der Mond schien hell, fast grell. Ich strich mit dem Finger an den Narben entlang, die in dem grellen Mondlicht silbrig glänzten, als wollte ich sie ausreiben, als würden sie sich unter dem Druck meines Fingers glätten, wie die Falten in der Tischdecke unter dem Bügeleisen. Manche Narben waren so miteinander verflochten, so verfilzt wie Hildlis Haar am Hinterkopf, besonders entlang der Wirbelsäule. Manche sahen wie kleine Knubbel aus. Manche wie Sterne. Über seine breiten Schulterblätter liefen sie vereinzelter, und auf den Oberarmen, die einem Boxer gestanden hätten, liefen sie aus wie Fransen am Saum einer Gardine. Kwasi zuckte, wenn ich über die frischen Striemen strich, die noch geschwollen waren. Plötzlich drehte er sich um und sah mich an. Plötzlich schnappte ich seine Hand und zog ihn mit mir in den Bauch des Kanus. Ich überflutete ihn mit meinen Küssen wie die Mississ Ippi das Atchafalaya. Dann schloss er die Augen und sah endlich glücklich aus. Dann schloss ich meine. Das brackige Wasser schwappte gegen das Kanu. Ich fühlte die Präsenz eines Alligators und er fühlte unsere. Kwasis Lippen waren weich wie das Moos auf den Ästen der großen Eiche. Sein Atem heiß wie eine Sommerbrise. Ich spürte seinen Herzschlag rot. Seinen Körper stetig wie den Puls des Bayous, in dem wir gemeinsam in Liebe versanken.

Am nächsten Abend brachte Paul A Kwasi die *Picayune* vorbei. Es war nicht die ausgelesene und drei Tage alte Zeitung wie sonst, sondern die von heute, da sie im Großen Haus im Moment niemand las und der Aufseher keinen Besitzanspruch hegte. Er konnte wahrscheinlich nicht lesen.

Wir saßen vor Kwasis Hütte – Kwasi, Paul A, Kwasis Mutter, seine kleine Schwester Eva und ich, und Kwasi las uns aus der Zeitung vor, die er zuerst von allen Seiten betrachtete, umdrehte und daran roch, als wärs etwas Kurioses. Eine Zeremonie vor dem Lesen, die er sein Leben lang beibehalten würde. Ich hatte ihn einmal gefragt, wonach die Zeitung denn roch, und hatte so etwas wie »Druckerschwärze« oder »metallisch« erwartet. Doch das war es nicht, was er roch. »Freiheit«, sagte er.

Kwasis Mutter – Victoria nannte man sie hier, was bestimmt nicht ihr richtiger Name war, aber sehr gut zu ihr passte – hatte uns alle gerade mit einer Kaninchen-Jambalaya versorgt, und Paul A war dabei, zu gehen, als Kwasi mit dem Finger aufgeregt auf die Zeitung tippte.

»Hier, seht euch an, was hier steht«, sagte er.

Wir alle reckten unsere Hälse über seine Schultern. Er hielt die Zeitung ins Licht des ausbrennenden Feuers, das einen zu dieser Jahreszeit nicht noch mehr ins Schwitzen brachte, sondern gerade die richtige Wohligkeit verbreitete, und zeigte auf einen kleinen Kasten neben anderen kleinen Kästen. Oben links war eine Umrisszeichnung von zwei Männern im Laufschritt, wie von einem Kind gemalt. Sie hatten Stöcke mit Beuteln am Ende über ihre Schultern geworfen, wie Vagabunden es tun. Daneben eine Buchstaben-Jambalaya. Ich erkannte nur den Namen Nottoway und wusste, dass das eine Plantage war.

»Und?«, fragte ich, »du weißt doch, dass wir nicht lesen können.«

Es war mir gar nicht peinlich, das auszusprechen. Nicht mehr. Es war einfach ein Fakt.

»Sorry, das habe ich nicht gemeint.«

»Ich weiß«, sagte ich. Seine kleine Schwester kicherte.

»Was steht denn nun da?«

Kwasi las vor:

GESUCHT!
$20 Belohnung!
Zwei Negro-Boys, ungefähr 19 Jahre alt. Weggerannt
von der Nottoway Plantage.
Sie sind beide kräftig gebaut, mit hoher Stirn,
langen Visagen, sehr schwarz. Dem einen fehlen die
Vorderzähne. Jeder ist gewarnt, sie zu beschäftigen oder

ihnen Unterschlupf zu geben. Die Belohnung wird bei Abgabe auf der Nottoway Plantage ausgezahlt.

»Na, wenn das mal kein gutes Zeichen ist«, sagte Paul A und strahlte übers ganze Gesicht.

»Warum?«, fragte ich.

»Na, weil sies dann geschafft haben«, sagte Paul A. »Das müssen wir sofort Sarah D erzählen.«

»Was geschafft?«, fragte ich weiter.

»In den Norden«, sagte Paul A und schwang mich in die Luft. »In die Freiheit, Mama Melba, in die Freiheit«, sagte er und setzte mich wieder ab.

So glücklich hatte ich ihn noch nie gesehen.

»Boston, Philadelphia, New York!« Paul A kriegte sich gar nicht mehr ein.

»Gibt es dort keine Sklaverei?«

»Schon lange nicht mehr.« Er rannte zu Kwasi rüber, der sich durch unsere Sperenzchen nicht beirren ließ, noch immer in der Zeitung las. Ich stellte mich neben die beiden. Alle drei glotzten wir auf die Anzeige.

»Sieht so aus«, sagte Kwasi und suchte mit den Augen den Rest der Seite nach weiteren Anzeigen ab, die ihm bekannt vorkommen könnten. »Oder sie sind im Sumpf umgekommen«, schickte er gedankenverloren hinterher.

»Ne, ne, ne, das glaube ich nicht«, sagte Paul A, schüttelte heftig den Kopf und setzte sein breites Lächeln auf. Das, was ihm niemand verbieten konnte. »Wenn dies nicht geschafft haben, dann wirds keiner von uns schaffen.«

»Hast du es denn schon mal versucht?«, fragte ich ihn ganz vorsichtig. Auf einmal ergab das, was Sarah D mir erzählt hatte, das mit der Underground Railroad, das, worüber Kwasi und Paul A sich unterhielten und diese Zeichnung in der Zeitung Sinn. Er konnte ja lügen, dachte ich, wenn er darüber nicht reden wollte oder mir nicht vertraute. Das tat er aber nicht, sondern schaute mich ernst an und presste seinen Zeigefinger auf die Lippen und nickte.

»Bis zur Zisterne ist er gekommen«, mischte sich Kwasis Mutter ein. Sie lachte ganz leise, was ungewöhnlich für sie war, nahm ihre kleine Tochter bei der Hand und verschwand in der Hütte.

»Versucht habe ich es zumindest«, sagte Paul A, »was man von dir nicht sagen kann«, er stupste Kwasi an.

»Hat keinen Wert, so was«, sagte Kwasi und schlug die Seite um. »Auch nicht, davon zu reden.«

Paul A verabschiedete sich, und um uns herum wurden die kleinen Lagerfeuer vor den Hütten ausgelöscht wie die Seelen der Menschen hier. Nur vor einigen glomm es noch schwach.

Menschen können viel ertragen, ganz viel, bis sie wie der Krug zerbrechen. Wann würde Kwasi zerbrechen? Wie würde das sein? War er schon halb zerbrochen? Wie lange kann einen die Hoffnung tragen? Die Hoffnung auf Freiheit? Kann man sein Schicksal nicht wirklich nur selbst in die Hand nehmen? Worauf warteten die Menschen hier dann? Worauf wartete Kwasi? Dem Abhauen gegenüber war er ja nicht gerade wohlwollend eingestellt. Ich fand sogar, dass er und seine Mutter sich über Paul A lustig gemacht hatten. Zumindest hatte er es versucht. Abzuhauen, meine ich. Ich würde es auch versuchen. Ich brauchte es aber nicht zu versuchen. Konnte hingehen, wohin ich wollte. Und warum konnten Kwasi, Paul A, seine Mutter, Sarah D das nicht? Das waren meine Gedanken, als ich später neben Kwasi am Bayou spazieren ging. Wir waren etwas nachlässig, wie wir so von seiner Hütte aus gemeinsam buchstäblich über die Plantage schlenderten. Wie ein richtiges Liebespaar. Es war zwar recht dunkel heute Nacht, aber Nachlässigkeit hatte sicher schon manch einem das Leben gekostet. Das wird uns nicht passieren. Auch nicht, dass Master Wilburt uns wieder erwischt. Nichts darf wieder passieren, dachte ich, als wir an der dicken Eiche anhielten und uns setzten. Ich hatte einen Plan im Kopf.

»Meintest du das vorhin wirklich so?«, fragte ich Kwasi. »Dass Sarah Ds Söhne im Sumpf umgekommen sind?«

»Ist eine Möglichkeit – eine von zwei.«

»Also dann steht es fifty-fifty. Und sie könnten es genauso gut geschafft haben. Mit der Underground Railroad, stimmts?« Ich hatte kapiert. Ich schaute ihn an. Ich war bereit für eine Diskussion. Ich hoffte, er auch.

»Stimmt. Aber, was weißt du denn von der Underground Railroad?«

»Sarah D hat mir davon erzählt. Ab wo fährt die denn?«

»Mel«, Kwasis Blick war ernst, streng und traurig. Seine Augen leuchteten wie pures Gold durch die Nacht. Wenn ich nicht gewusst hätte, dass er nicht der weinerliche Typus war, dann hätte ich jetzt geglaubt, dass er gleich in Tränen ausbrechen würde. Aus Verzweiflung oder Belustigung, da war ich mir nicht sicher.

»Mel, glaubst du etwa, dass das ein echter Zug ist?«

Ich zuckte mit den Schultern. Ehrlich gesagt hatte ich genau das geglaubt, mir aber auch keine großen Gedanken darüber gemacht.

»Oh Mel, das heißt doch nur so.« Jetzt lachte er wirklich los, riss sich aber schnell wieder zusammen und fuhr fort: »Die Underground Railroad, das sind die Helfer, keine Eisenbahn. Die schmuggeln entlaufene Sklaven in den Norden. Schaffner sind die, die den Runaways helfen, von A nach B zu kommen. Sie verstecken sie in ihren Wagen oder führen sie zu Fuß durch unwegsames Gelände auf geheimen Pfaden, manchmal verkleiden sie sie auch. Die Bahnstationen, das sind Häuser,

Kirchen, Schuppen, wo sie unterkommen, wo sie was zu Essen bekommen.«

»Und nur in den Norden geht die?«

Ich ging nicht auf meine Einfältigkeit ein, dazu war keine Zeit. Die neue Information brachte neue Erkenntnis mit sich und fügte sich in meinen Plan ein wie die Petersilie in ein neues Rezept. Ich musste mehr erfahren: »Wenn es eine Bahn in den Norden gibt, dann könnte es doch auch eine in den Süden geben. Ich meine, eine Southern Underground Railroad?«

»Ja, gibt es auch«, sagte Kwasi, »nach Mexiko.«

»Nach Mexiko«, wiederholte ich. »Ah, da, wo der Tabasco-Pfeffer herkommt?« Ich schaute Kwasi an und musste schmunzeln. Er reagierte nicht. Ich kitzelte ihn unter dem Arm. Manchmal war er kitzelig. Heute aber nicht.

»Mel, come on. Das ist lange her.« Er stieß mich irritiert von sich und fiel dabei vom Ast.

»Ha, ha«, jetzt mussten wir beide lachen. Ich reichte ihm meine Hand und zog ihn hoch. Es fühlte sich wieder an wie immer zwischen uns.

»Nicht so lange«, sagte ich leise. Ich konnte mir das einfach nicht verkneifen.

Doch Kwasi war heute nicht zu Späßen aufgelegt, das hatte ich vorhin schon gemerkt. Ich musste die Gelegenheit trotzdem nutzen, um mehr zu erfahren.

»Mexiko, das ist doch viel näher dran als Philadelphia – oder nicht?«

»Für uns schon.«

Worauf warteten wir dann noch, schoss es mir in den Kopf. Das sagte ich natürlich nicht.

»Gibt es da auch Schaffner hin?«, fragte ich stattdessen.

»Da ist dieser Pastor in Galveston.« Kwasi dachte nach. »Er ist auch Deutscher, seine Kirche ist sogar eine Bahnstation. Er ist einer von diesen Achtundvierzigern. In der *Picayune* stand was von ihnen.

»Deutscher?«

Oh, mein Plan – fast serviert war er.

»Frag mich jetzt aber bloß nicht, wie der heißt.«

»Du hebst die Zeitungen doch immer auf, kannst du nicht mal nachschauen, ob du den Artikel noch findest?«

»Warum?«

»Ist vielleicht keine schlechte Idee ...«

»Idee? Was für eine Idee?«

Ich hatte seine Redseligkeit wohl falsch eingeschätzt.

»Wir könnten doch alle in den Süden abhauen. Ihr und ich?«

Ich hatte nicht mehr an mich halten können, obwohl ich eigentlich zuerst mehr Informationen hatte einholen und den Plan dann Kwasi erst präsentieren wollen.

»In den Süden?«

»Ja.«

»Wir? Warum?«

»Willst du denn nicht hier weg?«

»Das bringt doch alles nichts.«

»Mexiko hat doch sicher keine Sklaverei, wenn Leute auch dorthin abhauen, oder?«

»Ja, und?«

»Da könnten wir alle dort ein neues Leben anfangen.«

»Das wird nicht klappen. Bei dem einen von der Plantage in South Carolina hat es auch erst beim dritten Mal geklappt. Und der war ein Mulatte, sehr hell, ging sogar als Mexikaner durch, der zu seinem Bruder wollte. Du, ich, meine Mutter, Schwester, das ist eine merkwürdige Zusammenstellung – Misfits. Stell dir das doch bitte mal bildlich vor. Das glaubt uns doch keiner.«

Der Gedanke war schon komisch, aber genauso ja auch der Gedanke einer Schwarzwälderin mit Bollenhut auf einer

Südstaatenplantage. Alles ist möglich, das hatte ich in meinem bisherigen Leben gelernt. Und überhaupt, sie könnten doch meine Sklaven sein. Das sagte ich aber auch nicht. Nicht heute.

»Wer sind eigentlich die Achtundvierziger?«, fragte ich lieber – so beiläufig wie möglich.

»Na die, die nach eurer Revolution nach Amerika kamen, wie dieser Schriftsteller oder Journalist. Er lebt in New York.«

Kwasi ging ein, zwei Oktaven mit der Stimme runter, wie immer, wenn ihm etwas wichtig war, wenn er es ernst meinte und mich überzeugen wollte:

»Mel, das Problem bei der Südroute sind auch die Sümpfe, nicht nur die Coon-Hunde. Aus fifty-fifty wird dann ganz schnell twenty-eighty. Verstehst du das?«

»Leben da unten nicht die Indianer?«

»Creeks, Choctaw. Da gibt es ein, zwei Stationen. Die muss man erst einmal finden. Ich glaube, du willst mich nicht verstehen.«

Da hatte er recht. Und so beließ ich es – für diesen Abend.

Ich stand auf und sagte: »Komm, gehen wir weiter.«

Bei Denise war mehr als der Wurm drin, das merkte ich ein paar Tage später. Sie half zwar wieder voll und ganz in der Küche mit, war aber noch ruhiger, noch blasser und ihre Stimme, wenn sie mal was sagte, noch glasiger als zuvor. Ich kam mir so schlecht vor. Ich versuchte, sie in alles einzubinden, setzte sogar Tommy einen Rang runter, um sie einen höher zu heben. Ich verdonnerte ihn zum Fußbodenschrubben und Kaminsaubermachen, damit sich jemand anderes ums Einkochen des Wintergemüses kümmern musste. Denise machte jedoch keine Anstalten. Sodass Tommy – ich hatte ihm mein Verhalten erklärt, aber natürlich nicht den Hintergrund – es am Ende doch tat.

Kwasi hatte sich für mich entschieden und ich mich für ihn. Das war die Wahrheit.

Denise hatte bestimmt eine andere. Sarah D schob das Verhalten ihrer Tochter auf ihre Monatsbeschwerden und die Jugend. »Alles Humbug«, hatte sie gesagt, »wir mussten da auch durch.« Da kam ich mir noch schlechter vor.

Dann traf ein Brief aus Philadelphia ein. Paul A hatte ihn angenommen, da die Herrschaft immer noch in New Orleans weilte, und brachte ihn zu uns in die Küche. Er war an Sarah D gerichtet, hatte aber keinen Absender. Eine graue Feder flatterte aus dem Umschlag, als sie ihn in der Küche hastig öffnete. Sie brach in Tränen aus und schaffte es gerade noch auf einen Stuhl, auf dem sie in sich zusammenfiel. Denise eilte ihrer Mutter zu Hilfe und kauerte weinend über ihr. Ihre Jungs hatten es geschafft. Wir hatten ihr natürlich von der Anzeige erzählt, was ihr Hoffnung gegeben hatte. Aber nun hatte sie den Beweis, denn das mit der Feder, das hatten sie gemeinsam so abgemacht, sollten sie es schaffen.

Plötzlich erinnerte ich mich, dass ich ja auch einen Brief schreiben wollte. Aber dazu musste ich erst einmal lesen und schreiben lernen. Ich hatte da auch schon einen ganz bestimmten Privatlehrer im Sinn, der auch zustimmte. Und da es immer gut ist, zwei Fliegen mit einer Klappe zu schlagen, trat ich zu meiner ersten Stunde am nächsten Abend zusammen mit Tommy an. Bildung ist wichtig für das Kind, da waren Kwasi und ich uns einig. Ich hatte auch angefangen, ihm Deutsch beizubringen. Er kannte schon viele Rezepte auf Deutsch. Wir trafen uns jetzt fast jeden Abend am Versteck und benutzten das umgestülpte Kanu als Pult. Wir hatten nur eine Schreibfeder, die uns Paul A aus dem großen Haus stibitzt hatte. Was gefährlicher war, als wenn er eine Gabel vom Silberbesteck gestohlen hätte. Hätten sie ihn erwischt, wären wir alle dran gewesen, und er hätte wahrscheinlich dafür mit seinem Leben bezahlt. Wir wechselten uns mit dem Schreiben ab. Wenn Tommy damit Artikel aus der

Picayune abschrieb, las ich, ein paar Schritte entfernt vom Boot, mir laut aus der Zeitung vor – oder umgekehrt.

Tommy und ich hatten gerade gewechselt, als Kwasi kam. Er hatte ein frisches Hemd an, das mit seinen Zähnen um die Wette strahlte. Es war schon dunkel. Unten am Bayou fing der Tag aber erst an. Die Zikaden zirpten, manchmal quakte ein Frosch, und das Plätschern der Wellen ans Ufer war bestimmt nicht nur der Rhythmus von Ebbe und Flut vom Golf. Unsere Kerze auf dem Rücken des Kanus war schon fast runtergebrannt und ihr Wachs geschmolzen. Um sie herum flatterten Mücken, die mich ehrlich gesagt noch nie gestört hatten. Sie stachen mich einfach nicht. Kwasi lobte Tommy einmal wieder für seine schöne Handschrift, meine war dagegen sehr schlampig, worüber Kwasi auch sogleich meckerte, da hatte ich noch nicht einmal zwei Worte geschrieben.

»Mel«, sagte er streng, wie ein echter Lehrer, »das M hat zwei Zipfel, nicht eine Schlaufe und einen Zipfel. So.«

Er drehte sich um, um zu sehen, wo Tommy war. Das Kind saß am Ufer mit der Laterne, die Kwasi mitgebracht hatte, und las angestrengt in der Zeitung.

Dann schrieb er: *Melba Koch ist meine große Liebe.*

Und schaute mich wie ein Puppy-Dog an, der ungefähr genau so viel mit dem strikten Schulmeister von gerade eben gemeinsam hatte, wie eine Charlotte russe mit einer Flusskrebs-Gumbo.

Ich gab ihm einen flüchtigen Kuss auf die Stirn. Tommy saß ja da, und dem Buben entging nichts. Dann schnappte ich die Feder und schrieb zurück: *Kwasi ist meine große Liebe.*

»Ist das so richtig, Herr Lehrer? Oder haben Sie an dem K auch etwas auszusetzen, oder am L?«

Wir lachten, und ich hätte ihn am liebsten ins weiche Moos gezogen, wäre da nicht Tommy gewesen. Ich war so glücklich, so verliebt. Ein Gefühl, das ich nicht mehr loslassen wollte.

Dann, unerwartet um diese Zeit, schlug am Großen Haus jemand die Glocke an, hastig und viele Male hintereinander.

Wir schauten uns erschrocken an.

Einen Moment blieb es still, dann setzte das Bimmeln wieder ein.

Schnell versteckten wir das Kanu hinter dem Busch und rannten aufs Große Haus zu. Jeder von uns bog in einen anderen Weg ein: Kwasi an der Zisterne vorbei, Tommy sollte von der Allee her kommen, und ich rannte um die Felder herum und kam von hinten auf das Steinpodest zu, auf dem die Glocke stand. Da waren fast alle schon versammelt.

Auf seinem Pferd, eine Fackel in der Hand, saß der Aufseher, Mister Tulson. Um ihn herum sprangen und kläfften ungehalten drei seiner Hunde, Coon-Dogs. Sie graulten die Gruppe, die sich im Halbkreis um den Aufseher und sein Pferd versammelt hatte, mit gefletschten Zähnen an, als ob sie ihren Herrn vor den schläfrigen Menschen verteidigen mussten.

Dann zog Mister Tulson ein kariertes Stück Stoff aus der Tasche, wedelte es über unseren Köpfen hin und her und warf es anschließend vor die Hunde. Mir wurde schlecht. Ich suchte Sarah D in der Menge. Im langen Hemd, das im Fackelschein ihre kräftige Statur entblößte, und mit gesenktem Kopf stand sie, flankiert von Kwasi und seiner Mutter, ganz hinten.

»Wer dem Flüchtling Unterschlupf gibt oder Hilfe leistet, der weiß, was ihm geschieht«, schrie der Aufseher und zeigte mit der lodernden Fackel auf die Eiche neben der Allee.

Er platzte auf seinem Pferd durch die Menge, dass wir auseinandersprangen, und gab vier Männern einen Tritt von oben. »Du, du«, schrie er. »Du, und du!« Sie sollten mitkommen, die Flüchtige zu verfolgen. Einer von ihnen war Kwasi.

Wortlos trotteten sie dem Aufseher hinterher, der gefolgt von seiner Hundemeute auf die Stoppelfelder zuritt.

Ich rannte zu Sarah D, nahm Kwasis Platz ein. Gemeinsam mit seiner Mutter half ich ihr in ihre Hütte. Sie schien traurig, doch nicht überrascht. Wir setzten uns mit ihr aufs Strohbett, und sie zog die graue Feder unter der Decke hervor.

»Hier«, sagte sie mit ruhiger Stimme. »Ich konnte Denise nicht mehr zurückhalten, nachdem sie das hier gesehen hat.«

Sie legte die Feder in meine Hand. Was gesehen hat? Es war eine ganz normale graue Taubenfeder.

»Geh ans Licht«, sagte Sarah D.

Ich ging vor den Kamin und inspizierte die Feder im Schein des Feuers. Auf dem Schaft waren ganz winzige Worte eingeritzt. Ich versuchte sie zu entziffern. Ich konnte jetzt ja lesen: »Hou… Street 21«, las ich laut vor. Das ganze Wort konnte ich nicht ausmachen. Ich blickte Sarah D an und gab ihr die Feder zurück. Sie nickte. Victoria auch. Ich verstand. Aber wie konnte Denise es entziffern? Dachte ich. Nicht, weil es so klein geschrieben war. Bei Tageslicht hätte ich es bestimmt auch lesen können, aber sie, sie konnte doch gar nicht lesen. Plötzlich ging die Tür auf. Wir zuckten zusammen. Es war Gott sei Dank nur Tommy. Er hatte Kwasis kleine Schwester Eva im Arm. Sie war eingeschlafen. Ohne ein Wort zu sagen, übergab er sie an ihre Mutter und setzte sich neben mich aufs Bett. Ich zog ihn in meinen Arm. Er war mein Baby. Wir kauerten uns alle auf dem kleinen Bett zusammen wie die Sardinen in der Dose und fielen in einen unruhigen Schlaf, durchwebt vom Bellen der Hunde in der Ferne. Immer wenn sie jaulten, dachten wir, dass sie Denise jetzt gefunden hatten, und erwarteten, dass die Geräusche näherkamen. Wir lagen dann stocksteif und hellwach nebeneinander. Wenn nichts weiter passierte, atmeten wir tief durch. Sogar die kleine Eva, das hörte ich am Rasseln ihres Atems.

Es war noch dunkel, als Master Wilburt in die Hütte stürzte, uns seine Fackel vor die Gesichter hielt. Er riss Sarah D aus dem Bett und zog sie an den Beinen die Stufen hinunter aus der Hütte, sodass sich ihr Hemd bis über ihre Brüste aufrollte. Auf dem sandigen Weg, vorbei an den anderen Hütten bis zur Eiche neben der Allee mit den 28 Eichen schleifte er seine einstige Ziehmutter wie erlegtes Wild.

Victoria und ich waren aufgesprungen. Ich wollte Wilburt und Sarah D nachrennen, versuchte Kwasis Mutter aus dem Türrahmen zu schubsen, doch sie versperrte mir den Weg. Dabei vermied sie es, mich anzusehen. Sie war größer als ich. Ich blieb hinter ihr stehen. War Zaunzeugin wie jeder hier.

Master Wilburt brauchte Sarah D nicht an den Baum zu binden. Sie war zu schwach, um wegzurennen, zu schwach, um aufzuschreien – sie lag nur da.

»Du … du … du … du weißt ga…ga…ga…ga…ga…ga…« Master Wilburt stotterte sich in Rage. Brachte kein ganzes Wort hervor. Sein verschwitztes Stirnband war ihm um den Hals gerutscht. Er zückte die neunschwänzige Katze. Sie prasselte wie Hagelschauer auf Sarah Ds Rücken. Seine strähnigen Haare verspritzten bei jedem Hieb Schweiß wie ein nasser Hund, der sich schüttelt. Sarah D gab keinen Mucks von sich. Wir auch nicht.

Blut und Schweiß, Blut und Erde, Blut und Wahrheit vermischten sich zu einem tödlichen Gebräu. Ich versuchte noch einmal, Victoria beiseitezuschieben und Sarah D zu Hilfe zu rennen. Da nahm Tommy meine Hand und drückte sie fest. Er blickte mich mit seinen grünen Augen an. Seitdem seine Schwestern und Mutter weggeschafft worden waren, strahlten sie nicht mehr so. Er wollte mich nicht auch noch verlieren. Ich verstand und tat nichts. Doch zusehen konnte ich auch nicht, wie meine beste Freundin, meine Mutter, meine Lehrerin gefoltert wurde. Ich setzte mich aufs Bett, schaukelte Eva wieder in den Schlaf und weinte.

Zehn Hiebe verpasste Master Wilburt Sarah D.

Als alles ruhig war, kein Master oder Aufseher mehr in Sicht, gab Victoria den Weg frei und winkte mich mit hinaus. Gemeinsam mit Paul A und einem anderen Mann trugen wir Sarah D in ihre Hütte zurück. Beinahe war ich dankbar, dass sie bewusstlos war und die Schmerzen nicht spürte.

Victoria legte Binden, die sie vorher in etwas tränkte, auf die offenen Wunden. Zum ersten Mal sah ich Sarah Ds bloßen Rücken. Er sah genauso aus wie Kwasis. Wir drehten sie behutsam auf die Seite. Da wachte sie auf. Sie stöhnte, versuchte sich aber aufzurichten: »Denise?«, sagte sie schwach.

»Denise ist in Sicherheit«, log Victoria und drückte sie sanft zurück.

»Vater, vergib ihnen, denn sie wissen nicht was sie tun«, flüsterte Sarah D mit letzter Kraft, ihre Lider flatterten, und dann wurde sie plötzlich ganz schlaff. Entsetzt sah ich Victoria an. War Sarah D vor unseren Augen gestorben? Victoria schüttelte den Kopf und schob mich beiseite.

Wortlos nahm ich Tommy bei der Hand, ging mit ihm ins Küchenhaus und kochte eine Hühnersuppe. Ich konnte nicht mehr an mich halten. Ich weinte und weinte. Unentwegt wischte ich mir mit meiner Schürze die Tränen aus dem Gesicht, sodass sie am Ende klitschnass war und die Suppe nach gar nichts schmeckte.

Als Sarah D am nächsten Morgen erwachte, gaben wir ihr dennoch ein paar Löffel davon. Dann stöhnte sie sich wieder in den Schlaf und flüsterte unentwegt: »Vater, vergib ihnen, denn sie wissen nicht, was sie tun. Vater …«

Wussten sie nicht, was sie tun? Wussten sie es wirklich nicht? Wusste Master Wilburt nicht, dass er die Frau, die ihn nach dem Tod seiner Mutter in ihren Armen in den Schlaf geschaukelt hatte, fast zu Tode gepeitscht hatte? Wusste er das nicht? Wusste er das nicht? Wusste er das nicht?

Rund um die Uhr kümmerten Victoria, Tommy und ich uns um Sarah D. Victoria ging so liebevoll mit ihr um, wie ich es bei dieser spröden Frau noch nie gesehen hatte. Sie sprach jedoch kein Wort mit uns, wies uns nur ab und zu an, den Nachttopf zu leeren, frisches Wasser zu bringen oder den Kessel über dem Feuer zu erhitzen. Kerzengerade und ohne eine Miene zu verziehen, saß sie Tag und Nacht am Bett und wachte über Sarah D, die über Nacht um Jahre gealtert war, doch sie schien sich langsam zu erholen.

Victoria war so groß wie Kwasi, und auch sie bewegte sich nicht langsam, sondern umsichtig, als ob sie jede Bewegung zuerst überdachte, wie ihr Sohn.

Ich nahm ihre abweisende Haltung mir gegenüber nicht mehr persönlich. Einmal drehte sie sich zu mir um und sagte: »Jetzt fängst du endlich zu verstehen an, Mama Melba. Endlich.«

Die Küche blieb kalt. Was Master Wilburt fraß, war mir egal. Irgendwann würde er kommen und sein Recht fordern. Da war ich mir sicher und ich war bereit. Außerdem hatte ich den Schlüssel zum Räucherhaus an meinem Gürtel baumeln, aus dem ich uns mit Schwarzwälder Schinken und Tasso königlich versorgte.

Der Aufseher kam drei Tage später mit Kwasi, den anderen und den kläffenden Coon-Dogs zurück.

Ich sah sie schon von Weitem, und Kwasi schüttelte den Kopf und konnte sich ein Lächeln nicht verkneifen, als sie die Allee entlanggetrottet kamen.

Ich rannte sofort in die Hütte und brachte Sarah D die gute Nachricht. Fifty-fifty sah plötzlich sehr vielversprechend aus. Sarah D hatte sich für eine Frau ihres Alters ziemlich schnell erholt. Ihre Wangen waren wieder prall und glatt wie ein

Babypopo. Sie setzte sich im Bett auf, sobald ich ihr die freudige Botschaft überbracht hatte, und wollte aufstehen.

»Sha, sha, sha«, protestierte sie, als Victoria und ich sie zurückhielten. »Jemand muss mal wieder Würze ins Essen bringen.«

Und damit war sie wieder ganz die Alte. Dass sie auf meine lasche Hühnersuppe anspielte, entging mir nicht. Wir lachten alle, wenn auch etwas verkrampft, und verboten ihr natürlich, aufzustehen. Am Abend brachte ich uns eine kalte Schlachtplatte in die Hütte, mit Sauerkraut, eingemachten Gurken, Tasso und Schwarzwälder Schinken. Ich legte ein Betttuch auf den Holzboden wie bei einem Picknick.

»So sollten wir öfter essen«, sagte Tommy mit vollgestopften Wangen. Er strahlte endlich mal wieder.

Wir nickten, sogar die kleine Eva, die an einer Gurke nach der anderen lutschte, bevor sie sie kaute.

Auch Victoria sah zufrieden aus. Die Schlachtplatte hatte uns für einen klitzekleinen Moment von hier weggeholt. In eine andere Wirklichkeit. Vielleicht die wahre Wirklichkeit.

Danach lief das Leben auf der Plantage um uns herum wieder halbwegs normal ab. Vor Morgengrauen summten sich die Arbeiter mit ihrer monotonen Melodie auf die Felder. Es war an der Zeit, neues Zuckerrohr zu pflanzen. Kwasi arbeitete wieder in der Schmiede, wo er Werkzeuge und Gerätschaften reparierte, die während der Ernte kaputtgegangen waren. Und ich traute mich endlich wieder in die Küche, natürlich mit Tommy, der zu meinem Schatten geworden war. Paul A hatte mich benachrichtigt, dass die Herrschaft die Woche vor Ostern zurück sein würde.

Der Frühling in Louisiana ist eine kurze Affäre. Keine eigene Jahreszeit, nur eine flüchtige Ouvertüre zum Auftakt des Sommers. Es konnte an ein und demselben Tag passieren: Es war kalt und neblig am Morgen – ich ging mit Schal und Strickjacke in die Küche –, gegen Mittag löste sich dann der Nebel auf – Sarah D und ich saßen in der Sonne vor dem Küchenhaus zum Schwatz auf den Fässern, nur mit Bluse und Rock bekleidet –, und am Abend auf dem Heimweg hielt ich Schal und Jacke in der Hand, und in der Nacht konnte ich vor Hitze nicht einschlafen. So schnell ist hier der Sommer da. Mit dem Sommer werden aber auch die Arbeitstage für die armen Menschen auf dem Feld länger und härter.

Doch für Tommy und mich hatten die späten Sonnenuntergänge ihren Vorteil. Sie gaben uns mehr Zeit, um unsere Hausaufgaben zu machen. Paul A versorgte uns täglich mit der *Picayune*, in der wir schon fast ohne Hilfe die kleinen Suchanzeigen lesen konnten. Wir verfolgten sie sogar. Manchmal standen wochenlang dieselben drin. Das bedeutete, dass der oder die Flüchtige noch nicht gefunden war. Mit jeder wiederkehrenden Anzeige und verstreichenden Woche verbesserten sich die Aussichten für die Geflohenen. So auch für Denise. Ihre Suchanzeige stand noch jahrelang in der *Picayune*.

Manchmal erfuhren wir sogar von fahrenden Hahnenkämpfern, dass einige im Norden angekommen waren. Und wenn die Anzeige einige Wochen nach einer solchen Nachricht verschwand, wussten wir, dass der Master aufgegeben hatte, sie zu suchen. Dann feierten wir. Tommy buk einen kleinen Kuchen oder Pie, und wir zündeten eine Kerze für den Entkommenen an, wie bei einem Geburtstag, und stellten uns vor, wie sie oder er frei und unbesorgt über das Kopfsteinpflaster von Philadelphia oder New York hüpften, mit Schuhen natürlich.

Kwasi und ich genossen die Ruhe vor dem Sturm. Sobald die Herrschaft wieder anwesend war, würden wir weniger Zeit füreinander haben. Deshalb ließ ich ihn auch mit meinen Plänen in Ruhe, damit wir die kostbare Zeit nicht mit Diskussionen vergeudeten. Wir hatten noch so viel mit Kennenlernen zu tun. Das gab mir auch mehr Zeit, die Pläne auszuarbeiten. Wir waren in diesen Tagen meist unzertrennlich und eigentlich viel zu nachlässig. Oft gingen wir zwar im Dunkeln, jedoch gemeinsam zum Bayou La Fourche und trafen uns nicht erst dort an unserer Eiche, wie wir es sonst getan hatten. Im Dorf, wie ich die Reihen der Hütten inzwischen nannte, wusste man Bescheid über uns, aber da würde keiner was sagen, versicherte mir Kwasi. Und ich war zum ersten Mal in meinem Leben glücklich – trotz allem.

Das Osterfest kam, und somit kehrten auch die Herrschaft und der Trubel ins Haus zurück. Ich kochte am Karfreitag meine *Gumbo Zab*, so wie sie Sarah D mir beigebracht hatte, schüttelte aber ungläubig den Kopf, als ich die heilige Dreieinigkeit plus one – die rote Paprikaschote – in die hellbraune Roux plumpsen ließ. Die Begrüßung versöhnte mich jedoch sofort. Ich hatte sogar das Gefühl, dass sie mir zuwinkte – diese Roux, diese Gumbo –, ich war ein Teil von ihr. Für immer und ewig würde ich dieses Gefühl festhalten, und mindestens zweimal in der Woche kommt in mir noch heute das Verlangen auf, eine anzurühren. Eine Woche ohne Gumbo ist eine Woche ohne Wert.

Um mit den ganzen Gewürzen nicht durcheinanderzugeraten und auch ein bisschen, um dem Gericht meine eigene Note zu verpassen, verfeinerte ich alles mit ein paar Teelöffeln meiner Gewürzmischung und gab noch zwei Lorbeerblätter hinzu.

Sarah Ds Vorhersage, sie könnte Ostern verhindert sein, war also tatsächlich eingetreten, denn wir hatten ihr strikt jegliche Arbeit verboten. Sehr gespenstisch kam mir das vor.

Tommy und ich arbeiteten jetzt Doppelschichten, und sogar Kwasi kam am Abend dazu, um zu helfen. Wir verdonnerten ihn dann zum Abwasch. Es war aber Vorsicht geboten. Wenn

Master Wilburt nur den kleinsten Verdacht schöpfte, würde dies das Ende bedeuten. Er kam jedoch nicht mehr in die Küche seit unserer Auseinandersetzung. Es war fast schon ein bisschen gruselig, dass man ihn gar nicht mehr sah, wie er seine Runden drehte – als Oberaufseher.

Nur Mister Tulson begegnete ich täglich, aber zumeist in der Nähe der Felder, auf denen sie gerade das Zuckerrohr in langen, schnurgeraden Furchen gepflanzt hatten. An einigen Stellen konnte man schon zarte Schösslinge treiben sehen.

Das Zuckerrohr, ein wundersames Gewächs, fast menschlich, erst so zart und zerbrechlich wie ein Neugeborenes, und dann entwickelt es sich zu einer haushohen Bestie. Ich fing an, es zu hassen. Und jede Art von Süßspeise dazu. Wenn kein Mensch mehr Pies und Charlotte russe essen würde, dann bräuchte niemand mehr Zucker, dann müsste niemand mehr auf den Zuckerrohrfeldern arbeiten, weil man damit kein Geld mehr verdienen würde. Dann würde es keine Plantagen mehr geben und keine … Das war natürlich eine Milchmädchenrechnung, die ich da aufstellte. Wenn nicht nach Zucker, dann würden die Menschen eben verrückt nach was anderem sein. So sind wir, wir Menschen. Und außerdem gab es ja noch Baumwoll- und Tabakplantagen. Schuldbewusst blickte ich an meinem hellen Musselin-Rock hinunter. Es hört nie auf. Der Gedanke versetzte mich in Angst und Schrecken.

Die Stimmung auf der Plantage war seit der Ankunft des Masters und der Mistress gedämpft, trotz der guten Ernte und der Aussicht auf eine weitere ertragreiche, denn das milde Wetter, nicht zu heiß und nicht zu kalt, ließ sich für die Pflanze gut an. Auch im Großen Haus schien niemand in Feierstimmung. Doch wenigstens wurde niemand verkauft, dachte ich. Es kamen lediglich ein paar Neuankömmlinge. Zwei Frauen, Mädchen, um genauer zu sein, fast noch Schösslinge, wies frisch gesetzte Zuckerrohr auf dem Feld. Ihr Anblick versetzte mir einen Stich ins Herz.

Ich musste mit Kwasi sprechen. Ich hatte nur noch einen Gedanken: Wir müssen abhauen – alle!

Doch es galt, den richtigen Moment abzuwarten, denn Kwasi war seit dem 4. März nicht mehr nur kategorisch gegen jegliche Fluchtpläne, sondern er hatte frische Hoffnung auf Freiheit geschöpft. Wir hatten einen neuen Präsidenten: Abraham Lincoln.

GUMBO Z'HERBES / GUMBO ZAB

Zutaten

Keine Angst wegen der vielen Zutaten! Es setzt sich alles wie ein Kinderspiel zusammen.

Jeweils 1 Bund (Bd.) grob geschnitten oder gerissen: Spinat, Grünkohl, Mangold rot, Mangold weiß, Karottengrün, Petersilie, Kresse, außerdem 1 Bd. grüne Zwiebeln, in Scheiben geschnitten, 1 Tasse (T) gehackte Zwiebeln, 1 T gehackter Sellerie, 1 T gehackte grüne Paprikaschote, 1 T gehackte rote Paprikaschote, 2 Esslöffel klein gehackter Knoblauch, 6 T oder mehr Gemüsebrühe, Roux (siehe Grundrezept in Kapitel B, aber nur die Hälfte der Zeit, denn es soll eine helle Roux werden)

Tipp

Man kann jede Art von bitterem Blattgemüse nehmen, nur eine ungerade Anzahl an Sorten muss es sein – wegen des Glücks!

Zubereitung

Eine Roux anrühren, aber nicht länger als ungefähr 20 Minuten, sie soll eine helle, nur leicht gebräunte Farbe haben. Dann die heilige Dreieinigkeit (Sellerie, Zwiebeln und grüne Paprikaschote) samt roter Paprikaschote und Knoblauch hineingeben und 10 Minuten anschwitzen.

Mit der Gemüsebrühe ablöschen, gut verrühren. In Schritten das grob geschnittene oder gerissene Blattgemüse auflegen und unterheben. Ich fange immer mit dem zähesten Gemüse wie etwa den Grünkohlblättern an, zuletzt gebe ich die grob gehackte Petersilie hinzu. Der ganze Prozess dauert mindestens 15 Minuten. Kurz brodeln lassen. Dann die Hitze runterfahren und eine halbe Stunde lang köcheln lassen. 3 Kellen Gemüse herausfischen und in einem Mörser zu einem grasgrünen Brei zerstampfen. In den Topf zurückgeben.

Weitere 30 Minuten köcheln, bis das Gemüse zart gekocht ist und die verschiedenen Geschmacksnoten eine Symphonie komponiert haben.

Über Reis servieren, mit grünen Zwiebeln verzieren und mit Tabasco beträufeln.

S

Cherry Bounce

Kurz nach Ostern arbeitete Sarah D wieder in der Küche mit. Das war auch gut so, denn langsam reiften die Erdbeeren, Himbeeren und der Rhabarber, danach kamen gleich die Brombeeren und Maulbeeren, und dann sind auch schon die süßen, wilden Kirschen dran, und kurz darauf die Orangen und Zitronen. Das hieß für uns in der Küche: Marmelade, Gelee, Konfitüre, Kompott, Chutney, Cherry Bounce und Zucker. Ganz viel Zucker. Weiß und braun.

Cherry Bounce würde ich als Kirschlikör bezeichnen. Es war schon George Washingtons Lieblingsgetränk und wurde traditionell zu Thanksgiving gereicht, denn dann war es auch erst fertig. Na ja, man konnte aber schon ab Oktober naschen. Frühreif waren die Kirschen in diesem Jahr und besonders süß. Man braucht dafür Bourbon – bei Bourbon muss ich immer an Madame denken und unseren Lachanfall, damals im Hafen von Baltimore – und Zucker und die Kirschen. Dann gibt man alles in einen Steintopf und lässt es ruhen bis zum Herbst. Man kann die Kirschen aussieben oder sie drinlassen. Ich lasse sie drin. Cherry Bounce zusammen mit den Kirschen über frischem Vanilleeis … ich glaube, ich muss nicht mehr sagen.

Ich hatte mir zwar vorgenommen, keinen Zucker mehr zu essen, denn ich sah es mehr und mehr als Verrat an. Verrat an Kwasi, seiner Familie, den Menschen hier. Doch dem Cherry Bounce konnte ich schlecht widerstehen, weil er ein wenig wie Heimat schmeckte, obwohl die Kirschen süß waren.

Außerdem musste ich die eine oder andere Dessert-Kreation von Tommy probieren, mit dem ich diese Gedanken natürlich nicht teilte, denn er ging in seinen Süßspeisen auf, als wäre er selbst ein Cream Puff – was so viel wie eine Profiterole, ein Ofenküchle oder ein Windbeutel ist.

Es war bestimmt schon Mitternacht. Ich lag im Kanu, blickte in einen sternenlosen Himmel und wartete auf Kwasi. Wir waren heute besonders vorsichtig und hatten verabredet, getrennt zu kommen, warum, weiß ich nicht mehr so genau. Komisch, dass er noch nicht da ist, dachte ich und fing an, mir Sorgen zu machen. Ich beschloss, den Pfad hinter der Zisterne abzulaufen, denn den würde er wohl nehmen, wenn er auf dem Weg wäre.

Es war genauso still wie dunkel. Nur ein leichter Wind schlich um die Ecken der Plantage und wirbelte den Sand auf den Pfaden hoch. Helle Schwaden formten sich vor meinen Augen, wie umherirrende Gespenster. Die einzelnen Sandkörner funkelten im Schein einer Fackel und erinnerten mich an Schneekristalle, wenns ganz ganz kalt ist. Die Fackel war die einzige Lichtquelle. Jemand hatte sie neben die Allee ins Gras vors Große Haus gesteckt. Sie flackerte wie ein Leuchtfeuer auf dem Meer. Angezogen wie die Motte vom Licht näherte ich mich ihr Schritt für Schritt, und Schritt für Schritt setzte sich ein Bild, das ich nie wieder vergessen werde, wie ein Puzzle vor meinen Augen zusammen:

Vor dem Großen Haus, neben der Eiche, neben der Allee stand Master Wilburt schweißgebadet im Schein der Fackel.

Er hielt ein Glas in den Händen und prostete mir zu wie ein Schauspieler im Rampenlicht. Die Eiswürfel in seinem Mint Julep klimperten eine schräge Melodie.

Die Bühne teilte er sich mit einem Mann, der mit den Handgelenken angebunden an der Eiche hing. Er war nackt. Es war Kwasi. Es gab keine Zuschauer. Nur mich.

Mein ungutes Gefühl hatte sich bestätigt – die letzten wunderbaren Wochen waren nur die Ruhe vor dem Sturm gewesen. Wilburt musste uns heimlich beobachtet haben. Vielleicht hatte er sich sogar an das Kanu-Versteck erinnert. Vielleicht war es seine Gegenwart, die ich so oft neben dem Kanu gespürt hatte, nicht die eines Alligators. Ich hatte ihm seine Grenze gesteckt, als ich ihn in der Küche mit dem Messer erwischte. Er wollte mir heute meine stecken. Instinktiv wollte ich auf ihn zu rennen, da stellte mir jemand ein Bein. Ich stolperte und fiel der Länge nach in den Sand, sprang aber sofort wieder auf, blickte mich um. Doch da war niemand. Plötzlich flüsterte eine Stimme aus dem Magnolienbusch:

»Weißt du noch, Mama Melba, was ich zu dir gesagt habe?«

Sie war leise, streng und bedacht. Es war die Stimme von Kwasis Mutter, Victoria. Ich drehte mich zur Seite. Das Weiß ihrer Augen leuchtete im Dunkeln. Sonst erkannte ich nichts. Ich spuckte den Sand aus, den ich beim Fallen in den Mund bekommen hatte, und wollte wieder losrennen, da zog mich Victoria am Arm in den Busch hinein.

»Liebe niemals ganz. Verstehst du das denn nicht?«

Heftig schüttelte ich den Kopf. Ich würde es nie verstehen wollen, denn das würde bedeuten, mich selbst wieder zu verlieren. Zum ersten Mal wusste ich, wo ich hingehörte. In der Liebe zu Kwasi hatte ich meine Heimat gefunden. Die würde ich niemals mehr aufgeben. Koste es, was es wolle.

»Wenn du jetzt dorthin rennst«, fuhr sie fort und bohrte ihre Fingernägel mit jedem Wort tiefer in meinen Oberarm,

»dann beweist du das, wofür Master Wilburt keine Beweise hat. Verstehst du das denn wenigstens?«

Ich schüttelte mich von ihr los, kroch aus dem Busch hervor und blieb stehen. Master Wilburt legte los. Er hatte auf mich gewartet. Die Privatvorstellung konnte beginnen.

Doch der andere Schauspieler machte nicht mit. Kwasi gab keinen Ton von sich. Bei jedem Peitschenhieb, der durch die Stille zischte, zitterte sein Körper, als wärs seine letzte Zuckung. Ich wollte rennen, schreien, weinen, alles gleichzeitig.

Doch jedes Mal riss Kwasi sich wieder zusammen, und so hielt auch ich weiter durch.

Victoria hatte recht. Ein weiterer Peitschenhieb rief weiteres Zucken hervor, das mir, so schrecklich es war, bestätigte, dass Kwasi noch lebte. Noch nie hatte ich mich so sehr beherrschen müssen. Mir war zum Kotzen zumute.

»So ists gut«, beruhigte Victoria mich wie ein ungestümes Pony. Sie kauerte noch immer in dem Magnolienbusch.

Master Wilburt schlug so wild auf Kwasi ein, dass sein Stirnband wieder um seinen Hals rutschte, seine Haare um sich spritzten und er selbst ein paar Mal zu Boden fiel. Er rappelte sich jedoch immer wieder auf, griff sein Glas, das er zwischendurch auf einen Baumstumpf abstellte, und prostete mir erneut zu. Die Eiswürfel klimperten nicht mehr im Glas. Der Applaus blieb aus.

»Warte«, flüsterte Victoria und kroch aus dem Busch hervor, »noch nicht, lass ihn erst weg sein, sonst war alles umsonst.«

Ich gehorchte.

Master Wilburt torkelte auf das Große Haus zu, stolperte die Marmortreppe hinauf und verschwand hinter dem hohen Portal.

Ich war mindestens mitschuldig, wenn nicht sogar ganz schuldig an diesem Verbrechen. Ich hätte Kwasi in Ruhe lassen müssen. Mit Denise wäre ihm das nicht passiert. Meine Gedanken wirbelten durcheinander wie der Sand im Wind, als ich neben Victoria, die mich am Arm hielt und mir wieder ihre Fingernägel ins Fleisch bohrte, langsam auf ihn zuging.

Kwasi war stark wie ein Bulle. Auf seinen eigenen zwei Beinen ging er in seine Hütte, gestützt von mir und Victoria.

»Die Genugtuung gebe ich ihm nicht – niemals«, sagte er, als er am nächsten Tag, ohne eine Miene zu verziehen, zuerst sein Hemd, dann seine Schürze überzog und sich anschließend in die Schmiede schleppte. Mir jedoch zogen sich bei dem Anblick die Gedärme zusammen, und die Bilder der vergangenen Nacht kehrten zurück: die zurückgepellte Haut mit den Fleischfetzen daran, die Victoria, als hätte sie es schon tausendmal gemacht, mit sicherer Hand zusammengenäht und bandagiert hatte. Ich hatte ihr assistiert, so gut ich konnte.

Wir mussten hier weg. Alle.

Am nächsten Abend klopfte Paul A an die Tür von Kwasis Hütte. Victoria und ich hatten gerade seine Bandagen erneuert und dabei wie immer kein Wort miteinander gewechselt. Auch Kwasi sagte nichts. Lediglich das Rasseln des Atems der kleinen Eva erfüllte den Raum. Paul A warf Kwasi mit seinem typischen Lächeln die *Picayune* zu, kindisch wie beim Fangenspielen.

Es war die Zeitung von heute, was uns verwunderte. Kwasi blickte träge auf die erste Seite, doch dann begannen seine Augen immer schneller über die Zeilen zu fliegen.

»Nein«, stieß er mit einem Mal aus, riss den Kopf hoch und starrte Paul A an.

»Ja«, sagte Paul A und strahlte wie ein Honigkuchenpferd.

Victoria und ich schauten uns verwundert an.

»Was steht denn da«, fragte sie. Es war das erste Mal, dass ich sie heute sprechen hörte.

»Krieg«, sagte Kwasi, als könnte er es selbst nicht fassen. Paul A nickte.

»Der Bürgerkrieg ist ausgebrochen! Die Union kommt. Wir sind frei!«, schrie Kwasi auf einmal und weckte damit die kleine Eva und Tommy, die aneinandergekuschelt im Bett lagen. So enthusiastisch hatte ich ihn noch nie gesehen.

Ich riss ihm die Zeitung aus der Hand, wollte es mit eigenen Augen sehen. Und tatsächlich, da stand es, schwarz auf weiß.

Kwasi fasste uns die Informationen aus dem Artikel hektisch zusammen. Die Alliierten der Südstaaten hatten Fort Sumpter, eine Bastion der Unionsarmee der Nordstaaten in Charleston, South Carolina, bombardiert und eingenommen. Die Union hatte mit der Hilfe der Nachbarstaaten Virginia, Tennessee, North Carolina und Arkansas gerechnet, doch die Rechnung ging nicht auf. Denn diese gesellten sich stattdessen zu den anderen sechs alliierten Staaten, die sich schon Anfang des Jahres von den Vereinigten Staaten abgespaltet hatten. Mississippi, Florida, Alabama, Georgia, Texas und Louisiana hatten keinerlei Ambitionen, die Sklaverei abzuschaffen, und wagten den Alleingang. Mit den hinzugekommenen vier Sklaven-Staaten als Verstärkung könnte ihnen das gelingen. Als Kind einer anderen Revolution und damit einer Rechnung, die ebenfalls nicht aufgegangen war, sah ich das nicht so positiv wie Kwasi. Ich konnte in ihren Jubel nicht einstimmen.

Auch Victoria blieb verhalten. »Pssst«, machte sie. »Man hört dich noch.« Sie öffnete die Tür einen Spalt, blickte hinaus, um sicherzugehen, dass draußen kein Feind mithörte.

»Frei!«, flüsterte Kwasi.

»Das glaube ich erst, wenn ich es mit eigenen Augen sehe.« Paul A schüttelte den Kopf, lächelte aber trotzdem immer noch. »Das glaubst du doch wohl selber nicht«, fuhr er fort, dass jetzt alles besser wird. Das haben schon meine Eltern immer gesagt und ihre Eltern davor. Und nichts, rein gar nichts hat sich geändert. Solange die Welt ihren Kaffee mit Zucker süßt, sie in Europa unsere Baumwolle für ihre Röcke verlangen und die edlen Herren in den Salons in London ihre Zigarren paffen, so lange wird es uns geben. Dich Kwasi, dich, Victoria, mich, unsere Kinder, unsere Kindeskinder und so weiter und so weiter.«

Paul A hatte recht. Sein kindliches Lachen lenkte häufig von seiner eigentlich ernsthaften, klaren Natur ab. Es war sein Schutzschild. Jeder hier hatte sich seinen eigenen geschaffen. Victorias war die Schweigsamkeit, Kwasis das Lesen, Sarah Ds das Kochen, Denises das Schneidern und Binden ihrer Tignons, Tommy hatten wir das Backen gegeben und Paul A hatte sein Grinsen. Alle hielten sie sich an irgendetwas fest, das kleinste Stück Treibholz tat es, um bloß nicht unterzugehen.

Trotz seiner Zweifel zog Paul A kurze Zeit später heimlich gemeinsam mit Kwasi und seiner Mutter über die Plantage von Hütte zu Hütte und überbrachte die freudige Nachricht. Ich blieb bei den Kindern und dachte über die Neuigkeit nach. Ich konnte ihr nicht so viel Gutes abgewinnen wie die anderen. Ich sah nur weinende Mütter und schreiende Kinder vor mir. Trauer und Hunger. Das war, was der Krieg damals bei uns im Wald hinterlassen hatte. Eng aneinandergekuschelt schliefen wir ein.

CHERRY BOUNCE

Zutaten

4 Kilo Kirschen, entsteint, 16 Tassen Zucker, 6 ½ Liter Bourbon Whiskey

Zubereitung

Whiskey und Zucker in einen hohen Steintopf geben, vermischen, bis sich der Zucker aufgelöst hat. Dann die gewaschenen und entsteinten Kirschen unterrühren. Mit einem Geschirrtuch abdecken und an einem kalten, dunklen Platz 4–6 Monate lang stehen lassen.

Traditionell wird Cherry Bounce im Sommer angesetzt und zu Thanksgiving, Ende November, genossen. Normalerweise wird das Getränk durch ein Sieb gegossen und ohne Früchte serviert, man kann die Kirschen jedoch gern mitessen.

T

Old Fashioned Cocktail

Vielleicht verhält sich das mit den Gefühlen so wie mit den Gewürzen: Sie vermischen sich. Ich bin heute nicht mehr Schwarzwaldschinken, noch bin ich Tasso. Meine Gumbo schmeckt mal mehr nach Gulasch, mal weniger. Meinen Bibeleskäs kann ich mir ohne frischen Cayenne gar nicht mehr vorstellen. Oder ist es Creole Cream Cheese pikant, wovon ich rede?

Kwasi war so voller Hoffnung und Energie, man hätte meinen können, der Mann hätte nie einen Peitschenschlag ertragen müssen. Nur weitere Narben auf seinem Rücken zeugten davon.

Er schmiedete Pläne für eine Schule und unsere eigene Familie. Einen ganzen Stall Kinder wollte er.

»Dann ist deine Schule ja mit deinen eigenen Kindern gefüllt«, zog ich ihn auf.

»An jedem Pult ein Koch, warum nicht?«, lautete seine Antwort. »Oder eine Köchin«, berichtigte ich ihn.

Wir lachten. Wir lachten viel. Doch er meinte es ernst, das sah ich am Funkeln seiner Augen. Ernst meinte er es auch damit, ganz offiziell meinen Nachnamen anzunehmen, dann, wenn er frei sein würde, woran er so fest glaubte – jetzt könnte ich sagen, wie an das Amen in der Kirche, doch da war ich schon seit Monaten nicht mehr gewesen, und auch Kwasi ging nur halbherzig hin, weil er es musste. Es war Plantagengesetz, dass alle Sklaven am Sonntag zur Messe gingen. Aber erst, nachdem die Herrschaft ihren Gottesdienst beendet hatte. Kopfwäsche nannte ich das. Meine Ausrede, zu viel in der Küche zu tun zu haben, wurde nie in Frage gestellt. »Kwasi Ta Nahesi Kushi-Koch, das klingt gut«, meinte er.

Und somit sprangen wir in einer heißen Sommernacht kurz vor der Zuckerrohrernte an unserem neuen Versteck neben dem Kanu gemeinsam über einen Besen und versprachen uns einander. So wie es Abena und Fredrick vor uns getan hatten, so wie es Brauch war. Wir hatten kaum jemandem davon erzählt – nur Paul A und Sarah D wussten Bescheid.

Ich hatte mich für meine Verhältnisse ganz schön herausgeputzt, was nicht meine Idee gewesen war, sondern Sarah Ds. Ich hatte meine eigene weiße Bluse, die ich auf der Reise nach Amerika getragen hatte, ausgebessert und gestärkt. Ich muss sagen, dass sie im Rücken spannte und ich die Knöpfe gerade so eben zubekam. Bei dem köstlichen Essen hier war das kein Wunder. Außerdem hatte ich einen neuen Musselin-Rock angezogen, und Sarah D hatte mir aus einer alten Gardine einen Schleier genäht und einen Magnolienkranz geflochten. Mein Haar trug ich zum allerersten Mal seit langer Zeit offen. Es reichte mir inzwischen bis auf die Hüften. Ich sah aus wie eine echte Braut. Auch Kwasi hatte sich in Schale geworfen. Er trug eine Anzughose aus grauer Wolle und ein geraffeltes Hemd, das ihm Paul A besorgt hatte.

Das neue Versteck für unser Kanu hatten wir ein Stück weit bayouaufwärts gefunden, fast an der Mündung zur Mississ Ippi in einem Zypressenwald mit ganz langem und ganz dichtem Louisiana-Moos. Wir machten ein Picknick im Kanu, fütterten uns gegenseitig mit einem Käsekuchen à la Lizzie Kettenring und prosteten uns mit Ratafia von Herrn Folse zu.

»Ich lieb dich wie ein Crawdad, Mel, für immer und immer«, besiegelte Kwasi auf unsere ganz persönliche Art und Weise den Bund der Ehe. In seinen Augen spiegelte sich der Bayou wider und darin seine gute Seele. Zwischen uns war nichts mehr ungesagt. Es gab keine Geheimnisse mehr. Ich spürte eine innere Ruhe in mir. Ich war angekommen. Wie die Schneereiher auf Avery Island, nebeneinander, waren Kwasi und ich gelandet und schwammen von nun an gemeinsam durchs Leben. Wie ein Schneereiherpärchen auf dem Bayou. Nie wieder würde ich mich allein fühlen.

»Ich dich auch, Kwasi. Ich lieb dich auch wie ein Crawdad.«

Eine größere Liebe konnte ich mir wirklich nicht mehr vorstellen. Dann legte er meine Hand in seine rauen Hände und steckte mir einen Ring an den Finger.

»Für dich.«

Es war ein grob geschmiedeter Silberring, der mit dem Mond um die Wette strahlte, so hoch poliert war er.

»Er ist wunderschön.«

»Ich habe ihn selbst geschmiedet. Sagen wir, aus Resten. So, wie ihr das in der Küche macht.«

Wir lachten beide. Das verstand ich natürlich und küsste ihn.

»Ich habe aber nichts für dich, Kwasi.«

Das war mir unendlich peinlich.

»Doch«, sagte er.

»Doch?«

»Du hast mir doch schon was gegeben. Eher gesagt, habe ich es mir genommen.«

Er zog einen roten Bommel aus seiner Hosentasche, einen wie von meinem Hut. Ich hatte ihm doch gar keinen geschenkt, dachte ich.

»Weißt du noch, damals, als die Zwillinge weggeschafft wurden? Wie der hier auf den Boden gefallen ist?«

Ich erinnerte mich. Kwasi wollte, dass ich ihn zurücknehme, weil er mir gehört. Und ich habe ihn ihm aus der Hand geschlagen. Ich zog das Schnürband aus meinen Schuhen, die ich zur Feier des Tages angezogen hatte, nahm ihm, mit einem kurzen »darf ich« den Bommel aus der Hand, zog das schwarze Band durch den roten Bollen und legte es Kwasi wie eine kostbare Kette um den Hals.

»Für dich.«

»Für immer und immer werde ich diese Kette tragen«, sagte er feierlich.

Das tat er auch.

Dann rutschten wir tief ins Kanu hinein. Seilten uns ab vom Leben. Versanken in Liebe im Bayou. Es gab nur uns und das Zirpen der Zikaden.

Erst gegen Morgengrauen schlichen wir uns zurück in unsere Hütten. Kwasi in seine und ich in meine. Zusammenziehen konnten wir natürlich nicht. Doch sobald der Krieg vorbei war und Lincoln die Sklaven befreit hatte, wollte Kwasi Land am Bayou kaufen und uns ein Haus mit einer breiten Veranda bauen. Darauf wollten wir zwei Schaukelstühle stellen, auf denen wir uns, wenn es so weit war, ins Altenteil schaukeln würden.

Die Zuckerrohrernte begann genau wie im vorherigen Jahr mit dieser verlogenen Zeremonie, an der ich diesmal überhaupt nicht teilnahm. Tommy blieb mit mir in der Küche. Und Kwasi war in diesem Jahr nicht aufs Feld abkommandiert worden, was mich unendlich glücklich machte. Es knisterte und knarrte wieder rund um die Uhr. Der Geruch vom Zuckerhaus war bitter und verbrannt. Tommy und ich lasen bis spät in die Nacht Zeitung. Kriegsnachrichten zumeist. Wir hatten graduiert, von Grundschulniveau und Suchanzeigen auf die Mittelstufe: Jetzt lasen wir schon ganze Artikel, nach weniger als einem Jahr. Bald würde ich so weit sein, den Brief, den ich seit meinem ersten Tag in Amerika hatte schreiben wollen, wirklich zu schreiben.

Besonders eine Suchanzeige verfolgten wir in der Zeitung stets ganz genau – die von Denise. Sie lautete immer gleich:

RUNAWAY – Frau mit Namen Denise.
$20 Belohnung.
Verschwand ohne Grund von der Belle Bleu Plantage.
Sie ist klein und kräftig, tendiert zur Fettleibigkeit,
sehr hell, spricht Englisch und Französisch.
Belohnung wird bei Festnahme ausgezahlt.

Solange sie drinstand, hatten wir Hoffnung.

In der *Picayune* lasen wir auch, dass die Union der Nordstaaten im Sommer gleich zwei Schlachten hintereinander verloren hatte: zuerst die sogenannte Erste Schlacht am Bull Run außerhalb von Washington DC und dann im August die Schlacht an Wilson's Creek in Missouri. Missouri war eigentlich ein neutraler Staat, doch sein Gouverneur kollaborierte heimlich mit den alliierten Südstaaten, und obwohl Missouri am Ende in der Union blieb, belagerten die Alliierten seinen Südwesten. Es sah nicht gut aus für uns. Aber gut für mich, für meine Fluchtpläne. Ich war ständig auf der Lauer, eine passende Gelegenheit zu ergreifen, um meine Pläne Kwasi gegenüber anzusprechen. Doch er gab mir keine. Komischerweise entmutigten ihn die schlechten Nachrichten auch nicht wie den Rest von uns. Er war noch immer enthusiastisch. Ich hörte ihn in seiner Schmiede pfeifen, und wenn er am Abend heimging, hatte er so etwas wie einen Sprung im Schritt, was bei dem großen Mann recht holprig aussah.

Wir lebten wie in einer seltsamen Zwischenwelt. Es passierte nichts. Keine Bewegung nach vorne, keine nach hinten. Sogar die Ernte war bisher ohne einen einzigen Todesfall abgelaufen. Merkwürdig. Das war mehr als die Ruhe vor dem Sturm. Es fühlte sich wie die lähmende Stille vor dem Hurrikan an. Bisher hatte ich hier noch kein bedeutendes Unwetter mitgekriegt, nur Platzregen, was ich aber auch nicht heraufbeschwören wollte, doch mein gesunder Menschenverstand sagte mir, dass es bevorstand – so oder so. Irgendwann musste ja mal einer kommen. Deshalb nahm ich mir vor, besonders aufmerksam zu sein und auf die kleinsten Abweichungen des normalen Tagesablaufes zu achten und auf Zeichen von oben. Wenn der Wind genau vor meinen Füßen Magnolienblüten zusammenfegte, glaubte ich, dass es etwas zu bedeuten hatte. Etwas Gutes, entschied ich. Wenn ich Master Wilburt vom Küchenfenster aus beobachtete, ging ich ihm heimlich nach, denn das würde nichts Gutes zu bedeuten haben. Außerdem wollte ich ihm einen Schritt voraus sein. Tommy quälte er nicht mehr, dazu gaben Sarah D und ich ihm keine Gelegenheit. Doch wen quälte er dann?

Immer häufiger sah ich ihn jetzt aus den Ställen kommen.

Master Witherspoon hielt sich auch zurück. Auf jeden Fall ließ er Victoria in Ruhe. Das wusste ich genau, denn ihm folgte ich auch. Er hatte einem der beiden jungen Mädchen, die Anfang des Jahres zu uns gekommen waren, eine Hütte gleich hinter der Zisterne auf der anderen Seite vom Großen Haus bauen lassen. Er hatte sie zur Näherin der Plantage gemacht und zu seiner neuen Mätresse. Das wusste jeder, auch die Mistress. Und als das erste Kindergeschrei aus der Hütte drang, Anfang Oktober, sah man die Mistress auf ihrem neuen schwarzen Rappen rastlos über die Felder pirschen.

Ich erinnere mich so genau daran, weil wir gerade endlich eine gute Nachricht von der Front erhalten hatten: Die Union hatte die Schlacht von Santa Rosa gewonnen, eine Insel vor der Küste von Florida. Fort Pickens blieb in der Hand der Nordstaaten, und Tommy kam gar nicht so schnell mit dem Backen von Zimtsternen nach, von denen die Mistress sich neuerdings ausschließlich ernährte, nebst einem neumodischen Cocktail, der aus Angostura, einem bitteren Gebräu, das wie Hustensaft roch, und mit Bourbon gemixt wurde. Nach dem Krieg würde man ihn einen *Old Fashioned* nennen. Ich muss zugeben, dass der mir auch schmeckte. Madame hätte ihn bestimmt auch gemocht. Vielleicht lag meine Vernarrtheit in den Cocktail aber nur am Bourbon und der Erinnerung.

Die letzte große Schlacht des Jahres fand im November statt. Und zum ersten Mal hörten wir den Namen Ulysses S. Grant, der später Präsident werden würde. Brigadegeneral Grant konnte zwar in der Schlacht von Belmont wieder keinen Sieg verbuchen, doch Kwasi meinte dennoch, dass es gute Nachrichten waren. Er setzte auf Grant, der genau wie Lincoln gegen die Sklaverei war und ein geborener Heeresführer, wie Kwasi meinte, und damit zumindest hatte er recht. Wir anderen konnten den Nachrichten nichts Gutes abgewinnen.

Herr Folse kam kurz vor Weihnachten vorbei, brachte Andouille-Würste mit, die in mir wieder heimatliche Gefühle aufkommen ließen. Er lud mich aufs Neue zur Weihnachtsmesse ein und machte aufs Neue Anspielungen auf den Zeringuer-Sohn, der bisher immer noch nicht die rechte Frau gefunden hatte. Ich wich ihm aus und entschuldigte mich damit, dass wir in der Küche sowieso schon zu wenige waren, jetzt, da Denise weg war. Das leuchtete ihm ein. Doch die Boucherie sollte ich auf keinen Fall verpassen, meinte er. Die erste werde Anfang Januar bei ihm stattfinden, und er werde mich dazu abholen, ob ich es wollte oder nicht. Ich lachte. Lizzie Kettenring, von der er mich herzlich grüßen sollte und die jetzt Dutruil mit Nachnamen hieße, werde auch da sein, schickte er mit einem Augenzwinkern hinterher. Herr Folse – was für ein netter Mann, er war mir richtig ans Herz gewachsen. Er schenkte uns zwei Flaschen Kamelien-Ratafia, und wir gaben ihm ein Fläschchen von Sarah Ds Tabasco-Soße und ein Säckli von meiner Gewürzmischung, der Sarah D ihren Segen gegeben hatte und die sie sogar selbst immer öfter benutzte. Dann verabschiedete er sich mit »Frohe Weihnacht« und ging zackigen Schrittes auf seinen Karren zu.

Statt am Heiligen Abend nach einem Riesenberg Abwasch in die Messe zu gehen, was ich mir endlich einmal vorgenommen hatte, ging ich in den Stall. Ich wollte hören, was die Tiere zu sagen hatten, denn am Heiligen Abend, so heißt es bei uns im Wald, sprechen sie um Mitternacht miteinander. Man darf ihnen eigentlich nicht zuhören, man würde dafür im nächsten Jahr bestraft werden, hieß es. Doch das Risiko ging ich diesmal ein. Ich musste wissen, was Master Wilburt im Schilde führte.

Als ich mich dem Stall näherte, hörte ich jemanden stöhnen und eine kindliche Stimme wimmern. Die schlimmsten Bilder gingen mir durch den Kopf. Instinktiv rannte ich auf die Stallpforte zu.

Was ich im schwachen Schein der Laterne sah, die auf einem umgestülpten Eimer stand, ließ mich wie angewurzelt stehen bleiben.

Master Wilburt stand über eines der schwarzen Kälber gebeugt. Die beiden spitzen Zipfel seines hellen, mit Brokatborte verzierten Schwalbenschwanzes wippten im Rhythmus seines Stöhnens vor und zurück. Der Brokat funkelte im Lichtschein wie ein Glassplitter im Gras, erfasst von einem Sonnenstrahl. Vor und zurück – vor und zurück – vor und zurück.

Das Kalb hörte nicht auf zu wimmern. Es jaulte so hoch, so zart, so jämmerlich, so menschlich. Master Wilburt grunzte auf und schubste das kleine Schwarze von sich ins Heu. Dabei stieß es den Eimer mit der Laterne um und fiel zu Boden neben ein anderes Kalb, das schon erschöpft da lag. Um die beiden brannte es in kürzester Zeit lichterloh. Ich schlug die Pforte auf, riss mir die Schürze vom Leib, griff eine Decke, die an einem Haken neben der Pforte hing, schmiss Schürze und Decke über die Flammen, trampelte darauf herum und konnte das Feuer soeben noch löschen, bevor es überspringen und den ganzen Stall erfassen konnte. Master Wilburt packte mich plötzlich am Haar, zog mich daran hoch.

»Du … du … du … du … du … du …«, bei jedem Versuch ein weiteres Wort hervorzubringen, spuckte er mir ins Gesicht. Ich spürte seine Spucke meine Wangen hinunterlaufen.

Dann ließ er mich fallen, direkt neben die beiden Kälber. Ich fühlte ihre Wärme. Und dann wurde es dunkel um mich.

Als ich erwachte, war alles um mich herum still und immer noch dunkel. Mir war kalt. Ich hob meine verkohlte Schürze auf und legte die Decke über die beiden Kälber. Sie atmeten ruhig und stetig. Sie würden okay sein, dachte ich. Dann rannte ich zu Tommys und meiner Hütte.

Nur der rauchige Geruch meiner Schürze, die ich in meine Kiste am Fußende unseres Bettes legte, erinnerte an das, was geschehen war. So schlief ich neben dem Buben zusammengerollt ein.

Am nächsten Morgen wachte ich vor ihm auf, wusch mein Gesicht und wünschte ihm in aufgekratzt guter Stimmung fröhliche Weihnachten.

»Alles okay mit dir, Mama Melba?«, fragte er mit einem misstrauischen Lächeln, als er sich schlaftrunken im Bett aufrichtete. Seine Haare standen wie jeden Morgen in alle Himmelsrichtungen zu Berge.

»Oh ja, Tommylein«, frohlockte ich und zog das Kind aus dem Bett. Ich war mir nicht sicher, ob ich irrsinnig geworden war oder mich nur zusammenriss.

Tommy kaufte mir die Antwort natürlich nicht ab. Auf dem Weg ins Küchenhaus sagte er kein Wort, sondern schaute mich die ganze Zeit an, als erwartete er eine Begründung für meine übertriebene Fröhlichkeit. Wir hinterm Großen Haus hatten nichts von Weihnachten zu erwarten. Nur Arbeit.

Und so verabschiedete ich das Jahr 1861 übertrieben fröhlich, eventuell irrsinnig und absolut entschlossen, etwas in meinem Leben – in unserem Leben – zu ändern. Bald!

Doch es sollte noch dauern, bis mein so sehr ersehntes »Bald« kam, obwohl ich es versuchte, immer wieder.

An einem besonders warmen, fast schon heißen Abend Anfang März ging ich mit Kwasi gemeinsam den Bayou flussaufwärts entlang zu unserem Versteck. Wir liefen zuerst eine ganze Zeit getrennt, bis wir am Anfang des Zypressenwaldes Hand in Hand am Ufer entlangschlenderten, so wie ein unbekümmertes Liebespaar die Dorfstraße entlangging. Unser Kanu lag tief hinter langen Schleiern, wir mussten durch sumpfiges Wasser waten, vorbei an gleitenden Holzscheiten, von denen der ein oder andere bestimmt ein lauernder Alligator war. Ich hielt den Atem an. Wir mussten vorsichtiger sein denn je. Ich wollte Kwasi nicht noch einmal am Baum gefesselt sehen, der Wut von Master Wilburt ausgesetzt. Obwohl ich meine Karte aus der Nacht im Stall noch nicht gespielt hatte. Das gab mir zumindest ein bisschen ein Gefühl von Sicherheit. Ich hatte auch niemandem davon erzählt, nicht einmal Sarah D oder Kwasi. Ich hatte die Bilder aus meinem Kopf verbannen müssen, sie ganz hinten in einer Schublade verstaut. Sonst wäre ich wohl wirklich irrsinnig geworden.

Tief im Bauch des Kanus aneinandergekuschelt ließen wir uns in einen Seitenarm des Bayou La Fourche treiben. Nur der Mond, ein blasser Vollmond, in dessen Kratern ich ein Lächeln entdeckte, wachte über uns.

Kwasis Narben waren gut verheilt. Das lag vielleicht auch an meinen fürsorglichen Küssen. Als das Boot abrupt anhielt, richteten wir uns auf. Wir waren in einer der Sackgassen gelandet, die sich am äußersten Ende eines Seitenarms bildeten, mitten in einem kleinen Tümpel. Mangroven und Zypressen um uns herum hatten einen Baldachin über unseren Köpfen gewebt. Das Louisiana-Moos hing von ihren kargen Ästen herab, schwach schwang es hin und her, im Takt einer Melodie. Das Mondlicht blinzelte durch es hindurch, wie winzige Kristalle sah es aus. Romantischer konnte ich mir nichts auf der Welt vorstellen, auch keine Winternacht im Schwarzwald. Meine Haut prickelte von dem sanften Wind und von Kwasis Küssen.

Ich muss den Moment beim Schopfe packen, dachte ich. Wochenlang hatte ich mich zusammengerissen, hatte gute Miene zum bösen Spiel gemacht und nur auf solch einen Moment gewartet. Natürlich riskierte ich, diese Nacht zu ruinieren. Doch ich hatte keine andere Wahl. Der Krieg und die sogenannte Emanzipation gingen nirgendwo hin. Wenn es heute Abend auch nicht zu einer Entscheidung käme, dann würde ich Kwasi zumindest etwas weicher gekocht haben. Lass das mal eine Köchin machen, dachte ich und musste schmunzeln.

Da sagte Kwasi: »Ich weiß, was du denkst.«

»Das glaube ich nicht«, sagte ich. War mir dabei aber nicht so sicher.

»Du denkst an Abhauen.«

Kwasi sagte das so nüchtern, als wäre es eine Tatsache wie die, dass der Vogel fliegt oder der Fisch schwimmt.

»Nein«, log ich. »Ich denke daran, dich zu kaufen.«

Ich versuchte genauso sachlich zu bleiben wie er und überraschte mich selbst mit meiner Antwort, die mir ehrlich gesagt peinlich war.

Ich hatte schon einmal darüber nachgedacht, ganz flüchtig. Ich hatte von einem solchen Fall in der *Picayune* gelesen. Aber wirklich ernsthaft ausgemalt hatte ich mir das noch nicht.

»Was?«

Kwasi schlug sich irritiert einen Strang von dem Louisiana-Moos aus dem Gesicht, stand auf, wippte das Boot, absichtlich oder nicht, das konnte ich nicht einschätzen, stieg aus und setzte sich auf die moosbedeckte Lichtung.

Die Nacht hatte soeben ihre Romantik abgelegt wie einen alten Hut. Ich blieb im Boot sitzen.

»Das kommt nicht in Frage, Mel. Das tust du nicht. Oh, Mel.« Kwasi atmete tief durch und stand auf, setzte sich wieder neben mich ins Kanu, nahm mein Gesicht in beide Hände, drehte meinen Kopf zu sich und küsste mich.

»Das werden sie nicht erlauben«, sagte er dann. Und küsste mich wieder und wieder und wieder.

Mir war aber nicht nach Küssen zumute. Er nahm mich nicht für voll, dachte ich und wollte die ernsthafte Konfrontation in leichtes Geplänkel umwandeln.

Nee, nee, mein Lieber, dachte ich. Ich bin nicht so weit gekommen, um mich jetzt von dir betören zu lassen und mit dem gesamten Süden unterzugehen. Ich will mehr vom Leben. Und du auch.

»Ach, du musst immer so negativ denken – du bist ein Griesgram.« Ich lehnte meinen Kopf an seine Schulter.

»Ich sage nur die Wahrheit.« Kwasi hielt mich ganz fest im Arm und streichelte mein Haar. »Ein paar Jahre bevor du gekommen bist, hatte der Mann von Mama Rose versucht abzuhauen. Zweimal hatte er es versucht. Einmal ist er ausgepeitscht worden und einmal sind ihm seine beiden großen

Zehen abgehackt worden. Der Master hatte wohl geahnt, dass er es wieder versuchen würde und verkaufte ihn auf dem Sklavenmarkt in New Orleans. Er bekam zwar nicht viel für ihn, doch würde der Mann keine Unruhe mehr unter die anderen Sklaven bringen, sie womöglich noch zum Abhauen anstiften. Nach einem Jahr kam der Mann mit Papieren zurück, die bezeugten, dass er ein freier Mann war. Du hättest den Master sehen sollen und Master Wilburt. Zerrissen haben sie die Papiere. Er rannte weg, sie mit den Coon-Dogs hinterher. Gott sei Dank ist er entkommen. Trotz seiner Verstümmelung. Er kannte ja die Route.

Er war gekommen, um Mama Rose und ihre fünf Kinder freizukaufen, obwohl das gar nicht alles seine waren. Er ist dann ab und zu heimlich zurückgekommen, meistens an Weihnachten, hat Geschenke mitgebracht, sogar einen Pelz für Mama Rose. Einen Pelz, Mel! Den kann sie hier doch gar nicht tragen. Kannst du dir das vorstellen? Mama Rose mit Pelz, Hand in Hand mit ihrem Mann, schlendern sie heimlich am Bayou entlang, in kleinen Schritten, bei über vierzig Grad? Ha, ha, ha!« Kwasi streichelte meine Haare immer noch.

Ich konnte mir das natürlich vorstellen. Ich hab ja immer schon komische Bilder im Kopf gehabt, da hatte Mutter recht.

»Oh, nein!« Ich musste so laut lachen, dass wir ein Echo hörten, und zum ersten Mal heute vernahm ich auch die Zikaden und das lang gezogene *Huuuuh, Huuuuh* von einem Käuzchen. Dass es die hier gibt, dachte ich.

Kwasi hatte mich ganz schön eingelullt mit seiner Geschichte, die genauso tragisch wie komisch war.

Kwasi lachte immer noch. Es war aber ein verzweifeltes Lachen. So ein Lachen, wenn alle Hoffnung verloren scheint und dieser Tropfen Humor einem wie Balsam auf die Seele rieselt, wie damals mit Madame in Baltimore. Mir wurde jetzt gerade erst klar, wie Kwasi sich wirklich fühlte.

»Leise, Mel, leise.« Kwasi lachte aber immer noch, als wollte er diesen heiteren Moment gar nicht loslassen, um nicht wieder in die Wirklichkeit zurückzumüssen. Ich hatte ihn durchschaut.

Leiser sprach er weiter: »Ich sags dir, Mama Roses Mann zückte den Zylinder vor jedem vorbeispazierenden Alligator: *Top of the morning Sir or Ma'am*, begrüßte er ihn höflich und mit Respekt.«

Kwasi war in einem Satz aus dem Boot gehüpft, verneigte sich zum Gruß und tat, als ziehe er einen Hut vom Kopf. Was bei ihm aber nicht unbedingt elegant aussah, trotz der langen Arme und Beine, für die jede Hose und jedes Hemd zu kurz waren.

»Kwa…«, wieder konnte ich nicht innehalten, ich weinte und lachte zugleich, krümmte mich vor Lachen. »Wenn du solche blöden Witze machst, dann kann ich doch nicht anders.« Und seit Langem pinkelte ich mir mal wieder ein bisschen in meine Brunzhose.

»Mel, das war kein Witz. Das ist wahr.«

»Ja, ja, ihr erzählt hier die tollsten Geschichten.«

»Ihr im Wald doch auch. Oder wie war das mit dem Holländer-Michel und seiner Tochter, der Hexe? Die Geschichte hast du mir übrigens noch nie zu Ende erzählt.«

»Hab ich wohl. Du hast mir mal wieder nicht zugehört.«

»Nein, ich schwörs. Du hast da aufgehört, wo der Holländer-Michel in den Wald zurückgekehrt ist und seine Frau gerade gestorben war und er allein mit der Tochter im Tannenbühl in seiner Hütte wohnte.«

»Nee, keine Lust das noch mal zu erzählen.«

»Komm, Mel, du hast mir das wirklich nicht erzählt.«

»Okay, okay«, gab ich nach. Und so fing ich zu erzählen an:

»Der Holländer-Michel war ja kein netter Mann, deshalb haute die Tochter auch ab …«

»Warte, Mel, seine Frau war doch Holländerin?«

»Ja, er hatte sie auf einem Treck mit den Flößern dort kennengelernt und mit in den Wald gebracht. Wo sie es aber hasste.« Kwasi hatte zumindest aufgepasst.

»Also«, fuhr ich fort, »das Holländer-Maidli streifte allein im Wald herum, schaffte es bis Gutach, wo sie sie einfingen und auf dem Kindermarkt verkauften.«

»Wie eine Sklavin?«, Kwasi blickte mich an, als hätte er das Wort zum ersten Mal gehört, »daran erinnere ich mich nicht. Aber daran würde ich mich bestimmt erinnern.«

»Wie eine Sklavin«, sagte ich und verstand die wahre Bedeutung des Wortes zum ersten Mal. »Sie wurde an eine arme Bauernfamilie verkauft. Sie schmissen eine Decke in eine Ecke im Stall, da sollte sie schlafen. Sie wurde auch sonst wie Vieh behandelt und schuftete den ganzen Tag auf dem Feld. Eines Nachts, als der Bauer sich über sie hermachen wollte, du weißt schon, was ich meine, da rannte sie weg, bloß mit den Kleidern auf dem Leib, die zerfetzt waren. Sie hatte ja keinen Besitz. Nur eines hatte sie: eine Tulpenzwiebel, die sie von ihrer Mutter bekommen hatte und die sie in einem kleinen, eingenähten Täschchen unter ihrem Rock bewahrte. Was sie damit anfangen sollte, wusste sie nicht, doch es war das Einzige, was ihr von ihrer Mutter geblieben war. Kurz vor ihrem Tod hatte die Mutter sie ihr gegeben und gesagt, dass sie schon wissen werde, wozu sie sie gebrauchen kann, wenn der richtige Zeitpunkt gekommen war. Sie rannte und rannte bis tief in den Wald hinein und kam an eine verlassene Köhlerhütte. Wie von unsichtbarer Hand gezwungen holte sie ihre Tulpenzwiebel unter dem Rock hervor und warf sie auf den Boden so vor die Hütte, dass sie einmal ganz um sie herumkullerte. Dabei ließ die Zwiebel eine Tulpen-Schar hinter sich, bis die Hütte und das Holländer-Maidli umringt von Tulpen waren, so hoch wie die höchsten Tannen im Tannenbühl. Rot, gelb, blau, grün, lila, schwarz, weiß – alle Farben. Manche waren auch gemischtfarbig. Weiß und rosa an den Spitzen, die ausgefranst waren, oder rot und lila, die buntesten Kombinationen, die man sich vorstellen konnte. Das Holländer-Maidli hatte so schöne Tulpen noch nie gesehen, auch nicht in Holland, wo sie ja eigentlich herkam. Die Tulpen wuchsen zu einer Hecke zusammen, die so dicht war, dass man die Hütte von außen kaum mehr erkennen konnte.

Einmal streifte ein Uhrenverkäufer durch den Wald und kam auf die Tulpenhecke zu. Er blieb vor Erstaunen stehen und bemerkte Rauch über ihren Blüten aufsteigen. ›Ist da jemand?‹, rief er. Das Holländer-Maidli antwortete nicht. Er versuchte, sich einen Weg durch die Tulpen zu bahnen. Da verwandelte sich die Tulpenhecke in eine dicke Mauer mit langen Nägeln oben drauf.«

»Woher weißt du das?«, fragte Kwasi und setzte sich wieder zu mir ins Kanu.

»Ich habe es mit eigenen Augen gesehen. Ich bin ja auch einmal dorthin gegangen.«

»Du? Und?«

»Ich habe sie um Rat gefragt.«

»Hast du ihn bekommen?«

»Ja, sonst wäre ich ja nicht hier«, sagte ich ein wenig ungeduldig. Mir war plötzlich wieder eingefallen, dass ich an diesem Abend ja auf etwas ganz anderes hinauswollte. Kwasi hatte mich ganz schön abgelenkt. Es wäre ihm fast geglückt, der Konfrontation aus dem Weg zu gehen. Wie immer, doch diesmal nicht, dachte ich. »Wie auch immer«, sagte ich. »Wie machen wir das jetzt?«

»Machen was?«

»Dass ich dich kaufe.«

»Das machen wir nicht«, sagte Kwasi. »Erzähl doch erst mal zu Ende.«

»Doch«, sagte ich, »ich werde Madame fragen.«

»Sie wird dir nicht zuhören. Und so viel Geld hast du doch auch gar nicht.«

»Sie wird mir zuhören!«, sagte ich mit Bestimmtheit. Dabei wusste ich, dass er damit wohl recht hatte und mit dem Geld auch. Denn als ich Madame gefragt hatte, ob ich die Zwillinge zurückkaufen durfte, hatte sie mir ja auch nicht zugehört. Im Gegenteil.

Dennoch, seitdem hatte ich das Gefühl, dass sie mich etwas respektierte. Vielleicht war das aber auch nur, weil sie Angst hatte, dass sie keine Zimtsterne mehr bekam, wenn ich verärgert war und ging. Sie wusste nicht, dass Tommy die buk. Vielleicht würden die Zimtsterne reichen, um sie zu überreden?

»Mel, du bist ihr egal.«

»Vielleicht. Aber das ist mir egal.«

Dann fragte er mich: »Darf ich mal dein Bowie-Messer sehen – bitte?«

Ich zog es unter meiner Schürze hervor und gab es ihm, ohne ein Wort zu sagen. Er fing an, etwas in den Stamm der Zypresse zu ritzen. Ich sah genauer hin. Es war ein Herz mit den Buchstaben K+M. Kwasi und Melba. Wie die Burschen bei uns, dachte ich.

»Für immer und immer. Du und ich«, sagte er, gab mir das Messer zurück und wollte mich schon wieder küssen.

Ich stieß ihn aber sanft zur Seite. »Okay, dann frage ich sie nicht und wir hauen einfach ab und ich tue so, als ob du mein Sklave wärst.«

»Gefällt dir das Herz nicht?«

Er versuchte immer noch, abzulenken. Typisch Mann. Mein Vater ließ sich auch nie auf ein Gespräch mit meiner Mutter ein, wenn sie es ernst meinte. Aber ich ließ mich nicht beirren. So weit war ich noch nie gekommen.

»So, schau mal.« Ich hüpfte aus dem Boot, stieß ihn dabei sanft zur Seite und spazierte ein bisschen wie Madame und ein bisschen wie die Mistress, schritt gemächlich mit meinen Fußspitzen voran durchs Moos, tat, als betupfte ich meine Nase mit einem kleinen umhäkelten Taschentuch. Drehte mich um, kam wieder auf Kwasi zu, der an der Zypresse, in die er das Herz geritzt hatte, lehnte und sich vor Lachen kaum gerade halten konnte.

»Ach nein, noch mal«, sagte ich, denn ich hatte jetzt die volle Aufmerksamkeit meines Publikums, und die wollte ich nutzen. »Ich habe vergessen, die Alligatoren und Kaninchen zu begrüßen.«

Ich bückte mich jetzt so, wie Kwasi es vorher getan hatte, und wedelte mit meinem Taschentuch zum Gruß.

Kwasi bekam einen Lachanfall, dass wir wieder ein Echo hörten und er der Länge nach ins Kanu rutschte.

Ich warf mich auf ihn, und wir ließen uns von den sanften Rippelwellen des Bayou treiben. Unsere Liebe war ein sicherer Ort.

Es war fast schon wieder hell, als wir das Kanu hinter dem Louisiana-Moos versteckten und uns vorsichtig aus dem Zypressen-Dschungel schlichen.

»Du kannst uns Papiere fälschen«, sagte ich. Es sollte ein letzter Versuch sein für heute. »Ich finde immer einen Job als Köchin. Die lieben meine Küche hier, samt Zimtsternen. Komm, Kwasi. So kann das nicht weitergehen. Das ist kein Leben so.«

»Und was wird aus Mutter, Abena, der kleinen Eva und dem Ungeborenen, das Mutter in sich trägt?«

Dem Ungeborenen? Ich hatte gar nicht mitbekommen, dass Victoria schwanger war.

»Ich kann sie hier nicht allein lassen.«

»Wir kommen zurück und kaufen sie.«

»Ich hab dir doch erzählt, wie das ausgeht.« Kwasi blieb stehen, Wut im Gesicht. »Verstehst du denn nicht? Es ist ausweglos! Ausweglos, Mel! Ausweglos!«

Er schrie mir ins Ohr und gab einer dünnen Zypresse einen Tritt, als könne sie etwas dafür.

Dann griff er meine Hand und zog mich mit sich.

»Au, hör auf, das tut weh.«

Es tat gar nicht weh, doch ich war überrascht. Nie hatte ich ihn schreien hören. Nie so wütend gesehen.

Ich befreite meine Hand und blieb stehen. »Dann nehmen wir sie mit, alle. Was ist mit der Untergrund-Eisenbahn in den Süden? Was ist mit dem Zugführer, dem deutschen Pastor in Galveston? Kwasi, in den Süden, da werden sie erst mal nicht draufkommen. Wir legen eine Fährte, als seien wir in den Norden abgehauen. Ich verstreue unsere Kleidungsstücke in der Nacht zuvor in Richtung Baton Rouge, dann nehmen die blöden Coon-Dogs die Spur auf und wir, wir waschen die Kleidung, die wir anziehen, vorher mit Natron, dann riecht sie nicht. Und wir reiben uns mit Knoblauchöl ein. Kwasi, das ist es!« Ich redete mich regelrecht in Rage.

»Oh, Mel, du sagst das so einfach.«

»Wo ist der eine noch lang, der, der sich als Mexikaner ausgegeben hatte?«

»Ja, ja, der ist die Südroute gerannt. Es gibt Zugführer im Marschland entlang des Golfs unter den Creek und Choctaw. Das hatten wir doch alles schon, Mel. Da muss man erst mal hinkommen, reines Sumpfland. Das hat seinen Grund. Viele, von denen wir nichts in den Zeitungen lesen, sind in den Sümpfen umgekommen.« Seine Augen wanderten unruhig zwischen mir und dem Bayou hin und her. »Manche sprechen auch von einer Ranch in der Nähe von Houston, die einem mexikanischen Viehzüchter gehört. Er ist auch ein Zugführer. Aber bis dahin muss man es erst mal schaffen!« Er dachte nach. Ich hatte ihn fast überzeugt, glaubte ich.

»Und von da aus gehts zum Achtundvierziger-Pastor nach Galveston und dann auf ein Boot nach Mexiko«, sagte ich.

»Kwasi, hört sich das nicht wundervoll an: Mexiko! Mexiko! Mexiko!«

»Nein, nein, nein! Wir müssen schlau sein, abwarten. Im Norden tut sich vieles. Die Abolitionists werden immer mehr. Immer mehr einflussreiche Geschäftsmänner und Politiker schlagen sich auf unsere Seite. Mel, wir müssen Geduld haben und dürfen die Hoffnung nicht aufgeben, das Land ist jung, ein Grundschüler sozusagen, der macht auch noch Fehler, hat noch so viel zu lernen. Das weißt du doch selbst. Hast du nicht mal gesagt, die Hoffnung wäre das letzte, was stirbt?« Er packte mich bei den Schultern, sah mir in die Augen. »Meine ist noch nicht tot. Wir stehen kurz vor der Emanzipation. Es wird alles gut, Mel, ich weiß das. *Die stärksten und süßesten Lieder müssen erst noch gesungen werden.* Wer hat das wohl gesagt? Rate mal.«

Ich senkte den Kopf, konnte nicht glauben, was ich hörte. Dann blickte ich ihm tief in die Augen, als wollte ich ihn beschwören, und sagte:

»Ist mir egal, wer das gesagt hat. Aber du, du bist ein Feigling!«

Kwasi starrte mich an. Es war keine Wärme in seinem Blick.

»Was hast du da gesagt?«, sagte er. Er blieb ganz ruhig, gespenstisch ruhig. »Du kommst hierher aus deiner schönen, weißen Welt, mit deinem schönen, großen Hut, deinen schönen, dummen Flausen im Kopf. Aber du hast keine Ahnung. Keine Ahnung, was es heißt, ein Nigger zu sein!«

Ich wäre am liebsten im Erdboden versunken. Oder zu den Alligatoren in den Sumpf gekrochen, da hätte ich dann auch gleich meine Strafe gehabt. Aber ich blieb wie angewurzelt stehen und blickte auf das Moos unter meinen Füßen. Ein fetter Flusskrebs lugte unter einem Stein hervor. Daneben lag ein hohler Flusskrebsschwanz, er hatte sich wohl geschält, dachte ich, so dick wie die jetzt waren. Es war Paarungszeit.

»Oder hast du das etwa, Mel?«

Ich wich seinem Blick aus, starrte immer noch auf den Boden. Auf den Flusskrebsschwanz.

Kwasi sagte eine ganze Zeit gar nichts, als wartete er wirklich auf eine Antwort von mir.

»Okay, dann will ich dir sagen, was es heißt: Sklaverei, das ist ein ständiges unerfülltes Verlangen, das ist Reingeborensein in eine Welt von Verbotenem, von Verlockendem, von Unerreichbarem – das Land, das du um dich herum siehst, die Kleider, die du nähst, die Pferde, die du trainierst, das Messer, das du schmiedest, das Zuckerrohr, das du hackst.« Kwasi ließ sich langsam auf den weichen Boden sinken, als würde er ohnmächtig werden. Kraftlos. Ich hockte mich neben ihn. Voller Schuldgefühl.

Dann erzählte er mit seiner dunklen Stimme, die alles immer noch trauriger machte, weiter: »Du weißt doch, am Morgen, wenn die Mistress am Teich vor dem Großen Haus die Schwäne füttert, die Viecher sich so dicht um sie scharen, dass ihr wehender Rock sie fast einfängt und die Mistress selbst aussieht wie ein Riesenschwan unter ihnen, und du ihr Kichern kaum vom Schnattern der Viecher unterscheiden kannst, wenn du dann die kleinen Pickanninies hörst, die ihr zurufen: *Mistress, oh Mistress, weiter, oh weiter.* Die Oh-Mistress, Oh-Mistress ihnen, gestopft mit Selbstgefälligkeit wie ein Turkey zu Thanksgiving, zurückwinkt und antwortet: *Meine kleinen Nigger, oh meine kleinen Nigger, recht ists, recht ists.*« Er hatte ihre viel zu hohe Stimme nachgeäfft, sodass ich sie fast hören konnte. »Nichts ist recht hier, nichts«, sagte er. »Weißt du, auch meine kleine Schwester bewundert die Mistress. Ihr hochgestecktes Haar, ihren wehenden Schal aus Seide, ihre weiße Haut. Niemals wird sie selbst da stehen und die Schwäne füttern. Niemals. Verlangen nach dem Unerreichbaren. Und dann siehst du ihnen beim Tanzen zu – und dann versenkst du dein Verlangen ganz tief im Bayou, denn du weißt, wohin es führt, wenn du es walten lässt.« Ich sah, wie Kwasis Kehlkopf sich bewegte, als er die Bitterkeit runterschluckte. »Doch es bleibt nicht am Grund liegen, es kommt wieder hoch, schnappt nach Luft, kriecht ans Ufer, greift nach dir. Dann trittst du es wie Viehzeug, und dann kommt Verlangen nach Rache auf. Und du weißt auch, wohin das führt. Dann hebst du dein Verlangen auf und schmeißt es wieder in den Bayou und hoffst, dass es diesmal länger am Grunde liegen bleibt. Dann hörst du seine Hilferufe.« Plötzlich hielt er inne, legte einen Finger auf die Lippen und sagte: »Sei mal still.«

Obwohl ich ganz still war. Ich traute mich sogar kaum zu atmen.

»Hörst du die Zikaden kreischen? Weißt du, was das ist? Unser Verlangen. Weißt du, warum es in der Nacht so laut ist? Weil dann unzählige von uns Niggern am Ufer stehen und unser Verlangen versenken. Darum schreien die Zikaden im Süden so laut. Aber das wusstest du nicht. Du mit deinen schönen Flausen, deiner schönen, weißen Welt, deinem schönen großen Hut. Du.«

Abrupt stand er auf. Blickte kopfschüttelnd auf mich runter. Angewidert. Drehte sich um und ging.

Er ließ mich mit dem Geschrei des Verlangens aus dem Bayou zurück.

OLD FASHIONED COCKTAIL

Zutaten

1 Zuckerwürfel, 2–3 Spritzer Angostura, ½ Teelöffel warmes Wasser, Eiswürfel, 4 Zentiliter Bourbon Whiskey, 1 Streifen unbehandelte Orangenschale

Zubereitung

Zuckerwürfel in ein Whiskeyglas geben, Angostura drüberspritzen, warmes Wasser hinzugeben und rühren, bis sich der Zucker aufgelöst hat.

Das Glas mit Eiswürfeln füllen und den Whiskey drübergießen. Die Orangenschale am Glasrand entlangstreifen, über dem Glas zwischen den Fingern reiben, damit noch mehr Aroma austritt, und sie dann hineinwerfen.

Später kam man auf die Idee, noch ein oder zwei Maraschino-Kirschen mit hineinzugeben, was mir natürlich besonders schmeckte, doch damals tat man das noch nicht.

Mit oder ohne Kirsche ist der Old Fashioned – und wird es auch bleiben – Amerikas beliebtester Cocktail.

U

Crab Cakes

Ich kauerte im Moos. Der Mond strahlte mir ins Gesicht – blau. Erst jetzt bemerkte ich, dass er voll war. Zarte Wellen krochen über den Bayou und lösten sich gemeinsam mit dem Nebel am Ufer auf. Ich blickte an einer Zypresse hoch, an ihrem nackten, schlanken Stamm. Nur ganz oben im Wipfel hingen schlappe Äste mit spärlichen Nadeln. Erst jetzt bemerkte ich, dass ich mitten in einem kahlen Zypressenwald saß. Einige Bäume waren so hoch wie die Plantage, einige wie ein ausgewachsener Mann und einige nur kniehoch. So nannte man die klein gewachsenen Bäume auch – Knie der Zypresse. Mein Po war nass. Ich hörte jetzt kein Zirpen mehr. Warum hörte ich ausgerechnet jetzt keine Zikaden? Für immer sollte ihr Kreischen von heute an mehr für mich sein als das Geräusch der Zikaden am Bayou. Nie wieder würde ich es von Kwasis Worten trennen können. Sie gehörten zueinander wie das Knie zur Zypresse, der Alligator zum Sumpf. Für immer würde ich das Bild von Menschen, die ihr Verlangen im Bayou ertränken, vor Augen haben. Kwasi, Victoria, Sarah D, Tommy, sogar die kleine Eva. Alle standen sie am Bayou, neben ihnen die anderen von der Belle Bleu Plantage, dahinter die von der Nottoway, von der

Norton, von der Mary Plantage. Alle in einer langen Schlange, säumten sie seine Ufer bis runter in den Golf von Mexiko, wie in einer Parade. Endlos. Und nie würde ich neben ihnen stehen. Nie würde ich wissen, wie es sich anfühlt, schwarz zu sein. Nie. Damit hatte Kwasi recht. Was maßte ich mir an.

Es muss fast Morgen sein, dachte ich. Ich konnte aber noch nicht das vertraute Summen hören, das sonst kurz vor Sonnenaufgang auf der Plantage und den Zuckerrohrfeldern Einzug hält. Der hastige Glockenschlag brach die Stille noch nicht. Und die Sonne ließ sich auch nirgends blicken.

Ich rappelte mich auf, ging auf die Hütte von Kwasi und seiner Mutter zu. Da hörte ich es wieder – das Kreischen. Ich hatte vor, mich zu entschuldigen. Aber als ich auf der ersten Stufe stand, traute ich mich auf einmal nicht mehr.

Stattdessen drehte ich den Ring, den Kwasi mir zur Hochzeit geschenkt hatte, mit meinem Daumen um, als wollte ich ihm eine geheime Botschaft senden, und ging in meine Hütte. Tommy schnarchte noch ruhig vor sich hin. Ich wusch mich ganz leise, zog mir eine frische Schürze über und ging ins Küchenhaus.

Mein Blick fiel auf den Teller mit den kleinen Krebsküchlein, die wir gestern noch schnell aus den Resten der formidablen Krebse gemacht hatten, die vom Dinner übrig geblieben waren. Ich setzte mich an den Tisch und fing an, die Crab Cakes, wie man hier sagte, wegzumampfen – gedankenverloren. Wenn man mich gefragt hätte, was ich da esse, hätte ich es wahrscheinlich nicht gewusst. Ich fraß einfach so in mich hinein. Schade um die Crab Cakes. Ich ärgere mich bis heute darüber.

Genauso abwesend stand ich auf, holte Sarah Ds Tabasco-Soße aus dem Schrank und tröpfelte sie auf die Crab Cakes, als wollte ich sie darin ertränken. Ich verplemperte die Hälfte der Soße, sie lief am Tellerrand hinunter wie Blutstropfen.

Doch die Schärfe weckte mich auf. Ich wickelte die drei letzten Küchlein, die ich natürlich mit Leichtigkeit auch noch hätte verschlingen können, in ein Geschirrtuch, samt dem Fläschchen Soße und lief in die Schmiede. Die Sonne zeigte sich endlich hinter den Zuckerrohrfeldern, und endlich vernahm ich das bekannte Summen und Klappern der Hacken und Äxte. Ein graues Kaninchen hoppelte genau vor meinen Füßen über den Sandweg, als ich mit angezogenen Knien hinter dem Amboss versteckt vor der Schmiede auf Kwasi wartete. Dann sprang noch eins aus dem Busch hervor, und noch eins und noch eins. Gemeinsam hoppelten sie in einen anderen Busch. So selbstverständlich wie damals die Hunde am Ufer der Mississ Ippi am Lattenzaun der Kirche in St. Genevieve vorbeigeschlichen waren.

»Du?«

Kwasi stand plötzlich vor mir. Er wirkte riesig von hier unten. Ich reichte ihm meine Hand und er half mir auf. Seine raue Hand war alles, was ich jetzt spüren wollte. Ich hielt ihm die Crab Cakes entgegen. Er roch an ihnen und lächelte.

»Danke, Mel«, sagte er erfreut und in einem unbekümmerten Ton, als wäre nie etwas zwischen uns vorgefallen.

»Es tut mir leid«, sagte ich ganz leise, ganz zögernd.

Er legte die Küchlein auf den Amboss, nahm mich in seinen Arm, zog mich in die Schmiede hinein und streichelte die Tränen aus meinem Gesicht.

»Pssst, Mel, psssst. Lieben heißt, sich niemals entschuldigen zu müssen. Hast du das vergessen? Ich liebe dich wie ein Crawdad. Da kann gar nichts zwischen uns kommen. Niemals. Niemals. Daran darfst du niemals zweifeln.«

Er fasste sich an seinen Bommel, den er seit unserer Hochzeit wie ein Amulett trug. Als Beweis unserer Liebe. Ich heulte wie ein Schlosshund, nur leiser. Als mir auffiel, was wir hier machten, schubste ich Kwasi von mir.

»Verdammt, wenn uns jetzt einer gesehen hat.«

Mein Herz klopfte mir bis in die Ohren.

Kwasi zog mich hinter den Ofen. Nahm mein Gesicht in seine Hände.

»Lieb dich wie ein Crawdad. Für immer und immer«, flüsterte ich.

Ich spürte seinen warmen Atem. Wir küssten uns mit einer Leidenschaft, die an Verzweiflung grenzte. Leidenschaft, die wehtat.

Und so blieb der Rest zwischen uns ungesagt. Ich bestieg mit Kwasi das Schiff namens *Hoffnung*. Er hatte schon lange angeheuert.

Unsere Stimmung war mal unten, mal oben, das kam ganz auf den Seegang an, der wiederum davon abhing, von wo der Wind wehte – gute Nachrichten aus dem Norden oder schlechte aus dem Süden.

Master Wilburt hatte ich nach dem Vorfall im Stall nicht mehr gesehen, die Mistress und Master Witherspoon auch nicht. Sie waren alle gleich nach Weihnachten nach New Orleans abgereist. Ich glaube nicht, dass es etwas damit zu tun hatte, doch komisch war es schon, dass sie so kurz vor Ende der Ernte gingen. Die Ernte war gut, sehr gut, die beste, die Belle Bleu je erlebt hatte, meinte Sarah D. Vielleicht war das der Grund. Die Mistress konnte es sowieso nie erwarten, hier wegzukommen. Egal. Es machte unser Leben leichter. Es war meine Lieblingszeit, nicht zuletzt auch wegen des kühleren Wetters. Graue, neblige Tage, sodass man eine Strickjacke überziehen musste. Und im Nebel am Bayou zu sitzen und uns gegenseitig Walt Wer vorzulesen, war meine, Kwasis und Tommys größte Freude. Manchmal konnte ich es noch gar nicht glauben, dass ich lesen konnte und schreiben. Seitdem war die Welt durchsichtiger geworden. Ich verstand zwar nicht mehr, doch konnte ich die Zusammenhänge besser erkennen. Ein Buch nach dem anderen zog ich heimlich aus den dichten Regalen der Bibliothek und versorgte uns drei damit. Über sechshundert Bücher besitze er, hörte ich den Master einmal prahlen. Ich glaube, es waren noch viel mehr. Neben den Werken von Dickens, Emily Brontë, Edgar Allan Poe und Mark Twain standen da dicke Almanache über Landwirtschaft und Kriegsschlachten des vergangenen Jahrhunderts. Mir gefiel *Jane Eyre* von Emily Brontë, denn es handelte auch von einer ungleichen Liebesgeschichte, doch etwas schmalzig fand ich sie schon. Aber Walt Wer blieb mein Lieblingsdichter. *Grashalme* mein Lieblingsbuch. Seine Worte waren mein »Schiff Hoffnung«.

Oft habe ich mich gefragt, warum der Master die *Grashalme* in seiner Bibliothek stehen hatte. Warum er nicht anders war, wenn er sie gelesen hatte? Kamen Whitmans Worte nicht bei ihm an?

Zu Ostern machten wir wieder einen Riesentopf Gumbo Z'Herbes mit meiner Gewürzmischung und Sarah Ds Tabasco-Soße. Beides war bei uns in der Küche schon fast zu Grundnahrungsmitteln geworden. Tommy konnten wir momentan nicht einplanen. Sobald er aufwachte, vergrub er seine Nase in einem Buch von Harriet Beecher Stowe: *Onkel Toms Hütte*. Ich hatte es für ihn aus der Bibliothek des Masters geliehen, heimlich natürlich. Wenn er gewusst hätte, dass seine Sklaven lesen konnten, hätte das schwerwiegende Folgen gehabt. Jedenfalls ließ Tommy in diesen Tagen, als er das Buch verschlang, die Pies im Ofen verbrennen und verzierte nicht einmal mehr das Sahnehäubchen auf der Charlotte russe. Er war ganz still geworden.

Nur einmal, als er die Sahne wieder mal zu Butter geschlagen hatte und wir schon fast alle Geduld mit ihm verloren, sagte er einfach so, ohne Bezug:

»Dann wissen ja alle Bescheid.«

»Sha, sha, sha, was redest du denn da für Humbug?«, sagte Sarah D in ihrem süßsauren Ton übertrieben irritiert.

»Mama Melba.« Er wandte sich an mich, denn von Sarah D konnte er offensichtlich kein Mitgefühl erwarten. »Du hast doch selbst gesagt, dass man das Buch auf der ganzen Welt liest, stimmts? Wie die Bibel.«

»Ja, alle lesen es«, sagte ich. Schade nur, dass meine Schwestern es nicht lesen konnten.

Der Gedanke brachte mich auf einen anderen Gedanken: Verdammt, ich muss endlich den Brief schreiben!

Aber ich hatte immer so viel zu tun. Oder hatte ich einfach nur Angst?

»Und warum helfen sie uns dann nicht?« Tommy ließ nicht locker. »Wenn sie es doch alle gelesen haben und Bescheid wissen? Meine ich damit.«

Er hatte den Schneebesen auf den Tisch gelegt und starrte die verklumpte Sahne vor sich in der Schüssel an, als ob in ihr die Antwort läge.

»Warum nicht?« Sarah D war jetzt in Kampfstimmung. Das erkannte ich an ihrem immer saurer werdenden Ton, der kein bisschen mehr süß klang. »Weil sies nicht glauben können, was hier los ist. Das hat sich die, die, die …«

»Beecher Stowe«, kam Tommy ihr zur Hilfe.

»Beach, was auch immer, alles ausgedacht. Genau das denken die Damen und Herren in ihren feinen Salons. So, da hast du deine Antwort. Und nun hau ab und geh lesen. Erst, wenn du fertig damit bist, lässt du dich wieder in der Küche blicken und erzählst mir die ganze Geschichte von Anfang bis Ende. Hörst du, Tommy?«

Und ob der Bub gehört hatte. Tommys Augen funkelten endlich wieder. Er sprang auf, gab Sarah D einen Kuss auf die Wange und war so schnell verschwunden wie eine Eidechse an einem Sommernachmittag.

»Wir brauchen ihn momentan auch wirklich nicht«, sagte Sarah D und schaute mich entschuldigend an.

Ich nahm sie in den Arm. Sarah D hatte wieder einmal recht. So etwas glaubte niemand. Ich hätte es auch nicht geglaubt, hätte ich es nicht mit eigenen Augen gesehen.

»Hab ichs doch gesagt!«, stieß Kwasi aus, als er in die Küche gestürmt kam.

Es herrschte nun schon seit einem Jahr Krieg. Bisher war er weit weg von uns ausgetragen worden, doch letzthin hörten wir sogar Kanonengewitter aus New Orleans.

»Ich soll«, sagte er aufgeregt, »mit dem Aufseher nach New Orleans fahren, um die Herrschaften abzuholen. Ihr neuer Steinway ist eingetroffen, da soll ich mit anpacken.«

Ich konnte gar nicht sagen, wie erleichtert ich war. Für einen Augenblick glaubte ich, dass Kwasi sich freiwillig für den Kriegsdienst melden wollte. Ich konnte gar nichts sagen, so unwirklich kam mir auf einmal alles vor. New Orleans, das Juwel des Südens, einer der wichtigsten Häfen im Lande, bestimmt auf der ganzen Welt, war in »unserer« Hand. Zum ersten Mal kam in mir ein Fünkchen Hoffnung auf. Kwasi gab mir einen flüchtigen Kuss auf die Wange und rannte übermütig aus der Küche.

»Pass auf dich auf«, rief ich ihm noch hinterher.

Ich hörte Gläser klimpern und sah Sarah Ds imposantes Hinterteil aus dem unteren Schrank der großen Vitrine hervorragen.

»Das braucht einen Ratafia«, sagte sie und stellte eine Flasche und zwei Gläser auf den Tisch.

»Auf Amerika«, stießen wir an. Auch in ihren Augen sah ich zum ersten Mal Hoffnung aufkommen.

»Auf Amerika«, stimmte jemand ein.

Es war Herr Folse, er zog seine Schirmmütze, wie sie alle deutschen Metzger an der Deutschen Küste trugen, und verbeugte sich vor uns. Sarah D verbeugte sich wie immer vor ihm und holte noch ein Glas, und wir drei prosteten einander noch einmal zu: »Auf Amerika!«

Herr Folse richtete mir von Lizzie Kettenring aus, dass sie meine Hilfe in ihrem Kaffeehaus gebrauchen könnte. Ihr zweites Frühstück, das sie jetzt Brunch nannte, eine Mischung aus Breakfast und Lunch, kam so gut an, dass sie unbedingt jemanden einstellen musste.

Ich lehnte das Angebot ab, mir kam aber sogleich der Gedanke, dass es eine gute Gelegenheit für Tommy wäre, um seinen Horizont zu erweitern. Doch leider war es für ihn nicht möglich. Noch nicht. Und plötzlich spürte ich tief in mir wahre Hoffnung keimen.

Wir luden Herrn Folse zu einer Schlachtplatte ein, und ich brachte anschließend Tommy, der immer noch las, inzwischen bei Kerzenschein, einen Teller in unsere Hütte. Nachdem ich den Buben verpflegt hatte, wollte ich auch Victoria und Eva verwöhnen, ein letztes Mal, denn morgen, wenn die Herrschaft zurück war, würde hier wieder ein anderer Wind wehen.

Aber nicht mehr lange, dachte ich und klopfte einen hoffnungsvoll verspielten Rhythmus gegen die Tür ihrer Hütte.

Es kam keine Antwort. Ich klopfte noch einmal. Wieder keine Antwort.

Vorsichtig öffnete ich die Tür. Sie quietschte.

Es war dunkel, es war eigentlich immer dunkel in diesen Hütten. Im Kamin kokelte ein Stück Holzkohle vor sich hin. Hatte Victoria vergessen, das Feuer zu schüren? Es roch nach Eisen und irgendwie sauer. Abena kniete am Fußende des Betts und hielt die Füße ihrer Mutter in der Hand. Sie küsste sie, legte ihren Kopf auf sie und wimmerte:

»Nimm mich mit! Nimm mich mit! Nimm mich mit!«

Wohin sollte sie sie mitnehmen, sie lag doch da? Wo war die kleine Eva? Warum war es hier so still?

Ich ging auf das Bett zu, um Victoria besser sehen zu können, da wehte ein Luftzug durch das einzige Fenster in der Hütte. Der Lumpen davor schlug zur Seite. Das Mondlicht rauschte wie ein Geist durch den Raum und verharrte auf dem Gesicht von Victoria. Ihre Augen waren weit aufgerissen und starrten gegen die Decke. Erst jetzt sah ich das Blut. Blut war überall. Blut rinselte von ihrem Hals hinunter auf ihr Hemd, über die Bettdecke, rann von ihrem Arm, der schlaff über dem Bettrand hing und tropfte auf die Holzplanken, wo es in den Rillen langsam versickerte. Ich trat näher und beugte mich über Victorias Brust, wollte ihren Herzschlag ausmachen, zwischen dem schwachen Heben und Senken der Brust. Ich konnte ihn noch hören. Ein weiterer Luftzug wehte den Lumpen abermals zur Seite, und nun sah ich, dass Victoria in ihrem rechten Arm die kleine Eva hielt. Sie lag neben ihr, ganz ruhig. Blutüberströmt. Ohne nachzudenken presste ich meine Hand auf den Schnitt an Victorias Hals, aus dem in kurzen Intervallen das Blut immer noch gluckerte. Mit der anderen Hand hob ich ihren Kopf. Ich hatte keine Ahnung, was ich tun sollte.

»Alles wird gut, Victoria. Alles wird gut«, stammelte ich.

Ich wusste genau, dass hier nichts mehr gut werden würde.

Ich wollte Abena anschreien, mit dem Wimmern aufzuhören und mir ein Tuch zu bringen, damit ich die Blutung stillen konnte.

Da räusperte Victoria sich. Sie wollte etwas sagen. Ich hielt mein Ohr an ihren Mund:

»Ich habe das Beste getan«, flüsterte sie und machte eine Pause, die mir wie eine Ewigkeit vorkam, fuhr dann mit krächzender Stimme fort: »Das Beste, was eine Mutter für ihre Kinder tun kann. Das Beste«, sie wurde immer leiser und leiser.

Ich blickte auf ihren Bauch. Erst jetzt sah ich, dass auch aus ihrem gewölbten Bauch Blut quoll. Langsam, im stetigen Fluss.

»Flieg, kleiner Vogel, flieg. Flieg in die Freiheit!«

Sie versuchte sich aufzusetzen, ich konnte sie kaum verstehen.

»Flieg, kleine Eva, flieg, kleiner Ben, flieg, Abena, flieg mit deinem Kind – fliegt in die Freiheit, meine Kinder. Die Engel warten auf euch, meine Kinder, mit Zaumzeug, weißen Handschuhen, dem Vater ganz nah …«

Weiter kam sie nicht. Ich spürte, wie das Leben aus ihrem Körper wich, und blickte hilfesuchend zu Abena. Sie kniete immer noch am Fußende, sie hatte aufgehört zu wimmern, schien plötzlich ganz klar und flüsterte: »Ich komme, Mama! Warte! Ich komme mit!«

Sie stand auf, stellte sich vor mich hin. Sie sah so wunderschön wie am Tag ihrer Hochzeit aus. Durch ihr weißes Hemd presste ein geschwollener Bauch. Ich begriff endlich, was in den Nächten, die Kwasi und ich am Bayou verbracht hatten, geschehen war. Die Nächte, in denen ich nicht wusste, ob ich es mir einbildete, dass ich Victoria hatte weinen hören. Der Missbrauch hatte nie aufgehört.

Abena bückte sich zu mir und flüsterte in mein Ohr:

»Leb wohl, Mama Melba, leb wohl.«

Mit diesen Worten riss sie das Messer von meinem Gürtel, das wie immer neben meinem Kochlöffel baumelte, und rammte es sich mit einer einzigen Bewegung direkt ins Herz. Dann legte sie eine Hand auf ihren Bauch, als ob sie sichergehen wollte, dass auch dort das Leben mit ihrem zusammen ausgehaucht war.

Ihr Blut spritzte in mein Gesicht. Es war warm.

Abena gab keinen Laut von sich. Ich fing sie auf, bevor sie zu Boden fiel. Dann glitten wir lautlos gemeinsam auf die kalten Holzplanken. Hier kauerten wir gegen das Bett gelehnt. Stille wie in der Kirche. Abena warm, fest in meinem Arm.

Was hatte Victoria gesagt? Flieg, kleiner Vogel, flieg? Aber wie? Ich muss das Tuch vom Fenster nehmen, dachte ich. Ich muss aufstehen.

Vorsichtig schob ich Abena von mir weg, zog sie so sacht wie möglich auf das Bett neben ihre Mutter und ihre Schwester. Dann riss ich das Tuch vom Fenster und verdeckte damit Victorias Gesicht. Jetzt konnten ihre Seelen durch das Fenster.

»Fliegt«, flüsterte ich. »Flieg, Victoria, flieg, kleine Eva, flieg, kleiner Ben, flieg, Abena und flieg, kleine Victoria. Fliegt in die Freiheit!«

Ich hatte Abenas ungeborenem Kind, das gleichzeitig ihre Schwester war, den Namen ihrer Großmutter gegeben: Victoria – die Siegerin. Dann setzte ich mich an das Fußende des Bettes und hielt die Füße der beiden Frauen in meinem Arm. Mehr wusste ich nicht zu tun.

Glockenläuten. War es Zeit zum Kirchgang? Ich versuchte, die Anzahl der Glockenschläge auszumachen. Zwei, drei, vier, fünf, sechs, sieben, acht, neun, zehn elf, zwölf – es war zwölf Uhr Mittag.

Aufstehn, Mel. Aufstehn, hörte ich meine Schwestern rufen. *Aufstehn.* Hatte ich verschlafen? *Vater wird sauer sein. Ich muss die Kühe melken*, schoss es mir durch den Kopf.

Ich stand auf, rannte in den Stall, aber statt der Kühe stand dort das Holländer-Maidli vor ihrer Tulpenhecke und winkte mich zu sich. Ein gewundener Weg wie in einem Labyrinth öffnete sich vor mir mitten durch das bunte Tulpenmeer hindurch. *Ich habe auf dich gewartet,* sagte das Holländer-Maidli mit einer Stimme klar und hoch wie Vogelgezwitscher im Frühling. Sie streckte ihre Hand nach mir aus und legte Pilze hinein. Sie nickte, und wie ihre Mutter es zu ihr gesagt hatte, sagte sie zu mir: *Wenn die Zeit kommt, wirst du wissen, was du damit tun musst.*

CRAB CAKES / KREBSKÜCHLEIN

Zutaten

1 Pfund gekochtes Krebsfleisch, 3 Esslöffel (EL) Butter, ½ Tasse (T) gehackte Zwiebeln, ½ T gehackter Sellerie, ½ T gehackte grüne Paprikaschote, 2 EL gehackter Knoblauch, 1 T Paniermehl, ½ T fein geschnittene grüne Zwiebeln, ¼ T Mayonnaise, 1 Ei, 2 Teelöffel (TL) Worcestershire-Soße, 2 TL Zitronensaft, 2 TL Mama Melbas Gewürzmischung, 1 TL Senf (bevorzugt kreolischer Senf), Salz und Pfeffer nach Geschmack, Tabasco-Soße zum Drüberträufeln nach Belieben oder direkt ins Rezept geben oder beides. Weitere ½ T Paniermehl zum Bestäuben und ¼ T Öl zum Braten.

Zubereitung

Zwiebeln, Sellerie, Paprika, Knoblauch in einer Pfanne mit Öl kurz anschwitzen, nur 3–5 Minuten. Abkühlen lassen. Das Gemüse mit den restlichen Zutaten und Gewürzen in einer Schüssel vermengen, dann mit den Händen vorsichtig das Krebsfleisch einarbeiten.

Kleine Küchlein formen, nicht dicker als zwei Daumen. Mit dem restlichen Paniermehl bestäuben. Dann mindestens eine Stunde lang kühl stellen.

Von jeder Seite 2–3 Minuten zart anbraten, vorsichtig beim Umdrehen, damit sie nicht zerfallen.

V

Kartoffel-Omelett à la Lizzie Kettenring

Brigadegeneral Ulysses S. Grant zwang die Südstaaten-Armee zur Übergabe von Fort Donelson in Tennessee, was ihm den Spitznamen »Uneingeschränkte Kapitulation« einbrachte. Danach gewann er die Schlacht von Shiloh. Es war die bis dahin blutigste Konfrontation für beide Seiten, 23 000 Mann Verluste. Die Union verbuchte die meisten: 1 745 getötet, 8 408 verwundet, 2 885 vermisst oder gefangen genommen. Auf Seiten der Südstaaten: 1 728 getötet, 8 012 verwundet, 959 vermisst oder gefangen genommen. Mit dem Sieg gewann die Union stärkere Kontrolle über die dreizehn Staaten im sogenannten »Mississippi River Valley«, Tennessee und Louisiana gehörten dazu. Grant wurde dafür in den Zeitungen stark kritisiert, und viele wollten, dass Lincoln ihm sein Kommando entzog, doch der Präsident stand ihm zur Seite: »Ich kann den Mann nicht entbehren, er kämpft«, soll er gesagt haben.

Und dann zog der Krieg vor unserer Haustür in Donaldsonville ein. Am 9. August 1862 nahmen die Unionssoldaten

Fort Butler ein. Mit jedem Kanonenschuss hörten wir die Freiheit näher rücken.

Kwasi war schon immer ein verschlossener Mann gewesen. Nun war er noch verschlossener geworden. Er sprach nicht über den Tod seiner Familie. Ich tat es auch nicht. Nur einmal saß er da, am Kamin, beim Zeitung lesen und schüttelte ungläubig seinen Kopf:

»Warum? Warum, so kurz vorm Ziel. Warum konnte sie nicht abwarten? Warum? Warum?« Fragte er immer wieder.

Ich wusste, warum. Victoria hatte keine Liebe mehr übrig. Darum. Das sagte ich ihm aber nicht. »Kurz vorm Ziel«, hatte er gesagt. Er hatte die Hoffnung also immer noch nicht aufgegeben. Ich schon. Völlig.

Doch eins kann ich sagen, sie sahen schön aus, Mutter und Tochter, als wir sie auf dem plantageneigenen Friedhof beerdigten. Wobei die Mistress dagegen war, denn Victoria und Abena hatten die größte Sünde begannen, die sie sich vorstellen konnte: Selbstmord. »Gottverlorenes Pack!«, schimpfte sie durchs ganze Haus, als sie von ihrem Tod erfuhr.

Sarah D und ich hatten die Frauen und die kleine Eva hergerichtet, ihre Wunden gestillt und ihnen neue Tignons gewickelt. Sie sahen aus wie Königinnen, wie die Pharaonin aus den Büchern von Madame. Ich habe ihre Büste noch genau vor Augen, weiß aber nicht ihren Namen. Ich konnte damals ja noch nicht lesen.

Die schrecklichen Bilder aus der Hütte versuchte ich aus meinem Kopf zu verbannen. Das klappte manchmal mehr und manchmal weniger. Doch was ich nicht verjagen konnte, waren Victorias letzte Worte: *Ich habe das Beste getan, was eine Mutter für ihre Kinder tun kann, das Beste.* Das hatte sie. Das wusste ich, und der Mann da oben, wenn es ihn geben sollte, würde es auch verstehen. Ich konnte es aus der Sicht der Mutter sehen, die ich ja noch gar nicht wirklich war, in meinem Herzen aber schon immer gewesen bin. Ich fühlte Victorias Erlösung. Sie hatte ihr Schicksal in ihre eigenen Hände genommen. Jetzt waren sie und ihre Kinder frei.

Kwasi hatte mir erzählt, dass manche Menschen sich schon in Afrika, als sie in den Barracoons auf den Abtransport warteten, das Leben nahmen. Oder sie sprangen auf der Überfahrt über Bord. Er hatte gesagt, dass manche Schiffe aus Afrika eine Blutspur hinter sich herzogen wie einen roten Schleier. Sie lockte Haie an. Scharen von ihnen schwammen den Schiffen bis in die Häfen nach Baltimore, Philadelphia oder Galveston hinterher, als ob sie die Menschen, die jetzt Sklaven waren, in die Hölle geleiteten. Ich verstand Victoria.

Vor einigen Monaten hatten wir von einer Frau gehört, die genau das Gleiche getan hatte, irgendwo in den Carolinas war das. Eine Familie mit drei Kindern war von einer Plantage abgehauen und wieder eingefangen worden. Sie hatten die Familie ins Gefängnis gesteckt, um auf ihren Master zu warten. Die Frau brachte zuerst ihre Kinder um, mit einem Messer, das sie versteckt hatte, und dann sich selbst. Frauen taten das noch öfter als Männer. Aber sie war erfolglos geblieben. Sie überlebte. Todesqualen musste diese Mutter ertragen haben, Todesqualen. Sie riefen einen Arzt und bewachten sie von da an, bis der Master kam. Beim Abtransport griff sie das Gewehr eines Wärters und erschoss sich. Nun war sie frei und bei ihren Kindern.

Ich bin so unendlich dankbar, dass ich nie vor solch eine Entscheidung gestellt worden bin. Kwasi hatte völlig recht gehabt, als er sagte, dass ich es nie wissen werde, wie es sich anfühlt, ein Sklave zu sein. Nie.

Viel Zeit zum Trauern hatten wir wirklich nicht, denn die Ereignisse im Lande und auf der Plantage überschlugen sich.

Nach der sogenannten ersten Schlacht von Donaldsonville schickte der Master die Mistress und die Kinder zu Verwandten in den Norden. Ganz ohne Grund wurden jetzt täglich Menschen ausgepeitscht, aber rechtfertigen hatte Master Wilburt sich ja noch nie müssen. Er sah noch vernachlässigter aus als sonst, sein Stirnband vergilbt, die Haare strähnig. Wie ich ihn jemals mit einem Prinzen vergleichen konnte, verstand ich überhaupt nicht mehr. Die Sommerkälber waren gerade geboren, und ich wusste ganz genau, was das bedeutete. Das Wimmern aus dem Stall bestätigte meine Vermutung. Warum sollte sich auch etwas geändert haben? Sie hatten ja die Macht dazu.

Macht kommt von machen, dachte ich. Und auch ich machte, ich war noch lange nicht am Ende mit meinem Machen.

Master Witherspoon sah sich auch nicht mehr verpflichtet, den Anschein guter Manieren aufrechtzuhalten, und ließ die Näherin ins Haus einziehen. Die Kinder kamen zu Mama Rose. Doch ich sah die junge Mutter täglich von Mama Rose' Hütte ins Große Haus schleichen. Ihr Rock war nicht breit genug, um darunter ihre Trauer zu verstecken.

Täglich erreichten uns Nachrichten von Sklaven, die zu den Unionstruppen geflüchtet waren und jetzt auf ihrer Seite kämpften – für ihr ganz persönliches Anliegen. Auch von Belle Bleu hatten es einige versucht. Zwei wurden wieder eingefangen und vor unseren Augen ausgepeitscht. Der Master bestand auf unserer Anwesenheit. Wer nicht daran teilnahm, der würde selbst ausgepeitscht werden. Die Flüchtigen, die gescheitert waren, ernsthaft zu verletzen, ihnen etwa Gliedmaßen abzuhacken, was unter anderen Umständen eine angewandte Strafe bei Flucht war, konnte sich Master Wilburt jetzt nicht mehr leisten. Er brauchte jeden Mann für die bevorstehende Ernte, dennoch musste ein Zeichen gesetzt werden.

Die zwei Männer von der Plantage, die es schafften, waren Gärtner. Einer davon Herr Langsam-wie-Molasses.

Sarah D verstand nicht, wie. Da sich jetzt niemand mehr um die Blumen und den Rasen kümmerte, verwucherte alles links und rechts von der Allee mit den 28 Eichen. Am Ende des Sommers war der Gestank von dem Teich vor dem Großen Haus so unerträglich, dass jeder einen großen Bogen drum machte. Der Teich war so vermodert, dass keine Schwäne mehr in ihm badeten und sich dort bestimmt Alligatoren breitgemacht hatten. Die wenigen Gäste, nur noch Männer, benachbarte Plantagenbesitzer, denn sie hatten alle ihre Familien weggeschickt, reisten von der Rückseite des Hauses an, um dem Gestank aus dem Weg zu gehen. Sie kamen, um sich wie ein Teufelskommando im Büro des Masters zu beraten.

Dass es keine Gärtner mehr gab, wirkte sich direkt auf uns in der Küche aus, den nun mussten wir auch Unkraut jäten und unser Gemüse selbst ernten.

Paul A verpflegte uns mit den ausgelesenen *Picayunes* des Masters, und Kwasi hielt uns mit den Nachrichten darin bei der Stange. Tommy und ich hatten keine Zeit mehr zum Lesen. Die Arbeit schien nie zu enden. Außerdem war Kwasi ein Schnellleser, bei mir und Tommy dauerte es immer etwas länger, bis wir einen Satz auseinandergefieselt hatten. Er las uns am Abend in seiner Hütte bei Kerzenschein vor. Vor den Hütten trafen wir uns nicht mehr, trotz der Hitze drinnen, denn der Aufseher patrouillierte auf der Plantage die ganze Nacht hindurch, dass auch ja niemand abhaute. Kwasi las so leidenschaftlich, als wäre es sein eigener Beitrag zum Krieg. Uns alle informieren, das war, was er tun konnte, denn sich für den Kriegsdienst einzuschreiben, das kam für ihn nicht in Frage und abhauen schon gar nicht. Das wurde mir immer bewusster. Kwasi war ein Lover, kein Fighter.

Die Schlacht von Antietam oder Sharpsburg, wie die Südstaaten sie nannten, setzte uns im September allen zu. Jede Schlacht hatte zwei Namen, was ich sehr verwirrend fand. Die Nordstaaten benannten ihre nach den geografischen Merkmalen, wie einem Fluss oder Gebirge, und die Südstaaten nach der nächsten Stadt. Antietam war sogar nur ein Bach, die Indianer hatten ihn so genannt, was übersetzt »schnelles Wasser« hieß, und Sharpsburg war eine kleine benachbarte Stadt in Maryland.

Wie auch immer man sie nennen wollte, der Sieg war enorm wichtig, denn damit hatte die Union den Südstaaten die Chancen, Washington DC und damit das Weiße Haus anzugreifen, zunichtegemacht.

Der Schaden war jedoch immens. In dem nur zwölf Stunden andauernden Gefecht gab es mehr Verluste als im Unabhängigkeitskrieg, dem Krieg von 1812 und dem Mexikanisch-Amerikanischen Krieg zusammen.

Aber der Sieg hatte für uns eine noch größere Bedeutung: Ein paar Tage später, am 22. September 1862 – das Datum werde ich in meinem Leben nicht vergessen –, verkündete Präsident Lincoln, siegessicher, die Emanzipation der Sklaven.

Die Emanzipation der Sklaven.

Die Proklamation enthielt auch die Aufforderung an die Südstaaten, sich der Union innerhalb der nächsten 100 Tage, also bis zum 1. Januar 1863, anzuschließen. Lincoln offerierte sogar Entschädigungen für die Sklavenhalter.

Wenn eine gute Nachricht Musik in meinen Ohren ist, dann war diese eine Symphonie für die Millionen Ohren der Sklaven Amerikas.

Kwasi und Paul A schlichen wieder von Hütte zu Hütte, um die Neuigkeiten zu verbreiten. Was diesmal gefährlicher war als beim letzten Mal, denn der Aufseher und sein Gehilfe lauerten an jeder Biegung. Ab und zu hörten Tommy und ich einen Aufschrei oder jemanden weinen. Wir lächelten uns dann zu, wie wir es taten, wenn wir bestimmte Fluchtanzeigen nicht mehr sahen.

Doch Kwasi warnte jeden, nicht übermütig zu werden, sich nicht auffällig zu verhalten.

Diese Emanzipation war erst einmal nur die Verkündigung eines Gesetzes. Das Abgeordnetenhaus und der Senat mussten es bestätigen, und der Master hatte bestimmt keine Ahnung, dass wir Bescheid wussten. Er wusste nicht, dass Mistress Charlotte Kwasi Lesen und Schreiben beigebracht hatte.

Und als der Master, verfrüht, als müsste er sich beeilen, die Ernte ohne Schnaps und Sprechgesang und nur mit einem abrupten *Let's Go!* ankündigte und die versklavten Menschen mit Hacken und Messern so groß wie Macheten summend auf die Zuckerrohrfelder trotteten und das Knistern aus dem Zuckerhaus einem wieder den Schlaf raubte, hätte man wirklich meinen können, dass sich hier nichts geändert hatte.

Doch in unseren Herzen hatte sich alles geändert.

Paul A war so aufgeregt, dass er nur noch draußen vor irgendeiner Hütte schlief, nicht mehr zum Schlafen ins Große Haus ging, damit er der Erste war, der die Unionstruppen begrüßte, wenn sie kamen und uns befreiten. Mit geschlossenen Augen und einem breiten Lächeln auf den Lippen lag er auf dem sandigen Boden. Es schüttelte mich bei dem Gedanken, dass in der Nacht Ratten oder anderes Viehzeug über ihn trampelte. Ihn aber nicht. Seine Vorfreude war zu groß dafür. Master Witherspoon verbot es ihm auch nicht. Der war zu beschäftigt mit seiner Mätresse, schien es mir.

Kwasi sah ich im Augenblick kaum noch, er war nun doch wieder zur Ernte abkommandiert worden, hatte häufig die Nachtschicht, was bei dieser Hitze die bessere der Schichten war.

Mit jedem verstreichenden Tag wurde Kwasi aufgeregter. »Bald ist es so weit, bald«, munterte er jeden auf, der ihm begegnete, ob er es hören wollte oder nicht.

Wenn Kwasis Hoffnungsbarometer mit jedem Tag weiter anstieg, sank zeitgleich das von Paul A. Er wurde immer skeptischer.

Wenn Kwasi ihm sein »Bald ist es so weit«-Manifest im Vorbeigehen zuflüsterte wie ein geheimes Kennwort, verdrehte er die Augen und ging ungerührt weiter. Er schlief nach ein paar Wochen auch nicht mehr draußen, und sein Dauerlächeln war von Phasen eines vollkommen leeren Gesichtsausdrucks unterbrochen. Wenn er sich allein glaubte, wie beim Silberputzen im Esszimmer, liefen ihm manchmal sogar Tränen die Wangen hinunter. Er wischte sie mit seinen weißen Handschuhen sofort weg, als ich einmal das Zimmer betrat. Paul A hielt die Speiseetikette in Belle Bleu aufrecht, auch wenn jetzt nur noch Master Witherspoon und seine Mätresse an dem langen Tisch saßen. Master Wilburt ließ sich sein Essen, wenn er überhaupt etwas zu sich nahm, in seiner Garçonnière servieren. Oft brachte Paul A unangerührte Teller zurück, aber er konnte die Karaffe mit Bourbon gar nicht so schnell nachfüllen, wie Master Wilburt sie aussoff. Eislieferungen aus dem Norden kamen nur noch sporadisch, sodass er sich keinen Mint Julep mehr mixen konnte, sondern den Whiskey pur trank, direkt aus der Karaffe.

Auch die junge Mätresse nahm wenig zu sich. Sie aß wie ein Spatz, stocherte lustlos zur Rechten des Masters in ihrem Teller herum. Dem Rotwein gegenüber war sie jedoch wohlwollender eingestellt. Ich konnte es ihr nicht verübeln, hatte der Ratafia mir auch schon die Schwere mancher Nacht genommen.

Wir servierten jetzt von allem nur noch eins: eine Vorspeise oder Suppe, eine Hauptspeise mit einer Beilage und nur noch einen Nachtisch, den niemand außer Master Witherspoon anrührte. Jeden Abend brachten wir den Rest der von Tommy immer noch liebevoll verzierten Charlotte-russe-Kreationen oder Pies zu Mama Rose und den Kindern der Mätresse. Ihm war seine künstlerische Begabung noch nicht abhandengekommen, obwohl hier von Tag zu Tag alles desolater aussah.

Eines Abends, nachdem Paul A abgeräumt hatte – es waren wie gesagt nur ein paar Teller und Schüsseln –, schmiss er die *Picayune* vom Vortag auf den Küchentisch. Mit dem leeren Gesichtsausdruck, der sein Lächeln abgelöst hatte und inzwischen zum Dauerzustand geworden war.

»Hat doch alles keinen Zweck«, sagte er, als er sich setzte und mich mit einem lustlosen »Hier« darauf aufmerksam machte, dass die Zeitung da war.

Mit einem lustvollen »Hier« schob ich ihm eine Schüssel Gumbo Zab vor die Nase, die ich am Nachmittag für ihn gekocht hatte. Ich muss aber zugeben, dass ich etwas geschummelt hatte, denn ich konnte keine sieben Arten Blattgemüse auftreiben, es war nicht die Jahreszeit. Doch ich musste unbedingt etwas tun, um Paul A aufzumuntern. Es war sein Lieblingsessen. Er war der einzige Mann, den ich je kennengelernt hatte, der kein Fleisch mochte, doch wie alle Südstaatenmänner liebte er es scharf, weshalb ich natürlich Sarah Ds Tabasco-Soße danebenstellte. Zum ersten Mal seit Wochen erhellte sich seine Miene.

»Für miiiiiich«, sagte er und lächelte sogar endlich mal wieder.

»Für dich, mein Lieber«, sagte ich, setzte mich neben ihn und griff nach der *Picayune*.

Sarah D kroch in den Schrank und holte eine Flasche Ratafia hervor, stellte sie auf den Tisch und brachte drei Gläser. Tommy, der gerade mit dem Abwasch fertig war, stellte sich neben den Tisch und räusperte sich.

»Sha, sha, sha«, sagte Sarah D, »ich verstehe.«

Wir wechselten einen Blick, und sie holte ein weiteres Glas aus der Vitrine.

Alle vier stießen wir an. Ich schob die Zeitung zu Tommy rüber.

»Lies vor, Tommy«, sagte ich genauso lustvoll, wie ich Paul A die Gumbo Zab rübergeschoben hatte. »Haben wir eine neue Schlacht gewonnen?«

Ich hatte vor, Paul A mit guten Nachrichten wieder Hoffnung zu geben. Kwasi hatte uns schon seit Tagen, ach, was rede ich, seit Wochen nichts mehr vorgelesen. Momentan bekamen wir ihn einfach nicht mehr zu Gesicht. Wenn er nicht auf dem Feld war, hing er am Grab seiner Mutter. Und wenn wir uns doch einmal trafen, sprach er noch weniger als sonst.

In diesem Jahr wurden die Menschen buchstäblich zu Tode gearbeitet. Zwei waren schon tot von den Feldern getragen worden, und ein Kind hatte seinen Arm beim Zuckerrohrmahlen verloren. Das bedeutete für die anderen, dass sie noch länger und härter arbeiten mussten. Der Master war noch brutaler als sonst. Alles oder nichts, schien seine Devise.

»Nein, nichts wirklich Neues an der Front«, sagte Tommy, der seine Nase tief in die Zeitung gesteckt hatte. »Nur dass General Lee weiter in den Norden bis nach Kentucky und Maryland vorgestoßen sein soll. Die Union ihn aber abwehren konnte. Niemand kam dabei zu Schaden, aber Lees Truppen sind jetzt bereit für die nächste Schlacht. Und hier, hier steht, dass Lincoln mit seinen Generälen nicht zufrieden ist. Sie sind ihm nicht aggressiv genug. Außer Grant natürlich.«

Tommy lachte, auch er war ein Fan von Ulysses S. Grant. Wahrscheinlich hatte ihm Kwasi das eingeflüstert.

»Ah, hier, hier steht was, was Lincoln kürzlich gesagt haben soll.« Er las es uns Wort für Wort vor:

»Wenn ich die Union retten könnte, ohne die Sklaven befreien zu müssen, dann würde ich das tun, und wenn ich sie retten könnte, indem ich alle Sklaven befreie, dann würde ich das tun, und wenn

ich sie retten könnte, indem ich nur einige befreie und andere in Ruhe lasse, dann würde ich auch das tun.«

»Seht ihr!« Paul A warf den Löffel auf den Tisch. Er traf sein leeres Ratafia-Glas, und es kippte um und zerbrach in viele kleine Splitter, was wir alle zu ignorieren versuchten, sogar Sarah D.

Paul A jedoch sprang auf. »Wir sind die Opferlämmer der Nation, auf die sie einhauen können, so viel sie wollen. Ihr habts doch gerade gehört. Es geht nicht um uns. Versteht ihr denn nicht?!« Er haute auf den Tisch. Auf die Stelle, wo die meisten Glassplitter hingefallen waren. Blut tropfte von seiner Handfläche, er bemerkte es aber nicht und redete sich weiter in Rage. »Wenn er die Union retten kann, ohne einen Einzigen von uns zu befreien, dann würde er das tun. Hört ihr? Dann würde er das tun!« Er fuchtelte mit den Händen in der Luft herum, als wollte er uns alle beschwören. Mit der rechten Hand verspritzte er sein Blut in der Küche, in der er als Einziger aufrecht stand. Wir saßen stocksteif auf unseren Stühlen, und keiner von uns traute sich, etwas zu sagen. Für eine gefühlte Ewigkeit war es still. Auch Paul A sagte nichts mehr, stand mit aufgerissenen Augen vor uns. Nur das Feuer im Kamin knisterte vor sich hin.

»Gib her«, durchbrach ich schließlich die Stille.

Ich konnte diese bedrückte Stimmung nicht mehr ertragen. Ich riss Tommy die Zeitung aus der Hand. Ich wollte es schwarz auf weiß selbst sehen.

Ich hatte Paul A und uns alle doch nur aufmuntern wollen. Warum hatte Lincoln das gesagt? Ich stand dem Mann sowieso skeptischer gegenüber als Kwasi, doch dass er so etwas von sich gab, das erschütterte mich jetzt auch. Und es stimmte. Schwarz auf weiß stand es hier: *»Wenn ich die Union retten könnte, ohne die Sklaven befreien zu müssen, dann würde ich das tun.«*

Es ging Lincoln also gar nicht um die Befreiung der Sklaven und die Proklamation, sie war eben nur das: eine Proklamation. Stimmte das?

Plötzlich stürmte Paul A aus der Küche, dass der Tisch wackelte, die Gläser und die Scherben auf dem Tisch klirrten. Er hinterließ eine Blutspur.

»Warte!«, rief ich ihm hinterher, doch er war schon in dem schwachen Feuerschein, der vom Zuckerhaus herüberleuchtete, verschwunden. Von draußen kam ein kühler Windzug herein, der einen Schwall von Molasses-Geruch mit sich brachte. Wir gingen der kühleren Jahreszeit entgegen. Wies Uhrwerk drehte sich das Wetter immer kurz nach Thanksgiving, was wir in diesem Jahr überhaupt nicht feierten. Der Master fuhr zum Festessen auf eine andere Plantage, und was Master Wilburt machte, weiß ich nicht. Der Geruch von Molasses kribbelte mir in der Nase. Er bestätigte Paul As Worte. Opferlämmer! Und, dass sich nichts geändert hatte und sich auch nichts ändern wird.

Sie würden weiter auf die versklavten Menschen einhauen.

Ich stand auf und warf die Zeitung ins Feuer. Die anderen saßen immer noch um den Tisch herum. Wir schauten uns an. Wortlos. Ratlos. Hilflos. Hoffnungslos.

Ein paar Tage später, noch vor dem Frühstück, überraschte Paul A mich im Milchhaus. »Pssst.« Er stürzte in den kleinen Raum, hielt sich den Zeigefinger vor den Mund und schloss die Tür schnell hinter sich. Ich zuckte zusammen und hätte fast die Eier, die ich im Arm hielt, zerdrückt, sowohl die weißen als auch die braunen, so erschrocken und so tief in Gedanken war ich. Ich malte mir gerade im Kopf das Omelett aus, das ich zubereiten wollte. Ein Rezept, von dem mir Lizzie Kettenring erzählt hatte und das zu einem der beliebtesten Gerichte in ihrem Kaffeehaus wurde und einmal einen besonderen Platz in ihrem Kochbuch einnehmen würde, von dem sie damals aber noch nicht wusste, dass sie es schreiben würde. Es war das Kartoffel-Omelett. Für mich persönlich bedeutete es ein weiteres Gericht in meinem Grumbiren-Repertoire. »Mama Melba«, flüsterte er und hielt sich immer noch den Zeigefinger vor den Mund. »Mama Melba, kannst du morgen früh dem Master das Frühstück servieren? Sag, dass ich krank bin, Husten oder so was habe.«

Ich wusste genau, was er vorhatte. Zuerst wollte ich ihn überreden, es nicht zu tun. So kurz vor … So kurz vor was? Ich nickte.

»Wann?«, fragte ich ihn stattdessen.

»Heute Abend, gleich nachdem ich das Dinner serviert habe.«

»Komm vorher in der Küche vorbei, ich pack dir was zum Essen ein.«

Er nickte und verschwand genauso schnell, wie er gekommen war. Ich glaube, er lächelte sogar ein wenig. Ich wartete einen Augenblick, bevor ich aus dem Milchhaus trat, und schaute nach rechts und links, um mich zu vergewissern, dass uns auch ja keiner beobachtet hatte. Dann ging ich auf dem Weg zurück ins Küchenhaus am Räucherhaus vorbei, um Schinken für das Proviantsäckli von Paul A zu holen. Wenn schon, denn schon, dachte ich. Da fiel mir ein, dass er doch gar kein Fleisch mochte. Ich ging zurück ins Milchhaus, um noch mehr Eier zu holen, und begegnete auf dem Weg dem Aufseher, der hier hinten auf seinem Pferd rumtrottete, anstatt auf dem Feld die Arbeiter anzutreiben. Er konnte nichts gesehen haben, versuchte ich mich zu beruhigen. Ich hätte ihn gehört.

»Sehr beschäftigt, die Mamsell heute«, sagte er spitzzüngig, als ahnte er doch etwas. Ich brachte keinen Ton heraus. Nickte und ging betont langsam weiter.

Das Kartoffel-Omelett, das auch Zwiebeln enthielt, war ein voller Erfolg bei uns in der Küche, natürlich mit viel Tabasco-Soße darauf und mit einem Teelöffel meiner Gewürzmischung verfeinert. Es schmeckte wie ein pikanter Kuchen, ebenso als Zwischenmahlzeit wie zum Frühstück oder als Beilage geeignet. Wichtig ist nur, dass man die Kartoffelscheibchen dünn schneidet, dünner als bei Brägele oder German Fried Potatoes. Da es durch die Kartoffel gut seine Form hielt, machte ich eins extra, um es Paul A mitzugeben. Sarah D warf mir einen kurzen, skeptischen Blick zu, als sie sah, dass ich fein geschnittene Kartoffelscheiben in eine weitere Pfanne gab. Sie sagte aber nichts. Wir sprachen seit Wochen nur noch das Nötigste. Lachten seit Tagen überhaupt nicht mehr. Unsere Küche war nicht mehr unsere Küche. Doch am Nachmittag kam Paul A den Pfeifers-Gang mit seinem schönsten Lächeln heruntergelaufen. Er reichte Sarah D einen hellen Umschlag, den sie hastig öffnete. Als eine graue Taubenfeder auf dem Küchenboden landete, erhellte sich unsere Stimmung auf der Stelle. Denise hatte es auch geschafft.

Wir umarmten uns alle, und Tommy buk sofort einen Pekannuss-Pie, den er mit einer Kerze bestückte. Wir feierten Denise' Geburtstag, und Sarah D weinte.

Als Paul A spät am Abend in die Küche kam, um sich zu verabschieden und seinen Proviant abzuholen, ahnten Sarah D und Tommy schon lange, was los war. Ich sah es an Tommys Augen, wie gern er mit Paul A gegangen wäre, und wie gern hätte ich ihn gehen lassen. Doch ich konnte es ihm einfach nicht erlauben. Ich liebte ihn wie meinen eigenen Sohn und hatte zu große Angst um ihn. Nur, ob es richtig war, ihn hierzubehalten, wusste ich nicht. Als Mutter, weiß man ja nie, ob man es richtig macht.

»Fort Butler ist doch nicht so weit«, sagte Paul A und lachte wieder fast wie immer, »das ist ja viel zu viel, da kann ich ja eine ganze Armee mit ernähren.« Er hob das Proviantsäckli in die Luft und ließ es verspielt hin und her baumeln. Ich sah erneut Hoffnung in ihm aufkeimen. Auch wenn es nur ein zarter Sprössling war.

»Dann verfütterst du es später an deine Kameraden«, sagte ich und lachte auch, aber ganz leise. Ich hatte ihm das Omelett, Pekannüsse, Äpfel und ein paar Biscuits in ein grün kariertes Tuch gewickelt.

Wir umarmten ihn und wünschten ihm viel Glück.

Er warf sich das Säckli über den Rücken. So sah er wirklich wie ein Landstreicher aus.

Dann rannte er los, denn er hatte nicht so viel Zeit wie ein Landstreicher. Doch wenn alles gut ging, könnte er schon vor Morgengrauen das Fort erreicht haben.

Als ich ihm aus der geöffneten Küchentür nachblickte, fiel mir Walt Wer ein, der in einem Gedicht etwas in der Art geschrieben hatte, dass jeder seines Glückes Schmied ist oder man Glück selbst macht. Ich schmunzelte und fand, dass Paul A gerade genau das tat. Ich wünschte mir so sehr, dass Kwasi endlich auch zu dem Entschluss kommen würde.

KARTOFFEL-OMELETT À LA LIZZIE KETTENRING ALIAS MADAME BÉGUÉ

Zutaten

3 große Kartoffeln, 1 kleine Zwiebel, fein gehackt, ¼ Tasse Öl, 5 Eier, Pfeffer, Salz, etwas Öl oder Butter

Zubereitung

Kartoffeln schälen, halbieren und in feine Scheiben schneiden. Diese in die Pfanne mit dem Öl oder der Butter geben, ungefähr 10 Minuten leicht anbraten, dabei nicht braun werden lassen. Sie sollen auch nicht zerfallen. Wenn sie weich sind, die gehackte Zwiebel hinzugeben, leicht mit den Kartoffeln braten lassen, nicht länger als 3–5 Minuten.

Die Eier kläppern, mit Salz und Pfeffer würzen, dann über die Kartoffeln gießen. Die Hitze runterfahren.

Wenn die Unterseite leicht braun ist, einen Topfdeckel oder großen Teller über die Pfanne legen und abgedeckt mit Schwung umdrehen, sodass die gebratene Seite des Omeletts nach oben zeigt. Dann das Omlett auf der noch nicht gebratenen Seite in die Pfanne gleiten lassen und weiterbraten, bis auch diese Seite leicht braun ist.
Warm servieren.

W

Black-Eyed-Pea-Suppe

Weit war er nicht gekommen. Die Coon-Dogs schleppten seine Körperteile einzeln zurück. Ein Bein, einen Arm, einen Fuß. Zwischen den Reißzähnen hingen sie aus den Mäulern der blutrünstigen Hunde wie Rinderknochen.

Master Wilburt hielt den Kopf von unserem Freund am kurzen Schopf wie eine Trophäe in die Höhe und flanierte damit die Sandwege hoch und runter. Dabei hielt er vor jeder Hütte kurz an, als gäbe er den Bewohnern seinen Segen. Er erinnerte mich auch an die Dahomey-Krieger, die Kwasis Dorf ausgerottet und die Alten enthauptet hatten. Das grün karierte Tuch, in das ich das Fresspaket eingewickelt hatte, flatterte an Master Wilburts Gürtel – als Warnung nur für mich.

Ich hatte kapiert, was Master Wilburt mir sagen wollte. Er wusste ganz genau, was hier gespielt wurde, auch wenn wir alle versuchten, uns nichts anmerken zu lassen. Vor das Zuckerhaus haute er einen Pfahl in den Boden und steckte Paul As Kopf oben darauf – als Warnung für alle.

Bis kurz vors Z hatte er es geschafft. Z wie Abendrot. Ich hätte es Paul A so sehr gegönnt.

Statt zu beten, stellte ich ihm jeden Abend eine Gumbo Zab neben seinen Kopf. Jeden Morgen war die Schüssel leer gegessen. Es war mir klar, dass die Ratten sie weggeputzt hatten oder was immer hier nachts rumkreuchte, doch Paul A musste fühlen, dass jemand hier unten an ihn dachte. Eines Morgens, als ich die leere Schale holen wollte, war nicht nur sie weg, sondern auch sein Kopf verschwunden. Farewell my friend.

Dann kam die Nachricht der Niederlage in Fredricksburg, von der wir erst nach Weihnachten erfuhren, denn Paul A konnte uns nicht mehr täglich mit der Zeitung versorgen. Sarah D, Tommy und ich waren abwechselnd für die Bedienung der beiden Masters zuständig. Wobei wir Tommy nie allein ins Große Haus ließen. Nur sporadisch war es uns dabei möglich, alte Zeitungen zu stibitzen, bevor sie zum Kaminanzünden benutzt wurden, und meistens waren sie dann mindestens eine Woche alt.

Wie wir auf der Plantage, hatte auch die Union ihren bisher tiefsten Punkt erreicht. Die Schlacht bei Fredricksburg war ein reines Gemetzel. Opfer gab es fast nur auf Seiten der Nordstaaten. General Robert E. Lee ging daraus als großer Gewinner hervor. Ich hatte schon vorher von ihm gelesen, aber nur als Verlierer. Die eigentlichen Verlierer waren aber die Millionen von Sklaven, deren Hoffnung auf Befreiung mit jedem weiteren Sieg der Südstaaten-Armee mehr und mehr dahinschwand.

»Werden wir jetzt nicht mehr befreit?«, fragte Tommy, als er den Teig für einen Pekannuss-Pie ausrollte, unserem einzigen Nachtisch am Heiligen Abend des Jahres 1862.

»Sha, sha, sha, mach dir darum mal keine Gedanken, Herr Lincoln wird uns schon nicht im Stich lassen«, sagte Sarah D so süßsauer, wie sie es noch in sich hatte.

Auch sie war eine Lincoln-Anhängerin. Ich rollte meine Augen, aber so, dass es keiner sah. Sarah D hatte der Krieg und natürlich die Flucht ihrer Kinder ganz schön zugesetzt, da konnte selbst ihr Olivenöl, womit sie sich immer noch jeden Morgen einrieb (ich übrigens auch), nicht gegen an. Sie schien um Jahre gealtert, seit Master Wilburt sie ausgepeitscht hatte. Auch ihr scharfer Humor war nicht mehr derselbe. Und wie bei so vielen Sklaven lag ihre ganze Hoffnung nur beim Präsidenten.

»Tommy«, sagte ich zu ihm und redete auf Deutsch weiter: »Genau wie eine Schwalbe noch keinen Sommer macht, so macht eine gewonnene Schlacht noch keinen gewonnenen Krieg. Erinnerst du dich an diese Weisheit?«

Ich hatte dem Buben nicht nur Rezepte aus dem Schwarzwald beigebracht, sondern ihm auch von unserem Leben dort erzählt und alte Weisheiten, die ich unseren Umständen hier anpasste, mit ihm geteilt. Man hätte Tommy im Wald aussetzen können, und er hätte sich überall gut zurechtgefunden, so deutsch war er inzwischen geworden.

»Sint-Éspri«, sagte Sarah D auf kreolisch, was so viel wie Heiliger Geist heißt. »Ich habe zwar nichts verstanden, aber Mama Melba hat recht.«

Dann lachte sie sogar. Doch auf die Oberschenkel hatte sie sich schon lange nicht mehr geklopft. Tommy und ich lachten mit. Wir hatten es so nötig. Und der Bub schien beruhigt, wenigstens für den Moment.

Am Neujahrstag kochte Sarah D bei sich vor der Hütte einen großen Topf Black-Eyed-Pea-Soup oder Schwarzaugenbohnen-Suppe. Die Bohnen waren vor vielen Generationen aus Afrika mitgebracht worden, gediehen gut in der Neuen Welt und galten als Glücksbringer. Sie sahen wirklich aus wie Augen. Sie wurden traditionell am ersten Tag des neuen Jahres gegessen, sowohl bei den Kreolen als auch bei den Akadiern. Ich hatte das Gefühl, dass die gesamte Plantage vor Sarah Ds Hütte angetreten war. Alle wollten einen Teller Glück abhaben.

Der würzige Duft zog sich bestimmt bis in die Hauptstadt, so kraftvoll war er. Allein das Einatmen des intensiven Aromas machte glücklich. Es hätte mich nicht gewundert, wenn ganz New Orleans gleich vor ihrer Hütte gestanden hätte, jeder ihr seine Schale entgegengestreckt hätte und sie wie in dem Märchen vom Endlos-Brunnen aus ihrem Topf eine Kelle Glück nach der anderen serviert hätte, bis sie ganz Louisiana mit ihrer Black-Eyed-Pea-Soup verpflegt hatte. Jeder hatte heute ein Lächeln auf den Lippen, am breitesten aber strahlte die Köchin selbst, denn heute war auch der Tag, an dem offiziell die Emanzipations-Proklamation verkündet worden war und in Kraft treten sollte. Eigentlich waren sie jetzt alle, ganz offiziell, frei.

Dennoch traute sich hier im tiefen Süden niemand, den ersten Schritt in die Freiheit zu machen, besonders nicht nach dem Scheitern in Fredricksburg. Was war, wenn die Südstaaten den Krieg doch noch gewinnen würden? Dann würden alle, die jetzt wegrannten, wieder eingefangen, und die Master würden beim Austeilen der Hiebe bestimmt nicht geizen, und viele Köpfe würden auf einem Pfahl landen wie der von Paul A.

»Mama Melba«, rief Sarah D, die immer noch am Austeilen der Suppe war. Sie riss mich aus meinen Gedanken.

Ich saß zwischen Tommy und Kwasi und hatte gerade meine Schale leer gegessen, sogar mit den Fingern ausgeschleckt. Ich stand auf und ging zu ihr rüber.

Schweißperlen standen ihr auf der Stirn. »Hier, ma piti, übernimm. Ich muss mich um etwas kümmern.«

Sie griff drei Schalen, die sie mit ihrer Suppe gefüllt hatte, und ging auf das Große Haus zu.

»Du bringst doch nicht etwa …?«, rief ich ihr nach.

Ich stockte. Sarah D brachte doch tatsächlich dem Master, seiner Mätresse und Master Wilburt Schalen mit Glück.

Sie drehte sich um und zuckte mit den Achseln. »Sie sind doch auch Kreolen.« Damit ging sie durch die Seitentür in den Pfeifers-Gang hinein, jedoch ohne zu pfeifen.

Kwasi und Tommy halfen mir beim weiteren Verteilen des Glücks. Als die Nacht-Gang und die Kinder verköstigt waren, dämmerte es schon. Die Tages-Gang kam von den Feldern und streckte Sarah D ihre Schalen entgegen. Sie hatte wieder übernommen. Heimlich schlich ich mich mit Kwasi in seine Hütte und konnte wenigstens für einen Augenblick, bevor er die Nachtschicht antrat, in seinen Armen liegen und seine Nähe spüren. Ich vermisste ihn.

»Mel, es ist bald so weit. Bald werden wir alle frei sein.« Er drückte mich ganz fest an sich. »Auch wenn der Preis hoch war. Zu hoch.«

Ich überflutete ihn wieder mit meinen Küssen wie die Mississ Ippi das Atchafalaya, wie damals am Bayou, als wollte ich den Schmerz dadurch wegspülen.

»Lieb dich wie ein Crawdad«, sagte er und stand auf. Ich sah, wie er sich die Tränen aus den Augen wischte, als er hinter sich die Tür schloss.

»Lieb dich wie ein Crawdad, für immer und immer«, flüsterte ich ihm hinterher. Ich wartete noch einen Moment, bis ich ebenfalls ging.

So früh wie die Zuckerrohrernte begonnen hatte, so spät endete sie in diesem Jahr auch. Es war schon fast Februar, als Kwasi wieder in seiner Schmiede stand. Bis zum Sommer hatte er damit zu tun, die Messer, Hacken und Wagenräder wieder instand zu setzen. Doch weiter passierte nichts. Jedenfalls nicht auf Belle Bleu.

Wir konnten weiterhin nur selten Zeitungen ergattern, und wie immer waren sie dann alt. Seit Fredricksburg sah es nicht mehr gut für den Norden aus, und obwohl General Ulysses S.

Grants Truppen inzwischen einen Großteil der Stadt Vicksburg an der Mississ Ippi belagert hatten, konnte er noch keinen Sieg verkünden. Wenn sie Vicksburg in ihre Hände bekommen könnten, würde die Union die Mississ Ippi von Nord bis Süd unter Beschlag genommen haben. Das würde heißen, dass der gesamte Fluss, meine Lady oder, wie sie hier sagten, der Mighty River und die umliegenden Gebiete unter »unserer« Kontrolle wären. Wir könnten den Schiffsverkehr auf ihm regulieren und Munition und Truppen zur Verstärkung in den Süden schicken. Wenn einer das schaffen konnte, dann war es Grant.

Im Juni waren viele der Runaway-Anzeigen, die Tommy und ich, wenn auch nur noch gelegentlich, verfolgten, verschwunden. Zuerst freuten wir uns, hatten sogar unsere Geburtstagszeremonie für den ein oder anderen veranstaltet. Doch dann lasen wir in der *Picayune* davon, dass drei geflüchtete Sklaven wieder auf die Nottoway Plantage zurückgebracht worden waren und auch andere Master ihr sogenanntes Eigentum zurückerstattet bekommen hatten. Wie konnte das sein?

Erst als ein Karren die Allee mit den 28 Eichen entlanggefahren kam, dem Kutscher schien der Gestank des umgekippten Teichs nichts auszumachen, und der Gärtner Herr Langsam-wie-Molasses gekrümmt hinten auf der Pritsche saß, mit Ketten um die Hand- und Fußgelenke und einem Halseisen mit drei langen Zacken um den Hals, glaubten wir es.

Master Wilburt, den wir schon lange nicht mehr zu Gesicht bekommen hatten, rannte die Marmortreppe hinunter, zog den Mann an seinen Ketten vom Karren und fesselte ihn an die große Eiche. Der Aufseher läutete alle Sklaven zusammen, sogar die, die das Unkraut auf den Feldern jäteten.

»Er …, er … er … soll … soll … soll sehen, wa…wa…was er davon hat und ihr … ihr … ihr … ihr sollt sehen, wa…wa… was mit euch pa…pa…pa…pa…passiert.«

Master Wilburt sah blass aus und noch dünner als sonst. Sein verschwitztes Stirnband hielt seine Haare aus dem Gesicht. Doch er peitschte sich schon bald so in Rage, dass es wieder um seinen Hals rutschte und seine Haare sich lösten.

Herr Langsam-wie-Molasses lag mit angezogenen Beinen auf dem Boden, das Halseisen hinderte ihn daran, seinen Kopf auszuruhen. Er schrie bei jedem Hieb und wimmerte danach. Blut strömte, floss seinen Hals hinunter wie ein rauschender Gebirgsbach. Ich konnte es an Master Wilburts Augen sehen – er wollte heute mehr. Er wollte den Mann vor unseren Augen umbringen. Ihm war die Warnung, die er uns damit gab, wichtiger als die Arbeitskraft des Mannes, die er ja bereits verloren hatte, als dieser fortgelaufen war.

So wurde der nette, langsame Gärtner mit mehr als hundert Peitschenhieben vor unseren Augen zu Tode gepeitscht. Und wie immer waren wir machtlos.

General Lee hatte in einem Feldzug Großteile von Pennsylvania besetzt und vereinzelt Soldaten abkommandiert, sogenannte Sklaven-Jäger, die jeden Schwarzen, Mann, Frau, Kind, einfangen sollten, egal ob freie Bürger der Vereinigten Staaten von Amerika, eventuell seit Generationen emanzipiert oder ob sie erst kürzlich ihre Freiheit in Pennsylvania erlangt hatten. Wie Vieh wurden sie eingetrieben und wie der Gärtner in Ketten zu den Plantagenbesitzern zurückgebracht oder auf Sklavenmärkten erneut verkauft. So stand es siegessicher in der *Picayune*. Die auf diese Weise erzielten Einkünfte kamen dem Kriegseinsatz zugute.

Sarah D alterte um weitere zehn Jahre, als wir ihr davon erzählten. Seit Monaten hatte sie nichts von ihren Kindern gehört, seit der Taubenfeder von Denise.

Hatte nur der Gedanke, dass wenigstens ihre Söhne und ihre Tochter frei waren, sie bei der Stange gehalten und davor bewahrt, sich etwas anzutun, wie Kwasis Mutter? Ich konnte keine Garantie mehr dafür geben, dass sie bei uns bleibt, und Tommy und ich ließen sie nicht mehr aus den Augen. Wir versammelten uns meistens in ihrer Hütte, lasen bis spät in die Nacht die Zeitung und löschten ganz schnell das Licht, wenn wir den Aufseher draußen auf seinem Pferd herumtrotten hörten. Tommy tat dann oft so, als sei er auf ihrem Bett eingeschlafen, und ich jammerte, wenn Kwasi nicht dabei war, dass er zu schwer für mich sei, um ihn in meine Hütte zu tragen und ich damit außerdem zu viel Aufmerksamkeit auf mich lenken würde. Obwohl Tommy so zart wie ein zwölfjähriges Mädchen war. Sarah D wollte den Buben auf keinen Fall wecken, und ich glaube, sie genoss die Anwesenheit eines Kindes in ihrer Hütte.

Kwasi und ich trauten uns seit Monaten nicht mehr an den Bayou. Manchmal schlich ich, nachdem ich Tommy bei Sarah D gelassen hatte, in seine Hütte. Obwohl er mich jedes Mal ausschimpfte, wenn ich in der Tür stand, und mich am liebsten wieder rausgeschickt hätte, das sah ich in seinen Augen, die längst ihren Glanz verloren hatten, liebten wir uns auf den harten Holzplanken, als wäre es das letzte Mal. Aufs Bett schafften wir es meistens nicht.

Dann kam der große Wendepunkt des Krieges. Die Union schlug die Armee von Northern Virginia unter dem Kommando von General Robert E. Lee in Gettysburg, Pennsylvania, und brachte den Staat wieder unter die Kontrolle der Union. Somit waren alle dort lebenden Schwarzen wieder frei. Uns fielen ganze Felsbrocken von den Herzen.

Sarah Ds Gesicht erhellte sich, als wir ihr die Nachricht brachten, und wir umarmten uns. Und als ein paar Tage später die Nachricht eintrudelte, dass General Grant in Vicksburg, Mississippi, gesiegt hatte und somit die gesamte Mississ Ippi unter Nordstaaten-Kontrolle war, kamen Sarah D und ich aus dem Heulen gar nicht mehr raus. Meine Lady gehörte wieder uns.

Das Kanonendonnern, das wir vor ein paar Tagen ganz nah gehört hatten, und die Rauchschwaden, die seitdem über den Zuckerrohrfeldern lagen, waren Zeugnis für einen weiteren erfolgreichen Kampf: die zweite Schlacht von Donaldsonville, in der die Südstaaten erfolglos versucht hatten, Fort Butler zurückzuerobern. Auch das lasen wir bei Kerzenschein in der *Picayune*, diesmal in Kwasis Hütte, in der wir, die noch übrig waren, seit Langem mal wieder zusammengekommen waren. Sogar Abenas Witwer, der seit ihrem Tod mit den zwei Kindern völlig zurückgezogen lebte, war heute dabei. Es sagte kein Wort, hörte aber aufmerksam zu.

Bis heute wünsche ich mir, dass wir uns an diesem Abend nicht in der Hütte getroffen hätten. Gerade, als wir mit Ratafia, den Sarah D aus der Küche geschleust hatte, anstoßen wollten – natürlich hielt Tommy auch ein Glas in der Hand –, fiel der Aufseher in die Hütte ein, wie damals Master Wilburt, als er Sarah D ausgepeitscht hatte. Er riss Kwasi beim Hemd heraus und die Stufen hinunter.

Kwasi schlug um sich wie ein wildes Tier, sodass der Aufseher stolperte und fiel. Als er wieder aufstand, zückte er seine neunschwänzige Katze und prügelte Kwasi bis vor die Eiche, wo Master Wilburt schon mit einem heißen Schmiedeeisen auf ihn wartete.

»Je…je…je…jetzt wi…wi…wird ni…ni…nicht mehr gelesen«, schrie Wilburt und hielt Kwasi das glühende Eisen vor die Augen.

Dann zischte es.

»Sorry, Victoria«, schrie ich. Ich schaute in den Himmel und rannte los.

Wie eine Geistesgestörte, vielleicht war ich das zu dem Zeitpunkt auch, schlug ich auf den Aufseher ein.

Doch es war zu spät. Kwasi verlor die Besinnung und fiel auf den Boden. Aus seinen Augen strömte Blut.

Ich hörte Wilburt laut lachen, jeder Peitschenhieb, der auf meinen Rücken prasselte, fühlte sich an wie tausend Messerschnitte. Und dann versank auch ich in gnädiges Dunkel.

Als ich erwachte, lag ich in meinem Bett auf dem Bauch. Mein Rücken brannte wie Feuer. Ich hörte Sarah Ds Stimme: »Hoffentlich entzünden die sich nicht.«

Ich hörte Wasser plätschern und spürte Druck und leichte Kühlung auf meinem Rücken.

»Wo ist Kwasi?« Ich erkannte meine eigene Stimme nicht, so heiser war ich.

»Er ist okay«, flüsterte Sarah D.

Ich wollte aufstehen, sie drückte mich aufs Bett zurück.

»Wo ist er?«

Ich sah Tommy vor dem Bett stehen. Er reichte Sarah D eine frische Wasserschüssel. »Im Gefängnis«, sagte er, bevor Sarah D antworten konnte.

»Seine Augen. Wir müssen seine Augen verbinden«, schrie ich, dass es mir im Hals wehtat.

Ich versuchte, wieder aufzustehen, doch Sarah D hielt mich erneut zurück.

»Haben wir schon, mit Kamillenblütentee.«

»Gut.«

Dann kippte ich wieder weg.

Sie hatten Kwasi ins plantageneigene Gefängnis gesteckt. Es lag an der Ostseite direkt an die Hauswand gezimmert und genau gegenüber der Garçonnière. Damit Master Wilburt es direkt im Visier hatte.

Als ich noch vor Morgengrauen vom Summen der Feldarbeiter geweckt wurde, war Sarah D schon in der Küche. Mein Rücken brannte nicht mehr so sehr, doch in mir brannte die Wut umso stärker. Tommy saß an meinem Bett. Ich brauchte nicht nachzudenken und kann auch nach so vielen Jahren immer noch sagen, dass es keine Kurzschlusshandlung war, als ich Tommy meine Anweisungen gab.

Er sollte in Kwasis und Sarah Ds Hütte gehen, saubere Hosen, Hemden und Röcke zusammensuchen, sie unter meinem Bett verstecken, dann in die Küche rennen und Sarah D unter dem Vorwand herschicken, dass es mir schlechter gehe. Aus der Küche sollte er in der Zeit Brot und Knoblauch bringen und aus dem Räucherhaus Tasso und Schinken holen. Ich reichte ihm den Schlüssel von meinem Gürtel, gab ihm eine Feldflasche und erzählte ihm, wo noch zwei andere waren, die er am Brunnen mit Wasser füllen sollte.

Ich würde abhauen und Sarah D, Kwasi und Tommy mitnehmen. Protest würde ich nicht akzeptieren. Manchmal muss man eben zu seinem Glück gezwungen werden. Tommy strahlte. Er hatte kapiert. In der Tür blieb er kurz stehen und nickte mir zu. Er war mein Sohn.

Zum Glück läuft man nicht auf dem Rücken, dachte ich, stemmte mich auf alle viere, krabbelte aus dem Bett und öffnete meine Kiste. Mein Hut lag obenauf. Geduldig wie ein alter Freund. Ich atmete tief ein. Die Bommeln schauten mich an – erwartungsvoll. Ich legte ihn aufs Bett, zog meine gebügelte Bluse und einen Rock hervor, kramte unter den Laken mein Säckli mit Heimaterde heraus und band es an meinen Gürtel, neben das Bowie-Messer und den Kochlöffel. Mein Blick fiel wieder auf den Hut, der auf dem Bett lag. Das Summen der monotonen Melodie draußen war verstummt. Ich hörte Kindergeschrei. Ein warmer Windhauch zog herein. Ich setzte mich neben den Hut und zog ihn auf meinen Schoß. Ich zählte die Bommeln – zehn waren es nur noch. Bilder erschienen in meinem Kopf: Ich sah mich am Ufer der Misziss Ippi sitzen – als Mary mich ansprach – ich mit ihr auf das Schiff ging – meine erste angebrannte Roux – Sams erschrockenes Gesicht – als ich Mary zum Abschied einen Bommel geschenkt habe – Hélène in der Küche – der Bommel auf ihrem Sarg – wie die Zwillinge mit den Bommeln fangen spielten – der Bommel, der den Sandweg entlangkullerte – ihre Schreie – Maman, Maman! – Wir hatten so viel gemeinsam durchgemacht. Ich drückte den Hut an mich, verabschiedete mich von ihm, legte ihn wieder in die Kiste und schloss den Deckel.

Sarah D polterte in die Hütte. Ich sprang auf.

»Ma piti, ma piti, alé koushé, là«, sie zeigte aufs Bett wie ein Oberbefehlshaber.

»Ich wollte mir nur ein Glas Wasser holen«, sagte ich.

»Sha, sha, sha, ich mach das, leg dich hin«, sagte sie, ging zur Kommode, wo eine Karaffe Wasser stand, und schenkte mir ein. Das gab mir genug Zeit, um meine Klamotten heimlich unter das Bett zu schieben. Übertrieben jammernd legte ich mich wieder auf den Bauch. Ich musste Tommy genug Zeit geben, alles zusammenzusuchen.

»Lass mal sehen«, sie schob meine Bluse hoch und lugte unter die Binde.

»Boukou bon«, sagte sie zufrieden. »Es ist nichts entzündet.«

»Und Kwasi?«

Sie wich meinem Blick und der Frage aus.

»Kwasi?«

»Er ist okay. Ich habe ihm frische Kompressen gemacht.«

»Kann er sehen?«

Wieder keine Antwort. Mir kamen die Tränen.

»Ist er blind?«

»Die Zeit heilt alle Wunden«, sagte sie beim Rausgehen. Oder einen ähnlichen Mist.

Aber wenigstens war er am Leben. Und gut, dass er mir das Lesen beigebracht hatte. Falls er blind war, würde ich ihm bis ans Ende unserer Tage vorlesen, alles, was er wollte, die Zeitung,

Walt Wer oder Fredrick Douglas, der sein Vorbild geworden war. Ich würde sein Augenlicht sein. Ich liebte ihn, wie nur ein Crawdad lieben konnte. Die Bedeutung dessen wurde mir immer bewusster.

Tommy kam zurück und wir versteckten seine Beute unter dem Bett. Gleich nach der Dämmerung wollten wir los. Wir verabredeten, dass er Sarah D wieder unter irgendeinem Vorwand zu mir schickte, egal, ob die Küche sauber war oder nicht, er sollte sogar noch Licht brennen lassen, damit es so aussah, als ob wir noch am Arbeiten waren.

»Geh, Tommy, lass dir nichts anmerken.«

»Mama Melba?« Er blieb im Türrahmen stehen.

»Ja, Tommy?«

»Mo linm twa.«

»Ich liebe dich auch Tommy.«

Dann rannte er los.

Ich ging den Plan, den ich schon tausendmal im Kopf durchgegangen war, noch einmal bis ins Detail durch: Zuerst folgen wir dem Nordstern östlich der Mississ Ippi entlang, denn genau das würden sie vermuten, und dahin werden die blöden Coon-Dogs unsere Fährte aufnehmen. Dann wechseln wir die Klamotten und reiben uns mit Knoblauch ein, das überdeckt unseren Eigengeruch, und gehen den Weg westlich an der Mississ Ippi zurück. Wir lassen den Nordstern im Rücken, gehen einfach die ganze Zeit in die entgegengesetzte Richtung. An der Abzweigung zum Bayou La Fourche steigen wir ins Kanu und lassen uns den Bayou flussabwärts treiben, aber nur bis Avery Island, da fängt das Marschland an, und dann immer südöstlich am Golf entlang nach Galveston. Hoffentlich stießen wir auf die Indianer, die zur Untergrund-Eisenbahn gehörten. Wenn nicht, Essen genug hatten wir bis Galveston, und dort würde ich mich nach dem deutschen Achtundvierziger-Pastor durchfragen, und von da aus ging es dann mit einem Boot auf dem Golf nach Matamoros in Mexiko. »Mexiko, Mexiko, Mexiko«, flüsterte ich ganz leise und schlief ein.

»Mama Melba, alon!«

Tommy und Sarah D standen am Bett, bepackt mit Beuteln.

»Sarah D?«

Verwundert und noch schläfrig schaute ich Tommy fragend an. Er nickte.

»Klèrmen, ich komme mit«, sagte sie im Flüsterton.

Sie drehte sich zur Seite, lächelte süßsauer und zeigte mir ihr Messer. Sie hatte es an den Gürtel geschnallt wie ich meins.

»Alon, alon.« Tommy half mir auf.

Mein Rücken schmerzte wie tausend Stecknadeln. Ein Zeichen der Heilung. Dennoch war mir zum Kotzen zumute. Was ist, wenn Kwasi sich weigerte? Dann war alles hin. Aber wie konnte ich dann Sarah D und Tommy enttäuschen? Sie waren bereit, dieses Leben hinter sich zu lassen. Nicht gehen? Das ging jetzt nicht mehr. Tommy öffnete die Tür einen Spalt, schaute vorsichtig hindurch und flüsterte: »Alon, let's go!«

Wir schlichen auf Zehenspitzen raus. Tommy voran. Mein Herz klopfte mir bis in die Ohren.

»Halt.« Mir fiel auf einmal ein, dass wir gar nichts hatten, um die Tür zum Gefängnis aufzubrechen. »Wir müssen an der Schmiede vorbei, ein Brecheisen oder eine Säge holen.«

Da zog Tommy unter seinem Hemd eine Blattsäge hervor und strahlte, dass seine Augen wie zwei Smaragde durch die Nacht funkelten.

Dann hörten wir Hufe.

Ich drehte mich um. Der Aufseher kam uns von hinter der Dama de Noche auf seinem Pferd entgegengetrottet. Er machte seine Runden. Ich blieb stehen, stocksteif. Jetzt war alles vorbei, dachte ich, da konnte der betörende Duft meiner

Lieblingsblume auch nichts dran ändern. Ich schaute mich um zu Sarah D und Tommy, doch die waren verschwunden.

»Ah, die Mamsell hat sich schon erholt, wie ich sehe. Seien Sie vorsichtig. Gefahr lauert überall. Good evening, Ma'am.«

Ich nickte und wartete, bis er in den anderen Weg einbog und in Richtung Zuckerhaus trottete.

Mein Blick fiel auf den Platz davor, wo Paul As Schädel aufgespießt gestanden hatte. Neben einer Hütte, aus der Kindergeschrei kam, funkelten zwei Smaragde.

»Vini, ma piti«, Sarah D zog mich am Arm.

Wir schlichen uns hinten am Großen Haus vorbei. Nur oben im Zimmer des Masters brannte ein Licht, die Fensterläden klapperten im Wind. Vielleicht würde uns ein Hurrikan zur Hilfe kommen, dachte ich. Die Plantage fühlte sich an wie ein Geisterschiff, das selbst der Kapitän verlassen hatte.

Zum Gefängnis führte eine Luke, wie in einen Keller. Sarah D und ich standen links und rechts an den Enden der Hauswand Wache. Tommy sägte vorsichtig an der Tür. Die Garçonnière war dunkel. Das beunruhigte mich. Ich hatte Angst, dass Master Wilburt jeden Moment hinter mir stehen würde. Ich hörte förmlich sein mieses Lachen und sein dummes Stottern unter dem lauten Pochen in meinen Ohren. Ich hatte noch nie in meinem Leben so viel Angst gehabt. Das Einzige, was mein Herzklopfen übertönte, war das Zirpen der Zikaden.

»Kwasi, vini, vini«, hörten wir Tommy flüstern.

Dann sah ich, wie sich ein Arm aus dem Kabuff hervortastete. Kwasi trug eine weiße Binde um die Augen, aber kein Hemd. Tommy zog ihn an einem Arm mit sich in Richtung Fluss, mit dem anderen tastete Kwasi weiter um sich.

»Wohin …?«

»Pssst!« Tommy ließ keinen Protest zu, zog den großen Mann einfach mit sich.

Wir folgten ihnen. Drehten uns immer wieder um. Hinter der Zisterne blieb Kwasi stehen.

»Was soll das? Was wird hier gespielt?« Er hörte sich irritiert an.

»Kwasi, es ist so weit, wir gehen«, sagte ich ganz ruhig und wollte ihn umarmen.

Er stieß mich von sich weg. »Mel, nein, ich hab dir das doch schon gesagt. Nein, das geht nicht.«

»En avant grénadiers! Ça qui mouri, n'a pas ration. En avant Kwasi! Ça qui mouri, tant pis pou yé!«, redete ihm Sarah D ganz ruhig auf Kreolisch zu.

Ich weiß bis heute nicht, was sie damals zu ihm gesagt hat, doch es schien zu wirken. Kwasi ging ohne zu protestieren weiter.

»Wartet, geht schon vor, ich komme nach«, sagte ich plötzlich.

Die anderen schauten mich fassungslos an.

»Ich hab was vergessen.«

Da war ich schon hinter der Zisterne verschwunden.

Mein Hut lag in der Kiste, als hätte er auf mich gewartet. Ich schnappte ihn, setzte ihn auf, über meinen Tignon – uh, er war schwer – und band ihn zu. Dann schritt ich ganz bedacht, als wäre es ein Sonntagsspaziergang den Sandweg entlang. Erst als ich Licht in der Garçonnière sah, rannte ich los. Die anderen warteten noch an der Zisterne. Kwasi hatte sich hingesetzt.

»Kwasi, let's go«, ich griff seine Hand, wollte ihn hochziehen.

Doch er zog sie zurück. »Mel, ich …«

Plötzlich hörten wir Schüsse. Vom Bayou schienen sie zu kommen. Entlang der Allee stieg eine Staubwolke auf, die sich mit der Rauchwolke, die seit dem Angriff auf Fort Butler über uns schwebte, vereinte und uns entgegenrollte. Geblendet von weißem Licht, wie man es kurz vor dem Tod sieht, so zumindest beschreiben es die, die schon mal zwischen Leben und Tod geschwebt sind, blieben wir abrupt stehen.

Ich hielt Kwasis linke Hand, Tommy seine rechte, und Sarah D hatte Tommy an ihrer Hand, und wie von einer magischen Kraft angezogen, marschierten wir vier nebeneinander in das Licht.

Der Gestank vom Teich war unerträglich. Eine Schwadron in blauen Uniformen ritt plötzlich aus der Staubwolke auf uns zu.

»Freedom!«, schrie Sarah D auf einmal.

»Freedom!«, schrie Tommy. »Freedom! Freedom! Freedom!« Immer wieder.

»Freedom!«, schrien Kwasi und ich gemeinsam.

Alle kamen aus den Hütten gerannt.

»Freedom! Freedom! Freedom!«

Die Schwadron hielt vor der Marmortreppe an, trotz des Gestanks, den die Soldaten jetzt auch bemerkten. Sie hielten sich die Nasen zu und zeigten auf den Teich, der zu einem Tümpel geworden war. Sie klopften nicht an, marschierten einfach ins Haus.

Wir vier standen immer noch am Ende der Allee. Eingebettet in die Staubwolke. Fassungslos. Alle rannten an uns vorbei.

Da drehte ich mich um und sah den Master auf dem Rappen, den er der Mistress geschenkt hatte, an den Zuckerrohrfeldern vorbei in Richtung Osten jagen. Dann sah ich Master Wilburt aus der Garçonnière sprinten. Seine hellen Haare leuchteten im Dunkeln. Einer der Soldaten wollte ihm hinterherlaufen, doch ein anderer Soldat pfiff ihn zu sich. Er sollte das Räucherhaus aufbrechen. Ich schaute zu Tommy rüber. Der hatte verstanden, was die beiden Soldaten vorhatten, und sperrte mit dem Schlüssel, den er noch bei sich trug, die Tür zum Räucherhaus auf.

Ein Hauptmann, jedenfalls seiner aufwendigen Uniform nach zu urteilen, positionierte sich auf der Marmortreppe wie der Master zu Anfang der Ernte, und verkündete, dass alle frei wären.

Wie in einem seltsamen Traum folgten Sarah D und ich einigen Soldaten in die Küche. Ich zog Kwasi an der Hand mit mir. Sarah D rannte voran, schnell wie ein Wiesel.

»Éspéré, éspéré«, schrie sie, um die Soldaten davor zu bewahren, die Küche zu verwüsten. Sie riss alle Schränke auf, griff Vorräte von den Regalen und knallte sie auf den langen Tisch.

Ich führte Kwasi auf den Stuhl neben den Kamin und bemerkte, dass ich immer noch meinen Hut aufhatte. Ich setzte ihn ab und legte ihn Kwasi in den Schoß. Ich wollte Sarah D helfen.

Doch am meisten wollte ich Master Wilburt hinterherrennen. Ich wusste, wohin er wollte.

Auf einmal hörte ich eine bekannte Melodie, eine amerikanische Melodie, aber durchsetzt mit deutschen Worten:

»I goes to fight mit Sigel …«

Sie kam vom Räucherhaus. Der Soldat, dem Tommy vorhin die Tür aufgesperrt hatte, sang sie, während er Körbe voll Schinken auf einen Karren lud. War ich jetzt endgültig verrückt geworden? Dann sang er wieder:

»Ven I comes from the Deutche country
I vorks sometimes at baking,
Den I keeps lager beer saloon,
Un den I goes shoemaking,
But now I vas a solgier been,
To save the Yankee Eagle,
I schlanch dem tam secession volks,
I goes to fight mit Sigel.«

Die beiden anderen Männer, die mit ihm eine Kette gebildet hatten und die Körbe annahmen, stimmten ein:

»Ja, das is true,
I speaks with you,
I goes to fight mit Sigel.
Ja, das is true,
I speaks with you,
I goes to fight mit Sigel …«

Ich ging auf die Soldaten zu.

»Meine Herren«, sprach ich sie offiziell an, »sind Sie etwa Deutsche?«

Sie schauten mindestens genauso verdutzt drein wie ich.

»Ja, mein Fräulein.« Der Mann, der die Strophe gesungen hatte, ergriff das Wort. »Sie auch?«

»Ja, mein Herr.«

»Woher?«

»Schwarzwald.«

»Na so was, da kommen wir auch her. Wir haben wirklich mit Sigel gekämpft. In der Revolution.«

Wie mein Vater, dachte ich, das sagte ich ihnen zunächst aber nicht.

»Da können Sie bestimmt gescheites Brot backen, wenn Sie aus dem Schwarzwald sind, ich meine, was auch schmeckt. Nicht wie die Biscuits hier«, sagte der, den ich zuerst angesprochen hatte.

»Vielleicht auch eine Schwarzwälder Kirschtorte?«, fragte der Größte unter ihnen und geriet fast ins Schwärmen. Das war der, von dem ich glaubte, dass er ein Hauptmann oder ein Offizier war. Er hatte mehr Abzeichen an seiner blauen Jacke als die beiden anderen und sah aus wie ein Flößer, was er vielleicht auch mal gewesen war.

»Schwarzwälder, aber natürlich«, sagte ich schnell.

Während ich das Zuckerrohrfeld im Auge behielt. Ich hatte einen Plan und keine Zeit zu verlieren.

»Meine Herren«, ich ging ein paar Schritte näher an sie heran, damit uns keiner hörte, obwohl mir erst später aufging, dass uns ja eh keiner verstehen konnte. »Ich backe Ihnen nachher die beste Schwarzwälder Kirschtorte, die Sie in Ihrem ganzen Leben gegessen haben, ich habe ja in der Traube gelernt. Wenn Sie mir helfen, den Master, der sich dort in dem Feld versteckt hat, einzufangen. Ich denke, das dürfte auch in Ihrem Interesse sein.« Ich zeigte aufs Feld. Da versteckte Master Wilburt sich. Wie sich die Schurken bei uns im Wald verstecken. Da war ich mir sicher.

Kein weiteres Wort war nötig. Auf der Stelle ließen die Soldaten die Körbe los und rannten mir hinterher Richtung Feld. Dabei summten sie wieder die Melodie von zuvor.

Dass es hier keine Sauerkirschen gab, das sagte ich ihnen nicht.

»Da, im Zuckerrohrfeld«, schrie ich, als ich sah, dass sich die Wipfel des hohen Grases bewegten. Es war zwar noch nicht so hoch und so dicht, wie es im Herbst sein würde, doch mannshoch war es allemal. Master Wilburt hatte den rechten Instinkt. Ich aber auch.

Die Soldaten umstellten das Feld an drei Seiten und zündeten es an. Jemanden nach hintenraus aufzustellen, war sinnlos. Das Feld erstreckte sich so weit, die Flammen würden ihn eingeholt haben, bevor er es rausgeschafft hatte.

Der Stolz des Südens brannte lichterloh. Alles, woran sie geglaubt hatten. Die Sklaverei – sie brannte förmlich vor unseren Augen nieder.

Jetzt glaubte ich auch an Freedom. »Freedom«, flüsterte ich.

Ich dachte an Sarah D, Kwasi und Tommy – ich hatte sie in der Küche stehen gelassen.

Sofort bekam ich ein schlechtes Gewissen. Aber ich konnte jetzt nicht mehr hier weg. Was, wenn Master Wilburt gleich rausgerannt kam und ich ihn verpasste?

Ich blickte auf die Sandwege, an den Hütten entlang, zum Stall. Menschen liefen wie aufgescheuchte Hühner durch die Gegend und wirbelten dabei noch mehr Staub auf. Ich konnte niemanden erkennen. Doch einige hatten die Pferde vor die Karren gespannt, ihre Familien draufgesetzt und fuhren ab. Andere waren schon fern der Allee und scheuchten Kühe und Ziegen vor sich her. Ein Kind rannte mit einem Huhn im Arm einem Karren nach, als hätten die Eltern es vergessen. Die Mutter streckte nun ihre Hand nach ihm aus, es fiel hin, die Mutter sprang vom Wagen und schrie irgendwas, riss das Kind an sich, das Huhn fiel dem Kind aus dem Arm, wie ein nasser Sandsack auf den Boden, es war tot. Der Karren hielt an. Sie sprangen auf, und weiter gings die Allee hinunter an den 28 Eichen vorbei. Das Huhn ließen sie liegen. Warum 28, hatte ich immer noch nicht herausgefunden, und ob es wirklich 28 waren, hatte ich nie nachgezählt.

Das Zuckerrohrfeld war inzwischen halb heruntergebrannt. Doch noch immer war kein Master Wilburt in Sicht. Ich jagte den Flammen hinterher. Ich konnte jetzt nicht aufgeben. Ich war so nah dran. Der Hauptmann, dem ich die Schwarzwälder versprochen hatte, lief mir hinterher.

»Mein Fräulein, das ist zu gefährlich«, schrie er.

Das war gefährlich? Der Mann hatte ja keine Ahnung. Jeder Tag auf der Plantage war gefährlicher als das. Ich war von einer inneren Wut, von Ekel und Trauer getrieben, ich hätte fliegen können! Und ich war auf Rache aus. Rache für Hélène, Rache für Tommy, Rache für die Zwillinge, Rache für Tommys Mutter, für Victoria und Kwasis Schwestern, für Paul A, für Sarah D. Rache für Kwasi.

Master Wilburt musste sich da drin versteckt haben. Und ich war tatsächlich schneller als die Flammen. Als ich am Ende des Feldes angekommen war, brach ich zusammen und heulte. Die Flammen loderten. Es war taghell. Das Geschrei um das

Große Haus herum war weit weg, unwirklich, unerreichbar wie in einem Albtraum. Hoffentlich konnte jeder etwas ergattern. Die Schwarzaugenbohnen hatten wirklich Glück gebracht, dachte ich. Der Hauptmann hatte mich eingeholt und versuchte, mich zu trösten. Er hatte ja keine Ahnung, glaubte wohl, ich sei eine Mamsell in Nöten. Was ich alles erlebt hatte, konnte er nicht wissen. Zu viel für ein Leben. Es hätte für zwei gereicht. Und ich war ja noch lange nicht am Ende.

»Hier«, der Mann reichte mir sein Taschentuch.

Seine Hände waren auch groß. Flößer, sag ichs doch. Er lächelte.

»Danke«, ich lächelte zurück, wischte mir die Tränen aus dem Gesicht und riss mich zusammen. Und wenn ich hier die ganze Nacht wachen müsste. Das Schwein würde mir nicht entkommen, das schwor ich mir.

»Mein Vater war auch in der Revolution. Er war beim Hecker-Aufstand dabei«, sagte ich unter Tränen.

»Da war ich auch, in der Kolonne mit Sigel. Deshalb auch das Lied.« Er lachte verlegen, als wollte er sich dafür entschuldigen. »Wie hieß denn … oh, entschuldigen Sie … wie heißt denn ihr Vater?«

»Koch, Hans-Heinrich Koch.« Ich reichte ihm meine Hand. »Ich bin Melba Koch.«

»Ferdinand Neumaier. Entschuldigen Sie, dass ich mich noch nicht vorgestellt habe.«

Er schüttelte meine Hand kräftig, wie ein alter Bekannter. Sein Handdruck passte zur Größe seiner Hände. »Ich kenne ihn. Ihren Vater.«

»Sie…«

»Ja, der Chöchi. Chöchi haben wir ihn genannt. Er war der beste Koch bei uns in der Kolonne. Sein Kaninchenbraten über dem Feuer geröstet war Spitzenklasse. Damit hielt er unsere Gemüter auf dem Marsch nach Karlsruhe aufrecht. Ich weiß nicht, wie er da so viel Geschmack reinbekommen hat. Wir hatten ja nichts. Keine Gewürze oder so. Der Chöchi, der konnte kochen.« Herr Neumaier kam fast ins Schwärmen. »Ich habe ihn nach den Maiaufständen nie wieder gesehen«, fuhr er fort. »Er hats also überlebt?« Er schaute mich fragend an. Das Zuckerrohrfeld loderte hinter seinem Rücken. Das Gespräch, der Ort, ich, er, mein Vater – alles erschien mir mit einem Mal absurd. Ich war wie gelähmt, konnte mich nicht bewegen, nichts sagen. Wie hatte er ihn genannt? Chöchi? Er konnte kochen, und auch noch gut? Er musste ihn verwechselt haben. Koch war ein gewöhnlicher Name.

»Hier«, er zeigte auf seinen Hut.

Zum ersten Mal fiel mir auf, dass er gar nicht die Unionskappe mit dem kurzen Schirm trug, wie alle anderen Soldaten, sondern einen spitz zulaufenden Hut mit breiter Krempe. Und genau wie mein Vater hatte er die rechte Seite hochgeklappt und mit einer schwarz-rot-goldenen Kokarde befestigt. Mein Vater hatte nur noch zusätzlich Federn dran gehabt.

»Das ist mir geblieben. Sieht zwar nicht mehr so schön aus. Die Federn fehlen auch, doch er erinnert mich immer daran, warum ich kämpfe.«

»Warum?«

»Für die Freiheit«, sagte er und nickte dabei.

»For Freedom«, wiederholte ich leise. Und mir war wieder ein Stückchen mehr klar geworden. Freedom war gleich Macht. Macht war gleich Freedom.

»Lieutenant Neumaier, Major Johnson wants you.«

Ein Soldat grüßte, blieb steif vor uns stehen.

Herr Neumaier grüßte zurück.

»Thank you, Private Scott.«

»Mein Fräulein, Sie können hier nicht allein bleiben. Kommen Sie mit. Der Mann ist tot oder entkommen. Krieg ist Krieg.«

»Danke, ich möchte noch einen Moment bleiben, um sicherzugehn«, log ich. Ich konnte meinen Posten nicht verlassen. »Dann bleib ich auch«, sagte Herr Neumaier. »Ich weiß zwar nicht, was für eine Rechnung Sie mit dem Mann«, er zeigte auf das Feld, das jetzt schon zum großen Teil heruntergebrannt war, »zu begleichen haben oder auf was Sie aus sind, aber ich werde meine Landsmännin, die Tochter eines Heckers, nicht im Stich lassen. Private Scott«, er wandte sich dem Soldaten zu, »I'll be right there.«

Die ganze Nacht patrouillierten Herr Neumaier und ich um das Feld herum. Seine Anwesenheit hatte so etwas von Recht und Wahrheit, und ein bisschen gab sie mir das Gefühl, dass jetzt alles gut werden würde. Er erzählte mir noch mehr von der Revolution, schwärmte vom badischen Essen und beteuerte mir die ganze Zeit, wie sehr er sich auf die Schwarzwälder Kirschtorte freute, die ich ihm versprochen hatte. Ich fühlte mich wie eine Verräterin. Was würde er sagen, wenn er anstatt der Sauerkirschen Pfirsichfächer auf den Sahnehäubchen, auch wenn sie à la Tommy kandiert waren, erblickte?

Die beiden anderen deutschen Soldaten hatten das Feuer, das an einigen Stellen schon völlig ausgebrannt war und nur noch leicht vor sich hin kohlte, in Schach gehalten, dass es sich nicht ausbreitete. Sie kamen jetzt mit dicken Pferdedecken auf uns zu.

»Der Mann ist über alle Berge«, sagte der, der sich nach gutem Brot sehnte.

Wir guckten alle über den flachen Horizont und konnten uns das Lachen nicht verkneifen. Es gab hier doch keine Berge. Die Heimat steckte in uns, ob wir es wollten oder nicht.

Obwohl ich mir Sorgen um Tommy, Kwasi und Sarah D machte, traute ich mich immer noch nicht weg. Sie würden schon zurechtkommen. Es waren alles gewitzte Menschen. Und sie waren jetzt frei.

Ich hatte das Ganze noch gar nicht richtig verdaut, zu versessen war ich auf die Rache, die mir, wie es aussah, nicht gewährt sein sollte.

Als es dämmerte und das ganze Feld schwarz und flach dalag wie ein beliebiger Acker, nur noch vereinzelte Fleckchen glühten, ging ich es strategisch ab. Gut, dass ich zur Flucht mein einziges Paar Schuhe angezogen hatte.

Plötzlich erinnerte ich mich an eine Geschichte, die Kwasi mir einmal erzählt hatte. Wir hatten uns tief im Bauch des Kanus das ein oder andere Märchen erzählt, geträumt, die Zukunft gesponnen. Und ob diese Geschichte wahr war, das wollte ich jetzt herausfinden. Hoffentlich war sie wahrer als meine Idee von den Untergrundzügen, die in den Norden führten.

Genau in der Mitte des Feldes trat ich auf eine Blechscheibe. Das musste der Eingang zu der Höhle sein – oder was mal eine Höhle und ein Untergrundsystem hatte werden sollen. Kwasis Vater hatte es mit den anderen gegraben – unterirdische Gänge in die Freiheit. Doch es hatte nicht geklappt, denn Louisiana liegt auf Meereshöhe und an manchen Stellen sogar drunter. Weggeschwemmt worden war der Traum von Freiheit. Am Ende war es nicht mehr als ein Erdloch, in dem sie sich an besonders heißen Tagen während der Ernte nacheinander ausruhten, denn es hatte nur einer darin Platz.

Und Master Wilburt war nur einer, schoss es mir in den Kopf. Bestimmt hatte er es nach all den Jahren rausbekommen.

»Kommen Sie! Herr Neumaier! Kommen Sie schnell!«, schrie ich auf Deutsch und sprang auf der Blechscheibe rum.

Er und die beiden anderen Deutschen rannten los und zückten ihre Pistolen. Vorsichtig hoben sie die Blechscheibe auf und warfen sie zur Seite.

»Get out! Hands over your head, now!«, schrie Herr Neumaier.

Kein Lebenszeichen. Er warf eine Fackel, die ihm der andere Soldat reichte, hinein. Aus der Höhle stieg Rauch, aber kein Master Wilburt.

Verdammt. Er war mir wirklich entwischt.

Plötzlich hörte ich ein Röcheln, das zu starkem Husten wurde, und dann sah ich blonde, strähnige Haare.

Master Wilburt kroch keuchend aus dem Erdloch. Er hielt die Arme jedoch nicht über dem Kopf verschränkt, wie es Herr Neumaier befohlen hatte. Ich ahnte Böses. Ich kannte das Schwein.

»Turn around!«, schrie ihn Herr Neumaier an.

»Nein!«, schrie ich und schupste meinen Landsmann aus dem Weg. Zu spät. Ein lauter Knall ertönte.

Wilburt hatte Herrn Neumaier direkt ins Herz getroffen. Ein Hecker, der die Revolution überlebt hatte und auch fast den Bürgerkrieg, musste hier auf dem abgebrannten Zuckerrohrfeld krepieren, erschossen von Wilburt Witherspoon. Somit war Herr Neumaier auch ein Opfer der weißen Vormacht geworden.

Und ich wollte jetzt auch Rache für ihn.

Master Wilburt rannte auf den Bayou zu. Seine Haare wehten im Wind. Ich riss dem anderen deutschen Soldaten die Pistole aus der Hand. Und drückte ab. Ich konnte doch gar nicht schießen und verfehlte natürlich.

Dann hörte ich einen Schuss direkt an meinem Kopf vorbeisausen. Ich drehte mich um und sah Tommy mit einem Gewehr in der Hand allein auf weiter Flur. Dann sah ich wieder nach vorn.

Master Wilburt fiel zu Boden. Er war tot.

Der Soldat zog sein Halstuch ab, zündete es an und schmiss es auf Master Wilburt. Er brannte sofort lichterloh genau wie sein Zuckerrohr.

»Krieg ist Krieg«, sagte der Soldat auf Deutsch. Dann rief er seine Kameraden rüber, und gemeinsam schleppten sie den leblosen Körper von Herrn Neumaier vom Feld.

»Ade, mein lieber Landsmann«, flüsterte ich.

Ich fühlte mich schuldig. Meine Rache hatte mich blind gemacht.

Tommy rannte in meine Arme. Er weinte.

»Alles wird gut, Tommy«, tröstete ich ihn. Und zum ersten Mal glaubte ich daran.

SCHWARZAUGENBOHNEN-SUPPE / BLACK-EYED PEA SOUP

Zutaten

1 Pfund (Pfd.) Schwarzaugenbohnen, 1 Pfd. Andouille-Wurst (oder andere geräucherte Wurst) in Scheiben geschnitten, ½ Pfd. geräucherter Schinkenspeck in Würfel geschnitten, ½ Tasse (T) Öl oder Fett, 1 T gehackte Zwiebeln, 1 T gehackter Sellerie, 1 T gehackte grüne Paprikaschote, ½ T gehackten Knoblauch, 2 Teelöffel getrocknetes Basilikum, 2 Lorbeerblätter, Salz, Pfeffer, 1 T fein geschnittene grüne Zwiebel, ½ T gehackte Petersilie

Zubereitung

Die Bohnen über Nacht in viel Wasser einweichen. Vor dem Kochen mit kaltem Wasser spülen und absieben.

Das Öl in einem hohen Topf bei mittlerer Hitze heiß werden lassen und die Wurst, den Schinken, das Gemüse, den Knoblauch und das Basilikum anschwitzen, nicht länger als 15 Minuten.

Schwarzaugenbohnen und Lorbeerblatt zugeben und mit so viel kaltem Wasser aufgießen, dass es die Bohnen um mindestens eine Handbreit höher bedeckt. Alles 30 Minuten kochen lassen. Ab und zu umrühren, damit sich nichts am Topfboden anlegt. Hitze runterfahren und weitere 45 Minuten köcheln lassen, bis die Bohnen weich sind.

Jetzt gibt es zwei Möglichkeiten, die Bohnen zu einem Brei zu zerstampfen: Entweder zerdrückt man ungefähr ein Drittel der Bohnen an der Topfwand oder man schöpft ein Drittel ab, zerstampft es in einem Mörser und gibt es wieder in den Topf. Beide Methoden bewirken, dass die Suppe andickt.

Grüne Zwiebeln und Petersilie hinzugeben und noch ein paar Minuten köcheln lassen, bis die Suppe cremig ist. Mehr grüne Zwiebeln und Petersilie zum Servieren aufstreuen.

X

Schwarzwälder Pfirsichtorte

Tommy und ich gingen zurück zur Plantage. Ganz langsam. Mit jedem Schritt schälten wir ein Stück Vergangenheit von uns ab. Ließen sie auf dem abgebrannten Zuckerrohrfeld liegen. Wie die Crawdads ihre Schale alle paar Wochen am Bayou zurückließen. Kein schlechtes Konzept. Das weiß ich heute.

Staub- und Rauchwolken waren verpufft wie das Leben von gestern. Einige Menschen packten noch immer zusammen, was sie kriegen konnten, einige rannten in die Felder, konfus. Andere, die Älteren, saßen stumm und bewegungslos auf Hockern vor ihren Hütten oder lagen, wie Paul A, als er auf die Unionssoldaten gewartet hatte, lang hingestreckt davor auf dem Boden.

In der Mitte von unserem Platz am Ende der Sandwege, gleich vor unserer Küche, flankiert von Räucher- und Milchhaus, saß ein Soldat an einem kleinen Klapptisch. Er hielt eine weiße Schreibfeder in der Hand und notierte etwas in ein Buch. Um ihn herum standen einige Männer der Belle Bleu Plantage, bereit zu kämpfen – für ihre Freiheit. Unter ihnen war Abenas Witwer. Wir nickten einander zu. Ich hoffte, dass er einmal glücklich werden würde, wieder eine Familie haben würde, einen Beruf, auf den er stolz sein konnte.

»Wie alt bist du denn?«, fragte der Soldat, der am Klapptisch saß, Tommy, als wir vorbeigingen.

»Zwölf«, antwortete ich schnell und kniff den Buben in den Arm.

Tommy sagte nichts. Gut, dass er so zierlich war und wirklich keinen Tag älter als zwölf aussah, obwohl er doch schon vierzehn war. Mit der Lüge hatte ich ihn davor bewahrt, in den Krieg ziehen zu müssen. Sarah D kam auf uns zugerannt. Wir umarmten uns.

»Kwasi?«, ich sah sie fragend an. Sarah D sah mitgenommen aus, und ich befürchtete das Schlimmste.

Sie zog mich am Arm in ein Feldlazarett, das neben der Zisterne rechts vom Großen Haus errichtet worden war. Ich zog Tommy auch am Arm mit uns.

Kwasi lag auf einer Pritsche, seine Augen waren frisch verbunden. Er schlief. Wir hielten alle drei seine Hand.

Da kam ein Mann auf uns zu und instinktiv schreckten wir zurück.

»Wir haben ihm Morphium gegen die Schmerzen gegeben. Sind Sie seine Familie?«

»Ja«, sagten wir alle gleichzeitig und: »Danke, Sir.«

»Er braucht jetzt Ruhe, damit sich nichts entzündet.« Der Mann lächelte.

Wir drei gingen in die Küche, als hätten wir es so abgemacht.

»Wenigstens lebt er.« Tommy sprach aus, was wir dachten und fürchteten: »Aber sehen kann er nicht mehr?«

Sarah D und Tommy hatten die meisten unserer Vorräte den Soldaten auf ihre Karren gepackt. Ich sah, dass einige Töpfe

Gumbo über dem Feuer brodelten, und mir fiel ein, dass ich ja noch ein Versprechen einzulösen hatte, und auf einmal sagte Tommy: »Jetzt backen wir.«

»Wir machen was?«, sagte Sarah D.

Wir schauten uns in dem Chaos unserer Küche um. Töpfe und Schalen türmten sich auf dem Boden und dem Tisch, Schranktüren waren aufgerissen, Mehl und Zucker waren verstreut, eine helle Kaffeebohne, noch nicht geröstet, lag auf einem leeren Jutesack auf dem Stuhl neben dem Kamin – Zeugin des ganz Großen, das hier passiert war.

»Eine Schwarzwälder Pfirsichtorte. Die größte, die die Welt je gesehen hat!«, rief Tommy so laut, dass der Soldat draußen am Tisch aufschaute.

»Schwarzwälder was?« Sarah D war heute etwas langsam.

»Mama Melba«, sagte Tommy wieder etwas leiser. »Du hast doch mal selbst gesagt, dass man beim Backen am besten vergessen kann, und je größer die Torte, desto schneller vergisst man.«

»Sha, sha, sha«, sagte Sarah D. »Oder desto größer ist das, was man vergessen muss.« Sie war wieder ganz die Alte. Beides ergab Sinn.

Sie hatte einen Trick auf Lager. Ging ins Große Haus und kam mit einem Stoß alter Zeitungen zurück. Tommy kannte den Trick. Er rannte in den Pfirsich-Hain und kehrte mit einem Korb noch recht grüner Pfirsiche zurück.

»Schnee von gestern«, sagte ich, griff eine Zeitung, lachte und fing schon an, die Pfirsiche damit zu umwickeln.

»Schnee von gestern«, stimmten beide mit ein und fingen auch an, die Pfirsiche einzuwickeln. Wir legten sie in die Sonne, die gerade aufgegangen war und die natürlich viel, viel Hitze versprach. Dann buken wir ein Blech Schokoladen-Tortenboden nach dem anderen.

Vierundzwanzig Bleche brauchten wir, um den langen Tisch im Esszimmer des Großen Hauses mit Tortenboden zu bedecken.

Am Nachmittag waren die Pfirsiche reif. Tommy kochte sie ein und verfeinerte sie mit Bourbon. Erst als es dämmerte, träufelte er noch mehr Bourbon auf den Tortenboden, schichtete das Pfirsichkompott darüber, darauf legten wir weitere vierundzwanzig Tortenböden und bestrichen die zweite Lage mit frisch geschlagener Sahne und noch einer Lage Tortenböden. Mit flinker Hand bestrich Tommy die gesamte riesenhafte Torte mit noch mehr Sahne. Entlang der dreißig Sitzplätze, die der Tisch bot, ließ er seinen Spachtel gleiten, als hätte er nie etwas anderes getan. Dann bestäubte er das Prachtstück mit Kakaopulver und sang dazu *Jingle Bells, Jingle Bells,* dass es durchs ganze Haus hallte, denn bis auf den Steinway und den Tisch war nicht mehr viel Mobiliar da. Dann setzte er alle paar Zentimeter eine dicke Sahnehaube auf und krönte diese mit seinen kandierten Pfirsichscheibchen. Wie kleine Fächer sahen sie aus, was der ganzen Torte etwas Exotisches, Mexikanisches oder Kreolisches verlieh, denn kreolisch kann ja alles sein. Mit viel Fantasie aus dem, was man hat, gezaubert.

Draußen tanzten alle, die nicht abgehauen waren. Noch mehr Gumbos brodelten in großen Fässern vor den Hütten, irgendwo klang ein Banjo, und vor einer Hütte trommelte ein Mann auf einem Fass. Es sah hier jetzt nicht mehr so panisch durcheinander wie vorher aus, sondern eingelebter, wie ein bunter Zirkus. DER ZIRKUS DER FREIHEIT. CIRCUS OF FREEDOM. CIRQUE DE LIBERTÉ.

Und wie ein Zirkusdirektor samt Zylinder ging Tommy die Sandwege entlang, an den Hütten vorbei und trommelte alle, die noch da waren, samt den Unionssoldaten mit Topf und Kochlöffel zusammen, dass sie ihm durch den Pfeifers-Gang, in dem jetzt keiner mehr pfiff, bis ins Esszimmer folgten wie die Kinder dem Rattenfänger von Hameln. Bis die ganze Plantage um die Torte herum versammelt war, in deren Mitte eine lange

Geburtstagskerze brannte. Und auf einmal fingen alle einst versklavten Menschen zu singen an:

»Swing low, sweet chariot,
Coming for to carry me home,
Swing low, sweet chariot,
Coming for to carry me home …«

Sogar die Unionssoldaten stimmten mit an. Alle hakten sich ein und schunkelten. Die Stimmung war andächtig wie in der Kirche.

Dann verteilten wir die Torte. Es war meine Lieblingstorte und würde es auf genau diese Art für immer bleiben. Doch hätte ich mir in meinen kühnsten Träumen niemals vorstellen können, dass sie einmal solch eine Bedeutung haben und das Ende einer tragischen Ära symbolisieren würde. Die Schwarzwälder war eben die rebellischste aller Torten.

»Mein Leben lang habe ich auf diesen Moment gewartet«, sagte Sarah D, und erst jetzt bemerkte ich, dass sie ihren Tignon mit Magnolien verziert hatte. Sie zwinkerte mir zu.

»Und ich«, sagte Tommy mit vollgestopftem Mund. »Wenn ich mal eine Bäckerei eröffne, werde ich sie *Schwarzwald Bäckerei und Konditorei* nennen.«

Wir nickten.

Ich hatte aber immer noch mein Versprechen einzulösen. Ich schnitt ein Stück von der Torte ab und fragte einen Soldaten nach dem Leichnam von Leutnant Neumaier. Gerade waren die Soldaten dabei, die Gruft, die eigentlich für den Master vorgesehen gewesen war, zu schließen, als ich die kleine Pforte des Friedhofs öffnete.

»Halt«, rief ich, »warten Sie!«

Die Soldaten schauten mich verwundert an, doch taten wie befohlen.

Ich kletterte den Sockel, auf dem die Gruft stand, hinauf und legte das Stück Torte mit hinein. Dann griff ich unter meine Schürze und streute die Hälfte meiner Schwarzwalderde über Herrn Neumaier. »Ade, mein Landsmann und danke«, flüsterte ich.

Später würden seine sterblichen Überreste nach Washington, District of Columbia, überführt werden, damit er dort eine standesgemäße Beerdigung erhielt.

Anschließend besuchte ich Kwasi im Lazarett. Er saß aufrecht auf seiner Pritsche und bekam gerade einen neuen Verband.

»Gehören Sie zu ihm?«, fragte der Mann, der Kwasi den Verband erneuerte und mich skeptisch ansah.

Es war nicht der von vorhin.

»Ja, ich gehöre zu ihm«, sagte ich frei raus, ohne Angst.

»Mel, Mel.« Kwasi tastete mit einer Hand in der Luft.

Ich griff seine Hand.

»Ich bin Doktor McKee. Er wird wieder sehen können, zumindest auf einem Auge. Dem linken.«

Mein Herz machte einen Satz.

»Danke, Doktor McKee«, sagte ich und drückte Kwasis Hand. Ich wollte ihm damit signalisieren, dass alles gut werden wird. Jetzt war ich es, die ihm Hoffnung zureden wollte. Kalkulierbare Hoffnung.

»Mel, Mel, bist du okay?«

»Ja, ich bin okay, alle sind okay. Alles ist okay. Kwasi, ihr seid frei.« Ich fiel ihm in die Arme und weinte.

»Mel, ich liebe dich wie ein Crawdad …«

»… für immer und immer«, beendete ich den Satz.

Kwasi bestand darauf, aufzustehen. Er war ja nur blind, meinte er, hatte aber sonst alle Sinne beisammen, und die drei

Peitschenhiebe habe er weggesteckt. Ich blickte unter sein Hemd. Er hatte recht, sie hatten sogar schon Schorf gebildet. Mit einem bisschen Olivenöl und ganz viel Liebe würde sein Rücken zwar nie wieder so glatt werden wie ein Babypopo, doch würde wenigstens irgendwann die schmerzliche Erinnerung daran verblichen sein. So hoffte ich.

Erst jetzt realisierte ich, dass Kwasi ja von allem nicht viel mitbekommen hatte, bei dem ganzen Morphium, das sie ihm gegeben hatten. Er hatte die Emanzipation buchstäblich verschlafen. Unsicher blickte ich zu Doktor McKee rüber, als ich Kwasi von der Pritsche half. Der lächelte und nickte mir aufmunternd zu.

Ich führte Kwasi an der Hand und erzählte ihm, was ich sah, erzählte vom Zirkus der Freiheit und der rebellischen Schwarzwälder Pfirsichtorte. Aber nichts von Master Wilburt. Ich wusste einfach nicht, wie ich es ihm erklären sollte. Dass Tommy ihn erschossen hatte, weil ich nicht getroffen hatte.

Niemals hätte Kwasi einen Finger gegen jemanden gekrümmt. Was würde er von mir denken? Von Tommy? Ich brannte aber darauf, ihm von Herrn Neumaier und dem Sigel-Lied zu erzählen. Doch wusste ich ebenfalls noch nicht, wie.

Da klapperte wieder der Fensterladen, den ich schon in unserer Fluchtnacht gehört hatte. Wir waren gerade am Gefängnis vorbei, an der Südseite der Plantage. Ich blickte die Garçonnière hinauf und atmete tief durch.

»Der Fensterladen, Mel, hängt er?«

»Ja, er hängt.«

»Morgen werde ich ihn reparieren. Lass mal sehen.«

Wir mussten beide kichern. Wenn Hoffnung das Letzte ist, was stirbt, dann ist Humor vielleicht das Erste, was zurückkehrt.

Kwasi zog mich in die Richtung, aus der das Klappern kam. Er tastete den Fensterladen ab. Schwarze Farbe blätterte von dem Holzladen, was Kwasi nicht sehen, doch fühlen konnte.

»Frisch gestrichen werden muss er auch.«

»Kwasi, verstehst du denn nicht, das ist nicht mehr deine Sorge.«

»Wo ist der Master? Master Wilburt?«, fragte er, als würde er anfangen zu kapieren, dem Frieden jedoch noch nicht trauen.

»Weg«, sagte ich, als wäre es das Natürlichste von der Welt.

»Wie weg?«

»Weg, über alle Berge.« Ich musste schmunzeln.

»Über alle was? Mel, hör auf mich zu veräppeln. Es gibt hier keine Berge.«

»Das sagt man doch nur so. Es ist eine Redensart.« Ich versuchte ihn von der Frage abzulenken.

»Wo sind sie denn nun?«

»Master Witherspoon ist davongeritten, was weiß ich, wohin. Und Master Wilburt ist – er ist tot.«

Ich hatte in diesem Moment beschlossen, dass ich Kwasi die Wahrheit und nichts als die Wahrheit erzählen musste. Dieses frische Leben mit einer Lüge zu beginnen, das wäre wie eine Gumbo mit einer angebrannten Roux zu kochen. Lügen fühlte sich auf einmal nicht mehr wie ein sicherer Platz an, sondern wie das Erdloch, aus dem Master Wilburt gekrochen war. Nein, ich musste Kwasi die Wahrheit erzählen. Und wenn er meine Tat mit seinen Prinzipien nicht vereinbaren konnte, musste ich mit den Konsequenzen leben.

»Komm«, sagte ich und schlug mit ihm an der Hand den Weg zum Bayou ein, flussaufwärts, wo wir unser Kanu versteckt hatten.

Ich dachte für einen Moment daran, dass ich eigentlich in der Küche helfen sollte, doch auch ich hatte plötzlich ein Gefühl von Freiheit in mir. Die Würfel waren auch für mich neu gefallen. Sie werden es verstehen, dachte ich.

Wir gingen eine ganze Zeit lang wortlos und sehr langsam Hand in Hand nebeneinander her, denn überall krochen

Baumwurzeln aus der Erde, über die Kwasi hätte stolpern können. Erst als wir das Kanu erreicht hatten, ich das Louisiana-Moos zur Seite geschoben und das Boot umgestülpt hatte, und wir es uns tief in seinem Bauch wie immer gemütlich gemacht hatten, fing ich zu erzählen an.

Ich sagte Kwasi alles von dem Zeitpunkt an, zu dem ich ihn auf dem Stuhl in der Küche zurückgelassen hatte.

Als ich fertig war, herrschte Stille zwischen uns. Der Mond war aufgegangen. Wir trieben flussabwärts auf dem Bayou. Die Zikaden zirpten. Und das wird sich auch nie mehr ändern. Die Erinnerung hat ein Echo. Ich glaube, Kwasi war froh, dass er nicht abhauen musste, und ich war froh, dass ich ihn nicht vor die Wahl stellen musste. Ich bin mir bis heute nicht sicher, wofür er sich entschieden hätte.

»Danke, dass du mich retten wolltest, Mel. Sarah D hat mir alles erzählt. Mein liebes Schwarzwald-Maidli, du hast mehr Courage als zehn ausgewachsene Männer. Schade um ihn ist es nun wirklich nicht. Die Welt wird nicht um Wilburt Witherspoon weinen. Es gibt noch so viele von ihnen.«

Er suchte mein Gesicht mit seinen Händen und küsste mich. Wir rutschten noch tiefer ins Kanu. Seine rauen Hände liebkosten meine Haut noch inniger als sonst, er konnte ja nichts sehen, und so führte ich seine Hand. Wir ließen uns treiben wie das Kanu. Erforschten Gewässer, die uns bisher fremd gewesen waren, vorbei an Ufern, die wir nicht kannten.

Gegen Morgengrauen stiegen wir an einem kleinen Strandstück, versteckt von Schilf, aus. Wir saßen im Sand und ich blickte auf den Bayou.

»Mel, ich kann sehen«, sagte Kwasi.

Sein Verband war ihm von den Augen gerutscht. Er konnte das linke Auge leicht öffnen, trotz der Schwellungen.

»Kannst du das sehen?«

»Ja, das ist deine Hand.«

»Das?«

Ich hatte ihm einen Crawdad vor die Nase gehalten.

»Oh, Mel.«

Ich küsste seine Augenlider zärtlich. Das Sonnenlicht spiegelte sich in seinem Auge, es glänzte golden, es glänzte für zwei.

»Mel, du bist noch schöner, als ich dich in Erinnerung habe. Deine Augen leuchten wies Louisiana-Moos, wenn die Abendsonne mit ihm spielt, deine Haut ist so zart wie ein Pfirsich. Und so süß, darf ich anmerken. Deine Haare«, er strich mit beiden Händen über meinen Kopf, »deine Haare, wild wie ein Flammenmeer, und wenn ich jetzt ein Dichter wär, wie Walt Wer, dann würde sich das alles viel poetischer anhören.«

»Kwa…«

»Psst. Ich liebe dich, für immer und immer, wie ein Crawdad.«

Ich sagte nichts mehr. Wurde bestimmt nur ganz rot im Gesicht. Kwasi drückte mich in den Sand und überflutete mich mit seinen Küssen, überall. Wir liebten uns wie zwei freie Menschen sich lieben. Es war anders als vorher – es tat in der Seele nicht mehr so weh. Das Herz war leichter.

Dann wurden wir wirklich überflutet. Wir lagen halb im Wasser. Da wir nun schon nass waren, planschten wir wie flügge gewordene Entenküken im Bayou umher. Spritzten uns gegenseitig Wasser entgegen, umarmten uns fest, ließen einander wieder gehen und warteten auf den anderen, nur, um es gleich wieder zu tun. Dass man sich auch unter Wasser küssen und lieben kann, weiß ich seit diesem Morgen.

Leichtsinnig war es schon, denn die Alligatoren gab es trotz Emanzipation immer noch. Doch leichtsinnig waren wir heute im wahrsten Sinne des Wortes, und manchmal muss man das auch einfach sein. Das Wasser kühlte unsere heiße Haut. Ich spürte jede Pore. Das Blut pulsierte durch meine Adern wie ein

Gebirgsfluss im Frühling. Ich war so glücklich, ich hätte sterben können. Aber ich lebte. Kwasi lebte. Wir alle lebten.

»FREEDOM!«, schrie ich plötzlich und rannte den kleinen Strand entlang, »FREEDOM!«

»FREEDOM!«, schrie auch Kwasi, als er wieder auftauchte. »FREEDOM, FREEDOM, FREEDOM, FREEDOM …«, schrie er immer wieder.

Bis wir beide völlig aus der Puste in den Sand fielen.

Kwasi bemerkte es zuerst.

»Mel, unser Kanu. Es ist weg.«

»Weg?«, ich richtete mich auf.

Es war weg.

Wir rannten ins Wasser, blickten flussabwärts um die Biegung. Es war weg. Wir schauten uns an und lachten. Lachten laut und schrien wieder: »FREEDOM!«

Das Kanu war in seine FREEDOM getrieben. Wie eine Nussschale wiegte es sich wahrscheinlich schon auf den Wogen des gewaltigen Golfs von Mexiko. Ohne uns.

Ganz ehrlich war mir vorher schon der Gedanke gekommen, uns einfach treiben zu lassen. Dann würden wir jetzt mit dem Kanu im Golf driften.

Aber wir hatten Verantwortung. Es ging hier nicht nur um uns. Doch für einen Moment fühlte sich der Gedanke schön an. Freedom ist wohl doch nie ganz Freedom. Es sind die Bande, die wir wählen, das Boot, in das wir steigen.

»Wir können nicht, auf jeden Fall nicht gemeinsam, auf der Chaussee am Bayou entlang zurückgehen«, sagte Kwasi und schaute die Böschung, die mit Schilf bewachsen war, hinauf.

»Nein«, sagte ich gedankenverloren, »das können wir nicht.«

Ich blickte immer noch auf den Bayou. Die Sonne stand schon hoch. Wie gut, dass wir uns wieder etwas übergezogen hatten, unsere Kleider jetzt nicht im Kanu auf dem Golf dahintrieben, dachte ich und kicherte. Ich stand nur da, wusste wirklich nicht, was ich tun sollte. Es war noch alles so frisch.

Plötzlich sah ich eine Barke auf uns zukommen, und als Kwasi sich zügig ins Schilf schlug, beschloss ich, das Schicksal auf mich zukommen zu lassen.

Zugleich hatte ich Angst, denn ich wusste nicht, wie der Mensch in dem Boot mir, uns, gesonnen war.

So war das in der Zeit nach der Emanzipation. Jemand konnte einen netten Eindruck machen, dass man Vertrauen hegte, dachte, er sei einer wie du und ich. Und dann sagte er etwas, was man im Leben nicht erwartet hätte, was aber ganz genau seine Meinung war und sein Standpunkt, der das genaue Gegenteil vom eigenen Standpunkt war. Als ich einmal mit einem ziemlich verlottert aussehenden Mann am Bayou ins Gespräch kam – er hatte lange, ungekämmte Haare, einen buschigen Bart und zerfetzte Hemdsärmel, hatte gerade seine Netze ausgelegt, während wir übers Wetter lamentierten, was der Südstaatler gern tut –, da fing er an, von den verdammten Niggern zu reden, die jetzt allen die Arbeit wegnahmen. Sogar als Handwerker verdingten sie sich schon, schimpfte er. Er hatte einen Akzent, den ich nicht kannte. Solche Begegnungen machten mir Angst.

»Good day, Sir«, rief ich und rannte, so schnell ich konnte, davon. Es hätte keinen Zweck gehabt, mit ihm zu diskutieren, obwohl ich es gern getan hätte und in meinen jungen Jahren auch das ein oder andere Mal getan habe.

Ich gewöhnte mir an: Leben und leben lassen. Und nur im kleinen Kreis meiner Freunde und Familie auszusprechen, was ich wirklich glaubte. Nur so kam man in Amerika durch. Gedanken.

Jetzt sah ich, dass neben der Barke ein Holzstück trieb, so groß und krustig wie der Kopf eines Alligators. Ein vertrautes Bild.

Das kleine Boot schaukelte immer näher ans Ufer heran. Das Horn wurde von einem Mann, der eine Schirmmütze trug, wie Herr …

»Herr Folse! Herr Folse!«, schrie ich.

Ich sprang den Strand auf und ab und winkte ihm zu. Er winkte zurück. Warf den Anker. Sprang zackig vom Boot und watete in langen Stiefeln durchs Wasser. Er hob seine Kappe mit dem Zeigefinger leicht hoch und schaute mich besorgt an.

»Fräulein Koch?«

»Guten Morgen, Herr Folse«, ich fiel ihm um den Hals und bemerkte erst jetzt, dass ich noch ganz nass war.

Das machte ihm aber nichts aus.

»Sind Sie okay? Was machen Sie hier, so allein?«

»Herr Folse«, ich schaute ihn ganz ernst an.

»Mein Kind, Sie wollten sich doch nicht etwa …«, er hielt mich am Arm fest und zog mich den Strand hoch, als ob er verhindern wollte, dass ich ins Wasser renne.

Ich wusste genau, was er meinte. Freitod, im Wasser, war zu der Zeit gar nicht so ungewöhnlich. Nur, weil man nicht darüber sprach, heißt es ja nicht, dass es das nicht gab.

»Nein, nein, Herr Folse, so was passt nicht zu mir«, sagte ich und lachte, um ihm die Sorge zu nehmen.

Obwohl ich schon einige Male Grund dazu gehabt hätte.

»Na, dann ist ja gut. Kommen Sie, mein Kind, ich bringe Sie nach Hause.«

Ich zögerte. Nach Hause? Wo war das? Ich hatte kein klares Bild mehr vor Augen. Bildfetzen von verschneiten Bergspitzen und roten Kirschen verschwammen vor meinen Augen mit Bibeleskäs und Cayenne-Schoten, Hecker-Hüte waren wie Tignons gebunden, samt Kokarde und Feder.

»Kommen Sie, Fräulein Koch.«

Ich zögerte, musste mich trauen. Ich hatte mich noch nie mit Herrn Folse über Sklaverei unterhalten. Und an der

Deutschen Küste waren zwar nicht alle deutsch, aber alle waren sie sehr weiß.

»Moment«, sagte ich und drehte mich um. »Kwasi!«

Kwasi trat aus dem Schilf und ging auf Herrn Folse zu.

»Michael B, was machen …«

»Er ist mit mir hier«, fiel ich Herrn Folse ins Wort.

Erst machte er große Augen. Dann lachte er. »Na, da hätte ich Ihnen ja noch zehn Zeringuer-Burschen vorstellen können. Wenn ich das gewusst hätte. Mein lieber Junge«, er ging auf Kwasi zu, »da haben Sie aber einen guten Fang gemacht. Echte deutsche Wertarbeit, und ich weiß, wovon ich rede.«

Herr Folse schüttelte Kwasi kräftig die Hand, als gratulierte er ihm zur Hochzeit.

»Und Sie, Fräulein Koch«, jetzt schüttelte er meine Hand genauso kräftig, »haben ein echtes Mannsbild ergattert.«

Somit hatten wir den Segen von Herrn Folse. Und mir wurde klar, dass mein Zuhause da war, wo die Menschen waren, die ich liebte.

Wir folgten Herrn Folse durchs Wasser auf seine Barke. Er erzählte uns, dass er endlich mal wieder seine Runde entlang dem Bayou La Fourche machte. Das ganze Boot duftete nach Andouille und Tasso, duftete nach Schwarzwald und Louisiana zugleich. Er wollte nur kurz an der Palo Alto Plantage anhalten, dort gab es neue Besitzer, den alten waren alle Sklaven abgehauen, da konnten sie ihr Land nicht mehr unterhalten. Das Zuckerrohr war nach nur zwei Wochen so von Unkraut überwuchert, dass die neuen Besitzer alles niederbrennen mussten. Sie würden diese Ernte aussetzen müssen, aber sie waren nicht darauf angewiesen, meinte Herr Folse, denn sie hatten noch ein Geschäft in New Orleans. Was für eines, wusste er nicht.

»Da drüben, da ist der Anleger, Michael B, Verzeihung, Kwasi, schmeißen Sie mal den Tampen drüber.«

Gleich hinter der Chaussee, die parallel zum Bayou verlief, lag Palo Alto. Ein wunderschönes, weißes Landhaus, das nichts vom Pomp und Prunk von Belle Bleu hatte. Umgeben war es von einem Meer aus Friedenslilien, die in voller Blüte standen. Das Louisiana-Moos hangelte sich von den schlanken Eichen, die verstreut um das Haus herum standen, als beschützten sie es. Doch das Traumhafteste waren die Pfauen, die wie Fabelwesen auf dem Rasen umherstolzierten, spielerisch über niedrige Eichenäste hüpften oder auf dem Geländer der Holztreppe erhaben wie für ein Porträt posierten. Die Fensterläden waren in demselben Grün gestrichen wie die Federn der schönen Vögel. Wer hier wen nachgeahmt hatte, lag auf der Hand. Die neuen Besitzer waren mir schon sympathisch, obwohl ich sie noch gar nicht kannte.

Kwasi und ich halfen Herrn Folse, die Körbe an Land zu tragen und im Küchenhaus abzuliefern, das im gleichen Landhausstil wie das Große Haus gebaut war und direkt daneben stand. Die beiden Häuser waren hier aber nicht durch einen Pfeifers-Gang verbunden. Ein Ehepaar, schick wie Städter gekleidet, kam uns mit offenen Armen entgegengelaufen.

»Mein lieber Herr Folse, wir haben ja schon so viel von Ihnen gehört und Ihrer Wurst«, rief der Mann uns schon von Weitem zu.

Ich erkannte die Stimme sofort. Es war Herr Lemann, der Elsässer Apotheker vom Schiff. Ich war überglücklich und fiel ihm und seiner Frau vor Freude um den Hals.

»Das gibt es doch nicht, Sie, Fräulein Melba!«

»Was für eine Überraschung.«

Die Lemanns freuten sich genauso wie ich.

»Schon oft haben wir uns gefragt, was aus Ihnen geworden ist, mein Kind«, sagte Herr Lemann schuldbewusst.

»Es war einfach immer zu viel zu tun, um den langen Weg nach Belle Bleu zu reisen«, entschuldigte sich Frau Lemann. »Aber nun sind wir ja quasi Nachbarn.«

»Einmal, das ist aber auch schon wieder über ein Jahr her, hat ein Verwandter berichtet, dass er Sie auf einer Boucherie kennengelernt hat. Da waren wir beruhigt.«

Kwasi und Herr Folse standen da wie Zaungäste und mussten sich ganz schön gewundert haben, woher ich solch betuchte Leute kannte, und dann auch noch so nette.

»Kommen Sie. Kommen Sie mit ins Haus, es ist ja viel zu heiß hier draußen.«

Die Sonne stand hoch über uns, doch die Bäume spendeten angenehmen Schatten. Wir folgten ihnen mit den Körben in der Hand, da kam uns eine ganze Kinderschar entgegengerannt.

»Camille, Isaac, Peter, Bernard und Jacob«, stellte Frau Lemann uns ihre Kinder vor, die sich wie die Orgelpfeifen vor uns aufgestellt hatten.

Frau Lemann, deren Rock nicht so breit war wie der, den sie damals auf dem Schiff getragen hatte, brachte Limonade, und wir nahmen im Salon Platz. Ich hatte noch nie (mit Einladung zumindest nicht) auf einem Sofa in einem Salon gesessen. Kwasi auch nicht. Er zögerte, Platz zu nehmen. Herr Lemann drückte ihn auf das Sofa neben mich, als hätte er die Situation erkannt. Herr Folse hingegen fühlte sich pudelwohl. Sie erzählten, dass Herr Lemanns Cousin ihnen Palo Alto für »'nen Appel und 'n Ei« verkauft hatte und sie dieses schöne Haus einfach nicht verkommen lassen konnten, und für die Kinder war es auch ein gesünderes Leben hier draußen als in der Stadt. In die Apotheke hatte Herr Lemann sich einen Kompagnon geholt und musste somit nur einmal die Woche nach New Orleans fahren. Doch von Zuckerrohr hatten sie keine Ahnung.

»Herr Lemann«, sagte ich resolut. Wir lebten ja jetzt in einer neuen Welt. »Sie haben mir einmal geholfen, vielleicht kann ich Ihnen jetzt helfen.«

Alle Augen waren auf mich gerichtet.

»Belle Bleu ist nicht mehr«, sagte ich, und das hörte sich merkwürdigerweise traurig an.

»Ach, dann ist es also wahr«, sagte Frau Lemann und schlug dabei ihre Hände zusammen. »Wir hatten … es gab Gerüchte, dass …«

»Ja, es ist wahr«, unterbrach ich sie. Ich wollte nichts mehr von der Vergangenheit hören. »Kurzum, ich könnte eine neue Anstellung gebrauchen, und Kwasi kennt sich mit Zuckerrohr aus und ist zudem noch ein hervorragender Schmied.«

Jetzt war es raus. Und es fühlte sich kein bisschen unangenehm an. Herr Folse nickte bestätigend. Kwasi blickte mich mit großen Augen an.

»Das ist ja wunderbar, mein Kind. Sie hat der Himmel geschickt.« Herr Lemann stand auf und schüttelte mir die Hand mit beiden Händen wie er es schon auf dem Schiff getan hatte. Dann schüttelte er Kwasis Hand genauso.

»Wann können Sie anfangen?«

Frau Lemann umarmte mich, gab Kwasi und Herrn Folse die Hand, und die Sache war beschlossen.

»Sofort«, sagte ich, »da wäre nur … Sie brauchen doch noch mehr Hände, oder nicht?«

»So viele wir bekommen können!«, rief Herr Lemann, und fügte hinzu: »Gegen Bezahlung natürlich nur.«

Wir lachten. Dann verabschiedeten wir uns und verabredeten, dass wir am nächsten Tag wiederkommen und mitbringen würden, wer mitkommen wollte.

»Sag ichs doch«, sagte Herr Folse später auf seiner Barke und klopfte Kwasi dabei auf die Schulter, »gute deutsche Wertarbeit, das Fräulein Melba, und tüchtig wie ein Pflugochse.«

So viel Glück an einem Tag. Ich konnte es kaum fassen. Es gab mehr gute Menschen als schlechte, auch wenn es eine Zeit lang nicht so ausgesehen hatte.

Wir verabschiedeten uns von Herrn Folse kurz vor Donaldsonville. Es hatte keinen Sinn, für ihn auf die Plantage mitzukommen, denn abzuliefern brauchte er hier im Augenblick nichts, außerdem hatte er noch zwei weitere Stationen vor sich. Es war ein Abschied für länger, kein Goodbye für immer, wie er beteuerte, oder, wie man hier so schön sagt: See you down the bayou. Es war seine letzte Wurst-Runde. Dann würde er nach Mechanikham, zu Deutsch Mechanikerheim, ziehen, verriet er uns, einen florierenden Stadtteil in New Orleans, in dem es ganz viele Deutsche gab, die auf den Werften arbeiteten, und die wollten ja versorgt werden. Sein Cousin, der Metzger, der bisher mit Lizzie Kettenrings Bruder gearbeitet hat, hatte sich dort selbstständig gemacht und hatte ihm Arbeit angeboten.

Wir drückten uns ganz kräftig zum Abschied. Ich ließ Grüße an Lizzie ausrichten und wir versprachen, ihn zu besuchen, sobald wir uns eingelebt hatten.

»See you down the bayou, mein Freund«, rief ich ihm nach.

Dann verschwand seine Barke im Zypressenwald.

SCHWARZWÄLDER PFIRSICHTORTE

Zutaten

Für den Biskuit:

6 Eier, 2 ¼ Tassen (T) Zucker, 1 Prise Salz, 1 T Mehl, 1 Teelöffel (TL) Backpulver, 1 ¼ T Kakaopulver, 3 TL Butter, 5 Esslöffel (EL) Wasser

Für die Bourbonsahne:

1,2 Liter Sahne, 3 EL Gelatinepulver, ¼ T Zucker, ½ T Bourbon

Für das Pfirsichkompott:

2 T geachtelte Pfirsiche, 1 T Zucker, ¼ T oder mehr Bourbon

Für die Verzierung mit kandierten Pfirsichfächern:

2–3 mittelgroße Pfirsiche, 1 T Zucker, ¾ T Wasser, 2–3 EL Zucker

Außerdem: ½ T geraspelte Zartbitterschokolade

Zubereitung

Biskuit:

Eier, Zucker, Wasser in eine Schüssel geben und kräftig aufschlagen, bis sich das Volumen verdoppelt hat. Mehl, Backpulver, Kakaopulver, Prise Salz in eine andere Schüssel geben, gut vermischen und dann in die Eierschaummasse sieben, dabei immer wieder unterheben. Die Biskuitmasse in eine vorgefettete Springform geben und bei 180 Grad C ungefähr 20 Minuten backen. Abkühlen lassen.

Bourbonsahne:

Gelatine, Zucker und Bourbon in einem Topf erhitzen, ungefähr 10 Minuten quellen lassen, bis sich die Gelatine komplett aufgelöst hat. Von der Kochstelle nehmen und etwas abkühlen lassen. Die Sahne schlagen. 2 EL von der Sahne unter die Bourbon-Gelatine rühren, das Ganze vorsichtig unter die restliche Sahne heben. Kalt stellen.

Pfirsichkompott:

Die geachtelten Pfirsiche, Bourbon, Zucker und Stärke in einen Topf geben und 5 Minuten leicht köcheln lassen. Kalt stellen.

Pfirsichfächer:

Pfirsiche halbieren, entsteinen, in feine Scheibchen schneiden, die Scheibchen halbieren. Zucker und Wasser in einem Topf erhitzen und etwa 8 Minuten, bis die Masse dickflüssig wie Melasse ist, köcheln lassen. Die halbierten Pfirsichscheibchen hinzugeben und vorsichtig unterrühren, sodass alle bedeckt sind. Weitere 50–60 Minuten zart köcheln lassen, nicht mehr rühren. Pfirsichscheibchen rausnehmen, abkühlen lassen. Wenn sie noch warm sind, von beiden Seiten in Zucker wälzen. Über Nacht abkühlen lassen.

Aufbau:

Den abgekühlten Biskuitboden zweimal horizontal durchschneiden, sodass 3 Tortenböden entstehen. Auf den ersten Boden ungefähr 3 EL Bourbon träufeln, dann das abgekühlte Kompott auf dem Boden verteilen und mit einem Viertel der Bourbonsahne bestreichen. Nächsten Boden auflegen, leicht andrücken und wie zuvor mit 3 EL Bourbon beträufeln und mit einem weiteren Viertel der Sahne bestreichen. Den letzten Boden auflegen und mit Bourbon beträufeln. Mit der Hälfte der restlichen Sahne die gesamte Torte bestreichen. Den Rest der Sahne in einen Spritzbeutel geben und kleine Sahnehäubchen auf die Torte spritzen. Mit der geraspelten Schokolade die Torte an der Oberseite und rundherum bestreuen. Auf jedes Sahnehäubchen einen kandierten Pfirsichfächer stecken. Bis zum Servieren kalt stellen.

Y

Shrimp-Étouffée

Kwasi und ich schlichen uns von der Rückseite an die Plantage heran. Wir waren vorsichtig, bei jedem Schritt. Gewohnheit gewöhnt sich schwer an Neues. Wir ließen das niedergebrannte Zuckerrohrfeld, auf dem irgendwo Master Wilburts Asche lag, hinter uns. Kwasi hatte recht, es war nicht schade um ihn. Zarte Rauchschwaden quollen vereinzelt aus der schwarzen Erde hervor, als hätten sie noch etwas zu sagen.

Der verkohlte Geruch vom Feld vermischte sich vor dem Küchenhaus mit dem Gestank vom Tümpel, der von Tag zu Tag breiter zu werden schien. Das Große Haus sah verfallen aus, wie eine griechische Ruine aus den Büchern von Madame. Nicht nur der Fensterladen, den Kwasi gestern noch reparieren wollte, hing schief in den Angeln, sondern die gesamte Verandatür, die zum Büro des Masters führte, hing schief und klapperte im Wind, der am Nachmittag deutlich aufgefrischt hatte. Die Glocke war vom Podest gerissen worden und lag stumm im Dreck, neben ihr der Klöppel wie die herausgeschnittene Zunge dazu. Stumm sollte sie bleiben. Die Unionssoldaten waren abgezogen und mit ihnen der Rest unserer Männer einschließlich Abenas Witwer. Er hatte seine beiden Kinder, die ja gar nicht seine waren, in Mama Rose' Obhut gegeben. Nur noch ein paar Frauen und Kinder lungerten vor ihren Hütten herum. Wir waren heimatlos.

Irgendwie fühlte es sich nach Hurrikan-Wetter an, obwohl ich damals noch gar nicht wusste, wie sich das anfühlte. Vielleicht war es, weil alles so gespenstisch anmutete.

Wir betraten das Küchenhaus und Sarah D begrüßte uns mit den Worten: »Sha, sha, sha, schwül und dunkel draußen – und mir tun alle Knochen weh, das hat was zu bedeuten.« Dabei fächerte sie mit einem Palmetto-Blatt vor ihrem schweißgebadeten Gesicht auf und ab.

Also fühlte sie es auch.

»Hurrikan?«, fragte ich.

»Wi, wi, Hurrikan. E to jènn bough?« Sarah D ging auf Kwasi zu und umarmte ihn, wie einen verlorenen Sohn. »Sorgen haben wir uns um dich gemacht. Kannst du wieder sehen?«

Sie stellte sich auf Zehenspitzen und fuchtelte, genau wie ich zuvor, mit ihrer Hand vor seinem Gesicht herum. Seine Augen waren geschwollen, doch die Binde hatte er schon lang verloren.

Kwasi ging für sie in die Knie. »Mesi, Ma'am, auf dem einen, dem linken.« Er war immer so höflich.

»Das ist sowieso das Bessere«, sagte sie und lachte.

Wir lachten mit.

Die Küche sah wieder halbwegs normal aus, wenn auch spartanischer. Es fehlten die Spachteln und Kochlöffel an der Wand und eine ganze Menge von unseren Töpfen. Doch es roch wie immer köstlich. Über dem Feuer brodelte ein Topf. Ein gurkig-süßes Fischaroma begrüßte uns.

Die Küche hatte keine Vergangenheit und keine Zukunft, nur ein Jetzt. Sobald die Küchentür zufiel, war ich frei, dann gab es keine Zweifel mehr, nur das Jetzt und das Hier hatten

Bedeutung, alles andere war entweder Schnee von gestern oder Zukunftsmusik. Genau das war es, was ich an ihr so liebte. Genau das war es, was sie zum glücklichsten Ort auf der Welt machte. Jede Küche. Es ist der Moment, den man abpassen muss, damit die Roux nicht anbrennt, dann, wenn man die heilige Dreieinigkeit hineingeben muss. Der Moment, wenn man den Cobbler aus dem Ofen holen muss, damit er weder zu trocken noch zu feucht ist. Der Moment, wenn das Gemüse für die Gumbo Zab gerade richtig ist, nicht zu weich, sondern noch etwas Biss hat. Der Moment, wenn der Bibeles/Creole-Cream-Cheese die richtige Konsistenz hat, nicht zu fest und nicht zu flüssig. Der Moment, wenn die Sahne und der Zucker für die Pekannuss-Pralinen kurz vor dem Karamellisieren sind – und, und, und.

Man wird auch immer belohnt. Eine leicht angebrannte Roux kann noch mehr Tiefe haben, zu flüssiger Bibeleskäs kann zum Maisbrotbacken verwendet werden oder man kann ihn einfach trinken, eine zu scharfe Gumbo kann die Sinne wecken. Und ein vermeintlicher Fehler oder Notstand, zum Beispiel wenn man keine Sauerkirschen zur Hand hat oder sich etwas einfallen lassen muss, um die Tabasco-Pfefferschoten haltbar zu machen, kann zu köstlichen Neuerfindungen führen.

Die Küche ist streng und verlangt Genauigkeit. Aber am Ende verzeiht sie einem doch alles. Wenn man diesen bestimmten Moment verpasste, den, mit dem ein Gericht steht und fällt und nach dem wirklich alles zu spät ist, dann fängt man halt noch mal von vorne an. Das kann man im Leben nicht immer so einfach.

Ich finde aber, man sollte sich das ruhig aus der Küche abgucken und einfach mal versuchen. Neu anfangen, meine ich. Denn in jedem Anfang liegt ein Zauber.

Ich spürte den Zauber, als ich hier stand, und konnte ihn in Form des Shrimp-Étouffées – das war es, was in dem Topf brodelte – förmlich riechen.

Da erblickte ich meinen Hut. Als hätte er auf mich gewartet, lag er auf dem Stuhl, auf den ich Kwasi vor der letzten Nacht, die sich jetzt so weit weg anfühlte wie der Mond, gesetzt hatte. Trotz der fehlenden Bommeln sah er immer noch stattlich aus. Ich hob ihn hoch, setzte mich und legte ihn auf meinen Schoß. Da kam Tommy durch die Küchentür auf mich zugerannt und fiel mir in die Arme.

»Mama Melba! Du hättest sehen sollen, mit welchem Tempo sie unsere Schwarzwälder verputzt haben. Man konnte gar nicht so schnell gucken und weg war sie. Ich konnte dir kein einziges Stück retten. Am Ende haben sie sogar den Tisch abgeleckt.« Tommy strahlte, wie ich ihn schon lang nicht mehr strahlen gesehen hatte.

»Das war alles dein Verdienst, mein Sohn.« Ich streichelte seinen Kopf.

Er war so glücklich, und darauf kam es an. Nicht auf das, was man am Ende gekocht oder gebacken hat, sondern auf das, was man anderen damit geschenkt hatte und was man sich selbst dabei geschenkt hatte.

Erst jetzt bemerkte ich, dass ich todmüde war. Wir hatten ja seit gestern nicht mehr geschlafen. Doch noch etwas anderes bemerkte ich in mir: eine innere Zufriedenheit. Erfüllt saß ich auf dem Stuhl und schaute mich in der Küche um. Ich war an meinem Lieblingsort und hatte meine Lieblingsmenschen um mich herum. Tommy schob einen Cobbler in den Ofen. Kwasi reparierte einen Stuhl, der der Emanzipation zum Opfer gefallen war. Sarah D schmeckte das Étouffée ab. Und in der Abwaschecke stand eine Frau, die ich aber nur von hinten sah. An ihrem Rockzipfel hingen zwei kleine Buben, sie hielten sich gerade so eben auf den Beinen. Die Frau trug einen ausgeblichenen roten Tignon.

Als sie sich flüchtig umdrehte, erkannte ich sie. Es war die Mätresse des Masters. Mätresse – was für eine verlogene Bezeichnung, denn sie war kein Günstling mit Privilegien, sondern eine Sklavin für sein Bett, der man die Kinder entrissen hatte.

Ich hätte prompt auf dem Stuhl einschlafen können, doch ich war die Einzige, die nichts tat, was nie vorkommt, und ermahnte mich selbst, aufzustehen.

Ich trat auf die Frau zu. »Bonjou«, sagte ich zu ihr, lächelte sie an und reichte ihr die Hand. »Mo cé Mama Melba.«

Mein Kreolisch war inzwischen recht passabel.

»Oh, ich weiß, wer Sie sind, Mama Melba.« Sie lächelte scheu zurück, reichte mir ihre Hand. »Man nennt mich Abigail.«

Abigail passte überhaupt nicht zu ihr, nicht zu ihrem schönen, schmalen Gesicht. Eine Abigail stelle ich mir dick vor und weiß. »Und wie heißt du wirklich?«, fragte ich.

»Esi«, sagte sie und blickte dabei die ganz Zeit auf den Boden. »Mein Name ist Esi.«

»Dann bist du ein Sonntagskind wie Kwasi«, sagte ich und nahm sie spontan in den Arm. »Das ist was ganz Besonderes. Sonntagskinder sind special.«

Ich schaute zu Kwasi rüber. Er lächelte zurück.

»Das stimmt«, sagte Kwasi, stand auf und verbeugte sich vor Esi. »Habe ich mir zumindest sagen lassen.«

»Und wen haben wir hier?« Ich bückte mich zu den beiden Kleinen hinunter.

»Das sind Abraham und Fredrick«, sagte eine bekannte Stimme von draußen.

Es war Mama Rose. Sie sah aus wie immer, nur glücklicher, und stand in der Tür, einen Arm gegen den Rahmen gestemmt. Kwasi half ihr über die Schwelle, denn sie war sehr wackelig auf den Beinen, trotz des Gehstocks, den er ihr geschnitzt hatte.

Ich fiel ihr in die Arme. Ich war so glücklich, dass sie noch da war.

»Ich habe ihnen die Namen gegeben. Große Namen sollten es sein.« Sie zwinkerte uns zu.

Der zierlichere der Buben wackelte tapsig wie ein Entenküken auf Mama Rose zu, sie schöpfte ihn mit einem Schwung vom Boden auf und platzierte ihn mit einer gekonnten Bewegung auf ihrer breiten Hüfte.

»Dann lasst uns essen«, sagte Sarah D. Sie hielt den Topf in beiden Händen.

Wir setzten uns um den Tisch, und Sarah D setzte zum Gebet an, in das alle außer mir einstimmten.

Jeder bekam einen großen Löffel Reis und eine Kelle Shrimp-Étouffée von ihr serviert, und Tommy streute jedem frisch gehackte grüne Zwiebeln darüber. Étouffée hört sich eleganter an, als das Gericht ist. Es bedeutet einfach nur, etwas oder jemanden völlig zu bedecken. *To smother* auf Englisch. Wie ich Kwasi mit meinen Küssen völlig bedeckte. So heißt es wirklich auf Englisch: *smothering him with kisses*. Die Shrimps wurden von der Soße, die die Farbe eines warmen Sonnenuntergangs hatte und auf einer ganz hellen Roux basierte, noch heller als Denise, fast so hell wie ich, regelrecht umschlungen. Die Shrimps waren plump, zart, rosa und süß. Das Étouffée war so aromatisch wie eine zarte Brise vom Golf, und seine Farbe brachte mich ganz aus dem Häuschen. Es war genug da, also luden wir die drei Mütter und ihre Kinder ein, samt den zwei alten Männern und Frauen, die heimatlos vor ihren Hütten lungerten. Mehr waren nicht von uns übrig geblieben.

Als wir später beim Ratafia zusammensaßen, Mama Rose und Sarah D an ihren Pfeifen pafften – eine Angewohnheit, der sie nur gemeinsam frönten, erzählten Kwasi und ich von den Lemanns und der Palo Alto Plantage, und dass sie Arbeitskräfte suchten, gegen Bezahlung. Alle zeigten Interesse, und am Morgen wollten sie gemeinsam mit uns aufbrechen.

Nur Sarah D nicht. Sie wollte nach Philadelphia zu ihren Kindern. Ich war so traurig wie noch nie zuvor in meinem Leben, doch natürlich konnte ich sie verstehen.

Es fiel den Alten schwer, Belle Bleu zu verlassen. Sogar Kwasi ging es so. Er wollte es sich nicht anmerken lassen, doch er drehte sich ständig um, als wir uns langsam in einer kleinen Karawane, bepackt mit Säcklis, die Chaussee am Bayou La Fourche entlang immer weiter vom Großen Haus entfernten.

Ich hielt meinen kleinen Koffer in der Hand und hatte zur Feier das Tages – und weil er einfach zu groß und schwer war, um ihn in eine Tasche zu stecken – meinen Hut aufgesetzt. Ich drehte mich nur einmal um. Der Anblick war jämmerlich, und mittlerweile konnte man den Gestank des vermoderten Tümpels bis weit auf die Chaussee hinaus riechen. Es schien, als hätte er den einstigen Park samt Rosengärten, Friedenslilien und den nackten Statuen verschluckt. Nichts erinnerte an den Glanz vergangener Zeiten.

Mir war klar, dass ich nie wieder einen Fuß auf Belle Bleu setzen würde.

Ich weiß bis heute nicht, ob der Master jemals zurückgekehrt ist, ob Belle Bleu wieder eine funktionierende Plantage wurde oder der Verbreiterung der Chaussee zum Opfer gefallen ist. Es ist mir auch egal.

Wenn ich eins gelernt hatte, dann war es, die Vergangenheit hinter sich zu lassen und sich ab und zu wie die Crawdads zu schälen.

Noch am selben Tag setzte sich Sarah D mit Herrn Lemann in die Kutsche, um nach New Orleans zu fahren und dort einen Zug nach Philadelphia zu besteigen. Es war der schwerste Abschied meines Lebens, und er fühlte sich endgültig an. Ich riss einen Bommel von meinem Hut, als Glücksbringer, und gab ihn ihr. Natürlich hatte Sarah D uns angeboten, mit ihr zu kommen und unser Glück im Norden zu versuchen. Und ich erwähnte die Möglichkeit vor Kwasi. Seine Antwort, die keine war, nur ein stummer Blick über die Zuckerrohrfelder, kannte ich von vornherein. Nein. Nie hätte er die Erde, die zu seiner Erde geworden war, verlassen. Es wäre Verrat für ihn gewesen. Der Umzug nach Palo Alto war genug Veränderung.

Ich hingegen hätte es getan. Philadelphia – was es da wohl alles zu tun gäbe? Sarah D und ich umarmten uns zwei-, drei-, vier-, fünfmal. Nie wieder würde die Küche dieselbe sein ohne sie. Dann verabschiedete sie sich mit diesen süßsauren Worten:

»Sha, sha, sha – ohne mich. Wenn das mal gut geht.«

Im Sommer von 1863 folgten die Schlachten von Chatanooga und Petersburg, die die Union gewann, und Spotsylvania und Cold Harbor, bei denen die Südstaaten siegten. Eine Weile lang schienen sich die Seiten die Waage zu halten. Der Sieg war nicht unmittelbar, doch unsere Situation hatte sich um hundert Prozent verbessert.

Neben dem Großen Haus, von dem Frau Lemann nicht wollte, dass wir es Großes Haus nannten, das erinnere an schlimme Zeiten, wie sie meinte, und recht hatte sie, also neben dem … Ich wusste gar nicht, wie ich es dann nennen sollte: Haupthaus, Herrenhaus? Herrenhaus gefiel mir auch nicht. Zu einem Herren gehörten Sklaven. Mansion war das englische Wort, und dabei beließ ich es. Das Wort war wie ein unbeschriebenes Blatt für mich. Mansion – ein schönes Wort für ein schönes Haus mit türkisgrünen Fensterläden, majestätischen Pfauen, die ihr Federkleid wie eine Schleppe hinter sich herzogen, und einer glücklichen Familie darin. Die Pfauen waren die besten Wachhunde, sie witterten sogar Gefahr, wo keine war. Sie schrien hoch und schrill, wenn jemand nur die Chaussee entlanggefahren kam. Dann plusterten sie sich auf und präsentierten ihr Gefieder wie einen Schutzschild; ein Anblick, von dem ich nie genug bekommen konnte.

Neben der Mansion stand das Küchenhaus. Es war eine kleinere Version davon. Mit bunten Fensterläden, einer breiten

Porch und einer weißen Holzbank, die an Ketten hing wie eine Schaukel, die nach getaner Arbeit zu meinem Lieblingsplatz wurde. Kwasi teilte meine Begeisterung für sie jedoch nicht. Das lag aber nicht an der Bank, sondern an den Mücken, die sich auf ihn stürzten, mich aber in Ruhe ließen.

Das Küchenhaus bestand aus drei Räumen, zwei davon hatten einen Kamin. Nachdem ich sie vernünftig eingerichtet hatte, Töpfe an der Wand hingen, Kochlöffel und Kellen neben dem Kaminsims baumelten und meine Kräuter von der Decke, fühlte sich die Küche schon fast so heimelig an wie die auf Belle Bleu. Wir hatten eine Abwaschecke eingerichtet, die wir drei abwechselnd bedienten. Wir drei, das waren Tommy, Esi und ich. Tommy bekam sogar seine eigene Backstation, mit Tisch und Regal, damit er sich bei der Kreation seiner Torten und Desserts ausleben konnte.

Esi ging mir zur Hand. Es war ihre erste Anstellung überhaupt und in der Küche. Sie konnte nicht kochen und hatte so viel zu lernen, was ich als wunderbare Herausforderung annahm. Manchmal hörte ich mich an wie Hélène: *Mais la,* wenn wir etwas fertig hatten. Und manchmal wie Sarah D: *Sha, sha, sha*, wenn etwas schief ging. Die beiden Frauen hatten mir so viel beigebracht.

Die Lemanns liebten alles, was wir kochten. Doch einen besonderen Platz nahm das letzte Gericht, das Sarah D mir gezeigt hatte, ein: Shrimp-Étouffée. Jeden Sonntag wurde Palo Alto von dem unwiderstehlichen Aroma des Étouffées durchflutet, und das wird es auch bestimmt noch für viele, viele Generationen.

Es gab ein weiteres stabil gebautes Haus, das sich von den leichter gezimmerten Hütten, die es natürlich hinter der Mansion auch gab, unterschied. Es war ein perfektes Viereck mit überdachter Porch. Hier hatte der Aufseher gewohnt. Die Lemanns wollten, dass Kwasi, Tommy und ich dort einzogen, da Kwasi gewissermaßen jetzt der Aufseher der Plantage war. Natürlich nicht mit den schrecklichen Taten, mit denen dieses Wort früher gefüllt war. Doch wir wollten das Haus nicht. Vielleicht gerade wegen der schrecklichen Taten. Wir hatten etwas ganz anderes damit im Sinn. Das Küchenhaus bot genug Platz für ein Schlafzimmer für Kwasi und mich und ein Zimmer für Tommy mit seiner eigenen kleinen Veranda.

Tommy wuchs während unseres ersten Jahres auf Palo Alto mindestens zehn Zentimeter und füllte seine Statur aus wies Frikassee das Pastetchen. Seine Augen strahlten, und er hüpfte fast so kindlich wie seine Schwestern den Sandweg entlang, wenn er sich mit seiner Angelrute zum Bayou aufmachte. Wir hatten bisher kein Lebenszeichen von seinen Schwestern oder von seiner Mutter erhalten. Trotz der vielen Anzeigen, die wir in der *Picayune* und im *Akadischen Advokaten* aufgaben. Aber wir gaben die Hoffnung nicht auf.

Das perfekte Viereck mit der überdachten Porch wurde zum ersten Schulhaus für die Kinder der ehemaligen Sklaven in ganz Louisiana.

»Ich weiß, dass es ein Experiment ist, deshalb können und dürfen und werden wir nicht versagen«, sagte Kwasi zu den Lemanns, als wir es vorschlugen. Es brauchte keine Überredungskunst. Die Lemanns waren sofort einverstanden. Herr Lemann holte sogar seinen Freund Michael Hahn dazu, einen sehr höflichen Pfälzer, der gerade zum Gouverneur von Louisiana gewählt worden war. Der erste Deutsche in diesem Amt. Gouverneur Hahn wollte ein öffentliches Schulsystem für alle im Staat einrichten – ganz gleich welcher Hautfarbe und Herkunft. Er besuchte uns einige Male und bewilligte uns sogar Staatsgelder.

Frau Lemann schlug vor, Nähen und Häkeln zu unterrichten, und schon im ersten Winter trugen alle Kinder der *Palo Alto*

Akademie für selbstständiges Leben bunte Häkelmützen mit Bommeln. Für den Unterricht in Bommelfertigung war natürlich ich zuständig. Außerdem unterrichtete ich Kochen und verpflegte alle täglich mit einem deftigen Mittagessen. Tommy war für einen süßen Nachmittagssnack zuständig. Der Bub war das beste Vorbild für die Kinder, und als er anfing, Bäckerei und Konditorei zu unterrichten, wollten alle Kinder Bäcker oder Bäckerinnen werden, sie wollten alle wie Tommy sein. Was ihn stolz machte und noch drei Zentimeter in die Höhe schießen ließ.

Das Zimmer nach hinten raus und der kleine Garten, den wir dort angelegt hatten, das wurde der Kindergarten, den Mama Rose, trotz ihrer kaputten Hüfte, immer noch leitete. Sie war gut im Delegieren, und wie schon auf Belle Bleu folgten die Kleinen ihr aufs Wort. Sie hatte so etwas Zauberhaftes im Umgang mit Kindern, das zwischen Autorität und Verspieltheit hin und her schwang, dem die Kinder weder widerstehen noch widersprechen konnten. Wir hatten auf Palo Alto somit auch den ersten offiziellen Kindergarten in Louisiana – und bestimmt nicht nur dort – eröffnet.

Bald wurden bei uns auch weiße wie schwarze Kinder zusammen unterrichtet. Kurz nach der Emanzipation, noch bevor der Krieg zu Ende war, trudelten mit Körben und Kisten bepackt die Sizilianer in Louisiana ein, als ob jemand sie bestellt hätte.

Die meisten Plantagen wurden wegen der fehlenden Arbeitskraft nicht mehr bewirtschaftet, doch als die Sizilianer eintrafen, änderte sich das ganz schnell, und einige von ihnen erstrahlten in neuem Glanz und wurden zu ertragreichen Landwirtschaften. Die Sizilianer trugen nicht nur zur hiesigen Wirtschaft bei, sondern versüßten auch die kulinarische Landschaft des Südens mit ihren Oliven und Tomatensoßen, die mir persönlich jedoch immer ein bisschen *zu* süß waren. Gemäß Sarah Ds Feststellung, dass alles kreolisch sein kann, was hier auf diesem Boden kreiert worden war, fügten sie sich jedoch perfekt ein, und ihre

Gerichte würden bestimmt einmal ihren festen Platz in den Küchen Louisianas haben. Nur, warum die Männer wie die Frauen Ohrringe trugen, das geht mir bis heute nicht in den Kopf.

Als Lincoln im November 1864 wiedergewählt wurde und der Krieg sich dem Ende näherte, konnten wir endlich durchatmen und ließen uns treiben. Das Leben war schön.

»Komm, Mel«, sagte Kwasi eines Tages. Er zog mich am Arm aus der Küche. »Ich will dir was zeigen.«

Ungewöhnlich aufgeregt war er. Hand in Hand gingen wir runter zum Bayou. Wir brauchten unsere Liebe jetzt ja nicht mehr zu verstecken.

Ich sah es schon von Weitem, nicht bedeckt von Louisiana-Moos oder versteckt hinter dem Eichengebüsch, sondern ganz offen lag es da: ein Kanu. Ein türkisgrünes Kanu, wie die Augen der Pfauen und die Fensterläden auf Palo Alto strahlte es. Ein Smaragd im Mondlicht.

Kwasi lächelte mich an. »Für uns.« Seine goldenen Augen hatten nichts von ihrem Zauber verloren, trotz des vielen Leids. Sie zogen mich ins Boot hinein, den Bayou hinunter, in die Welt, die wir uns heimlich erschaffen hatten, in der wir zu Hause waren. Seit langem hatte ich seine Narben auf dem Rücken nicht mehr geküsst, seit Langem hatte Kwasi nicht mehr meine Haut mit seinen rauen Händen liebkost, seit Langem hatten wir uns nicht mehr vom Leben abgeseilt.

Ende des Jahres wurde der Zusatzartikel 13 bestätigt. Er besagt Folgendes:

> *Weder Sklaverei noch Zwangsdienstbarkeit*
> *darf, außer als Strafe für ein Verbrechen, dessen*
> *die betreffende Person in einem ordentlichen*

Verfahren für schuldig befunden worden ist, in den Vereinigten Staaten oder in irgendeinem Gebiet unter ihrer Gesetzeshoheit bestehen.

Wenn sich der Zusatzartikel auch sehr schön anhörte, sollte man auf den genauen Wortlaut achten, denn darin lag es, warum sich die Katze in den Schwanz biss. Sie tut es immer noch und wird es auch noch hundert Jahre, wie Kwasi vorhergesagt hat, tun.

Vielleicht hatte ich ihn mit meiner Skepsis oder Außenseiteransicht angesteckt, doch stand er allem, was Lincoln sagte, jetzt nicht mehr ganz so blauäugig gegenüber. Oft diskutierten wir die politische Lage im Land, die sich so schnell und häufig drehte wie der Wind.

Das Land hatte ja gerade erst laufen gelernt.

Doch Gewohnheit lernt Neues nicht gern. Eine Formulierung, wie im Zusatzartikel 13, konnte für die einen zum Verhängnis und für die anderen zum Ausweg werden. Es ist ja sehr leicht, jemanden eines Verbrechens zu bezichtigen und ihn dann ganz ordentlich zu verurteilen, wenn man das will.

Dann wurde Präsident Lincoln erschossen. Die Trauer im Land war groß. Wie sollte es jetzt weitergehen? Zuerst sah es so aus, als würde Vizepräsident Andrew Johnson im Sinne des Mannes mit dem hohen Zylinder weiterregieren. So glaubten wir zumindest für eine Weile.

Der Amerikanische Bürgerkrieg – der erste und hoffentlich der letzte, den dieses Land je bestritten hat – endete offiziell am 9. Mai 1865, und die Rekonstruktion begann. Jetzt gab es keinen Zweifel mehr, dass die Sklaverei vorbei war – so glaubten wir zumindest.

Kwasi und ich diskutierten weiterhin leidenschaftlich gern Staatsaffären. Nicht mehr so heftig, und wir stritten uns auch weniger als früher. Im Lauf der Jahre waren wir immer mehr einer Meinung geworden. In manchen Dingen hatte sich seine Meinung durchgesetzt und in anderen meine.

In Bezug auf Tommy allerdings, der nun auch Koch hieß, waren wir von Anfang an einer Meinung: Bildung ist wichtig, und der Bub muss raus in die Welt! Wir wussten beide auch ganz genau, zu wem wir ihn in die Lehre schicken wollten. Denn das war jetzt ja möglich.

An einem schon sehr heißen Julimorgen im Jahr 1870 standen Tommy, Kwasi und ich in unseren besten Kleidern – ich natürlich mit meinem Hut, Kwasi mit seinem Bommel-Amulett und Tommy mit neuem Hemd und neuer Hose – mit zig anderen Leuten in einer Schlange an der Ecke Decatur und Madison Street in New Orleans. Die Ecke war so befahren, dass wir ab und zu einer Kutsche aus dem Weg hüpften. Schlachter aus dem French Quarter, Hafenarbeiter von den Docks und Touristen aus dem ganzen Land warteten auf Einlass in *Madame Bégué's* Kaffeehaus.

New Orleans war damals eine aufregende Stadt. Hier hätte es mir auch gefallen. Was ich jedoch hinzufügen muss, ist, dass die anderen uns alle schräg ansahen, denn Kwasi und Tommy waren die einzigen Farbigen. Doch das war mir egal. Nur Kwasi war es unangenehm und Tommy auch. Ständig zuppelten sie am Ärmel meiner Bluse, wie unruhige Kinder, und flüsterten mir ins Ohr, dass wir lieber gehen sollten. Und was dann? Nein, das kam nicht in Frage. Wir hatten einen Auftrag.

Die *New York Times* hatte einen Bericht über *Madame Bégué's* gebracht, und seitdem kamen die Touristen in Scharen. Lizzie Kettenrings zweites Frühstück war auf einen Schlag im ganzen Land bekannt. Um Punkt elf Uhr öffnete sich die Flügeltür des mit viel Stuck verzierten Gebäudes. Es hatte, genau wie die Plantagen, lange Balkone auf Säulen, die sich an der Straße entlangzogen.

Ein kleiner, untersetzter Mann, der mir sehr manikürt vorkam und sehr jung, trat heraus. »Bienvenue, welcome!«

Ich ging direkt auf ihn zu und stellte mich vor. Mehr brauchte ich nicht zu sagen. Er wusste sofort, wer ich war, was mich stolz machte. Er gab mir seine Hand und seinen Namen: »Hypolite Bégué, Lizzies Ehemann.«

Ich zog Kwasi und Tommy aus der Schlange, und Monsieur Bégué führte uns mit einer höflichen Geste in das Kaffeehaus. Wir gingen eine Treppe hinauf in einen großen Speisesaal, vorbei an einem langen Tisch, an dem mindestens dreißig Personen Platz hatten, in eine überraschend kleine Küche mit hoher Decke. Genau wie bei uns auf Belle Bleu hingen überall Pfannen, Durchschläge, Kochlöffel und Kellen an der Wand und vom Kaminsims.

Lizzie kam schnurstracks auf mich zu, als hätte sie mich erwartet, und umarmte herzlich erst mich, und dann Kwasi und dann Tommy mit ganz genau der gleichen Freude.

»Ich wusste, dass du hier irgendwann eintrudeln wirst«, sagte sie lachend.

Sie hatte mich also erwartet. Lizzie Kettenring sah so aus, wie ich sie in Erinnerung hatte. Dennoch schüttelte sie immer wieder den Kopf, als ob sie es noch nicht ganz glauben konnte, dass ich da war. Ihre langen Ohrringe, die tatsächlich kleine Glöckchen waren, baumelten dabei hin und her und klangen wie eine Tischglocke. Ihr Dutt jedoch blieb unbewegt und standhaft auf ihrem Oberkopf, wie ihr Wille.

»Kann ich dir helfen?«, fragte ich.

»Oh nein, du und deine Familie, ihr setzt euch schön hin und lasst euch von Madame Bégué verwöhnen.«

Der Dutt duldete keine Widerrede. Hypolite führte uns an den langen Tisch, an dem er drei Plätze für uns reserviert hatte. Die skeptischen Blicke aus den Augenwinkeln einiger der Herrschaften ignorierte er nonchalant.

Kwasi aber nicht. Er saß die ganze Zeit steif neben mir. Tommy hingegen taute spätestens nach der Bouilli auf. Sie schmeckte köstlich und war nichts anderes als Tellerfleisch, das den tiefen Geschmack der Brühe für die Suppe, die zu Beginn gereicht wurde, gezaubert hatte. Danach gab es eines von Lizzies berühmten Omelettes, heute mit Austern. Der nächste Gang war Leber à la Bégué mit ganz viel gerösteten Zwiebeln. Anschließend wurde noch eine Jambalaya mit Shrimps gereicht. Wir spülten alles mit einem süffigen Mouton Cadet Rothschild hinunter, den Hypolite – er bestand darauf, dass wir ihn mit seinem Vornamen ansprachen – ständig nachschenkte. Zwischendurch erfrischten wir unsere Gaumen mit einem knackigen grünen Salat mit saurem Dressing. Und zum Dessert servierte Lizzie Floating Islands with Chocolate Cream, ein beliebtes Dessert im Süden, doch Lizzie gab ihm ihre eigene Note, indem sie die kleinen Baiser-Häubchen in Schokoladenpudding schwimmen ließ.

Das Sieben-Gänge-Menü wurde mit einem Café brûlot gekrönt. *Wäre der Weg in die Hölle mit Café brûlot gespült, dann wäre das der Weg, den ich gehen würde!* So lautet ein altes kreolisches Sprichwort, berichtete uns Hypolite und überredete uns, einen zu trinken, obwohl ich so satt war, dass ich hätte platzen können, und ein wenig beschwipst dazu. Noch nie war ich so königlich bewirtet worden. Lizzie war eine Zauberkünstlerin in der Küche, gern wäre ich selbst bei ihr in die Lehre gegangen. Es hätte ein wundervoller Tag sein können, doch Kwasi entspannte sich leider nie völlig, sah mich die ganze Zeit über fast wütend an. Wovon ich mir aber nicht den Appetit verderben ließ. Und ich sah an seinen leeren Tellern, dass es auch ihm schmeckte. Tommy hingegen konnte sich gerade noch beherrschen, die Teller nicht abzulecken.

Nachdem alle Gäste gegangen waren, machten wir es uns in der Küche mit einem guten Bourbon gemütlich. Hypolite bot Kwasi eine Zigarre an, und überraschenderweise nahm er sie an, denn er rauchte eigentlich nicht. Endlich wurde er ein wenig lockerer. Während Tommy und ich Lizzie beim Abwasch halfen, erzählte sie uns von ihrem Kochbuch, das sie schreiben wollte. Sie hatte zwar noch nicht angefangen, doch hatte sie alle Rezepte im Kopf. Sie tippte sich mit dem Finger an die Stirn, wie damals in der Küche von Frau Folse, als sie uns von ihrem Kaffeehaus erzählte.

Ich freute mich schon auf das Kochbuch, denn es war keine Frage, dass sie es schreiben würde. Ich bewunderte sie immer noch. Und natürlich war sie ganz begeistert davon, Tommy bei sich in die Lehre zu nehmen.

Lizzie wollte eigentlich mit uns noch nach Mechanikerheim gehen, dort wo Herr Folse jetzt lebte und inzwischen seine eigene Metzgerei betrieb, doch dazu war keine Zeit mehr. Sie versicherte mir aber, ihn mit Tommy zu besuchen.

Wir verabschiedeten uns mit dem Versprechen, dass ich sie das nächste Mal mit meinem Essen verwöhnen würde, und ließen unseren Sohn guten Gewissens in ihrer und Hypolites Obhut.

Auch ich hatte angefangen, mein eigenes Kochbuch zu schreiben – mit den Rezepten, die mir die wunderbaren Köchinnen, denen ich eine Zeit lang über die Schultern schauen durfte, beigebracht hatten, und natürlich auch mit meinen eigenen Kreationen.

Hélènes Akadische Gumbo hatte ganz genauso ihren Platz darin wie Sarah Ds Tabasco-Soße und Lizzie Kettenrings Kartoffel-Omelett. Kwasi hatte allerhand mit der Korrektur zu tun, denn Rechtschreibung interessierte mich nicht so sehr wie die Balance zwischen Fett und Mehl für eine Roux.

Ich schrieb aber noch etwas anderes. Endlich. Den Brief an Hildli, den ich seit meiner Ankunft in Amerika schon hatte schreiben wollen. Ich schickte sogar drei hintereinander ab, falls der eine oder andere nicht ankommen würde. Doch ich bekam keine Antwort.

Nur noch Kwasi und ich waren jetzt also übrig geblieben.

Es war schon komisch, so ganz allein und manchmal etwas unangenehm still, wenn wir am Abend nach getaner Arbeit bei Kerzenschein mit unserer *Picayune* im Schoß dasaßen oder einander aus Walt Wers *Grashalmen* vorlasen.

Eigene Kinder wären schön gewesen, doch den Wunsch hatte ich verworfen. Ich wusste schon lang, dass es nicht möglich sein würde. Das hatten mir die Geranien damals zugeflüstert, in dem Jahr, in dem sie keine Blüten trugen.

An manchen Tagen machte es mich dennoch traurig. Dann tröstete Kwasi mich immer: »Wir haben doch ein ganzes Schulhaus voller Kinder.« Er hatte den Aufseher-Job abgegeben und widmete sich jetzt ganz und gar unserer *Akademie für selbstständiges Leben*.

Ja, und dann ging es langsam wieder los. Denn natürlich hatten wir nur gedacht, dass Vizepräsident Johnson der neue Lincoln sein würde. Das war mal wieder eine Milchmädchenrechnung gewesen, denn er war ein Demokrat und Verfechter der Eigenbestimmung der Staaten. Zuerst begnadigte er alle ehemaligen Plantagenbesitzer und gab ihnen ihre Anwesen zurück, sofern sie den Vereinigten Staaten von Amerika Treue schworen. Dann drückte er ein oder auch zwei Augen zu, als die Südstaaten-Gouverneure trotz völliger Abschaffung der Sklaverei sogenannte *Schwarze Codes* befürworteten. Und genau da biss sich die Katze dann in den Schwanz. Einer dieser Codes besagte, dass jeder ehemalige Sklave Arbeitsverträge von mindestens einem Jahr unterzeichnen musste, und wenn er sich weigerte, war dies eine Straftat und wurde mit dem zweiten Teil des Zusatzgesetzes 13 geregelt: … *außer als Strafe für ein Verbrechen, dessen die betreffende Person in einem ordentlichen Verfahren für schuldig befunden worden ist …*

Wieder einmal war die schwarze Bevölkerung Amerikas zum Opferlamm gemacht worden. Präsident Johnson dachte nur an seine Wiederwahl.

Und jeden Tag lasen wir in der *Picayune* von Lynchmorden entweder vom Ku-Klux-Klan oder der Weißen Liga. Auch neue Selbstschutzorganisationen und Bürgerwehrgruppen formten sich, deren Namen ich mir gar nicht alle merken konnte.

Ein kleines Fünkchen Hoffnung gab uns die Einführung des Zusatzgesetzes 14, das allen Menschen, die hier geboren oder die offiziell eingebürgert worden waren, automatisch die amerikanische Staatsangehörigkeit zusagte. Und somit wurden Kwasi und ich auf einen Schlag echte Amerikaner. Ich fühlte mich dadurch aber kein Stück anders.

Doch Kwasi bedeutete es viel, er weinte sogar, als wir davon lasen. Nur wählen durften wir beide damit immer noch nicht.

Erst ein Jahr später wurde jedem amerikanischen Mann ungeachtet seiner Hautfarbe oder vorheriger Leibeigenschaft das Wahlrecht zugesprochen, das war das Zusatzgesetz 15.

Wie viele Zusatzgesetze dieses Land noch haben würde, bis es endlich erwachsen war, fragte ich mich bei jedem neuen. Wir Frauen mussten auf das Wahlrecht jedenfalls noch ganze vierzig Jahre warten.

Einer der schönsten Tage war, als wir Post von Sarah D bekamen. Sie schrieb aus Philadelphia – oder ließ schreiben –, dass sie jetzt nur noch für ihre Familie kochte und sich um die Enkelkinder kümmerte. Abgesehen davon, dass sie immer fror, war sie sehr, sehr glücklich dort.

Gott sei Dank, man sagt das halt so, auch wenn man nicht an ihn glaubte, wurde Johnson nicht wiedergewählt, sondern Ulysses S. Grant, der Unionsgeneral, den Kwasi so verehrte.

Und mit der Zeit wurde auch ich zur Anhängerin. Und als er 1871 wieder in den Wahlkampf zog, zog Kwasi mit ihm. Genau wie er Jahre zuvor auf Belle Bleu von Hütte zu Hütte gegangen war, um erst die Kriegsnachrichten und dann das Ende der Sklaverei zu verkünden, zog er jetzt von Hütte zu Hütte und von Dorf zu Dorf, um Wähler zu registrieren. Kwasi richtete sogar ein Wahllokal in unserem Schulhaus ein.

Die Regierungsjahre von Grant waren für uns und auf Palo Alto gute Jahre. Die Schule hatte dank Gouverneur Hahn weiterhin Geld, und die Zuckerrohrproduktion warf genug ab, um den über hundert angestellten Feldarbeitern ein solides Einkommen zu gewähren. Ich fuhr noch einige Male mit Herrn Lemann nach New Orleans, um Tommy zu besuchen, und hatte dabei viele schöne und lustige Momente mit Lizzie in ihrer Küche. Ich packte natürlich von jetzt ab mit an und ließ mich nicht mehr von ihr bedienen.

Kwasi konnte ich jedoch nicht noch einmal überreden, die Plantage zu verlassen. Er hat sie den Rest seines Lebens nicht mehr verlassen.

Bei meinem letzten Besuch in New Orleans musste ich wieder vermehrt Rassenfeindlichkeit beobachten und verspürte eine gespannte Atmosphäre. Sicher war es besser, dass Kwasi nicht mitgekommen war. Und ich bat Lizzie, ein wachsames Auge auf Tommy zu haben, wenn er auf die Straße ging. Er war aber selbst sehr vorsichtig, denn er spürte natürlich den anschwellenden Hass.

Den größten Betrug jedoch erfuhren die schwarzen Amerikaner aus den Reihen ihrer eigenen Partei, als Rutherford B. Hayes, der frühere Gouverneur von Ohio, zum Präsidenten gewählt wurde.

Mit einem sogenannten Sweetheart-Deal, durch den er eine Stichwahl zwischen ihm und dem ehemaligen Gouverneur von New York gewann, versprach er den Südstaaten wieder ihre komplette Eigenbestimmung und den Abzug der Unionstruppen, die seit mehr als zehn Jahren dort die Rekonstruktion überwachten. So endete am 3. April 1877 offiziell die Rekonstruktion im Süden.

Wir machten uns große Sorgen um Tommy, der inzwischen zwar ein erwachsener Mann war, doch immer unser Kind bleiben würde. Immer wieder lasen wir von Lynchmorden. In seinen Briefen versicherte Tommy uns jedoch, dass man sich im French Quarter kannte und aufeinander aufpasste und dass Lizzie und Hypolite sich wie Eltern um ihn kümmerten.

Da fiel mir zum ersten Mal auf, dass Lizzie auch keine Kinder hatte. Hoffentlich nicht aus demselben Grund wie ich, schoss es mir durch Kopf und Herz. Gut, dass sie Tommy hatte.

Und der Bub, der schwärmte in seinen Briefen nur so vom Norden. Philadelphia, New York, Chicago, da war das Leben anders, da könne auch einer wie er was werden, schrieb er mir.

Doch nie würde er die gleichen Chancen wie ein weißer Junge haben, nie. Der Gedanke war beklemmend.

Solange er nicht einem der Zusatzgesetze zum Opfer fallen würde, war ich beruhigt. Deshalb hatten wir ihn mit Bildung ausgestattet, und er hatte sein Talent dazu.

»Das wird noch mehr als hundert Jahre dauern, bis wir wieder so weit kommen, wie wir waren«, sagte Kwasi, als der Süden seinen Willen bekam.

Es fühlte sich an wie das Ende. Eine dunkle Wolke lag über uns. Er nannte Amerika ein Experiment, das schiefgelaufen war, und einen hoffnungslosen Fall.

Er hörte auf zu unterrichten, weil er, wie er sagte, seinen Schülern keine Hoffnung mehr vermitteln konnte. Sein ehemaliger Schüler Pierre Claiborne hat dann seine Position übernommen. Pierre wurde später der erste schwarze Bürgermeister von Donaldsonville.

Kwasi war so enttäuscht, dass er sogar seine Zeitung nicht mehr las und sich die neuesten Ausgaben der *Picayune* ungelesen in der Küche stapelten, bis ich sie zum Anfeuern benutzte. Aus Loyalität meinem Mann gegenüber las ich sie auch nicht mehr.

Nur ab und zu warf ich einen flüchtigen Blick auf die Schlagzeilen, denn ich war immer noch glücklich, dass ich lesen konnte. Politik interessierte auch mich nicht mehr. Man konnte ja nichts dagegen oder dafür tun.

Kwasis Augenlicht verblich mehr und mehr. Während er die letzten Seiten meines Kochbuchs korrigierte. »Das muss ich noch schaffen, bevor ich ganz blind bin«, scherzte er. Und er schaffte es – fast.

Beim Korrigieren des letzten Rezepts, welches das erste war, eine Roux, schlief er mit dem Stift in der Hand am Schreibtisch unseres kleinen Zimmers ein.

Kwasi Koch starb an gebrochenem Herzen. Er war alt, zugegeben, doch nicht so alt. An gebrochenem Herzen. Aus Liebe zu einem Land, das ihn nie zurückgeliebt hat. Da hatte auch meine Liebe für ihn, die im Lauf der Jahre immer größer wurde, nicht gereicht.

Am Abend vor Kwasis Beerdigung, rechtzeitig zum Sonnenuntergang, wie wir es immer getan hatten, ging ich allein zum Bayou. Die Sonne stand ganz tief über dem spiegelglatten Wasser und schenkte uns ihr schönstes Étouffée-Orange. Das Kanu lag bereit am Ufer. Ich legte mich tief in seinen Bauch neben dich und ließ mich treiben.

Dein Atem – ein Windhauch auf meinen Wangen. Ich weinte. Das Zirpen der Zikaden – das Echo der Vergangenheit.

Ich weinte. Meine Küsse liebkosen deinen Rücken – narbenfrei.

Ich weinte. Ein Kelch Liebe – wie Flut. Ich weinte. Lieben, wie die Crawdads es tun. Ich weinte. Ich bereute keinen Moment.

Ich würde es wieder tun. Alles.

Ich weinte einen See ins Boot. Plötzlich war es so tief gesunken, und immer mehr Wasser schwappte hinein, dass es dabei war, unterzugehen, und ich mit ihm.

Geborgen wie in deinen Armen. Meine Tränen. Meine Stille.

Meine Endlichkeit. Meine Träume. Meine Liebe. Vollkommen wie der Bayou.

Deine rauen Hände streiften mich. Ein Paar rote Augen wie Rubine starrten mich an. Ein Ruck und ich lag am Ufer zwischen Schilf und Eichengebüsch.

Der Mond über mir – ein Strahl, ein Pfad in den Himmel.

Ich richtete mich auf und sah unser Kanu im Bayou versinken.

Erst dann wurde mir bewusst, dass du nicht mehr bei mir warst.

Wir beerdigten Kwasi am nächsten Tag auf dem Familienfriedhof der Lemanns auf Palo Alto, gleich neben seiner Mutter und seinen Schwestern, die wir hierher geholt hatten.

Die Lemanns, die nettesten weißen Südstaatler, Deutsche, um genau zu sein, die ich in meinem ganzen Leben kennengelernt hatte, versicherten mir, dass die Gruft daneben meine wäre und ich bleiben konnte, so lange ich wollte. Ich wusste nicht, ob ich das wollte.

Die Beerdigung war eine große Affäre. Wie gern hätte ich bei den Vorbereitungen Sarah D und Tommy an meiner Seite gehabt. Herr Lemann hatte ein Telegramm nach New Orleans geschickt, doch keine Rückantwort bekommen, was mir große Sorgen machte. Wir hatten seit Monaten nichts von Tommy gehört.

Hunderte von Kwasis ehemaligen Schülern kamen, einige schon mit eigenen Kindern. Herr Lemann meinte, es waren mindestens über dreihundert Menschen.

Ich warf die Hälfte von der Hälfte meiner Schwarzwalderde auf Kwasis Sarg. Die andere hatte ich ja in das Grab von Herrn

Neumaier gestreut. Kwasi war ein Teil von mir und damit ein Teil meiner Erde. Ich hatte leider keine Erde aus Afrika. Sein Amulett, mein roter Bommel, stach aus der dunklen Gruft wie die Augen der Alligatoren bei Nacht.

Ich hatte ihm die Geschichte mit den Pilzen nie zu Ende erzählt. Manches ist vielleicht besser, wenn es ungesagt bleibt.

»Ich lieb dich wie ein Crawdad – für immer und immer«, flüsterte ich. Dann trat ich vom Grab zurück, um den vielen Trauergästen Platz zu machen.

Plötzlich spürte ich eine Energie, die mir bekannt vorkam. Ganz langsam näherte sich eine große schwarze Frau mit einem weißen Tignon der Gruft. Sie lehnte sich über den offenen Sarg und legte eine Flasche Tabasco-Soße mit hinein. Zuerst dachte ich, es wäre Sarah D, dann Denise – die Frau war aber zu jung und viel zu groß. Doch ich fühlte dieselbe Präsenz von ihr ausgehen. Wer brachte Tabasco-Soße zu einer Beerdigung? Statt Blumen? Wer wusste, dass Kwasi diese Soße liebte? Die Frau verschwand. Menschen fluteten an Kwasis Gruft vorbei und legten ein Blumenmeer nieder. Ich wünschte, er hätte es sehen können.

»Mama Melba?«

Die Worte, die jemand von hinten an mich richtete, hatten wieder diese besondere Energie.

Ich drehte mich langsam um, doch konnte ich durch meine Tränen und den schwarzen Schleier, den ich trug, nicht viel erkennen. Alles war verschwommen.

»Mein Name ist Nacht. Wir kennen uns nicht.«

Ihre Stimme war melodisch, ihre Haltung freundlich. Ich konnte mir keinen Reim darauf machen.

Ich zog meinen Schleier hoch und schaute in ein Augenpaar wie ein goldener Sonnenuntergang. Da wusste ich Bescheid. Sie brauchte mir nicht zu sagen, wer sie war. Ich nahm ihre Hand und führte sie ins Küchenhaus.

Wie Sarah D wühlte ich in einem Schrank und brachte eine Flasche Ratafia hervor, stellte zwei Gläser auf den Tisch und war bereit, eine Geschichte zu hören. Diese Frau strahlte Grazie und eine stoische Ruhe aus, die mich wiederum gar nicht an Sarah D und Denise erinnerten. Es war Victorias Geist, der durch sie hindurch schien. Wir setzten uns an den Tisch. Ich prostete Nacht zu und nahm einen kräftigen Schluck Ratafia.

»Bevor Oma«, fing sie zu erzählen an, »Sarah D, meine ich, an Typhus gestorben ist, hat sie mir die Tabasco-Soße und einen Zettel mit der Adresse von Palo Alto in die Hand gedrückt. *Für Kwasi* hat sie gesagt. *Wenn nichts mehr geht*, hat sie gesagt, *geh dahin, finde Kwasi und Mama Melba*. Nur einen Tag später ist auch meine Mutter an Typhus gestorben. Sie hat mir diesen Stoff hier für einen Tignon gegeben. *Für Mama Melba*, waren ihre letzten Worte. Beide wollten, dass ich herkomme. Aber ich habe keine Ahnung, warum.« Sie schaute mich erwartungsvoll an und trank von ihrem Glas.

Ich wusste, warum, und nahm sie in den Arm. Zwischen uns drängelte sich auf einmal ein kleines Maidli von ungefähr fünf Jahren. Ich hatte sie erst jetzt bemerkt.

»Das ist dann wohl meine Enkelin«, sagte ich spontan und merkte sogleich, wie richtig sich das anhörte.

Nacht nickte, zog das Kind an sich heran und sagte: »Hélène, sag bitte ordentlich Guten Tag zu Mama Melba.«

Hélène. Sie hatten sie Hélène genannt. Ein Glücksgefühl, wie warme Küche am Morgen, überkam mich.

»Bonjou Mama Melba«, sagte die Kleine und machte einen Knicks.

»Bonjou ma piti«, sagte ich und nahm Hélène spontan in meinen Arm. Ich drückte sie ganz fest. Dann erzählte ich Nacht alles, was ich wusste, aber ich wusste nicht alles.

Nacht erzählte mir über ihr Leben in Philadelphia, von dem Streit mit den Brüdern, der die Familie auseinandergerissen hatte. Wie sie, ihre Oma und ihre Mutter sich durchgeschlagen hatten. Das Leben war hart, so oder so, doch man musste es angehen, und das hatte Sarah D getan und es bis zum Z ausgelebt. Das war mein einziger Trost.

Der Tignon hatte ein rosa kariertes Muster, wie der erste, den Denise für mich gemacht hatte. Sie verstand mehr, als sie uns jemals hatte wissen lassen. Ich mochte Nacht und Hélène von Anfang an, und das Schönste war, dass Sarah D und Denise sie uns anvertraut hatten. Ich fand, dass die Kleine mir sogar etwas ähnlich sah. Der Zwist zwischen Denise und mir war damit bereinigt. Sie hatte mir vergeben und ich, ich hatte nichts und niemandem etwas zu vergeben. Es kam alles so, wie es kommen musste. Jetzt und hier war die Summe aller Momente meines Lebens, der schlechten sowie der guten. Ein Gumbo-Moment, trotz leicht angebrannter Roux.

Der Abschied von den Lemanns und ihren Kindern fiel mir schwerer, als ich gedacht hatte. Sie waren feine Leute, die immer für mich da gewesen waren, und ich wusste, dass sie es immer sein würden.

Aber New Orleans war ja keine Ewigkeit weit weg. Ich wollte sie besuchen, sobald ich konnte. Frau Lemann schenkte jedem von uns eine ihrer selbst gehäkelten Mützen. Für die kalte Jahreszeit, meinte sie.

Mama Rose kam mit Stock und einer Kinderschar hinter sich angewackelt. Die Glucke aller Glucken. Sie leitete immer noch den Kindergarten und würde es wahrscheinlich so lange tun, bis sie umfiel. Auch Esi und ihre Buben, Fredrick und Abraham, die jetzt beide Lehrer an der Schule waren, standen für uns Spalier. Esi hatte viel gelernt in den Jahren mit mir und meinen Patinnen in der Küche, sie war zu einer passablen Köchin geworden.

Palo Alto war ein Stück Heimat. Mir standen die Tränen in den Augen, fast hätte ich mich umentschieden. Doch ich wollte jetzt mit meinen Kindern bei meinen Kindern sein. Es boten sich in der Stadt auch mehr Möglichkeiten für Nacht und Hélène. Vielleicht würde sie einmal zur Universität gehen. Das hätte Kwasi mächtig stolz gemacht. Hier hielt mich nichts mehr, außer mein Grab, und dazu war ich noch lang nicht bereit.

Wir fuhren schon in der Kutsche der Lemanns die Chaussee am Bayou entlang und winkten noch, als Peter, der älteste Sohn der Lemanns, aus dem Haus gerannt kam.

»Mama Melba, Mama Melba, warten Sie, warten Sie!«

Er hielt etwas hoch und rannte uns hinterher. Wir hielten an. Er reichte mir einen vergilbten und verknitterten Umschlag, der aussah, als hätte er viel hinter sich. Er war aus Deutschland. *Hildegard Koch* stand auf dem Absender. Endlich!

Wir fuhren weiter am Bayou entlang. Ich erkannte die Stelle zwischen dem Schilf, an der Kwasi und ich damals gestrandet waren, als Herr Folse uns mit zu den Lemanns genommen hat. Ich schmunzelte.

Ich traute mich nicht, den Brief zu öffnen. Er lag unter meinem Hut in meinem Schoß. Hélène spielte mit den Bommeln. Ich riss einen ab und gab ihn ihr. Sie streichelte damit ihre Wange, so weich waren sie immer noch. Dann drückte sie sich verlegen an ihre Mutter. Nacht lächelte dankbar. Wie ich dieses Lächeln kannte.

Ich nahm ihre Hand in meine, um ihr zu versichern, dass jetzt alles gut werden würde. Bei Lizzie oder bei Herrn Folse in der Metzgerei würden wir sicherlich Arbeit bekommen, und dann waren da ja noch die ganzen anderen Deutschen in Mechanikerheim, die Zeringuers, die Schexsnyders und wie sie alle hießen.

Hildli konnte also schreiben. Oder hatte jemand anderes den Brief für sie verfasst? Schreiben würde Bildung bedeuten, und das würde bedeuten, dass mein Vater … Ich konnte den Brief, auf den ich so viele Jahre gewartet hatte, einfach nicht öffnen. Mir wurde heiß.

Erst auf der Fähre zog ich ihn hervor. Ich hatte mich in eine Ecke zurückgezogen und beobachtete Nacht und Hélène. Sie schauten den schlammigen Wellen der Mississ Ippi nach. Mit zitternden Händen öffnete ich den Brief.

Gutach, 12. Juli 1875
Liebe Schwester,
wir haben uns sehr über deine Zeilen gefreut. Nach so vielen Jahren der Ungewissheit ein Lebenszeichen von dir zu bekommen, war wie Weihnacht und Fastnacht zugleich …

Ich musste schmunzeln. Das Hildli war immer zu einem Scherz aufgelegt. Sie schrieb, dass Mutter erst vor einem Jahr friedlich eingeschlafen war. Zuvor behielt sie noch viele Jahre die Elternkammer, auch als Hildli den jüngsten Sohn vom Wöhrle-Hof geheiratet hat und sie bei uns lebten.

Fünf Kinder hatte sie bekommen, von denen drei überlebten. Adelheid, Edeltraud und Christl hatten die drei Ketterer-Brüder geheiratet. Hannelore nahm eine Anstellung als Hausmädchen in Freiburg an, heiratete einen ehemaligen Flößer und war im letzten Winter an Fieber verstorben. Sie ließ vier Kinder zurück.

Und Erika verschwand. Eines Morgens machte sie sich auf, mit nichts als ihren Kleidern auf dem Leib, und kehrte nie wieder zurück. Das versetzte mir einen Stich ins Herz. Erika hatte wahrscheinlich am meisten von uns gelitten.

Gemeinsam hatten die Koch-Maidli zweiundzwanzig Kinder berichtete Hildli stolz, zwei weitere waren gerade auf dem Weg, und es würden bestimmt noch mehr hinzukommen.

Ich freute mich für sie, denn das alles bedeutete, dass ihnen erspart geblieben war, was ich durchgemacht hatte.

Und dann schrieb sie von meinem Vater. Und auch das machte mich glücklich. Es war das Beste, was uns allen, einschließlich ihm, passieren konnte. Eine mysteriöse Krankheit hatte ihn nur eine Woche nach meiner Abreise befallen und ihn bis zu seinem Lebensende gelähmt ans Bett gefesselt. Er hatte seitdem auch nicht mehr sprechen können. Zehn Jahre lag er in der Elternkammer rum, bevor er endlich einschlief. Sie versicherte mir, dass sie ihn gut gepflegt hatten, doch konnte sie sich nicht verkneifen zu erwähnen, dass sie froh war, denn dann konnte er nicht mehr *na, du weißt schon …*, schrieb sie.

Kurz schloss ich die Augen. Die Pilze. Sie hatten also gewirkt. Das Holländer-Maidli hatte recht gehabt. Als der Zeitpunkt gekommen war, hatte ich gewusst, was ich damit zu tun hatte.

Ich war froh, dass ich Kwasi die Geschichte nie zu Ende erzählt hatte. Genau genommen konnte ich es ja auch nicht, denn das Ende hatte ich ja gerade erst selbst erfahren.

Mutters Geranien wuchsen seitdem bis unters Dach, sodass sie ganz Gutach mit ihren Ablegern versorgte und nun vor jedem Haus im Dorf in den Blumenkästen Geranien so hoch wie Fliederbüsche wuchsen. Die *Frankfurter Zeitung* kam einmal und schrieb einen Bericht darüber, sie schickten sogar einen Fotografen, sonst hätte es ja keiner geglaubt, meinte Hildli. *Melba, kannst du dir das vorstellen, bis unters Dach …?*

Ich nahm mir vor, sobald ich uns eingerichtet hatte, wo und wie auch immer, würde ich Hildli zurückschreiben. Der Gedanke eines Neuanfangs machte mich ganz fiebrig, ich fühlte, wie meine Wangen heiß wurden, und ein Zauber kam über mich wie der Duft eines Gerichts, das ich noch nicht kannte.

Lizzie sah aus wie immer. Sie wurde einfach nicht älter. Sie schob es auf die viele Arbeit und den jungen Mann. Sie war gerade dabei, die letzte Pfanne aufzuhängen, als wir in ihre Küche traten. Es roch nach Knoblauch, Zwiebeln und Fisch.

Sie freute sich wie immer, mich zu sehen und umarmte Nacht und Hélène, als hätte sie sie schon ewig gekannt.

Ich blickte mich um. »Und Tommy?«

»Melba, der Bub, er …«

»Was, Lizzie, was!?« Ich schrie so laut, dass es in der hohen Decke widerhallte. Ich hatte plötzlich solche Angst. Ein Schauder überkam mich, mir wurde übel. Ich rannte zum Waschbecken …

»Er ist weg.«

»Weg? Wie weg?«, fragte ich noch immer würgend.

»Wie kann ich einen erwachsenen Mann zurückhalten? Tommy ist fast dreißig, Melba.«

Lizzie stand neben mir und drückte meine Schulter. Sie hatte recht. Aber warum hatte er uns nichts gesagt?

»Er wollte euch nicht beunruhigen. Erst, wenn alles gut gelaufen war, wollte er schreiben. Ich musste es ihm versprechen, euch nicht …«

»Wohin?«

Lizzie hatte mir einen Stuhl hingestellt, auf den ich mich jetzt wie ein Häufchen Elend setzte. Nacht und Hélène hielten meine Hand.

»New York City.«

»Wie lange ist das her?«

»Kurz vor Weihnachten.«

»Ein Jahr, das ist fast ein Jahr her und du …« Ich zügelte mich, denn was hätte sie tun können. »Warum New York City?«

»Ein Gast, ein sehr wohlhabender Mann, hat ihm einen Kredit angeboten, damit er seine eigene Bäckerei dort eröffnen kann.«

»Hätte er dafür nicht hierbleiben können?«

»Der Mann ist aus New York City und so vernarrt in Tommys Desserts, du weißt ja, was der Bub kann, dass er nicht immer dafür nach New Orleans reisen wollte.«

Natürlich wusste ich. Natürlich verstand ich. Natürlich, natürlich, natürlich. War mir doch in meinem Leben auch immer alles so passiert, durch mein Kochen. Essen war mein roter Faden. Tommys roter Faden war das Backen, dem musste er folgen.

»Mama Melba!« Hypolite kam auf mich zu gelaufen, gut frisiert wie immer. »Was für eine Überraschung!«

Ich stand auf und umarmte ihn.

»Du hast gehört?«, fragte er.

»Ja.«

»Halt!« Hypolite ging zu dem kleinen Sekretär, der im Esszimmer stand. »Ich glaube, ich hab da irgendwo in unserem Gästebuch den Namen von dem Mann.«

»Danke, Hypolite«, ich umarmte ihn. »Danke, Lizzie.« Ich umarmte auch sie. »Danke für alles, was ihr für meine Familie getan habt.« Damit nahm ich Nachts Hand und ging hinaus. »Den Namen von dem Mann brauch ich nicht«, rief ich ihnen von der Treppe aus zu. »Es wird bestimmt nicht so viele Schwarzwald-Bäckereien und Konditoreien in New York City geben. «

SHRIMP-ÉTOUFFÉE

Zutaten

2 Pfund mittelgroße Shrimps mit Schale und am besten mit Kopf, 1 kleine Dose Tomaten samt etwa 1 Tasse (T) Saft, 2 T gehackte Zwiebeln, 2 T gehackter Sellerie, 2 T gehackte grüne Paprikaschote, 2 EL fein gehackter Knoblauch, 2 Teelöffel (TL) Mama Melbas Gewürzmischung, ¼ TL Cayenne-Pulver (oder mehr), Salz, Pfeffer

Für die Brühe: 2 Liter Wasser, 2 Selleriestangen, ½ Zwiebel, 2 Zehen Knoblauch, Hälfte einer Zitrone, Thymian, 2 Lorbeerblätter, 1 TL Mama Melbas Gewürzmischung, 5 Stängel Petersilie oder mehr, ½ TL Cayenne-Pulver, Pfeffer, Salz

Zubereitung

Shrimps von der Schale und den Köpfen befreien, beiseitestellen.

Für die Brühe das Wasser und alle Zutaten samt den Schalen und Köpfen der Shrimps in einen Topf geben und eine Stunde kochen lassen. Dann durch ein Sieb gießen.

Eine Roux nach Rezept (siehe Kapitel B) anrühren. Hier schmeckt sie am besten mit Butter gemacht, doch das kann man halten, wie man will. Aber aufgepasst: Die Roux allerhöchstens 15 Minuten schwitzen lassen, sie soll fast so hell wie Sahne sein!

Die heilige Dreieinigkeit (Zwiebel, Sellerie und grüne Paprikaschote) hinzugeben, außerdem Knoblauch und gehackte Tomaten aus der Dose, frische sind natürlich auch hervorragend oder sogar noch besser, aber vorher die Kerne entfernen. Man braucht später noch 1 T Tomatensaft.

Mit der Brühe ablöschen. Ich gieße zuerst nur drei Viertel der Brühe hinein, damit die Soße nicht zu dünn wird, denn falls sie zu dick ist, kann man immer noch nachschenken. Dann den Tomatensaft und das

Lorbeerblatt hinzugeben. Mit Pfeffer, Salz und Mama Melbas Gewürzmischung würzen. 20 Minuten köcheln lassen. Ab und zu umrühren.

Gepellte Shrimps hineingeben, eventuell noch Brühe aufgießen und weitere 5–8 Minuten köcheln lassen. Die Farbe sollte wie die eines orangeroten Sonnenuntergangs sein.

Auf Langkornreis servieren und mit Petersilie garnieren.
Bon appétit!

Epilog

Ich hatte die ganze Nacht kein Auge zugemacht, legte die losen Seiten zurück in meinen kleinen Koffer – der, mit dem ich nach Amerika gekommen war – und klemmte ihn wieder zwischen meine Beine. Der Zug von New Orleans nach New York City war so überladen mit Menschen und Hausrat, dass immer irgendein Kind schrie, eine Mutter es ermahnte oder ein Stuhl oder eine Lampe oder sonst etwas von der Gepäckablage polterte. Es roch nach Andouille-Wurst, Schmalz und Schuhcreme.

Mein Messer und mein Kochlöffel baumelten am Gürtel, der Hut saß auf meinem Kopf. Die kleine Hélène schlief auf dem Schoß ihrer Mutter neben mir und hatte ihren Kopf an meine Schulter gelehnt. Diesmal wäre es mir nicht egal gewesen, wenn man mir meinen Koffer entrissen hätte, denn darin war mein kostbarster Besitz: meine Rezepte.

Der kleine Bub auf dem Arm der jungen Frau, die mir gegenübersaß, weinte. Er hat Hunger, schoss es mir durch den Kopf. Ich griff in meine Tasche und reichte ihm einen Zwieback. Er lächelte. Ich auch. Ich schaute aus dem Fenster. Wir überquerten einen Fluss, einen schönen breiten Fluss. Dann hörte ich den Schaffner rufen: »Next stop – New York City Pennsylvania Station!«

Und auf einmal war wieder alles auf Anfang. Ein Zauber lag in der Luft. Ich war gespannt auf den nächsten Buchstaben, in meinem ganz persönlichen Alphabet. Z.

Kreolisches und Akadisches Wörterbuch

Akadisch wird von den Akadiern in Louisiana gesprochen. Franzosen, die Anfang des 17. Jahrhunderts an die Ostküste von Kanada emigrierten, nannten ihre neue Heimat Akadien. Anfang des 18. Jahrhunderts wurden sie im sogenannten Le Grand Dérangement von dort vertrieben, ließen sich in Louisiana nieder und entwickelten ihre eigene Sprache aus archaischem Französisch und englischen, deutschen, spanischen Idiomen.

Mais la – Na dann

Sha – vom französischen *Cher*, Ausdruck von Zärtlichkeit. Der Begriff wird sowohl von den Akadiern als auch den Kreolen in Louisiana benutzt. Wenn einer s*ha* zu dir sagt, dann gehörst du zur Familie.

Louisiana-Kreolisch wird von den Kreolen in Louisiana gesprochen. Laut der offiziellen Definition ist Kreolisch eine eigene, natürlich entstandene Sprache, die sich aus zwei verschiedenen Sprachen geformt hat. In Louisiana sind es Französisch und Englisch. Es gibt mehr als 100 kreolische Sprachen auf der Welt. Der Begriff kreolisch kommt aus dem Portugiesischen und bedeutet kreieren. Oft werden grammatikalische Konzepte wie Konjugationen und Deklinationen sowie die Schreibweise vereinfacht. In Louisiana hat die versklavte Bevölkerung im 17./18./19. Jahrhundert Redewendungen aus ihren verschiedenen afrikanischen Sprachen mit einfließen lassen und somit unter anderem auch ihre eigene Syntax entwickelt.

Sha – von *Cher*, mein Schatz (siehe oben)
Ale tifi, di mèsi – Auf Mädchen, sagt Danke
Mèsi anpil – vielen Dank
Bonjou, komen le zafær – Guten Morgen, wie geht es?
Sô vré, kwa-mò – Es ist wahr, glaube mir
Mèsi, bondjé – Gott sei Dank
Ma piti, ma piti, alé koushé, là – Meine Kleine, meine Kleine, geh wieder schlafen
Boukou bon – Sehr gut
Mo linm twa – Ich liebe dich
Klèrmen – Klar, sicherlich
Alons – Auf gehts
Vini, ma piti – Komm, meine Kleine

En avant grénadiers! Ça qui mouri, n'a pas ration. En avant Kwasi! Ça qui mouri, tant pis pou yé! – Forward Kwasi! Those who die, all the worst! – Auszug aus einem kreolischen Schlachtgesang, Battle of New Orleans, 8. Januar 1815. Es ist im Sinne von Nietzsches »Amor fati« zu verstehen. Ausdruck der höchstmöglichen Lebensbejahung. Liebe dein Schicksal!

Ich habe mit diesen beiden Online-Wörterbüchern gearbeitet:
https://louisianacreoledictionary.com
https://www.lsu.edu/hss/french/undergraduate_program/cajun_french/cajun_french_english_glossary.php

Bibliografie

Quellen:

S. 13 Jess, Tyehimba: *Olio O,* 1. Auflage, Seattle & New York: Wave Books, 2016

S. 79 White, Charles: *White's serenaders' song book,* 1. Auflage, Philadelphia: Peterson, 1851

S. 147 Twain, Mark: *The Mississippi Writings of Mark Twain, The Adventures of Huckleberry Finn (1884),* 1. Auflage, Ann Arbor, Tally Hall Press, 1996

S. 174 Whitman, Walt*: Walt Whitmans Werk,* Berlin: S. Fischer Verlag, 1922

S. 178 Whitman, Walt*: Walt Whitmans Werk*, Berlin: S. Fischer Verlag, 1922

S. 183 Whitman, Walt*: Walt Whitmans Werk,* Berlin: S. Fischer Verlag, 1922

S. 216 Whitman, Walt*: Walt Whitmans Werk,* Berlin: S. Fischer Verlag, 1922

S. 272 Epheser 6:5–9, NeÜ bibel.heute, https://www.bible.com/de/bible/877/EPH.6.5–9.NBH (abgerufen am 23. Dezember 2019)

S. 282 Epheser 6:5–9, NeÜ bibel.heute, https://www.bible.com/de/bible/877/EPH.6.5–9.NBH (abgerufen am 23. Dezember 2019)

S. 290 Sinkler Whaley LeClercq, Anne: *An Antebellum Plantation Household: Including the South Carolina Low Country Receipts and Remedies of Emily Wharton Sinkler, with Eighty-Two Newly Discovered Receipts,* 2. Auflage, Columbia, South Carolina: University of South Carolina Press, 2006

S. 328 Gorman, Amanda: *The Hill We Climb, An Inaugural Poem For the Country,* 1. Auflage, New York: Viking, 2021

S. 390 Sinkler Whaley LeClercq, Anne: *An Antebellum Plantation Household: Including the South Carolina Low Country Receipts and Remedies of Emily Wharton Sinkler, with Eighty-Two Newly Discovered Receipts,* 2. Auflage, Columbia, South Carolina: University of South Carolina Press, 2006

S. 440 I Goes to Fight mit Sigel, https://www.civilwarpoetry.org/union/songs/sigel.html (abgerufen am 6. Januar 2021)

Weitere Bücher für meine Recherche:

Beecher Stowe, Harriet: *Uncle Tom's Cabin*

Blackmon, Douglas A.: *Slavery by another Name, The Re-Enslavement of Black Americans from the Civil War to World War II*

Brasseaux, Carl A.: *Acadian to Cajun, Transformation of a People, 1803–1877*

Chef Folse, John D.: *The Encyclopedia of Cajun and Creole Cuisine*

Delbanco, Andrew: *The War Before the War, Fugitive Slaves and the Struggle for America's Soul from the Revolution to the Civil War*

Egerton, John: *Southern Food*

Elizabeth Kettenring Dutrey Bégué: *Mme. Bégué's Recipes of Old New Orleans Creole Cookery*

Graff, Knoblich: *Original Badisch, The Best of Baden Food*

Hanna-Jones, Nikole: *The 1619 Project,* sowie: *1619 Project of the New York Times, 2019*

Hurmence, Belinda: *We Lived in a Little Cabin in the Yard*

Hurston, Zora Neale: *Barracoon, The Story oft the Last »Black Cargo«*

Hurston, Zora Neale: *Their Eyes Were Watching God*

Jacobs, Harriet: *Incidents in the Life of a Slave Girl*

Klein, Sybil: *Creole, The History and Legacy of Louisiana's Free People of Color*

Kuaflein, Gmeiner, Hobuss: *Schwarzwälder Kirschtorte*

Lester, Julius: *To Be a Slave*

Lewis, Edna: *The Taste of Country Cooking*

McInnis, Maurie D.: *Slaves Waiting for Sale*

Minges, Patrick: *Far More Terrible for Women, Personal Accounts of Women in Slavery*

Morrison, Toni: *Beloved*

Morrison, Toni: *The Bluest Eyes*

Nagel, Klaus: *Weihnachten im Schwarzwald*

Rae, Noel: *The Great Stain, Witnessing American Slavery*

Schelbitzki, Pickle, Linda: *Contended Among Strangers*

Seck, Ibrahima: *Bouki Fait Gombo, A History of the Slave Community of Habitation Haydell (Whitney Plantation) Louisiana, 1750–1860*

Sinkler Whaley Le Clercq, Anne: *Between North and South, The Letters of Emily Wharton Sinkler*

Staib, Walter: *Black Forest Cuisine*

The Junior League of New Orleans: *The Plantation Cookbook*

The New Orleans Times-Picayune: *The Picayune's Creole Cook Book*

Tipton-Martin, Toni: *Jubilee, Recipes from Two Centuries of African American Cooking*

Tooker, Poppy: *Tujague's Cookbook*

Williams, Horace Randall: *Weren't No Good Times*

Plus noch mehr Bücher und unzählige Webseiten und Artikel.

Danksagung

So viele Hände, so viele Herzen:

Simone Brenneis, Heidi Spauka, Lothar Spauka, Marlene Conner, Noah Conner, Nina und Sebastian Weiland von den Black Forest Studios, Chef Walter Staib, Chef John Folse, Michaela York, Peter Lemann und DeeDee Dibenedetto von der Palo Alto Plantage, Darinka Zufic, Ruwen Spauka, Regula Mäder, Carol Schlueter und Ira Hopkins vom German-American Cultural Center in Gretna, Brigitte Hellwege vom Scene Magazin Cuxhaven, Nadja Kossack und Lars Schultze-Kossack und besonders Charlotte Körber von der Literarischen Agentur Kossack, Karla Schmidt und Katrin Bussac von Tinte und Feder …

… und Darling.

Printed in Germany
by Amazon Distribution
GmbH, Leipzig

26675063R00292